Jo Nesbø

Rue Sans-Souci

Une enquête
de l'inspecteur Harry Hole

Traduit du norvégien
par Alex Fouillet

Gallimard

Titre original :

SORGENFRI

Né en 1960, d'abord journaliste économique, musicien, auteur interprète et leader de l'un des groupes pop les plus célèbres de Norvège, Jo Nesbø a été propulsé sur la scène littéraire en 1997 avec la sortie de *L'homme chauve-souris*, récompensé en 1998 par le Glass Key Prize attribué au meilleur roman policier nordique de l'année. Il a depuis confirmé son talent en poursuivant les enquêtes de Harry Hole, personnage sensible, parfois cynique, profondément blessé, toujours entier et incapable de plier. *Rue Sans-Souci*, initialement publié par Gaïa Éditions, est son quatrième roman paru en Folio Policier. Son dernier livre traduit en France, *Le sauveur*, est au catalogue de la Série Noire.

PREMIÈRE PARTIE

CHAPITRE PREMIER

Le plan

Je vais mourir. Et ça n'a aucun sens. Ce n'était pas ça, le plan, pas le mien, en tout cas. Que je me sois malgré tout constamment acheminé vers ça sans le savoir, passe encore. Mais mon plan n'était pas celui-là. Mon plan était meilleur. Mon plan avait du sens.

J'ai les yeux braqués sur le canon d'une arme à feu, et je sais que c'est de là qu'il va venir. Le messager. Le passeur. C'est le moment d'un tout dernier rire. Si vous voyez de la lumière dans le tunnel, il est possible que ce soit un jet de flammes. C'est le moment d'une toute dernière larme. Nous aurions pu faire quelque chose de bien de cette vie, toi et moi. Si nous avions suivi le plan. Une dernière pensée. Tout le monde demande quel est le sens de la vie, mais personne quel est le sens de la mort.

CHAPITRE 2

Astronaute

Le vieil homme évoqua à Harry l'image d'un astronaute. Les petits pas comiques, les mouvements raides, le regard noir et mort, et les semelles qui traînaient sans discontinuer sur le parquet. Comme s'il craignait de perdre contact avec le sol et de s'envoler dans l'espace.

Harry regarda l'heure sur le mur de briques blanches au-dessus de la porte. 15 h 16. De l'autre côté de la vitre, dans Bogstadveien, les gens passaient à toute vitesse, se hâtant, comme tous les vendredis. Le soleil bas d'octobre se refléta dans le rétroviseur d'une voiture qui s'éloigna péniblement dans la circulation, dense à cette heure de pointe.

Harry se concentra sur le vieil homme. Chapeau et élégant cache-poussière gris qui, il est vrai, pouvait avoir besoin de passer chez le teinturier. Et en dessous : veste en tweed, cravate et pantalon gris usé, aux plis extrêmement nets. Chaussures luisantes aux talons rongés. L'un de ces retraités dont Majorstua semble si densément peuplé. Ce n'était pas une supposition. Harry savait qu'August Schulz avait quatre-vingt-un ans, et que c'était un ex-commerçant en prêt-à-porter qui avait passé toute sa vie à Majorstua, hormis pendant la guerre, quand il avait vécu dans une baraque à Auschwitz. Et il devait ses genoux raides à une chute de la

12

passerelle au-dessus de Ringveien qu'il empruntait régulièrement pour aller voir sa fille. L'impression de poupée mécanique était renforcée par les bras qu'il tenait pliés à angle droit et qui pointaient vers l'avant. Une canne était suspendue à son avant-bras droit, et la main gauche étreignait un bulletin de virement bancaire qu'il tendait déjà au jeune homme à cheveux courts du guichet 2, dont Harry ne voyait pas le visage, mais dont il devinait les yeux qui regardaient le vieil homme avec un mélange de compassion et d'agacement.

Il était 15 h 17, et August Schulz avait finalement atteint son but. Harry soupira.

Au guichet 1, Stine Grette comptait sept cent trente couronnes pour un garçon portant un bonnet de laine bleu qui venait de lui tendre une quittance de remboursement. Le diamant qu'elle portait à l'annulaire gauche scintillait à chaque billet qu'elle posait sur le comptoir.

Harry ne pouvait pas le voir, mais il savait qu'à droite du garçon, devant le guichet 3, une femme attendait près d'un landau qu'elle faisait avancer et reculer par pure distraction, puisque l'enfant dormait. La femme attendait d'être servie par madame Brænne, elle-même occupée à expliquer bruyamment à un type qu'elle avait au téléphone qu'il ne pouvait pas payer par virement automatique sans que le bénéficiaire l'ait accepté en signant un document, et qu'elle travaillait dans une banque et pas lui, alors ne pouvaient-ils pas clore ce débat ?

Au même instant, la porte de l'agence bancaire s'ouvrit et deux hommes, un grand et un petit, vêtus de combinaisons sombres, entrèrent prestement dans l'espace clients. Stine Grette leva les yeux. Harry regarda sa montre et commença à compter. Les hommes filèrent dans le coin où Stine Grette était assise. Le grand se déplaçait comme pour éviter des flaques de boue, tandis que le petit avait la démarche chaloupée de celui qui s'est composé une musculature trop développée pour sa morphologie. Le garçon au bonnet bleu se retourna lentement et alla vers la porte, si occupé à recompter son argent qu'il n'accorda aucune attention aux deux individus.

« Salut », dit le grand à Stine avant de s'avancer et de poser avec fracas une valise noire sur le comptoir. Le petit mit une paire de lunettes à verres miroirs, avança et posa une valise noire identique, à côté. « L'argent ! » couina-t-il. « Ouvre la porte ! »

Ce fut comme appuyer sur la touche Pause. Tout se figea. La seule chose qui prouvait que le temps ne s'était pas arrêté, c'était la circulation au-dehors. Et la trotteuse sur la montre de Harry, qui indiquait que dix secondes s'étaient écoulées. Stine appuya sur un bouton sous le guichet. Il y eut un grésillement électronique, et le petit poussa du genou la porte basse, tout contre le mur.

« Qui a la clé ? demanda-t-il. Vite, on n'a pas toute la journée !

— Helge ! cria Stine par-dessus son épaule.

— Quoi ? » La voix venait de l'intérieur de l'unique bureau de l'agence, dont la porte était ouverte.

« On a de la visite, Helge ! »

Un homme portant un nœud papillon et des lunettes de lecture apparut.

« Ces messieurs désirent que tu ouvres le DAB, Helge », dit Stine.

Helge Klementsen posa un regard vide sur les deux hommes en uniforme, qui étaient passés de l'autre côté du comptoir. Le grand jetait des coups d'œil nerveux vers la porte, mais le petit avait les yeux fixés sur le chef d'agence.

« Ah, oui, bien sûr », hoqueta Helge Klementsen comme s'il venait de se rappeler un rendez-vous oublié, avant d'éclater d'un violent rire de crécelle.

Harry ne bougea pas un muscle, laissant juste ses yeux emmagasiner les détails des mouvements et des mimiques. Vingt-cinq secondes. Il continua à regarder l'heure au-dessus de la porte, mais dans l'extrême coin de son champ de vision, il put voir le chef d'agence ouvrir le distributeur automatique par l'intérieur, en extraire deux oblongues cassettes à billets et les remettre aux deux hommes. Tout se passa rapidement et en silence. Cinquante secondes.

« Celles-ci sont pour toi, bonhomme ! » Le petit avait sorti de sa valise deux cassettes identiques, qu'il tendit à Helge Klementsen. Le chef d'agence déglutit, hocha la tête, les attrapa et les installa dans le DAB.

« Passez un bon week-end ! » dit le petit en se redressant et en refermant la main sur la poignée de la valise. Une minute et demie.

« Pas si vite », dit Helge.

Le petit se figea.

Harry aspira ses joues et essaya de se concentrer.

« La quittance… » dit Helge.

Pendant un long moment, les deux hommes regardèrent le petit chef d'agence chenu. Puis le petit se mit à rire. Un rire aigu, léger, qui sonnait faux, comme celui des gens qui marchent au speed.

« Tu ne crois quand même pas que nous avions prévu de nous barrer d'ici sans signer ? Donner deux millions sans signature, quoi ?

— Eh bien… dit Klementsen. L'un de vous a failli oublier, la semaine dernière.

— Il y a tellement de petits nouveaux qui conduisent des véhicules de transport de fonds, en ce moment même », dit le petit en détachant les exemplaires rose et jaune qui portaient à présent sa signature et celle de Klementsen.

Harry attendit que la porte se soit refermée pour regarder de nouveau sa montre. Deux minutes dix.

À travers la porte vitrée, il vit s'en aller la camionnette blanche ornée du logo Nordea.

Les conversations entre les clients de l'agence reprirent. Harry n'avait pas besoin de compter, mais il le fit quand même. Sept. Trois derrière les guichets et trois devant, y compris le bébé et le charpentier en salopette qui venait d'entrer et de s'asseoir à la table au centre de l'espace clients pour écrire son numéro de compte sur un bordereau de versement dont Harry savait qu'il était au bénéfice de Saga Solreiser.

« Au revoir », dit August Schulz en commençant à traîner les pieds vers la sortie.

Il était très exactement 15 h 21 mn 10 s, et c'est à cet instant que ça commença réellement.

Quand la porte s'ouvrit, Harry vit Stine Grette lever rapidement la tête de ses papiers, et se remettre à les consulter immédiatement. Puis elle se redressa à nouveau, lentement, cette fois. Harry regarda vers la porte. L'homme qui venait d'entrer avait déjà descendu la fermeture éclair de sa combinaison et en avait extrait un fusil AG3 noir et olive. Une cagoule de laine bleu marine masquait tout son visage à l'exception de ses yeux. Harry recommença à compter, en repartant de zéro.

Comme chez une marionnette de Henson, la cagoule se mit à s'agiter à l'endroit où aurait dû se trouver la bouche : « *This is a robbery. Nobody moves* [1]. »

Il n'avait pas parlé fort, mais le même silence qu'après un coup de canon s'abattit dans le petit local confiné.

---

1. « C'est un hold-up. Personne ne bouge. » *(Toutes les notes sont du traducteur.)*

Harry regarda Stine. Par-dessus le bruit de la circulation, il entendit le doux cliquetis que produit l'arme bien huilée lorsque l'homme chargea. L'épaule gauche de la femme s'abaissa imperceptiblement.

Une fille courageuse, se dit Harry. Ou tout simplement morte de peur. Aune, le chargé de cours de psychologie à l'École de Police, avait dit que quand les gens ont suffisamment peur, ils cessent de réfléchir et agissent en fonction de la façon dont ils se sont programmés à l'avance. La plupart des employés de banque appuient presque en état de choc sur le déclencheur de l'alarme silencieuse anti-hold-up, prétendait Aune en se basant sur le fait que quand on les interroge après coup, beaucoup ne se souviennent pas s'ils ont déclenché l'alarme ou non. Ils fonctionnent en pilotage automatique. Exactement comme un braqueur qui s'est auto-programmé pour abattre tous ceux qui essaieraient de l'arrêter, selon Aune. Plus le braqueur a peur, plus la probabilité que quelqu'un arrive à le faire changer d'avis est faible. Harry ne bougea pas, il essaya juste d'apercevoir les yeux du braqueur. Bleus.

Le braqueur se défit d'un sac à dos noir qu'il laissa tomber par terre, entre le DAB et le type en salopette de charpentier qui tenait toujours son crayon, la pointe dans la dernière boucle d'un huit. L'individu en noir parcourut les six pas qui le séparaient de la porte basse des guichets, s'assit sur le bord, passa les jambes par-dessus et vint se placer juste derrière Stine Grette qui regardait silencieusement droit devant elle. Bien, se dit Harry. Elle connaît les consignes, elle ne provoque pas le braqueur en le dévisageant.

L'homme leva le canon de son arme vers la nuque de Stine, se pencha en avant et lui murmura quelque chose à l'oreille.

Elle n'avait pas encore cédé à la panique, mais Harry voyait la poitrine de Stine se soulever et s'abaisser. C'était comme si son corps frêle n'avait pas assez d'air sous le chemisier blanc tout à coup trop étroit. Quinze secondes.

Elle se racla la gorge. Une fois. Deux fois. Puis le son revint finalement dans ses cordes vocales :

« Helge. Les clés du DAB. » Sa voix était faible et rauque, complètement méconnaissable par rapport à celle qui avait prononcé pratiquement les mêmes mots trois minutes plus tôt.

Harry ne le vit pas, mais il savait que Helge Klementsen avait entendu la réplique d'ouverture du braqueur, et qu'il était déjà à la porte de son bureau.

« Vite, sinon… » Sa voix était à peine audible, et dans le silence qui suivit, les semelles d'August Schulz sur le parquet furent la seule chose qu'on entendît, comme des balais frottés contre la peau d'une caisse claire en un rythme shuffle extrêmement lent.

« … il me descend. »

Harry regarda par la fenêtre. Une voiture attendait vraisemblablement quelque part au-dehors, moteur allumé, mais il ne pouvait pas la voir d'où il était. Il ne voyait que des gens et des voitures qui passaient dans une quiétude plus ou moins marquée.

« Helge… » Sa voix était suppliante.

Allez, maintenant, Helge, se dit Harry. Harry en savait également pas mal sur le chef d'agence vieillissant. Il savait qu'il avait deux caniches royaux, une femme et une fille enceinte fraîchement éconduite, qui l'attendaient à la maison. Qu'ils avaient bouclé les sacs et qu'ils étaient prêts à partir pour leur chalet de montagne aussitôt que Helge Klementsen rentrerait du boulot. Mais à cet instant, Klementsen avait la sensation d'être sous l'eau, dans un de ces rêves où tous les gestes sont lents quels que soient les efforts déployés pour faire vite. Puis il apparut dans le champ de vision de Harry. Le braqueur avait fait tourner la chaise de Stine de sorte qu'il se trouvait derrière elle, face à Helge

Klementsen. Comme un enfant inquiet qui va nourrir un cheval, Klementsen était cambré en arrière, et tendait la main tenant le trousseau de clés aussi loin que possible. Le braqueur chuchota quelque chose dans l'oreille de Stine en braquant son arme sur Klementsen qui recula de deux pas mal assurés.

Stine se racla la gorge.

« Il te dit d'aller ouvrir le DAB et de mettre les nouvelles cassettes dans le sac noir. »

Comme hypnotisé, Helge Klementsen fixait des yeux l'arme braquée sur lui.

« Tu as vingt-cinq secondes avant qu'il tire. Sur moi. Pas sur toi. »

Klementsen ouvrit la bouche et la referma, comme pour dire quelque chose.

« Maintenant, Helge », dit Stine. La serrure automatique grésilla, et Helge Klementsen traversa l'agence à pas lents.

Trente secondes s'étaient écoulées depuis le début du braquage. August Schulz était pratiquement arrivé à la porte. Le chef d'agence tomba à genoux devant le DAB et regarda son trousseau, qui comptait quatre clés.

« Plus que vingt secondes », fit la voix de Stine.

Commissariat de Majorstua, pensa Harry. Ils sont en train de monter en voiture. Huit pâtés de maisons. Vendredi, heure de pointe.

Les doigts tremblants, Helge Klementsen choisit une clé et l'introduisit dans la serrure. Elle s'immobilisa à mi-chemin. Helge Klementsen appuya plus fort.

« Dix-sept.

— Mais… commença-t-il.

— Quinze. »

Helge Klementsen sortit la clé et en essaya une autre. Celle-ci entra complètement, mais refusa de tourner.

« Mais bon sang…

« — Treize. Utilise celle avec le morceau de scotch vert, Helge. »

Helge Klementsen regarda son trousseau de clés comme s'il le voyait pour la première fois.

« Onze. »

La troisième clé entra. Et tourna. Helge Klementsen ouvrit la porte du coffre et se tourna vers Stine et le braqueur.

« Il faut que je débloque une serrure pour arriver aux cass…

— Neuf ! » cria Stine.

Helge Klementsen laissa échapper un sanglot et se mit à passer les doigts sur les crans des clés, comme s'il ne voyait plus rien, et comme si les crans de chaque clé indiquaient en braille quelle était la bonne.

« Sept. »

Harry se concentra et écouta. Pas encore de sirènes de police. August Schulz saisit la poignée de la porte.

Un frou-frou métallique accompagna la chute du trousseau sur le parquet.

« Cinq », murmura Stine.

La porte s'ouvrit et les bruits de la rue déferlèrent dans l'agence. Harry entendit au loin décroître une note bien connue, plaintive. Et reprendre. Les sirènes de la police. Puis la porte se referma.

« Deux. Helge ! »

Harry ferma les yeux et compta jusqu'à deux.

« Là ! » C'était Helge Klementsen qui criait. Il était venu à bout de la deuxième serrure, et tirait, accroupi, sur les cassettes qui s'étaient manifestement coincées.

« Laisse-moi juste sortir l'argent ! Je… »

À cet instant, il fut interrompu par un hurlement strident. Harry regarda à l'autre bout de l'agence, où la cliente, frappée d'horreur, regardait le braqueur immobile et son arme pointée sur la nuque de Stine. La nénette cligna deux fois des yeux et hocha silencieusement la tête vers le landau, où le cri d'enfant ne cessait de grimper dans les aigus.

Helge Klementsen manqua de tomber à la renverse quand la première cassette quitta ses rails. Il tira le sac noir à lui. En l'espace de six secondes, toutes les cassettes étaient dans le sac. Sur un ordre, Klementsen referma la fermeture à glissière et retourna contre le comptoir. Le tout transmis par la voix de Stine, qui était à présent étonnamment calme et assurée.

Une minute et trois secondes. Le braquage était terminé. L'argent se trouvait dans un sac, au milieu de la pièce. Dans quelques secondes, les premiers policiers seraient là. Dans quatre minutes, d'autres véhicules de police auraient fermé les voies de retraite immédiate autour du lieu du hold-up. Toutes les cellules du corps du braqueur devaient crier qu'il était plus que temps de se tailler les flûtes. Il se passa alors quelque chose que Harry ne comprit pas. Ça n'avait tout bonnement aucun sens. Au lieu de s'enfuir, le braqueur fit tourner la chaise de Stine de sorte qu'elle se retrouve face à lui. Il se pencha vers l'avant et lui murmura quelque chose. Harry plissa les yeux. Il faudrait qu'il se fasse examiner les yeux, un jour. Mais il vit ce qu'il vit. Qu'elle regardait le braqueur sans visage tandis que le sien effectuait une lente métamorphose au fur et à mesure que le sens des propos du braqueur semblait lui apparaître. Ses sourcils fins et bien dessinés formèrent deux S au-dessus de ses yeux qui semblaient grossir démesurément, sa lèvre supérieure se tordit et les coins de sa bouche pointèrent vers le bas en un rictus grotesque. L'enfant cessa de pleurer aussi soudainement qu'il avait commencé. Harry retint son souffle. Car il savait. C'était un instantané, un tableau de maître. Deux personnes emprisonnées dans l'instant où l'une vient de signifier à l'autre son arrêt de mort, le visage masqué à deux empans du visage nu. Le bourreau et sa victime. Le canon pointe vers la fossette sus-sternale et le petit cœur en or qui pend au bout d'une fine chaîne. Harry ne le voit pas, mais il sent tout de même le pouls battre sous la peau fine de la femme.

Un bruit plaintif, assourdi. Harry écoute plus attentivement. Mais ce ne sont pas les sirènes de la police, seulement un téléphone qui sonne dans la pièce d'à côté.

Le braqueur se tourne et regarde vers la caméra de surveillance qui pend du plafond, derrière les guichets. Il lève une main et déploie ses cinq doigts gantés, avant de refermer la main et de montrer l'index. Six doigts. Six secondes de trop. Il se tourne de nouveau vers Stine, saisit l'arme des deux mains, la tient à hauteur de hanche et relève le canon de sorte qu'il pointe vers la tête de la femme, écarte légèrement les jambes pour compenser le recul. Et le téléphone sonne, sonne. Une minute douze secondes. La bague de diamant de Stine scintille lorsqu'elle lève à moitié la main, comme pour dire au revoir à quelqu'un.

Il est exactement 15 h 22 mn 22 s quand il fait feu. La détonation est brève et assourdie. Stine part vers l'arrière sur sa chaise tandis que sa tête danse comme celle d'une poupée cassée. Puis la chaise bascule en arrière. Un bruit sourd accompagne la rencontre de sa tête et du coin du bureau, et Harry ne peut plus la voir. Il ne peut pas non plus voir la publicité pour la nouvelle retraite complémentaire de Nordea, qui est collée sur la vitre au-dessus des guichets et qui est maintenant sur fond rouge. Il ne fait qu'entendre le téléphone qui sonne, encore et encore, insistant et coléreux. Le braqueur se glisse par-dessus le guichet, court vers le sac au milieu de la pièce. Il faut que Harry se décide. Le braqueur attrape le sac. Harry se décide. Il s'extrait d'un mouvement de sa chaise. Six longs pas. Et il y est. Et soulève le combiné.

« J'écoute. »

Dans le silence qui s'ensuit, il entend les sirènes qui s'échappent de la télé du salon, un tube pakistanais de chez le voisin et des pas lourds dans la cage d'escalier, qui ressemblent à ceux de madame Madsen. Puis un petit rire lui parvient de l'autre bout du fil. C'est un rire en provenance d'un passé reculé. Pas dans le temps, mais pas moins reculé pour autant. Comme soixante-dix pour cent du passé de Harry qui lui revient à intervalle irrégulier comme de vagues rumeurs ou des mensonges sans détours. Mais ça, c'était une histoire qu'il pouvait confirmer.

« Tu as toujours cette attitude de macho, Harry ?

— Anna ?

— Mazette, impressionnant. »

Harry sentit une douce chaleur se répandre dans son ventre, presque comme du whisky. Presque. Dans le miroir, il vit une photo qu'il avait affichée sur le mur opposé. De lui et de la Frangine, lors de lointaines vacances estivales à Hvitsten, quand ils étaient petits. Ils souriaient comme le font les enfants quand ils pensent encore que rien de mauvais ne peut leur arriver.

« Et qu'est-ce que tu fais, un dimanche soir, Harry ?

— Eh bien… » Harry entendit sa propre voix qui s'adaptait automatiquement à celle de son interlocutrice. Un peu trop profonde, et un peu trop traînante. Mais ce n'était pas ce qu'il voulait. Pas maintenant. Il se racla la gorge et trouva un ton plus neutre :

« La même chose que la plupart des gens.

— C'est-à-dire ?

— Je regarde une vidéo. »

CHAPITRE 3

House of Pain

« Regardé la vidéo ? »

Le défunt fauteuil de bureau hurla une protestation lorsque l'inspecteur de police Halvorsen se rejeta en arrière pour regarder son aîné de neuf ans, l'inspecteur principal Harry Hole, avec une expression d'incrédulité sur son visage jeune et empreint d'innocence.

« Ben oui », répondit Harry en passant un pouce et un index sur sa peau fine et bouffie, sous des yeux injectés de sang.

« Tout le week-end ?

— De samedi midi à dimanche soir.

— Alors tu as pu t'amuser un peu vendredi soir, donc.

— Oui. » Harry sortit une chemise cartonnée bleue de la poche de son manteau et la posa sur son bureau qui était collé tête bêche avec celui d'Halvorsen. « J'ai lu les extraits des interrogatoires. »

De son autre poche, Harry sortit un paquet gris de café French Colonial. Halvorsen et lui partageaient un bureau presque tout au bout de la zone rouge, au sixième étage de l'hôtel de police de Grønland, et ils avaient fait l'acquisition deux mois auparavant d'une machine à expresso Rancilio Silvio qui occupait la place d'honneur sur l'armoire à archives, sous la photo encadrée d'une jeune femme assise les pieds sur son bureau. Son visage couvert de taches de rousseur semblait tenter une grimace, mais c'était le rire qui l'emportait. Le fond de la photo représentait le mur sur lequel le cadre était accroché.

« Tu savais que trois policiers sur quatre ne savent pas épeler correctement « inintéressant » ? demanda Harry en suspendant son manteau au perroquet. Ils l'écrivent ou bien avec deux n entre les deux i du début, ou bien…

— Intéressant.

— Qu'est-ce que tu as fait, ce week-end ?

— Vendredi, j'étais dans une voiture devant l'ambassade des États-Unis, à cause d'une alerte à la voiture piégée qu'un abruti anonyme avait donnée par téléphone. Fausse alerte, évidemment, mais ils sont tellement à cran en ce moment qu'il a fallu qu'on y passe toute la soirée. Samedi, j'ai de nouveau essayé de trouver la femme de ma vie. Dimanche, j'en suis venu à la conclusion qu'elle n'existe pas. Ça a donné quoi, les interrogatoires sur le braqueur ? demanda Halvorsen en dosant le café dans un double filtre.

— Nada », répondit Harry en ôtant son pull-over. En dessous, il portait un T-shirt gris anthracite qui avait naguère été noir, et d'où les lettres *Violent Femmes* avaient pratiquement disparu. Il se laissa tomber dans son fauteuil avec un gémissement.

« On n'a trouvé personne qui ait vu le suspect dans les environs de la banque avant le braquage. Un type est sorti du 7-Eleven de l'autre côté de Bogstadveien et a vu le braqueur remonter Industrigata en courant. Il l'a remarqué à cause de la cagoule. La caméra de surveillance située à l'extérieur de l'agence les montre au moment où le braqueur passe à la hauteur du témoin, devant une benne placée devant le 7-Eleven. La seule chose intéressante dans ce qu'il a dit et qu'on ne voit pas sur la vidéo, c'est que plus haut dans Industrigata le braqueur traverse deux fois la rue, du trottoir de droite sur celui de gauche.

— Un type qui n'arrive pas à se décider pour savoir sur quel trottoir il doit cavaler... Ça me paraît assez inintéressant, à moi, dit Halvorsen en mettant le double filtre dans son support. Avec un seul n et deux s, donc.

— On ne peut pas dire que tu sois spécialement calé en braquages de banques, Halvorsen.

— Pourquoi le serais-je ? Nous, on est supposés mettre le grappin sur les meurtriers, et ce sont les mecs du Hedmark qui se chargent de coffrer les voleurs.

— Les mecs du Hedmark ?

— Tu ne l'as jamais remarqué, quand tu passes à l'OCRB[1] ? C'est plein de vestes tricotées main, et les mecs parlent tous des dialectes du Gudbrandsdal. Mais l'indice, c'est quoi ?

— L'indice, c'est Victor.

— La brigade cynophile ?

— Celle qui est en général la première sur les lieux, et ça, un braqueur expérimenté le sait. Un bon clebs peut suivre un braqueur qui se déplace à pied dans la ville, mais s'il traverse la rue et si des voitures passent par-dessus sa piste, le clébard la perd.

— Et alors ? » Halvorsen tassa la poudre et acheva sa manipulation en lissant la surface d'une rotation de la presse, ce qui distinguait le professionnel de l'amateur, avait-il affirmé.

« Ça renforce le soupçon qu'il puisse s'agir d'un braqueur bien entraîné. Et cet élément-là, pris individuellement, indique qu'on peut viser un nombre dramatiquement plus réduit de suspects qu'on l'aurait fait autrement. Le chef de l'OCRB m'a raconté que...

— Ivarsson ? Je ne savais pas que vous étiez super potes ?

---

1. Office Central pour la Répression du Banditisme.

— On ne l'est pas, il parlait au groupe d'enquêteurs dont je fais partie. Et il nous a dit que le milieu du hold-up d'Oslo est composé de moins de cent personnes. Cinquante d'entre eux sont si stupides, dopés ou à côté de leurs pompes qu'ils se font prendre presque à chaque fois. La moitié d'entre eux sont au trou, et on peut donc en faire abstraction. Quarante sont de véritables artisans qui arrivent à s'en tirer si quelqu'un les a aidés à préparer le coup. Et puis, il reste les dix pro, ceux qui attaquent les véhicules de transport de fonds ou les caisses principales, et qu'on ne chope qu'avec un peu de veine. Ces dix-là, on essaie en permanence de savoir où ils sont. On vérifie leurs alibis, aujourd'hui. » Harry jeta un coup d'œil à Sylvia, qui crachotait sur l'armoire à archives.

« Et puis, j'ai parlé à Weber, de la Technique, samedi.

— Je croyais qu'il devait partir en retraite ce mois-ci.

— Quelqu'un avait mal calculé, ça ne sera pas avant cet été.

— Punaise, il doit être encore plus grinche que d'habitude ? dit Halvorsen en riant.

— Oh oui, mais pas pour ça. Lui et ses gars n'ont absolument rien trouvé.

— Rien ?

— Pas d'empreintes digitales. Pas un seul cheveu. Même pas une toute petite fibre d'un vêtement. Et les traces de ses chaussures montrent qu'elles étaient flambant neuves.

— De sorte qu'on ne peut pas comparer leur usure avec ses autres paires ?

— Cor-rect, dit Harry en insistant sur le o.

— Et l'arme du braquage ? » demanda Halvorsen en apportant précautionneusement une tasse de café à la table de Harry. Quand il leva les yeux, il s'aperçut que le sourcil gauche de Harry était monté jusqu'à la racine de ses cheveux pratiquement rasés. « Excuse-moi. L'arme du crime.

— Merci. Pas retrouvée. »

Halvorsen s'assit de son côté du bureau et but une gorgée de café.

« En bref, un type est entré dans une agence bancaire pleine de clients, en plein jour, a pris deux millions de couronnes et a assassiné une femme avant de ressortir calmement dans une rue où passe peu de monde mais beaucoup de voitures, dans le centre de la capitale de la Norvège, à quelques centaines de mètres de l'hôtel de police. Et nous, les professionnels payés par les pouvoirs publics royaux, on n'a rien ? »

Harry hocha lentement la tête.

« Presque. On a la vidéo.

— Dont tu connais par cœur la moindre seconde, si je ne me trompe pas.

— Mouais. Chaque dixième, je crois.

— Et tu peux pratiquement citer de mémoire les dépositions des témoins ?

— Juste celle d'August Schulz. Il a dit beaucoup de choses intéressantes sur la guerre. Il a énuméré les noms de ses concurrents dans la confection, des soi-disant bons Norvégiens, qui avaient contribué à ce que les possessions de sa famille soient confisquées durant la guerre. Il sait exactement ce qu'ils font aujourd'hui. Mais il n'a pas réalisé qu'un braquage avait eu lieu, tu imagines ? »

Ils finirent le café en silence. La pluie claquait contre la fenêtre.

« Tu aimes bien cette vie, toi, dit soudain Halvorsen. Rester seul tout le week-end, à chasser les fantômes. »

Harry sourit, mais ne répondit pas.

« Je croyais que tu avais plaqué ton existence d'ermite, maintenant que tu as des obligations familiales. »

Harry jeta un regard d'avertissement à son collègue.

« Je ne sais pas si je vois les choses de cette façon, dit-il lentement. On n'habite même pas ensemble, tu sais.

— Non, mais Rakel a un petit garçon, et ça change un peu les choses, non[1] ?

— Oleg, dit Harry en se traînant jusqu'à l'armoire à archives. Ils sont partis vendredi pour Moscou.

— Ah ?

— Procès. Le père du gamin veut être représentant légal.

— Pas absurde, ça. Quel genre de mec est-ce, en réalité ?

— Eh bien… » Harry redressa la photo suspendue légèrement de travers, au-dessus de la machine à café. « C'est un professeur que Rakel a rencontré et épousé quand elle travaillait là-bas. Il vient d'une vieille famille bourrée de pognon, d'après Rakel, ils ont une énorme influence politique.

— Ils connaissent peut-être quelques juges, alors ?

— Certainement, mais on pense que ça se passera bien. Le père est complètement givré, et tout le monde le sait. Élégant pochard qui maîtrise mal ses impulsions, tu vois le genre.

— Je crois. »

Harry leva brusquement les yeux, juste à temps pour voir Halvorsen effacer un grand sourire.

Il était de notoriété publique dans la police que Harry avait des problèmes avec l'alcool. L'alcoolisme n'est pas un motif valable pour licencier un policier, mais le fait de se pointer beurré au boulot l'est. La dernière fois que Harry avait craqué, c'étaient ceux qui occupaient les étages supérieurs qui avaient émis la possibilité d'un renvoi, mais le chef de la Brigade Criminelle, le capitaine de police Bjarne Møller, avait comme à l'accoutumée

---

1. Voir *Rouge-Gorge*, Folio Policier n° 450.

levé une main protectrice sur Harry et plaidé des circonstances exceptionnelles. Ces circonstances exceptionnelles tenaient en ce que la jeune femme dont la photo était suspendue au-dessus de la machine à café — Ellen Gjelten, partenaire de Harry et amie proche — avait été frappée à mort par une batte de base-ball sur un sentier près de l'Akerselva. Harry s'en était remis, mais c'était une plaie qui le faisait toujours souffrir. En particulier parce que selon Harry, cette affaire n'était toujours pas élucidée [1]. Quand Harry et Halvorsen avaient découvert des preuves techniques contre le néo-nazi Sverre Olsen, l'inspecteur principal Tom Waaler était illico allé chez Olsen pour procéder à son arrestation. Olsen avait néanmoins fait feu contre Waaler, qui avait riposté et tué Olsen, en état de légitime défense. Selon le rapport de Waaler. Et ni ce qu'on avait découvert sur les lieux ni l'enquête SEFO [2] ne laissaient croire autre chose. D'un autre côté, on n'avait jamais été fixé sur les motifs qui avaient poussé Olsen à tuer, si ce n'est son apparente implication dans le commerce illégal qui avait inondé Oslo d'armes de poing au cours des dernières années, et sur la trace duquel Ellen s'était lancée. Mais Olsen n'était qu'un exécutant, ceux qui étaient derrière la liquidation n'avaient pas encore la police sur les talons.

C'était pour pouvoir travailler sur l'affaire Ellen Gjelten que Harry avait demandé à revenir à la Criminelle, après une courte prestation en tant qu'invité au Service de Surveillance de la Police, à l'étage au-dessus. Ceux-ci n'avaient pu que s'en estimer heureux. Tout comme Møller de le voir de retour au sixième étage.

« Alors je file voir Ivarsson, à l'OCRB, avec ça, gronda Harry en agitant une cassette vidéo devant lui. Il

1. Voir *Rouge-Gorge*, Folio Policier n° 450.
2. Særskilte EtterForskningsOrgan, l'équivalent de notre Inspection Générale de la Police Nationale.

veut y jeter un coup d'œil en compagnie d'un nouvel enfant prodige qu'ils ont récupéré.

— Ah ? Qui est-ce ?

— Une fille qui est sortie de l'École de Police cet été et qui a apparemment éclairci trois affaires de braquage rien qu'en regardant les vidéos.

— Pétard… Jolie ?

— Vous êtes tellement prévisibles, les jeunes, que c'en devient ennuyeux, soupira Harry. J'espère qu'elle est douée, le reste ne m'intéresse pas.

— Sûr que c'est une fille ?

— Monsieur et madame Lønn ont bien sûr pu avoir assez d'humour pour appeler leur fils Beate.

— Je sens qu'elle est jolie.

— J'espère que non, dit Harry en baissant la tête par habitude tandis que ses cent quatre-vingt-quinze centimètres passaient sous le chambranle.

— Ah ? »

La réponse lui fut criée depuis le couloir : « Les policiers compétents sont tous laids. »

Au premier coup d'œil, l'apparence de Beate Lønn ne donnait de précision ni dans un sens ni dans l'autre. Elle n'était pas laide, et certains auraient même dit qu'elle avait la beauté d'une poupée. Mais c'était peut-être en grande partie parce que tout en elle était petit : le visage, le nez, les oreilles, le corps. Car en premier lieu, elle était pâle. Sa peau et ses cheveux étaient à ce point incolores qu'elle rappela à Harry le cadavre d'une femme que lui et Ellen avaient repêché dans le Bunnefjord. Mais à la différence du cadavre, Harry avait la sensation qu'il aurait oublié à quoi ressemblait Beate Lønn après l'avoir quittée des yeux un court instant. Ce qui ne sembla pas révolter outre mesure Beate Lønn quand elle murmura son nom en laissant Harry serrer sa petite main moite, avant de la récupérer en toute hâte.

« Hole est une sorte de légende, dans la maison, tu sais », dit le capitaine de police Rune Ivarsson, qui se débattait avec un trousseau de clés, le dos tourné. Au-dessus de la porte en fer grise qu'ils avaient devant eux, des lettres gothiques indiquaient *House of Pain*, et en dessous *Salle de réunion 508*. « N'est-ce pas, Hole ? »

Harry ne répondit pas. Il n'y avait aucune raison de douter du type de légende auquel pensait Ivarsson, il n'avait jamais fait d'effort particulier pour cacher qu'il pensait que Harry Hole était une honte pour la police et qu'il aurait dû en être écarté depuis longtemps.

Ivarsson réussit finalement à ouvrir, et ils entrèrent. House of Pain était une pièce spéciale que l'OCRB utilisait pour étudier, monter et copier des enregistrements vidéo. La pièce comprenait une grande table en son milieu, trois postes de travail et pas de fenêtres. Aux murs, on trouvait une étagère de cassettes vidéo, une douzaine de messages télégraphiques illustrés de photos de braqueurs recherchés, un grand écran sur le mur le plus étroit, un plan d'Oslo et différents trophées résultant de chasses au bandit abouties. Comme à côté de la porte, où deux manches de pull percées de trous pour les yeux et la bouche étaient punaisées. L'intérieur se composait par ailleurs de PC gris, de moniteurs noirs, de lecteurs VHS et DVD et d'une tapée d'autres machines dont Harry n'avait pas la moindre idée de ce à quoi elles pouvaient servir.

« Qu'a tiré la Criminelle de ces vidéos ? » demanda Ivarsson en s'affalant sur une chaise. Il prononça Criminelle avec un è exagérément long.

« Quelque chose, répondit Harry en allant à l'étagère de vidéos.

— Quelque chose ?

— Pas beaucoup.

— Dommage que vous ayez omis de venir à la conférence que j'ai tenue à la cantine en septembre. Tous les services étaient représentés, à part le vôtre, si ma mémoire est bonne. »

Ivarsson était grand et filiforme, avec une frange blonde qui ondoyait au-dessus d'une paire d'yeux bleus. Son visage avait les traits masculins des mannequins qui représentent des marques allemandes telles que Boss, et il était encore bronzé après les nombreuses heures estivales passées sur un court de tennis, avec peut-être en plus une heure par-ci, par-là au solarium du club omnisports. Rune Ivarsson était en deux mots ce que la plupart des gens auraient qualifié de bel homme, étayant du même coup la théorie de Harry sur le lien entre l'apparence et l'efficacité dans le travail policier. Mais ce qu'Ivarsson perdait en talent d'enquêteur, il le récupérait en matière de flair politique et d'alliances au sein de la hiérarchie de la police. Ivarsson avait de plus cette assurance naturelle que beaucoup interprétaient à tort comme une aptitude à diriger. Dans le cas d'Ivarsson, cette assurance était uniquement due au fait qu'il était totalement incapable d'apprécier ses propres limites, ce qui ne manquerait pas de le faire progresser et d'en faire un jour — directement ou indirectement — le supérieur de Harry. À première vue, Harry ne voyait aucun inconvénient à ce que des médiocrités soient expédiées plus haut, loin de l'investigation, mais le risque avec des gens comme Ivarsson, c'était qu'ils pouvaient facilement se figurer qu'ils n'avaient plus qu'à se mettre à diriger ceux qui y connaissaient quelque chose en investigation.

« Est-ce qu'on a loupé quelque chose ? demanda Harry en promenant un doigt le long de l'alignement de petites étiquettes manuscrites collées au dos des cassettes.

— Peut-être pas, répondit Ivarsson. À moins qu'on s'intéresse aux petites broutilles qui permettent de résoudre les affaires criminelles. »

Harry parvint à réfréner l'envie de dire qu'il n'avait pas jugé bon de venir parce qu'il avait appris de la bouche d'anciens participants qu'il ne s'agissait que d'une vaste opération de frime, l'unique but d'Ivarsson étant de faire savoir au monde qu'après sa prise de fonction en tant que chef de l'OCRB, le taux d'affaires éclaircies était passé de 35 % à environ 50 %. Sans mentionner que cette nomination avait coïncidé avec un doublement des effectifs du service, d'un élargissement général des autorisations en matière de méthodes d'investigation, ni que le service avait par la même occasion perdu son plus mauvais enquêteur... Rune Ivarsson.

« Je considère que je suis plus ou moins intéressé, dit Harry. Alors explique-moi comment vous avez résolu celle-ci. » Il tira une cassette et lut l'étiquette : « 20.11.94, Sparebanken NOR, Manglerud.

— Volontiers, répondit Ivarsson en riant. On les a pris à l'ancienne. Ils ont échangé la voiture dans laquelle ils s'enfuyaient contre celle d'un pochard, sur Alnabru, et ont incendié celle qu'ils abandonnaient. Mais elle n'a pas complètement brûlé. Nous avons trouvé les gants d'un des braqueurs, qui contenaient des traces d'ADN. Nous les avons comparées avec celui des personnes que nos taupes avaient désignées comme des coupables potentiels après avoir regardé la vidéo, et il y a eu *une* concordance. Cet imbécile a pris quatre ans parce qu'il avait tiré une balle dans le plafond. D'autres choses que tu désirais savoir, Hole ?

— Mmm. » Harry jouait avec la cassette. « Quel genre de trace ADN était-ce ?

— Je viens de te le dire : une qui concordait. » Un frémissement secoua le coin de l'œil gauche d'Ivarsson.

« Super, mais quoi ? De la peau morte ? Un ongle ? Du sang ?

— C'est important ? » La voix d'Ivarsson s'était faite tranchante et impatiente.

Harry se dit qu'il ferait mieux de la boucler. Qu'il fallait en finir avec ces projets à la Don Quichotte. Les gens comme Ivarsson n'apprennent de toute façon jamais.

« Peut-être pas, s'entendit dire Harry. À moins qu'on s'intéresse aux petites broutilles qui permettent de résoudre les affaires criminelles. »

Ivarsson ne quittait pas Harry des yeux. Dans cette pièce particulière, insonorisée, le silence se ressentait comme une pression physique contre les oreilles. Ivarsson ouvrit la bouche pour parler.

« Des poils de phalanges. »

Les deux hommes se retournèrent vers Beate Lønn. Harry avait pratiquement oublié sa présence. Elle regarda l'un, puis l'autre, et répéta, presque en un murmure :

« Des poils de phalanges. Le genre de poils qu'on a sur le dessus des doigts… ça ne s'appelle pas… »

Ivarsson se racla la gorge.

« Il est vrai que c'était un poil. Mais ça devait être — sans qu'on ait trop besoin d'entrer dans les détails — un poil du dessus de la main. N'est-ce pas, Beate ? » Sans attendre de réponse, il passa légèrement un doigt sur le verre de sa montre.

« Mais il faut que je me sauve. Amusez-vous bien, avec cette vidéo. »

Au moment où la porte claquait derrière Ivarsson, Beate prit la cassette des mains de Harry et la présenta devant le magnétoscope qui l'avala en bourdonnant.

« Deux poils, dit-elle. Dans le gant gauche. Des phalanges. Et le soiffard se trouvait à Karihaugen, pas à Alnabru. Mais pour les quatre ans, c'est juste. »

Harry la regarda, éberlué.

« Ce n'était pas bien avant ton arrivée ? »

Elle haussa les épaules tout en appuyant sur la touche Play de la télécommande.

« Il suffit de lire les rapports.

— Mmm », fit Harry en la regardant de côté avec attention. Puis il s'installa plus confortablement sur sa chaise. « Voyons voir si celui-ci nous a laissé quelques poils de phalanges. »

Le magnétoscope grinça faiblement, et Beate éteignit la lumière. L'instant suivant, tandis que luisait encore devant eux l'écran bleu de veille, un autre film démarra dans la tête de Harry. C'était court, juste quelques secondes, une scène baignée par les lumières bleues des stroboscopes du Waterfront, un club depuis longtemps fermé d'Aker Brygge. Il ne savait pas comment elle s'appelait, cette femme aux yeux marron et rieurs, qui essayait de lui crier quelque chose par-dessus la musique. Ils passaient du cowpunk. Green On Red. Jason and The Scorchers. Il versait du Jim Beam dans son coca et se foutait de comment elle pouvait bien s'appeler. Mais le lendemain, il le savait, tandis qu'ils larguaient les amarres sur le lit orné du cheval sans tête et partaient pour leur voyage inaugural. Harry ressentit la chaleur qu'il avait éprouvée dans le ventre en entendant sa voix dans le téléphone, la veille au soir.

L'autre film prit alors l'avantage.

Le vieil homme avait entamé son expédition polaire à travers le local, vers le guichet, filmé sous un angle qui changeait toutes les cinq secondes.

« Thorkildsen, sur TV2, dit Beate Lønn.

— Non, August Schulz.

— Je veux dire, le montage, dit-elle. On dirait le travail artisanal de Thorkildsen, sur TV2. Il manque quelques dixièmes çà et là…

— Il en manque ? Comment vois…

— Plusieurs choses. Suis ce qui se passe dans le fond. La Mazda rouge que tu aperçois dehors était en plein milieu de l'image de deux caméras au moment où ça a changé. Un objet ne peut pas être à deux endroits en même temps.

— Tu veux dire que quelqu'un a bidouillé l'enregistrement ?

— Oh, non. Tout ce qu'enregistrent les six caméras intérieures et la caméra extérieure est inscrit sur une seule et unique bande. Sur la bande originale, l'image change à toute vitesse, de sorte qu'il n'y a qu'un saut. C'est pour ça qu'il faut remonter le film pour avoir des séquences cohérentes plus longues. Il nous arrive d'aller chercher quelqu'un d'une chaîne de télé quand on ne peut pas le faire nous-mêmes. Des gens du milieu comme Thorkildsen trichent un peu sur les compteurs pour que ça soit plus joli à l'œil, que ça ne saute pas tout le temps. Une déformation professionnelle, j'imagine.

— Déformation professionnelle », répéta Harry. Il se dit que c'était une expression étrangement vieillotte pour sortir de la bouche d'une si jeune femme. Ou bien peut-être n'était-elle pas aussi jeune qu'il l'avait tout d'abord supposé ? Il s'était passé quelque chose en elle au moment où la lumière s'était éteinte, son langage corporel s'était détendu, sa voix s'était faite plus ferme.

Le braqueur entra dans l'agence et cria en anglais. Sa voix était lointaine, assourdie, comme provenant de sous une couette.

« Que penses-tu de ça ? demanda Harry.

— Norvégien. Il parle anglais pour qu'on ne puisse pas relever de trace de dialecte, d'accent ou de mot particulier qu'on pourrait rapprocher d'un éventuel précédent braquage. Il porte des vêtements lisses qui ne perdent pas de fibres qu'on pourrait retrouver ensuite dans la voiture qui a permis la fuite, dans un appartement de couverture ou chez lui.

— Mmm. Mais encore ?

— Tous les orifices dans les vêtements sont scotchés pour qu'il ne laisse aucune trace ADN. Comme des cheveux ou de la sueur. Tu vois que les jambes de son pantalon sont scotchées autour de ses bottes, ainsi que les manches autour de ses poignets. Je parie qu'il a de la bande adhésive tout autour de la tête, et de la cire sur les sourcils.

— Un pro, donc ? »

Elle haussa les épaules.

« Quatre-vingts pour cent des braquages sont programmés moins d'une semaine à l'avance et sont effectués par des gens qui sont sous l'influence de l'alcool ou de stupéfiants. Celui-là est préparé, et le type a l'air clean.

— À quoi vois-tu ça ?

— Si on avait eu une lumière optimale et de meilleures caméras, on aurait pu agrandir l'image et examiner les pupilles. Mais ce n'est pas le cas, et je regarde donc ce que son corps me dit. Calme, des gestes mûrement réfléchis, tu vois ? S'il a pris quelque chose, ce n'est certainement pas du speed ou quelque chose qui ressemble aux amphétamines. Du Rohypnol, peut-être. C'est le truc favori.

— Pourquoi ça ?

— Un braquage, c'est une expérience extrême. Tu n'as pas besoin de speed, bien au contraire. L'année dernière, il y en a un qui s'est pointé à la DnB de Solli plass avec une arme automatique, il a criblé le plafond et les murs de balles avant de se tailler sans argent. Il a dit au juge qu'il avait absorbé tellement d'amphétamines qu'il fallait que ça sorte, point final. Je préfère les braqueurs sous Rohypnol, en fait. »

Harry fit un signe de tête vers l'écran.

« Regarde l'épaule de Stine Grette, au guichet 1, elle appuie sur le bouton d'alarme. Et le son de l'enregistrement est tout à coup bien meilleur. Pourquoi ?

— L'alarme est reliée au système vidéo, et quand elle est déclenchée, le film se met à défiler beaucoup plus vite. Ça nous fournit de meilleures images et un meilleur son. Suffisamment bon pour qu'on puisse procéder à des analyses vocales du braqueur. Et à ce moment-là, il ne sert à rien au type de parler anglais.

— Est-ce que c'est vraiment aussi infaillible qu'ils le prétendent ?

— Les sons dans nos cordes vocales sont comme des empreintes digitales. Si nous pouvons donner à notre expert en analyses vocales de NTNU à Trondheim dix mots sur une bande, il peut identifier la voix par rapport à une autre avec quatre-vingt-quinze pour cent de certitude.

— Mmm. Mais pas avec la qualité sonore qui précède le déclenchement de l'alarme, donc…

— C'est beaucoup plus incertain.

— Et voilà pourquoi il crie en anglais, pour commencer, avant de faire parler Stine Grette à sa place, quand il pense que l'alarme a été déclenchée.

— Voilà. »

Ils étudièrent en silence le braqueur de noir vêtu qui passait par-dessus le comptoir, posait le canon de son arme contre la tête de Stine Grette et lui murmurait dans l'oreille.

« Qu'est-ce que tu penses de sa réaction, à elle ? demanda Harry.

— C'est-à-dire ?

— L'expression de son visage. Elle a l'air relativement calme, tu ne trouves pas ?

— Je ne trouve rien. Il y a en général peu d'informations à retirer de ce qu'un visage exprime. Je parie que son pouls approche les 180. »

Ils regardèrent Helge Klementsen qui se démenait sur le sol, dans le local du DAB.

« J'espère que celui-là se fera suivre correctement, dit Beate à voix basse en secouant la tête. J'ai déjà vu des gens tomber en invalidité psychique après avoir été exposés à ce genre de braquages. »

Harry ne dit rien, mais pensa que ce devait être une assertion qu'elle avait reprise à des collègues plus âgés.

Le braqueur se tourna et leur montra six doigts.

« Intéressant », dit Beate en notant sur le bloc qu'elle avait devant elle, sans baisser les yeux. Harry suivit la jeune femme-policier du coin de l'œil, et la vit sursauter sur sa chaise quand le coup de feu partit. Tandis que sur l'écran, le braqueur sautait par-dessus le guichet, attrapait son sac et passait la porte, le petit menton de Beate remonta lentement et son stylo s'échappa de sa main.

« Ce dernier bout, on ne l'a pas diffusé sur Internet, ni donné à aucune des chaînes de télévision, dit Harry. Regarde, le voilà sur la caméra à l'extérieur de l'agence. »

Ils virent le braqueur traverser à grands pas le passage piéton qui coupait Bogstadveien, pendant que c'était aux piétons de passer, et continuer vers le haut d'Industrigata. Puis il disparut de l'image.

« Et la police ? demanda Beate.

— Le commissariat le plus proche est dans Sørkedalsveien, juste devant le péage, à huit cents mètres seulement de l'agence. Et pourtant, il s'est écoulé plus de trois minutes entre le déclenchement de l'alarme et leur arrivée. Ce qui laissait au braqueur environ deux minutes pour foutre le camp. »

Beate regarda pensivement l'écran, sur lequel voitures et personnes défilaient, comme si rien ne s'était passé.

« La fuite était aussi bien préparée que le braquage. La voiture attendait certainement derrière le coin, pour ne pas se faire piéger par la caméra qui filmait l'extérieur de l'agence. Il a eu de la chance.

— Peut-être, dit Harry. D'un autre côté, tu trouves vraiment qu'il a l'air de quelqu'un qui se base sur la chance ? »

Beate haussa les épaules.

« La plupart des braquages de banque semblent bien étudiés à partir du moment où ils réussissent.

— D'accord, mais dans ce cas, les chances pour que la police soit en retard étaient assez grandes. Car vendredi, à cette heure, toutes les voitures de patrouille étaient occupées ailleurs, en l'occurrence...

— ... à l'ambassade des États-Unis ! s'écria Beate en se frappant le front. L'alerte à la voiture piégée. Je ne travaillais pas vendredi, mais j'ai vu ça aux actualités. Et maintenant qu'ils sont tous complètement hystériques, il est évident que tout le monde y était.

— Ils n'ont pas trouvé de bombe.

— Bien sûr que non. C'est une ruse classique pour attirer la police dans un autre endroit avant un braquage. »

Ils regardèrent la dernière partie de l'enregistrement dans un silence pensif. August Schulz qui attendait devant le passage piéton. Le petit bonhomme passa au rouge, puis de nouveau au vert, sans que le vieil homme ne bouge. Qu'est-ce qu'il attend ? se demanda Harry. Une irrégularité, que le bonhomme reste vert anormalement longtemps, une espèce d'onde verte du siècle ? Bien. Elle ne tarderait pas. Au loin, il entendit les sirènes de la police.

« Il y a quelque chose qui cloche, dit Harry.

— Il y a toujours quelque chose qui cloche », répondit Beate Lønn avec le soupir désabusé d'un vieux de la vieille.

Puis le film prit fin, laissant une tempête de neige faire rage sur l'écran.

CHAPITRE 4

Écho

« De la neige ? »

Harry braillait dans son mobile en avançant péniblement sur le trottoir.

« Eh oui », dit Rakel sur une mauvaise ligne depuis Moscou, et tout de suite après un écho crépitant : « … i.

— Allô ?

— Il fait un froid de canard, ici… i. Aussi bien dedans que dehors… ors.

— Et dans la salle d'audience ?

— Bien en dessous du seuil de congélation, là aussi. Quand nous habitions ici, sa mère disait même que je devais prendre Oleg et m'en aller d'ici. Et maintenant, elle est assise au milieu des autres, et elle me lance de ces regards haineux… neux.

— Comment va ton affaire ?

— Comment le saurais-je ?

— Eh bien… Pour commencer, tu es juriste, et d'autre part, tu parles russe.

— Harry. Tout comme les cent cinquante millions de Russes, je pige que dalle au système juridique local, vu ?… vu ?

— Vu. Comment le vit Oleg ? »

Harry répéta encore une fois sa question sans obtenir de réponse, et il tint l'appareil devant lui pour voir si la communication avait été coupée, mais les secondes s'égrenaient sur le compteur. Il plaqua de nouveau son téléphone sur l'oreille.

« Allô ?

— Allô, Harry, je t'entends… tends. Tu me manques… anques. Pourquoi ris-tu… ? tu ?

— À cause de l'écho, qui te fait dire des trucs bizarres. »

Harry était arrivé à la porte, il sortit sa clé et entra dans la cage d'escalier.

« Tu trouves que je suis chiante, Harry ?

— Bien sûr que non. »

Harry fit un signe de tête à Ali qui essayait de faire passer un traîneau à patinette par la porte de la cave.

« Je t'aime. Tu es là ? Je t'aime ! Allô ? Rakel ? »

Harry leva un regard dépité de son téléphone mort, et découvrit le sourire radieux de son voisin pakistanais.

« Oui, bien sûr, toi aussi, Ali, murmura-t-il en recomposant à grand-peine le numéro de Rakel.

— Le bouton de rappel, dit Ali.

— Hein ?

— Rien. Au fait, dis-le-moi, si tu veux louer ta cave. Tu ne l'utilises pas tant que ça, si ?

— J'ai une cave ? »

Ali leva les yeux au ciel. « Depuis combien de temps est-ce que tu habites ici, Harry ?

— Je t'ai dit que je t'aimais. »

Ali jeta un regard interrogateur à Harry qui le congédia d'un geste, signifiant qu'il avait de nouveau la ligne. Il monta l'escalier au pas de course en tenant sa clé devant lui, comme une baguette de sourcier.

« Là, on peut parler », dit Harry lorsqu'il eut passé la porte de son deux-pièces chichement équipé mais bien rangé, acheté pour une somme dérisoire à la fin des années quatre-vingts, quand le marché de l'immobilier était dans le creux de la vague. De temps à autre, Harry se disait qu'avec cet achat immobilier, il avait épuisé son potentiel de chance pour le restant de sa vie.

« J'aimerais que tu sois là, avec nous, Harry. Oleg aussi dit que tu lui manques.

— Il l'a dit ?

— Il n'a pas besoin de le dire. Vous êtes pareils, pour ça, tous les deux.

— Hé, je viens de dire que je t'aimais. Deux fois. Avec le voisin pour témoin. Tu sais ce que ça me coûte, ça ? »

Rakel éclata de rire. Il adorait ce rire, depuis la première fois qu'il l'avait entendu. Et il avait instinctivement su qu'il ferait n'importe quoi pour pouvoir l'entendre souvent. Et de préférence tous les jours.

Il envoya promener ses chaussures et sourit en voyant le répondeur clignoter dans l'entrée, indiquant qu'il y avait des messages. Il n'avait pas besoin de dons particuliers pour deviner que c'était un message de Rakel, laissé plus tôt dans la journée. Personne d'autre n'appelait Harry Hole chez lui.

« Comment sais-tu que tu m'aimes ? » roucoula Rakel. L'écho avait disparu.

« Je sens que j'ai chaud au… comment ça s'appelle ?

— Le cœur ?

— Non, c'est un peu en dessous du cœur, derrière. Les reins ? Le foie ? La rate ? Oui, c'est ça, ça me fait chaud à la rate. »

Harry ne sut pas si c'était un rire ou des pleurs qu'il entendit à l'autre bout du fil. Il appuya sur la touche de lecture des messages.

« J'espère qu'on sera rentrés dans quinze jours », dit Rakel sur le mobile, avant que sa voix ne soit couverte par le répondeur :

« Salut, c'est encore moi… »

Harry sentit son cœur faire un bond et réagit avant d'avoir eu le temps de penser. Il appuya sur la touche Stop. Mais c'était comme si l'écho des mots qu'avait prononcés la voix féminine légèrement rauque et insinuante continuait à se répercuter entre les murs.

« Qu'est-ce que c'était ? » demanda Rakel.

Harry retint son souffle. Une pensée tenta de lui parvenir avant qu'il ne réponde, mais arriva trop tard : « Juste la radio. » Il se racla la gorge. « Quand tu le sauras, dis-moi par quel vol vous rentrez, comme ça, j'irai vous chercher.

— Bien sûr, je le ferai », dit-elle d'une voix pleine de surprise. Une pause maladroite s'ensuivit.

« Il faut que j'y aille, dit Rakel. On se rappelle demain, à huit heures ?

— Oui. C'est-à-dire, non, je serai pris.

— Ah ? J'espère que c'est quelque chose de sympa, pour une fois.

— Eh bien, en tout cas, je dois voir une femme.

— Voyez-vous ça… Qui est l'heureuse élue ?

— Beate Lønn. Nouvel agent à l'OCRB.

— À quelle occasion ?

— Une conversation avec le mari de Stine Grette, celle qui a été abattue dans le braquage de Bogstadveien, dont je t'ai parlé. Et avec le chef d'agence.

— Amuse-toi bien, et à demain. Oleg veut te dire bonsoir. »

Harry entendit de petits pas pressés, et un souffle fiévreux dans l'appareil.

Après avoir raccroché, Harry resta dans l'entrée et se regarda dans le miroir au-dessus de la table du téléphone. Si sa théorie tenait la route, il avait à présent devant lui un policier compétent. Deux yeux injectés de sang de part et d'autre d'un crampon nasal strié d'un fin réseau de veinules, dans un visage pâle et osseux aux pores dilatés. Les rides faisaient penser à des coups de couteau donnés au hasard dans une poutre de bois. Comment était-ce arrivé ? Dans le miroir, il vit le mur derrière lui, orné de la photo de ce gamin rieur et de sa sœur. Mais ce n'était pas une beauté ou une jeunesse perdue que Harry recherchait. Car l'idée avait fini par arriver. Il chercha dans ses propres traits ce qu'il y avait de déloyal, de fuyant et de lâche, qui venait de lui faire transgresser l'une des rares règles qu'il s'était imposées : qu'il ne mentirait jamais — pas jusqu'à présent, quoi qu'il en soit — à Rakel. De tous les écueils — et il y en avait un bon paquet — le mensonge ne devait en tout état de cause pas être la base de cette relation. Alors pourquoi l'avait-il fait, malgré tout ? C'était vrai que lui et Beate devaient rencontrer le mari de Stine Grette, mais pourquoi n'avait-il pas dit qu'il avait prévu de voir Anna ensuite ? Une ancienne flamme, et alors ? Ça avait été une histoire courte et orageuse qui avait laissé quelques traces, mais pas de blessure profonde. Ils devaient juste discuter devant une tasse de café, se raconter l'un l'autre leurs histoires de comment-ça-s'était-passé-ensuite. Et rentrer chacun chez soi.

Il appuya sur la touche de lecture de son répondeur pour écouter le reste du message. La voix d'Anna emplit l'entrée : « ... suis impatiente de te voir au M ce soir. Deux choses, juste. Tu pourrais passer au Låsesmeden [1] de Vibes gate, en venant, pour y prendre quelques clés que j'avais commandées ? Ils sont ouverts jusqu'à sept heures, et j'ai dit qu'elles seraient à ton nom. Et aurais-tu la gentillesse de mettre ce jean, tu sais, celui que j'aime tant ? »

Un rire profond, un peu rauque. Ce fut comme si la pièce vibrait au même rythme. Elle n'avait pas changé, aucun doute là-dessus.

---

1. Une chaîne de serruriers, type Mister Minit.

CHAPITRE 5

Némésis

La pluie créait de brefs rais de lumière en tombant dans l'obscurité précoce d'octobre qu'éclairait la lampe extérieure fixée au-dessus du panonceau de céramique. Harry put y lire qu'ici vivaient Espen, Stine et Trond Grette. « Ici » se présentait sous la forme d'une maison mitoyenne dans Disengrenda. Il appuya sur la sonnette et regarda autour de lui. Disengrenda était longue de quatre maisons, au cœur d'un grand champ plat entouré d'immeubles qui rappelèrent à Harry les pionniers qui établissaient des remparts circulaires sur la prairie pour se protéger des attaques indiennes. Et c'était peut-être bien ça. Les maisons avaient été construites dans les années soixante, pour la classe moyenne alors en plein essor, et la population autochtone déjà sur le déclin, composée d'ouvriers logés dans les immeubles de Disenveien et de Traverveien, avait peut-être compris dès lors que c'étaient les nouveaux maîtres, que ce seraient eux qui verraient leur hégémonie dans ce nouveau pays.

« On dirait qu'il n'est pas chez lui, dit Harry en appuyant derechef sur la sonnette. Tu es sûr qu'il a percuté que c'était cet après-midi, qu'on venait ?

— Non.

« — Non ? » Harry se retourna vers Beate Lønn, qui frissonnait sous son parapluie. Elle portait une jupe et des talons hauts, et lorsqu'elle était passée le chercher devant chez Schrøder, il avait été frappé qu'elle soit habillée comme pour aller boire le café chez quelqu'un.

« Grette a confirmé deux fois le rendez-vous quand je l'ai appelé, dit-elle. Mais il avait l'air assez... à côté de ses pompes. »

Harry se pencha au bord de la volée de marches et colla son nez contre la fenêtre de la cuisine. Il y faisait sombre, et tout ce qu'il vit, ce fut un calendrier marqué du logo Nordea, accroché au mur.

« Allons-nous-en », dit-il.

Au même instant, la fenêtre de la cuisine de la maison voisine s'ouvrit en claquant.

« Vous cherchez Trond ? »

Ces mots furent prononcés en un bokmål[1] de Bergen avec des r si grasseyés qu'ils faisaient penser à un déraillement en bonne et due forme. Harry se tourna et plongea le regard dans un visage féminin brun et ridé qui semblait essayer d'afficher simultanément un sourire et une extrême gravité.

« En effet, répondit Harry.

— Proches ?

— Police.

— Je vois, dit la femme en laissant tomber sa tronche d'enterrement. Je pensais que vous étiez venus vous associer à sa douleur. Il est sur le court de tennis, le pauvre.

— Le court de tennis ?

— De l'autre côté du champ, précisa-t-elle en pointant un doigt. Il y est depuis quatre heures.

— Mais il fait noir, dit Beate. Et il pleut. »

1. L'une des deux formes officielles de norvégien, dit aussi dano-norvégien, par opposition au nynorsk (ou néo-norvégien).

La fille haussa les épaules.

« Ce doit être le chagrin. » Elle s'attarda tellement sur le r que Harry repensa aux morceaux de carton qu'il fixait dans les roues de son vélo pour qu'ils claquent contre les rayons, quand il était petit, à Oppsal.

« Tu as grandi dans l'Østkant, toi aussi, à ce que j'entends... dit Harry à Beate en allant dans la direction que la bonne femme leur avait indiquée. Ou je me trompe ?

— Non », répondit-elle simplement.

Le court de tennis se trouvait assez loin dans le champ, à mi-chemin entre les maisons et les immeubles. Ils entendirent les claquements assourdis du cordage de la raquette frappant des balles trempées, et ils distinguèrent à l'intérieur de l'enceinte grillagée une silhouette en train d'enchaîner les services dans l'obscurité automnale qui tombait rapidement.

« Ohé ! » cria Harry lorsqu'ils arrivèrent à la clôture, mais l'homme qui se trouvait à l'intérieur ne répondit pas. Ils virent alors seulement qu'il portait une veste, une chemise et une cravate.

« Trond Grette ? »

La balle atterrit dans une flaque de boue noire, rebondit et finit sa course contre le grillage en les aspergeant d'une fine douche de pluie que Beate contra de son parapluie.

Beate alla au portail.

« Il s'est enfermé à l'intérieur, murmura-t-elle.

— Hole et Lønn, de la police, cria Harry. Nous avions rendez-vous. Est-ce qu'on peut... Merde ! »

Harry ne vit pas arriver la balle avant qu'elle claque contre le grillage et reste coincée dans une maille à un pouce de son visage. Il essuya l'eau qu'il avait dans les yeux et se regarda. On aurait dit qu'un aérographe l'avait couvert de boue marron-roux. Il tourna machinalement le dos lorsqu'il vit l'homme lever la balle suivante.

« Trond Grette ! » Le cri de Harry se répercuta entre les immeubles. Ils virent une balle de tennis décrire une parabole contre les lumières de l'immeuble, avant d'être avalée par les ténèbres et la terre, quelque part dans le champ. Harry se tourna de nouveau vers le court, juste à temps pour entendre un rugissement sauvage et voir une silhouette sortir à toute vitesse des ténèbres, dans sa direction. La clôture grillagée frémit lorsqu'elle intercepta l'attaque du joueur de tennis. Il tomba à quatre pattes, se releva, prit son élan et sauta de nouveau contre le grillage. Tomba, se releva et ré-attaqua.

« Bon sang, il a pété un plomb », murmura Harry. Il recula automatiquement d'un pas lorsqu'un visage blafard aux yeux écarquillés apparut subitement devant lui. C'était Beate qui avait allumé sa lampe de poche et l'avait braquée sur Grette qui s'accrochait au grillage. Ses cheveux noirs trempés collaient à son front blanc, et son regard semblait chercher un point sur lequel se fixer tandis qu'il glissait le long de la clôture comme de la neige fondante contre un pare-brise de voiture, jusqu'au sol où il s'immobilisa.

« Qu'est-ce qu'on fait ? » murmura Beate.

Harry sentit quelque chose crisser entre ses dents, cracha dans la paume de sa main et vit dans la lumière de la lampe que c'était de la terre battue.

« Tu appelles une ambulance pendant que je vais chercher les cisailles dans la voiture. »

« Et on lui a filé des tranquillisants ? » demanda Anna.

Harry acquiesça et but une gorgée de son coca.

Les jeunes adultes du Vestkant qui composaient la clientèle étaient perchés sur des tabourets de bar autour d'eux, et buvaient du vin, des boissons sans couleurs et du coca light. Le M était à l'instar de la plupart des cafés d'Oslo : urbain d'une façon provinciale et naïve, mais assez sympathique, qui faisait penser à Diss, ce gosse intelligent et bien élevé que Harry avait dans sa classe au collège ; ils avaient découvert qu'il possédait un petit livre dans lequel il notait les expressions argotiques que les garçons branchés de la classe employaient.

« Ils l'ont emmené à l'hôpital, le pauvre. On a donc parlé encore un peu avec la voisine, et elle nous a dit qu'il avait passé chaque soirée sur le court, à faire des services, depuis que sa femme avait été tuée.

— Fichtre. Pourquoi, en fait ? »

Harry haussa les épaules.

« Ce n'est pas si extraordinaire que des gens deviennent psychotiques quand ils perdent quelqu'un de cette façon. Certains se contentent de tout refouler et font comme si le défunt était toujours vivant. La voisine a dit que Stine et Trond Grette formaient un couple remarquable en double mixte, qu'ils s'entraînaient sur le court presque chaque après-midi des six mois les plus chauds de l'année.

— Alors c'est comme s'il attendait que sa femme lui retourne ses services ?

— Peut-être.

— Djizeus ! Tu me paies une bière, pendant que je vais au petit coin ? »

Anna sauta de son tabouret et partit en se tortillant vers le fond de la pièce. Harry essaya de ne pas la regarder. Il n'en avait pas besoin, il avait vu ce qu'il devait voir. Quelques rides étaient apparues au coin de ses yeux, quelques cheveux gris dans tout ce noir corbeau ; hormis cela, elle était toujours la même. Les mêmes yeux noirs et ce regard légèrement traqué sous des sourcils qui se rejoignaient au-dessus du nez long et fin surplombant ces lèvres vulgairement pulpeuses, et ces joues creuses qui lui donnaient de temps en temps l'air affamé. On ne pouvait peut-être pas la qualifier de belle, car ses traits étaient trop durs, trop violents, mais il n'échappa pas à Harry que son corps mince avait encore suffisamment de courbes pour qu'au moins deux hommes attablés dans la partie restaurant perdent le fil lorsqu'elle passa à leur hauteur.

Harry s'alluma une autre cigarette. Après Grette, ils étaient allés voir Helge Klementsen, le chef d'agence, mais là non plus ils n'avaient pas pu glaner grand-chose sur quoi travailler. Il était toujours dans une espèce d'état de choc, assis dans son fauteuil de l'appartement de Kjelsasveien en fixant alternativement des yeux le caniche royal qui s'agitait entre ses jambes et sa femme qui s'agitait entre la cuisine et le salon avec le café et les gaufres les plus sèches que Harry avait jamais goûtées. Le choix vestimentaire de Beate était entré plus facilement dans l'intérieur bourgeois de la famille Klementsen que le Levi's délavé et les Doc Martens montantes de Harry. Néanmoins ce fut surtout Harry qui s'entretint avec une madame Klementsen troublée par les précipitations anormalement importantes de l'automne et l'art de confectionner des gaufres, interrompue par des pas lourds et de gros sanglots provenant de l'étage supérieur. Madame Klementsen lui expliqua que leur fille Ina, la pauvrette, était enceinte de six mois, d'un homme qui venait de faire ses valises. Pour la ville de Kos, soit dit en passant, car il était grec. Harry avait manqué de pulvériser de la gaufre par-dessus la table [1], et ce n'est qu'à ce moment que Beate avait pris la parole pour demander calmement à Helge Klementsen, qui venait de passer tranquillement la porte du salon :

« D'après vous, combien mesurait le braqueur ? »

Helge Klementsen l'avait regardée, avait pris sa tasse de café et l'avait levée à mi-chemin de sa bouche où elle

---

1. « Se tirer, prendre ses cliques et ses claques », se dit « dra sin kos » en norvégien, d'où l'hilarité de Harry.

dut obligatoirement attendre, Klementsen ne pouvant parler et boire en même temps.

« Grand. Deux mètres, peut-être. Elle était toujours à l'heure au boulot, Stine.

— Il n'était pas si grand, monsieur Klementsen.

— Un mètre quatre-vingt-dix, alors. Et toujours soignée, qu'elle était.

— Et que portait-il ?

— Quelque chose de noir, caoutchouteux. Cet été, ça a été la première fois qu'elle a pris des vacances dignes de ce nom. À Kos. »

Madame Klementsen renâcla.

« Caoutchouteux ? demanda Beate.

— Oui. Et une cagoule.

— Quelle couleur, monsieur Klementsen ?

— Rouge. »

À ce moment-là, Beate avait cessé de prendre des notes, et peu après, la voiture les ramenait vers le centre-ville.

« Si les juges et les jurés savaient à quel point certains témoignages concernant des braquages de ce genre sont peu fiables, ils refuseraient de nous laisser les utiliser pour l'administration de la preuve, avait dit Beate. C'est fascinant de découvrir à quel point ce que le cerveau des gens parvient à reconstruire est faux, c'est comme si la peur leur donnait des lunettes qui rendraient les braqueurs plus grands et plus noirs, les armes plus nombreuses et les secondes plus longues. Le braqueur a mis moins d'une minute, mais madame Brænne, la bonne femme qui occupait le guichet le plus près de la porte, a dit qu'il avait dû rester environ cinq minutes. Et il ne mesure pas deux mètres, mais un mètre soixante-dix-huit. À moins qu'il n'ait utilisé des semelles, ce qui n'est pas inhabituel chez les pro.

— Comment peux-tu estimer sa taille aussi précisément ?

— La vidéo. Tu calcules la taille contre le montant de la porte au moment où le braqueur entre. Ce matin, je suis allée à l'agence pour y faire des repères à la craie, prendre d'autres photos et des mesures.

— Mmm. À la Crim, on laisse ce genre de travail de mesure aux Techniciens d'Investigation Criminelle.

— La mesure de la taille d'après une vidéo est une chose plus compliquée qu'il n'y paraît. Par exemple, les TIC se sont plantés de trois centimètres sur la taille du braqueur de l'agence de la DnB de Kaldbakken, en 1989. Alors je préfère prendre les mesures moi-même. »

Harry lui avait jeté un coup d'œil et avait hésité à lui demander pourquoi elle était entrée dans la police. À la place, il lui avait demandé si elle pouvait le déposer devant le Låsesmeden de Vibes gate. Avant de descendre, il lui avait aussi demandé si elle avait remarqué que Klementsen n'avait pas renversé une seule goutte de café de la tasse pleine à ras bord, qu'il avait tenue en l'air durant toutes les questions qu'elle lui avait posées. Elle n'avait pas remarqué.

« Tu n'aimes pas cet endroit ? demanda Anna en se laissant retomber sur son tabouret.

— Eh bien… » Harry regarda autour de lui. « Ce n'est pas vraiment mon genre d'endroits.

— Le mien non plus, dit-elle en se levant et en attrapant son sac à main. On file chez moi.

— Je viens de te payer une bière, dit Harry avec un mouvement de tête vers le demi-litre mousseux.

— C'est tellement ennuyeux de boire seule, répondit-elle en faisant la grimace. Relax, Harry. Viens. »

La pluie avait cessé de tomber, et l'air froid et rincé de frais sentait bon.

« Tu te souviens de ce jour d'automne où on est allés en voiture dans le Maridal ? demanda Anna en passant son bras sous celui de Harry et en se mettant en route.

— Non.

— Mais si ! Dans ta Ford Escort miteuse, dont les sièges ne s'abaissent pas. »

Harry fit un sourire en coin.

« Tu rougis, dit-elle, enthousiaste. Alors tu te souviens aussi certainement qu'on s'est garés, et qu'on est partis dans les bois. Et toutes ces feuilles jaunes, c'était comme un… » Elle étreignit son bras. « Comme un lit. Un énorme lit doré. » Elle rit et lui donna une bourrade. « Et ensuite, il a fallu que je t'aide à faire démarrer ton épave en la poussant. Tu t'en es débarrassé, maintenant, non ?

— Eh bien… Elle est chez le garagiste. On verra.

— Wouf… On dirait que tu parles d'un ami qui s'est retrouvé à l'hôpital avec une tumeur, ou un truc comme ça. » Et d'ajouter, doucement : « Tu n'aurais pas dû lâcher prise aussi facilement, Harry. »

Il ne répondit pas.

« C'est ici, dit-elle. Mais tu t'en souvenais, de toute façon ? » Ils s'étaient arrêtés devant une porte cochère bleue, dans Sorgenfrigata [1].

Harry se libéra avec précaution.

« Écoute, Anna, commença-t-il en essayant d'éviter le regard entendu qu'elle lui lançait. J'ai une réunion super tôt demain matin avec les taupes de l'OCRB.

— Allez, arrête », dit-elle en ouvrant la porte cochère.

Harry pensa à quelque chose, plongea la main dans la poche intérieure de son manteau et en sortit une enveloppe jaune.

« Du serrurier.

— Ah, la clé. Ça a été ?

— Le type derrière son comptoir a étudié très attentivement la pièce d'identité que je lui ai présentée. Et il a fallu que je signe. Drôle de gonze. » Harry regarda l'heure et bâilla.

1. Rue Sans-Souci.

« Ils ne délivrent pas ce genre de clés spéciales n'importe comment, dit-elle rapidement. Celle-ci fait tout l'immeuble, la porte cochère, la porte de la cave, celle de l'appartement, tout. » Elle partit d'un petit rire nerveux. « Il a fallu que la copropriété leur adresse une demande écrite, juste pour ce double.

— Je vois », dit Harry en se balançant sur les talons et en prenant son inspiration pour dire bonsoir.

Elle lui coupa l'herbe sous le pied. Sa voix était presque suppliante : « Juste une tasse de café, Harry. »

Le même lustre pendait au plafond, loin au-dessus du même vieux mobilier de salle à manger dans le grand salon. Harry se souvenait vaguement que les murs avaient été clairs... blancs, peut-être jaunes. Mais il n'en était pas sûr. Ils étaient maintenant bleus, et la pièce semblait plus petite. Anna avait peut-être voulu faire rétrécir le vide. Ce n'est pas évident, pour une personne seule, de remplir un appartement comptant trois salons et deux vastes chambres à coucher, avec une hauteur de plafond de trois mètres et demi. Harry se souvenait qu'Anna lui avait raconté que sa grand-mère aussi avait vécu seule dans cet appartement. Mais elle n'y avait pas passé autant de temps que ça, parce qu'elle était une soprano renommée voyageant de par le monde aussi longtemps qu'elle avait été en mesure de chanter.

Anna disparut à la cuisine et Harry jeta un œil dans le salon intérieur. La pièce était nue et vide, à l'exception d'un cheval de la taille d'un poney shetland qui tenait le milieu de la pièce sur quatre pattes de bois toutes droites. Deux arçons émergeaient de part et d'autre de son dos. Harry s'en approcha et passa une main sur le cuir brun et lisse.

« Tu as recommencé la gymnastique ? cria Harry.

— Tu veux parler du cheval d'arçons ? cria-t-elle en retour, de la cuisine.

« — Je croyais que ça faisait partie des agrès masculins.

— C'est le cas. Sûr que tu ne supporteras pas une bière ?

— Tout à fait sûr. Mais sérieusement, comment ça se fait que tu as ça ? »

Harry sursauta en entendant soudain sa voix juste derrière lui :

« Parce que j'aime faire des choses que font les hommes. »

Harry se retourna. Elle avait ôté son pull, et se tenait dans l'embrasure de la porte. Elle avait une main posée sur la hanche, l'autre appuyée en haut du chambranle. Harry parvint tout juste à ne pas la parcourir du regard.

« Je l'ai racheté à la fédération de gymnastique d'Oslo. Ça va être une œuvre d'art. Une installation. Exactement comme "Contact", dont tu te souviens sûrement.

— Tu veux parler de cette boîte sur la table, avec un rideau, et dans laquelle il faut plonger la main ? Et puis il y avait des tas de mains artificielles, qu'on pouvait serrer, en quelque sorte ?

— Ou caresser. Ou titiller. Ou rejeter. Il y avait des éléments chauffants, dedans, qui leur permettaient de garder la température du corps et qui bourdonnaient, tu vois ? Les gens croyaient que quelqu'un était caché sous la table. Viens, laisse-moi te montrer autre chose. »

Il la suivit jusqu'au salon le plus à l'écart, dont elle ouvrit les portes coulissantes. Puis elle prit sa main et entra avec lui dans le noir. Lorsque la lumière s'alluma, Harry resta un moment sans rien faire d'autre que regarder la lampe. C'était un lampadaire doré en forme de silhouette féminine, qui tenait une balance dans une main et une épée dans l'autre. Les trois ampoules étaient placées au bout de l'épée, sur la balance et sur la tête, et en se retournant, Harry constata qu'elles éclairaient chacune une peinture à l'huile. Deux d'entre elles étaient suspendues au mur, tandis que la troisième, qui n'était manifestement pas terminée, était posée sur un chevalet, et une palette tachée de jaune et de brun était accrochée dans le coin inférieur gauche.

« Quel genre de tableaux est-ce ? demanda Harry.

— Ce sont des portraits, tu ne le vois pas ?

— Bien sûr. Ce sont les yeux ? demanda-t-il en montrant du doigt. Et la bouche, là ? »

Anna pencha la tête de côté. « Si tu veux. Ce sont trois hommes.

— Que je connais ? »

Anna regarda longuement et pensivement Harry avant de répondre :

« Non, je ne crois pas que tu connaisses aucun d'entre eux, Harry. Mais ça peut changer. Si tu le veux vraiment. »

Harry étudia plus attentivement les tableaux.

« Dis-moi ce que tu vois.

— Je vois mon voisin avec un traîneau à patinette. Je vois un type qui revient de l'arrière-boutique du serrurier, pendant que je ressors. Et je vois le serveur du M. Et Per Ståle Lønning [1]. »

Elle s'esclaffa.

« Tu savais que la rétine inverse les choses, de sorte que le cerveau les reçoit d'abord comme vues dans un miroir ? Si on veut voir les choses telles qu'elles sont réellement, il faut les regarder dans un miroir. À ce moment-là, tu aurais vu de tout autres personnes sur les tableaux. » Ses yeux étincelaient, et Harry se retint d'objecter que la rétine retournait les choses en hauteur, pas comme un miroir.

« Ça doit être mon ultime chef-d'œuvre, Harry. Celui pour lequel je veux qu'on se souvienne de moi.

— Ces portraits ?

1. Présentateur vedette sur TV2.

58

— Non, ils ne sont qu'une partie de l'œuvre complète. Elle n'est pas encore terminée. Mais attends un peu.

— Mmm. Elle a un nom ?

— Némésis », dit-elle à voix basse.

Il lui lança un regard interrogateur, et leurs regards s'accrochèrent l'un à l'autre.

« D'après la déesse, tu sais bien. »

L'ombre tombait sur un côté de son visage. Harry détourna les yeux. Il en avait assez vu. Son dos cambré qui appelait un partenaire de danse, son pied qui reposait un peu devant l'autre, comme si elle n'avait pas encore décidé si elle allait venir ou partir, sa poitrine qui se soulevait et s'abaissait et son cou fin barré de l'épaisse veine bleue où il croyait voir battre le pouls. Il sentit qu'il avait chaud, et qu'il était un poil pris de vertige. Qu'avait-elle dit ? « Tu n'aurais pas dû lâcher prise aussi facilement. » C'est ce qu'il avait fait ?

« Harry...

— Il faut que j'y aille. »

Il fit passer sa robe par-dessus sa tête, et elle bascula en riant sur le drap blanc. Elle dégrafa la boucle de sa ceinture. Les lumières turquoise qui jouaient dans les palmes oscillantes de l'économiseur d'écran sur le PC portable dansaient au-dessus de diablotins et de démons béants qui grimaçaient depuis les motifs sculptés dans la barrière du lit. Anna lui avait dit que c'était le lit de sa grand-mère, que ça faisait presque quatre-vingt-dix ans qu'il était là. Elle le mordit à l'oreille et lui susurra des mots doux dans une langue inconnue. Puis elle cessa de chuchoter et le chevaucha en criant, riant, suppliant et en invoquant les puissances, et il souhaita que ça puisse continuer, continuer... Et juste avant qu'il ne vienne, elle s'arrêta d'un coup, prit le visage de Harry dans ses mains et murmura : « À moi pour toujours ?

— Va te faire voir », répondit-il en riant et en la renversant pour se retrouver dessus. Les démons de bois se riaient de lui.

« À moi pour toujours ?

— Oui », gémit-il avant de venir.

Quand le rire se fut calmé, tandis qu'ils gisaient en sueur mais néanmoins enlacés, Anna lui raconta que le lit avait été offert à sa grand-mère par un hidalgo.

« Après un concert qu'elle a donné à Séville en 1911 », dit-elle en levant légèrement la tête de sorte que Harry puisse placer la cigarette allumée entre ses lèvres.

Le lit était arrivé à Oslo trois mois plus tard, sur le vapeur *Elenora*. Le hasard, et un peu plus, avaient fait en sorte que le capitaine danois du bord, Jesper quelquechose, fût le premier amant de la grand-mère dans ce lit — mais pas son premier amant tout court. Jesper avait certainement été un homme des plus passionnés, et c'était selon la grand-mère la raison pour laquelle le cheval du haut sur la barrière de lit n'avait plus de tête. Elle avait été emportée par un coup de dents du capitaine Jesper en pleine extase.

Anna rit et Harry fit un sourire. Puis la cigarette fut entièrement consumée, et ils firent l'amour jusqu'à ce que les grincements et les couinements du manille espagnol fassent penser à Harry qu'ils étaient sur un bateau et que personne n'en tenait les rames, mais que ça n'avait pas d'importance.

Ça faisait longtemps, et c'était la première et la dernière nuit qu'il passait à jeun dans le lit de la grand-mère d'Anna.

Harry se tortilla dans l'étroit lit métallique. Le radioréveil sur la table de nuit indiquait 3.21. Il jura. Il ferma les yeux et ses pensées dérivèrent de nouveau lentement vers Anna et l'été sur le drap blanc du lit de la grand-mère. Il avait été bourré la majeure partie du temps, mais les nuits dont il se souvenait avaient été aussi roses et délicieuses qu'une carte postale érotique. Même sa réplique finale, quand l'été fut terminé, avait été un cliché usé, mais chaleureux et tout à fait sincère : « Tu mérites mieux que quelqu'un comme moi. »

À cette période, il buvait tant qu'une seule issue était concevable. Et dans l'un de ses moments de lucidité, il avait pris la décision de ne pas l'entraîner dans sa chute. Elle l'avait maudit dans sa langue maternelle, et lui avait juré qu'elle lui rendrait un jour la pareille : lui prendre la seule chose qu'il aimait.

Ça faisait sept ans, et ça n'avait duré que six semaines. Il ne l'avait ensuite revue que deux fois. Une fois dans un bar où elle était venue vers lui les larmes aux yeux pour le prier d'aller ailleurs, ce qu'il avait fait. Et une autre dans une exposition à laquelle Harry avait emmené sa petite sœur, la Frangine. Il avait dit qu'il lui téléphonerait, mais ne l'avait pas fait.

Harry se tourna derechef vers le réveil. 3.32. Il l'avait embrassée. Là, ce soir. Au moment où il s'était enfin senti en sécurité, devant la porte vitrée de l'appartement d'Anna, il s'était penché vers elle pour un bisou de bonne nuit qui s'était changé en baiser. Purement et simplement. Simplement, en tout cas. 3.33. Merde, quand était-il devenu si plein de tact qu'un baiser de bonne nuit à une ancienne conquête lui donnât mauvaise conscience ? Harry essaya de respirer lentement, régulièrement, et se concentra sur les différents itinéraires de fuite depuis Bogstadveien en passant par Industrigata. Dans un sens. Puis dans l'autre. Et encore une fois. Il pouvait encore sentir son odeur. La douce densité de son corps. Son discours cru et insistant.

CHAPITRE 6

Chili

Les premiers rayons de soleil de la journée rasaient tout juste la crête d'Ekebergåsen pour se glisser sous les stores à moitié baissés de la salle de réunion de la Brigade Criminelle et venir chatouiller les replis de peau autour des yeux crispés de Harry. À l'extrémité de la table, jambes écartées et mains dans le dos, Rune Ivarsson se balançait d'avant en arrière. Il était devant un paper-board sur lequel était inscrit BIENVENUE en grandes lettres rouges. Harry supposa qu'il avait chipé ça au cours d'un séminaire de communication, et il fit une tentative peu convaincue pour réprimer un bâillement lorsque le capitaine prit la parole.

« Bonjour à tous. À nous huit, qui sommes autour de cette table, nous formons l'équipe d'investigation sur le braquage de vendredi, dans Bogstadveien.

— Le meurtre, murmura Harry.

— Pardon ? »

Harry se rehaussa un chouïa sur sa chaise. Ce satané soleil l'aveuglait, où qu'il regardât.

« Il est plus juste de considérer l'ensemble comme un meurtre, et enquêter conformément à ça. »

Ivarsson fit un sourire en coin. Pas à Harry, mais aux autres participants, qu'il engloba d'un regard circulaire.

« Je pensais que je devais d'abord vous présenter les uns aux autres, mais il semble que notre ami de la Criminelle ait déjà commencé. L'inspecteur principal Harry Hole nous a gentiment été prêté par son supérieur Bjarne Møller, puisque sa spécialité, ce sont les assassinats.

— Les meurtres, dit Harry.

— Les meurtres. À sa droite, Karl Weber, de la Technique, qui dirige les investigations sur le lieu du crime. Comme la majeure partie d'entre vous le savent, Weber est notre découvreur de traces le plus expérimenté. Connu aussi bien pour ses talents d'analyse que pour son infaillible intuition. Une fois, la chef de la police a dit qu'elle aurait volontiers pris Weber comme clebs dans son équipe de chasse, à Trysil. »

Rires autour de la table. Harry n'eut pas besoin de regarder Weber pour savoir que celui-ci ne souriait pas. Weber ne souriait pratiquement jamais, en tout cas jamais à quelqu'un qu'il n'appréciait pas et il n'appréciait presque personne. En particulier pas dans la succession de chefs relativement jeunes, qui selon ses propres dires se composait exclusivement de carriéristes incompétents sans aucun sens du métier ou du groupe, tous dotés d'un sens aigu du pouvoir bureaucratique et soucieux d'acquérir une certaine influence lors d'une courte prestation en tant qu'invités à l'hôtel de police.

Ivarsson sourit et se balança avec satisfaction d'avant en arrière, comme un skipper sur une mer agitée, en attendant que les rires se calment.

« Beate Lønn travaille depuis peu dans ce contexte, c'est notre spécialiste de l'analyse vidéo. »

Beate vira au rouge pivoine.

« Beate est la fille de Jørgen Lønn, qui a servi pendant plus de vingt ans dans ce qui s'appelait alors la Brigade Criminelle et Anti-banditisme. Jusqu'à présent, elle s'annonce comme la digne héritière de son légendaire géniteur, et elle a déjà contribué de façon décisive à résoudre certaines affaires. Je ne sais pas si j'en ai déjà parlé, mais sur les douze derniers mois, nous avons augmenté le pourcentage des affaires résolues jusqu'à environ cinquante pour cent, quelque chose qui, dans le contexte international, est considéré…

— Tu en as déjà parlé, Ivarsson.

— Merci. » Cette fois-ci, Ivarsson regarda Harry bien en face en souriant. Un sourire crispé de reptile qui montre les dents en découvrant généreusement ses mâchoires de part et d'autre. Et il ne se départit pas de ce sourire en présentant le reste des participants. Harry en connaissait deux. Magnus Rian, un jeune type originaire du Tomrefjord, qui avait fait une grosse impression au cours de son séjour de six mois à la Criminelle. L'autre était Didrik Gudmundson, l'enquêteur le plus expérimenté autour de la table et commandant en second du service. Un policier calme et méthodique avec qui Harry n'avait jamais eu de problème. Les deux derniers venaient également de l'OCRB, se nommaient tous les deux Li, mais Harry put immédiatement se rendre compte qu'il y avait peu de chances que ces deux là soient jumeaux homozygotes. Toril Li était une grande bonne femme blonde, avec une petite bouche dans un visage fermé, tandis que Ola Li était un petit bonhomme roux et trapu au visage à la Motte de Beurre, rougeaud et lunaire, et aux yeux rieurs. Harry les avait déjà assez aperçus dans les couloirs pour qu'il paraisse naturel à beaucoup de gens de les saluer, mais ça n'était jamais venu à l'idée de Harry.

« Vous devez certainement me connaître, dit Ivarsson en concluant son tour de présentation. Mais par acquit de conscience : je suis capitaine de police à l'OCRB, et c'est à moi qu'il revient de diriger cette enquête. Et pour répondre à ce que tu disais en introduction, Hole, ce n'est pas la première fois que nous enquêtons sur un braquage dont l'issue a été fatale à des victimes. »

Harry essaya de se retenir. Vraiment. Mais le sourire de crocodile annihila ses efforts.

« Avec légèrement moins de cinquante pour cent de réussite, là aussi ? »

Une seule personne autour de la table rit, mais elle rit fort. Weber.

« Excusez-moi, j'ai oublié de mentionner ceci, concernant Hole, dit Ivarsson sans sourire. Il paraît qu'il a un talent comique. Un vrai Arve Opsahl [1], à ce qu'on m'a dit. »

Une seconde de silence pénible s'ensuivit. Puis Ivarsson partit d'un petit rire de crécelle, et un murmure de soulagement se propagea autour de la table.

« O.K., commençons par un résumé. » Ivarsson tourna la page du paper-board. Sous le titre TECH-NIQUE, la page était vierge. Il décapuchonna un marqueur, et se tint prêt. « Weber, à toi. »

Karl Weber se leva. C'était un petit homme dont la barbe et les cheveux gris faisaient comme une crinière de lion. Sa voix était un gargouillis grave et menaçant, mais suffisamment compréhensible.

« Je serai bref.

— Oh, surtout pas, dit Ivarsson en posant la pointe du marqueur sur la feuille. Prends tout ton temps.

— Je serai bref parce que je n'ai pas besoin de tant de temps que ça, gronda Weber. Nous n'avons rien.

— Bien, dit Ivarsson en baissant son feutre. Et qu'est-ce que tu entends exactement, par "rien" ?

— Nous avons l'empreinte d'une Nike flambant neuve, pointure 45. Dans l'ensemble, ce braquage paraît tellement professionnel que la seule chose que ça m'apprend, c'est qu'il y a peu de chances pour que ce soit la

1. Acteur comique norvégien né en 1921.

pointure qu'il utilise d'habitude. Le projectile est en cours d'analyse à la balistique. C'est un projectile standard de 7.62 pour AG3, la munition la plus banale dans le royaume de Norvège, puisqu'on en trouve dans chaque baraquement militaire, dans n'importe quel entrepôt d'armes et dans n'importe quel foyer où vit un officier ou un soldat de la territoriale. En d'autres termes, impossible à tracer. À part ça, c'est exactement comme s'il n'était jamais entré. Ni ressorti. Nous avons également recherché des indices au-dehors. »

Weber se rassit.

« Merci, Weber, c'était… euh, enrichissant. » Ivarsson découvrit la page suivante, sur laquelle était inscrit TÉMOINS.

« Hole ? »

Harry se ratatina encore un peu plus sur sa chaise.

« Tous ceux qui étaient dans l'agence pendant le braquage ont été interrogés immédiatement après, et aucun n'a pu nous dire quoi que ce soit qui ne soit visible sur la vidéo. C'est-à-dire, ils se souviennent de deux ou trois choses dont nous pouvons dire sans hésitation qu'elles sont fausses. Un seul témoin a vu disparaître le braqueur vers le haut d'Industrigata, personne d'autre ne s'est manifesté.

— Ce qui nous amène au point suivant, à savoir la voiture qui a permis la fuite, dit Ivarsson. Toril ? »

Toril Li s'avança, alluma un rétroprojecteur sur lequel attendait un transparent représentant une vue d'ensemble des véhicules particuliers volés au cours des trois derniers mois. En un dialecte dur du Sunnmøre, elle expliqua quelles étaient les quatre voitures qu'elle considérait comme le plus susceptibles d'avoir servi à la fuite des gangsters, se basant sur le fait que c'étaient des modèles et des marques courants, de couleurs claires et neutres, suffisamment récentes pour que le braqueur se sente à l'abri d'une défaillance technique. En particulier, une des voitures, une Golf GTI qui était garée dans Maridalsveien, était intéressante parce qu'elle avait été volée la veille au soir du braquage.

« Les braqueurs volent souvent les voitures le moins de temps possible avant l'attaque, pour qu'elles ne soient pas encore enregistrées, au moment du hold-up, sur les listes de ceux qui patrouillent », expliqua Toril Li avant d'éteindre le projecteur et de remettre le transparent à sa place.

Ivarsson acquiesça.

« Merci.

— De rien », murmura Harry à Weber.

La page suivante portait le titre ANALYSE VIDÉO. Ivarsson avait rebouché son marqueur. Beate déglutit, se racla la gorge, but une gorgée du verre qu'elle avait devant elle, se racla à nouveau la gorge avant de prendre la parole, le regard vissé sur la table :

« J'ai mesuré la taille…

— Parle un peu plus fort, s'il te plaît, Beate. » Sourire de reptile. Beate ne cessait de se racler la gorge.

« J'ai mesuré la taille du braqueur, d'après la vidéo. Il fait 1m79. J'ai comparé ce résultat avec Weber, qui est d'accord. »

Weber acquiesça.

« Super ! » cria Ivarsson avec un enthousiasme forcé dans la voix. Puis il arracha le bouchon de son marqueur et nota : TAILLE 179 cm.

Beate poursuivit son exposé :

« Je viens de discuter avec Aslaksen, de NTNU, notre spécialiste de l'analyse vocale. Il a décortiqué les cinq mots que le braqueur prononce en anglais. Il… » Beate leva des yeux pleins d'angoisse sur Ivarsson, qui attendait le dos tourné, prêt à noter. « … a dit que l'enregistrement était de trop mauvaise qualité. Il n'a pas pu l'exploiter. »

Ivarsson laissa tomber son bras au moment où le soleil bas disparaissait derrière un nuage, et le grand rectangle de lumière qu'ils avaient derrière eux s'estompa petit à petit. Un silence sépulcral s'était abattu dans la pièce. Ivarsson inspira et se haussa sur la pointe des pieds, offensif :

« Heureusement, nous avons réservé notre atout pour la fin. »

Le chef de l'OCRB passa à la dernière page du paperboard. TAUPES.

« Pour ceux qui ne travaillent pas à l'OCRB, nous devrions peut-être préciser que les taupes sont toujours les premiers convoqués quand nous avons l'enregistrement vidéo d'un braquage. Dans sept cas sur dix, un bon enregistrement dira qui est le braqueur, et si c'est une vieille connaissance de nos services.

— Même s'il est masqué ? » demanda Weber.

Ivarsson acquiesça.

« Une bonne taupe démasquera une vieille connaissance à sa constitution physique, à son langage corporel, à sa voix, à la façon dont elle parle durant le hold-up, à toutes ces petites choses qu'on ne peut pas cacher sous un masque.

— Mais savoir de qui il s'agit, ça ne suffit pas, intervint le second d'Ivarsson, Didrik Gudmundson. Nous devons…

— Exactement, l'interrompit Ivarsson. Il nous faut des preuves. Un braqueur peut bien épeler son nom devant une caméra de surveillance, tant qu'il est masqué et qu'il ne laisse aucune preuve technique, on n'est pas plus avancés sur le plan juridique.

— Alors, combien des sept que vous reconnaissez seront condamnés ? demanda Weber.

— Quelques-uns, dit Gudmundson. Quoi qu'il en soit, il est préférable de savoir qui sont les auteurs d'un hold-up, même s'ils sont dans la nature. Comme ça, on apprend des choses sur la façon dont ils opèrent. Et on les prend la fois suivante.

— Et s'il n'y a pas de fois suivante ? » demanda Harry. Il remarqua à quel point les épais vaisseaux sanguins qui passaient juste au-dessus des oreilles d'Ivarsson se dilatèrent quand celui-ci rit.

« Cher expert criminel, dit Ivarsson, toujours hilare. Si tu regardes autour de toi, tu verras que la plupart des gens ici présents sourient discrètement de la question que tu viens de poser. C'est parce qu'un braqueur qui a réussi un coup frappe toujours — toujours — de nouveau. C'est la règle d'or du braquage. » Ivarsson regarda par la fenêtre et s'accorda un éclat de rire supplémentaire, avant de faire brusquement volte-face.

« Si nous pouvons dire que nous en avons terminé avec ce cours post-scolaire, on peut peut-être voir si nous avons quelqu'un dans notre ligne de mire. Ola ? »

Ola Li regarda Ivarsson, ne sachant trop s'il allait se lever ou non, mais finit cependant par décider de rester assis.

« Oui, donc, j'étais de garde ce week-end. Nous avions une vidéo fin prête, montage compris, à huit heures vendredi soir, et j'ai convoqué les taupes qui étaient de garde pour visionner ladite vidéo à la House of Pain. Ceux qui n'étaient pas de service ont été convoqués samedi. En tout, treize taupes sont passées, le premier vendredi à vingt heures et le dernier…

— C'est bien, Ola, dit Ivarsson. Contente-toi de nous dire ce que vous avez trouvé. »

Ola émit un petit rire nerveux. On eût dit une tentative de cri de mouette.

« Alors ?

— Espen Vaaland est malade, dit Ola. C'est lui qui connaît le plus de gens dans le milieu du hold-up. J'essaierai de le joindre demain.

— Et ce que tu essaies de dire, c'est… ? »

Les yeux d'Ola parcoururent à toute vitesse le tour de la table. « Pas grand-chose », dit-il à voix basse.

« Ola est arrivé à une date assez récente », dit Ivarsson, et Harry vit que les muscles de sa mâchoire avaient commencé à se contracter. « Ola vise une identification avec cent pour cent de certitude, et on peut dire que c'est louable. Mais il faut s'attendre à relativement peu quand le braqueur...

— Le meurtrier.

— ... est masqué de la tête aux pieds, de taille moyenne, ferme sa gueule, essaie de se mouvoir de façon atypique et porte des chaussures trop grandes. » La voix d'Ivarsson s'enfla. « Alors donne-nous plutôt la liste complète, Ola. De qui est-il question ?

— De personne.

— Mon œil ! Je suis sûr qu'il y a des gens sur cette liste !

— Non, dit Ola Li en déglutissant.

— Est-ce que tu essaies de me dire que personne n'avait de proposition, que tous nos rats d'égouts bénévoles, qui mettent un point d'honneur à fréquenter quotidiennement les pires fripouilles d'Oslo, ces flics zélés qui dans neuf cas sur dix entendent parler de rumeurs disant qui conduisait la voiture, qui portait les sacs, qui montait la garde à la porte... tout à coup, ils ne veulent même plus deviner ?

— Si, ils ont deviné, dit Ola. On a évoqué six noms.

— Mais alors donne-les-nous, ces fichus noms !

— J'ai fait des vérifications pour chacun. Trois sont au violon. Un des autres sous-marins en avait vu un autre à Plata quand le braquage a été commis. Un est à Pattaya, en Thaïlande, j'ai vérifié. Et puis il y en a un que toutes les taupes ont nommé, parce qu'il a la même carrure et parce que le hold-up était vraiment pro, c'est Bjørn Johansen, du gang de Tveita.

— Oui ? »

Ola avait l'air de vouloir glisser de sa chaise pour passer sous la table.

« Il était à l'hôpital d'Ullevål, où il a été opéré d'auris alatae vendredi dernier. »

« Auris alatae ?

— Les oreilles décollées », gémit Harry en chassant d'une chiquenaude une goutte de sueur de son sourcil. « Ivarsson avait l'air d'être au bord de l'explosion. Tu en es où ?

— Je viens de passer le 21. » La voix d'Halvorsen se répercuta entre les murs de briques. La salle de musculation de l'hôtel de police était presque entièrement à eux, si tôt dans l'après-midi.

« Tu as pris un raccourci, ou quoi ? » Harry serra les dents et parvint à augmenter un peu la cadence de pédalage. Il s'était déjà formé une mare de sueur autour de son vélo d'appartement, tandis qu'Halvorsen avait à peine le front moite.

« Alors vous êtes complètement fauchés ? demanda Halvorsen en respirant calmement, régulièrement.

— À moins qu'il n'y ait quelque chose dans ce que Beate Lønn a vu à la fin, on n'a pas grand-chose, en effet.

— Et qu'est-ce qu'elle a dit ?

— Elle bosse sur un logiciel qui compose une représentation en 3D de la tête et du visage du braqueur, à partir des images vidéo.

— Avec masque ?

— Le logiciel se sert des infos qu'il tire des images. Lumière, ombre, creux, bosses. Plus le masque est collant, plus il est facile de représenter la personne qui est dessous. Ce n'est malgré tout qu'une esquisse, mais Beate dit qu'elle peut la comparer avec les photos des suspects.

— Avec ce logiciel d'identification du FBI ? » Halvorsen se tourna vers Harry et constata avec une certaine fascination que la tache de sueur qui était apparue à la hauteur du logo de Jokke & Valentinerne, sur la poitrine, s'étendait maintenant à tout le T-shirt.

« Non, elle a un meilleur logiciel, dit Harry. Combien ?

— 22. Lequel ?

— Gyrus fusiforme.

— Microsoft ? Apple ? »

Harry tapota d'un index son front écarlate.

« Logiciel interne. Stocké dans le lobe temporal, ne sert qu'à reconnaître des visages. C'est tout ce qu'il fait. C'est ce morceau qui fait que tu peux différencier des centaines de milliers d'individus, mais à peine une douzaine de rhinocéros.

— Des rhinocéros ? »

Harry ferma très fort les yeux et essaya de secouer la sueur brûlante.

« C'est un exemple, Halvorsen. Mais Beate Lønn doit être un cas tout à fait à part. Son fusiforme est doté de quelques circonvolutions supplémentaires, qui lui permettent de se rappeler pour ainsi dire tous les visages qu'elle a vus dans sa vie. Et je ne parle pas des gens qu'elle connaît ou avec qui elle a discuté, mais de visages derrière des lunettes de soleil, qu'elle a croisés dans la foule il y a quinze ans.

— Tu déconnes.

— Niet. » Harry se plia en deux afin de reprendre suffisamment son souffle pour continuer. « On ne connaît sûrement qu'une centaine de cas comme le sien. Didrik Gudmundson a dit qu'elle avait passé un test à l'École de Police, au cours duquel elle a battu à plates coutures l'ensemble des logiciels d'identification connus. Cette nénette est une cartothèque de visages ambulante. Quand elle demande "Où est-ce que je t'ai

72

déjà vu ?", tu peux parier que ce n'est pas qu'un truc de drague.

— Pétard ! Qu'est-ce qu'elle fait dans la police ? Avec un talent de ce genre, je veux dire ? »

Harry haussa les épaules. « Tu te souviens peut-être de l'enquêteur qui s'est fait descendre pendant un braquage à Ryen, dans les années 80 ?

— Trop jeune.

— Il était par hasard dans le coin quand le message a été diffusé, et il est arrivé le premier sur les lieux. Il est entré sans arme pour négocier. Il a été fauché par une arme automatique et le braqueur n'a jamais été pris. Par la suite, ça a été repris à l'École de Police comme exemple de ce qu'il *ne* faut *pas* faire quand on arrive sur les lieux d'un hold-up.

— Il faut attendre les renforts et éviter la confrontation avec les braqueurs, et ne pas exposer les employés de la banque, les braqueurs ou soi-même à un risque superflu.

— Exact, ça, c'est la règle. Le plus étrange, c'est qu'il était l'un des meilleurs policiers, et l'un des plus expérimentés qu'ils avaient. Jørgen Lønn. Le père de Beate.

— D'accord. Et tu penses que c'est pour ça qu'elle est entrée dans la police ? À cause de son père ?

— Peut-être.

— Elle est jolie ?

— Elle est intelligente. Combien ?

— Viens de passer 24, encore six. Et toi ?

— 22. Je vais te rattraper, tu sais…

— Pas cette fois, répondit Halvorsen en accélérant.

— Si, parce que voilà les côtes. Et moi, j'arrive. Et tu vas psychoter et te crisper. Comme d'habitude.

— Pas cette fois », dit Halvorsen en appuyant de plus belle. Une goutte de sueur avait fait son apparition à la racine de son épaisse chevelure. Harry esquissa un sourire et se pencha sur son guidon.

Bjarne Møller regarda alternativement la liste de commissions que lui avait remise sa femme et le rayonnage sur laquelle il pensait trouver la coriandre. Margrete s'était prise de passion pour la cuisine thaïlandaise après les vacances qu'ils avaient passées à Phuket l'hiver précédent, mais le chef de la Brigade Criminelle n'était pas encore très calé en matière de légumes variés qui arrivaient quotidiennement par avion de Bangkok, jusqu'à cette épicerie pakistanaise de Grønlandsleiret.

« C'est du chili vert, ça, chef », dit une voix juste à côté de son oreille. Bjarne Møller fit volte-face et plongea le regard dans le visage moite et cramoisi de Harry. « Quelques piments de ce genre et quelques tranches de gingembre, et tu peux faire une soupe tom yam. La fumée va te sortir par les oreilles, mais tu vas évacuer tout un tas de merde par les pores.

— On dirait que tu as essayé, Harry.

— Juste un petit duel à vélo avec Halvorsen.

— Ah oui ? Et ce que tu as dans la main, là, qu'est-ce que c'est ?

— Japone. Un petit piment rouge.

— Je ne savais pas que tu faisais la cuisine. »

Harry regarda avec une légère surprise le sachet de piments, comme si c'était nouveau pour lui aussi.

« D'ailleurs, c'est bien que je te croise, chef. On a un problème. »

Møller sentit une démangeaison naître à la base de son crâne.

« Je ne sais pas qui a décidé qu'Ivarsson dirigerait l'enquête sur le meurtre de Bogstadveien, mais ça roule sur la jante. »

Møller posa son pense-bête dans son panier.

« Depuis combien de temps vous travaillez ensemble ? Deux jours complets ?

— Ce n'est pas ça, le problème, chef.

— Est-ce que tu ne peux pas, pour une fois, te contenter de faire du boulot d'investigation, Harry ? Et laisser les autres décider de la façon dont il faut que ça s'organise ? Il n'est pas dit que tu gardes des séquelles graves à essayer de ne pas être en opposition, tu sais.

— Je veux juste que cette affaire soit réglée rapidement. Pour pouvoir continuer avec l'autre affaire, tu sais.

— Oui, je sais. Mais tu as travaillé dessus plus que les six mois que je t'avais promis, et je ne peux pas réclamer du temps et des moyens en fonction des intérêts et sentiments personnels, Harry.

— C'était une collègue, chef.

— Je sais ! » aboya Møller. Il se tut, regarda autour de lui et poursuivit plus bas : « C'est quoi, ton problème, Harry ?

— Ils ont l'habitude de travailler sur des braquages, et Ivarsson n'est absolument pas intéressé par les interventions constructives. »

Bjarne Møller ne put s'empêcher de sourire à l'idée des « interventions constructives » de Harry.

Harry se pencha en avant et se mit à parler rapidement, avec passion :

« Quelle est la première question qu'on se pose quand un meurtre est commis, chef ? Pourquoi, quel est le motif, n'est-ce pas ? À l'OCRB, ils partent du principe que le motif, c'est l'argent, et que par conséquent la question ne se pose même pas.

— Alors quel est le motif, selon toi ?

— Je ne crois rien, je veux juste dire qu'ils emploient une méthodologie complètement inadaptée.

— Une autre méthodologie, Harry, une autre. Il faut que je fasse l'acquisition de ces légumineux, et que je rentre chez moi, alors dis-moi ce que tu veux.

— Je veux que tu ailles parler à qui de droit pour que je puisse prendre un des autres avec moi et bosser en solo.

— Deux en moins sur le groupe d'investigation ?

— Une enquête parallèle.

— Harry…

— C'est comme ça qu'on a pris Rouge-Gorge [1], tu te rappelles ?

— Harry, je ne peux pas m'immiscer…

— Je veux avoir Beate Lønn, et on repart de zéro. Ivarsson est déjà en train de s'embourber, et…

— Harry !

— Oui ?

— La vraie raison, c'est quoi ? »

Harry changea de pied d'appui.

« Je n'arrive pas à bosser avec ce crocodile.

— Ivarsson ?

— Je ne vais pas tarder à faire une grosse connerie. »

Les sourcils de Bjarne Møller se rejoignirent en un V noir au-dessus de son nez.

« C'est une menace ?

— Juste ce service, chef, dit Harry en posant une main sur l'épaule de Møller. Après je ne demanderai plus rien. Plus jamais. »

Møller gronda. À combien de reprises au cours de ces années avait-il mis sa tête sur le billot pour Harry, au lieu de suivre ce conseil chaleureux et sage que lui avaient donné des collègues plus âgés, de garder une certaine distance avec cet enquêteur imprévisible ? La seule certitude avec Harry Hole, c'est que quelque chose irait sérieusement mal, un jour. Mais parce que Harry et lui étaient toujours étrangement retombés sur leurs pattes jusqu'alors, personne n'avait pu prendre quelque mesure draconienne que ce fût. Jusqu'alors.

1. Voir *Rouge-Gorge*, Folio Policier n° 450.

Mais la question la plus intéressante, c'était : pourquoi le faisait-il ? Il jeta un coup d'œil à Harry. L'alcoolique. Le fauteur de trouble. De temps à autre le cabochard insupportablement arrogant. Et son meilleur enquêteur avec Waaler.

« Tu te maîtrises, Harry. Ou je te fous derrière un bureau à coups de pompes dans le train et je referme derrière. Pigé ?

— Reçu, chef. »

Møller poussa un soupir.

« J'ai une réunion avec l'inspecteur et le chef de la Criminelle demain. On verra. Mais je ne te promets rien, tu m'entends ?

— Ay ay, chef. Bonjour à sa dame. »

En sortant, Harry se retourna.

« La coriandre est complètement à gauche, sur le rayon du bas. »

Bjarne Møller resta immobile, les yeux braqués au fond de son panier, après le départ de Harry. Il se souvenait du pourquoi, à présent. Il aimait bien l'alcoolique cabochard et bruyant.

CHAPITRE 7

Le Roi blanc

Harry fit un signe de tête à l'un des habitués et se laissa tomber à la table qui se trouvait sous l'une des fenêtres étroites et dépolies donnant sur Waldemar Thranes gate. Un grand tableau était suspendu au mur derrière lui, représentant des femmes portant des ombrelles gaiement saluées par des promeneurs en chapeaux hauts de forme, par une journée ensoleillée sur Youngstorget. Le contraste n'aurait pas pu être plus radical avec l'éternelle lumière d'automne et la tranquillité presque recueillie de l'après-midi, au café Schrøder.

« C'est chouette que tu aies pu venir », dit Harry au type légèrement corpulent qui occupait déjà la table. Il était aisé de voir qu'il n'était pas un client régulier. Pas en raison de son élégante veste de tweed ni de son nœud papillon moucheté de rouge, mais parce qu'il jouait avec une tasse blanche pleine de thé sur une nappe parfumée à la bière et percée de brûlures de cigarette. Le client de passage était le psychologue Ståle Aune, l'un des meilleurs du pays dans son domaine et un professionnel qui avait apporté beaucoup de satisfaction à la police d'Oslo. Et quelques soucis, par ailleurs, puisque Aune était un homme foncièrement honnête qui veillait sur son intégrité et qui ne se prononçait jamais dans un procès s'il n'avait pas cent pour cent de certitude scientifique sur le sujet. Et comme en psychologie, il y a peu de certitudes scientifiques, il arrivait souvent qu'en tant que témoin des parties civiles, il se fasse le meilleur ami de la défense, puisque le doute qu'il semait servait en général les intérêts du prévenu. En tant que policier, Harry faisait appel aux expertises d'Aune sur des affaires de meurtres depuis si longtemps qu'il avait commencé à le considérer comme un collègue. Et en tant qu'alcoolique, Harry s'était soumis si totalement à cet homme chaleureux, intelligent et d'une arrogance seyante qu'il pouvait sous la contrainte envisager d'en parler comme d'un ami.

« Alors c'est ici, ton repaire ? dit Aune.

— Oui », répondit Harry en levant un sourcil à l'attention de Maja, au comptoir, qui réagit sur-le-champ en passant la porte à battant des cuisines.

« Et qu'est-ce que tu as là ?

— Japone. Chili. »

Une goutte de sueur roula le long de l'arête du nez de Harry, se cramponna un instant au bout avant de tomber sur la nappe. Aune regarda avec étonnement la tache d'humidité.

« Thermostat lent, dit Harry. J'ai fait du sport. »

Aune plissa le nez.

« En tant que sorcier, je devrais sûrement applaudir, mais en tant que philosophe, je pose un point d'interrogation au fait d'exposer son corps à ce genre de désagrément. »

Un pichet en acier et une tasse atterrirent devant Harry.

« Merci, Maja.

— Sentiment de culpabilité, dit Aune. Certains n'arrivent à le gérer qu'en se punissant. Comme quand tu craques, Harry. Dans ton cas, l'alcool n'est pas une fuite, mais la façon la plus parfaite de te punir.

— Oui, merci, je t'ai déjà entendu poser ce diagnostic.

— C'est pour ça que tu t'entraînes si dur ? Mauvaise conscience ? »

Harry haussa les épaules.

Aune baissa le ton : « C'est à Ellen, que tu penses en continu ? »

Le regard de Harry rencontra celui d'Aune. Harry porta lentement la tasse de café à ses lèvres et but longuement avant de la reposer avec une grimace.

« Non, ce n'est pas l'affaire Ellen. On n'arrive à rien, mais ce n'est pas parce qu'on a fait du mauvais boulot ; ça, je le sais. Il va se passer quelque chose, il faut juste qu'on soit patients.

— Bien, dit Aune. Ce n'est pas ta faute, si Ellen a été tuée, ne perds jamais ça de vue. Et n'oublie pas que tous tes collègues pensent que le véritable meurtrier a été pris.

— Peut-être. Peut-être pas. Il est mort, et ne peut plus répondre.

— Ne laisse pas ça devenir une idée fixe, Harry. » Aune plongea deux doigts dans la poche de sa veste en tweed et en retira une montre à gousset en argent à laquelle il jeta un rapide coup d'œil.

« Mais ce n'était certainement pas de sentiment de culpabilité que tu voulais parler ?

— Non. » Harry sortit un paquet de photos de sa poche intérieure. « Je veux savoir ce que tu penses de ceci. »

Aune prit les photos et commença à parcourir la pile.

« On dirait un braquage de banque. Je ne savais pas que c'était le rayon de la Criminelle.

— Tu as l'explication sur le cliché suivant.

— Oui ? Il montre un doigt à la caméra…

— Excuse-moi, la suivante.

— Ouille. Est-ce qu'elle…

— Oui, tu ne vois presque pas les flammes parce que c'est un AG3, mais il vient de presser la gâchette.

Comme tu vois, la balle vient de passer à travers le front de la femme. Sur l'image suivante, elle est ressortie par l'arrière et s'est enfoncée dans la menuiserie à côté de la vitre du guichet. »

Aune posa les photos.

« Pourquoi faut-il toujours que vous me montriez ces images macabres, Harry ?

— Pour que tu saches de quoi on parle. Regarde la suivante. »

Aune soupira.

« Là, le braqueur a eu son argent, dit Harry en pointant un doigt sur la photo. La seule chose qui reste, c'est la fuite. C'est un pro, il est calme et déterminé, et il n'y a plus aucune raison d'effrayer ou de forcer quelqu'un à quoi que ce soit. Et pourtant, il choisit de retarder sa fuite de quelques secondes supplémentaires pour abattre cette employée de banque. Juste parce que le chef d'agence a mis six secondes de trop pour vider le DAB.

— Et maintenant, tu te demandes quel pouvait être son motif ? demanda Aune en dessinant des huit dans son thé avec sa cuiller.

— Eh bien… Il y a toujours un motif, mais c'est difficile de savoir de quel côté de la frontière du bon sens il faut chercher. Des idées, comme ça, à froid ?

— Graves troubles de la personnalité.

— Mais il a l'air d'être tellement rationnel dans tout ce qu'il fait d'autre…

— Avoir des troubles de la personnalité ne signifie pas que tu es idiot. Les individus souffrant de ces troubles sont aussi compétents, si ce n'est plus, pour atteindre leur objectif. Ce qui les distingue de nous, c'est qu'ils veulent autre chose.

— Et les narcotiques ? Y a-t-il une drogue qui puisse rendre une personne par ailleurs normale si agressive qu'elle puisse tuer ? »

Aune secoua la tête.

« L'emprise d'une drogue ne fera que renforcer ou atténuer des penchants qui sont présents dès le départ. Un type qui passe sa femme à tabac quand il est pété a généralement aussi pensé quand il était à jeun qu'il avait envie de lui taper dessus. Les gens qui commettent des meurtres avec préméditation comme celui-ci sont presque toujours disposés à le faire.

— Ce que tu me dis, donc, c'est que ce type est foutrement cinglé ?

— Ou pré-programmé.

— Pré-programmé ? »

Aune acquiesça.

« Tu te souviens de ce braqueur qui n'a jamais été pris, Raskol Baxhet ? »

Harry secoua la tête.

« Un Tzigane, dit Aune. Pendant de nombreuses années, des rumeurs ont couru sur cette figure mystérieuse qui était supposée être le véritable cerveau de tous les gros braquages de transports de fonds et de centrales de fonds d'Oslo, dans les années 80. Il a fallu pas mal d'années à la police pour comprendre qu'il existait réellement, et même à ce moment-là, ils n'ont jamais réussi à établir la moindre preuve contre lui.

— Maintenant que tu m'en parles... dit Harry. Mais je crois me souvenir qu'il a été pris ?

— Faux. Là où on l'a vraiment approché, c'est quand deux braqueurs ont promis de témoigner contre lui en échange d'une réduction de peine, mais ils ont disparu brusquement, dans des circonstances mystérieuses.

— Pas inhabituel, dit Harry en sortant un paquet de Camel de sa poche.

— Sauf quand ils sont en prison », dit Aune.

Harry émit un petit sifflement.

« Bon, mais il s'est de toute façon retrouvé en taule.

— Ça, c'est vrai, dit Aune. Mais il n'a pas été pris. Raskol s'est livré. Un jour, on le trouve à l'accueil de l'hôtel de police, et il dit qu'il veut faire des aveux sur tout un tas de vieux braquages. Bien sûr, ça provoque un remue-ménage pas possible. Personne ne comprend rien, et Raskol lui-même refuse de dire pourquoi il s'est livré. Avant que son procès ait lieu, ils me passent un coup de fil pour que je vérifie s'il est bien sain d'esprit, et si sa confession va tenir la route dans une salle d'audience. Raskol a accepté de me parler sous deux conditions. Que nous disputions une partie d'échecs — ne me demande pas comment il savait que j'étais un joueur acharné. Et que je me munisse de la traduction française de *The Art Of war*, un bouquin chinois antédiluvien sur les tactiques guerrières. »

Aune ouvrit une boîte de cigarillos Nobel Petit.

« J'ai pu me faire envoyer le livre de Paris, et j'ai emporté un jeu d'échecs. On m'a fait entrer dans sa cellule, et j'ai salué un homme qui ressemblait à s'y méprendre à un moine. Il m'a demandé s'il pouvait m'emprunter mon stylo, a commencé à feuilleter le livre et m'a signifié d'un mouvement de tête que je pouvais ouvrir la partie. Je pose les pièces et je joue l'ouverture Rétis — qui n'attaque l'adversaire que quand le centre de l'échiquier est occupé, souvent efficace contre des joueurs de niveau moyen. Après un coup, il est impossible de voir à quoi je pense, mais ce Tzigane regarde le plateau par-dessus le livre, se passe une main dans son bouc, me regarde avec un sourire entendu, et se met à noter des choses dans son livre… »

Un briquet d'argent alluma le bout du cigarillo.

« … et continue à lire. Alors, je lui dis : "Tu ne bouges pas ?" Je vois sa main écrire à toute vitesse dans le livre, avec mon stylo, et il répond : "Je n'en ai pas besoin. Je suis en train de noter le déroulement de cette partie, coup après coup. À la fin, tu renverses ton roi." Je lui explique qu'il est impossible de déterminer le cours d'une partie après seulement un coup. "On parie ?" demande-t-il. J'essaie d'esquiver le problème en riant, mais il insiste. J'accepte alors de parier un billet de cent couronnes pour qu'il soit mieux disposé à l'égard de notre entretien. Il veut voir le billet, il faut que je le pose à côté de l'échiquier, à un endroit où il peut le voir. Il lève ensuite la main comme s'il allait jouer son coup, et tout à coup, les choses se passent très vite.

— Blitz ? »

Aune sourit en soufflant pensivement un cercle de fumée bleue vers le plafond. « La seconde d'après, j'étais tenu dans une prise d'acier, la tête appuyée en arrière à tel point que je voyais le plafond, avec une voix qui me murmurait tout contre l'oreille : "Tu sens la lame du couteau, *gadjo* ?" Et un peu, que je le sentais, l'acier acéré, fin comme une lame de rasoir, qui appuyait et voulait entamer la peau de ma pomme d'Adam. Ça t'est déjà arrivé, de le sentir, Harry ? »

Le cerveau de Harry passa en revue le registre d'expériences approchantes, mais n'en trouva aucune qui corresponde tout à fait. Il secoua la tête.

« C'était — pour citer certains de mes patients — nul. J'avais tellement peur que j'ai bien failli pisser dans mon pantalon. Puis il m'a chuchoté dans le creux de l'oreille : "Couche ton roi, Aune." Il a donné un peu de mou pour que je puisse lever le bras et faire basculer mes pièces. Puis, tout aussi brusquement, il m'a lâché. Il est retourné de son côté de la table et a attendu que je me relève et que je reprenne mon souffle. "Bon sang, qu'est-ce que c'était que ça ?" ai-je murmuré. "C'était un braquage. Planifié, puis exécuté." Puis il a retourné le livre sur lequel il avait écrit le déroulement de la partie. Tout ce qui y figurait, c'était le coup que j'avais joué et "le roi blanc capitule". Il m'a alors demandé :

"Est-ce que ça apporte les réponses aux questions que tu te posais, Aune ?"

— Et qu'as-tu répondu ?

— Rien. J'ai gueulé pour faire venir le gardien. Mais avant qu'il m'ouvre, j'ai posé une dernière question à Raskol. Parce que je savais que j'allais la ruminer jusqu'à en devenir fou si je n'avais pas la réponse immédiatement. "Est-ce que tu l'aurais fait ? Est-ce que tu m'aurais ouvert la gorge si je n'avais pas couché mon roi ? Rien que pour gagner un pari stupide ?"

— Et qu'a-t-il répondu ?

— Il a souri, et m'a demandé si je savais ce qu'était la pré-programmation.

— Oui ?

— C'est tout. La porte s'est ouverte, et je suis sorti.

— Mais qu'est-ce qu'il entendait par pré-programmation ? »

Aune repoussa sa tasse de thé.

« On peut pré-programmer son cerveau pour qu'il suive un type de comportement déterminé. Le cerveau va passer outre d'autres impulsions et suivre les règles définies à l'avance, quoi qu'il arrive. Pratique dans des situations où le réflexe naturel du cerveau est de paniquer. Comme par exemple quand le parachute ne s'ouvre pas. À ce moment-là, il faut souhaiter que le parachutiste ait pré-programmé la procédure d'urgence.

— Ou des soldats dans une bataille.

— Exactement. Il y a cependant des méthodes qui permettent de programmer à tel point un individu qu'il entre dans une espèce de transe dont même des stimulations extérieures extrêmes ne peuvent pas l'extraire, qui en font un robot vivant. Le fantasme absolu de tout général, par exemple, est horriblement facile à obtenir, à l'unique condition de connaître les techniques nécessaires.

— Tu veux parler de l'hypnose ?

— Je préfère appeler ça pré-programmation, ça n'a pas l'air aussi mystérieux. Il s'agit juste d'ouvrir et de fermer l'accès aux impulsions. Ceux qui sont doués peuvent facilement se programmer eux-mêmes, c'est la soi-disant auto-hypnose. Si Raskol s'était pré-programmé pour me tuer si je n'avais pas couché mon roi, il aurait été dans l'impossibilité de faire machine arrière.

— Mais il ne t'a pas tué, que je sache.

— Tous les programmes ont une touche Échap, un mot de passe qui interrompt la transe. Dans ce cas de figure, ça a pu être l'abandon du roi blanc.

— Mmm. Fascinant.

— Et j'en arrive à ce que je voulais dire…

— Je crois que je comprends, dit Harry. Il est possible que le braqueur se soit pré-programmé pour tirer si le chef d'agence ne respectait pas son impératif temps.

— Les règles d'une pré-programmation doivent être simples, dit Aune en lâchant son cigarillo dans sa tasse de thé et en posant la soucoupe dessus. Pour que tu entres en transe, il faut qu'elles mettent en place un système simple mais logiquement hermétique, qui ne laisse pas passer d'autres idées. »

Harry posa un billet de cinquante couronnes à côté de sa tasse et se leva. Aune regarda silencieusement Harry rassembler les photos, avant de demander :

« Tu ne crois pas un traître mot de ce que je dis, n'est-ce pas ?

— Non. »

Aune se leva à son tour et reboutonna sa veste sur son ventre.

« Alors que crois-tu ?

— Je crois ce que l'expérience m'a appris, dit Harry. Que de façon générale, les malfaiteurs sont au moins aussi bêtes que moi, ils choisissent des solutions simples, ont des motifs peu compliqués. En bref, que les choses sont généralement ce qu'elles paraissent. Je parie que ce

braqueur était ou bien shooté à mort, ou bien qu'il a pa-
niqué. Ce qu'il a fait était d'une grande bêtise, et j'en
conclus donc qu'il est bête. Prends ce Tzigane dont tu
penses manifestement qu'il était si malin, combien a-t-il
pris pour une attaque à l'arme blanche dans l'enceinte
d'une prison ?

— Rien, dit Aune avec un sourire sardonique.

— Ah ?

— Ils n'ont jamais trouvé de couteau.

— Il me semble que tu as dit que vous étiez enfermés
dans sa cellule.

— Tu n'as jamais été allongé sur une plage, sur le
ventre, avec les copains qui viennent de te dire que tu
dois rester complètement immobile parce qu'ils tiennent des morceaux de charbon incandescents au-dessus
de ton dos. Et puis tu entends quelqu'un dire « ouille »,
et l'instant suivant, tu sens les braises te tomber dessus
et te brûler la peau ? »

Le cerveau de Harry parcourut ses souvenirs de vacances d'été. Ce fut très vite fait.

« Non.

— Mais il apparaît que c'était une farce, que ce ne
sont que des glaçons…

— Oui ? »

Aune soupira.

« De temps en temps, je me demande où tu as passé
les trente-cinq années que tu prétends avoir vécues,
Harry. »

Harry se passa une main sur la figure. Il était fatigué.

« O.K., mais où veux-tu en venir, Aune ?

— Un bon manipulateur peut arriver à te faire croire
que le bord d'un billet de cent couronnes est le tran-
chant d'une lame de couteau. »

La blonde regarda Harry droit dans les yeux et lui
promit du soleil, mais annonça que le ciel se couvrirait

en fin de journée. Harry pressa le bouton de veille, et l'image se rétrécit en un petit point lumineux au centre de l'écran de quatorze pouces. Mais quand il ferma les yeux, ce fut l'image de Stine Grette qui demeura sur sa rétine, accompagnée de l'écho du « ... toujours aucun suspect dans l'affaire » du reporter.

Il les rouvrit et étudia son reflet dans l'écran inerte. Lui-même, le vieux fauteuil à oreilles vert de chez Elevator et la table basse du salon, nue, simplement décorée de ronds qu'avaient laissés verres et bouteilles. Tout était à l'identique depuis qu'il habitait ici. La télé de voyage trônait sur son étagère entre le guide *Lonely Planet* de la Thaïlande et l'atlas routier NAF[1], et il n'avait pas voyagé ne serait-ce que d'un mètre pendant ces dernières années, soit bientôt sept. Il avait lu quelque chose sur les démangeaisons septennales, ce qui pousse les gens à rechercher un autre endroit où habiter au bout d'environ sept ans. Ou un autre boulot. Ou un autre partenaire. Il n'avait remarqué aucun des symptômes. Et ça faisait presque dix ans qu'il faisait le même boulot. Harry regarda l'heure. Anna avait dit à huit heures.

En ce qui concernait la partenaire, il n'était jamais parvenu assez loin pour éprouver cette théorie. Hormis les deux relations qui auraient pu durer aussi longtemps, les romances s'étaient terminées à cause de ce que Harry appelait les démangeaisons hexahebdomadaires. Quant à savoir si les réticences qu'il éprouvait à s'impliquer étaient dues aux tragédies qui avaient couronné les deux fois où il avait aimé une femme, il n'en savait rien. Ou bien si c'étaient ses fidèles maîtresses — l'enquête criminelle et la dive bouteille — qui étaient

1. Norges Automobil-Forbund, l'association automobile norvégienne, qui édite des atlas routiers, propose une assistance juridique en cas de litige, etc.

les responsables. Avant de rencontrer Rakel, un an plus tôt, il avait en tout cas commencé à se dire qu'il n'était pas fait pour des relations durables. Il pensa à la fraîcheur de la grande chambre à coucher de Holmenkollen. À leurs grognements codés, autour de la table du petit déjeuner. Au dessin d'Oleg sur la porte du réfrigérateur, représentant trois personnes se tenant les mains, sur lequel la silhouette figurant au-dessus des lettres HARY atteignait le soleil jaune au milieu d'un ciel sans nuage.

Harry se leva de sa chaise, retrouva près du répondeur le bout de papier sur lequel était noté son numéro et le composa sur son mobile. Il y eut quatre sonneries avant que le combiné ne soit décroché à l'autre bout du fil.

« Salut, Harry.

— Salut. Comment as-tu su que c'était moi ? »

Un rire grave et profond. « Où étais-tu, ces dernières années, Harry ?

— Ici. Et là. Pourquoi ça ? J'ai déconné ? »

Elle rit de plus belle.

« Ah, oui, tu peux voir le numéro d'appel sur ton appareil. Ce que je peux être bête ! »

Harry se rendit compte de ce que cette remarque avait de crétin, mais ça ne faisait rien, l'important, à présent, c'était de pouvoir dire ce qu'il avait à dire, et de raccrocher. Trois petits tours et puis s'en vont.

« Écoute, Anna, à propos de notre rendez-vous de ce soir…

— Ne sois pas puéril, Harry !

— Puéril ?

— Je suis en train de préparer le meilleur curry de ce millénaire. Et si tu as peur que je te séduise, je vais te décevoir. Je crois seulement que nous nous devons l'un l'autre quelques heures autour d'un dîner pour discuter un peu. Jacter un chouïa. Se débarrasser de quelques malentendus de l'époque. Ou peut-être pas. Peut-être rire un peu, c'est tout. Tu n'as pas oublié le piment japonais ?

— Eh bien… non.

— Super ! Huit heures pile, O.K. ?

— Ben…

— Bien. »

Harry continua à regarder son mobile après qu'elle eut raccroché.

CHAPITRE 8

Jalalabad

« Je vais bientôt te tuer, dit Harry en étreignant de plus belle l'acier froid du fusil. Je veux juste que tu le saches, avant. Pour pouvoir y penser un peu. Ouvre grand. »

Les gens étaient des poupées de cire autour de lui. Immobiles, sans âme, déshumanisées. Harry suait sous son masque et le sang battait contre ses tempes, suscitant une douleur sourde à chaque battement. Il ne voulait pas voir ces gens autour de lui, il ne voulait pas rencontrer leurs regards accusateurs.

« Mets l'argent dans un sac, dit-il à la personne sans visage qui se trouvait devant lui. Et pose le sac sur ta tête. »

L'anonyme se mit à rire, et Harry retourna l'arme pour lui mettre un coup de crosse dans la tête, mais il manqua son coup. Les autres occupants de la pièce se mirent à rire à leur tour, et Harry les regarda à travers les trous irréguliers découpés dans le masque. Ils avaient tout à coup l'air familiers. La fille à l'autre guichet ressemblait à Birgitta. Et l'homme de couleur qui se tenait près du distributeur de tickets d'attente était Andrew[1], il aurait pu en jurer. Et la femme chenue près du landau...

« Maman ? » murmura-t-il.

---

1. Voir *L'homme chauve-souris*, Folio Policier n° 366.

« Tu veux l'argent, oui ou non ? demanda l'anonyme. Encore vingt-cinq secondes.

— C'est moi qui décide combien de temps ça doit prendre ! rugit Harry en plaçant le canon de son arme dans la grande bouche noire de son interlocuteur. C'était toi, je l'ai toujours su. Dans six secondes, tu vas mourir. Tremble ! »

Une dent pendait d'un filament de viande et le sang coulait de la bouche du personnage, mais il parla comme s'il n'en avait pas conscience :

« Je ne peux pas plaider pour qu'on dispose de temps et de moyens en fonction des intérêts et sentiments personnels. » Quelque part, un téléphone se mit à sonner frénétiquement.

« Tremble ! Tremble autant qu'elle !

— Fais attention, Harry, ne laisse pas ça devenir une idée fixe. » Harry sentit la bouche masser le canon.

« C'était une collègue, fumier ! C'était ma meilleure... » Le masque se colla à la bouche de Harry et rendit sa respiration difficile. Mais la voix de l'anonyme continuait, imperturbable : « Faire ses valises.

— ... amie. » Harry pressa complètement la détente. Rien ne se passa. Il ouvrit les yeux.

La première chose qui frappa Harry, ce fut qu'il s'était simplement assoupi. Il occupait le même fauteuil à oreilles vert et contemplait l'écran vide de la télé. Mais le manteau était nouveau. Il était posé sur lui, lui couvrant la moitié du visage, et Harry avait un goût de toile mouillée dans la bouche. Et la lumière diurne emplissait le salon. Puis il sentit la masse. Elle atteignait un nerf juste derrière les yeux, coup après coup, avec une impitoyable précision. Avec pour résultat une douleur à la fois significative et bien connue. Il essaya de récapituler. Avait-il échoué chez Schrøder ? Avait-il commencé à boire chez Anna ? Mais ce fut comme il le craignait : noir. Il se souvenait s'être assis au salon après son coup de fil à Anna, mais la suite était vide. Au même moment, ce que contenait son ventre remonta. Harry se pencha par-dessus l'accoudoir et entendit le chyme claquer contre le parquet. Il gémit, ferma les yeux et essaya de faire abstraction du bruit du téléphone qui sonnait, sonnait, sonnait… Lorsque le répondeur se déclencha, il s'était endormi.

Ce fut comme si quelqu'un découpait des morceaux de son temps et les laissait tomber. Harry s'éveilla de nouveau, mais attendit un instant avant d'ouvrir les yeux, pour sentir s'il y avait une amélioration. Il n'en remarqua aucune. La seule différence, c'était que les masses s'étaient réparties sur une aire sensiblement plus vaste, que ça puait la gerbe et qu'il savait qu'il ne parviendrait pas à se rendormir. Il compta jusqu'à trois, se leva, tituba plié en deux sur les huit pas qui le séparaient de la salle de bains et laissa son ventre se retourner derechef. Il s'appuya à la cuvette des toilettes le temps de reprendre son souffle, et vit avec surprise que la substance jaune qui nappait la porcelaine blanche contenait des morceaux microscopiques rouges et verts. Il parvint à capturer l'un des fragments rouges entre son pouce et son index, le porta au lavabo où il le rinça et le leva vers la lumière. Puis il plaça précautionneusement le morceau entre ses dents et mâcha. Il fit la grimace en reconnaissant le jus brûlant du piment japone. Il se passa le visage sous l'eau, puis se releva. Et posa les yeux sur l'énorme œil poché, dans le miroir. La lumière du salon l'aveugla quand il mit en marche le répondeur.

« Ici Beate Lønn. J'espère que je ne dérange pas, mais Ivarsson m'a dit d'appeler immédiatement. Il y a eu un autre braquage. DnB, dans Kirkeveien, entre le parc Frogner et le carrefour de Majorstua. »

CHAPITRE 9

Le brouillard

Le soleil avait disparu derrière une couche de nuages acier qui s'étaient traînés à basse altitude depuis le fjord d'Oslo, et comme une ouverture à la pluie annoncée, le vent du sud se mit à souffler en bourrasques coléreuses. Le long de Kirkeveien, les chéneaux sifflaient et les stores claquaient. Les arbres avaient maintenant perdu toutes leurs feuilles, c'était comme si les dernières couleurs avaient été aspirées hors de la ville, comme si Oslo était passée en noir et blanc. Harry se courba contre le vent et maintint son manteau fermé en enfonçant les mains dans ses poches. Il avait constaté que le dernier bouton avait fait ses adieux, vraisemblablement dans le courant de la soirée ou de la nuit, et il n'y avait pas que ça qui avait disparu. Quand il avait voulu appeler Anna pour qu'elle l'aide à reconstituer la soirée, il s'était rendu compte qu'il avait également perdu son téléphone mobile. Et quand il l'avait appelée de son poste fixe, une voix de femme familière comme un disque d'autrefois lui avait répondu que le numéro demandé n'était pas disponible pour le moment, mais qu'il pouvait laisser un numéro de contre-appel ou un message. Il avait renoncé.

Il avait repris relativement vite ses esprits, et avait de façon surprenante assez facilement surmonté le besoin de continuer, de parcourir la bien trop courte distance qui le séparait de chez Schrøder ou du Vinmonopol. Au lieu de ça, il s'était douché, habillé et avait quitté Sofiesgate pour passer devant le stade de Bislett, puis devant le Stenspark et vers Majorstua, dans Pilestredet. Il se demandait ce qu'il avait bu. Au lieu des inévitables douleurs abdominales signées Jim Beam, un brouillard s'était déposé comme une couverture sur tous ses sens, et ne se dissipait même pas dans les fraîches rafales.

Deux voitures de police, gyrophare allumé, attendaient devant l'agence de la DnB. Harry brandit sa carte devant l'un des policiers en uniforme, passa sous les tresses et alla à la porte d'entrée, où Weber discutait avec un de ses gars de la Technique.

« Comment va, cet après-midi, inspecteur principal ? » dit Weber en insistant sur "après-midi". Il haussa un sourcil en voyant le coquard de Harry. « Madame s'est mise à cogner ? »

Harry ne parvint pas à trouver une réponse rapide et prit plutôt une cigarette dans son paquet.

« De quoi s'agit-il ?

— Un type masqué avec un fusil AG3.

— Et les rats ont quitté le navire ?

— Pour de bon.

— Est-ce que quelqu'un a parlé aux témoins ?

— Oh oui, Li et Li sont à l'œuvre, à l'hôtel de police.

— Déjà des détails sur le déroulement ?

— Le braqueur a donné vingt-cinq secondes à la chef d'agence pour ouvrir le DAB, en gardant son fusil braqué sur une des nanas des guichets.

— Et il a fait parler la fille pour lui ?

— Ouais. Et quand il est entré dans l'agence, il a dit les mêmes trucs en anglais.

— *This is a robbery, nobody move !* dit une voix derrière eux, suivie d'un petit rire saccadé. C'est vraiment super que tu aies pu venir, Hole. Ouille, glissé dans la salle de bains ? »

Harry alluma sa cigarette d'une main tout en tendant le paquet à Ivarsson, qui secoua la tête.

« Sale habitude, ça, Hole.

— Tu as raison, dit Harry en remettant le paquet de Camel dans sa poche intérieure. On ne devrait pas proposer ses cigarettes, mais supposer qu'un gentleman s'achète les siennes. C'est Benjamin Franklin qui l'a dit.

— Vraiment ? fit Ivarsson en ignorant le grand sourire de Weber. Tu sais tout plein de choses, Hole. Tu sais peut-être aussi que notre braqueur a de nouveau frappé... exactement comme nous avions dit qu'il le ferait ?

— Comment sais-tu que c'était lui ?

— Comme tu l'as compris, c'était la réplique exacte du braquage de Nordea de Bogstadveien.

— Ah ? fit Harry en inhalant de son mieux. Où est le cadavre ? »

Harry et Ivarsson soutinrent le regard l'un de l'autre. Les dents de reptile luisirent.

« La chef d'agence a été rapide, s'immisça Weber. Elle a réussi à vider le DAB en vingt-trois secondes.

— Pas de meurtre, dit Ivarsson. Déçu ?

— Non », dit Harry avant de laisser la fumée s'échapper par le nez. Une rafale de vent dispersa la fumée. Mais le brouillard qu'il avait dans la tête ne lâchait pas prise.

Halvorsen quitta Sylvia des yeux au moment où la porte s'ouvrit.

« Tu peux faire un expresso à fort indice d'octane pronto ? demanda Harry en se laissant tomber dans son fauteuil.

— Bonjour à toi aussi, dit Halvorsen. Tu as vraiment une tronche à faire peur. »

Harry posa son visage dans ses mains.

« Je n'ai aucun souvenir de ce qui s'est passé hier au soir. Je n'ai aucune idée de ce que j'ai bu, mais je n'en reboirai plus jamais une seule goutte. »

Il regarda entre ses doigts et vit que son collègue avait une profonde ride soucieuse en travers du front.

« Relax, Halvorsen, c'était un simple accident, je suis sobre comme un chameau, maintenant.

— Qu'est-ce qui s'est passé ? »

Harry partit d'un rire caverneux.

« Le contenu de mon ventre indique que j'ai été dîner chez une vieille connaissance. J'ai appelé plusieurs fois pour en avoir la confirmation, mais elle ne répond pas.

— Elle ?

— Oui. Elle.

— L'une de ces fliquettes pas douées, peut-être ? demanda prudemment Halvorsen.

— Lâche pas le café des yeux, tu veux, gronda Harry. Une ancienne conquête, juste. Des trucs tout à fait innocents.

— Comment le sais-tu, puisque tu ne te souviens de rien ? »

Harry passa une paume sur son menton pas rasé. Pensa à ce qu'Aune avait dit, que l'usage de stupéfiants ne fait qu'influencer les tendances propres à tout un chacun. Il ne savait pas s'il trouvait ça rassurant. Certains détails avaient commencé à émerger. Une robe noire. Anna avait porté une robe noire. Et qu'il était étendu dans un escalier. Qu'il avait reçu l'aide d'une femme. Avec un demi-visage. Comme l'un des portraits d'Anna.

« J'ai toujours des black-out. Celui-ci n'est pas pire que les autres fois.

— Et cet œil ?

— J'ai dû me prendre un meuble de cuisine en rentrant, ou un truc du genre.

— Ce n'est pas pour te contrarier, Harry, mais ça a l'air un tout petit peu plus heavy qu'un meuble de cuisine.

— Bon… dit Harry en prenant sa tasse de café des deux mains. Est-ce que j'ai l'air contrarié ? Les fois où je me suis battu en étant bourré, c'était avec des gens que je n'aimais pas non plus à jeun.

— Un message de Møller, d'ailleurs. Il m'a demandé de te dire que ça se présente bien, mais il n'a pas dit quoi. »

Harry fit rouler longuement l'expresso dans sa bouche avant d'avaler : « Tu t'améliores, Halvorsen, tu t'améliores. »

Le braquage fut reconstitué dans ses moindres détails au cours de la réunion du groupe d'investigation, l'après-midi même à l'hôtel de police. Didrik Gudmundson précisa qu'il s'était écoulé trois minutes entre le déclenchement de l'alarme à là banque et le moment où la police avait pris position au-dehors, mais qu'à ce moment-là, le braqueur avait déjà quitté les lieux. En plus d'un premier cercle de voitures de patrouille qui avaient immédiatement barré les rues adjacentes, ils avaient au cours des dix minutes suivantes pu mettre en place un second cercle sur les routes principales les plus importantes : la E18 à Fornebu, Ring 3 à Ullevål, Trondheimsveien à l'hôpital d'Aker, Griniveien en direction de Bærum et le carrefour de Carl Berners plass.

« J'aurais souhaité pouvoir appeler ça un cercle de fer, mais vous savez ce que c'est, les moyens humains d'aujourd'hui… »

Toril Li avait auditionné un témoin qui avait vu un homme coiffé d'une cagoule s'asseoir sur le siège passager d'une Opel Ascona blanche qui attendait, moteur en marche, dans Majorstuveien. La voiture avait tourné à gauche pour remonter Jacob Aalls gate. Magnus Rian put dire qu'un autre témoin avait vu une voiture blanche, peut-être une Opel, entrer dans un garage de Vinderen, et qu'il en était ressorti peu après une Volvo bleue. Ivarsson regarda la carte qui était affichée sur le tableau blanc.

« Ça n'a pas l'air aberrant. Envoyez un autre avis de recherche pour la Volvo bleue, Ola. Weber ?

— Des fibres textiles, dit Weber. Deux derrière le guichet par-dessus lequel il a sauté et une dans la porte.

— Yess ! » Ivarsson agita un poing serré en l'air. Il s'était mis à parader autour de la table, derrière eux, ce que Harry trouvait exaspérant.

« Alors il n'y a plus qu'à commencer à trouver des candidats. On va diffuser la vidéo du braquage sur Internet dès que Beate pourra présenter un montage adéquat.

— Est-ce une si bonne idée ? demanda Harry en basculant sa chaise en arrière contre le mur de façon à couper la route à Ivarsson.

— Bonne, bonne… dit le capitaine en le regardant avec surprise. Il n'y a pas vraiment d'objection à le faire, si quelqu'un peut nous appeler et nous dire qui est la personne sur la vidéo.

— Vous vous souvenez peut-être de cette mère qui nous avait appelés pour nous dire que c'était son fils qu'elle avait vu sur une vidéo de braquage sur le net, intervint Ola. Et on a découvert qu'il était déjà à l'ombre, pour un autre braquage. »

Éclats de rire. Ivarsson sourit.

« On ne dit jamais "non merci" à un nouveau témoin, Hole.

— Ni à un nouveau copycat ?

— Un imitateur ? Abandonne, Hole.

— Ah ? Si je devais braquer une banque aujourd'hui, je copierais évidemment le braqueur le plus recherché de Norvège pour lui faire porter le chapeau. Tous les détails de l'attaque de Bogstadveien étaient disponibles sur Internet. »

Ivarsson secoua la tête.

« J'ai bien peur que les braqueurs moyens ne soient pas très subtils, dans la vraie réalité, Hole. Y a-t-il ici quelqu'un d'autre qui souhaite expliquer à la Criminelle le trait principal d'un braqueur en série ? Non, bon, mais c'est donc qu'il répète toujours — et avec une pénible exactitude — ce qu'il a fait au cours du dernier braquage réussi. Ce n'est que quand le hold-up rate — c'est-à-dire si le braqueur n'emporte pas d'argent ou s'il se fait prendre — qu'il veut changer sa façon de faire.

—, Ça rend ta théorie plus vraisemblable, mais ça n'exclut pas la mienne », dit Harry.

Ivarsson jeta un coup d'œil circulaire et découragé autour de la table, comme un appel au secours.

« D'accord, Hole. Tu pourras mettre tes théories à l'épreuve. En effet, je viens de décider que nous devrions essayer une nouvelle méthode de travail. Elle se base sur une petite unité qui travaille indépendamment du groupe d'investigation, mais en parallèle avec lui. Je tiens la méthode du FBI, et l'idée, c'est d'éviter qu'on s'embourbe dans *une* façon particulière de voir l'affaire, comme ça arrive souvent dans les groupes d'investigation où se dessine de façon plus ou moins consciente un consensus sur les principaux éléments. Cette petite unité pourra apporter un point de vue neuf parce qu'elle travaille de son côté et sans être influencée par l'autre groupe. La méthode a prouvé son efficacité dans des affaires compliquées. Je pense que la plupart d'entre vous admettront que Hole est le plus à même de faire partie d'une telle unité. »

Des murmures se répandirent autour de la table. Ivarsson s'arrêta derrière la chaise de Beate.

« Beate, tu composeras cette unité avec Harry. »

100

Beate rougit. Ivarsson posa une main paternelle sur son épaule.

« S'il apparaît que ça ne fonctionne pas, tu n'auras qu'à le dire.

— Je le ferai », répondit Harry.

Harry était sur le point d'ouvrir la porte de l'immeuble quand il changea d'avis et parcourut les dix mètres qui le séparaient de la petite épicerie où Ali était occupé à transporter des caisses de fruits et légumes, depuis le trottoir jusqu'à l'intérieur de son échoppe.

« Salut, Harry ! La forme, meilleure ? » Ali fit un grand sourire, et Harry ferma les yeux un instant. C'était donc tel qu'il l'avait craint.

« C'est toi qui m'as aidé, Ali ?

— Seulement à monter l'escalier. Quand on a eu ouvert ta porte, tu as dit que tu te débrouillerais.

— Comment je suis arrivé ? À pied, ou bien…

— Taxi. Tu me dois cent vingt couronnes. »

Harry gémit et suivit Ali dans l'épicerie. « Je suis désolé, Ali. Vraiment. Tu peux me donner la version courte, sans trop de détails désagréables ?

— Toi et le chauffeur vous disputiez dans la rue. Et nous, on a notre chambre de ce côté-là. » Puis, avec un sourire angélique : « Quelle merde, d'avoir sa fenêtre de ce côté-là.

— Et c'était quand, ça ?

— En plein milieu de la nuit.

— Tu te lèves à cinq heures, Ali, je ne sais pas ce que veut dire "en plein milieu de la nuit" pour des gens comme toi.

— Onze heures et demie. Au moins. »

Harry promit que ça ne se reproduirait pas, mais Ali se contenta de hocher longuement la tête comme on le fait en entendant des histoires qu'on connaît depuis longtemps par cœur. Harry demanda à Ali comment il pourrait le remercier, et ce dernier lui répondit qu'il aimerait louer le box vide de Harry à la cave. Harry répondit qu'il allait y songer encore plus sérieusement, et il paya à Ali ce qu'il lui devait, en ajoutant de quoi s'offrir un coca plus un sac de pâtes et de boulettes de viande.

« Voilà, on est quittes », dit Harry.

Ali secoua la tête.

« Charges pour trois mois, dit le président, trésorier et monsieur "solutions-miracles" de la copropriété.

— Ah, merde, j'avais oublié.

— Eriksen, sourit Ali.

— Qui est-ce ?

— Un type qui m'a envoyé une lettre, cet été. Il me demandait de lui envoyer mon numéro de compte pour pouvoir me payer les charges de mai et juin 1972. Il disait que c'était pour ça qu'il n'avait pas réussi à bien dormir ces trente dernières années. Je lui ai répondu que personne ne se souvenait de lui dans l'immeuble, et qu'il pouvait donc s'en passer. » Ali pointa un doigt sur Harry. « Mais je ne ferai pas la même chose avec toi. »

Harry étendit les bras.

« Je te fais un virement demain. »

Le premier geste de Harry en entrant chez lui, ce fut rappeler Anna. La même nana sur disque que la dernière fois répondit. Mais il avait à peine eu le temps de vider le sachet de pâtes et de boulettes de viande dans la poêle qu'il entendit le téléphone sonner par-dessus le grésillement. Il courut dans l'entrée et arracha le combiné :

« Allô !

— Salut, répondit la voix féminine bien connue, légèrement prise au dépourvu.

— Ah, c'est toi…

— Oui, qui croyais-tu que c'était ? »

Harry ferma de nouveau les yeux.

« Un collègue. Il y a eu un nouveau braquage. »

Les mots avaient le goût de bile et de chili. La douleur sourde derrière les yeux était réapparue.

« J'ai essayé de te joindre sur ton mobile, dit Rakel.

— Je l'ai paumé.

— Paumé ?

— Oublié quelque part, ou on me l'a fauché, je ne sais pas, Rakel.

— Quelque chose ne va pas, Harry ?

— Non ?

— Tu as l'air tellement… stressé.

— Je…

— Oui ? »

Harry prit une profonde inspiration.

« Comment se passe le procès ? »

Harry se concentra, mais ne parvint pas à rassembler les mots en phrases pourvues de sens. Il enregistra « situation économique », « bien de l'enfant » et « conciliation » et comprit qu'il n'y avait pas grand-chose de neuf, que la prochaine audience avait été repoussée à vendredi et qu'Oleg allait bien, mais qu'il en avait assez de vivre à l'hôtel.

« Dis-lui que j'ai hâte que vous rentriez », dit-il.

Après avoir raccroché, il resta un moment debout à côté du téléphone, se demandant s'il devait rappeler. Mais pour quoi faire ? Lui raconter qu'il était allé dîner chez une ancienne conquête, et qu'il n'avait pas la moindre idée de ce qui s'était passé ? Harry posa une main sur le téléphone, mais au même moment, le détecteur de fumée de la cuisine se mit à hurler. Et quand il eut ôté la poêle de la plaque de cuisson et ouvert la fenêtre, le téléphone sonna de nouveau. Harry devait se dire plus tard que beaucoup de choses auraient été différentes si Bjarne Møller ne l'avait pas appelé précisément ce soir-là.

« Je sais que tu viens de finir ta garde, dit Møller. Mais on est un peu à cours de personnel, et une femme a été retrouvée morte chez elle. On dirait qu'elle s'est tirée une balle dans la tête. Tu peux aller y faire un tour ?

— Bien sûr, chef, dit Harry. Je te dois pas mal, pour aujourd'hui. Ivarsson a d'ailleurs présenté une unité parallèle d'investigation comme son idée propre.

— Qu'aurais-tu fait si, étant le chef, tu avais reçu une telle demande d'en haut ?

— L'idée de moi en chef bousille tout le concept, chef. Comment j'accède à cet appartement ?

— Reste chez toi, et on passera te chercher. »

Vingt minutes plus tard, on sonna à l'interphone, et Harry entendait si rarement ce son qu'il sursauta. La voix qui l'informa que le taxi était arrivé avait une sonorité métallique et déformée par l'interphone, mais Harry sentit malgré tout les cheveux de sa nuque se hérisser. Et lorsqu'il arriva en bas et vit la voiture de sport rouge et basse, une Toyota MR2, ses soupçons furent vérifiés.

« Bonsoir, Hole. » La voix s'échappait de la fenêtre ouverte, mais celle-ci était si proche de l'asphalte que Harry ne put voir celui qui parlait. Il ouvrit la portière et fut accueilli par une basse funky, un orgue aussi synthétique qu'un bonbon bleu et une voix de fausset bien connue : « *You sexy motherfucka !* »

Harry grimpa avec quelques difficultés dans un étroit siège baquet.

« On est donc tous les deux, ce soir », dit l'inspecteur principal Tom Waaler en desserrant à peine une mâchoire teutonne et en exhibant une rangée impressionnante de dents sans défauts dans un visage hâlé. Mais ses yeux d'un bleu polaire demeurèrent aussi froids. Il y avait beaucoup de monde à l'hôtel de police qui n'aimait pas Harry, mais il n'y en avait en gros qu'un seul qui, à sa connaissance, nourrissait une haine ouverte à son égard. Harry savait que dans les yeux de Waaler, il était un représentant indigne de la police, et en conséquence une insulte personnelle. À plusieurs occasions, Harry avait fait savoir qu'il ne partageait pas les points de vue légèrement fascisants de Waaler et de certains autres collègues, en matière de pédés, communistes, profiteurs du système social, pakis, jaunes, nègres, Tziganes et autres métèques, tandis que de son côté, Waaler taxait Harry de « journaliste de rock imbibé ». Mais Harry pensait que la véritable raison de cette haine n'était autre que son penchant pour la boisson. Car Tom Waaler ne supportait pas la faiblesse. Harry supposait que c'était pour ça qu'il passait autant d'heures à la salle de gym, à filer des coups de poings et de pieds dans les sacs de frappe, changeant sans arrêt de partenaires d'entraînement. À la cantine, Harry avait ignoré l'un des jeunes officiers qui décrivait avec beaucoup d'admiration dans la voix comment Waaler avait cassé les deux bras d'un des karatékas de la bande des Vietnamiens d'Oslo S [1]. Compte tenu des conceptions de Waaler sur les couleurs de peau, Harry trouvait paradoxal que son collègue passe tant de temps au solarium du studio, mais peut-être que ce qu'avait dit un petit plaisantin était vrai : Waaler n'était en réalité pas raciste. Après tout, il tabassait tout aussi volontiers un néo-nazi qu'un négrillon.

En supplément de ce que tout le monde savait, il y avait ce que personne ne savait, mais que seuls quelques-uns ressentaient malgré tout. Il y avait plus d'un an que Sverre Olsen — la seule personne qui aurait pu leur dire pourquoi Ellen Gjelten avait été assassinée — avait

---

1. Oslo Sentralstasjon, la principale gare ferroviaire d'Oslo.

été retrouvé dans son lit avec un pistolet fumant dans la main et une balle de Waaler entre les deux yeux [1].

« Fais attention, Waaler.

— Plaît-il ? »

Harry tendit le bras et éteignit le gémissement amoureux.

« C'est glissant, ce soir. »

Le moteur bourdonnait comme une machine à coudre, mais le bruit était trompeur, car l'accélération fit sentir à Harry le dur dossier de son siège. Ils avalèrent la route devant Stensparken et poursuivirent dans Suhms gate.

« Où allons-nous ? demanda Harry.

— Là », dit Waaler en tournant brusquement à gauche devant une voiture qui arrivait en sens inverse. La vitre était toujours baissée, et Harry entendit le gargouillis des feuilles mouillées qui léchaient les pneus.

« Content de te revoir à la Criminelle, dit Harry. Ils ne voulaient pas de toi, au Service de Surveillance de la Police ?

— Restructuration, dit Waaler. En plus, le chef de la Crim et Møller voulaient me voir revenir. J'avais obtenu des résultats exploitables par d'autres, à la Criminelle, si ça te dit quelque chose.

— Comment pourrais-je l'oublier ?

— Mouais, on entend dire tant de choses sur les effets à long terme de la boisson… »

Harry eut tout juste le temps de plaquer un bras sur le tableau de bord avant que le brusque coup de freins ne l'envoie dans le pare-brise. La serrure de la boîte à gants sauta, et quelque chose de lourd atteignit Harry au genou avant de tomber sur le plancher.

« Putain, qu'est-ce que c'est que ça ? gémit-il.

1. Voir *Rouge-Gorge*, Folio Policier n° 450.

— Jericho 941, le pistolet de la police israélienne, dit Waaler en coupant le moteur. Pas chargé. Remets-le à sa place, on est arrivés.

— Ici ? demanda Harry, surpris, en se penchant vers l'avant pour voir la façade jaune de l'immeuble qu'ils avaient en face.

— Pourquoi pas ? » demanda Waaler, déjà à moitié sorti de la voiture.

Harry sentit son cœur battre plus fort. Et tandis qu'il cherchait la poignée de la portière, une seule des pensées qui lui tournicotaient dans le crâne se fixa : qu'il aurait dû passer ce coup de téléphone à Rakel.

Le brouillard était revenu. Il suintait depuis la rue, depuis les fissures autour des fenêtres fermées derrière les arbres de Byalléen hors de la porte cochère bleue qui s'ouvrit après qu'ils eurent entendu Weber glapir brièvement à travers l'interphone et par les trous de serrure des portes qu'ils passaient en montant. Comme une couette de coton s'enroula autour de Harry, et en passant la porte de l'appartement, il avait l'impression d'avancer sur des nuages, et que tout ce qui l'entourait — personnes, voix, crépitements des talkie-walkies, flashes répétés — avait pris un reflet onirique, une couche d'indifférence parce que ça n'était pas réel, ça ne pouvait pas l'être. Mais lorsqu'ils se retrouvèrent devant le lit sur lequel se trouvait la défunte avec un pistolet dans la main droite et un gros trou dans la tempe, il ne parvint ni à regarder le sang sur l'oreiller ni à croiser son regard vide et accusateur, et il fixa plutôt ses yeux sur la barrière de lit, sur le cheval décapité, en espérant que le brouillard se dissiperait bientôt et qu'il se réveillerait.

CHAPITRE 10

Rue Sans-Souci

Les voix allaient et venaient autour de lui.

« Je suis l'inspecteur principal Tom Waaler. Est-ce que quelqu'un peut me donner la version courte ?

— Nous sommes arrivés il y a trois quarts d'heure. C'est l'électricien, ici, qui l'a trouvée.

— Quand ?

— À cinq heures. Il a immédiatement appelé la police. Il s'appelle… voyons voir… René Jensen. J'ai aussi son numéro personnel, et son adresse.

— Bien. Passe un coup de fil pour vérifier son casier.

— O.K.

— René Jensen ?

— C'est moi.

— Tu peux venir ? Je m'appelle Waaler. Comment es-tu entré ?

— Comme je l'ai dit à l'autre, là, avec ce double. Elle l'a apporté à la boutique, mardi, parce qu'elle ne pouvait pas être chez elle quand j'étais supposé passer.

— Parce qu'elle serait à son travail ?

— Sais pas. Pense pas qu'elle bossait. Un boulot courant, quoi. Dit qu'elle préparait une grande expo avec des trucs.

— Artiste, donc. Quelqu'un qui ait entendu parler d'elle, ici ? »

Silence.

« Qu'est-ce que tu faisais dans la chambre, Jensen ?

— Cherchais la salle de bains.

— La salle de bains est derrière cette porte, là, dit une autre voix.

— O.K. Quelque chose d'anormal que tu as remarqué quand tu es arrivé à l'appartement, Jensen ?

— Je… comment ça, anormal, en fait ?

— Est-ce que la porte était fermée à clé ? Des fenêtres ouvertes ? Une odeur spéciale, ou un bruit ? N'importe quoi.

— La porte était fermée à clé. J'ai pas vu de fenêtre ouverte, mais j'ai pas trop cherché, faut dire. La seule odeur, c'était celle de ces diluants…

— La térébenthine ? »

L'autre voix : « Il y a des affaires de peinture dans un des salons.

— Merci. Autre chose que tu as remarqué, Jensen ?

— C'était quoi, après, déjà ?

— Des bruits.

— Des bruits, oui ! Non, y avait pas beaucoup de bruit, c'était aussi calme que dans une tombe. Eeet… hé, hé, je ne voulais pas…

— C'est bon, Jensen. Tu avais déjà vu la morte ?

— Jamais avant qu'elle ne passe à la boutique. Elle avait l'air vraiment d'attaque, à ce moment-là.

— Qu'est-ce qu'elle voulait que tu fasses ?

— Réparer le thermostat du chauffage par le sol de la salle de bains.

— Peux-tu nous rendre le service de voir s'il y a vraiment un problème ? Si elle avait des câbles thermiques, en fait…

— Pourquoi… Ah, oui, j'ai compris, elle aurait planifié l'ensemble, pour qu'on la trouve, quoi ?

— Quelque chose comme ça.

— Ouais, mais le thermostat avait tilté, lui.

— Tilté ?

— Foutu.

— Comment le sais-tu ? »

Pause.

« On t'a bien donné la consigne de ne rien toucher, non, Jensen ?

— Ouais, mais ça a pris tellement de temps avant que vous arriviez, et j'ai commencé à être sacrément nerveux, alors il a fallu que je trouve quelque chose.

— Alors comme ça, maintenant, la défunte a un thermostat en état de marche ?

— Bah… hé, hé… oui. »

Harry essaya de s'éloigner du lit, mais ses pieds refusaient de bouger. Le médecin avait fermé les yeux d'Anna, qui semblait maintenant dormir. Tom Waaler avait renvoyé l'électricien chez lui, avec la consigne de rester à disposition dans les jours à venir, et libéré les agents de Police Secours. Harry n'aurait jamais pensé pouvoir éprouver ce genre de choses, mais il était content que Waaler fût là. Sans ce collègue expérimenté, pas une seule question sensée n'aurait été posée, pas une seule décision sensée n'aurait été prise.

Waaler demanda au médecin s'il pouvait leur donner une conclusion provisoire.

« À l'évidence, la balle a pénétré dans la boîte crânienne, détruit le cerveau en stoppant du même coup toute fonction vitale. Si nous partons du principe que la température de la pièce n'a pas varié, la température du corps indique qu'elle est morte depuis plus de seize heures. Aucune trace de violence par ailleurs. Aucune trace d'injection ou de signe extérieur de prise de médicament. Mais… » Le médecin ménagea ses effets. « Les cicatrices sur ses poignets montrent qu'elle n'en était pas à son coup d'essai. Une supposition purement spéculative — enfin, spéculative — oriente vers une maniaco-dépressive ou vers une dépressive simple, et suicidaire. Je parie qu'on trouvera un journal la concernant chez un psy. »

Harry tenta de dire quelque chose, mais sa langue n'obéit pas non plus.

« Je le saurai plus précisément quand je l'aurai examinée de plus près.

— Merci, docteur. Quelque chose à nous dire, Weber ?

— L'arme est un Beretta M92F, une arme très courante. On ne trouve qu'un jeu d'empreintes digitales sur la crosse, qui doivent nécessairement être les siennes. Le projectile était dans l'une des planches du lit, et le type de munition correspond à l'arme ; l'analyse balistique montrera de toute évidence que la balle a été tirée par ce pistolet. Mais vous aurez le rapport complet demain.

— Bien, Weber. Encore une chose. C'était fermé à clé, donc, quand l'électricien est arrivé. J'ai remarqué que c'était une serrure à poignée fixe et pas une serrure à fermeture automatique, ce qui exclut que quelqu'un soit venu ici et ait ensuite quitté l'appartement. À moins que la personne en question ait pris la clé de la défunte et ait fermé derrière elle en repartant, bien sûr. Si nous retrouvons sa clé, on peut en d'autres termes espérer une conclusion rapide sur cette affaire. »

Weber acquiesça et leva un crayon jaune auquel était passé un trousseau de clés.

« C'était sur la commode, dans le couloir. C'est une clé spéciale, qui fonctionne pour la porte cochère et toutes les parties communes. J'ai vérifié, elle ouvre bien la porte de cet appartement.

— Super. Donc, dans le fond, il ne nous manque plus qu'une lettre de suicide dûment signée. Des objections à ce que nous appelions ça une affaire élucidée ? »

Waaler regarda Weber, le médecin et Harry.

« O.K. Les proches peuvent donc recevoir le triste message et venir l'identifier. »

Il sortit dans le couloir, tandis que Harry restait près du lit. Quelques secondes plus tard, Waaler repassa la tête à la porte.

« C'est génial, hein, Hole, quand la réussite se fait d'un seul coup ? »

Le cerveau de Harry donna l'ordre à la tête d'acquiescer, mais il ne sut pas si elle obéit.

CHAPITRE 11

L'illusion

Je regarde la première vidéo. Quand je la passe image après image, j'aperçois les flammes. Des particules de poudre qui ne se sont pas encore converties en énergie pure, comme un nuage incandescent d'astéroïdes qui ont accompagné la grosse comète jusque dans l'atmosphère, et qui se consument là, tandis que la comète continue imperturbablement vers l'avant. Et personne ne peut rien faire, car c'est la voie qui a été tracée il y a des millions d'années, avant la naissance de l'homme, des sentiments, de la haine et de la charité. La balle entre dans la tête, interrompt la pensée, retourne les rêves. Et au centre du crâne, la dernière réflexion vole en éclat, comme un influx nerveux du centre de la douleur, un dernier SOS contradictoire à soi-même avant que tout ne s'estompe. Je clique sur le titre de l'autre vidéo. Je regarde par la fenêtre tandis que l'ordinateur recherche dans la nuit d'Internet en ronronnant. Il y a des étoiles dans le ciel, et je me dis que chacune d'entre elles est une preuve de l'inéluctabilité du destin. Ça n'a aucun sens, c'est au-delà du besoin de logique et de cohérence que l'homme ressent. Et je me dis que c'est pour ça qu'elles sont si belles.

La deuxième vidéo est prête. Je clique sur play. Play a play. *C'est comme un théâtre itinérant qui monte toujours la même représentation, mais à des endroits différents.*

Les mêmes répliques et gestes, le même costume, la même scénographie. Seuls les figurants sont remplacés. Et la scène finale. Ce n'était pas une tragédie, ce soir.

Je suis content de moi. J'ai trouvé l'essence du rôle que je joue — l'antagoniste calme et professionnel qui sait exactement ce qu'il veut et qui tue si besoin. Personne n'essaie de temporiser, personne n'ose depuis Bogstadveien. Et c'est pour ça que pendant ces deux minutes, ces cent vingt secondes que je me suis données, je suis Dieu. Et l'illusion fonctionne. Les épais vêtements sous la combinaison de travail, les semelles doubles, les lentilles colorées et les mouvements appris.

Je me déconnecte, et l'obscurité envahit la pièce. Tout ce qui m'atteint du dehors, c'est un lointain bourdonnement urbain. J'ai vu Prinsen, aujourd'hui. Un drôle d'individu, il me donne l'impression ambivalente du pluvianus ægyptius, le petit oiseau qui vit en nettoyant la gueule des crocodiles. Il m'a dit que tout était sous contrôle, que l'OCRB n'avait trouvé aucune piste. Il a eu sa part, et j'ai eu le pistolet juif qu'il m'avait promis.

Je devrais peut-être être content, mais rien ne peut me redonner ma plénitude.

J'ai ensuite téléphoné à l'hôtel de police depuis une cabine téléphonique, mais ils n'ont rien voulu me dire avant que je ne me présente comme un parent. Ils ont dit que c'était un suicide, qu'Anna s'était tiré une balle dans la tête. L'affaire est classée. J'ai tout juste eu le temps de raccrocher avant de me mettre à rire.

DEUXIÈME PARTIE

CHAPITRE 12

Freitot [1]

« Albert Camus a dit que le suicide est le seul problème véritable de la philosophie », dit Aune en prenant le vent sous le ciel gris de Bogstadveien. Parce que
la décision de savoir si la vie vaut la peine d'être vécue
ou non répond aux questions fondamentales de la philosophie. Tout le reste — si le monde a trois dimensions et
l'esprit neuf ou douze catégories — est secondaire.

— Mmm.

— Beaucoup de mes collègues ont fait des recherches
sur ce qui pousse les gens à se suicider. Tu sais ce qu'ils
ont trouvé, comme étant la raison la plus courante ?

— C'est typiquement le genre de choses pour lesquelles j'espérais que tu aurais une réponse. » Harry devait slalomer entre les gens pour rester à la hauteur du
psychologue rondouillard, sur ce trottoir étroit.

« Qu'ils ne veulent plus vivre, dit Aune.

— On dirait que quelqu'un mérite un prix Nobel. »

Harry avait téléphoné à Aune le soir précédent, et avait
prévu de passer le chercher à son bureau de Sporveisgata
à neuf heures. Ils passèrent devant l'agence Nordea, et
Harry remarqua que la grosse benne à ordures verte était
toujours devant le 7-Eleven de l'autre côté de la rue.

---

1. Suicidé, *en allemand dans le texte*.

« Nous oublions fréquemment que la décision de commettre un suicide est très souvent prise par des gens qui pensent tout à fait rationnellement et qui sont parfaitement sains d'esprit, qui considèrent que la vie n'a plus rien à leur apporter, dit Aune. Des personnes âgées qui ont perdu leur compagnon de vie ou dont la santé est en capilotade, par exemple.

— Cette femme était jeune et en pleine forme. Quels motifs rationnels a-t-elle pu avoir ?

— Il nous faut d'abord définir ce qu'on appelle rationnel. Quand une personne déprimée choisit de fuir la douleur en s'ôtant la vie, il faut supposer qu'elle a étudié toutes les possibilités. D'un autre côté, il est difficile de considérer que le suicide est rationnel dans le cas de figure typique où le déprimé va mieux, et trouve alors l'énergie de commettre une action rationnelle comme le suicide.

— Est-ce qu'un suicide peut survenir de façon complètement spontanée ?

— Oui, bien sûr. Mais il est plus courant qu'il y ait d'abord des tentatives, surtout parmi les femmes. Aux États-Unis, on considère qu'il y a dix soi-disant tentatives pour un suicide véritable, parmi les femmes.

— Soi-disant ?

— Prendre cinq somnifères est un appel au secours suffisamment grave, mais je ne le considère pas comme une tentative de suicide quand le flacon de comprimés est encore à moitié plein sur la table de nuit.

— Celle-ci s'est flinguée.

— Un suicide masculin, donc.

— Masculin ?

— L'une des raisons pour lesquelles les hommes réussissent plus souvent leur coup est qu'ils choisissent des méthodes plus agressives et plus radicales que les femmes. Des armes à feu et de hauts bâtiments à la place des coupures aux poignets et des overdoses de comprimés. C'est assez inhabituel qu'une femme se tire une balle dans la tête.

— Inhabituel au point d'en être suspect ? »

Aune jeta un coup d'œil à Harry.

« Est-ce que tu as des raisons de ne pas croire au suicide ? »

Harry secoua la tête.

« Je voulais juste en avoir le cœur net. On va tourner à droite, ici, son appartement est juste en haut de la rue.

— Sorgenfrigata ? » Aune émit un petit rire, bouche fermée, et leva les yeux sur les nuages qui menaçaient dans le ciel. « Évidemment.

— Évidemment ?

— *Sans souci* [1]. Sans souci. C'était le nom du palais de Christophe, le roi haïtien qui s'est suicidé quand les Français l'ont fait prisonnier. C'est lui qui a dirigé ses canons contre le ciel, pour se venger de Dieu, tu sais…

— Eh bien…

— Et tu sais certainement ce que l'écrivain Ola Bauer a dit de cette rue ? "J'ai déménagé dans Sorgenfrigata, dans la rue Sans-Souci, mais ça non plus, ça n'a servi à rien". »

Aune rit à s'en faire trembler les doubles mentons.

Halvorsen attendait devant la porte cochère.

« J'ai croisé Bjarne Møller en sortant de l'hôtel de police, dit-il. Il m'a donné l'impression que cette affaire était d'ores et déjà réglée.

— Il faut juste qu'on vérifie quelques petites choses encore flottantes », dit Harry en ouvrant avec la clé que l'électricien lui avait donnée.

La tresse devant la porte d'entrée avait été enlevée et le cadavre emporté, mais en dehors de ça, rien n'avait été touché depuis la veille au soir. Ils entrèrent dans la chambre à coucher. Sur le grand lit, le drap blanc luisait dans la pénombre.

1. En français dans le texte, d'où la répétition.

« Alors qu'est-ce qu'on cherche ? demanda Halvorsen quand Harry repoussa les rideaux.

— Un double de la clé de l'appartement, répondit Harry.

— Pourquoi ?

— On a supposé qu'elle avait une clé supplémentaire, celle qu'elle a donnée à l'électricien. J'ai fait deux ou trois vérifications. Les clés spéciales ne peuvent pas être faites chez un serrurier ordinaire, il faut les commander au fabriquant en passant par un serrurier agréé. Puisque la clé convient pour les parties communes aussi bien que pour la porte extérieure, celle de la cave et autres, le syndic doit avoir le contrôle des clés. C'est pourquoi les habitants ont besoin d'une autorisation écrite du syndic quand il faut commander des clés supplémentaires, n'est-ce pas ? Et conformément à l'accord avec l'immeuble, le serrurier agréé a donc la responsabilité d'effectuer un inventaire des clés qui ont été délivrées pour chaque appartement pris individuellement. Hier au soir, j'ai appelé le serrurier de Vibes gate. Anna Bethsen a reçu deux doubles, soit en tout trois clés. On en a trouvé une dans l'appartement, et l'électricien en avait une autre. Mais où est la troisième ? Tant qu'on ne l'a pas retrouvée, on ne peut pas exclure que quelqu'un ait pu se trouver là au moment où elle est morte et qu'il ait verrouillé la porte en repartant. »

Halvorsen hocha lentement la tête.

« La troisième clé, donc.

— La troisième clé. Tu peux commencer à chercher ici, Halvorsen, pendant que je montre autre chose à Aune ?

— O.K.

— Ah oui, encore une chose. Ne sois pas surpris si tu retrouves mon téléphone mobile. Je crois que j'ai pu le laisser ici hier après-midi.

— Je croyais que tu l'avais perdu avant-hier...

— Je l'ai retrouvé. Puis reperdu. Tu sais ce que c'est… »

Halvorsen secoua la tête. Harry mena Aune dans le couloir, vers les salons.

« C'est à toi que j'ai demandé parce que tu es le seul peintre que je connaisse.

— C'est malheureusement un peu exagéré, répondit Aune, toujours essoufflé par les escaliers.

— D'accord, mais tu t'y connais quand même un peu en art, alors j'espère que tu pourras tirer quelque chose de ceci. »

Harry repoussa les portes coulissantes du salon intérieur, alluma à l'interrupteur et pointa un doigt. Mais au lieu de regarder les tableaux, Aune murmura un « ouille-ouille-ouille » et alla vers la lampe d'acier tricéphale. Il sortit ses lunettes de la poche intérieure de sa veste en tweed, se pencha et examina le pied massif de la lampe.

« Ça par exemple ! s'écria-t-il, enchanté. Une véritable lampe Grimmer.

— Grimmer ?

— Bertol Grimmer. Designer allemand connu dans le monde entier. Il a dessiné entre autres des arcs de triomphe qu'Hitler a laissé ériger à Paris en 1941. Il aurait pu devenir l'un des plus grands artistes de notre époque, mais alors qu'il était au sommet de son art, il est apparu qu'il était aux trois quarts tzigane. Il a été envoyé en camp de concentration, et son nom a été effacé des bâtiments et œuvres d'arts auxquels il avait contribué. Grimmer a survécu, mais on lui a cassé les deux mains dans la carrière où les Tziganes travaillaient. Il a continué après la guerre, mais ses blessures l'ont empêché de revenir à son ancien niveau. Même si je parie que ça, c'est une œuvre d'après-guerre. »

Aune enleva l'abat-jour. Harry se racla la gorge.

« En fait, je pensais davantage à ces portraits.

— Travail d'amateur, renâcla Aune. Regarde plutôt cette statue de femme svelte. La déesse Némésis, le thème favori de Bertol Grimmer après la guerre. La déesse de la vengeance. La vengeance est d'ailleurs aussi un motif courant de suicide, tu sais. On a l'impression que c'est la faute des autres si sa vie est ratée, et on veut créer un sentiment de culpabilité en s'ôtant la vie. Bertol Grimmer aussi s'est suicidé. Après avoir tué sa femme parce qu'elle avait un amant. Vengeance, vengeance, vengeance. Tu savais que l'homme est le seul être qui pratique la vengeance ? Ce qu'il y a d'intéressant, dans la vengeance…

— Aune ?

— Ah oui, ces tableaux, tu voulais que j'essaie d'en déduire quelque chose ? Moui, ils ne sont à tout prendre pas très éloignés des tests de Rorschach.

— Mmm. Ces images qu'on utilise pour amener le patient à faire des associations d'idées ?

— Oui. Mais le problème, ici, c'est que si j'interprète ces images, ça en dira vraisemblablement plus long sur mon inconscient que sur le sien. Hormis le fait que plus personne ne croit aux tests de Rorschach, pourquoi pas ? Voyons voir… Ces tableaux sont relativement sombres, oui. Mais davantage coléreux que déprimés, peut-être. À l'évidence l'un d'eux n'est pas terminé.

— Pas forcément, c'est peut-être une entité ?

— Qu'est-ce qui te fait dire ça ?

— Je ne sais pas. Que la lumière de chaque lampe tombe si parfaitement sur chaque tableau, peut-être ?

— Hmm. » Aune plaqua un bras sur sa poitrine et posa pensivement un index sur ses lèvres.

« Tu as raison. Mais oui, tu as raison. Et tu sais quoi, Harry ?

— Euh… non.

— Ça ne me dit — excuse-moi l'expression — foutrement rien. C'est terminé ?

122

— Oui. Ou plutôt, un petit détail, puisque tu peins. Comme tu le vois, la palette est à gauche du chevalet. Ce n'est pas vraiment pratique, ça, si ?

— Pour un droitier, si.

— Vu. Je vais aider Halvorsen à chercher. Je ne sais pas comment te remercier, Aune.

— Moi, je sais. J'ajouterai une heure sur la prochaine facture. »

Halvorsen en avait fini avec la chambre.

« Elle ne possédait pas grand-chose, dit-il. On a presque l'impression de chercher dans une chambre d'hôtel. Rien que des vêtements, des affaires de toilette, un fer à repasser, des serviettes, des draps, ce genre de trucs. Mais pas une seule photo de famille, lettre ou papier personnel. »

Une heure plus tard, Harry comprit ce que voulait dire Halvorsen. Ils avaient passé tout l'appartement au crible et étaient revenus dans la chambre à coucher sans avoir trouvé ne serait-ce qu'une facture de téléphone ou un relevé de compte.

« C'est la chose la plus étrange que j'aie jamais vue, dit Halvorsen en s'asseyant à côté de Harry sur le bureau. Elle a dû faire le ménage. Elle voulait peut-être emporter tout ce qui était elle, toute sa personne en partant, si tu vois ce que je veux dire.

— Je vois. Tu n'as pas vu de trace de PC lap-top ?

— Lap-top ?

— Un portable.

— De quoi tu causes ?

— Tu ne vois pas le rectangle décoloré dans le bois, là ? demanda Harry en montrant la table de travail entre eux. On dirait qu'il y a eu un portable, ici, et qu'il a disparu.

— C'est vrai ? »

Harry ressentit physiquement le regard scrutateur d'Halvorsen.

Une fois dans la rue, ils levèrent les yeux vers les fenêtres qui se découpaient dans la façade jaune pâle. Harry fumait une cigarette rappelant curieusement un accordéon, qu'il avait trouvée dans la poche intérieure de son pardessus, où elle se promenait librement.

« C'est bizarre, pour les proches, dit Halvorsen.

— De quoi ?

— Møller ne t'a pas raconté ? Ils n'ont trouvé ni l'adresse des parents, ni celle des frères et sœurs, rien, juste un oncle qui est en taule. Møller a dû appeler lui-même le bureau des pompes funèbres pour faire emporter cette pauvre nana. Comme si ce n'était pas suffisamment solitaire comme ça, de mourir.

— Quel bureau de pompes funèbres ?

— Sandemann, répondit Halvorsen. Son oncle veut qu'elle soit incinérée. »

Harry tira sur sa cigarette et regarda la fumée s'élever et disparaître. La fin d'un processus commencé quand un fermier avait semé des graines de tabac dans un champ mexicain. En l'espace de quatre mois, la semence était devenue une plante haute comme un homme, et deux mois plus tard, elle était récoltée, secouée, séchée, triée, emballée et expédiée vers les manufactures RJ Reynolds de Floride ou du Texas, pour y devenir une cigarette Camel filtre en paquet jaune Camel sous vide, dans un carton envoyé en Europe par bateau. Et huit mois après l'apparition d'une feuille au sommet d'un germe vert, sous le soleil mexicain, elle tombe du paquet de cigarettes, dans la poche de manteau d'un homme beurré au moment où celui-ci dégringole dans un escalier ou d'un taxi, ou replie son manteau sur lui comme une couverture parce qu'il ne parvient pas ou ne se résout pas à ouvrir la porte de la chambre à coucher sur tous les monstres qu'elle abrite. Et à ce moment-là, lorsqu'il trouve enfin la cigarette, chiffonnée et pleine de poussière de poche, il en place une extrémité dans sa bouche malodorante et met le feu à l'autre. Et après que la feuille de tabac séchée et coupée en bandes a procuré un instant de bien-être à l'intérieur de ce corps, il la souffle et elle est enfin, enfin libre. Libre de se dissoudre, de s'anéantir. D'être oubliée.

Halvorsen toussota par deux fois :

« Comment savais-tu qu'elle avait commandé ces clés précisément chez le serrurier de Vibes gate ? »

Harry lâcha son mégot sur le trottoir et serra davantage son manteau autour de lui.

« On dirait qu'Aune avait raison, dit-il. Il va pleuvoir. Si tu rentres directement à l'hôtel de police, je repars volontiers avec toi.

— Il y a sûrement cent serruriers à Oslo, Harry.

— Mmm. J'ai appelé le vice-président de la copropriété. Knut Arne Ringnes. Chouette bonhomme. Ça fait vingt ans qu'ils font appel aux services de ce serrurier. On bouge ? »

« C'est sympa que tu sois là, dit Beate Lønn quand Harry entra dans la House of Pain. J'ai découvert quelque chose, hier au soir. Regarde ça. »

Elle rembobina la vidéo et effectua un arrêt sur image. L'image tremblante du visage de Stine Grette, tournée vers le braqueur cagoulé, emplit l'écran.

« J'ai agrandi un bout de la vidéo. Je voulais avoir le visage de Stine aussi grand que possible.

— Pourquoi ? demanda Harry en se laissant tomber sur une chaise.

— Si tu regardes le compteur, tu vois qu'il reste huit secondes avant que l'Exécuteur tire.

— L'Exécuteur ? »

Beate lui fit un sourire gêné.

« C'est juste un surnom que j'ai commencé à lui donner, pour moi, tu vois... Mon grand-père avait une ferme, donc, je... oui.

— Où ça ?

— Valle i Setesdalen.

— Et là, tu as vu tous les animaux qu'on abattait ?

— Oui. » Le ton n'invitait pas à poursuivre. Elle fit défiler la bande très lentement, et le visage de Stine Grette s'anima. Harry la vit cligner des yeux au ralenti, tandis que ses lèvres remuaient. Il avait commencé à trembler à l'idée du coup de feu quand Beate arrêta brusquement la vidéo.

« Tu as vu ? » demanda-t-elle, tendue.

Harry mit plusieurs secondes à réaliser.

« Elle a parlé ! dit-il. Elle dit quelque chose juste avant de se faire allumer, mais sur l'enregistrement sonore, on n'entend rien.

— C'est parce qu'elle murmure.

— Et je ne l'avais pas remarqué avant ! Mais pourquoi ? Et qu'est-ce qu'elle dit ?

— Espérons qu'on le saura bientôt. J'ai mis la main sur un spécialiste de la lecture sur les lèvres, de l'Institut des sourds-muets, il arrive.

— Bien. »

Beate regarda l'heure. Harry inspira, se mordit la lèvre, et dit tout bas :

« À propos, Beate… »

Il la vit se raidir quand il employa son prénom.

« J'avais une partenaire, qui s'appelait Ellen Gjelten.

— Je sais, dit-elle rapidement. Elle a été tuée près de l'Akerselva.

— Oui. Quand elle et moi étions coincés dans une affaire, on utilisait souvent différentes techniques pour activer les informations qui étaient cachées dans nos subconscients. Des jeux d'associations, on écrivait des mots sur des bouts de papier, des trucs comme ça… » Harry sourit, mal à l'aise. « Ça a peut-être l'air fumeux, mais ça donnait des résultats, de temps en temps. Alors, j'ai

126

pensé qu'on pourrait essayer de faire un peu la même chose.

— Ah oui ? » Harry fut frappé de voir à quel point Beate avait l'air plus à l'aise quand ils se concentraient sur une vidéo ou sur un écran d'ordinateur. Pour l'instant, elle le regardait exactement comme s'il venait de lui proposer une partie de strip-poker.

« J'aimerais bien savoir ce que tu *ressens* en ce qui concerne cette affaire.

— Ce que je ressens, ce que je ressens... dit-elle avec un petit rire mal assuré.

— Oublie un instant les faits bruts, lui intima Harry en se penchant vers l'avant. Ne sois pas une fille intelligente. Tu n'as pas besoin de te couvrir pour ce que tu vas dire. Dis-moi juste ce que tes tripes te racontent. »

Elle fixa un instant le plateau de table. Harry attendit. Puis elle leva les yeux et le regarda bien en face.

« Je crois que c'est un E.

— E ?

— Victoire à l'extérieur. Un des cinquante pour cent que nous ne résoudrons jamais.

— Bon. Et pourquoi ?

— Mathématiques simplettes. Quand tu penses à tous les imbéciles qu'on n'arrive *pas* à prendre, un type comme l'Exécuteur, qui a bien réfléchi et qui manifestement sait vaguement comment on travaille, a d'assez bons atouts.

— Mmm. » Harry se frotta le visage. « Donc, tes tripes ne font que du calcul mental ?

— Pas seulement. Il y a quelque chose dans la façon dont il le fait. Avec beaucoup de détermination, tu vois ? Exactement comme s'il était guidé par quelque chose...

— Qu'est-ce qui le guide, Beate ? La cupidité ?

— Je ne sais pas. Dans les statistiques de braquages, la cupidité est le motif numéro un, le suspense le numéro deux et…

— Oublie les statistiques, Beate. Maintenant, tu enquêtes, tu n'analyses pas que des images vidéo, mais aussi la propre perception inconsciente de ce que tu as vu. Crois-moi, c'est ce qu'un enquêteur a de plus important à chercher. »

Beate le regarda. Harry savait qu'il était en train de la tenter. « Allez ! Qu'est-ce qui guide l'Exécuteur ?

— Les sentiments.

— Quel genre de sentiments ?

— Des sentiments forts.

— Quel genre de sentiments, Beate ? »

Elle ferma les yeux.

« L'amour ou la haine. La haine. Non, l'amour. Je ne sais pas.

— Pourquoi la bute-t-il, Beate ?

— Parce qu'il… non.

— Allez. Pourquoi la bute-t-il ? » Pouce après pouce, Harry avait complètement rapproché sa chaise de celle de Beate.

« Parce qu'il le doit. Parce que c'est voulu… à l'avance.

— Bien. Pourquoi est-ce voulu à l'avance ? »

On frappa à la porte.

Harry aurait préféré que Fritz Bjelke, de l'Institut des sourds-muets, ne pédale pas à toute vitesse à travers les rues du centre-ville pour venir les aider. Mais il était à la porte, un homme plaisant, tout en courbes, portant des lunettes rondes et un casque de cycliste rose. Bjelke n'était pas sourd, et absolument pas muet. Pour que Bjelke puisse tirer le maximum des positions des lèvres de Stine Grette, ils lui passèrent d'abord la partie de la vidéo sur laquelle ils entendaient ce qu'elle disait.

Pendant que la bande tournait, Bjelke n'arrêta pas de parler.

« Je suis spécialiste, mais en réalité nous pouvons tous lire sur les lèvres, même si nous entendons ce que dit celui qui parle. C'est par exemple pour cette raison qu'on a un sentiment désagréable quand l'image et le son ne sont pas synchronisés, même s'il ne s'agit que de centièmes.

— Bien, dit Harry. Pour ma part, je ne tire rien des mouvements de ses lèvres.

— Le problème, c'est qu'il n'y a que trente à quarante pour cent des mots qui peuvent être lus directement sur les lèvres. Pour comprendre le reste, il faut regarder l'expression du visage et ce que le corps exprime, et utiliser son propre sentiment linguistique et sa propre logique pour réinsérer les mots qui manquent. La réflexion a autant d'importance que l'observation.

— C'est là qu'elle commence à murmurer », dit Beate.

Bjelke la boucla illico et suivit avec une attention extrême les mouvements labiaux minimalistes sur l'écran. Beate arrêta l'enregistrement avant que le coup ne claque.

« Très bien, dit Bjelke. Encore une fois. »

Et ensuite : « Encore. »

Puis : « Encore une fois, s'il te plaît. »

Après sept fois, il indiqua d'un signe de tête qu'il en avait assez vu.

« Je ne comprends pas ce qu'elle veut dire », dit Bjelke. Harry et Beate échangèrent un regard. « Mais je crois que je sais ce qu'elle dit. »

Beate trottinait dans le couloir pour ne pas se laisser distancer par Harry.

« Il est considéré comme le principal expert du pays, dans ce domaine, dit-elle.

— Ça ne nous aide pas, dit Harry. Il a dit lui-même qu'il n'en était pas sûr.

— Mais si malgré tout Bjelke ne s'est pas trompé ?

— Ça n'a aucun sens. Il a dû omettre un "pas".

— Je ne suis pas d'accord. »

Harry pila et Beate manqua de le heurter. Elle leva des yeux terrifiés vers ceux grands ouverts de Harry.

« C'est bien, dit-il.

— Qu'est-ce que tu veux dire, demanda Beate, déboussolée.

— C'est bien, de ne pas être d'accord. Ça veut dire que tu as peut-être vu ou compris quelque chose, même si tu ne sais pas encore exactement quoi. Et moi je n'ai rien compris. » Il se remit à marcher. « Alors on va supposer que tu as raison. Reste à savoir à quoi ça peut nous mener. » Il s'immobilisa devant l'ascenseur et appuya sur le bouton d'appel.

« Où vas-tu, maintenant ? demanda Beate.

— Vérifier un détail. Je serai rentré d'ici une heure. »

Les portes de l'ascenseur s'ouvrirent et le capitaine de police Ivarsson sortit.

« Tiens ! rayonna-t-il. Maître détective sur une piste ? Du neuf à relater ?

— L'essentiel, avec les groupes parallèles, consiste à ne pas trop relater, dit Harry en le contournant et en entrant dans l'ascenseur. Si je vous ai bien compris, toi et le FBI. »

Ivarsson fit un grand sourire et soutint son regard.

« Les éléments-clés doivent bien sûr être partagés. »

Harry appuya sur le bouton du rez-de-chaussée, mais Ivarsson avança dans l'ouverture et bloqua la porte.

« Alors ? »

Harry haussa les épaules.

« Stine Grette murmure quelque chose au braqueur avant qu'il ne tire.

— Oui ?

— Nous pensons que ce qu'elle murmure, c'est :
"C'est ma faute".

— "C'est ma faute" ?

— Oui. »

Ivarsson plissa le front.

« Mais ça ne colle pas, si ? Il serait plus logique qu'elle
dise "Ce n'est *pas* ma faute", à savoir pas sa faute si le
chef d'agence a mis six secondes de trop pour jeter l'argent dans le sac.

— Pas d'accord, dit Harry en regardant ostensiblement sa montre. Nous avons reçu l'aide du principal expert du pays, dans ce domaine. Mais ces détails-là, Beate
pourra te les donner elle-même. »

Ivarsson s'appuya sur une des portes de l'ascenseur
qui donna un coup brusque dans son dos.

« Donc, malgré le choc, elle n'oublie pas de mot dans
ce qu'elle dit ? C'est tout ce que vous avez ? Beate ? »

Beate rougit.

« Je viens de commencer à visionner la vidéo du vol
de Kirkeveien.

— Des conclusions ? »

Son regard vacilla sur Ivarsson, et se porta sur Harry.
« Pas pour le moment.

— Rien, donc, dit Ivarsson. Mais ça vous fera peut-
être plaisir de savoir que nous avons appelé neuf suspects que nous allons interroger. Et nous avons un plan
pour enfin tirer quelque chose de Raskol.

— Raskol ? demanda Harry.

— Raskol Baxhet. Le roi des rats en personne », dit
Ivarsson en saisissant ses passants de ceinture, avant
d'inspirer et de remonter son pantalon avec un grand
sourire satisfait. « Mais ces détails-là, Beate pourra te
les donner elle-même. »

Marbre

Harry avait conscience d'être mesquin sur certains points. Comme par exemple Bogstadveien. Il n'aimait pas Bogstadveien. Il ne savait pas vraiment pourquoi ; c'était peut-être parce que dans cette rue, pavée d'or et de pétrole, au sommet du bonheur de ce pays du bonheur, personne ne souriait. Harry non plus ne souriait pas, mais il habitait à Bislett, n'était pas payé pour sourire et avait pour l'heure quelques bonnes raisons de ne pas le faire. Mais ça ne voulait pas dire que Harry, tout comme la plupart des Norvégiens, n'appréciait pas *qu'on* lui sourie.

En son for intérieur, il s'efforçait d'excuser le gamin derrière le comptoir du 7-Eleven en se disant qu'il détestait peut-être son boulot, qu'il habitait lui aussi à Bislett et que la flotte s'était remise à tomber.

Le visage pâle parsemé de furoncles rouges et enflammés regarda sans aucun intérêt la carte de police de Harry.

« Pourquoi je devrais savoir depuis combien de temps cette benne est là ?

— Parce qu'elle est verte et qu'elle bouche la moitié de ton champ de vision sur Bogstadveien », dit Harry.

Le gamin gémit et posa ses mains sur ses hanches, qui retenaient tout juste son pantalon.

132

« Une semaine. Quelque chose comme ça. Eh, ho, mec, il y a tout une file de gens qui attendent derrière toi.

— Mmm. J'y ai jeté un coup d'œil. Il n'y avait pratiquement rien dedans, à l'exception de quelques bouteilles vides et quelques journaux. Tu sais qui l'a demandée ?

— Non.

— Je vois que tu as une caméra de surveillance, au-dessus du comptoir. D'après l'angle, on dirait qu'elle filme la benne, dehors ?

— Si tu le dis…

— Si tu as toujours l'enregistrement de vendredi dernier, j'aimerais le voir.

— Appelle demain, Tobben sera là.

— Tobben ?

— Le patron.

— Alors je te propose d'appeler Tobben maintenant pour lui demander la permission de me donner cette bande, ça m'évitera de camper ici.

— Regarde autour de toi, dit-il tandis que ses furoncles rougissaient encore un peu plus. Je n'ai pas le temps de me lancer à la recherche d'une vidéo.

— Oh, dit Harry sans se retourner. Après la fermeture, alors, peut-être ?

— On est ouvert vingt-quatre heures sur vingt-quatre, dit le gosse en levant les yeux au ciel.

— C'était une blague.

— D'accord, ha, ha, dit l'autre d'une voix de somnambule. T'achètes quequ'chose ? »

Harry secoua la tête, et le gamin regarda derrière : « Au suivant ! »

Harry soupira et se tourna vers la file d'attente qui s'était amassée au comptoir.

« La caisse n'est pas libre. Je suis de la police d'Oslo, dit-il en montrant sa carte à la ronde. Et cette personne est arrêtée pour ne pas savoir articuler correctement "quelque chose". »

Harry était donc mesquin sur certains points. Mais à cet instant, il fut satisfait de la réaction. Il appréciait qu'on lui sourie.

Mais pas de ce sourire qui semble faire partie intégrante de l'enseignement professionnel dispensé aux prédicateurs, hommes politiques et agents des pompes funèbres. Ils sourient *des yeux* tout en parlant, ce qui donnait à monsieur Sandemann, des pompes funèbres Sandemann, une ferveur qui, jointe à la température de la crypte sous l'église de Majorstua, fit frissonner Harry. Il regarda autour de lui. Deux cercueils, une chaise, une couronne, un agent des pompes funèbres, un costume noir et une calvitie laborieusement dissimulée sous des mèches de cheveux ramenées en travers du crâne.

« Elle a l'air si bien, dit Sandemann. Paisible. Au repos. Digne. Vous êtes peut-être de la famille ?

— Pas tout à fait. » Harry lui montra sa carte, dans l'espoir que la ferveur constitue un privilège réservé aux proches. Ce n'était pas le cas.

« C'est tragique qu'une jeune personne parte de cette façon », dit Sandemann en pressant ses paumes l'une contre l'autre. Les doigts du croque-mort étaient étonnamment maigres et crochus.

« J'aurais aimé jeter un coup d'œil aux vêtements que la trépassée avait sur elle quand on l'a retrouvée, dit Harry. À l'agence, ils m'ont dit que vous les aviez apportés ici. »

Sandemann acquiesça, alla chercher un sac plastique blanc en disant que c'était au cas où les parents ou un frère se pointeraient, de façon à pouvoir s'en débarrasser. Harry chercha en vain des poches dans la jupe noire.

134

« Vous cherchez quelque chose de particulier ? demanda Sandemann sur un ton d'excuse, en se penchant par-dessus l'épaule de Harry.

— Une clé d'appartement. Vous n'en avez pas trouvé quand vous... » Il regarda les doigts crochus de Sandemann. « ... l'avez déshabillée ? »

Sandemann ferma les yeux et secoua la tête. Tout ce qu'elle avait sous ses vêtements, c'était elle-même. À part cette photo, dans sa chaussure, bien entendu.

— La photo ?

— Oui. Étrange, n'est-ce pas ? Sûrement une coutume qu'ils ont. Elle est toujours dans la chaussure. »

Harry sortit du sac une chaussure noire à talon haut, et l'espace d'une fraction de seconde, il la revit dans l'ouverture de la porte, quand il était arrivé : robe noire, chaussures noires, bouche rouge. Bouche très rouge.

La photo était un cliché chiffonné représentant une femme et trois enfants sur une plage. Elle ressemblait à une photo de vacances prise quelque part en Norvège, entre les rochers plats polis par la mer et les grands pins sur les collines en arrière-plan.

« Est-ce que quelqu'un de la famille est venu ?

— Seulement son oncle. En compagnie d'un de vos collègues, bien sûr.

— Bien sûr ?

— Oui, j'ai cru comprendre qu'il purge une peine ? »

Harry ne répondit pas. Sandemann se pencha en avant et arrondit les épaules de sorte que sa petite tête s'enfonça dans le creux, ce qui le fit ressembler à un vautour.

« Qui sait pour quoi ? » murmura-t-il d'une voix rauque qui ressemblait aussi au cri d'un charognard. « Puisqu'il n'a même pas le droit d'assister aux funérailles, j'entends. »

Harry toussota.

« Je peux la voir ? »

Sandemann eut l'air déçu, mais désigna courtoisement l'un des cercueils.

Comme à l'accoutumée, Harry fut frappé par le professionnalisme qui permettait d'embellir un cadavre. Anna avait réellement l'air paisible. Il toucha son front. C'était comme toucher du marbre.

« Qu'est-ce que c'est que cette chaîne à son cou ? demanda Harry.

— Des pièces d'or. C'est son oncle qui l'a apportée.

— Et ça ? » Harry attrapa une pile de papiers retenus par un gros élastique brun. C'étaient des billets de cent couronnes.

« Une coutume qu'ils ont, dit Sandemann.

— Qui ça, "ils" ?

— Vous ne le saviez pas ? » Les lèvres minces et humides de Sandemann esquissèrent un sourire. « Elle était tzigane. »

Toutes les tables de la cantine de l'hôtel de police étaient complètes, occupées par des collègues discutant à bâtons rompus. Toutes sauf une. Harry s'y rendit.

« Tu feras connaissance avec les gens d'ici, petit à petit », dit-il. Beate leva sur lui un regard interrogateur, et il comprit qu'ils avaient peut-être davantage de choses en commun qu'il ne l'avait pensé. Il s'assit et posa une cassette VHS devant elle. « Elle vient du 7-Eleven juste en face de la banque, et elle date du jour du braquage. Et il y en a une autre du jeudi précédent. Tu peux voir si tu trouves quelque chose d'intéressant ?

— Voir si le braqueur est passé, tu veux dire ? » marmotta Beate, la bouche pleine de pain et de pâté de foie. Harry baissa les yeux sur son panier casse-croûte fait maison.

« Eh bien… On peut toujours espérer.

— C'est sûr », dit-elle avant que de l'eau n'envahisse ses yeux, soulignant les efforts qu'elle faisait pour déglutir. « En 93, il y a eu un vol à la Kreditkasse de Frogner, et le braqueur avait des sacs plastiques pour y mettre l'argent. Des sacs publicitaires Shell ; on a donc visionné les enregistrements vidéo de la station Shell la plus proche. Il est apparu que le braqueur avait acheté ces sacs dix minutes avant le hold-up. Habillé pareil, mais sans masque. Nous l'avons arrêté une demi-heure plus tard.

— *Nous*, il y a dix ans ? » demanda Harry avant d'avoir eu le temps de penser sa question.

Le visage de Beate changea de couleur tel un feu tricolore. Elle attrapa sa tranche de pain et essaya de se cacher derrière.

« Mon père, murmura-t-elle.

— Désolé, je ne voulais pas.

— Il n'y a pas de mal, répondit-elle rapidement.

— Ton père…

— Est mort, dit-elle. Il y a longtemps, maintenant. »

Harry contempla ses mains en écoutant les bruits de mastication environnants.

« Pourquoi as-tu une bande d'une semaine avant le braquage ? demanda Beate.

— La benne, dit Harry.

— Eh bien ?

— J'ai appelé le service qui les gère, et je leur ai demandé. Elle a été commandée mardi par un Stein Søbstad, d'Industrigata, et livrée à l'endroit convenu, juste devant le 7-Eleven, le lendemain. Il y a deux Stein Søbstad à Oslo, et tous les deux nient avoir commandé la benne. Ma théorie, c'est que le braqueur l'a fait mettre là pour masquer la vue par la fenêtre, de façon à ce que la caméra ne le filme pas de face quand il traverserait la rue, en sortant de l'agence bancaire. S'il est venu faire des repérages au 7-Eleven le jour où il a commandé la benne, on verra peut-être quelqu'un regarder la caméra, puis par la fenêtre vers la banque, pour vérifier l'angle, des choses comme ça.

— Si on a de la chance, oui. Le témoin devant le 7-Eleven dit que le braqueur était toujours masqué quand il a traversé la rue, alors pourquoi se serait-il donné tout ce mal avec la benne ?

— Le plan prévoyait peut-être d'enlever sa cagoule en traversant la rue. » Harry soupira. « Je ne sais pas, je sais juste qu'il y a quelque chose avec cette benne verte. Ça fait une semaine qu'elle est là, et à part quelques passants qui ont jeté des ordures dedans, personne ne s'en est servi.

— O.K. », dit Beate en prenant la cassette et en se levant.

« Encore une chose : qu'est-ce que tu sais de ce Raskol Baxhet ?

— Raskol ? répéta Beate en plissant le front. C'était une espèce de figure mythique jusqu'à ce qu'il se livre à la police. À en croire les rumeurs, il était mêlé de près ou de loin à quatre-vingt-dix pour cent des braquages à Oslo. Je parie qu'il est en mesure de dresser la liste de tous ceux qui ont commis un braquage dans cette ville sur les vingt dernières années.

— Alors c'est à ça qu'Ivarsson va l'utiliser. Où est-il enfermé ? »

Beate pointa un pouce par-dessus son épaule.

« Secteur A, juste de l'autre côté de ce champ.

— Aux Arrêts ?

— Oui. Et il a refusé de dire le moindre mot à quelque policier que ce soit depuis qu'il y est arrivé. Il est question de la récente mort d'un proche.

— Ah oui ? dit Harry en espérant que son visage ne trahirait rien.

— On doit l'enterrer dans deux jours, et Raskol a envoyé une requête pressante au chef de la prison pour pouvoir y assister. »

Après le départ de Beate, Harry resta un moment à sa place. La pause déjeuner était terminée et la cantine se vidait. Elle était soi-disant claire et agréable, gérée par les cantines de l'État ; Harry préférait donc manger à l'extérieur. Mais il se dit que c'était à cet endroit précis qu'il avait dansé avec Rakel lors de la fête de Noël, c'était à cet endroit précis qu'il avait pris la décision de jeter son dévolu sur elle. Ou le contraire. Il se souvenait encore du contact de son dos cambré contre la paume de sa main.

Rakel.

Dans deux jours, on enterrerait Anna, et personne ne doutait qu'elle soit morte de sa propre main. Le seul qui avait été présent et qui aurait pu les contredire, c'était lui-même, mais il ne se souvenait de rien. Alors pourquoi ne pouvait-il pas mettre son mouchoir par-dessus ? Il avait tout à perdre, rien à gagner. En tout état de cause, pourquoi ne pouvait-il pas oublier ça pour eux, pour lui et pour Rakel ?

Harry posa ses coudes sur la table et se prit la tête dans les mains.

Et s'il avait pu les contredire, l'aurait-il fait ?

Les occupants de la table voisine se retournèrent en entendant la chaise racler durement le sol, et virent le policier à la mauvaise réputation, presque rasé et haut sur pattes, sortir en trombe de la cantine.

CHAPITRE 14

Chance

La sonnette carillonna bruyamment au-dessus de la porte de l'échoppe étroite et obscure quand les deux hommes entrèrent au triple galop. Elmers Frukt & Tobakk était l'un des derniers représentants de son espèce, avec un mur couvert de revues traitant de voitures, de chasse, de sport et de porno soft, un mur supportant cigarettes et cigares, et sur le comptoir trois tas de billets de loterie placés entre des bâtons de réglisse transpirants et des cochons en massepain sec portant les cocardes du Noël de l'an passé.

« Il s'en est fallu de peu, dit Elmer, un homme maigre et chauve d'environ soixante ans, affublé d'une moustache et d'un dialecte du Nordland.

— Bon sang, on ne l'a pas vue venir, dit Halvorsen en chassant la pluie de ses épaules.

— Typique de l'automne à Oslo, dit l'originaire du Nordland dans son dialecte d'emprunt. Sécheresse ou déluge. Vingt Camel ? »

Harry hocha la tête en sortant son portefeuille.

« Et deux tickets à gratter pour le jeune homme ? » Elmer tendit les tickets à Halvorsen qui fit un sourire gêné et les fourra sans tarder dans sa poche.

« Ça ne pose pas de problème si je m'en grille une ici, Elmer ? » demanda Harry en plissant les yeux vers les trombes d'eau qui fouettaient le trottoir soudain désert, de l'autre côté de la vitre sale.

« Absolument pas, répondit Elmer en leur rendant la monnaie. Le poison et le jeu, c'est mon gagne-pain. »

Il fit une petite révérence et s'éclipsa derrière un rideau brun suspendu de travers, derrière lequel ils entendaient gargouiller une cafetière électrique.

« Voici la photo, dit Harry. Je veux simplement que tu trouves qui est la bonne femme.

— Simplement ? répéta Halvorsen en regardant la photo granuleuse et chiffonnée que Harry lui tendait.

— Commence par trouver où la photo a été prise », dit Harry avant d'être secoué par une violente quinte de toux quand il essaya de garder la fumée dans ses poumons. « On dirait un lieu de vacances. Dans ce cas, il y a sûrement une petite épicerie, quelqu'un qui loue les chalets, ce genre de trucs. Si les membres de cette famille sur la photo sont des clients réguliers, certains de ceux qui travaillent là-bas sauront de qui il s'agit. Quand tu l'auras découvert, je me chargerai du reste.

— Tout ça parce que la photo était dans une chaussure ?

— Ce n'est pas un endroit habituel où conserver des photos, si ? »

Halvorsen haussa les épaules et jeta un coup d'œil dans la rue.

« Ça ne s'arrête pas, dit Harry.

— Je sais, mais il faut que je rentre chez moi.

— Pour y trouver quoi ?

— Pour y trouver des trucs qu'on appelle une vie. Rien qui puisse t'intéresser. »

Harry haussa les coins de sa bouche pour montrer qu'il avait compris que c'était spirituel. « Amuse-toi bien. »

La sonnerie tinta, et la porte claqua derrière Halvorsen. Harry tira sur sa cigarette tout en étudiant l'assortiment de lectures d'Elmer, et il fut frappé de voir le peu d'intérêts communs qu'il avait avec le Norvégien moyen. Était-ce parce qu'il n'en avait plus aucun ? La musique, d'accord, mais personne n'avait rien sorti de bon depuis dix ans, pas même les vieux héros. Film ? S'il lui arrivait de sortir d'un cinéma sans se sentir lobotomisé, il s'estimait heureux. En dehors de ça, nada. En d'autres termes : la seule chose qui l'intéressait encore, c'était de retrouver des gens et de les mettre à l'ombre. Et même ça, ça ne faisait plus battre son cœur aussi vite qu'avant. Ce qui était sinistre, pensa Harry en posant une main sur le comptoir lisse et froid d'Elmer, c'est que cette situation ne l'inquiétait absolument pas. Qu'il avait capitulé. Que c'était juste une délivrance, de vieillir.

La sonnerie retentit de nouveau violemment.

« J'ai oublié de te parler de ce jeune gonze qu'on a coffré hier pour détention d'arme illégale, dit Halvorsen. Roy Kvinsvik, l'un des rasés de chez Herbert's Pizza. » La pluie dansait autour de ses chaussures trempées, sur le pas de la porte.

« Mmm ?

— Il avait peur, apparemment, et je lui ai dit qu'il devait me donner quelque chose d'intéressant s'il voulait repartir.

— Et ?

— Il a dit avoir vu Sverre Olsen à Grünerløkka la nuit où Ellen a été tuée.

— Et alors ? On a déjà plusieurs témoins, pour ça.

— Oui, mais ce type avait vu Olsen discuter avec quelqu'un dans une voiture. »

Harry lâcha sa cigarette par terre. Il ne la ramassa pas.

« Est-ce qu'il sait qui c'était ? » demanda-t-il lentement.

Halvorsen secoua la tête.

« Non, il n'a reconnu qu'Olsen.

— Tu as eu un signalement ?

— Il se souvenait seulement avoir pensé que le type ressemblait à un policier. Mais il m'a dit qu'il le reconnaîtrait peut-être. »

Harry sentit une chaleur se répandre sous son manteau.

« A-t-il pu dire quel genre de voiture c'était ? dit-il en articulant soigneusement chaque mot.

— Non, il était passé rapidement. »

Harry acquiesça en passant la main d'avant en arrière sur le comptoir.

Halvorsen se racla la gorge : « Mais il pense que c'était une voiture de sport. »

Harry regarda sa cigarette qui fumait par terre. « Couleur ? »

Halvorsen fit un vague geste d'excuse avec une main.

« Est-ce qu'elle était rouge ? demanda Harry tout bas d'une voix étranglée.

— Qu'est-ce que tu dis ? »

Harry se redressa.

« Rien. N'oublie pas le nom. Et rentre chez toi retrouver ta vie. »

Le carillon tinta.

Harry cessa de caresser le comptoir en immobilisant sa main. Il avait tout à coup l'impression de toucher du marbre froid.

Astrid Monsen avait quarante-cinq ans, gagnait sa vie en traduisant de la littérature française à son domicile de Sorgenfrigata et n'avait aucun homme dans sa vie, juste l'enregistrement d'un aboiement qui passait en boucle près de la porte, la nuit. Harry entendit ses pas derrière la porte et le cliquetis d'au moins trois serrures avant que la porte ne s'entrouvre sur deux yeux qui le fixaient sous des boucles noires dans un petit visage couvert de taches de rousseur.

« Huh », fit celui-ci en voyant la silhouette imposante de Harry.

Même si le visage lui était inconnu, il eut cependant la sensation immédiate de l'avoir déjà vu. Probablement en raison des descriptions minutieuses que lui avait faites Anna de sa craintive voisine.

« Harry Hole, de la Brigade Criminelle, dit-il en lui montrant sa carte. Désolé de vous déranger si tard dans l'après-midi. J'ai quelques questions concernant le soir de la mort d'Anna Bethsen. »

Il essaya de lui faire un sourire rassurant en voyant qu'elle avait des difficultés à fermer la bouche. Du coin de l'œil, Harry vit bouger le rideau derrière la vitre de la porte voisine.

« Puis-je entrer, madame Monsen ? Ça ne prendra qu'un instant. »

Astrid Monsen recula de deux pas, et Harry profita de l'occasion pour se faufiler à l'intérieur et refermer derrière lui. Il put alors aussi profiter pleinement de la coupe afro de son interlocutrice. Manifestement teinte en noir, elle entourait la petite face blanche comme une énorme mappemonde.

Ils se firent face dans le couloir faiblement éclairé, décoré de fleurs séchées et de reproductions encadrées du Musée Chagall de Nice.

« M'avez-vous déjà vu ? demanda Harry.

— Qu'est-ce… qu'est-ce que vous voulez dire ?

— Simplement si vous m'avez déjà vu. On parlera du reste après. »

La bouche de la femme s'ouvrit et se referma. Puis elle secoua la tête.

« Bien, dit Harry. Étiez-vous ici mardi soir ? »

Elle acquiesça avec hésitation.

« Avez-vous vu ou entendu quelque chose ?

— Rien », répondit-elle. Un peu trop vite, au goût de Harry.

« Prenez votre temps pour réfléchir, dit-il en essayant un sourire amical, ce qui n'était pas la partie la plus entraînée de son répertoire limité d'expressions faciales.

« Absolument, dit-elle tandis que son regard cherchait la porte derrière Harry. Absolument rien. »

Harry s'alluma une cigarette en ressortant dans la rue. Il avait entendu Astrid Monsen remettre en place l'entrebâilleur immédiatement après qu'il avait passé sa porte. La pauvre. Elle était la dernière de sa tournée, et il pouvait conclure que personne de l'immeuble ne l'avait vu ni entendu, pas plus lui que qui que ce soit d'autre, dans l'escalier, le soir où Anna était morte.

Il jeta sa cigarette après deux bouffées.

Rentré chez lui, il resta longtemps assis dans son fauteuil à oreilles, à regarder l'œil rouge du répondeur, avant de se décider à écouter les messages. C'était Rakel qui lui souhaitait une bonne nuit, et un journaliste qui souhaitait un commentaire sur les deux braquages. Il rembobina ensuite la bande et écouta le message d'Anna : « Et aurais-tu la gentillesse de mettre ce jean, tu sais, celui que j'aime tant ? »

Il se frotta le visage. Puis il sortit la bande de l'appareil et la jeta à la poubelle.

Au-dehors, la pluie tombait, et au-dedans, Harry zappait. Du handball féminin, un feuilleton et un quiz télévisé qui permettait de devenir millionnaire. Harry s'arrêta sur SVT, où un philosophe et un socio-anthropologue débattaient du concept de vengeance. L'un soutenait qu'un pays comme les États-Unis, qui représente des valeurs comme la démocratie et la liberté, a la responsabilité morale de se venger de l'attaque contre son territoire, puisque c'est aussi une attaque contre lesdites valeurs. « Seule la promesse de représailles… et leur exécution… peuvent protéger un système aussi vulnérable qu'une démocratie.

— Et si les valeurs que défend la démocratie sont elles-mêmes les victimes d'une vengeance ? répliqua l'autre. Et si le droit d'une autre nation est violé au regard des lois internationales ? Quel genre de valeurs défend-on quand on innocente des hors-la-loi, dans la chasse aux coupables ? Et que faire de cette valeur morale qui te demande de tendre l'autre joue ?

— Le problème, répondit l'autre avec un sourire, c'est qu'on n'a que deux joues, n'est-ce pas ? »

Harry éteignit. Se demanda s'il devait appeler Rakel, mais se dit qu'il était trop tard. Il essaya de lire un petit bout d'un livre de Jim Thompson, mais découvrit que les pages 24 à 38 étaient manquantes. Il se leva et se mit à faire les cent pas dans le salon. Ouvrit le réfrigérateur et contempla oisivement un bout d'ersatz de gouda et un pot de confiture de fraise. Il avait envie de quelque chose, mais il ne savait pas quoi. Il referma violemment la porte du réfrigérateur. Qui essayait-il de berner ? Il avait envie de s'en jeter un.

À deux heures du matin, il s'éveilla dans le fauteuil, tout habillé. Il se leva, alla à la salle de bains et but un verre d'eau.

« Merde », dit-il à lui-même dans le miroir. Il se rendit dans la chambre à coucher et alluma le PC. Il trouva sur Internet cent quatre articles traitant du suicide, mais aucun sur la vengeance, simplement des mots-clés et tout un tas de références sur les motifs de suicide dans la littérature et la mythologie grecque. Il allait éteindre lorsqu'il se rendit compte qu'il n'avait pas consulté son courrier électronique depuis plusieurs semaines. Deux mails étaient arrivés. L'un d'eux était un message du fournisseur d'accès qui annonçait une clôture quinze jours auparavant. Le second venait de l'expéditeur anna.beth@chello.no. Il double-cliqua dessus et lut le message : *Salut Harry. N'oublie pas les clés. Anna.* La date d'envoi indiquait que le message était parti deux heures avant que Harry ne voie Anna pour la dernière fois. Il relut le message. Si court. Si… simple. Il supposa que c'était le type de mail que s'envoient les gens. *Salut Harry*. Un œil extérieur aurait pu penser qu'ils étaient de vieux amis se fréquentant souvent, mais ils s'étaient connus six semaines quelque part dans le temps, et il n'avait même pas su qu'elle possédait son adresse e-mail.

Lorsqu'il s'endormit, il rêva qu'il était à la banque, de nouveau avec son fusil. Les gens autour de lui étaient faits de marbre.

CHAPITRE 15

Gadjo

« Hé mais, il fait beau, aujourd'hui », dit Bjarne Møller, radieux, en pénétrant dans le bureau de Harry et Halvorsen le lendemain matin.

« Tu dois bien le savoir, toi, tu as une fenêtre », répondit Harry sans lever les yeux de sa tasse de café. « Et un nouveau fauteuil de bureau », ajouta-t-il quand Møller se laissa tomber dans le fauteuil défectueux d'Halvorsen. Le fauteuil poussa un cri de douleur.

« Hé là, fit Møller. Mauvaise journée ? »

Harry haussa les épaules.

« J'approche de la quarantaine et je commence à apprécier le rôle de grincheux. Ça pose un problème ?

— Absolument pas. C'est chouette de te voir en costume, d'ailleurs… »

Harry saisit avec surprise le col de sa veste, comme s'il découvrait seulement le costume sombre.

« Il y a eu une réunion inter-capitaines, hier, dit Møller. Tu veux la version courte ou la version longue ? »

Harry touilla dans sa tasse avec un crayon.

« On n'a plus le droit d'enquêter sur l'affaire Ellen, c'est ça ?

— L'affaire est élucidée depuis longtemps, Harry. Et le chef de la Technique dit que tu les ennuies, à leur demander de vérifier toutes sortes de vieux indices.

— Hier, un nouveau témoin a…

— Il y a toujours un nouveau témoin, Harry. Ils ne veulent tout simplement plus en entendre parler.

— Mais…

— Point final, Harry. Désolé. »

Arrivé à la porte, Møller se retourna : « Va faire un tour au soleil. C'est peut-être la dernière journée chaude avant un moment. »

« Des rumeurs disent que le soleil brille, dit Harry en rejoignant Beate à la House of Pain. Voilà, tu le sais.

— Éteins la lumière, dit-elle. Il faut que je te montre quelque chose. »

Elle avait paru excitée, au téléphone, mais n'avait pas dit de quoi il s'agissait. Elle attrapa la télécommande.

« Je n'ai rien trouvé sur la bande datant du jour où la benne a été commandée, mais regarde celle du jour du braquage. »

Sur l'écran, Harry distingua une vue d'ensemble du 7-Eleven. Il vit la benne verte devant la vitrine, les brioches à la crème à l'intérieur, l'arrière de la tête et la raie du cul du gamin avec qui il avait discuté la veille. Il s'occupait d'une fille qui achetait du lait, un magazine pour ados et des préservatifs.

« Enregistré à 15 h 05, soit quinze minutes avant le braquage. Maintenant, regarde. »

La fille prit ses courses et s'en alla, la file d'attente avança et un homme portant une combinaison de travail noire et une casquette à oreilles bien enfoncée désigna quelque chose sur le comptoir. Il gardait la tête baissée de sorte qu'ils ne puissent pas voir son visage. Il tenait un sac noir plié sous le bras.

« Mais bon sang de bonsoir… murmura Harry.

— C'est l'Exécuteur, dit Beate.

— Sûr ? Il y a pas mal de monde qui porte des combinaisons de travail, et le braqueur n'avait pas de casquette.

— Quand il s'éloignera un peu du comptoir, tu verras que ce sont les mêmes chaussures que sur la vidéo. Et tu remarqueras qu'il y a comme une bosse du côté gauche de la combinaison. C'est l'AG3.

— Il se l'est scotché au corps. Mais qu'est-ce qu'il fout au 7-Eleven ?

— Il attend le transporteur de fonds, et il a besoin d'un poste d'observation où on ne le voit pas. Il est venu faire des repérages dans le coin, et il sait que Securitas passe entre 15 h 15 et 15 h 20. Entre-temps, il ne peut pas vraiment se balader avec sa cagoule sur la tête et annoncer qu'il va braquer une banque, c'est pourquoi il porte une casquette qui cache le plus possible son visage. Quand il arrive à la caisse, si on regarde bien, on peut distinguer un petit rectangle de lumière qui se déplace sur le comptoir. C'est un reflet dans du verre. Tu portes des lunettes de soleil, enfoiré d'Exécuteur. » Elle parlait bas, mais rapidement et d'une voix excitée que Harry n'avait jamais entendue chez elle. « Il est manifestement aussi au courant de la caméra de surveillance du 7-Eleven, il ne nous montre rien de son visage. Regarde le soin qu'il prend avec les angles ! C'est fait avec un certain art, on ne peut pas lui retirer ça. »

Le gamin derrière le comptoir donna une brioche à la crème à l'Exécuteur et ramassa en même temps la pièce de dix couronnes qu'il avait posée sur le comptoir.

« Hé ! s'exclama Harry.

— Exact, dit Beate. Il ne porte pas de gants. Mais on dirait qu'il n'a touché à rien dans le magasin. Et là, tu vois le rectangle de lumière dont je t'ai parlé. »

Harry ne dit rien.

L'homme sortit du magasin tandis que dans la file d'attente son successeur payait.

« Mmm. Il faut qu'on recommence à chercher des témoins, dit Harry en se levant.

— Je ne serais pas trop optimiste, dit Beate sans détourner les yeux de l'écran. N'oublie pas qu'un seul témoin s'est manifesté, et il dit avoir vu partir l'Exécuteur dans le rush du vendredi. La foule est la meilleure cachette des braqueurs.

— Bien joli, mais tu as d'autres propositions ?

— Que tu te rasseyes. Tu rates l'essentiel. »

Harry la regarda avec une légère surprise et se retourna vers l'écran. Le gamin derrière le comptoir s'était tourné vers la caméra, un doigt profondément enfoncé dans le nez.

« L'essentiel, l'essentiel… murmura Harry.

— Regarde la benne, derrière la fenêtre. »

Il y avait des reflets dans la vitre, mais ils voyaient nettement le type en combinaison de travail noire. Il était au bord du trottoir, entre la benne et une voiture en stationnement. Il tournait le dos à la caméra, et il avait posé une main au bord de la benne. On eût dit qu'il épiait la banque tout en mangeant sa brioche à la crème. Il avait posé son sac par terre.

« C'est ça, son poste d'observation, dit Beate. Il a commandé la benne et l'a fait placer à cet endroit précis. C'est génialement simple. Il peut suivre l'arrivée du camion de fonds et se cacher en même temps des caméras de surveillance de la banque. Et regarde bien comment il se tient. Pour commencer, la majeure partie des gens qui passent sur le trottoir ne peuvent même pas le voir, à cause de la benne. Et ceux qui le peuvent voient un homme en combinaison de travail et casquette à côté d'une benne, un ouvrier du bâtiment, un déménageur, un éboueur. En clair, rien qui se fixe dans le cortex. Pas étonnant qu'on n'ait pas eu de témoins.

— Il dépose quelques empreintes graisseuses sur la benne, dit Harry. Dommage qu'il n'ait fait que pleuvoir la semaine dernière.

— Mais cette brioche…

— Il engloutit aussi ses empreintes, soupira Harry.

— … lui donne soif. Regarde bien. »

L'homme se pencha, ouvrit la fermeture à glissière de son sac et en tira un sac plastique blanc, dont il sortit une bouteille.

« Coca-Cola, chuchota Beate. J'ai zoomé sur une image avant que tu n'arrives. C'est une bouteille de verre avec un bouchon en liège. »

Le type en combinaison de travail tint la bouteille par le col en retirant le bouchon. Puis il renversa la tête en arrière, leva la bouteille et but. Ils virent les dernières gouttes disparaître dans le goulot, mais la casquette cachait aussi bien la bouche que le visage. Puis il remit la bouteille dans le sac plastique, le referma et s'apprêta à la remettre dans son sac, mais il s'arrêta. « Regarde, il réfléchit », chuchota Beate, avant de couiner tout bas : « Quelle place prend l'argent, quelle place prend l'argent ? »

Le protagoniste principal regarda dans son sac. Regarda la benne. Puis il se décida et envoya d'un geste rapide le sac plastique qui décrivit un arc de cercle avant d'atterrir en plein milieu de la benne.

« Trois points ! rugit Harry.

— Victoire à domicile ! » cria Beate.

« Merde ! cria Harry.

— Oh non ! gémit Beate en frappant le volant de son front, de désarroi.

— Ça ne peut pas faire longtemps qu'ils sont passés. Attends ! »

Harry ouvrit sa portière à la volée devant un cycliste qui l'enguirlanda sans s'arrêter, puis il traversa la rue comme une flèche, entra au 7-Eleven et alla au comptoir.

« Quand ont-ils enlevé la benne ? demanda-t-il au gosse qui s'apprêtait à tendre deux hot-dog Big Bite à deux nanas fessues.

« — Attendez votre tour, bon Dieu », dit le môme sans lever les yeux.

Un caquètement indigné s'échappa d'une des filles quand Harry se pencha en avant, coupant l'accès aux bouteilles de ketchup, et prit le gamin par le haut de sa chemise verte.

« Salut, c'est encore moi, dit Harry. Suis-moi bien, maintenant, ou cette saucisse va voltiger… »

L'expression terrorisée du gosse poussa Harry à se ressaisir. Il lâcha prise et pointa un doigt vers la fenêtre, à travers laquelle on voyait l'agence Nordea dans l'espace béant à l'endroit que la benne avait occupé.

« Quand ont-ils enlevé la benne ? Vite ! »

Le gamin déglutit et regarda fixement Harry.

« Maintenant. Juste maintenant.

— Ça veut dire quoi, "maintenant" ?

— Il y a… deux minutes. » Un voile épais s'était abattu sur ses yeux.

« Où allaient-ils ?

— Comment je le saurais ? Je bite que dalle à ces histoires de bennes.

— J'comprends.

— Hein ? »

Mais Harry était déjà ressorti.

Harry serrait le téléphone mobile rouge de Beate contre son oreille.

« Propreté d'Oslo ? C'est la police, Harry Hole. Où videz-vous vos bennes ? À usage privé, oui. Metodica, où est… Verkseier Furulunds vei, à Alnabru ? Merci. Quoi ? *Ou* Grønmo ? Et comment je sais où…

— Regarde, dit Beate. Bouchon. »

Les voitures formaient un mur en apparence infranchissable vers le carrefour en T devant Lorry, dans Hegdehaugsveien.

« On aurait dû prendre Uranienborgveien, dit Harry. Ou Kirkeveien.

— Dommage que tu ne sois pas au volant », dit Beate avant de faire grimper la roue avant droite sur le trottoir, d'écraser l'avertisseur et d'accélérer. Les gens bondirent de côté.

« Allô ? dit Harry dans le téléphone. Vous venez de passer chercher une benne verte qui était dans Bogstadveien, juste à côté de l'intersection d'Industrigata. Où va-t-elle ? Oui, j'attends.

— On tente Alnabru », dit Beate en dérapant dans le carrefour devant le tramway. Les roues tournèrent sur les rails d'acier avant de mordre de nouveau sur l'asphalte, et Harry eut une vague impression de déjà-vu.

Ils étaient arrivés à Pilestredet quand le type de la Propreté d'Oslo revint avec le message ; il expliqua qu'ils n'avaient pas réussi à joindre le chauffeur du camion sur son mobile, mais qu'il était *vraisemblablement* en route pour Alnabru.

« Bien, dit Harry. Pouvez-vous appeler Metodica et leur demander d'attendre avant de vider le contenu de cette benne dans le four, que nous… Leur standard est fermé entre onze heures et demie et midi ? Fais gaffe ! Non, je parlais au conducteur. Non, *mon* conducteur ! »

En passant sous Ibsentunnelen, Harry appela Grønland et leur demanda d'envoyer une voiture de patrouille chez Metodica, mais la voiture libre la plus proche se trouvait au moins à un quart d'heure.

« Merde ! » Harry balança le mobile par-dessus son épaule et fila un gnon dans le tableau de bord.

Au rond-point entre Byporten et le Plaza, Beate se glissa sur la ligne blanche entre un bus et un Chevy Van, et lorsqu'ils sortirent de l'échangeur à cent dix pour faire un dérapage contrôlé et hurlant dans l'épingle à cheveux côté mer, Harry comprit que tout espoir n'était malgré tout pas perdu.

« Qui est le salaud qui t'a appris à conduire ? demanda-t-il en se cramponnant tandis qu'ils filaient entre les voitures sur la route à trois voies en direction d'Ekebergtunnelen.

— Moi », dit Beate.

Au milieu de Vålerengatunnelen, un vilain gros camion cracheur de diesel surgit devant eux. Il avançait piano dans la file de droite, et une benne verte marquée du sigle de la Propreté d'Oslo trônait sur la plate-forme, fixée par deux bras de levage de part et d'autre.

« Yess ! » dit Harry.

Beate se rangea devant le camion, ralentit et alluma son clignotant droit. Harry baissa sa vitre et tendit sa carte à l'extérieur, tout en indiquant de l'autre main le bord de la chaussée.

Le chauffeur ne voyait aucune objection à ce que Harry jette un œil dans la benne, mais il se demandait s'il ne valait pas mieux attendre d'être chez Metodica, pour qu'ils puissent vider la benne par terre.

« J'veux pas que la bouteille se casse ! » cria Harry depuis la plate-forme, par-dessus le vacarme des voitures qui passaient.

« Non, en fait, je pensais plus à votre beau costume, moi », dit le chauffeur ; mais Harry avait déjà plongé dans la benne. L'instant suivant, il y eut un bruit de tonnerre à l'intérieur, et le conducteur et Beate entendirent Harry pousser un juron. Puis pas mal de remue-ménage. Et pour finir un nouveau *yess !* avant qu'il ne réapparaisse au bord du container avec un sac en plastique blanc, brandi au-dessus de la tête comme un trophée.

« Donne immédiatement la bouteille à Weber, et dis-lui que ça urge, dit Harry au moment où Beate fit redémarrer la voiture. Passe-lui le bonjour.

— Ça aide ? »

Harry se gratta la tête.

« Non. Dis-lui juste que ça urge. »

Elle rit. Brièvement et pas à gorge déployée, mais Harry reconnut un rire.

« Tu es toujours aussi enthousiaste ? demanda-t-elle.

— Moi ? Et toi ? Tu étais prête à nous tuer tous les deux, pour avoir cette preuve, non ? »

Elle sourit, mais ne répondit pas. Elle se contenta de regarder longuement dans son rétroviseur avant de déboîter.

Harry jeta un coup d'œil soudain à sa montre.

« Zut !

— En retard ?

— Tu crois que tu pourrais me conduire à l'église de Majorstua ?

— Bien sûr. Est-ce que ça explique le costume sombre ?

— Oui. Un... ami.

— Alors tu devrais peut-être d'abord essayer d'enlever le machin marron que tu as sur l'épaule. »

Harry tordit le cou.

« La benne, dit-il en frottant. C'est parti ?

— Essaie avec un peu de salive, répondit Beate en lui tendant un mouchoir. C'était un ami proche ?

— Non. Ou plutôt si... un temps, peut-être. Tu sais ce que c'est, on va quand même à l'enterrement même si on ne se voyait plus...

— Ah oui ?

— Pas toi ?

— Je ne suis allée qu'à un seul enterrement, de toute ma vie. »

Ils roulèrent un moment en silence.

« Ton père ? »

Elle acquiesça.

Ils passèrent le carrefour de Sinsen. À Muselunden, la grande clairière herbeuse en dessous de Haraldsheim, un homme et deux gamins faisaient voler un dragon. Ils avaient tous trois les yeux fixés sur l'azur, et Harry eut le temps de voir l'homme passer le fil au plus grand des garçonnets.

« Nous n'avons pas encore trouvé qui a fait le coup, dit-elle.

— Non, effectivement, dit Harry. Pas encore. »

« Dieu donne et Dieu reprend », dit le prêtre en plissant les yeux vers les rangs vides et le grand type presque rasé qui venait de se glisser à l'intérieur et qui s'employait à prendre place tout au fond. Il attendit que l'écho d'un gros sanglot déchirant ne meure sous la voûte.

« Mais il peut sembler quelquefois qu'Il ne fasse que reprendre. »

Le prêtre insista sur « reprendre », et l'acoustique éleva ce mot en l'emportant vers le fond de l'église. Les sanglots se firent de nouveau plus forts. Harry regarda autour de lui. Il aurait cru qu'Anna, qui était si extravertie et pétillante, aurait davantage d'amis, mais il ne compta que huit personnes, six au premier rang, et deux plus loin. Huit. Bon. Combien seraient venus à *son* enterrement ? Huit personnes, ce n'était peut-être pas si mal.

Les sanglots venaient du premier rang, où Harry distinguait trois têtes coiffées de fichus bariolés et trois hommes chauves. Les deux autres présents étaient un homme assis sur la gauche et une femme près de l'allée centrale. Il reconnut la coupe afro en forme de globe terrestre d'Astrid Monsen.

Le pédalier de l'orgue grinça, et la musique débuta. Un psaume. *La Miséricorde de Dieu.* Harry ferma les yeux et sentit à quel point il était fatigué. Les notes montaient et descendaient, les aigus coulaient du toit comme de l'eau. Les petites voix chantaient le pardon et la grâce. Il eut envie de sombrer dans quelque chose, quelque chose qui puisse le réchauffer et le dissimuler un moment. Le Seigneur jugera les vivants et les morts. La vengeance de Dieu, Dieu comme Némésis. Les basses de l'orgue faisaient vibrer les bancs de bois vides. L'épée dans une main, la balance dans l'autre, vengeance et justice. Ou bien pardon et injustice. Harry ouvrit les yeux.

Quatre hommes portaient le cercueil. Harry reconnut le policier Ola Li derrière deux hommes basanés en costumes Armani fatigués et chemises blanches au col ouvert. La quatrième personne était si grande que le cercueil penchait complètement d'un côté. Son costume pendait sur son corps mince, mais il était le seul des quatre à ne pas sembler sentir le poids du cercueil. Ce fut en premier lieu son visage qui capta l'attention de Harry. Étroit, bien dessiné, avec de grands yeux bruns tourmentés profondément enfoncés dans leurs orbites. Ses cheveux noirs étaient attachés en une longue tresse, de sorte que son grand front était bien dégagé. Sa bouche sensuelle, en forme de cœur, était entourée d'une barbe longue mais bien soignée. C'était comme si le personnage du Christ lui-même était descendu de l'autel, derrière le prêtre. Et il y avait autre chose : il existe très peu de visages dont on puisse le dire, mais celui-ci *rayonnait*. Tandis que les quatre hommes approchaient de Harry dans l'allée centrale, il essayait de voir de *quoi* il pouvait rayonner. Était-ce le chagrin ? Pas la joie. La bonté ? La méchanceté ?

Leurs regards se croisèrent un court instant au passage du cercueil. Derrière eux suivaient Astrid Monsen qui avançait l'air abattu, un homme d'âge moyen ressemblant à un expert-comptable et trois femmes, dont une plus jeune, vêtues de jupes bigarrées. Elles sanglotaient et gémissaient à qui mieux mieux, en roulant des yeux et en tapant des mains en un accompagnement muet.

Harry ne bougea pas tant que la petite procession ne fut pas sortie de l'église.

« Marrants, ces Tziganes, hein, Hole ? »

Les mots résonnèrent dans la nef. Harry se retourna. C'était Ivarsson, tout sourire dans son costume-cravate sombre.

« Quand j'étais enfant, nous avions un jardinier qui était tzigane. Montreur d'ours, il faisait des tournées avec des ours danseurs, tu sais. Il s'appelait Josef. Musique et pitreries sans interruption. Mais la mort, tu vois… Ces gens-là ont une relation encore plus tendue avec la mort que nous. Ils sont terrorisés par *mule* — les morts. Ils croient qu'ils reviennent. Josef allait régulièrement voir une femme qui était supposée les chasser, il n'y a apparemment que des femmes qui y arrivent. Viens. »

Ivarsson attrapa légèrement le bras de Harry qui dut faire un effort sur lui-même pour ne pas céder à la tentation de dégager son bras. Ils sortirent sur les marches. Le vacarme de la circulation dans Kirkeveien couvrait le son des cloches. Le hayon ouvert, une Cadillac noire attendait la procession dans Schønings gate.

« Ils vont conduire le cercueil au Vestre Krematorium, dit Ivarsson. L'incinération, c'est une des coutumes hindoues qu'ils ont rapportées d'Inde. En Angleterre, ils brûlent le camping-car du défunt, mais ils n'ont plus le droit d'y mettre aussi la veuve. » Il s'esclaffa. « Mais ils emportent des biens importants. Josef racontait que la famille tzigane d'un mineur hongrois avait mis dans le cercueil le reste de dynamite que ce type possédait, et que ça avait rasé tout le crématorium. »

Harry sortit son paquet de Camel.

« Je sais pourquoi tu es là, Hole, dit Ivarsson sans se départir de son sourire. Tu voulais voir si l'occasion se présenterait de tailler un peu la bavette avec lui, n'est-ce pas ? » Ivarsson fit un signe de tête vers les porteurs et la grande silhouette maigre qui sortait lentement tandis que les autres trottinaient pour ne pas se laisser distancer.

« C'est lui, qu'on appelle Raskol ? demanda Harry en coinçant la cigarette entre ses lèvres.

— C'est son oncle, acquiesça Ivarsson.

— Et les autres ?

— Des connaissances, à ce qu'on dit.

— Et la famille ?

— Ils ne reconnaissent pas la morte.

— Ah ?

— C'est la version de Raskol. Les Tziganes sont des menteurs notoires, mais ce qu'il dit correspond bien aux histoires de Josef sur leur façon de penser.

— Qui est ?

— Que l'honneur de la famille est ce qu'il y a de plus sacré. C'est pour ça qu'elle a été rejetée. D'après Raskol, elle a été mariée en Espagne à une espèce de tzigane *gringo* qui parlait grec, quand elle avait quatorze ans, mais avant que le mariage ne soit consommé, elle s'est taillée avec un *gadjo*.

— *Gadjo* ?

— Un non-tzigane. Un marin danois. Le pire qui puisse exister. Honte sur toute la famille.

— Mmm. » La cigarette éteinte tressauta entre les lèvres de Harry tandis que celui-ci parlait : « Je vois que tu connais bien ce Raskol, maintenant… »

Ivarsson chassa une fumée de tabac imaginaire.

« Nous avons discuté. Escarmouches, je dirais. Les discussions conséquentes viendront quand notre part du marché aura été respectée, c'est-à-dire après cet enterrement.

— Jusqu'à présent, alors, il n'a pas dit grand-chose ?

— Pas qui soit significatif pour l'enquête, non. Mais le ton était bon.

— Suffisamment, à ce que je vois, pour que la police aide à porter ses proches dans la tombe ?

— Le prêtre a demandé si Li ou moi pouvions porter, pour qu'il y ait assez de porteurs pour le cercueil. Pourquoi pas, de toute façon, nous sommes là pour le surveiller. Et c'est bien ce qu'on pense continuer à faire. Le surveiller, s'entend. »

Harry ferma les yeux face au soleil dur de l'automne. Ivarsson se tourna vers lui.

« Pour être un peu plus direct, Hole… Personne n'aura la permission de parler à Raskol tant qu'on n'en aura pas fini avec lui. Personne. Pendant trois ans, j'ai essayé de rencontrer l'homme qui sait tout. Et aujourd'hui, j'y suis arrivé. Personne ne détruira ça, tu m'entends bien ?

— Dis-moi, puisque nous sommes en tête-à-tête, Ivarsson, dit Harry en ôtant un brin de tabac de sa langue. Est-ce que cette affaire est subitement devenue une compétition entre toi et moi ? »

Ivarsson fit face au soleil et partit d'un rire gloussant.

« Tu sais ce que je ferais, si j'étais toi ? demanda-t-il, les yeux fermés.

— Quoi donc ? s'enquit Harry quand la pause fut devenue intolérable.

— Je porterais mon costume au pressing, tu as l'air d'avoir dormi dans une poubelle. » Il porta deux doigts à son front. « Bonne journée. »

Resté seul sur les marches, Harry regarda en fumant partir le cercueil blanc bancal.

Halvorsen tournoyait sur son fauteuil quand Harry entra.

« C'est bien que tu sois venu, j'ai de bonnes nouvelles. Je… Putain, ce que ça schlingue ! »

Halvorsen porta une main à son nez et dit avec une voix de criée :

« Qu'est-ce qui s'est passé, avec ton costume ?

— Glissé dans une benne à ordures. Quelles nouvelles ?

— Euuh… Ah oui, j'ai pensé que la photo était peut-être celle d'un endroit de vacances, dans le Sørland. J'ai donc envoyé des mails à tous les bureaux de lensmann [1] de l'Aust-Agder. Et effectivement, juste après, un agent de Risør m'a appelé pour dire qu'il connaissait bien cette plage. Mais tu sais quoi ?

— En fait, non.

— Ça ne se trouve pas dans le Sørland, mais à Larkollen ! »

Halvorsen regarda Harry avec un sourire narquois plein d'expectative, et devant le manque de réaction de Harry, ajouta :

« Dans l'Østfold, donc. Près de Moss.

— Je sais où est Larkollen, Halvorsen.

— D'accord, mais cet agent du lensmann vient de…

— Il arrive que des gens du Sørland partent en vacances, eux aussi. Tu as appelé Larkollen ? »

Halvorsen leva les yeux au ciel, découragé.

« Bien sûr, j'ai appelé le camping et deux endroits où on loue des chalets. Et les deux seules épiceries.

— Touche ?

— Ouaip. » Halvorsen resplendit de nouveau. « J'ai faxé la photo, et le type qui gère l'une des deux épiceries savait bien qui était la femme. Ils ont l'un des plus gros chalets du coin, il leur porte des provisions, de temps à autre.

— Et la bonne femme s'appelle ?

— Vigdis Albu.

— Albu, comme dans [2]…

---

1. Officier d'administration norvégien chargé du maintien de l'ordre et de la collecte des impôts dans les communes rurales.
2. Albu : « coude » en norvégien, d'où la surprise de Harry.

— Ouaip. Il n'y en a que deux en Norvège, et l'une est née en 1909. L'autre a quarante-trois ans, et habite Bjørnetråkket 12, à Slemdal, avec Arne Albu. Et — tatâââ — voici leur numéro de téléphone, chef.

— Ne m'appelle pas comme ça, dit Harry en se saisissant du téléphone.

— Qu'est-ce qu'il y a ? gémit Halvorsen. Tu es de mauvais poil, ou quoi ?

— Oui, mais ce n'est pas pour ça que je te dis ça. Møller est chef. Moi, pas. O.K. ? »

Halvorsen allait répondre quand Harry leva une main pour réclamer le silence :

« Madame Albu ? »

Quelqu'un avait utilisé beaucoup d'argent, beaucoup de temps et beaucoup de place pour construire la demeure des Albu. Avec beaucoup de goût. Tel que le voyait Harry : beaucoup de mauvais goût. On eût dit que l'architecte, s'il y en avait eu un, avait essayé de faire fusionner la tradition des chalets norvégiens et le style de plantations des pays du Sud, avec une touche de bonheur banlieusard rose bonbon. Harry sentit que ses pieds s'enfonçaient profondément dans les graviers de l'allée principale qui passait devant un jardin bien soigné orné d'arbustes décoratifs et un petit cerf de bronze qui buvait à une source. Sur le faîte du toit du garage double, on avait fixé une plaque de cuivre ovale peinte d'un drapeau bleu marqué d'un triangle jaune.

Des aboiements furieux parvenaient de l'arrière de la maison. Harry gravit le large escalier bordé de colonnes, sonna à la porte en s'attendant presque à ce qu'une matrone noire en tablier blanc ouvrît.

« Salut ! » gazouilla-t-on au moment pile où la porte s'ouvrait à la volée. Vigdis Albu semblait sortir tout droit d'une de ces pubs de fitness que Harry voyait de temps en temps à la télé quand il rentrait tard le soir.

Elle avait le même sourire blanc, les cheveux décolorés d'une poupée Barbie et le corps bien entraîné de la classe supérieure, gainé dans des collants et un haut court. Si elle avait payé pour sa poitrine, elle avait au moins eu l'intelligence de ne pas forcer sur le volume.

« Harry...

— Entrez ! » dit-elle avec un sourire sous de grands yeux bleus discrètement maquillés, autour desquels des rides se devinaient à peine.

Harry pénétra dans une grande entrée peuplée de trolls gras et laids sculptés dans du bois, qui lui arrivaient à la hanche.

« J'allais me lancer dans les tâches ménagères », expliqua Vigdis Albu en réitérant son sourire et en essuyant la sueur de son visage avec son index, tout en faisant attention de ne pas étaler son mascara.

« Alors je vais quitter mes chaussures, dit Harry en se rappelant au même instant le trou qu'il avait au gros orteil droit.

— Non, pas la maison, Dieu merci, nous le faisons faire, dit-elle en riant. Mais j'aime bien laver moi-même mon linge. Il y a des limites à ce qu'on permet à des étrangers de voir, n'est-ce pas ?

— Vous l'avez dit », murmura Harry qui dut allonger le pas pour ne pas rester en carafe dans l'escalier. Ils dépassèrent une immense cuisine et arrivèrent dans le salon. Deux grandes portes coulissantes ouvraient sur la terrasse. Le mur le plus long supportait une imposante construction de briques, une sorte de moyen terme entre l'hôtel de ville d'Oslo et un monument funéraire.

« Dessiné par Per Hummel pour les quarante ans d'Arne, dit Vigdis. Per est l'un de nos amis.

— Oui, là, on peut vraiment dire que Per a dessiné... une cheminée.

— Vous avez certainement entendu parler de Per Hummel, l'architecte ? La nouvelle chapelle de Holmenkollen, vous savez.

— Désolé, dit Harry en lui tendant la photo. Je voudrais que vous jetiez un œil à ça. »

Il observa la surprise se répandre sur le visage de la femme.

« Mais c'est une photo qu'Arne a prise il y a deux ans, à Larkollen ! Comment l'avez-vous eue ? »

Avant de répondre, Harry attendit de voir si elle parvenait à garder cette expression interrogatrice. Ce fut le cas.

« Nous l'avons trouvée dans la chaussure d'une femme qui s'appelle Anna Bethsen », dit-il.

Harry assista à une réaction en chaîne de pensées, de raisonnements et de sentiments qui se dessinèrent comme un soap opera projeté en accéléré sur le visage de Vigdis Albu. D'abord la surprise, puis l'interrogation et le trouble. Puis une idée subite rejetée tout d'abord par un rire incrédule, mais qui ne voulut malgré tout pas lâcher prise et qui sembla grandir en une compréhension naissante. Et pour finir, un visage brutalement fermé, avec la mention : « Il y a des limites à ce qu'on permet à des étrangers de voir, n'est-ce pas ? »

Harry jouait avec le paquet de cigarettes qu'il avait sorti de sa poche. Un gros cendrier de cristal trônait au milieu de la table basse.

« Connaissez-vous Anna Bethsen, madame Albu ?

— Absolument pas. Je devrais ?

— Je ne sais pas, dit Harry avec franchise. Elle est morte. Je me demande simplement ce qu'une photographie personnelle comme celle-ci faisait dans sa chaussure. Une idée ? »

Vigdis Albu essaya un sourire condescendant, mais sa bouche ne sembla pas vouloir obéir. Elle se contenta de secouer énergiquement la tête.

Harry attendit. Immobile et détendu. Exactement comme ses chaussures dans le gravier, il sentit son corps s'enfoncer dans le profond canapé blanc. L'expérience lui avait appris que de toutes les méthodes visant à faire parler les gens, le silence était la plus efficace. Quand deux personnes inconnues l'une de l'autre se faisaient face de la sorte, le silence créait comme un vide qui semblait extirper les mots. Pendant dix interminables secondes, ils restèrent ainsi. Vigdis Albu déglutit :

« La femme de ménage l'a peut-être vue traîner quelque part ici, et l'a emportée. Et l'a ensuite donnée à cette… Anna, c'est ça.

— Mmm. Vous voyez un inconvénient à ce que je fume, madame Albu ?

— Personne ne fume ici, ni mon mari ni moi… » Elle leva une main à sa tresse. « Et Aleksander, le benjamin, fait de l'asthme.

— J'en suis navré. De quoi s'occupe votre mari ? »

Elle le regarda de ses grands yeux bleus qui s'ouvrirent encore un peu plus.

« Dans quoi travaille-t-il, je veux dire. » Harry remit le paquet de cigarettes dans sa poche intérieure.

« Il est investisseur. Il a vendu la société il y a trois ans.

— Quelle société ?

— Albu AS. Import de serviettes et de tapis de douche pour des hôtels et entretien de collectivités.

— Ça a l'air de faire pas mal de serviettes. Et de tapis de douche.

— Nous fournissions toute la Scandinavie.

— Félicitations. Le drapeau, sur le garage, ce n'est pas un de ces drapeaux consulaires ? »

Vigdis Albu avait retrouvé son calme, et elle tira sur son élastique à cheveux. Harry réalisa qu'elle avait fait quelque chose à son visage. Il y avait quelque chose qui ne collait pas dans les proportions. C'est-à-dire, ça collait *trop* bien, il était presque artificiellement symétrique.

« Sainte-Lucie. Mon mari a été consul de Norvège pour eux pendant onze ans. Il y a là-bas une usine qui coud les tapis de douche. Et nous y avons une petite maison. Êtes-vous allé… ?

— Non.

— Une île fantastiquement délicieuse et douce. Il y a toujours une partie des anciens natifs qui parlent français. Une version incompréhensible, c'est vrai, mais ils sont si charmants que vous ne me croiriez pas.

— Créole français.

— Quoi ?

— Juste quelque chose que j'ai lu. Croyez-vous que votre mari saurait de quelle manière cette photo s'est retrouvée chez la défunte ?

— Pas que je sache. Pourquoi le devrait-il ?

— Eh bien… sourit Harry. C'est peut-être aussi difficile de répondre à ça qu'à la question : que fait la photo d'inconnus dans une chaussure. » Il se leva. « Où puis-je le trouver, madame Albu ? »

Pendant que Harry notait le numéro de téléphone et l'adresse du bureau d'Arne Albu, son regard rencontra le canapé dans lequel il s'était assis.

« Euh… dit-il en voyant que Vigdis Albu suivait son regard. J'ai glissé dans une benne à ordures. Bien entendu, je vais…

— Ça ne fait rien, l'interrompit-elle. La housse doit passer au pressing la semaine prochaine, de toute façon. »

Sur les marches extérieures, elle demanda à Harry s'il pouvait attendre cinq heures passées pour téléphoner à son mari.

« À ce moment-là, il sera rentré, et il aura plus de temps. »

Harry ne répondit pas et patienta, tandis que les commissures des lèvres de Vigdis bondissaient sans arrêt.

« Pour que lui et moi puissions… voir si nous y comprenons quelque chose.

— Merci, c'est gentil, mais je suis venu en voiture et c'est sur mon chemin. Je vais donc passer voir à son travail si je le trouve.

— Oui, oui », dit-elle avec un sourire courageux.

Les aboiements suivirent Harry tandis qu'il descendait la longue allée. Arrivé au portail, il se retourna. Vigdis Albu était toujours sur les marches devant le bâtiment rose. Elle avait la tête baissée, et le soleil se reflétait sur ses cheveux et son justaucorps luisant. De loin, elle ressemblait à un tout petit cerf de bronze.

Harry ne trouva ni à se garer réglementairement ni Arne Albu à l'adresse de Vika Atrium. Rien qu'une réceptionniste qui l'informa qu'Arne Albu y louait un bureau en compagnie de trois autres investisseurs. Et qu'il était sorti déjeuner avec une « entreprise de courtage ».

Quand Harry ressortit, les employés du Chef de la Circulation avaient eu le temps de glisser une amende pour stationnement irrégulier sous les essuie-glace, et c'est avec ça et une humeur de dogue que Harry entra au DS Louise sur Aker Brygge ; ce n'était pas un bateau à vapeur mais un restaurant. Au contraire de chez Schrøder, on y servait une nourriture comestible à des clients solvables dont les bureaux se trouvaient dans ce que l'on pouvait avec un peu de bonne volonté appeler le Wall Street d'Oslo. Harry ne s'était jamais véritablement senti chez lui sur Aker Brygge, mais ça venait peut-être de ce qu'il était un gamin d'Oslo et non un touriste. Il échangea quelques mots avec un serveur qui lui indiqua une table près de la fenêtre.

« Messieurs, je suis désolé de vous déranger, dit Harry.

— Ah, enfin, s'exclama l'un des trois occupants de la table en rejetant sa frange en arrière. Vous appelez ça un vin tempéré, vous qui êtes maître d'hôtel ?

— J'appelle ça un vin norvégien dont on a rempli une bouteille de Clos des Papes », répondit Harry.

Ébahi, la frange toisa Harry et son costume sombre de pied en cap.

« Je plaisante, dit Harry avec un sourire. Je suis de la police. »

L'ébahissement se changea en terreur.

« Pas la Brigade Financière. »

Le soulagement se changea en point d'interrogation. Harry entendit un rire enfantin et inspira. Il avait décidé de la façon dont il allait procéder, mais il n'avait pas la moindre idée de la chute.

« Arne Albu ?

— C'est moi », répondit celui qui riait, un homme mince aux cheveux bruns courts et bouclés, dont les pattes d'oie informèrent Harry qu'il riait beaucoup, et qu'il avait vraisemblablement davantage que les trente-cinq ans que Harry lui avait donnés spontanément. « Désolé pour la méprise », poursuivit-il, le rire toujours présent dans la voix. « Puis-je vous aider, officier ? »

Harry le regarda et essaya de se faire une idée rapide avant de poursuivre. Sa voix était du genre bien timbrée. Son regard assuré. Le col de sa chemise blanc éclatant autour du nœud de cravate ferme, mais pas trop serré. Le fait qu'il ne se soit pas contenté d'un « c'est moi », mais qu'il y ait ajouté des excuses et un « puis-je vous aider, officier ? » — avec une pointe d'insistance ironique sur « officier » — indiquait qu'Arne Albu ou bien était très sûr de lui, ou bien savait depuis longtemps en donner l'impression.

Harry se concentra. Pas sur ce qu'il allait dire, mais sur la réaction d'Arne Albu.

« Oui, vous pouvez, Albu. Connaissez-vous Anna Bethsen ? »

Albu regarda Harry, ses yeux étaient aussi bleus que ceux de sa femme, et il répondit à haute et intelligible voix après une seconde de réflexion.

« Non. »

Le visage d'Albu ne portait aucun signe qui informât Harry d'autre chose que ce que disait la bouche. Non que Harry s'y fût attendu. Il avait depuis longtemps cessé de croire au mythe qui voulait que les gens qui côtoient quotidiennement le mensonge dans leur métier apprennent à le reconnaître. Au cours d'un procès durant lequel un policier avait assuré que « grâce à son expérience, il pouvait savoir que le prévenu mentait », Aune avait de nouveau été l'instrument de la défense en répondant que des études montraient qu'aucun corps de métier n'est plus à même de percevoir le mensonge, qu'une aide ménagère avait pour cela les mêmes capacités qu'un psychologue ou un policier. À savoir la même inaptitude. Les seuls à avoir fait un meilleur score que la moyenne au cours des études étaient des agents des Services Secrets. Mais Harry n'était pas un agent des Services Secrets. C'était un type d'Oppsal qui était pressé, de mauvaise humeur et qui faisait pour l'instant présent preuve de peu de jugeote. Confronter un homme — en présence d'autres — avec des faits potentiellement compromettants sans qu'il y ait suspicion n'était pour commencer certainement pas très efficace. En second lieu, ce n'était pas ce qu'on appelle une attaque à la loyale. Harry savait donc qu'il n'aurait pas dû poursuivre :

« Des suggestions sur la personne qui aurait pu lui donner cette photo ? »

Les trois hommes regardèrent le cliché que Harry avait posé sur la table.

« Aucune idée, dit Albu. Ma femme ? L'un des enfants, peut-être ?

— Mmm. » Harry cherchait des modifications au niveau des pupilles, des signes d'accélération du pouls tels que de la transpiration ou un rougissement.

« Je ne sais pas de quoi il s'agit, officier, mais puisque vous avez pris la peine de venir me chercher ici, je suppose que ce ne sont pas des broutilles. En raison de quoi nous pouvons peut-être voir ça en privé après que la Banque de Commerce et moi aurons terminé. Si vous voulez attendre, je peux prier le serveur de vous trouver une table en dessous, dans la zone fumeurs. »

Harry ne sut si le sourire d'Albu était moqueur ou simplement affable. Même pas ça.

« Je n'en ai pas le temps, dit Harry. Donc, si nous pouvions nous asseoir…

— J'ai peur de ne pas en avoir le temps non plus, l'interrompit Albu d'une voix calme mais ferme. Je prends sur mes horaires de travail, et il nous vaudrait donc mieux en reparler cet après-midi. Si vous pensez toujours que je peux vous être utile en quoi que ce soit, naturellement. »

Harry déglutit. Il était impuissant, et il voyait qu'Albu le savait aussi.

« Alors c'est entendu, dit Harry en se rendant compte de l'embarras que cette réplique trahissait.

— Merci, officier, dit Albu en faisant un signe de tête à Harry, sans cesser de sourire. Et vous avez certainement raison en ce qui concerne le vin. » Il se tourna vers la Banque de Commerce.

« Tu parlais d'Opticom, Stein ? »

Harry ramassa la photo et enregistra le sourire mal dissimulé du courtier à la frange avant de quitter le restaurant.

Au bord du quai, Harry s'alluma une clope, mais elle n'avait aucun goût et il la jeta avec irritation. Le soleil jouait dans un carreau de la Forteresse d'Akershus, et la mer était si immobile qu'elle semblait recouverte d'une fine couche de glace. Pourquoi avait-il fait ça ? Pourquoi cette tentative de kamikaze pour humilier un homme qu'il ne connaissait pas ? Rien que pour être lui-même soulevé par des gants de soie et gentiment foutu à la porte.

Il tourna le visage vers le soleil, ferma les yeux et pensa qu'il pouvait peut-être faire quelque chose d'intelligent avant la fin de la journée, pour changer. Comme tout laisser tomber. Car il n'y avait rien d'anormal, simplement quelque chose d'inconcevable et de chaotique. Le carillon de l'hôtel de ville se mit à jouer.

Harry ne savait même pas que Møller aurait raison, c'était la dernière journée chaude de l'année.

CHAPITRE 16

Namco G-Con 45

Courageux Oleg.

« Ça va aller », avait-il dit au téléphone. Encore et encore, comme s'il avait un plan secret. « Maman et moi revenons bientôt. »

À la fenêtre du salon, Harry regardait le ciel au-dessus du toit de l'autre côté de la cour, là où le soleil vespéral colorait en rouge et orangé le dessous d'une fine couche de nuages froissés. Sur le chemin du retour, la température avait chuté de façon aussi soudaine qu'inexplicable, comme si quelqu'un avait ouvert une porte et que toute la chaleur avait été aspirée à l'extérieur. Dans l'appartement, le froid avait déjà commencé à remonter en rampant entre les lattes de plancher. Où étaient ses charentaises ? Dans le box à la cave, ou dans celui du grenier ? Avait-il des charentaises ? Il ne se rappelait plus rien. Heureusement, il avait noté le nom du bidule pour Playstation qu'il avait promis à Oleg s'il arrivait à battre le record de Harry à Tétris, sur la Gameboy. Namco G-Con 45.

Les nouvelles bourdonnaient sur le quatorze pouces derrière lui. Un nouveau gala d'artistes en faveur des victimes. Julia Roberts exprimait sa sympathie et Sylvester Stallone accueillait les donateurs qui appelaient. Et le temps du remboursement de la dette était venu.

Les images montraient des flancs de montagne sur lesquels on faisait tomber un tapis de bombes. Des colonnes de fumées noires et le néant s'élevaient de ce paysage désert. Le téléphone sonna.

C'était Weber. À l'hôtel de police, Weber passait pour un grincheux chronique avec qui il était difficile de travailler. Harry n'était absolument pas de cet avis. Il fallait juste savoir qu'il n'en faisait pas lourd pour les gens qui avaient une trop grande gueule ou qui insistaient.

« Je sais que tu attends des nouvelles, dit Weber. On n'a trouvé aucune trace ADN sur la bouteille, mais on a trouvé quelques jolies empreintes digitales.

— Super. J'avais peur qu'elle ait été abîmée même dans un sac plastique.

— On a eu du bol que ça soit une bouteille en verre. Sur une bouteille en plastique, les empreintes auraient pu disparaître, après autant de jours. »

Harry entendait le flic-flac du faubert, en arrière-plan.

« Tu es toujours au boulot, Weber ?

— Oui.

— Quand pourrez-vous comparer les empreintes avec la base de données ?

— On insiste ? gronda le vieil enquêteur en prenant le vent.

— Absolument pas. J'ai l'éternité devant moi, Weber.

— Demain. Je suis tout sauf un tueur avec ces trucs informatiques, et les jeunots sont rentrés chez eux pour aujourd'hui.

— Et toi ?

— Je vais juste comparer les empreintes avec celles de quelques candidats possibles, à l'ancienne. Dors bien, Hole, Tonton Condé veille. »

Harry raccrocha, alla dans la chambre et alluma le PC. Le jingle plein d'optimisme futuriste de Microsoft

174

couvrit un instant la rhétorique vengeresse américaine qui provenait du salon. Il accéda à la vidéo du braquage de Kirkeveien. Passa le petit bout de film saccadé, encore et encore, sans s'en trouver ni plus malin, ni plus bête. Il cliqua sur l'icône de sa boîte de réception de mails. Le sablier et le texte « 1 nouveau(x) message(s) » apparurent. Le téléphone sonna de nouveau dans l'entrée. Harry jeta un coup d'œil à l'heure et décrocha avec le tendre « salut ! » qu'il réservait à Rakel.

« Arne Albu. Désolé d'appeler à votre domicile le soir, mais j'ai eu votre nom par ma femme, et je me suis dit qu'il était préférable d'être débarrassé de cette affaire sans tarder. Ça ne pose pas de problème ?

— Ça va, dit Harry de sa voix habituelle, légèrement confus.

— J'ai donc discuté avec ma femme, et aucun de nous ne connaît cette personne, ni ne sait comment elle a pu entrer en possession de cette photo. Mais elle a bien dû être développée chez un photographe, et peut-être que quelqu'un qui y travaille s'en est fait une copie. Et il y a beaucoup de monde qui passe à la maison. Ce qui fait beaucoup, oui, *vraiment* beaucoup d'explications possibles.

— Mmm. » Harry nota que la voix d'Arne Albu n'avait plus la même assurance que plus tôt dans la journée. Et après quelques secondes de silence crépitant, ce fut Albu qui poursuivit :

« S'il est souhaitable de parler davantage de ça, je veux que vous me contactiez au bureau. J'ai cru comprendre que ma femme vous avait donné le numéro.

— Et j'ai cru comprendre que vous ne vouliez pas être dérangé pendant vos horaires de travail, Albu ?

— Je veux juste... Ma femme va être stressée. Une morte avec une photo dans sa chaussure... Seigneur ! Je veux que nous voyions ça directement.

— Je vois. Mais sur la photo, il s'agit d'elle et des enfants.

— Elle n'a aucune idée de l'origine de tout ça, j'ai dit ! » Et d'ajouter, comme s'il regrettait de s'être emporté : « Je promets d'examiner toutes les possibilités envisageables pour savoir comment ça a pu se produire.

— Merci de la proposition, mais je dois quand même me réserver le droit de parler à tous ceux dont le témoignage me paraît digne d'intérêt. » Harry écouta la respiration d'Albu avant d'ajouter : « J'espère que vous le comprenez.

— Écoutez…

— Et j'ai bien peur que ce ne soit pas un sujet de discussion, Albu. Je vous contacterai, vous ou votre femme, s'il y a quelque chose que je souhaite savoir.

— Attendez ! Vous ne comprenez pas. Ma femme va être complètement… traumatisée.

— Vous avez raison, je ne comprends pas. Elle est malade ?

— Malade ? répéta Albu, déconcerté. Non, mais…

— Alors je suggère que nous cessions cette discussion maintenant. » Harry se regarda dans le miroir. « Je ne suis pas en service. Bonsoir, Albu. »

Il raccrocha et regarda derechef dans le miroir. Il avait disparu, ce petit sourire, ce malin plaisir satisfait. Mesquinerie. Arbitraire. Sadisme. Les piliers de la vengeance. Mais il y avait aussi autre chose. Quelque chose qui ne collait pas, quelque chose qui manquait. Il étudia son reflet dans le miroir. C'était peut-être simplement la façon dont la lumière tombait.

Harry s'assit devant son PC en se disant qu'il faudrait parler des quatre piliers de la vengeance à Aune, qui tenait un registre de ce genre de choses. Le mail qu'il avait reçu venait d'un expéditeur dont l'adresse lui était inconnue : furie@bolde.com. Il cliqua dessus.

Et tandis qu'il était assis là, le froid envahit le corps de Harry Hole pour de bon cette année-là.

Ça se produisit pendant qu'il lisait, les cheveux de sa nuque se dressèrent en même temps que sa peau se resserrait autour de son corps comme un vêtement en train de rétrécir :

On joue ? Imaginons que tu es allé dîner chez une femme et que le lendemain, elle est retrouvée morte. Que fais-tu ?

6MN

Le téléphone sonnait plaintivement. Harry savait que c'était Rakel. Il laissa sonner.

CHAPITRE 17

Larmes d'Arabie

Halvorsen fut très surpris de voir Harry lorsqu'il ouvrit la porte du bureau.

« Déjà à ton poste ? Tu sais qu'il n'est que…

— Pas pu dormir, murmura Harry qui fixait l'écran de l'ordinateur, les bras croisés. « Putain, ce qu'ils sont lents, ces bousins… »

Halvorsen jeta un œil par-dessus l'épaule de son collègue.

« C'est la vitesse de transfert qui compte lorsque tu cherches sur Internet. Pour le moment, tu es sur une ligne ISDN classique, mais réjouis-toi, on aura bientôt le haut débit. Recherche d'articles dans *Dagens Næringsliv* [1] ?

— Euh… oui.

— Arne Albu ? Tu as pu parler à Vigdis Albu ?

— Oh, oui.

— Qu'est-ce qu'ils ont réellement à voir avec le braquage ? »

Harry ne leva pas les yeux. Il n'avait pas dit que c'était en rapport avec le braquage, mais il n'avait rien dit d'autre, et il était donc naturel que son collègue le suppose. Harry put se passer de répondre, car à cet

1. *Le Journal de la Vie économique.*

instant, le visage d'Arne Albu emplit l'écran devant eux. Au-dessus du nœud de cravate bien serré apparaissait le sourire le plus large que Harry avait vu de la journée. Halvorsen émit un claquement de langue satisfait et lut à haute voix :

« Trente millions pour l'entreprise familiale. Arne Albu peut dès aujourd'hui déposer trente millions de couronnes sur son compte après avoir cédé toutes les parts d'Albu AS à la chaîne hôtelière Choice. Arne Albu dit que le désir de pouvoir se consacrer davantage à sa famille est la raison principale de la cession de cette entreprise à succès. "Je souhaite voir grandir mes enfants, dit Albu en commentaire. La famille est mon investissement numéro un." »

Harry envoya l'impression.

« Tu ne demandes pas le reste de l'article ?

— Non, je veux juste la photo.

— Trois mille patates en banque, et il s'est en plus mis à les braquer ?

— Je t'expliquerai, dit Harry en se levant. Dans l'intervalle, je me demandais si tu pouvais m'indiquer comment on trouve l'expéditeur d'un mail.

— Son adresse figure dans le mail que tu reçois.

— Et ça, je le trouve dans le bottin, en quelque sorte ?

— Non, mais tu trouveras de quel serveur il a été envoyé. Ça, ça découle de l'adresse. Et le propriétaire du serveur sait quel abonnement correspond à telle ou telle adresse. C'est simple comme bonjour. Tu as trouvé des mails intéressants ? »

Harry secoua la tête.

« Donne-moi l'adresse, et je te trouve ça en deux secondes.

— Eh bien… As-tu déjà entendu parler d'un serveur qui s'appelle bolde point com ?

« — Non, mais je peux vérifier. Quel est le reste de l'adresse ? »

Harry hésita.

« Me souviens pas. »

Harry réquisitionna une voiture au garage et parcourut lentement Grønland. Un vent acéré faisait tourbillonner les feuilles qui avaient séché le long des trottoirs, dans le soleil de la veille. Les gens marchaient les mains enfoncées dans les poches et la tête rentrée dans les épaules.

Dans Pilestredet, Harry se colla derrière un tramway et trouva l'information continue de la NRK à la radio. Pas un mot sur l'affaire Stine. On craignait que cent mille enfants réfugiés ne meurent au cours du rude hiver afghan. Un soldat américain avait été tué. Une interview de la famille suivait. Ils voulaient leur vengeance. Le coin de Bislett était bouclé pour cause de déviation.

« Oui ? » Une syllabe à l'interphone suffisait pour entendre qu'Astrid Monsen souffrait d'un refroidissement carabiné.

« Harry Hole. Bien le bonjour. J'aurais voulu vous poser quelques questions. Vous avez le temps ? »

Elle renifla deux fois avant de répondre :

« À propos de quoi ?

— Je préférerais ne pas rester ici pour le faire. »

Elle renifla encore deux fois.

« Le moment est mal choisi ? » demanda Harry.

La serrure grésilla et Harry poussa la porte.

Astrid Monsen attendait sur le palier quand Harry parvint en haut des marches.

« Je vous ai vue à l'enterrement.

— Il m'a semblé qu'au moins un voisin devait y aller. » On eût dit qu'elle parlait dans un mégaphone.

« Je me demandais si vous reconnaîtriez ces personnes ? »

Elle prit précautionneusement la photo froissée.

« Une en particulier ?

— N'importe laquelle, en fait. » La voix de Harry résonna dans la cage d'escalier.

Astrid Monsen observa la photo. Longtemps.

« Alors ? »

Elle secoua la tête.

« Certaine ? »

Elle acquiesça.

« Mmm. Savez-vous si Anna avait un copain ?

— *Un* copain ? »

Harry inspira profondément. « Vous voulez dire qu'il y en avait plusieurs ?

— C'est sonore, ici, dit-elle en haussant les épaules. Il arrivait qu'on entende passer des gens dans l'escalier, pour dire ça comme ça.

— Des trucs sérieux ?

— Ça, je n'en sais rien. »

Harry attendit. Elle ne tint pas longtemps.

« Il y a eu un bout de papier collé sur sa boîte aux lettres, cet été, avec un nom dessus. Cela dit, je ne sais pas si c'était si sérieux…

— Non ?

— On aurait dit son écriture, sur le papier. Il y avait juste écrit "Eriksen". » Ses lèvres minces esquissèrent tout juste un sourire. « Il avait peut-être oublié de lui dire comment il se prénommait ? En tout cas, le papier a disparu au bout d'une semaine. »

Harry jeta un œil par-dessus la rampe. L'escalier était raide.

« *Une* semaine, c'est toujours mieux que pas de semaine du tout. Non ?

— Pour certains, peut-être, répondit-elle en posant la main sur la poignée de la porte. Il faut que j'y aille, je viens d'entendre que j'ai reçu un mail.

— Il ne va quand même pas s'envoler ? »

Elle fut prise d'une crise d'éternuements. « Il faut que je réponde, dit-elle en levant sur lui des yeux pleins de larmes. C'est l'auteur. On discute une traduction.

— Alors je vais faire vite, dit Harry. Je veux également que vous jetiez un œil à ceci. »

Il lui tendit une feuille de papier. Elle la prit, la regarda rapidement et leva un regard soupçonneux sur Harry.

« Regardez simplement la photo, attentivement, dit-il. Prenez le temps qu'il vous faut.

— Pas besoin », dit-elle en lui rendant la feuille.

Harry mit dix minutes pour aller de l'hôtel de police à Kjølberggata 21A. Le bâtiment de briques en mauvais état avait tour à tour été une tannerie, une imprimerie, une forge et probablement deux ou trois autres choses encore. Un souvenir de ce qui avait un jour été l'industrie d'Oslo. C'était à présent la Brigade Technique qui y était installée. En dépit de l'éclairage moderne et de son intérieur, le bâtiment conservait une certaine touche industrielle. Harry trouva Weber dans l'une des grandes pièces froides.

« Merde, dit Harry. Tu es tout à fait sûr ? »

Weber lui fit un sourire las.

« Les empreintes digitales sur la bouteille sont si bonnes que si nous les avions eues dans nos archives, l'ordinateur aurait réussi à faire la comparaison. On pourrait bien évidemment faire la recherche manuellement, pour être sûr à cent dix pour cent, mais ça prendrait des semaines, et on ne trouverait rien de toute façon. Garanti.

— Sorry, dit Harry. Simplement, j'étais tellement sûr qu'on le tenait… J'avais imaginé que la probabilité pour qu'un type pareil n'ait jamais été pris pour quoi que ce soit serait quasi nulle.

— Que nous n'ayons pas ce type dans nos fichiers signifie seulement qu'il faut chercher en dehors. Mais en tout cas, maintenant, on a des traces concrètes. Ces empreintes digitales, et les fibres textiles retrouvées à Kirkeveien. Si seulement vous trouvez le bonhomme, on aura des indices décisifs. Helgesen ! »

Un jeune homme qui passait s'arrêta tout net.

« J'ai reçu cette casquette trouvée près de l'Akerselva dans une pochette non scellée. Vous ne bossez pas dans une bergerie, ici, pigé ? »

Helgesen acquiesça et jeta à Harry un regard éloquent.

« Il faut que tu l'encaisses comme un homme, dit Weber en s'adressant de nouveau à Harry. En tout cas, tu as échappé à la visite d'Ivarsson, aujourd'hui.

— Ivarsson ?

— Vraiment, tu n'as pas entendu parler de ce qui est arrivé dans le Souterrain, hier ? »

Harry secoua la tête, et Weber ricana en se frottant les mains.

« Alors tu auras au moins entendu une bonne histoire, Hole. »

Le récit de Weber ressemblait aux rapports qu'il écrivait. Des phrases brutes de décoffrage qui donnaient une représentation des événements sans descriptions pittoresques de sentiments, de tons ou d'expressions de visage. Mais Harry n'eut aucun mal à remplir les espaces vierges. Il imagina parfaitement le capitaine de police Ivarsson et Weber entrant dans l'un des deux parloirs du secteur A et entendant la porte se refermer derrière eux. Les deux pièces se trouvaient près de l'accueil, et étaient destinées aux visites des familles. Le détenu pouvait pour un court instant s'entretenir au calme avec ses proches dans une pièce qu'on avait même essayé de rendre un peu agréable… mobilier simple, fleurs artificielles et quelques aquarelles délavées aux murs.

Raskol était debout quand les deux hommes entrèrent. Il avait un gros livre sous le bras, et un échiquier fin prêt attendait sur la table basse devant lui. Il ne dit pas un mot, se contentant de regarder les deux nouveaux arrivants de ses grands yeux bruns tourmentés. Il portait une chemise blanche aux allures de tunique qui lui descendait presque jusqu'aux genoux. Ivarsson semblait mal à l'aise, et il demanda d'une voix bourrue au grand Tzigane mince de s'asseoir. Raskol s'exécuta avec un petit sourire.

Ivarsson était venu avec Weber plutôt qu'avec l'un des jeunes du groupe d'investigation, parce qu'il pensait que ce vieux renard de Weber lui permettrait d'« examiner Raskol de plus près », comme il l'avait dit lui-même. Weber tira une chaise contre la porte et s'arma d'un bloc-notes tandis qu'Ivarsson s'asseyait en face du célèbre détenu.

« Je vous en prie, capitaine Ivarsson, dit Raskol en signifiant d'une main ouverte qu'il attendait que le policier ouvre la partie d'échecs.

— Nous sommes ici pour recueillir des informations, pas pour jouer, dit Ivarsson en posant des images de la vidéo du braquage de Bogstadveien à leur côté, sur la table. Nous voulons savoir qui c'est. »

Raskol ramassa les photos une par une et les étudia avec des « Hmm » sonores.

« Puis-je vous emprunter un stylo ? » demanda-t-il quand il les eut toutes vues.

Weber et Ivarsson échangèrent un regard.

« Prenez le mien, dit Weber en lui tendant son stylo.

— Je préfère les stylos-plume classiques », dit Raskol sans quitter Ivarsson des yeux.

Le capitaine haussa les épaules, sortit un stylo-plume de sa poche intérieure et le tendit à Raskol.

« Je voudrais tout d'abord vous raconter quelque chose sur le principe des ampoules d'encre, dit Raskol en commençant à démonter le plume blanc d'Ivarsson, qui se trouvait orné du logo de la DnB. Comme vous le savez, les employés de banque essaient toujours de glisser une ampoule d'encre avec l'argent lorsqu'ils se font braquer. Dans les cassettes des DAB, l'ampoule est déjà en place, et elle y reste. Quelques ampoules sont connectées à un émetteur et activées quand on les déplace ou quand on les met dans un sac, par exemple. D'autres se déclenchent en passant sous un portail à la sortie de la banque. L'ampoule peut avoir un micro-émetteur relié à un récepteur qui la déclenche quand elle est arrivée à une certaine distance du récepteur, disons cent mètres. D'autres explosent au bout d'un certain temps après déclenchement. L'ampoule peut être confectionnée de plein de façons, mais de taille suffisamment petite pour être dissimulée entre les billets. Certaines sont aussi petites que ça, dit Raskol en tenant son pouce et son index à deux centimètres l'un de l'autre. L'explosion est inoffensive pour le malfaiteur, c'est l'encre, le problème. »

Il leva la cartouche du stylo devant lui.

« Mon grand-père fabriquait de l'encre. Il m'a appris que dans le temps, on utilisait de la gomme arabique quand il fallait faire de l'encre métallo-gallique. La gomme provient d'acacias et est appelée "larmes d'Arabie" parce qu'elle suinte en gouttes jaunâtres de cette taille. »

Il forma un rond de la taille d'une noix avec son pouce et son index.

« L'important avec la gomme, c'est qu'elle donne sa consistance à l'encre et l'empêche de se répandre. Et elle maintient les sels de fer en suspension. En plus de ça, il faut un diluant. Dans le temps, on conseillait de l'eau de pluie ou du vin blanc. Ou du vinaigre. Grand-père disait qu'il faut la couper de vinaigre quand on écrit à un ennemi, et de vin blanc quand on écrit à un ami. »

Ivarsson se racla la gorge, mais Raskol poursuivit imperturbablement.

« Au début, l'encre était invisible. C'était la rencontre avec le papier qui la faisait apparaître. Dans l'ampoule, il y a une poussière rouge qui provoque une réaction chimique avec le papier des billets, de sorte qu'on ne peut pas l'enlever. L'argent porte pour toujours le signe qu'il provient d'un hold-up.

— Je sais comment une telle ampoule fonctionne, dit Ivarsson. J'aimerais plutôt savoir…

— Patience, cher capitaine. Ce qui est fascinant, avec cette technologie, c'est qu'elle est on ne peut plus simple. Si simple que je pourrais confectionner moi-même une ampoule de ce type, la placer n'importe où et la faire exploser à une distance donnée. Tout le matériel dont j'aurais besoin tiendrait dans un panier-repas. »

Weber avait cessé de noter.

« Mais le principe de ces ampoules d'encre n'est pas dans la technologie, capitaine Ivarsson. Le principe est dans la délation même. » Le visage de Raskol s'orna d'un grand sourire. « L'encre se fixe aussi aux vêtements et à la peau du braqueur. Et elle est si tenace que si vous en avez sur les mains, elle ne s'efface pas. Ponce Pilate et Judas, n'est-ce pas ? Du sang sur les mains. L'argent du sang. Les affres des jugements. La punition du délateur. »

Raskol perdit la cartouche d'encre qui tomba par terre derrière la table, et tandis qu'il était penché pour la ramasser, Ivarsson fit comprendre à Weber qu'il désirait le bloc-notes.

« Je veux que tu écrives le nom de la personne qui se trouve sur les photos, dit Ivarsson en posant le bloc sur la table. Comme je l'ai dit, nous ne sommes pas venus pour jouer.

— Pas jouer, non, dit Raskol en revissant lentement le stylo. J'ai promis que je vous donnerais le nom de la personne qui a pris l'argent, n'est-ce pas ?

— C'était le marché, oui, dit Ivarsson en se penchant avidement vers l'avant quand Raskol se mit à écrire.

« Nous autres Xoraxanes [1] savons ce que représente un marché, dit-il. J'écris ici non seulement son nom, mais aussi qui il a contacté pour briser le genou d'un jeune homme qui a récemment brisé le cœur de sa fille. D'ailleurs, l'intéressé a décliné l'offre.

— Euh… remarquable. » Ivarsson se tourna rapidement vers Weber et lui fit un grand sourire plein de joie.

« Voici. » Raskol tendit le bloc et le stylo à Ivarsson, qui se dépêcha de lire.

Le grand sourire plein de joie disparut.

« Mais… bégaya-t-il. Helge Klementsen. C'est le chef d'agence. » Une lueur transfigurée se fit jour en lui. « Il est impliqué ?

— Au plus haut point, dit Raskol. C'est lui qui a pris l'argent, non ?

— Et qui l'a mis dans le sac du braqueur », gronda sourdement Weber depuis la porte.

L'expression du visage d'Ivarsson évolua lentement de l'interrogation à la fureur.

« Qu'est-ce que c'est que ces conneries ? Tu as promis de m'aider. »

Raskol étudia l'ongle long et pointu de son auriculaire droit. Puis il hocha gravement la tête, se pencha par-dessus la table et fit signe à Ivarsson d'approcher.

« Tu as raison, dit-il. L'aide, la voici. Apprends ce qu'est la vie. Assieds-toi et apprends de tes enfants. Ce n'est pas facile de trouver les choses qu'on a perdues, mais c'est possible. »

Il donna une tape sur l'épaule du capitaine de police, se rassit, croisa les bras et fit un signe de tête vers le plateau.

« À toi de jouer, capitaine. »

1. Ou Xoraxane Roma : Roms musulmans venus entre autres de Macédoine.

Ivarsson écumait de rage en trottant en compagnie de Weber à travers le Souterrain, un passage long de trois cents mètres qui reliait les Arrêts à l'hôtel de police.

« J'ai fait confiance à l'un de ceux qui ont inventé le mensonge ! feula Ivarsson. J'ai fait confiance à l'un de ces foutus Tziganes ! » L'écho se répercuta entre les murs de brique. Weber s'était fait avoir, il voulait sortir de ce tunnel froid et humide. Le Souterrain servait à amener les prisonniers qui devaient être interrogés à l'hôtel de police, et de nombreuses rumeurs circulaient sur ce qui s'y était passé.

Ivarsson serra encore un peu sa veste de costume autour de lui, sans arrêter de marcher.

« Promets-moi une chose, Weber. Que tu ne diras rien de tout ça à quiconque. D'accord ? »

Il se tourna vers Weber, un sourcil levé. « Alors ? »

La réponse fut en quelque sorte oui, car à cet instant, ils atteignirent l'endroit du Souterrain qui est peint en orange. Weber entendit un petit « pof ». Ivarsson poussa un cri d'effroi, tomba à genoux dans une flaque d'eau et porta les mains à sa poitrine.

Weber fit volte-face et regarda en amont et en aval du tunnel. Personne. Il se tourna alors vers le capitaine qui contemplait d'un œil terrorisé sa main tachée de rouge.

« Je saigne, gémit-il. Je meurs. »

Weber vit les yeux d'Ivarsson qui semblaient grandir dans son visage.

« Qu'est-ce qu'il y a ? demanda Ivarsson d'une voix pleine d'angoisse quand il vit Weber qui le regardait, bouche bée.

— Tu vas devoir passer au nettoyage », dit Weber.

Ivarsson se regarda. Le rouge s'était étendu à tout le devant de sa chemise, et à des parties de sa veste citron vert.

« De l'encre rouge », dit Weber.

Ivarsson sortit de sa poche les restes de son stylo DnB.

La micro-explosion l'avait coupé par le milieu. Il resta assis les yeux fermés jusqu'à ce qu'il ait retrouvé son souffle. Puis il prit Weber dans sa ligne de mire.

« Tu sais quel a été le plus grand péché d'Hitler ? » demanda-t-il en tendant sa main propre. Weber la saisit et aida Ivarsson à se relever. Ivarsson jeta un coup d'œil mauvais en biais vers l'extrémité du tunnel par où ils étaient arrivés. « C'est de ne pas avoir achevé le travail avec les Tziganes. »

« Pas un mot à quiconque », parodia Weber avec un petit rire. « Ivarsson est descendu illico au parking et il est rentré chez lui. L'encre ne s'effacera pas avant au moins trois jours. »

Harry secoua la tête, incrédule.

« Et qu'avez-vous fait en ce qui concerne Raskol ? »

Weber haussa les épaules.

« Ivarsson a dit qu'il veillerait à ce que l'autre se retrouve en quartier d'isolement. Sans que ça aide le moins du monde, je le crains. Ce type est… différent. À propos de différent, comment ça se passe, avec Beate ? Vous avez autre chose que ces empreintes digitales ? »

Harry secoua la tête.

« Cette fille est spéciale, dit Weber. Je reconnais son père en elle. Elle a un gros potentiel.

— Oh ça, oui. Tu connaissais son père ? »

Weber acquiesça.

« Un type bien. Loyal. Dommage que ça se soit terminé de la sorte.

— Étrange qu'un policier aussi expérimenté ait fait une boulette aussi énorme.

— Je ne crois pas que ça ait été une boulette, dit Weber en vidant sa tasse de café dans l'évier.

— Ah ? »

Weber bougonna.

« Qu'est-ce que tu dis, Weber ?

— Rien, gronda-t-il. Il devait avoir une raison, c'est tout ce que je dis. »

« Il se peut bien que bolde point com soit un serveur, dit Halvorsen. Je dis juste qu'il n'est enregistré nulle part. Mais il peut par exemple se trouver dans une cave de Kiev et avoir des abonnés anonymes qui s'envoient du porno on ne peut plus spécial, qui sait ? Ceux qui ne veulent pas qu'on les retrouve dans cette jungle, ce n'est pas nous, simples mortels, qui les retrouverons. Pour ça, il faut que tu mettes la main sur un limier, un véritable spécialiste. »

Les coups étaient si légers que Harry ne les entendit pas, mais Halvorsen cria :

« Entrez ! »

La porte s'ouvrit doucement.

« Salut, dit Halvorsen avec un sourire. Beate, c'est ça ? »

Elle acquiesça et se hâta de regarder Harry.

« J'ai essayé de te joindre. Ton numéro de mobile, sur cette liste…

— Il a perdu son mobile, dit Halvorsen en se levant. Assieds-toi, je vais faire un expresso à la Halvorsen. »

Elle hésita.

« Merci, mais il y a quelque chose que je voulais te montrer à la House of Pain, Harry. Tu as le temps ?

— Tout le temps que je veux, dit Harry en se renversant dans son fauteuil. Weber n'avait que des mauvaises nouvelles. Aucune empreinte ne concordait. Et aujourd'hui, Raskol a joué un tour à Ivarsson.

— Et c'est une mauvaise nouvelle, ça ? » laissa échapper Beate avant de mettre une main devant sa bouche, terrorisée. Harry et Halvorsen éclatèrent de rire.

« Reviens quand tu veux, Beate », dit Halvorsen avant que Harry et Beate ne sortent. Il n'obtint pas de réponse, juste un regard inquisiteur de la part de Harry, et il se retrouva un peu confus, seul au milieu du bureau.

Harry aperçut une couverture roulée en boule sur la banquette biplace de chez IKEA, dans le coin de la House of Pain.

« Tu as dormi ici, cette nuit ?

— Juste un peu, répondit-elle en mettant en marche le magnétoscope. Regarde l'Exécuteur et Stine Grette, sur cette image. »

Elle désigna l'écran qui montrait Stine et le braqueur penché vers elle. Harry sentit les cheveux se dresser dans sa nuque.

« Il y a quelque chose, avec cette image, dit-elle. Tu ne trouves pas ? »

Harry regarda le braqueur. Puis Stine. Et sut que c'était cette image, qui lui avait fait regarder la vidéo, encore et encore, à la recherche de quelque chose qui avait tout le temps été là, mais qui lui avait malgré tout échappé. Et qui continuait à lui échapper.

« Qu'est-ce que c'est ? demanda-t-il. Qu'est-ce que tu vois que moi, je ne vois pas ?

— Essaie.

— J'ai déjà essayé.

— Fixe cette image sur ta rétine, ferme les yeux et cherche.

— Non, sérieusement…

— Allez, Harry, dit-elle avec un sourire. C'est ça, l'investigation, pas vrai ? »

Il la regarda, légèrement surpris. Puis il haussa les épaules et fit ce qu'elle disait.

« Qu'est-ce que tu vois, Harry ?

— L'intérieur de mes paupières.

— Concentre-toi. Qu'est-ce qui grince ?

« — Il y a quelque chose, avec eux deux. Quelque chose avec… la façon dont ils se tiennent.

— Bien. Qu'est-ce qu'elle a, cette façon de se tenir ?

— Ils sont… Je ne sais pas, il y a juste un défaut.

— Comment ça, un défaut ? »

Harry eut la même sensation de sombrer que chez Vigdis Albu. Il vit Stine Grette, penchée en avant sur son siège. Comme pour comprendre ce que disait le braqueur. Et lui, qui regardait par les trous de sa cagoule, le visage d'une personne à qui il allait bientôt ôter la vie. Que pensait-il ? Et que pensait-elle ? Il essaya également de trouver d'après cette image figée qui il pouvait bien être, ce type sous sa cagoule ?

« Comment ça, un défaut ? répéta Beate.

— Ils… Ils… »

Arme au poing le doigt sur la gâchette. Tous ceux qui les entourent sont de marbre. Elle ouvre la bouche. Il voit ses yeux au-dessus du guidon. Le canon tape contre les dents.

« Comment ça, un défaut ?

— Ils… ils sont trop près l'un de l'autre.

— Bravo, Harry ! »

Il ouvrit les yeux. Des étincelles et des fragments en forme d'amibes flottaient dans son champ de vision.

« Bravo ? murmura-t-il. Qu'est-ce que tu veux dire ?

— Tu as réussi à mettre des mots sur ce que nous avons tout le temps su. En effet, Harry, c'est exactement ça, ils sont trop près l'un de l'autre.

— Oui, j'ai entendu que j'ai dit ça. Mais trop près par rapport à quoi ?

— Par rapport à la distance qu'adoptent deux personnes qui ne se sont jamais rencontrées.

— Ah ?

— Tu as entendu parler d'Edward Hall ?

— Pas vraiment.

— Anthropologue. Il a été le premier à mettre en évidence le rapport qui existe entre la distance à laquelle les gens se tiennent les uns des autres quand ils parlent et la relation qu'ils ont. C'est assez concret.

— Vas-y.

— La distance sociale entre des gens qui ne se connaissent pas va d'un mètre à trois mètres et demi. C'est la distance qu'on veut conserver si les conditions le permettent, il n'y a qu'à voir ce qui se passe dans les files d'attente des bus et dans les urinoirs. À Tokyo, on peut être un peu plus près, mais cette distance varie en fait assez peu d'une culture à l'autre.

— Il ne peut pas vraiment lui chuchoter des choses à plus d'un mètre…

— Non, mais il aurait parfaitement pu le faire à ce qu'on appelle la distance personnelle, entre un mètre et quarante-cinq centimètres. C'est celle qu'on réserve aux amis et aux soi-disant relations. Mais comme tu le vois, l'Exécuteur et Stine Grette franchissent aussi cette limite. J'ai mesuré cette distance, elle est de vingt centimètres. C'est-à-dire qu'ils sont bien dans la distance intime. On est alors si proche de l'autre qu'on ne peut pas conserver la totalité du visage de son interlocuteur dans son champ de vision, ni éviter de sentir son haleine ou la chaleur de son corps. C'est une distance qu'on réserve à son copain ou à la famille proche.

— Mmm. Je suis impressionné par ton érudition, mais ici, il s'agit de personnes qui sont dans une situation particulièrement dramatique.

— Oui, mais c'est ça, qui est fascinant ! s'écria Beate en se cramponnant aux bras de son fauteuil pour ne pas décoller. Les gens ne franchissent pas sans y être contraints les frontières dont parle Edward Hall. Et Stine Grette et l'Exécuteur ne doivent *pas* le faire. »

Harry se frotta le menton.

« O.K., suivons cette idée.

— Je crois que l'Exécuteur connaissait Stine Grette, dit Beate. Et bien.

— Bien, bien… » Harry posa son visage dans ses mains et parla entre ses doigts. « Donc, Stine connaissait un braqueur professionnel qui perpétue un hold-up sans faute avant de la descendre. Tu sais où un tel raisonnement nous conduit, n'est-ce pas ? »

Beate acquiesça.

« Je vais tout de suite voir ce qu'on peut trouver sur Stine Grette.

— Bien. Et ensuite, on ira toucher deux mots à celui qui s'est beaucoup trouvé à l'intérieur de sa distance intime à elle. »

CHAPITRE 18

Une bonne journée

« Cet endroit me donne la chair de poule, dit Beate.

— Ils avaient un patient célèbre, ici, qui s'appelait Arnold Juklerød[1], dit Harry. Il a dit que cet endroit était le cerveau de l'animal psychiatrique malade. Donc, tu n'as rien trouvé sur Stine Grette.

— Non. Un comportement irréprochable, et ses relevés de compte ne suggèrent aucun problème matériel. Pas d'usage intensif de carte bleue dans des magasins de fringues ou dans des restaurants. Pas de retraits au champ de courses de Bjerke ou autres symptômes de jeu. Ce que j'ai trouvé de plus extravagant, c'est un voyage à São Paulo, cet été.

— Et son mari ?

— Du pareil au même. Solide et réaliste. »

Ils passèrent sous le porche de l'hôpital de Gaustad et arrivèrent sur une place entourée de grands bâtiments de brique rouge.

« On dirait une prison, dit Beate.

---

1. Homme politique norvégien (1925-1996), plusieurs fois interné de force sur demande des pouvoirs publics qui voulaient écarter de la scène politique cet opposant à la centralisation scolaire en Norvège. L'hôpital de Gaustad représentait pour lui le centre nerveux d'un système psychothérapeutique défaillant.

— Heinrich Schirmer, dit Harry. Architecte allemand du XIXᵉ siècle. C'est lui qui a dessiné les Arrêts. »

Un infirmier vint les chercher à l'accueil. Il se teignait les cheveux en noir, et semblait plutôt fait pour jouer dans un groupe ou travailler dans le design. Ce qui était bien le cas.

« Grette a passé la majeure partie de son temps assis à regarder par la fenêtre, dit-il en les menant au trot dans le couloir qui conduisait à la section G2.

— Il est suffisamment conscient pour parler ? demanda Harry.

— Oui, ça, il arrive à parler... »

L'infirmier avait déboursé six cents couronnes pour que sa frange noire ait l'air suffisamment sale, et il écarta l'une de ses mèches en clignant des yeux vers Harry, à travers des lunettes à monture de corne noire, qui lui donnaient l'air autiste juste ce qu'il fallait pour que les initiés sachent qu'il n'était pas autiste, mais sophistiqué.

« Mon collègue se demande si Grette est en assez bon état pour nous parler de sa femme, dit Beate.

— Vous pouvez essayer, dit l'infirmier en remettant la mèche à sa place devant l'un de ses verres de lunettes. S'il redevient psychotique, il ne sera pas tout à fait conscient. »

Harry ne demanda pas comment on savait quand une personne devenait psychotique. Ils arrivèrent au bout du couloir et l'infirmier déverrouilla une porte percée d'un œil-de-bœuf.

« Il faut l'enfermer ? demanda Beate en regardant autour d'elle dans la salle de séjour bien éclairée.

— Non », répondit l'infirmier sans plus d'explications, en désignant le dos d'un peignoir blanc, isolé sur une chaise qui avait été tirée tout contre la fenêtre. « Je suis dans la salle de garde, à gauche dans le couloir, quand vous voudrez partir. »

Ils s'approchèrent de l'homme assis sur sa chaise. Il regardait fixement par la fenêtre, et la seule chose qui bougeait, c'était sa main droite qui déplaçait lentement un stylo sur un bloc à dessin, de façon saccadée et mécanique, comme le bras d'un robot.

« Trond Grette ? » demanda Harry.

Il ne reconnut pas la personne qui se retourna. Grette avait les cheveux coupés court, son visage semblait amaigri et l'expression sauvage qu'il avait dans les yeux le soir où ils l'avaient vu sur le court de tennis avait cédé la place à un regard calme, vide et lointain qui ne s'arrêtait pas sur eux. Harry avait déjà vu ça. C'était à ça qu'ils ressemblaient après les premières semaines passées derrière les barreaux, quand ils purgeaient leur première peine. Et Harry sut instinctivement que c'était exactement ce que faisait l'homme assis là. Il purgeait une peine.

« Nous sommes de la police », dit Harry.

Grette tourna les yeux dans leur direction.

« Il s'agit de ce braquage, et de votre femme. »

Grette ferma les yeux à demi, comme s'il devait se concentrer pour comprendre de quoi Harry parlait.

« Nous nous demandions si nous pouvions vous poser quelques questions », dit Beate d'une voix forte.

Grette hocha lentement la tête. Beate approcha une chaise et s'assit.

« Pouvez-vous nous parler d'elle ? demanda-t-elle.

— Parler ? » Sa voix grinça comme une porte aux gonds rouillés.

« Oui, répondit Beate avec un sourire affable. Nous voulons savoir qui était Stine. Ce qu'elle faisait. Ce qu'elle aimait. Quels projets vous aviez. Des choses comme ça.

— Des choses comme ça ? » Grette regarda Beate. Puis il posa son stylo.

« Nous devions avoir des enfants. C'était ce qui était prévu. Éprouvette. Elle espérait des jumeaux. Deux plus deux, comme elle disait tout le temps. Deux plus deux. Nous devions commencer ces temps-ci. Là, maintenant. »

Les larmes lui étaient montées aux yeux.

« Maintenant ?

— Aujourd'hui, je crois. Ou demain. Quel jour sommes-nous ?

— Le 17, répondit Harry. Vous étiez mariés depuis longtemps, je crois ?

— Dix ans, dit Grette. S'ils n'avaient pas voulu jouer au tennis, ça ne m'aurait pas posé de problèmes. On ne peut pas obliger des enfants à aimer la même chose que leurs parents, si ? Ils auraient peut-être préféré monter à cheval. C'est sympa, ça.

— Quel genre de personne était-ce ?

— Dix ans, répéta Grette en se retournant vers la fenêtre. On s'est rencontrés en 1988. J'avais commencé à l'École de Management, et elle était en terminale au lycée de Nissen. C'était la plus jolie de toutes. On dit toujours que la plus belle, c'en est une qu'on n'a pas eue et qu'on a peut-être oubliée. Mais pour Stine, c'était vrai. Et je n'ai jamais cessé de croire qu'elle était la plus belle. On a emménagé au bout d'un mois, et on est restés ensemble chaque jour et chaque nuit pendant trois ans. Et pourtant, je n'arrivais pas à la croire quand elle a dit oui pour devenir Stine Grette. C'est bizarre, non ? Quand on aime à un certain point quelqu'un, ça devient inconcevable d'être aimé en retour. Ça devrait être le contraire, vous ne pensez pas ? »

Une larme s'écrasa sur l'accoudoir.

« Elle était gentille. Il n'y a plus grand-monde qui sache encore apprécier ce trait de caractère. On pouvait lui faire confiance, elle était fidèle et toujours de bonne humeur. Et courageuse. Si je dormais, elle se levait elle-même pour aller voir au salon si elle pensait avoir entendu quelque chose. Je lui ai dit qu'il fallait qu'elle me réveille, parce que qu'est-ce qui se passerait le jour où il y aurait vraiment des cambrioleurs en bas ? Mais elle a ri, et m'a dit "je leur propose des gaufres, et toi, tu te réveilleras au parfum des gaufres, comme tu le fais toujours." Je me réveillerais aux effluves de gaufres quand elle ferait… oui. »

Il respira fort par le nez. Les branches nues des bouleaux au-dehors leur faisaient signe dans les rafales de vent.

« Tu aurais dû faire des gaufres », chuchota-t-il. Il essaya alors de rire, mais le résultat fut plus proche de pleurs.

« Quel genre d'amis avait-elle ? » demanda Beate.

Grette n'avait pas ri tout son saoul, et elle dut répéter sa question.

« Elle aimait être seule. Peut-être parce qu'elle était fille unique. Elle entretenait de bonnes relations avec ses parents. Et puis, nous nous avions l'un l'autre. Pas besoin de plus.

— Elle aurait sûrement pu avoir des contacts avec d'autres personnes sans que vous le sachiez ? demanda Beate.

— Qu'est-ce que vous voulez dire ? » rétorqua Grette en la regardant.

Les joues de Beate s'enflammèrent et elle fit un sourire rapide.

« Je veux dire que votre femme ne vous a pas nécessairement tenu au courant des conversations avec toutes les personnes qu'elle a pu rencontrer.

— Pourquoi pas ? Où voulez-vous en venir ? »

Beate déglutit et jeta un coup d'œil à Harry. Celui-ci prit la parole.

« Il y a quelques possibilités que nous vérifions systématiquement à chaque hold-up, quel que soit leur degré de vraisemblance. Et l'une d'entre elles, c'est qu'un des employés ait été de connivence avec le braqueur. Il arrive que les malfrats se procurent de l'aide interne, que ce soit pour la préparation ou pour le hold-up lui-même. Il est par exemple très probable que le voleur savait quand le DAB devait être rempli. »

Harry observa le visage de Grette pour avoir une idée de la façon dont il le prenait. Mais son regard trahissait qu'il les avait de nouveau quittés.

« Nous avons fait la même chose avec tous les autres employés », mentit-il.

Une pie jacassa depuis un arbre, au-dehors. Un cri plaintif, seul. Grette acquiesça. D'abord lentement, puis plus vite.

« Ah ha, dit-il. Je comprends. Vous pensez que c'est pour ça que Stine a été tuée. Vous pensez qu'elle connaissait l'agresseur. Et que quand il a eu fini de se servir d'elle, il l'a abattue pour effacer un lien potentiel. C'est ça ?

— C'est en tous les cas une possibilité théorique », dit Harry.

Grette secoua la tête et se remit à rire, d'un rire creux et triste.

« Il est clair que vous ne connaissiez pas ma Stine. Elle n'aurait jamais rien fait de tel. Et pourquoi l'aurait-elle fait ? Si elle avait vécu un peu plus longtemps, elle serait devenue millionnaire.

— Ah ?

— Walle Bødtker, son grand-père. Quatre-vingt-cinq ans et propriétaire de trois immeubles en centre-ville. Cet été, on a diagnostiqué chez lui un cancer du poumon, et depuis, il n'a fait que décliner. Ses petits-enfants devaient hériter chacun d'un immeuble.

— Qui va avoir l'immeuble qui était destiné à Stine ? demanda Harry, par pur réflexe.

— Les autres petits-enfants. Et maintenant, vous allez sûrement vérifier s'ils ont un alibi, n'est-ce pas ? ajouta-t-il avec un profond dégoût dans la voix.

— Vous ne pensez pas qu'on devrait, Grette ? » demanda Harry.

Grette allait répondre, mais il se tut en croisant le regard de Harry. Il se mordit la lèvre inférieure.

« Je suis désolé, dit-il en passant une main sur ses cheveux courts. Bien sûr, je devrais être satisfait que vous examiniez toutes les possibilités. C'est juste que ça a l'air tellement sans espoir. Et insensé. Parce que même si vous lui mettez la main dessus, il n'aura jamais la contrepartie de ce qu'il m'a fait. Même une condamnation à mort n'y parviendrait pas. Parce que perdre la vie, ce n'est peut-être pas le pire qui puisse arriver à quelqu'un. » Harry connaissait déjà la suite. « Le pire, c'est de perdre ce pour quoi vous vivez.

— Bien, dit Harry en se levant. Voici ma carte. Appelez s'il y a quelque chose qui vous revient. Vous pouvez également demander Beate Lønn. »

Grette faisait de nouveau face à la fenêtre et ne vit pas la carte que lui tendait Harry, qui la posa donc sur la table. Le jour avait décliné, et des reflets transparents étaient apparus dans la vitre, comme des fantômes.

« J'ai le sentiment de l'avoir vu, dit Grette. Le vendredi, j'ai l'habitude d'aller directement du boulot au squash, au SATS [1] de Sporveisgata. Je n'avais pas de partenaire, ce qui fait que j'étais dans la salle d'entraînement. Pour soulever un peu de poids, faire du vélo, etc. Mais à cette heure, il y a tellement de monde qu'on fait surtout la queue.

— Je sais, dit Harry.

— C'est là que j'étais quand Stine a été tuée. À trois cents mètres de l'agence. À me réjouir à l'idée d'une

1. Sport Aerobic TreningsSenter, l'équivalent des Gymnase Club.

douche avant de rentrer faire à dîner. C'est toujours moi qui faisais le dîner, le vendredi. J'aimais l'attendre. J'aimais... attendre. Ce n'est pas le cas de tous les hommes.

— Qu'est-ce que ça veut dire, que vous l'avez vu ? demanda Beate.

— J'ai vu quelqu'un passer et entrer dans le vestiaire. Il portait des vêtements noirs amples. Une combinaison de travail, quelque chose comme ça.

— Et une cagoule ? »

Grette secoua la tête.

« Une casquette, peut-être ? demanda Harry.

— Il avait quelque chose à la main. Ça aurait pu être une cagoule. Ou une casquette.

— Avez-vous vu son visa... commença Harry avant d'être interrompu par Beate.

— Taille ?

— Sais pas, dit Grette. Taille courante. Qu'est-ce qui est courant ? Un mètre quatre-vingts, peut-être.

— Pourquoi ne nous l'avez-vous pas dit ? demanda Harry.

— Parce que, commença Grette en appuyant ses doigts contre la vitre. Encore une fois, ce n'est qu'une impression. Je sais que ce n'était pas lui.

— Comment pouvez-vous en être aussi sûr ?

— Parce que deux de vos collègues sont passés il y a quelques jours. Ils s'appelaient tous les deux Li. » Il se tourna brusquement vers Harry. « Ils sont de la même famille ?

— Non, qu'est-ce qu'ils voulaient ? »

Grette ramena sa main à lui. De la buée s'était déposée autour des marques graisseuses sur la vitre.

« Ils voulaient savoir si Stine avait pu être de connivence avec le braqueur. Et ils m'ont montré des photos du hold-up.

— Et ?

202

— La combinaison de travail, sur les photos, était noire, sans signe particulier. Celui que j'ai vu au SATS avait de grandes lettres blanches dans le dos.

— Quelles lettres ? demanda Beate.

— P-O-L-I-C-E, répondit Grette en frottant les traces de doigts. Quand je suis ressorti, j'ai entendu les sirènes de police, plus haut dans Majorstua. La première chose que j'ai pensée, c'est qu'il était étrange de voir comment un voleur pouvait s'enfuir avec autant de policiers dans tous les coins.

— Bon. Qu'est-ce qui vous fait croire que vous y avez pensé à ce moment précis ?

— Je ne sais pas. Parce que quelqu'un venait justement de me voler ma raquette de squash au vestiaire, pendant que je faisais du sport, peut-être. Ensuite, j'ai pensé que l'agence de Stine allait être braquée. C'est le genre de choses auxquelles on pense quand le cerveau peut fabuler librement, n'est-ce pas ? Et puis je suis rentré à la maison, et j'ai fait des lasagnes. Stine adorait les lasagnes. »

Grette essaya de sourire. Les larmes se mirent à couler.

Harry fixa du regard la feuille sur laquelle avait écrit Grette, pour éviter de voir pleurer cet homme.

« J'ai vu sur votre relevé de compte que vous avez effectué un gros retrait sur ces six derniers mois. » La voix de Beate était dure et métallique. « Trente mille couronnes à São Paulo. À quoi ont-elles servi ? »

Harry leva un regard étonné sur elle. La situation semblait la laisser de marbre. Grette sourit entre ses larmes.

« Stine et moi y avons fêté notre dixième anniversaire de mariage. Il lui restait des vacances à prendre, et elle est partie une semaine avant moi. C'est la plus longue période durant laquelle nous ayons jamais été séparés.

— Je vous ai demandé à quoi vous avez utilisé l'équivalent brésilien de trente mille couronnes, dit Beate. »

Grette regarda par la fenêtre.

« C'est une affaire personnelle, dit-il.

— Et c'est une affaire de meurtre, monsieur Grette. »

Grette se tourna vers Beate et la regarda longuement.

« Vous n'avez certainement jamais été aimée par qui que ce soit, si ? »

Le visage de Beate s'assombrit.

« Les joailliers allemands de São Paulo sont considérés comme faisant partie des meilleurs au monde, dit Grette. J'ai acheté une bague de diamants, que Stine portait quand elle est morte. »

Deux infirmiers vinrent chercher Grette. Dîner. Harry et Beate, près de la fenêtre, le regardèrent partir en attendant l'infirmier qui devait les raccompagner dehors.

« Je suis désolée, dit Beate. J'ai fait n'importe quoi… Je…

— Pas de problème.

— On vérifie toujours les finances des suspects de braquage, mais là, je suis sûrement allée…

— J'ai dit qu'il n'y avait pas de problème, Beate. Ne t'excuse jamais de ce que tu as demandé, seulement de ce que tu n'as pas demandé. »

L'infirmier arriva et les fit sortir.

« Combien de temps va-t-il rester ici ? lui demanda Harry.

— On le renvoie chez lui mercredi. »

Dans la voiture, en retournant vers le centre-ville, Harry demanda à Beate pourquoi les infirmiers « renvoyaient » toujours les patients chez eux. Ils ne les convoyaient quand même pas ? Et les patients décidaient par eux-mêmes s'ils voulaient rentrer chez eux ou aller ailleurs, non ? Alors pourquoi ne pouvaient-ils pas dire « rentrer chez soi » ou « sortir » ?

Beate n'avait pas de point de vue là-dessus, et Harry jeta un coup d'œil au temps gris en se disant qu'il commençait à parler comme un vieux grincheux. Jusque-là, il n'avait été que grincheux.

« Il a changé de coupe, dit Beate. Et s'est mis des lunettes.

— Qui ça ?

— L'infirmier.

— Ah ? On n'aurait pas dit que vous vous connaissiez.

— On ne se connaît pas. Je l'ai vu sur la plage de Huk, un jour. Et à l'Eldorado. Et dans Stortingsgata. Je crois que c'était Stortingsgata… Ça doit faire cinq ans. »

Harry la regarda.

« Je ne savais pas qu'il était ton genre.

— Il ne l'est pas.

— Ah oui, j'oubliais, tu as ce défaut cérébral.

— Oslo n'est pas une grande ville, répondit-elle avec un sourire.

— Ah non ? Combien de fois tu m'avais vu avant d'entrer dans la police ?

— Une seule fois. Il y a six ans.

— Et où ça ?

— À la télé. Tu avais résolu cette affaire, à Sydney [1].

— Mmm. Ça a dû faire son impression, si je comprends bien.

— Je me souviens seulement que ça m'agaçait qu'on te présente comme un héros alors que tu avais échoué.

— Ah ?

— Tu n'as jamais pu traduire le meurtrier devant les tribunaux, puisque tu l'as allumé. »

1. Voir *L'homme chauve-souris*, Folio Policier n° 366.

Harry ferma les yeux et savoura à l'avance la première bouffée de la cigarette à venir, en tâtant sa poche
intérieure pour s'assurer que son paquet y était. Il en retira une feuille pliée en quatre et la montra à Beate.

« Qu'est-ce que c'est ? demanda-t-elle.

— La page sur laquelle Grette gribouillait.

— "Une bonne journée", lut-elle.

— Il l'a écrit treize fois. Un peu du genre *Shining*,
non ?

— *Shining* ?

— Le film fantastique, tu sais. Stanley Kubrick. » Il lui
jeta un regard à la dérobée. « Celui où Jack Nicholson est
dans un hôtel et écrit encore et toujours la même phrase.

— Je n'aime pas le cinéma fantastique », dit-elle à
voix basse.

Harry se tourna vers elle. Faillit dire quelque chose,
mais décida qu'il valait mieux laisser tomber.

« Où habites-tu ? demanda-t-elle.

— Bislett.

— C'est sur mon chemin.

— Mmm. Pour où ?

— Oppsal.

— Ah oui ? Où ça, à Oppsal ?

— Vetlandsveien. Juste à côté de la gare. Tu vois où
est Jørnsløkkveien ?

— Oui, il y a une grosse maison en bois jaune, au
coin.

— Tout juste. C'est là que j'habite. Au premier. Ma
mère habite au rez-de-chaussée. C'est la maison dans laquelle j'ai grandi.

— Moi, j'ai grandi à Oppsal, dit Harry. On a peut-
être des connaissances communes ?

— Peut-être, répondit Beate en regardant par sa
vitre.

— Ce serait étonnant. »

Aucun d'eux ne dit plus mot.

Le soir arriva et le vent forcit. Le bulletin météo annonçait de l'orage au sud de Stadt et des averses d'intensité croissante dans le nord. Harry toussa. Il sortit le pull que sa mère avait tricoté pour son père et dont celui-ci lui avait fait cadeau à Noël quelques années après qu'elle était morte. Une drôle d'idée, se dit Harry. Il se fit sauter des pâtes et des boulettes de viandes, puis appela Rakel et lui parla de la maison dans laquelle il avait grandi.

Elle ne dit pas grand-chose, mais il entendit qu'elle aimait qu'il lui parle de sa chambre. Des jouets et de la petite commode. Des histoires de monstres sous le tapis qu'il inventait, exactement comme des fables codées. Et ce tiroir particulier de la commode, dont sa mère et lui avaient décrété qu'il n'était qu'à lui, et qu'elle n'y toucherait pas.

« J'y avais mes vignettes de footballeurs, dit Harry. L'autographe de Tom Lund. Et une lettre de Sølvi, une fille que j'avais rencontrée pendant les grandes vacances à Åndalsnes. Et, plus tard, mon premier paquet de clopes. Et le paquet de capotes. Il est resté intact jusqu'à ce que la date limite d'utilisation soit dépassée. Les préservatifs étaient si secs qu'ils ont craqué quand on les a gonflés avec ma sœur. »

Rakel rit. Harry raconta d'autres choses, rien que pour l'entendre rire.

Il passa ensuite un moment à aller et venir sans but dans la pièce. Les nouvelles ressemblaient à une rediffusion de la veille. Averses d'intensité croissante au-dessus de Jalalabad.

Il alla dans la chambre et alluma le PC. Pendant que celui-ci grinçait et besognait, Harry s'aperçut qu'il avait reçu un autre message. Il sentit son pouls s'accélérer quand il vit qui le lui avait envoyé. Il cliqua.

Salut, Harry !

Le jeu est commencé. L'autopsie a révélé que tu pouvais être sur place quand elle est morte. C'est pour ça que tu le gardes pour toi ? Pas idiot. Même si ça ressemble à un suicide. Parce qu'il y a deux ou trois petites choses qui clochent, non ? À toi de jouer.

6MN

Harry sursauta en entendant un claquement, et il se rendit compte qu'il avait abattu de toutes ses forces la paume de sa main sur le plan de travail. Il regarda autour de lui dans la pièce obscure. Il était effrayé et en colère, mais ce qu'il y avait de plus frustrant, c'était l'idée que l'expéditeur était si... proche. Harry étendit le bras et posa sa paume toujours en feu sur l'écran. Le verre froid rafraîchit la peau, mais il sentait la chaleur, comme celle d'un corps, monter dans l'ordinateur.

CHAPITRE 19

Les chaussures sur le câble

Elmer descendait en hâte Grønlandsleiret en saluant rapidement, mais avec le sourire, des clients et les employés des magasins voisins. Il s'en voulait, il était à nouveau à court de petite monnaie, et il lui avait fallu suspendre un panneau sur la porte close de l'échoppe, portant l'inscription *Je reviens de suite* pour pouvoir courir à la banque.

Il ouvrit la porte à la volée, plongea dans le local, chanta son traditionnel « bonjour » et se précipita au distributeur de tickets d'attente. Personne ne lui répondit, mais il y était plus ou moins habitué, seuls des Norvégiens blancs travaillaient là. Un type travaillait dans le DAB, et les deux autres clients qu'il vit se trouvaient près de la fenêtre donnant sur la rue. Il régnait un calme inhabituel. Se passait-il quelque chose dehors, qu'il n'avait pas remarqué ?

« Vingt », cria une voix de femme. Elmer regarda son ticket. Celui-ci indiquait vingt et un, mais puisque tous les guichets étaient libres, il alla au guichet où on criait.

« Salut, ma belle Cathrine, dit-il en jetant un regard curieux vers la fenêtre. Cinq rouleaux de cinq et cinq rouleaux d'un.

— Vingt et un. » Étonné, il se tourna vers Cathrine et prit alors seulement conscience de l'homme qui se tenait à côté d'elle. Au premier coup d'œil, il crut qu'il s'agissait d'un Noir, mais il vit que c'était un homme portant une cagoule. Le canon de l'AG3 qu'il tenait quitta la femme pour s'arrêter sur Elmer.

« Vingt-deux », cria Cathrine d'une voix caverneuse et métallique.

« Pourquoi ici ? » demanda Halvorsen en plissant les yeux vers le fjord d'Oslo en contrebas. Le vent secouait sa frange d'avant en arrière. Il leur avait fallu moins de cinq minutes pour passer de la bouillie de gaz d'échappement de Grønland aux sommets d'Ekeberg, qui se dressait comme une tour de garde verte au coin sud-est de la ville. Ils avaient trouvé un banc sous les arbres avec vue sur le beau bâtiment ancien que Harry appelait toujours Sjømannskolen [1] même si on y formait pour l'heure des dirigeants d'entreprise.

« Premièrement parce que c'est joli, ici, dit Harry. Deuxièmement pour qu'un immigré apprenne un peu de l'histoire de la ville. Le *Os* de Oslo veut dire colline [2], celle sur laquelle nous sommes en ce moment. La colline d'Ekeberg. Et *lo*, c'est la plaine que tu vois là-bas en bas. Troisièmement, on regarde cette colline chaque jour, et c'est important de savoir ce qu'il y a derrière, tu ne crois pas ? »

Halvorsen ne répondit pas.

« Je ne voulais pas aborder ça au bureau, dit Harry. Ou chez Elmer. Il faut que je te raconte quelque chose. » Même aussi haut au-dessus du fjord, il sembla à Harry qu'il pouvait sentir le parfum d'eau salée que charriaient les puissantes bourrasques.

« Je connaissais Anna Bethsen. »

Halvorsen acquiesça.

1. L'école des marins.
2. Ås en norvégien moderne.

« Ça n'a pas l'air de te faire tomber des nues, remarqua Harry.

— Je me disais qu'il y avait un truc dans le genre.

— Mais il y a mieux.

— Oui ? »

Harry se ficha une cigarette dans le bec.

« Avant d'en dire davantage, je dois te prévenir. Ce que j'ai à dire devra rester entre toi et moi, et ça, justement, ça peut provoquer un dilemme chez toi. Tu piges ? Si tu ne veux pas y être mêlé, je n'ai pas besoin d'en dire plus et ça s'arrête là. Tu continues, ou pas ? »

Halvorsen regarda Harry. S'il pesa le pour et le contre, il ne s'éternisa pas. Il acquiesça.

« Quelqu'un s'est mis à m'envoyer des e-mails, chez moi, dit Harry. Sur ce décès.

— Quelqu'un que tu connais ?

— Aucune idée. L'adresse ne me dit rien.

— Alors c'est pour ça que tu m'as posé ces questions sur les adresses internet, hier ?

— Je suis absolument nul en ce qui concerne ce genre de choses. Contrairement à toi. » Harry fit une tentative ratée pour allumer sa cigarette au milieu des rafales de vent. « J'ai besoin d'aide. Je crois qu'Anna a été assassinée. »

Tandis que le noroît arrachait les dernières feuilles des arbres d'Ekeberg, Harry parla des mails bizarres d'une personne qui paraissait savoir tout ce qu'ils savaient et vraisemblablement un peu plus. Il ne mentionna pas que le contenu des mails plaçait Harry sur les lieux le soir de la mort d'Anna. Mais il parla du pistolet qu'Anna tenait dans la main droite, bien que la palette ait montré qu'elle était gauchère. La photo dans la chaussure. Et la conversation avec Astrid Monsen.

« Astrid Monsen m'a dit ne jamais avoir vu Vigdis Albu ni les enfants sur la photo, dit Harry. Mais quand je lui ai montré la photo du mari, Arne Albu, dans

Dagens Næringsliv, elle n'a eu besoin que d'un seul coup d'œil. Elle ne savait pas comment il s'appelait, mais il est régulièrement venu voir Anna. Elle l'avait vu plusieurs fois en allant chercher son courrier. Il arrivait l'après-midi, et repartait en fin de soirée.

— Ça s'appelle des heures sup.

— J'ai demandé à Monsen si ces deux-là ne se voyaient qu'en semaine, et elle m'a répondu qu'il passait parfois la chercher en voiture pendant le week-end.

— Ils aimaient peut-être varier un peu en ajoutant des escapades dans la nature.

— Peut-être, à part en ce qui concerne la nature. Astrid Monsen est ce qu'on appelle une femme méthodique et observatrice. Elle m'a dit qu'il n'était jamais venu la chercher pendant la belle saison. C'est ça, qui m'a fait réfléchir.

— À quoi ? Des hôtels ?

— Possible. Mais les hôtels, on peut y aller aussi en été. Réfléchis, Halvorsen. Pense à ce qu'il y a de plus immédiat. »

Halvorsen tendit la lèvre inférieure et fit une grimace pour montrer qu'il n'avait aucune proposition. Harry fit un sourire et souffla vigoureusement la fumée de sa cigarette.

« Et pourtant, c'est toi-même qui as trouvé l'endroit. »

Halvorsen haussa les sourcils, ébahi.

« Le chalet ! Évidemment !

— Tu vois ? Un petit nid d'amour luxueux et discret quand la famille est rentrée à la maison pour la saison, et quand les voisins curieux ont fermé leurs volets. Et à seulement une heure de route d'Oslo.

— Mais et alors ? demanda Halvorsen. Ça ne nous mène pas bien loin.

— Ne dis pas ça. Si nous pouvons prouver qu'Anna est allée dans ce chalet, Albu sera forcé de s'expliquer. Il n'en faut pas beaucoup plus. Une petite empreinte digitale. Un cheveu. Un épicier observateur qui livre de temps à autre des marchandises. »

Halvorsen se frotta la nuque.

« Mais pourquoi ne pas aller directement à l'essentiel et chercher directement les empreintes d'Albu chez Anna ? Son appartement doit en être plein.

— Parce qu'il y a peu de chances qu'elles y soient toujours. Selon Astrid Monsen, il a cessé brusquement de venir voir Anna, il y a un an. Jusqu'à un jeudi, le mois dernier. Il s'est pointé et l'a emmenée en voiture, comme avant. Monsen s'en souvient bien parce qu'Anna est venue sonner chez elle pour lui demander de prêter l'oreille à cause des cambrioleurs.

— Et tu crois qu'ils sont allés au chalet ?

— Je crois, dit Harry en jetant son mégot fumant dans une flaque de boue où il mourut en grésillant, qu'il y a une raison pour qu'Anna ait eu cette photo dans sa chaussure. Tu te souviens de ce que tu as appris à l'école de police, concernant la mise en sécurité des preuves techniques ?

— Oui, le peu qu'on a eu là-dessus. Pas toi ?

— Non. Il y a une valise contenant du matériel standard dans le coffre de trois des voitures de service. Poudre, pinceau et cellophane pour les empreintes digitales. Mètres, lampe de poche, pince. Ce genre de trucs. Je veux que tu réserves une de ces voitures pour demain.

— Harry…

— Et appelle cet épicier pour lui demander un itinéraire précis. Demande-le-lui sérieusement, pour qu'il n'ait pas de soupçons. Dis-lui que tu es sur le point de faire construire un chalet, et que l'architecte avec qui tu traites t'a donné le chalet d'Albu comme référence. Et que tu veux juste le voir.

— Harry, on ne peut pas tout simplement…

— Et trouve une pince-monseigneur, par la même occasion.

— Écoute-moi ! »

L'injonction d'Halvorsen fit s'envoler deux mouettes qui partirent vers le fjord en poussant des cris rauques.

« On n'a pas le petit papier bleu autorisant la perquisition, dit-il en comptant sur ses doigts, on n'a pas les preuves qui nous permettraient de l'avoir, on n'a… rien. Mais surtout… on — ou plus exactement je — n'ai pas tous les éléments. Parce que tu ne m'as pas tout raconté, n'est-ce pas, Harry ?

— Qu'est-ce qui te fait pens…

— Simple. Ton motif n'est pas assez bon. Que tu aies connu cette gonzesse, ça n'est pas un assez bon mobile pour que tu veuilles tout à coup outrepasser les procédures et entrer par effraction dans un chalet, ce qui risquerait de te coûter ton poste. *Plus* le mien. Je sais que tu peux être un peu zinzin, Harry, mais tu n'es pas idiot. »

Harry regarda le mégot détrempé qui flottait dans sa flaque de boue.

« Depuis combien de temps on se connaît, Halvorsen ?

— Bientôt deux ans.

— Est-ce que, pendant cette période, je t'ai déjà raconté des craques ?

— Deux ans, ce n'est pas très long…

— Est-ce que j'ai déjà menti, ai-je demandé ?

— Sans aucun doute.

— Est-ce que je t'ai jamais raconté des craques sur quelque chose qui comptait ?

— Pas que je sache.

— O.K. Je n'ai pas prévu de raconter des bobards maintenant non plus. Tu as raison, je ne te dis pas tout. Et oui, tu risquerais ton job en m'aidant. Tout ce que je peux te dire, c'est que tu aurais été encore davantage

214

dans la panade si je t'avais raconté le reste. En l'état actuel des choses, tout ce que tu dois faire, c'est me croire. Ou laisser filer. Tu peux toujours te retirer. »

Ils regardèrent un instant le fjord en silence. Les mouettes n'étaient plus que deux points au loin.

« Qu'est-ce que tu aurais fait à ma place ? demanda Halvorsen.

— Me serais retiré. »

Les points grossirent à nouveau. Les mouettes avaient fait demi-tour.

Il y avait un message de Møller sur le répondeur quand ils revinrent à l'hôtel de police.

« Allons faire un petit tour », dit-il quand Harry le rappela.

« N'importe où, dit Møller lorsqu'ils sortirent sur le trottoir.

— Chez Elmer, dit Harry. Il me faut des clopes. »

Møller suivit Harry sur une sente boueuse qui traversait la pelouse entre l'hôtel de police et l'accès pavé des Arrêts. Harry avait remarqué que les personnes qui élaboraient des projets ne semblaient jamais comprendre que les gens trouveraient le plus court chemin entre deux points quel que soit l'endroit où elles établissaient un passage. Au bout de la sente, un panonceau à moitié couché indiquait *Pelouse interdite*.

« Tu as entendu parler de ce braquage dans Grønlandsleiret, ce matin ? » demanda Møller.

Harry acquiesça.

« Intéressant qu'il ait choisi de le perpétrer à quelques centaines de mètres de l'hôtel de police.

— Du bol pour lui que l'alarme anti-hold-up ait été en cours de réparation.

— Je ne crois pas au bol, dit Harry.

— Ah ? Tu crois qu'il détenait des infos confidentielles de quelqu'un de l'agence ? »

Harry haussa les épaules.

« Ou de quelqu'un d'autre qui avait connaissance de ces réparations.

— Il n'y a que la banque et le réparateur qui sont au courant de ces choses-là. Oui, et nous, bien sûr.

— Mais ce n'est sûrement pas de ce braquage que tu voulais me parler, chef ?

— Non, dit Møller en contournant à petits pas une mare de boue. La chef a eu une conversation avec le Président du Conseil Municipal. Ces braquages l'inquiètent. »

À mi-parcours, ils s'arrêtèrent à cause d'une femme et ses trois marmots à la traîne. Elle les engueulait d'une voix fatiguée et énervée, et elle évita le regard de Harry. C'était l'heure des visites aux Arrêts.

« Ivarsson est compétent, personne ne le conteste, dit Møller. Mais cet Exécuteur a l'air d'être d'un autre calibre que ceux auxquels on est habitués. La Chef croit peut-être que les méthodes traditionnelles ne conviennent pas tout à fait, cette fois-ci.

— Peut-être pas. Mais et alors ? Une victoire à l'extérieur, de temps en temps, ce n'est pas vraiment un scandale.

— Une victoire à l'extérieur ?

— Une affaire non élucidée. Argot des bandes, ça, chef.

— Il y a un plus gros enjeu, Harry. On a eu les journalistes sur le dos toute la journée, et ils sont excités comme des puces. Ils l'appellent le nouveau Martin Pedersen [1]. Et la page web de *VG* a déniché qu'on l'appelait l'Exécuteur.

— Alors c'est la même vieille histoire, dit Harry en traversant la rue au rouge, avec un Møller hésitant sur

1. Le plus grand braqueur de Norvège, avec 19 hold-up entre septembre 1974 et novembre 1981. Condamné à 12 ans de prison, il y a étudié le droit et est à présent conseiller juridique.

les talons. Ce sont les journalistes qui décident de ce à quoi on doit donner la priorité.

— Mouais, il a quand même tué quelqu'un.

— Et les meurtres sur lesquels on n'écrit plus, on les classe.

— Non ! cria Møller d'un ton sec. On ne va pas recommencer. »

Harry haussa les épaules et enjamba un présentoir à journaux que le vent avait couché. Un journal gisait plus loin et les pages tournaient à un rythme effréné.

« Alors qu'est-ce que tu veux ? demanda Harry.

— La chef est bien évidemment soucieuse du regard extérieur sur cette affaire. Un braquage isolé de bureau de poste est oublié du public longtemps avant d'être classé, personne ne remarque que le braqueur n'a pas été pris. Mais dans le cas présent, on aura tous les regards braqués vers nous. Et plus on parlera de hold-up, plus ça excitera la curiosité. Martin Pedersen n'était qu'un homme banal qui faisait ce dont tout le monde rêve, un Jesse James moderne fuyant la loi. C'est le genre de choses qui crée les mythes, les images de héros et l'identification. Et par conséquent de nouvelles recrues dans la branche des braqueurs de banques. Le nombre de vols à main armée a explosé dans tout le pays pendant que la presse parlait de Martin Pedersen.

— Vous avez peur d'un effet de contagion. Pourquoi pas. En quoi ça me concerne ?

— Ivarsson est compétent, personne n'en doute. C'est un policier classique, traditionnel, qui ne dépasse jamais les bornes. Mais l'Exécuteur n'est aucunement un voleur traditionnel. Le directeur de la police n'est pas content des résultats, à ce jour. » Møller fit un signe de tête en direction de la prison. « Il a eu vent de l'épisode avec Raskol.

— Mmm.

217

— J'étais à son bureau, avant le déjeuner, et on a parlé de toi. Plusieurs fois, en fait.

— Doux Jésus, je devrais me sentir honoré ?

— En tout cas tu es un enquêteur qui a déjà obtenu des résultats avec des méthodes non conventionnelles. »

Harry fit un sourire en coin.

« Le côté positif du kamikaze…

— En bref, voici le message, Harry : lâche tout ce que tu fais et tiens-moi au courant si tu as besoin de plus de monde. Ivarsson continue comme avant avec son équipe. Mais c'est sur toi que l'on mise. Et encore une chose… » Møller avait complètement rattrapé Harry. « On te laisse la bride un peu plus lâche. On accepte que les règles soient assouplies. En contrepartie, ça doit rester dans la maison, bien entendu.

— Mmm. Je crois que je vois. Et si je ne le fais pas ?

— On te renverra aussi loin en arrière que possible. Mais il y a une limite, naturellement. »

Elmer se retourna quand la cloche tinta au-dessus de la porte, et fit un signe de tête vers la petite radio portative qu'il avait devant lui.

« Et moi qui croyais que Kandahar était une marque de fixations de skis. Vingt Camel ? »

Harry acquiesça. Elmer baissa le volume de la radio et la voix du présentateur des nouvelles disparut dans le bourdonnement des bruits du dehors — les voitures, le vent qui secouait les stores, les feuilles qui froufroutaient sur l'asphalte.

« Et pour ton collègue, ce sera ? » Elmer fit un signe de tête vers la porte, où Møller s'était posté.

« Il veut un kamikaze, dit Harry en ouvrant son paquet.

— Ah ?

— Mais il a oublié de se renseigner sur le prix, poursuivit Harry qui n'eut pas besoin de se retourner pour voir le sourire en dents de scie de Møller.

« Et ça coûte combien, un kamikaze, de nos jours ? demanda le propriétaire des lieux en rendant sa monnaie à Harry.

— S'il survit, il doit avoir le droit de faire comme bon lui semble, ensuite. C'est la seule condition qu'il pose. Et la seule chose qu'il accepte.

— Ça a l'air raisonnable, dit Elmer. Bonne journée, messieurs. »

Sur le chemin du retour, Møller annonça qu'il parlerait à la chef de la possibilité pour Harry de travailler trois mois de plus sur l'affaire Ellen. À condition que l'Exécuteur soit arrêté, bien entendu. Harry acquiesça. Møller hésita devant le panonceau *Pelouse interdite*.

« C'est le chemin le plus court, chef.

— Oui. Mais ça va dégueulasser mes chaussures.

— Fais comme tu veux, dit Harry en commençant à remonter la sente. Les miennes sont déjà sales. »

La file se résorba juste après la sortie d'Ulvøya. Il avait cessé de pleuvoir, et dès Ljan, l'asphalte était sec. Tout de suite après, la route s'élargissait sur quatre voies et c'était comme un lâcher de voitures qui se défoulaient sur l'accélérateur, ivres de vitesse. Harry jeta un coup d'œil à Halvorsen et se demanda quand il entendrait à son tour les cris déchirants. Mais Halvorsen n'entendait plus rien depuis qu'il s'était mis à suivre à la lettre les conseils chantés de Travis :

"Sing, sing, siiing !"

« Halvorsen… »

"For the love you bring…"

Harry coupa le son de la radio, et Halvorsen le regarda sans comprendre.

« Les essuie-glace, dit Harry. Tu peux les couper, maintenant.

— Ah oui, désolé. »

Ils poursuivirent leur route en silence. Passèrent la sortie de Drøbak.

« Qu'est-ce que tu as dit au mec de l'épicerie ? demanda Harry.

— Tu ne veux pas le savoir.

— Mais il avait livré de la nourriture au chalet des Albu jeudi, il y a cinq semaines ?

— C'est ce qu'il a dit, oui.

— Avant l'arrivée d'Albu ?

— Il a juste dit qu'il avait l'habitude d'entrer par ses propres moyens.

— Ça veut dire qu'il a une clé ?

— Harry, avec le misérable prétexte dont je disposais, il y avait des limites à ce que je pouvais demander.

— C'était quoi, le prétexte ? »

Halvorsen soupira.

« Arpenteur régional.

— Arpenteur… ?

— … régional.

— Qu'est-ce que c'est ?

— Aucune idée. »

Larkollen se trouvait près d'une sortie d'autoroute, après treize longs kilomètres et quatorze virages coriaces.

« À droite à la maison rouge, après la station service, dit Halvorsen de mémoire en virant sur une allée de graviers.

— Vraiment beaucoup de tapis de douche », murmura Harry cinq minutes plus tard quand Halvorsen eut arrêté la voiture et lui indiqua le chalet géant aux poutres emboîtées, entre les arbres. Il ressemblait à un chalet de montagne qui aurait poussé trop vite, et qui se serait retrouvé par hasard parachuté près de la mer.

« Ça a l'air vide, ici, dit Halvorsen en plissant les yeux vers les chalets voisins. Rien que des mouettes. Des tas

220

et des tas de mouettes. Il y a peut-être une décharge, pas loin.

— Mmm. » Harry regarda l'heure. « On va quand même aller se garer un peu plus haut dans la rue. »

La rue se terminait par un sens giratoire. Halvorsen coupa le moteur et Harry ouvrit sa portière et sortit. Il étira son dos en écoutant les cris des mouettes et le bruissement lointain des vagues qui battaient les rochers sur la plage en contrebas.

« Ah, fit Halvorsen en emplissant ses poumons. C'est autre chose que l'air d'Oslo, hein ?

— Ça, ça ne fait pas un pli, répondit Harry en cherchant son paquet de cigarettes. Tu prends la valise ? »

Sur le sentier qui conduisait au chalet, Harry remarqua une grosse mouette gris-blanc perchée sur un piquet de clôture. Sa tête pivota lentement sur son cou au moment où ils passèrent. Harry eut l'impression de sentir le regard brillant de l'oiseau dans son dos jusqu'à ce qu'ils arrivent en haut.

« Ce n'est pas gagné », asséna Halvorsen lorsqu'ils eurent examiné de plus près l'imposante serrure de la porte d'entrée. Il avait suspendu sa casquette à une lampe en fer forgé, au-dessus de la lourde porte en chêne.

« Mets-toi au boulot. » Harry alluma une cigarette. « Je vais jeter un œil aux environs, pendant ce temps-là.

— Comment ça se fait, dit Halvorsen en ouvrant la valise métallique, que tu fumes beaucoup plus qu'avant ? »

Harry resta un instant immobile, sans rien dire. Il regarda vers la forêt.

« Pour te laisser une chance de me semer un jour à vélo. »

Rondins noir de jais, fenêtres massives. Tout dans ce chalet semblait solide et impénétrable. Harry se demanda s'il était possible de s'introduire par l'impressionnante cheminée, mais il rejeta l'idée. Il redescendit le sentier. La pluie de ces derniers jours l'avait rendu boueux et brunâtre, mais on pouvait sans peine imaginer de petits pieds nus d'enfants dévalant un sentier chauffé par le soleil de l'été, vers la plage derrière les gros rochers plats. Il s'arrêta et ferma les yeux. Il resta immobile jusqu'à ce que viennent les bruits. Le vrombissement des insectes, le frémissement de l'herbe haute qui ondulait dans le vent, une radio lointaine et une chanson qui allait et venait avec le vent, et les cris d'excitation des enfants sur la plage. Il avait dix ans et avançait prudemment sur le chemin de l'épicerie pour y acheter du lait et du pain, et le gravier s'enfonçait dans ses plantes de pieds. Mais il serrait les dents, il avait justement décidé d'endurcir ses pieds cet été-là, pour pouvoir courir pieds nus avec Øystein quand il rentrerait à la maison. Sur le retour, le lourd sac de commissions l'avait pratiquement enfoncé dans le chemin, et il avait l'impression de marcher sur des charbons ardents. Mais il avait posé son regard sur un point précis un peu plus loin devant lui — une pierre un peu plus grosse ou une feuille — en se disant qu'il devait y parvenir, au moins jusque-là. Quand il finit par arriver une heure et demie plus tard, le soleil avait gâché le lait et sa mère n'était pas contente. Harry ouvrit les yeux. Des nuages gris passaient à toute vitesse dans le ciel.

Dans l'herbe brune qui bordait la route, il trouva des traces de pneus. Les empreintes profondes et grossières indiquaient qu'il s'agissait d'une voiture lourde équipée de pneus tous terrains, une Land Rover ou quelque chose d'approchant. Compte tenu de la quantité d'eau qui était tombée ces derniers temps, il était exclu qu'elles puissent dater de plusieurs semaines. Elles n'avaient vraisemblablement pas plus de quelques jours.

Il regarda autour de lui et se dit qu'il n'y avait rien de plus désolé qu'un lieu de vacances estivales en automne.

Il adressa un signe de tête à la mouette en remontant au chalet.

Halvorsen gémissait, courbé sur la serrure, armé d'un passe-partout électronique.

« Comment ça se passe ?

— Mal. » Halvorsen se redressa et s'épongea. « Ce n'est pas une serrure d'amateur. À moins que tu ne veuilles y aller à la pince-monseigneur, il va falloir renoncer.

— Pas de pince-monseigneur, dit Harry en se grattant le menton. Tu as regardé sous le paillasson ?

— Non, soupira Halvorsen. Et je n'avais pas pensé le faire.

— Pourquoi ?

— Parce qu'on a changé de siècle, et qu'on ne laisse plus les clés d'un chalet sous le paillasson. Encore moins quand c'est un chalet de millionnaire. Alors, à moins que tu ne veuilles parier cent couronnes, je ne m'en donne tout simplement pas la peine. Ça te va ? »

Harry acquiesça.

« Bien, dit Halvorsen en s'accroupissant pour ranger ses affaires dans la valise.

— Je voulais dire, pour les cent couronnes, ça me va », dit Harry.

Halvorsen leva les yeux vers lui.

« Tu déconnes ? »

Harry secoua la tête.

Halvorsen saisit le bord du tapis synthétique vert.

« *Come seven* », murmura-t-il avant de l'écarter d'un coup sec. Trois fourmis, deux cloportes et un perce-oreilles s'éveillèrent à la vie et s'agitèrent sur le sol gris. Mais pas de clé.

« Parfois, tu es incroyablement naïf, Harry, dit Halvorsen en tendant la main. Pourquoi laisserait-il une clé ?

— Parce que », commença Harry qui ne vit pas la main que lui tendait Halvorsen, car son regard était braqué sur la lampe en fer forgé à côté de la porte, « le lait va être foutu s'il reste au soleil. » Il alla à la lampe et se mit à en dévisser le sommet.

« C'est-à-dire ?

— Les marchandises ont été montées la veille de la venue d'Albu, O.K. ? On les a mises à l'intérieur, ça va de soi.

— Et alors ? Ils ont peut-être un double, à l'épicerie.

— Je ne crois pas. Je crois qu'Albu voulait être tout à fait sûr que personne ne débarquerait à l'improviste quand Anna et lui étaient là. » Il ôta le sommet de la lampe et regarda dans le verre. « Et ce n'est maintenant plus une simple conjecture. »

Halvorsen ramena sa main bredouille en bougonnant.

« Sens-moi cette odeur, dit Harry lorsqu'ils entrèrent dans le salon.

— Savon noir. Quelqu'un a récemment trouvé nécessaire de faire du nettoyage, ici. »

Les meubles massifs, les antiquités campagnardes et la grande cheminée de stéatite renforçaient l'impression de congés pascals. Harry alla à une cloison en sapin, à l'autre bout du salon. Des vieux livres étaient rangés sur des étagères. Harry consulta les titres figurant sur les dos fatigués, mais eut pourtant la sensation qu'ils n'avaient jamais été lus. Pas ici. Peut-être avaient-ils été achetés au kilomètre à l'un des antiquaires de Majorstua. De vieux albums. Des tiroirs. Contenant des boîtes de cigares de Cohiba et Bolivar. L'un des tiroirs était verrouillé.

« À propos de nettoyage… » dit Halvorsen.

Harry se retourna et vit son collègue montrer du doigt les traces de pas humides et brunes qui traversaient le salon.

Ils se débarrassèrent de leurs chaussures dans l'entrée, trouvèrent une serpillière dans la cuisine et après avoir essuyé le sol, se mirent d'accord pour qu'Halvorsen s'occupe du salon pendant que Harry examinerait la salle de bains et la chambre à coucher.

Ce que Harry savait sur la perquisition, il l'avait appris dans une salle étouffante de l'école de police, un vendredi après-midi, alors qu'ils n'aspiraient tous qu'à rentrer chez eux, prendre une douche et ressortir en ville. Il n'avait pas eu de manuel, mais un inspecteur principal répondant au nom de Røkke. Et ce vendredi-là, Røkke avait appris à Harry le principe que celui-ci utilisait exclusivement depuis : « Ne pensez pas à ce que vous cherchez ; pensez à ce que vous trouvez. Pourquoi cet objet est à cet endroit ? Devrait-il être là ? Qu'est-ce que ça veut dire ? C'est comme la lecture… Si vous pensez à un l quand vous voyez un k, vous n'arriverez pas à voir le mot. »

La première chose que vit Harry en entrant dans la première chambre à coucher, ce fut le grand lit double et la photo de monsieur et madame Albu qui décorait la table de nuit. La photo n'était pas grande, mais elle attirait l'attention puisqu'elle était la seule photo de la pièce, et qu'elle était en outre tournée vers la porte.

Harry ouvrit les portes d'un des placards. L'odeur de vêtements étrangers l'assaillit. Ce n'étaient pas des vêtements de loisirs mais des robes de gala, des chemisiers et quelques costumes. Plus deux ou trois paires de chaussures de golf à pointes.

Harry passa méthodiquement en revue les trois placards. Il était enquêteur depuis suffisamment longtemps pour que ça ne le gêne plus de voir et de manipuler les affaires d'autrui.

Il s'assit sur le lit et regarda la photo sur la table de nuit. Seuls le ciel et la mer en composaient le fond, mais à la façon dont la lumière tombait Harry pensa que la photo avait dû être prise sous d'autres latitudes. Arne Albu était hâlé et son regard avait la même espièglerie juvénile qu'au restaurant d'Aker Brygge. Il entourait solidement les hanches de sa femme. Si solidement que le haut du corps de Vigdis Albu semblait pencher vers l'extérieur.

Harry écarta le couvre-lit et la couette. Si Anna avait couché dans cette literie, il ne faisait aucun doute qu'on trouverait des cheveux, des déchets cutanés, de la salive ou des sécrétions génitales. Un peu de tout, vraisemblablement. Mais c'était comme il pensait. Il passa une main sur le drap rêche, enfouit son visage dans l'oreiller et inspira. Lavé de frais. Et merde.

Il ouvrit le tiroir de la table de nuit. Un paquet de chewing-gums Extra, un paquet intact de Paralgine, un porte-clés comprenant une clé et une plaque de cuivre gravée des initiales AA, la photo d'un bébé nu recroquevillé comme une larve sur une table à langer et un couteau suisse.

Il allait se saisir du couteau quand il entendit un cri de mouette, froid et solitaire. Il frissonna involontairement et regarda par la fenêtre. La mouette avait disparu. Il allait poursuivre ses recherches quand il entendit un aboiement sec.

Au même instant, Halvorsen apparut dans l'embrasure de la porte :

« Il y a des gens qui arrivent sur le sentier ! »

Ce fut comme si son cœur enclenchait le turbo.

« Je vais chercher les chaussures, dit Harry. Tu ramasses le matériel et la valise et tu les apportes ici.

— Mais…

— On sautera par la fenêtre quand ils seront entrés. Vite ! »

L'aboiement augmentait en intensité et en puissance. Harry fila vers l'entrée tandis qu'Halvorsen s'agenouillait et jetait pêle-mêle poudre, brosse et papier-contact dans la valise. Les aboiements étaient déjà si proches qu'il entendait le sourd grondement entre les cris. Des pas sur les marches. La porte n'était pas verrouillée, il était trop tard pour faire quoi que ce soit, il allait être pris en flagrant délit ! Harry inspira et s'immobilisa. Il valait mieux qu'il y ait confrontation, maintenant, ce qui permettrait peut-être à Halvorsen de s'en sortir. Et Harry évitait par la même occasion d'avoir son licenciement sur la conscience.

« Gregor ! cria une voix d'homme de l'autre côté de la porte. Reviens ici ! »

Les aboiements s'éloignèrent et il entendit le type redescendre les marches.

« Gregor ! Laisse les chevreuils tranquilles ! »

Harry avança de deux pas et donna prudemment un tour de clé. Puis il ramassa les deux paires de chaussures et, se glissa dans le salon, mais il entendit un cliquetis de clés au-dehors. Il entendit s'ouvrir la porte d'entrée au moment où il fermait la porte de la chambre à coucher derrière lui.

Halvorsen, assis sous la fenêtre, regarda Harry en écarquillant les yeux.

« Qu'est-ce qu'il y a ? chuchota Harry.

— J'allais sortir par la fenêtre quand cette foutue bestiole est arrivée, chuchota Halvorsen en retour. C'est un énorme bouvier allemand. »

Harry jeta un coup d'œil par la fenêtre et son regard tomba dans une gueule béante s'appuyant de ses deux pattes avant sur le mur. En voyant Harry, il se mit à sauter le long du mur en aboyant comme un possédé. De la bave dégoulinait de ses canines blanches. Des pas lourds leur parvinrent du salon. Harry se ratatina sur le sol à côté d'Halvorsen.

« Soixante-dix kilos, pas plus, chuchota-t-il. Pas un problème.

— Si tu le dis. J'ai vu une attaque de bouvier allemand avec la brigade cynophile du Telemark.

— Mmm.

— Ils ont perdu le contrôle du clebs pendant l'entraînement. L'officier qui jouait le rôle du malfrat a dû se faire recoudre la main à l'Hôpital Civil.

— Je croyais qu'ils étaient bien emmaillotés.

— Ils le sont. »

Ils écoutèrent les aboiements au-dehors. Les pas avaient cessé dans le salon.

« On va lui dire un petit bonjour ? chuchota Halvorsen. Ce n'est qu'une question de temps avant que…

— Chut ! »

Ils entendirent de nouveau des pas, qui se rapprochaient de la chambre. Halvorsen ferma les yeux. Comme pour se préparer à l'humiliation. Quand il les rouvrit, il vit Harry, un doigt impérieusement posé sur les lèvres.

Puis une voix leur parvint de l'autre côté de la fenêtre de la chambre.

« Gregor ! Viens ! On rentre à la maison. »

Après quelques aboiements, le silence revint brusquement. Tout ce que Harry entendait, c'était une respiration sifflante et saccadée, mais il ne savait pas si c'était la sienne ou celle d'Halvorsen.

« Foutrement obéissants, ces bouviers allemands », murmura Halvorsen.

Ils attendirent que la voiture ait démarré sur la route. Puis ils retournèrent rapidement au salon, et Harry eut le temps d'apercevoir l'arrière d'une Jeep Cherokee bleu marine disparaître en bas de l'allée. Halvorsen s'effondra dans le canapé et renversa la tête en arrière.

« Bon sang, gémit-il. Un instant, j'ai imaginé une retraite peu glorieuse à Steinkjer. Que diable venait-il foutre ? Il n'est resté que deux minutes. » Il bondit du canapé. « Tu crois qu'il va revenir ? Ils sont peut-être juste descendus à l'épicerie ? »

Harry secoua la tête.

« Ils sont rentrés chez eux. Les gens comme ça ne mentent pas à leur clébard.

— Tu es sûr ?

— Certain. Un jour, il criera : "Au pied, Gregor, on va chez le véto, te faire piquer." » Harry regarda dans la chambre. Puis il alla à la cloison et passa un doigt sur les dos des livres, de l'étagère du haut jusqu'à celle du bas.

Halvorsen hocha tristement la tête, le regard perdu dans le vague.

« Et Gregor va arriver en remuant la queue. C'est bizarre, les clébards, quand même. »

Harry s'arrêta et ricana.

« Tu regrettes, Halvorsen ?

— Eh bien… Je ne regrette pas plus ça qu'autre chose.

— On croirait m'entendre.

— Mais c'est de toi. Je te cite, le jour où on a acheté la machine à café. Qu'est-ce que tu cherches ?

— Sais pas, dit Harry en extrayant un gros livre allongé qu'il ouvrit. Regarde ça. Un album-photo. Intéressant.

— Ah oui ? Là, encore une fois, je ne te suis plus. »

Harry pointa un pouce derrière lui et continua à tourner les pages. Halvorsen se leva et regarda. Et comprit. Des traces de bottes humides allaient directement de la porte d'entrée aux étagères devant lesquelles se tenait Harry.

Harry remit l'album, en tira un autre et se mit à le feuilleter.

« Bien, bien », dit-il au bout d'un moment. Il appuya l'album contre son visage. « Gagné.

— Quoi ? »

Harry posa l'album sur la table devant Halvorsen et montra du doigt l'une des six photos qui couvraient la page noire. Une femme et trois enfants leur souriaient depuis une plage.

« C'est la photo que j'ai trouvée dans la chaussure d'Anna, dit Harry. Sens-la.

— Je n'ai pas besoin, ça sent la colle jusqu'ici.

— Tout juste. Il a collé cette photo il y a un instant, si tu touches la photo, tu sentiras que la colle n'est pas encore sèche. Mais renifle la photo elle-même.

— O.K. » Halvorsen colla son nez aux sourires. « Ça sent… les produits chimiques.

— Quel genre de produits chimiques ?

— Ceux que sentent les photos quand elles viennent d'être développées.

— Encore bien vu. Et qu'est-ce qu'on en conclut ?

— Qu'il… euh, qu'il aime bien coller des photos ? »

Harry regarda l'heure. Si Albu rentrait directement chez lui, il y serait dans une heure.

« Je t'expliquerai dans la voiture, dit-il. On a la preuve dont on avait besoin. »

La pluie se mit à tomber lorsqu'ils arrivèrent sur l'E6. Les phares des voitures roulant en sens inverse se reflétaient sur l'asphalte mouillé.

« Maintenant, on sait d'où venait la photo qu'Anna avait dans sa chaussure, dit Harry. Je parie qu'Anna a trouvé moyen de l'enlever de l'album la dernière fois qu'ils sont venus au chalet.

— Mais qu'est-ce qu'elle comptait faire de cette photo ?

— Dieu seul le sait. Avoir sous les yeux ce qu'il y avait entre elle et Arne Albu, peut-être. Pour mieux comprendre. Ou bien pour avoir quelque chose à transpercer d'épingles.

230

— Et quand tu lui as montré la photo, il a compris où elle l'avait prise ?

— Bien sûr. Les traces de la Cherokee près du chalet sont les mêmes que les précédentes. Elles prouvent qu'il est venu il y a quelques jours au maximum, peut-être hier.

— Pour nettoyer la baraque et effacer toutes les empreintes digitales ?

— Et pour confirmer ses soupçons — qu'il manquait une photo dans l'album. Donc, quand il est arrivé chez lui, il a retrouvé le négatif et l'a porté chez un photographe.

— Sûrement l'un de ces magasins où on peut faire développer une photo en une heure. Et il est revenu au chalet pour la coller à la place de la vieille.

— Hmm. »

Les roues arrière du semi-remorque qui les précédait envoyaient une pellicule grasse d'eau boueuse sur le pare-brise, et les essuie-glace trimaient sans relâche.

« Albu est allé relativement loin pour effacer les traces de ses escapades, dit Halvorsen. Mais tu crois sincèrement qu'il a tué Anna Bethsen ? »

Harry avait les yeux rivés sur le logo qui ornait les portes arrière du semi-remorque.

« AMOROMA — à toi pour toujours. Pourquoi pas ?

— Il ne me donne pas vraiment l'impression d'être un meurtrier. Un type bardé de diplômes, la famille de son père a les reins solides, un casier vierge et elle a monté sa propre boîte.

— Il a été infidèle.

— Qui ne l'a pas été ?

— Oui, qui ne l'a pas été », répéta lentement Harry. Et de s'écrier, subitement en rogne : « On va rester collés à ce camion et récolter sa merde jusqu'à Oslo, ou quoi ? »

Halvorsen regarda dans son rétroviseur et déboîta dans la file de gauche.

« Et quel motif aurait-il eu ?

— On va lui demander, répondit Harry.

— Qu'est-ce que tu veux dire ? On va le voir chez lui et on lui pose la question ? En dévoilant qu'on s'est procuré des preuves illégalement, et se faire virer dans la foulée ?

— Tu y échapperas, je le ferai seul.

— Et quel résultat tu penses obtenir comme ça ? S'il apparaît qu'on est entrés dans son chalet sans mandat de perquisition, il n'y a pas un seul juge dans tout le pays qui ne rejettera l'action sur-le-champ.

— Et c'est justement pour ça.

— Justement… Excuse-moi, ça commence à être épuisant, toutes ces devinettes, Harry.

— Parce qu'on n'a rien d'autre d'utilisable dans un procès, il faut qu'on provoque quelque chose qu'on pourra utiliser.

— Alors il faut d'abord le prendre à part dans une salle d'interrogatoire, lui laisser la bonne chaise, lui servir un expresso et faire démarrer la bande.

— Non. On n'a pas besoin de tout un tas de mensonges sur bande tant qu'on ne peut pas prouver qu'il ment. Ce dont on a besoin, c'est un allié. Quelqu'un qui peut le démasquer pour nous.

— Et c'est ?

— Vigdis Albu.

— Aha. Et comment…

— Si Arne Albu a été infidèle, il y a de grandes chances pour que Vigdis Albu veuille aller au fond des choses. Et il y a aussi de grandes chances pour qu'elle détienne les infos dont nous avons besoin. Et on sait deux ou trois trucs qui lui permettraient d'en découvrir encore plus. »

Halvorsen inclina son rétroviseur central vers le bas pour ne pas être aveuglé par les phares du poids lourd qui s'était collé derrière eux.

« Tu es sûr que c'est bien malin, ça, Harry ?

— Non. Tu sais ce que c'est qu'un palindrome, Halvorsen ?

— Aucune idée.

— Une particularité graphique. Un mot qui se lit aussi bien dans un sens que dans l'autre. Regarde le camion, dans ton rétroviseur. AMOROMA. Tu obtiens le même résultat, quel que soit le bout par lequel tu attaques. »

Halvorsen faillit dire quelque chose, mais renonça et se contenta de secouer la tête.

« Dépose-moi chez Schrøder », dit Harry.

L'air était chargé de sueur, de fumée de tabac, de vêtements détrempés et de commandes de bière criées depuis les tables.

Beate Lønn occupait la place d'où Aune avait observé le local. Elle était aussi difficile à repérer qu'un zèbre dans une étable.

« Ça fait longtemps que tu attends ? demanda Harry.

— Oh non », mentit-elle.

Une pinte intacte et déjà dépourvue de mousse attendait devant elle. Elle suivit son regard et leva consciencieusement son verre.

« On n'est pas obligé de boire, ici, dit Harry en établissant un contact visuel avec Maja. C'est juste l'impression que ça donne.

— En fait, ce n'est pas si mauvais que ça. » Beate absorba une gorgée minuscule. « Mon père disait souvent qu'il ne faisait pas confiance aux gens qui boivent de la bière. »

Pichet de café et tasse atterrirent sur la table devant Harry. Beate vira à l'écrevisse.

« J'étais buveur de bière, dit Harry. Il a fallu que j'arrête. »

Beate se mit à contempler la nappe.

« Et c'est le seul vice dont je me sois débarrassé, dit Harry. Je fume, je mens, et je suis revanchard. » Il leva sa tasse comme pour un toast. « De quoi souffres-tu, Lønn ? À part que tu es une droguée de la vidéo et que tu te souviens de tous les visages que tu as vus ?

— Pas grand-chose d'autre. » Elle leva son verre. « Hormis la tremblante du Setesdal.

— C'est grave ?

— Assez. En fait, ça s'appelle la maladie de Huntington [1]. C'est héréditaire, et c'était courant dans le Setesdal.

— Pourquoi là en particulier ?

— C'est… une vallée étroite, entre de hautes montagnes. Et très isolée.

— Pigé.

— Mon père et ma mère étaient tous les deux du Setesdal, et au début, ma mère ne voulait pas de lui parce qu'elle disait qu'il avait une tante atteinte de la tremblante du Setesdal. Cette tante se mettait tout à coup à donner des coups avec son bras, qu'elle ne pouvait plus contrôler, ce qui fait que les gens laissaient une certaine distance entre elle et eux.

— Et toi, tu l'as ? »

Beate sourit.

« Mon père déconnait souvent là-dessus avec ma mère, quand j'étais petite. Parce que quand Papa et moi on chahutait, j'étais si rapide et je tapais si fort qu'il pensait que ce devait être la tremblante du Setesdal. Moi, je trouvais juste ça drôle, je… souhaitais avoir ce truc. Mais un jour, ma mère m'a raconté qu'on mourait de la maladie de Huntington. »

Elle se tut et manipula un moment son verre.

1. Ou chorée de Huntington : affection dégénérative du système nerveux central, associant des troubles neurologiques (contractions des muscles) et des manifestations psychiatriques (dépression, troubles de la personnalité).

« Et cet été-là, j'ai appris ce que signifiait la mort. »

Harry fit un signe de tête à un gars de la marine assis à la table voisine qui ne lui rendit pas son salut. Il se racla la gorge.

« Et le désir de vengeance, tu en souffres aussi ?

— Qu'est-ce que tu veux dire ? » demanda-t-elle en levant les yeux.

Harry haussa les épaules.

« Regarde autour de toi. L'humanité ne peut pas fonctionner sans. Vengeance et représailles, c'est l'énergie aussi bien du petit moustique qui a été persécuté à l'école et qui est ensuite devenu multimillionnaire que du braqueur de banques qui pense que la société a été injuste envers lui. Et regarde-nous. Des vengeances brûlantes de la société habillées en représailles froides et rationnelles… c'est ça, notre boulot.

— Il le faut bien, dit-elle sans le regarder en face. Sans punition, la société ne fonctionnerait pas.

— D'accord, mais il y a autre chose, n'est-ce pas ? La catharsis. C'est la purification dans la vengeance. Aristote a écrit que l'âme des hommes se purifie au contact de la peur et de la compassion que la tragédie éveille en lui. C'est effrayant, tu ne trouves pas ? Que ce soit à travers la tragédie que l'on satisfasse le désir le plus profond de notre âme ?

— Je n'ai pas étudié à ce point la philosophie. » Elle leva son verre et en but une bonne gorgée.

Harry baissa la tête.

« Moi non plus. Je frime, c'est tout. Bon, revenons à nos moutons.

— D'abord une mauvaise nouvelle, dit-elle. La reconstitution du visage derrière la cagoule a été plutôt un échec. Rien qu'un nez et le contour d'une tête.

— Et les bonnes nouvelles ?

— La fille qui a servi d'otage pendant le vol à main armée de Grønlandsleiret dit qu'elle reconnaîtrait la voix du braqueur. Elle a dit qu'elle était étonnamment aiguë, elle a presque cru que c'était une femme.

— Mmm. Autre chose ?

— Oui. J'ai parlé avec le personnel du SATS, et fait quelques vérifications. Trond Grette y est arrivé à deux heures et demie et en est reparti à quatre heures environ.

— Comment peux-tu en être aussi sûre ?

— Parce qu'il a payé sa séance de squash avec sa carte de crédit en arrivant. Son paiement a été enregistré à 14 h 34. Et tu te rappelles la raquette de squash volée ? Il l'a dit au personnel, évidemment. Dans le carnet de bord, celle qui bossait ce vendredi a noté l'heure à laquelle Grette était là. Et donc, il est reparti du club à 16 h 02.

— Et ça, c'était la bonne nouvelle ?

— Non, j'y arrive. Tu te souviens de la combinaison de travail que Grette a vue passer devant la salle de sport ?

— Celle avec "Police" écrit dans le dos ?

— J'ai regardé la vidéo. On peut penser que l'Exécuteur a des bandes velcro sur la poitrine et dans le dos de sa combinaison.

— Et ?

— Si c'est bien l'Exécuteur, il peut avoir eu des insignes sur velcro qu'il a mis sur sa combinaison une fois hors du champ de la caméra.

— Mmm. » Harry sirota bruyamment son café.

« Ça peut expliquer pourquoi personne ne se souvient avoir vu un type vêtu d'une combinaison de travail toute noire, ça grouillait d'uniformes de policiers, tout de suite après le hold-up.

— Qu'est-ce qu'ils ont dit, au SATS ?

— C'est ça, qui est intéressant. Celle qui bossait se souvient effectivement d'un type en combinaison qu'elle a pris pour un policier. Il est passé à toute vitesse, et elle a pensé qu'il se dépêchait pour être à l'heure pour une séance de squash, ou un truc du genre.

— Et ils n'ont donc pas le nom de ce gonze ?

— Non.

— Tout ça n'est pas franchement ébouriffant…

— Non, mais voici le meilleur. Si elle se rappelle ce mec, c'est parce qu'elle s'est dit qu'il devait faire partie des troupes spéciales ou quelque chose comme ça, parce que le reste de son accoutrement était vraiment *harry* [1]. Il… » Elle se tut brusquement et le regarda, terrorisée. « Je ne voulais pas…

— Il n'y a pas de mal. Continue. »

Beate déplaça son verre sur la table, et Harry crut voir un minuscule sourire de triomphe sur sa petite bouche.

« Il portait une cagoule à moitié repliée. Et une paire de grosses lunettes de soleil qui lui cachaient le reste du visage. Et elle a dit qu'il portait un sac noir qui avait l'air très lourd. »

Harry avala son café de travers.

Une paire de vieilles chaussures étaient accrochées par les lacets au câble tendu entre les immeubles de Dovregata. Le réverbère suspendu au câble faisait tout son possible pour éclairer la voie piétonne pavée, mais c'était comme si l'automne avait déjà aspiré toute la lumière hors de la ville. Harry s'en moquait, il pouvait aller de Sofies gate chez Schrøder les yeux fermés. Il avait eu l'occasion d'essayer plusieurs fois.

Beate s'était procuré la liste de ceux qui avaient une séance de squash ou d'aérobic au SATS au moment où le type en combinaison de travail y était passé, et elle devait commencer ses recherches par téléphone le lendemain. Si elle ne trouvait pas le bonhomme, il y avait

---

1. « Harry » est un adjectif familier qui signifie à peu près « kitsch » ou « inconvenant, de mauvais goût ».

malgré tout de grandes chances pour que quelqu'un qui soit passé dans le vestiaire où il se changeait puisse donner son signalement.

Harry passa sous la paire de chaussures accrochées au câble. Ça faisait des années qu'il la voyait là, et il s'était depuis longtemps résigné à ne jamais savoir comment elle s'était retrouvée là-haut.

Ali était occupé au nettoyage de l'escalier quand Harry atteignit le bas des marches.

« Tu dois détester l'automne norvégien, dit Harry en s'essuyant les pieds. Que de la merde et de la boue.

— Chez moi, au Pakistan, on n'y voyait pas à plus de cinquante mètres, à cause de la pollution, répondit Ali avec un sourire. Toute l'année. »

Harry entendit un son faible mais bien connu. Une règle veut que les téléphones commencent toujours à sonner dès que vous pouvez les entendre, mais que vous n'ayez pas le temps de décrocher. Il regarda sa montre. Dix heures. Rakel avait dit qu'elle l'appellerait à neuf heures.

« Ton box, à la cave… » commença Ali, mais Harry avait déjà décarré, et imprimait le motif de ses Doc Martens toutes les quatre marches.

Le téléphone cessa de sonner au moment où il ouvrait la porte.

Il envoya promener ses bottillons. Se passa les mains sur le visage. Alla au téléphone, décrocha. Le numéro de l'hôtel était inscrit sur un petit post-it fixé au miroir. Il le décolla et aperçut le reflet du premier mail de 6MN. Il l'avait imprimé et scotché au mur. Une vieille habitude ; à la Criminelle, ils décoraient constamment les murs de photos, lettres et autres indices qui leur permettraient peut-être de voir un lien ou de stimuler leur subconscient d'une façon ou d'une autre. Harry ne parvint pas à lire le message à l'envers, mais il n'en avait pas besoin :

Imaginons que tu es allé dîner chez une femme et que le lendemain, elle est retrouvée morte. Que fais-tu ?

Il se décida, alla au salon, alluma la télé et s'effondra dans son fauteuil à oreilles. Puis il se releva d'un bond, retourna dans le couloir et composa le numéro.

Rakel avait l'air fatiguée.

« Chez Schrøder, dit Harry. Je viens de rentrer.

— Ça fait au moins dix fois que j'appelle.

— Un problème ?

— J'ai peur, Harry.

— Mmm. Très peur ? »

Harry se posta dans l'ouverture du salon en tenant le combiné coincé entre sa tête et son épaule tandis qu'il baissait le son de la télé au moyen de la télécommande.

« Pas très, dit-elle. Un peu.

— Un peu peur, ce n'est pas grave. On devient plus fort, d'avoir un petit peu peur.

— Mais si je me mets à avoir très peur ?

— Tu sais que j'arrive immédiatement. Il n'y a qu'à le dire.

— Mais je t'ai dit que tu ne pouvais pas, Harry.

— On te donne ici le droit de reconsidérer ta position. »

Harry regarda l'homme enturbanné vêtu de son uniforme de camouflage qui occupait l'écran. Il y avait quelque chose d'étrangement familier dans ses traits, il ressemblait à quelqu'un.

« Le monde est fou, dit-elle. Il fallait juste que je sache qu'il y a quelqu'un là-bas.

— Il y a quelqu'un ici.

— Mais tu as l'air si loin… »

Harry se détourna de la télé et s'appuya au chambranle.

« Je suis désolé. Mais je suis là, et je pense à toi. Même si j'ai l'air loin. »

Elle se mit à pleurer.

« Excuse-moi, Harry. Tu dois te dire que je suis vraiment une pleurnicheuse. Je le sais, que tu es là. Je sais que je peux compter sur toi », murmura-t-elle.

Harry prit une inspiration. La céphalée venait lentement, mais sûrement. Comme un lien de fer qui se resserrait lentement autour de sa tête. Au moment de raccrocher, il sentait chaque pulsation dans ses tempes.

Il éteignit la télé et mit un album de Radiohead, mais ne tint pas le coup sur la voix de Thom Yorke. Il alla donc à la salle de bains et se passa le visage sous l'eau. Puis à la cuisine jeter un regard désabusé dans le réfrigérateur. Il finit par ne plus pouvoir retarder davantage l'échéance, et alla dans la chambre à coucher. L'écran du PC s'éveilla à la vie et jeta sa lumière bleue et froide dans la pièce. Il établit le contact avec le monde extérieur. Qui l'informa qu'il avait reçu un seul mail. Il la sentait distinctement, à présent. La soif. Les chaînes étaient secouées comme par une meute de chiens essayant de se libérer. Il cliqua sur l'icône des mails.

J'aurais dû vérifier dans sa chaussure. La photo devait être sur la table de nuit, et elle a pu la prendre pendant que je chargeais le flingue. D'un autre côté, ça rend ce jeu un rien plus palpitant. Un rien.

6MN

PS. : Elle avait peur. Je voulais simplement que tu le saches.

Harry plongea la main dans sa poche et en sortit le porte-clés. Il portait une plaque de cuivre gravée des initiales AA.

TROISIÈME PARTIE

CHAPITRE 20

L'atterrissage

À quoi pense une personne qui regarde dans le canon d'une arme à feu ? De temps à autre, je crois qu'elle ne pense pas, tout simplement. Comme cette fille que j'ai rencontrée aujourd'hui. « Ne tirez pas », a-t-elle dit. Pensait-elle vraiment qu'une supplique de ce genre changerait quelque chose ? Sur son badge, il était inscrit DnB et Cathrine Schøyen, et quand je lui ai demandé pourquoi il y avait tant de c et de h dans son nom, elle n'a fait que me regarder d'un regard vide et bovin en répétant « Ne tirez pas ». Il s'en est fallu de peu que je ne perde le contrôle et que je ne l'allume entre les cornes avec un grognement.

La circulation devant moi est paralysée. Je sens le siège contre mon dos, moite de sueur. La radio diffuse l'information continue de la NRK, et ils n'ont pas encore dit un seul mot. Je regarde l'heure. Normalement, je devrais être en sécurité au chalet d'ici une demi-heure. La voiture devant moi a un condensateur, et j'éteins la ventilation. On est au début de l'heure de pointe de l'après-midi, mais ça avance encore plus lentement que d'habitude. Il y a eu un accident, devant ? Ou est-ce que la police a déjà pu mettre en place un contrôle routier ? Impossible. Le sac d'argent est sous une veste, sur la banquette arrière. Avec l'AG3 chargé. Le moteur devant moi rugit puissamment, le chauffeur peut laisser filer l'embrayage et la voiture avance de deux mètres. Et puis, plus rien ne bouge. J'ai du mal à savoir si je dois être ennuyé, m'angoisser ou simplement m'énerver au moment où je les aperçois. Deux personnes arrivent à pied le long de la ligne qui sépare les deux files de voitures. L'une est une femme en uniforme, l'autre un grand type portant un manteau gris. Ils jettent des regards scrutateurs aux voitures de part et d'autre. L'un d'eux s'arrête et échange quelques mots souriants avec un conducteur qui n'a manifestement pas attaché sa ceinture de sécurité. Ce n'est peut-être qu'un contrôle de routine. Ils approchent. L'information continue de la NRK fait savoir par l'intermédiaire d'une voix nasillarde parlant anglais que la température au sol est de plus de quarante degrés et qu'il faut prendre des précautions contre les coups de soleil. Je me mets machinalement à transpirer, même si je sais qu'à l'extérieur, le froid est particulièrement vif. Ils sont juste devant ma voiture. C'est le policier. Harry Hole. La femme ressemble à Stine. Elle me jette un coup d'œil au moment où ils passent. Je pousse un soupir de soulagement. Manque d'éclater de rire quand ils tapent au carreau. Je me tourne lentement. Très, très lentement. Elle sourit, et je m'aperçois que la vitre est déjà baissée. Étrange. Elle dit quelque chose en anglais qui est couvert par le rugissement du moteur, devant.

« Quoi ? » J'ouvre les yeux encore une fois.

« Pourriez-vous s'il vous plaît redresser le dossier de votre siège ?

— Le dossier de mon siège ? » Je ne comprends plus.

« Nous allons bientôt atterrir, monsieur. » Elle sourit à nouveau et disparaît.

Je me frotte les yeux pour en chasser le sommeil, et tout rentre dans l'ordre. Le hold-up. La fuite. La valise et les billets d'avion qui attendaient au chalet. Le message écrit de Prinsen qui disait que la voie était libre. Mais malgré tout, cet aiguillon de nervosité quand j'ai montré mon passeport au contrôle de Gardermoen. Le départ. Tout s'était déroulé comme prévu.

Je jette un coup d'œil par la fenêtre. Je ne suis apparemment pas tout à fait revenu du pays des rêves, car je me figure un instant que nous volons au-dessus des étoiles. Je réalise alors que ce sont les lumières de la ville et je me mets à penser à la voiture de location que j'ai commandée. Aurais-je dû plutôt passer la nuit dans cette grande ville moite et puante, et partir vers le sud demain ? Non, demain, je serai un peu à plat, à cause du décalage horaire. Il est préférable de rentrer au port sans tarder. L'endroit où je vais vaut mieux que sa réputation, il y vit même quelques Norvégiens avec qui il est possible de discuter. S'éveiller au soleil, à l'océan et à une vie meilleure. C'est ça, le plan. Mon plan, en tout cas.

Je me cramponne au verre que j'ai pu sauver des griffes de l'hôtesse de l'air au moment où elle a replié la tablette devant moi. Alors, pourquoi est-ce que je ne crois pas au plan ?

Le vrombissement des moteurs enfle et décroît. Je sens que je descends. Je ferme les yeux et bloque automatiquement ma respiration, sachant ce qui va se passer. Elle. Elle a la même robe que quand je l'ai vue pour la première fois. Seigneur, elle me manque déjà. Que cette langueur aurait été impossible à calmer même si elle avait vécu ne change rien. Car tout en elle était impossible. La vertu et la sauvagerie. Ses cheveux, qui auraient dû absorber toute lumière, mais qui brillaient pourtant comme de l'or. Ce rire de défi tandis que les larmes coulaient le long de ses joues. Ce regard plein de haine quand je l'ai pénétrée. Ses fausses déclarations d'amour et la joie non feinte quand je revenais la voir avec des excuses bidon après lui avoir posé un lapin. Excuses répétées quand j'étais couché à côté d'elle, la tête dans l'empreinte de celle d'un autre. Ça fait longtemps, à présent. Des millions d'années. Je referme très fort les yeux pour *ne pas voir la suite. La balle que je lui ai tirée. Ses pupilles, qui se sont ouvertes lentement, comme une rose noire, le sang qui jaillissait, tombait et atterrissait avec un bruit feutré. La cassure de sa nuque, la tête qui basculait en arrière. Et maintenant, la femme que j'aime est morte. C'est aussi simple que ça. Mais ça n'a toujours aucun sens. C'est ça, qui est si beau. Si simple et si beau que c'en est à peine vivable. La pression chute dans la cabine et ça appuie. De l'intérieur. Une force invisible qui pousse contre les tympans et le cœur tendre. Et quelque chose me dit que c'est comme ça que ça va se passer. Personne ne me trouvera, personne ne m'extorquera mon secret. Mais le plan sera quand même écrasé. De l'intérieur.*

CHAPITRE 21

Monopoly

Harry fut réveillé par les nouvelles à la radio. Les bombardements s'intensifiaient. On aurait dit une rediffusion.

Il essaya de trouver une raison de se lever.

La voix radiodiffusée révélait que le poids moyen des Norvégiens et Norvégiennes avait augmenté respectivement de treize et neuf kilos depuis 1975. Harry ferma les yeux et pensa à quelque chose qu'Aune lui avait dit. Que le désir d'évasion a injustement mauvaise presse. Le sommeil vint. La même sensation chaude et douce que quand, petit, depuis son lit, il entendait par la porte ouverte son père faire le tour de la maison et éteindre les lumières, une par une, tandis que l'obscurité se faisait plus intense devant sa porte à chaque lumière qui s'éteignait.

« Après les violents braquages à Oslo ces dernières semaines, les employés de banques réclament des gardes armés dans les succursales les plus exposées du centre-ville. Le hold-up d'hier à l'agence Gjensidige NOR de Grønlandsleiret s'inscrit dans la liste des vols à main armée derrière lesquels la police soupçonne la présence de celui qu'on appelle l'Exécuteur. Cette même personne qui a tué... »

Harry posa les pieds sur le lino froid. Le miroir de la salle de bains lui renvoya une parodie de Picasso tardif.

Beate était au téléphone. Elle secoua la tête quand elle vit Harry à la porte. Il hocha la tête et faillit repartir, mais elle lui fit signe d'entrer.

« Merci de votre aide, en tout cas, dit-elle avant de raccrocher.

— Je dérange ? demanda Harry en posant une tasse de café devant elle.

— Non, je secouais juste la tête pour te dire que ça n'avait pas donné de résultat. Celui à qui je viens de parler était le dernier sur la liste. De tous les individus mâles dont on sait qu'ils étaient au SATS au moment qui nous intéresse, il n'y en a qu'un qui se souvient vaguement avoir vu un type en combinaison de travail. Et il n'était même pas sûr que ce soit dans le vestiaire.

— Mmm. »

Harry s'assit et regarda autour de lui. Le bureau de Beate était aussi bien rangé qu'il se l'était imaginé. Hormis une plante en pot bien connue dont il ignorait pourtant le nom dans l'encoignure de la fenêtre, la pièce était aussi dépourvue d'éléments esthétiques que la sienne. Sur sa table de travail, il vit le dos d'une photo. Il se douta de ce qu'elle représentait.

« Tu n'as parlé qu'à des hommes ? demanda-t-il.

— La théorie veut qu'il soit entré dans le vestiaire des hommes, pour se changer, non ?

— Avant d'aller se promener dans les rues de Morristown comme tout un chacun. Ouioui. Du neuf sur le hold-up de Grønlandsleiret d'hier ?

— Neuf, neuf... Plutôt une reprise, je dirais. Même type de vêtements, et AG3. S'est servi d'un otage pour communiquer. A pris l'argent du distributeur, a mis une minute et cinquante secondes. Aucune trace. En bref...

— L'Exécuteur, dit Harry.

« — Qu'est-ce que c'est que ça ? demanda Beate en levant sa tasse et en jetant un coup d'œil dedans.

— Cappuccino. Tu as le bonjour d'Halvorsen.

— Café au lait ? dit-elle en plissant le nez.

— Laisse-moi deviner. Ton père disait qu'il ne faisait pas confiance aux gens qui ne boivent pas leur café noir ? »

Il eut des regrets aussitôt qu'il vit l'expression sidérée de Beate.

« Désolé, bredouilla-t-il. Je ne voulais pas… C'était déplacé.

— Alors, qu'est-ce qu'on fait, maintenant ? se hâta de demander Beate en tripotant l'anse de sa tasse. On est revenus à la case départ. »

Harry s'enfonça dans son siège et contempla le bout de ses chaussures.

« Directement en prison.

— Quoi ?

— Rendez-vous directement en prison. » Il se redressa.

« Même si tu passes par la case départ, tu ne touches pas deux mille couronnes.

— Mais de quoi tu parles ?

— Les cartes "chance", au Monopoly. C'est ce qui reste. Tenter sa chance. En prison. Tu as le numéro de téléphone des Arrêts ? »

« C'est du temps gaspillé », dit Beate.

Sa voix se répercuta entre les murs du Souterrain où elle trottinait à côté de Harry.

« Peut-être, répondit-il. Exactement comme quatre-vingt-dix pour cent du travail d'investigation.

— J'ai lu tous les rapports et les rapports d'interrogatoires qui ont été écrits sur son compte. Il ne dit jamais rien. À part tout un tas de bêtises philosophiques qui n'ont rien à voir avec ce qui nous intéresse. »

Harry appuya sur le bouton d'appel qui jouxtait la grande porte métallique, à l'extrémité du tunnel.

« Tu as déjà entendu ce proverbe qui dit qu'il faut chercher ce qu'on a perdu là où il y a de la lumière ? Ça doit certainement illustrer la folie humaine. Pour moi, c'est du bon sens à l'état pur.

— Levez vos cartes devant la caméra, dit une voix par l'interphone.

— Pourquoi fallait-il que je vienne si tu veux lui parler seul à seul ? demanda Beate en se glissant par la porte derrière Harry.

— C'est une méthode qu'Ellen et moi appliquions quand il fallait interroger des suspects. Il y en avait toujours un qui dirigeait l'interrogatoire pendant que l'autre écoutait. Si l'interrogatoire s'embourbait, on disait "temps mort". Si c'était moi qui interrogeais, je sortais, et Ellen se mettait à discuter avec le suspect de tout autre chose, de trucs de tous les jours. Comme d'arrêter de fumer, ou des conneries qu'ils passaient à la télé. Ou bien qu'elle se rendait compte du loyer maintenant qu'elle avait cassé avec son mec. Après un moment de conversation de cet acabit, je passais la tête à l'intérieur, je disais qu'il s'était passé quelque chose et qu'elle devait prendre la suite de l'interrogatoire.

— Et ça marchait ?

— À chaque fois. »

Ils montèrent l'escalier et entrèrent dans le sas qui menait aux cellules. Derrière son épaisse vitre pare-balles, le gardien leur fit un signe de tête et appuya sur un bouton.

« Le surveillant arrive », dit une voix nasillarde.

Le surveillant était un type trapu aux muscles saillants et à la démarche chaloupée de nain. Il les conduisit dans le quartier de détention où une galerie de trois étages de portes de cellules bleu ciel entouraient un grand hall allongé. Un grillage d'acier était tendu entre les étages. Il n'y avait pas âme qui vive, et seul l'écho d'une porte claquée quelque part brisa le silence.

Harry était déjà venu là bien des fois, mais il avait toujours la même sensation d'absurdité en pensant que derrière ces portes se trouvaient des personnes que la société avait trouvé nécessaire d'enfermer contre leur volonté. Il ne savait pas exactement pourquoi il trouvait cette idée aussi révoltante. Mais il valait mieux voir la manifestation physique de la vengeance publique et institutionnalisée sur les criminels. Le glaive et la balance.

Le trousseau de clés du surveillant cliqueta quand il ouvrit une porte marquée *SALLE DE VISITE* en lettres noires. « Je vous en prie. Frappez quand vous voudrez ressortir. »

Ils entrèrent et la porte claqua derrière eux. Dans le silence qui s'ensuivit, Harry prit conscience du ronronnement bas d'un néon qui s'allumait et s'éteignait, et des fleurs en plastique qui jetaient leur ombre pâle sur des aquarelles délavées. Un homme était assis bien droit sur une chaise placée exactement au milieu du mur le plus étroit, derrière une table. Ses avant-bras étaient posés de part et d'autre d'un échiquier. Ses cheveux étaient tirés en arrière, derrière des oreilles bien droites. Il portait une tenue grise et lisse ressemblant à un bleu de travail. Ses sourcils marqués et l'ombre qui tombait le long de son nez droit dessinaient un T bien net à chaque fois que le néon s'allumait. Mais c'était essentiellement du regard que Harry se souvenait depuis l'enterrement, ce mélange contradictoire de souffrance et d'impassibilité qui rappela quelqu'un d'autre à Harry.

Harry fit signe à Beate de s'asseoir à côté de la porte. Il tira pour sa part une chaise jusqu'à la table et s'assit juste en face de Raskol.

« Merci d'avoir pris le temps de nous rencontrer.

— Le temps, dit Raskol d'une voix étonnamment claire et douce, n'est pas cher, ici. » Il parlait à la manière des Européens de l'Est, en grasseyant les r et en articulant bien.

« Je vois. Je suis Harry Hole, et ma collègue s'appelle…

— Beate Lønn. Tu ressembles à ton père, Beate. »

Harry entendit Beate suffoquer et se tourna à moitié. Son visage ne s'était pas enflammé ; au contraire, sa peau blanche était encore plus pâle, et sa bouche s'était figée en une grimace, comme si quelqu'un l'avait giflée.

Harry se racla la gorge, les yeux baissés sur la table, et ce ne fut qu'alors qu'il remarqua que la symétrie presque désagréable autour de l'axe que composaient Raskol et la pièce en longueur était rompue par un petit détail : le roi et la reine sur l'échiquier.

« Et où t'ai-je déjà vu, Hole ?

— Je me trouve la plupart du temps à proximité de personnes décédées, répondit Harry.

— Ah, ah. L'enterrement. Tu étais l'un des chiens de garde du capitaine de police, c'est ça ?

— Non.

— Tu n'as donc pas apprécié. Qu'on t'appelle son chien de garde. Il y a discorde, entre vous deux ?

— Non. » Harry réfléchit. « On ne s'aime pas beaucoup, c'est tout. Vous non plus, ai-je cru comprendre ? »

Raskol fit un petit sourire et le néon s'alluma brièvement.

« J'espère qu'il ne l'a pas pris comme une attaque personnelle. Et son costume avait vraiment l'air de ne pas avoir coûté cher.

— Je ne crois pas que ce soit le costume qui ait été le plus atteint.

— Il voulait que je lui raconte quelque chose. Alors je lui ai raconté quelque chose.

— Que les balances sont marquées pour toujours ?

— Pas mal, inspecteur principal. Mais cette encre s'en ira, avec le temps. Tu joues aux échecs ? »

Harry essaya de ne pas accorder d'importance au fait que Raskol avait mentionné son grade. Il n'avait peut-être fait que le deviner.

« Je me demande comment tu as réussi à cacher cet émetteur, après coup, dit Harry. J'ai entendu dire qu'ils avaient mis toute la section sens dessus dessous.

— Qui a dit que j'avais caché quelque chose ? Noir ou blanc ?

— On dit que tu es toujours le cerveau derrière la plupart des grands hold-up en Norvège, que ceci est ta base et que ta part du butin va sur un compte à l'étranger. C'est pour ça, que tu as tout fait pour arriver ici, à la section A des Arrêts, parce que c'est justement là que tu rencontres ceux qui ont écopé de peines légères et qui vont bientôt sortir pour pouvoir exécuter les plans que tu concoctes ici ? Et comment communiques-tu avec eux, une fois qu'ils sont dehors ? Tu as aussi des téléphones mobiles, ici ? Des PC ? »

Raskol soupira.

« Le début était prometteur, inspecteur principal, mais tu commences déjà à m'ennuyer. On joue, ou non ?

— C'est le jeu, qui est ennuyeux. À moins qu'on ne mette quelque chose en jeu.

— Ça me va. Que joue-t-on ?

— Ça. » Harry leva un porte-clés garni d'une seule clé et d'une plaquette de cuivre.

« Et qu'est-ce que c'est ?

— Personne ne le sait. De temps en temps, il faut juste prendre le risque que ce qui est en jeu ait de la valeur.

— Pourquoi le ferais-je ?

— Parce que tu me fais confiance », dit Harry en se penchant en avant.

Raskol éclata de rire.

« Donne-moi une seule raison de te faire confiance, *Spiuni*.

— Beate, dit Harry sans quitter Raskol des yeux. Sors et laisse-nous seuls, s'il te plaît. »

Il entendit les coups sur la porte et le cliquetis du trousseau de clés derrière lui. La porte s'ouvrit et un claquement mat résonna quand la porte se referma.

« Jette un coup d'œil. » Harry posa la clé sur la table.

« A-A ? » demanda Raskol sans quitter Harry des yeux.

Harry prit le roi blanc sur l'échiquier. Il avait été sculpté main, et il était très beau.

« Ce sont les initiales d'un homme qui avait un problème délicat. Il était riche. Il avait femme et enfants. Maison et chalet. Chien et maîtresse. Tout semblait pour le mieux. » Harry retourna la pièce. « Mais à mesure que le temps passait, cet homme riche a changé. Les choses ont fait qu'un jour, il a réalisé que c'était la famille, ce qui comptait le plus dans sa vie. Il a donc vendu son entreprise, s'est débarrassé de sa maîtresse et a promis à sa famille en même temps qu'à lui-même que dorénavant, ils ne vivraient plus que les uns pour les autres. Le problème, c'est que la maîtresse s'est mise à menacer cet homme de révéler la relation qu'il avait entretenue. Oui, elle l'a peut-être fait chanter, aussi. Pas tant parce qu'elle était âpre au gain que parce qu'elle était pauvre. Et parce qu'elle était en train d'achever une œuvre d'art dont elle pensait que ce serait son chef-d'œuvre, et qu'elle avait besoin d'argent pour pouvoir la révéler au monde entier. Elle a augmenté encore et encore la pression, et une nuit, il a pris la décision d'aller lui rendre visite. Et pas n'importe quel soir, mais ce soir-là en particulier parce qu'elle lui avait dit qu'elle attendait la visite d'une vieille conquête. Pourquoi le lui avait-elle dit ? Pour le rendre jaloux, peut-être ? Ou pour lui montrer qu'il y avait d'autres hommes qui la désiraient ? Il n'a pas cédé à la jalousie. Ça l'a rendu de bonne humeur. C'était l'occasion rêvée. »

Harry jeta un coup d'œil à Raskol. Celui-ci avait croisé les bras, et observait Harry.

« Il a attendu dehors. Attendu, attendu, en regardant les lumières de son appartement. Juste avant minuit, le visiteur s'en est allé. Un type quelconque qui en cas de besoin n'aurait pas d'alibi, dont on saurait plus tard qu'il était venu chez Anna ce soir-là. Faute de quoi sa voisine à qui rien n'échappe, Astrid Monsen, aurait entendu cet homme sonner un peu plus tôt dans la soirée. Mais notre homme n'a pas sonné. Notre homme est entré par ses propres moyens. Il a monté l'escalier à pas de loup et est entré. »

Harry attrapa le roi noir et le compara au blanc. En n'y regardant pas trop attentivement, on pouvait penser qu'ils étaient rigoureusement identiques.

« L'arme n'est pas enregistrée. Elle appartenait peut-être à Anna, elle appartenait peut-être à notre homme. Ce qui s'est passé exactement dans l'appartement, je n'en sais rien. Et personne n'en saura vraisemblablement jamais rien, car elle est morte. Et pour la police, l'affaire est classée en tant que suicide.

— "Je" ? "Pour la police" ? » Raskol passa une main sur son bouc. « Pourquoi pas "nous" et "pour nous" ? Essaierais-tu de me dire que tu fonctionnes en solo, là-dessus, inspecteur principal ?

— Qu'est-ce que tu veux dire ?

— Tu sais très bien ce que je veux dire. Je vois bien que le petit tour consistant à faire sortir ta collègue visait à me donner l'impression que ce serait entre toi et moi. Mais… » Il joignit ses deux paumes. « Ça ne veut pas nécessairement dire que ça ne peut pas être le cas. Y a-t-il d'autres personnes qui savent ce que tu sais ? »

Harry secoua la tête.

« Alors qu'est-ce qui te fait courir ? L'argent ?

— Non.

— Je n'irais pas si vite en besogne, si j'étais toi, inspecteur principal. Je n'ai pas encore eu le temps de dire ce que vaut cette information pour moi. Il se peut que nous parlions de grosses sommes. Si tu peux prouver ce que tu dis. Et le châtiment du coupable peut se faire en — disons — privé sans que les autorités s'en mêlent de façon superflue.

— Là n'est pas la question, dit Harry en espérant que la sueur ne se verrait pas sur son front. La question, c'est combien valent tes informations pour moi.

— Qu'est-ce que tu proposes, *Spiuni* ?

— Ce que je propose, dit Harry en prenant les deux rois dans une seule main, c'est le pat. Tu me dis qui est l'Exécuteur. Je te procure des preuves contre l'homme qui a tué Anna. »

Raskol partit d'un petit rire.

« Nous y voilà. Tu peux t'en aller, *Spiuni*.

— Penses-y, Raskol.

— Pas besoin. Je fais confiance aux gens qui courent après l'argent, pas à ceux qui partent en croisade. »

Ils s'entre-regardèrent. Le tube fluorescent grésilla.

Harry hocha la tête, reposa les pièces sur l'échiquier, se leva et alla à la porte, à laquelle il frappa.

« Il faut que tu l'aies aimée, dit-il sans se retourner. Il est apparu que son appartement de Sorgenfrigata était enregistré à ton nom, et j'ai parfaitement conscience du peu de moyens qu'avait Anna.

— Ah ?

— Puisque c'est ton appartement, j'ai donné la consigne à la succession de t'envoyer la clé. Elle arrivera par coursier, dans le courant de la journée. Je te propose de la comparer avec la clé que je t'ai donnée.

— Pourquoi ça ?

— Il y avait trois clés pour l'appartement d'Anna. Elle en avait une, l'électricien avait l'autre. J'ai trouvé celle-ci dans le tiroir de la table de nuit, au chalet du type dont je parle. C'est la troisième et dernière clé. La seule qui ait pu être utilisée si Anna a été assassinée. »

Ils entendirent des pas de l'autre côté de la porte.

« Et si ça peut jouer en faveur de ma crédibilité, dit Harry, je ne cherche qu'à sauver ma peau. »

CHAPITRE 22

Amérique

Les gens qui ont soif boivent n'importe où. Prenez par exemple Chez Malik, dans Thereses gate. C'était un fast-food, et ça n'avait rien de ce qui faisait de chez Schrøder un débit de boissons possédant malgré tout une certaine dignité. Il est vrai que les hamburgers qu'ils dealaient chez Malik avaient la réputation d'être meilleurs que chez les concurrents, et avec une dose de bonne volonté, on pouvait dire que les locaux d'inspiration légèrement indienne et ornés de la photo de la famille royale avaient une sorte de charme agressif. Mais l'endroit était et demeurait un fast-food où les gens soucieux d'une certaine crédibilité éthylique n'auraient jamais l'idée de se commander une pinte.

Harry n'en avait jamais fait partie.

Ça faisait longtemps qu'il n'avait pas mis les pieds chez Malik, mais en regardant autour de lui, il constata que rien n'avait changé. Øystein occupait la table fumeurs avec ses copains de beuverie ainsi qu'une femme. Sur un fond sonore de tubes périmés, d'Eurosport et d'huile crépitante, une conversation joviale évoquait les résultats du loto, l'affaire Orderud [1] et le retard moral d'un ami absent.

---

1. Du nom de Kristian et Marie Orderud, assassinés dans leur chalet de Sørum à la Pentecôte 1999 ; l'une des affaires criminelles dont on a le plus parlé en Norvège ces dernières années.

« Ça par exemple, Harry ! Salut ! »

La voix rauque d'Øystein déchira la pollution sonore. Il rejeta ses longues mèches graisseuses, se frotta une main sur la jambe de son pantalon et la tendit à Harry.

« C'est le flic dont je vous ai parlé, les gars. Celui qui a dégommé ce gazier, en Australie. En pleine tronche, que tu l'as eu, hein ?

— Bien », dit l'un des autres clients dont Harry ne vit pas le visage, dissimulé derrière des cheveux longs qui tombaient comme un rideau autour de sa pinte. « Virez les ordures. »

Harry indiqua une table libre à Øystein qui acquiesça, éteignit son mégot, rangea son paquet de Petterøe's dans la poche de poitrine de sa chemise en jean et se concentra pour porter la pinte fraîchement tirée jusqu'à la table sans en renverser.

« Ça fait un bail, dit Øystein en commençant à rouler une nouvelle cigarette. Même chose pour le reste des copains, d'ailleurs. Les vois jamais. Se sont tous cassés, mariés et reproduits. » Øystein rit. Un rire dur, amer. « Tous sont rentrés dans le rang, en tout cas. Qui l'eût cru ?

— Mmm.

— Tu reviens de temps en temps à Oppsal, alors ? Ton père habite toujours sa baraque, non ?

— Oui. Mais je n'y vais pas souvent. On se parle au téléphone, de loin en loin.

— Et ta sœur ? Elle va mieux ? »

Harry fit un sourire.

« On ne va jamais mieux quand on a le syndrome de Down, Øystein. Mais elle s'en sort bien. Elle habite seule dans un appartement de Sogn. Elle a un petit copain.

— Fichtre. Plus que moi, donc, zut.

— Comment ça marche, la conduite ?

— Boah. Je viens de changer de patron, le précédent trouvait que je sentais mauvais. Des conneries.

— Et toujours pas intéressé par un retour à l'informatique ?

— Si, tu penses bien ! » Øystein fut secoué d'un rire intérieur tandis qu'il passait un bout de langue acéré sur le papier. « Un million de salaire annuel et un bureau qui ne bouge pas, un peu, que j'aimerais. Mais la roue a tourné, Harry. Le temps des rockers comme moi est révolu dans la branche de l'informatique.

— J'ai parlé à un mec qui bosse dans la protection des fichiers à la DnB. Il m'a dit qu'ils te considèrent toujours comme l'un des pionniers du craquage de codes.

— Pionnier, ça veut dire vieux, Harry. Personne n'a que faire d'un hacker à la retraite qui a dix ans de retard, tu dois bien le comprendre ? Et puis, il y a eu toutes ces histoires, tu sais bien.

— Mmm. Qu'est-ce qui s'est passé, en fait ?

— Ah, ce qui s'est passé… » Øystein leva les yeux au ciel. « Tu me connais. Hippie un jour, hippie toujours. J'avais besoin de pognon. J'ai tenté ma chance sur un code sur lequel je n'aurais pas dû tenter ma chance. » Il alluma sa cigarette et regarda autour de lui à la recherche d'un cendrier, en pure perte. « Et toi ? Remis le bouchon pour de bon, ou quoi ?

— J'essaie, répondit Harry en s'étirant pour attraper le cendrier sur la table voisine. Je suis avec une nana. »

Il lui parla de Rakel, d'Oleg et du procès à Moscou. Et de la vie, à part ça. Ce fut vite fait.

Øystein lui parla des autres copains du groupe qui avaient grandi ensemble à Oppsal. De Siggen, qui avait emménagé à Harestua avec une fille dont Øystein pensait qu'elle était beaucoup trop distinguée pour lui, et de Kristian qui s'était retrouvé en fauteuil roulant après avoir été renversé par une moto au nord de Minnesund, mais les médecins disaient qu'il y avait de l'espoir.

« De l'espoir pour quoi ? demanda Harry.

— Pour pouvoir baiser à nouveau », dit Øystein en vidant sa pinte.

Tore était toujours prof, mais avait divorcé de Silje.

« Il a tout contre lui, dit Øystein. Il a pris encore trente kilos. C'est pour ça qu'elle s'est barrée. C'est vrai ! Torkild l'a rencontrée en ville, et elle lui a dit qu'elle ne supportait plus toute cette viande. » Il reposa son verre. « Mais ce n'est sûrement pas pour ça que tu m'as appelé ?

— Non, j'ai besoin d'aide. Je suis sur une affaire.

— Pour coincer des vilains garçons ? Et c'est moi que tu viens voir ? Waow ! » Le rire d'Øystein se mua en toux.

« C'est une affaire dans laquelle je suis personnellement impliqué, dit Harry. C'est un peu difficile de tout t'expliquer, mais il est question de pister quelqu'un qui m'envoie des mails sur mon PC, à la maison. Je crois qu'il les envoie depuis un serveur auquel il est abonné anonymement, quelque part à l'étranger. »

Øystein hocha pensivement la tête.

« Tu es dans la panade, donc ?

— Peut-être. Qu'est-ce qui te fait croire ça ?

— Je suis un chauffeur de taxi avec une dalle un peu trop en pente, qui pige que pouic aux dernières trouvailles de la communication informatique. Et tous ceux qui me connaissent savent qu'on ne peut pas me faire confiance en matière de boulot. En bref — la seule raison pour venir me voir, c'est que je suis un vieux pote. Loyauté. Je ferme ma gueule, pas vrai ? » Il but une grosse gorgée de bière. « Je suis peut-être assoiffé, Harry, mais pas débile. » Il tira énergiquement sur sa cigarette. « Alors… Quand est-ce qu'on s'y met ? »

La nuit était tombée sur Slemdal. La porte s'ouvrit, et un homme et une femme apparurent sur les marches. Ils prirent congé de leur hôte dans l'hilarité, descendirent l'allée en faisant crisser le gravier sous leurs chaussures noires et brillantes, tout en commentant à voix basse le repas, les hôtes et les autres invités. Lorsqu'ils passèrent la porte cochère sur Bjørnetråkket, ils ne prêtèrent donc pas attention au taxi qui était garé un peu plus bas dans la rue. Harry éteignit sa cigarette, monta le son de l'autoradio et entendit Elvis Costello bêler *Watching the Detectives*. Sur P4. Il avait remarqué que quand ses tubes nerveux préférés prenaient suffisamment de bouteille, ça suffisait pour qu'ils se retrouvent sur les radios pas nerveuses. Il était bien sûr tout à fait conscient que ça ne pouvait signifier qu'une chose... que lui aussi était devenu vieux. La veille, ils avaient passé Nick Cave dans Nitimen, à la télé.

Une voix nocturne insinuante annonça *Another Day in Paradise* et Harry éteignit. Il baissa sa vitre et écouta le martèlement assourdi des basses qui s'échappait de la maison d'Albu, le seul son qui brisait le silence. Boum d'adultes. Relations d'affaires, voisins et anciens condisciples de l'Institut de Management. Pas vraiment la danse des canards et pas vraiment une rave-party, mais gin tonics, Abba et les Rolling Stones. Des trentenaires bien tassés avec un haut niveau d'études. Bientôt rentrés pour libérer leur baby-sitter, en d'autres termes. Harry regarda l'heure. Il pensa au nouveau mail qui attendait sur son PC quand lui et Øystein l'avaient allumé :

Je m'ennuie. Tu as peur, ou tu es juste bête ?

6MN

Il avait laissé Øystein sur le PC et lui avait emprunté son taxi, une Mercedes des années soixante-dix au bout du rouleau, qui avait ondulé comme un vieux matelas de plumes sur les ralentisseurs quand il était entré dans la zone résidentielle, mais qui était malgré tout un rêve à conduire. Mais il avait décidé d'attendre en voyant des gens habillés pour la fête quitter le domicile d'Albu. Il n'y avait aucune raison de faire du scandale. Et il devait de toute façon passer un peu de temps à réfléchir avant de faire une connerie. Harry avait essayé de réfléchir froidement, mais ce *je m'ennuie* s'était mis en travers de la route.

« Maintenant, tu as réfléchi, murmura Harry à son reflet dans le rétroviseur. *Maintenant*, tu peux faire une connerie. »

Ce fut Vigdis Albu qui ouvrit. Elle avait accompli le prodige que seules les magiciennes expérimentées réussissent, et dont les hommes comme Harry ne trouveraient jamais le secret : elle était devenue belle. Et le seul changement concret sur lequel Harry put mettre le doigt, ce fut qu'elle avait passé une robe de soirée bleu turquoise assortie à ses grands yeux bleus — et pour l'heure encore agrandis par la surprise.

« Désolé de vous déranger à une heure si tardive, madame Albu. J'aimerais parler à votre mari.

— Nous donnons une réception, dit-elle. Ça ne peut pas attendre demain ? »

Elle fit un sourire implorant, mais Harry vit à quel point elle avait envie de lui claquer la porte au nez, sans plus de cérémonie.

« Désolé, dit-il. Votre mari a menti en disant qu'il ne connaissait pas Anna Bethsen. Et je crois que c'est aussi votre cas. »

Harry ne sut pas si c'était la robe de soirée ou la confrontation qui l'avait maintenu dans le vouvoiement. La bouche de Vigdis Albu forma un o muet.

« J'ai un témoin qui les a vus ensemble, dit Harry. Et je sais d'où vient la photo. »

Elle cligna deux fois des yeux.

« Pourquoi… bredouilla-t-elle. Pourquoi…

— Parce qu'ils étaient amants, madame Albu.

— Non, je veux dire… pourquoi me racontez-vous ça ? Qui vous en a donné le droit ? »

Harry ouvrit la bouche et se prépara à répondre. À dire qu'il pensait qu'elle avait le droit de le savoir, que ça se saurait de toute façon un jour, etc. Au lieu de ça, il resta muet, se contentant de la regarder. Parce qu'elle savait pourquoi il lui disait ça, et il ne l'avait pas su lui-même… pas jusqu'à maintenant. Il déglutit.

« Le droit de quoi, chérie ? »

Harry vit Arne Albu qui descendait l'escalier. Son front était luisant de sueur et le nœud papillon de son smoking pendait sur sa poitrine. Du salon, à l'étage, Harry entendit David Bowie prétendre à tort que *This is not America*.

« Chut, Arne, tu vas réveiller les enfants, dit Vigdis sans quitter Harry de son regard implorant.

— Oh, ils ne se réveilleraient pas même si on lâchait une bombe atomique sur la maison, bafouilla son mari.

— Je crois que c'est ce que vient de faire Hole, dit-elle à voix basse. Dans l'espoir de causer le maximum de dégâts, semble-t-il. »

Harry rencontra son regard.

« Alors ? dit Arne Albu avec un grand sourire en passant un bras autour des épaules de sa femme. Je peux jouer avec vous ? » Son sourire était plein d'amusement, mais en même temps ouvert, presque innocent. Comme le plaisir irresponsable d'un gamin qui a emprunté sans permission la voiture de son père.

« Désolé, dit Harry, mais le jeu est fini. Nous avons les preuves dont nous avions besoin. Et en ce moment même, un expert en informatique remonte l'adresse depuis laquelle vous avez envoyé les mails.

— De quoi parle-t-il ? demanda Arne Albu en riant. Les preuves ? Les mails ? »

Harry le regarda.

« La photo qui était dans la chaussure d'Anna Bethsen, c'est Anna qui l'avait prise quand vous êtes allés tous les deux au chalet de Larkollen, il y a quelques semaines.

— Quelques semaines ? demanda Vigdis Albu en regardant son mari.

— Il a compris quand je lui ai montré la photo, dit Harry. Il était hier à Larkollen, et il l'y a remplacée par une copie. »

Arne Albu plissa le front, mais ne se départit pas de son sourire.

« Avez-vous bu, officier ?

— Vous n'auriez pas dû lui dire qu'elle allait mourir, poursuivit Harry en se rendant compte qu'il était en train de perdre le contrôle. Et en tout cas pas la quitter des yeux, ensuite. Elle a pu mettre cette photo en douce dans sa chaussure. Et c'est ça qui vous a démasqué, Albu. »

Harry entendit madame Albu retenir sa respiration.

« Chaussure par ici, chaussure par-là, dit Albu en gratouillant sa femme dans la nuque. Vous savez pourquoi les hommes d'affaires norvégiens n'arrivent pas à conclure des marchés à l'étranger ? Ils oublient les chaussures. Ils portent des chaussures qu'ils ont achetées en soldes chez Skoringen avec des costumes à quinze mille couronnes de chez Prada. Les étrangers trouvent ça suspect. » Albu pointa un doigt vers le bas. « Regardez. Italiennes, cousues main. Mille huit cents couronnes. C'est bon marché, quand il s'agit d'acheter la confiance.

— Ce que j'aimerais savoir, c'est pourquoi vous avez tenu à ce point à ce que j'apprenne que vous y étiez, dit Harry. C'était la jalousie ? »

Arne secoua la tête en riant, tandis que madame Albu se dégageait de son étreinte.

« Vous avez cru que j'étais son nouvel amant ? poursuivit Harry. Et comme vous pensiez que je n'oserais pas m'attaquer à une affaire dans laquelle je pouvais moi-même me retrouver impliqué, vous pouviez jouer un peu avec moi, m'enquiquiner, me rendre dingue. C'est ça ?

— Viens, Arne ! Christian va faire un discours ! » Un type tenant un verre d'alcool et un cigare était apparu en haut des marches.

« Commencez sans moi, répondit Arne. Je dois juste évacuer ce sympathique jeune homme, d'abord. »

L'homme fronça les sourcils. « Des ennuis ?

— Oh non, répondit précipitamment Vigdis Albu. Retourne avec les autres, Thomas. »

L'homme haussa les épaules et disparut.

« L'autre chose qui me chiffonne, dit Harry, c'est que vous ayez eu l'arrogance de continuer à m'envoyer des mails même après que je vous ai eu présenté la photo.

— Je regrette de devoir me répéter, officier, bafouilla Albu, mais qu'est-ce que c'est que ces… mails dont vous me rebattez les oreilles ?

— Bon. Beaucoup de gens croient qu'on peut envoyer un mail anonymement rien qu'en s'inscrivant sur un serveur qui n'exige pas qu'on donne son vrai nom. C'est faux. Mon pote hacker vient de m'expliquer que tout — absolument tout — ce qu'on fait sur le Net laisse une trace électronique qui peut — et qui va, dans ce cas — conduire à l'ordinateur émetteur. Il ne reste plus qu'à savoir comment on va chercher. » Harry sortit un paquet de cigarettes de sa poche de poitrine.

« Surtout p… » commença Vigdis, mais elle s'interrompit d'elle-même.

« Dites-moi, monsieur Albu, dit Harry en allumant une cigarette. Où étiez-vous mardi soir, la semaine dernière, entre vingt-trois heures et une heure du matin ? »

Arne et Vigdis échangèrent un regard.

« On peut voir ça ici, ou au poste, dit Harry.

— Il était ici, dit Vigdis.

— Encore une fois… » Harry souffla la fumée par le nez. Il savait qu'il forçait son rôle, mais un bluff à demi convaincu est un bluff raté, et il n'y avait plus moyen de faire marche arrière. « On peut voir ça ici ou au poste. Dois-je faire savoir aux invités que la fête est terminée ? »

Vigdis se mordit la lèvre inférieure.

« Mais puisque je vous dis qu'il était… » commença-t-elle. Elle n'était plus belle.

« C'est bon, Vigdis, dit Albu en lui donnant une petite tape sur l'épaule. Retourne t'occuper de nos invités, je raccompagne Hole à la grille. »

Harry sentait à peine le souffle du vent, mais celui-ci devait être violent en altitude, car les nuages passaient rapidement dans le ciel et cachaient par instants la lune. Ils marchaient lentement.

« Pourquoi ici ? demanda Albu.

— Tu me l'as demandé. »

Albu acquiesça.

« Peut-être. Mais pourquoi devait-elle l'apprendre de cette façon ? »

Harry haussa les épaules.

« Comment voulais-tu qu'elle l'apprenne ? »

La musique s'était calmée, et des rires leur parvenaient à intervalle régulier depuis la maison. Christian était à l'œuvre.

« Je peux te piquer une cigarette ? demanda Albu. En fait, j'ai arrêté. »

Harry lui tendit le paquet.

« Merci. » Albu plaça une cigarette entre ses lèvres et se pencha vers la flamme que Harry lui présentait.

« Qu'est-ce que tu veux ? De l'argent ?

— Pourquoi tout le monde me demande ça ? murmura Harry.

— Tu es seul. Tu n'as pas de mandat d'arrêt et tu essaies de me faire croire que tu veux m'emmener au
poste. Et si tu es entré dans le chalet de Larkollen, tu es
toi aussi dans de beaux draps. »

Harry secoua la tête.

« Pas d'argent ? » Albu renversa la tête en arrière.
Quelques étoiles esseulées scintillaient là-haut. « Une
affaire personnelle, donc ? Vous étiez amants ?

— Je croyais que tu savais tout de moi, dit Harry.

— Anna prenait l'amour très au sérieux. Elle aimait
l'amour. Non, elle *l'idolâtrait*, c'est le mot. Elle *idolâtrait* l'amour. C'était la seule chose qui avait une place
dans sa vie. Ça, et la haine. » Il fit un signe de tête vers
le ciel. « Ces deux sentiments étaient comme des étoiles
à neutrons dans sa vie. Tu sais ce que sont les étoiles à
neutrons ? »

Harry secoua la tête. Albu leva sa cigarette. « Ce sont
des planètes qui ont une telle densité et une telle gravitation que si je lâchais cette cigarette au-dessus de l'une
d'elles, elle tomberait en dégageant la même énergie
qu'une bombe nucléaire. C'était la même chose avec
Anna. La force de gravitation de l'amour — et de la
haine — était si forte que rien ne pouvait exister entre
les deux. Et n'importe quelle infime broutille provo-
quait une explosion atomique. Tu comprends ? Et pourtant, il m'a fallu du temps pour le comprendre. Elle était
comme Jupiter... cachée derrière un éternel nuage de
soufre. Et d'humour. Et de sexualité.

— Vénus.

— Plaît-il ?

— Rien. »

La lune sortit d'entre deux nuages, et le cerf de
bronze apparut, comme un animal fabuleux, hors des
ombres du jardin.

« Anna et moi avions prévu de nous voir à minuit, dit
Albu. Elle m'avait dit vouloir me rendre quelques

affaires. J'étais garé dans Sorgenfrigata, entre minuit et minuit et quart. Nous étions convenus que je l'appellerais depuis la voiture, plutôt que d'aller sonner. À cause d'une voisine curieuse, selon elle. Pourtant, elle n'a pas répondu. Et je suis rentré à la maison.

— Donc, ta femme a menti ?

— Bien sûr. Il était prévu qu'elle me donne un alibi le jour où tu t'es pointé avec cette photo.

— Et pourquoi me donnes-tu cet alibi maintenant ?

— C'est important ? demanda Albu en riant. Nous sommes deux personnes qui parlons avec la lune pour témoin silencieux. Je peux tout récuser par la suite. À vrai dire, je doute que tu aies quelque chose à utiliser contre moi.

— Alors pourquoi ne me racontes-tu pas le reste, par la même occasion ?

— Que je l'ai tuée, tu veux dire ? » Il rit, plus fort, cette fois-ci. « C'est ton boulot, de trouver ça, je crois ? »

Ils étaient arrivés au portail.

« Tu voulais juste voir comment on réagirait, hein ? » Albu écrasa sa cigarette contre le marbre. « Et tu voulais te venger, c'est pour ça que tu lui as raconté ça. Tu étais en colère. Un petit garçon en colère qui cogne où et quand il peut. Tu es content ?

— Quand j'aurai l'adresse internet, je t'aurai », dit Harry. Il n'était plus en colère. Juste fatigué.

« Tu ne trouveras pas d'adresse e-mail, dit Albu. Désolé, cher ami. On peut continuer ce jeu, mais tu ne peux pas gagner. »

Harry frappa. Le son des phalanges sur la chair fut sourd et bref. Albu fit un pas chancelant vers l'arrière et porta une main à son arcade sourcilière.

Harry regarda sa propre respiration grise dans l'obscurité. « Il faudra te recoudre », dit-il.

Albu regarda sa main ensanglantée et éclata de rire.

« Seigneur, quel pitoyable looser tu fais, Harry ! Je peux t'appeler par ton prénom ? J'ai l'impression que tout ça nous a rapprochés l'un de l'autre, pas toi ? »

Harry ne répondit pas, et Albu rit de plus belle.

« Qu'est-ce qu'elle a vu en toi, Harry ? Anna n'aimait pas les loosers. En tout cas, elle ne les laissait pas la sauter. »

Le rire s'enfla encore et encore derrière Harry tandis que celui-ci retournait au taxi, et les dents des clés mordirent de plus en plus férocement sa peau à mesure qu'il les serrait dans sa main.

CHAPITRE 23

La tête de cheval

Harry fut réveillé par la sonnerie du téléphone, et jeta un coup d'œil au réveil. 7 h 30. C'était Øystein. Il avait quitté l'appartement de Harry seulement trois heures plus tôt. À ce moment-là, il avait réussi à localiser le serveur en Égypte, et il avait encore progressé depuis.

« J'ai envoyé des mails à une vieille connaissance. Il habite en Malaisie et fait toujours un peu de hacking. Le serveur se trouve à El-Tor, sur la péninsule du Sinaï. Il y a plusieurs serveurs, c'est sûrement une sorte de plaque tournante de ce genre de trucs. Tu dormais ?

— Si on veut. Comment vas-tu trouver notre abonné ?

— Il n'y a qu'un seul moyen, j'en ai bien peur. Faire le voyage là-bas avec une bonne grosse pile d'américains verts.

— Combien ?

— Assez pour que quelqu'un veuille dire à qui on doit parler. Et pour que celui à qui on doit parler veuille bien nous dire à qui on doit *réellement* parler. Et que celui à qui on doit *réellement* parler veuille…

— Pigé. Combien ?

— Mille dâlleurz devraient permettre d'avancer un peu.

— Oui ?

— Oh, je dis ça… Mais qu'est-ce que j'en sais ? »

271

— O.K. Tu t'en charges ?

— Ça dépend.

— Je casque. Tu prends l'avion le moins cher, et tu loges dans un hôtel de merde.

— Deal. »

Il était midi et la cantine de l'hôtel de police était pleine comme un œuf. Harry serra les dents et entra. Ce n'était pas par principe qu'il n'aimait pas ses collègues, juste par instinct. Et ça ne faisait qu'empirer avec les années.

« Paranoïa tout ce qu'il y a de plus classique, avait dit Aune à ce sujet. J'en souffre moi-même. Je crois que tous les psychologues sont à mes trousses, mais en réalité, il n'y en a certainement pas plus de la moitié. »

Harry parcourut la pièce du regard et aperçut Beate derrière son panier repas et le dos d'une personne qui lui tenait compagnie. Harry tenta de ne pas prêter attention aux regards qu'on lui lançait depuis les tables au moment où il passa. Quelqu'un murmura un « salut », mais Harry supposa qu'il était ironique et ne répondit pas.

« Je vous dérange ? »

Beate leva les yeux et regarda Harry avec la même expression que s'il l'avait prise en flagrant délit.

« Absolument pas, dit une voix bien connue en se levant. J'allais justement y aller. »

Les cheveux se dressèrent dans la nuque de Harry. Pas par principe, mais par instinct.

« Alors à demain soir », dit Tom Waaler au visage écarlate de Beate. Il ramassa son plateau, fit un signe de tête à Harry et disparut. Beate resta les yeux rivés sur son bout de brunost [1] en faisant de son mieux pour composer un visage égal quand Harry s'assit.

---

1. Type de fromage norvégien très populaire, qui fait penser à une mimolette sucrée.

« Alors ?

— De quoi ? gazouilla-t-elle sur un ton exagérément détaché.

— Il y avait un message sur mon répondeur, disant que tu avais du nouveau, dit Harry. Il m'a semblé que c'était urgent.

— J'ai enfin compris. » Beate but une bonne gorgée de son verre de lait. « Ce sont les dessins que le logiciel a sortis du visage de l'Exécuteur. Ça me tarabustait depuis le début, il ressemblait à quelqu'un.

— Tu veux parler des feuilles que tu m'as montrées ? Ça ne ressemble même pas de loin à un visage, ce sont plutôt des traits jetés au hasard sur une page.

— Et pourtant. »

Harry haussa les épaules.

« C'est toi, qui a le gyrus fusiforme. Je t'écoute.

— Cette nuit, j'ai trouvé qui c'était. » Elle but une nouvelle gorgée et essuya sa moustache de lait avec sa serviette.

« Oui ?

— Trond Grette. »

Harry la regarda longuement.

« Tu déconnes, là, hein ?

— Non. Je dis simplement qu'il y a une certaine ressemblance. Et n'oublie pas que Grette se trouvait à proximité de Bogstadveien à l'heure du crime. Mais donc, j'ai fini par comprendre.

— Et comment…

— J'ai vérifié avec Gaustad. Si c'est le même braqueur qui s'en est pris à l'agence DnB de Kirkeveien, ça ne peut pas être Grette. À ce moment-là, il était dans la salle TV avec au moins trois infirmiers. Et j'ai envoyé quelques gars de la Technique chez Grette, pour relever ses empreintes digitales. Weber vient de les comparer à celles retrouvées sur la bouteille de coca. Ce ne sont clairement pas ses empreintes digitales.

— Alors, tu t'es trompée, pour une fois ? »

Beate secoua la tête.

« On cherche une personne dont certaines des caractéristiques physiques font penser à Trond Gretté.

— Désolé de devoir le dire, Beate, mais Gretté n'a aucune caractéristique, qu'elles soient physiques ou autres. C'est un expert-comptable qui a une tête d'expert-comptable. J'ai déjà oublié à quoi il ressemble.

— Peut-être, dit-elle en ôtant la pellicule séparatrice de la tranche de pain suivante. Mais pas moi. Ça, au moins, on en est sûrs.

— Mmm. J'ai peut-être une bonne nouvelle.

— Oui ?

— Je vais aux Arrêts. Raskol aimerait me parler.

— Fichtre. Bon courage.

— Merci. » Harry se leva. Hésita. Risqua le coup. « Je sais que je ne suis pas ton père, mais ai-je le droit de te dire une chose ?

— Je t'en prie. »

Il regarda autour de lui pour s'assurer que personne ne pouvait les entendre.

« Je me méfierais, avec Waaler.

— Merci. » Beate mordit avec enthousiasme dans sa tranche de pain. « Et c'est vrai, ce que tu as dit sur mon père. »

« J'ai vécu toute ma vie en Norvège, dit Harry. Grandi à Oppsal. Mes parents étaient professeurs. Mon père est retraité, et depuis la mort de maman, il vit comme un somnambule qui rend rarement visite aux gens éveillés. Il manque à ma petite sœur. À moi aussi, je suppose. Ils me manquent tous les deux. Ils pensaient que je serais professeur. C'est aussi ce que je croyais. Et puis ça a été l'École de Police, à la place. Et un peu de droit. Si tu me demandes ce qui m'a poussé à devenir policier, je peux te donner dix raisons valables, mais pas

274

une seule à laquelle je croie. Aujourd'hui, je n'y pense plus beaucoup. C'est un boulot, on me paie, j'ai de temps à autre l'impression de bien faire — ça me suffit largement, ça. J'étais alcoolique avant d'avoir trente ans. Avant d'en avoir vingt, peut-être, ça dépend comment on l'entend. On dit que c'est inscrit dans les gènes. Possible. Quand j'ai été adulte, on m'a dit que mon grand-père, à Åndalsnes, n'avait pas dessoûlé une seule journée pendant cinquante ans. On y a passé tous les étés jusqu'à mes quinze ans sans que je remarque jamais rien. Je n'ai malheureusement pas hérité de ce talent. J'ai fait des choses qui ne sont pas vraiment passées inaperçues. Pour résumer, on peut dire que c'est un miracle que j'aie encore un boulot dans la police. »

Harry plissa les yeux vers le panneau *Interdiction de fumer* et alluma une cigarette.

« Anna et moi avons été amants pendant six semaines. Elle ne m'aimait pas. Je ne l'aimais pas. Quand j'ai arrêté d'aller aux nouvelles, ça a été un plus grand service pour elle que pour moi. Elle ne le voyait pas comme ça. »

L'autre occupant de la pièce acquiesça.

« J'ai aimé trois femmes dans ma vie, poursuivit Harry. La première était un amour de jeunesse avec qui j'ai failli me marier avant que ça ne parte en sucette pour tous les deux. Elle s'est ôté la vie longtemps après que j'ai cessé de la voir, ça ne me concernait absolument pas. La seconde a été assassinée par un homme que je pourchassais à l'autre bout de la planète. Il est arrivé la même chose à une collègue, Ellen. Je ne sais pas à quoi ça tient, mais les femmes que j'ai autour de moi meurent. C'est peut-être inscrit dans mes gènes.

— Et la troisième femme que tu as aimée ? »

La troisième femme. La troisième clé. Harry caressa du bout des doigts les initiales AA et les dents de la clé que Raskol lui avait jetée par-dessus la table quand

Harry avait pu entrer. Raskol avait hoché la tête quand Harry lui avait demandé si elle était identique à celle qu'il avait reçue par la poste.

Il avait ensuite demandé à Harry de parler de lui.

Il était pour l'heure assis à la table, les coudes posés et les doigts entremêlés, comme s'il priait. Le néon défectueux avait été changé et la lumière qui tombait sur son visage faisait comme une poudre blanche.

« La troisième femme est à Moscou, dit Harry. Je crois qu'elle est viable.

— Est-elle tienne ?

— Je ne l'exprimerais pas ainsi.

— Mais vous êtes ensemble ?

— Oui.

— Et vous prévoyez de passer le reste de vos vies ensemble ?

— Eh bien… Nous ne prévoyons pas. C'est un peu tôt, pour ça. »

Raskol fit un sourire triste.

« Tu ne prévois pas, dis-tu. Mais les femmes prévoient. Les femmes prévoient toujours.

— Exactement comme toi ? »

Raskol secoua la tête.

« Je sais seulement comment on planifie un hold-up. En ce qui concerne les braquages de cœur, nous sommes tous des amateurs. On peut penser l'avoir conquise, comme un chef d'armée qui a pris une forteresse, et découvrir trop tard — sinon jamais — qu'on y est enfermé. Tu as déjà entendu parler de Sun Tzu ?

— Général chinois et tacticien militaire, acquiesça Harry. Il a écrit *The Art of War*.

— On pense qu'il a écrit *The Art of War*. Pour ma part, je crois que c'était une femme. *The Art of War* est apparemment un manuel de tactiques sur le champ de bataille, mais en approfondissant un peu, il explique en détail comment sortir vainqueur. Ou plus précisément :

l'art d'obtenir ce que tu veux au prix le plus bas possible. Celui qui remporte une guerre n'est pas nécessairement le vainqueur. Nombreux sont ceux qui ont gagné une couronne, mais perdu une si grande partie de leur armée qu'ils ont dû gouverner aux conditions de leurs ennemis soi-disant vaincus. La femme n'a pas la même vanité qu'a l'homme en matière de pouvoir. Elle n'a pas besoin de mettre son pouvoir en évidence, elle désire simplement parvenir à ce qu'elle veut. La sécurité. La nourriture. Le plaisir. La vengeance. La paix. C'est l'individu de pouvoir, rationnel et calculateur, qui pense au-delà de la bataille et de la victoire fêtée. Et parce qu'elle a le talent inné de déceler les faiblesses chez ses victimes, elle sait instinctivement où et quand elle doit frapper. Et quand elle ne le doit pas. On ne peut pas l'apprendre, *Spiuni*.

— C'est pour ça que tu es en prison ? »

Raskol ferma les yeux et rit silencieusement.

« Je pourrais bien te répondre, mais il ne faut pas que tu croies un seul mot de ce que je dis. Sun Tzu dit que le premier principe de la guerre est la *tromperie* [1] — la duperie. Crois-moi... Tous les Tziganes mentent.

— Mmm. Te croire... Comme dans le paradoxe grec ?

— Voyez-vous ça, un policier qui connaît autre chose que le code pénal. Si tous les Tziganes mentent et si je suis tzigane, ce n'est par conséquent pas vrai que tous les Tziganes mentent. Donc il est vrai que je dis la vérité, donc il est vrai que tous les Tziganes mentent. Donc je mens. Un cercle logique fermé dont il est impossible de sortir. Ainsi est ma vie, et c'est la seule chose qui soit vraie. » Il partit d'un rire doux, presque féminin.

« Bien. Tu as maintenant vu mon ouverture. À toi de jouer. »

1. *En français dans le texte.*

Raskol regarda Harry. Puis il hocha la tête.

« Je m'appelle Raskol Baxhet. C'est un nom albanais, mais mon père a nié que nous étions albanais, il disait que l'Albanie était l'orifice anal de l'Europe. On nous a donc dit, à moi et à mes frères et sœurs, que nous étions nés en Roumanie, baptisés en Bulgarie et circoncis en Hongrie. »

Raskol raconta que sa famille était vraisemblablement composée de Meckaris, le plus grand des groupes de Tziganes albanais. La famille a échappé aux persécutions d'Enver Hoxhas envers les Tziganes en franchissant les montagnes du Monténégro et en allant travailler plus à l'est.

« On a été chassés à coups de bâtons partout où on est allés. Les gens prétendaient que nous étions des voleurs. Bien sûr, on volait, mais ils ne se souciaient même pas de trouver des preuves ; ce qu'ils avaient comme preuve, c'était que nous étions tziganes. Je te raconte ça parce que pour pouvoir comprendre un Tzigane, il faut comprendre qu'on naît avec un sceau d'infériorité sur le front. On est persécutés dans absolument tous les régimes européens, il n'y a aucune différence entre les fascistes, les communistes et les démocrates. Les fascistes ont simplement été un peu plus efficaces. Les Tziganes n'ont pas de point de vue particulier quant à l'Holocauste, parce que la différence avec les persécutions auxquelles on était habitués n'est pas significative. Tu n'as pas l'air de me croire ? »

Harry haussa les épaules. Raskol croisa les bras.

« En 1589, le Danemark a instauré la peine de mort pour les chefs tziganes, dit-il. Cinquante ans plus tard, les Suédois ont décidé que tous les Tziganes mâles devaient être pendus. En Moravie, on coupait l'oreille gauche des femmes tziganes, et en Bohème, la droite. L'archevêque de Mayence a prêché que tous les Tziganes devaient être exécutés sans procès quand on a interdit leur mode de vie. En 1725, il a été admis en Prusse que tous les Tziganes de plus de dix-huit ans devaient être exécutés sans procès, mais cette loi a été changée par la suite… on a abaissé la limite d'âge à quatorze ans. Quatre des frères de mon père sont morts en détention. Un seul d'entre eux pendant la guerre. Faut-il que je continue ? »

Harry secoua la tête.

« Mais ça aussi, c'est un cercle logique fermé, poursuivit Raskol. La règle qui fait qu'on est persécutés et qu'on survit est la même. Nous sommes — et nous voulons être — différents. Les *gadjé* entrent aussi peu chez nous qu'on nous laisse approcher de la chaleur. Le Tzigane est cet étranger mystérieux et menaçant dont tu ne sais rien, mais sur le compte duquel courent tout un tas de rumeurs. Pendant des générations et des générations, les gens ont cru que les Tziganes étaient cannibales. Là où j'ai grandi — à Balteni, près de Bucarest — ils prétendaient que nous étions les descendants de Caïn et que nous étions condamnés à la perdition éternelle. Notre voisin gadjo nous donnait de l'argent pour que nous ne les approchions pas. »

Le regard de Raskol balaya les murs sans fenêtres.

« Mon père était forgeron, mais il n'y avait pas de travail pour les forgerons en Roumanie après l'arrivée au pouvoir de Ceaucescu. Nous avons dû déménager vers la décharge en dehors de la ville, où étaient installés les Tziganes Kalderash. En Albanie, papa avait été *bulibas*, le chef tzigane local et médiateur, mais au milieu des Kalderash, il n'était qu'un forgeron sans emploi. »

Raskol poussa un profond soupir.

« Je n'oublierai jamais l'expression qu'il avait dans le regard quand il est rentré à la maison avec un petit ours brun apprivoisé qu'il traînait en laisse derrière lui. Il l'avait acheté avec ses derniers deniers à un groupe de montreurs d'ours. "Il sait danser", a-t-il dit. Les communistes payaient pour voir danser des animaux. Ça les faisait se sentir mieux. Stefan, mon frère, a essayé de nourrir l'ours, mais celui-ci ne voulait pas manger, et maman a demandé à papa s'il était malade. Il a répondu qu'ils avaient fait tout le chemin depuis Bucarest à pied, et qu'il avait juste besoin de se reposer un peu. L'ours est mort quatre jours plus tard. »

Raskol ferma les yeux et réédita son sourire triste.

« Cet automne-là, Stefan et moi avons fui. Deux bouches de moins à nourrir. Nous sommes partis vers le nord.

— Quel âge aviez-vous ?

— J'avais neuf ans, Stefan en avait douze. L'idée, c'était d'arriver en Allemagne de l'Ouest. À cette époque, ils laissaient entrer les réfugiés du monde entier et leur donnaient à manger, ça devait être leur façon de payer leur faute. Stefan pensait que plus on était jeune, plus on avait de chance d'entrer. Mais on a été arrêtés à la frontière polonaise. On est allés à Varsovie où on a passé la nuit, sous un pont, avec chacun notre couverture, à l'intérieur de l'enceinte de Wschodnia, la gare terminus orientale. On savait qu'on pourrait y trouver un *schlepper* — un passeur. Après avoir cherché plusieurs jours, on a rencontré un type qui parlait roumain et qui se disait guide-frontière, il a promis de nous faire passer en Allemagne de l'Ouest. On n'avait pas l'argent pour en payer le prix, mais il a dit qu'il savait comment faire, il connaissait quelqu'un qui payait bien pour les jeunes et beaux petits garçons tziganes. Je ne comprenais pas de quoi il parlait, mais ce n'était visiblement pas le cas de Stefan. Il a pris le guide à part et ils se sont mis à discuter très fort, pendant que le guide me montrait du doigt. Stefan a secoué plusieurs fois la tête, et le guide a fini par faire un grand geste des bras et renoncer. Stefan m'a demandé d'attendre qu'il revienne et il est parti en voiture. J'ai fait comme il m'avait dit, mais les heures ont passé. La nuit est tombée et je me suis couché. Les deux premières nuits sous le pont, je m'étais réveillé aux hurlements des freins quand les trains de marchandises entraient, mais mes jeunes oreilles avaient rapidement appris que ce n'étaient pas ces bruits-là dont je devais me méfier. Je me suis donc endormi, et je ne me suis réveillé qu'en entendant des pas prudents se glisser près de moi, au milieu de la nuit. C'était Stefan. Il s'est glissé sous la couverture et s'est collé au mur humide. Je l'ai entendu pleurer, mais j'ai fait comme si de rien n'était et j'ai refermé les yeux. Et je n'ai de nouveau rapidement plus entendu que les trains. » Raskol leva la tête. « Tu aimes les trains, *Spiuni* ? »

Harry acquiesça.

« Le guide est revenu le lendemain. Il avait besoin de plus d'argent. Stefan est reparti avec la voiture. Quatre jours plus tard, je me suis réveillé au petit jour et j'ai regardé Stefan. Il avait été absent toute la nuit. Il était allongé avec les yeux entrouverts, comme à son habitude, et je pouvais voir sa respiration flotter dans l'air givré du matin. Il avait du sang à la racine des cheveux, et sa lèvre était gonflée. J'ai pris ma couverture et je suis allé à la gare centrale où une famille de Kalderash s'était installée près des toilettes en attendant de partir vers l'ouest. J'ai discuté avec le plus âgé des enfants. Il m'a dit que celui qu'on croyait être un *schlepper* était un maquereau banal qui traînait du côté des gares. Il avait proposé trente zlotys à leur père pour qu'il lui envoie ses deux benjamins. J'ai montré ma couverture au gosse. Elle était belle, épaisse, volée sur un cintre à Ljubljana. Il l'a appréciée. On était bientôt en décembre. J'ai demandé à voir son couteau. Il l'avait à l'intérieur de sa chemise.

— Comment as-tu su qu'il avait un couteau ?

— Tous les Tziganes ont un couteau. Pour manger. Même les membres d'une même famille ne partagent pas leurs couverts, ils peuvent attraper des *mahrime* — des maladies. Mais il a fait une bonne affaire. Son couteau était petit et émoussé. Heureusement, j'ai pu le faire aiguiser à la forge de l'usine ferroviaire. »

Raskol passa l'ongle de son petit doigt, long et pointu, le long de l'arête de son nez.

« Le soir même, une fois que Stefan a été assis dans la voiture, j'ai demandé au mac s'il avait un client pour moi aussi. Il a fait un grand sourire et m'a dit que je n'avais qu'à attendre. Quand il est revenu, j'étais dans l'ombre sous le pont, à regarder les trains qui allaient et venaient. "Viens, *sinti*, disait-il. J'ai un bon client. Un riche du parti. Viens, maintenant, on n'a pas beaucoup de temps !" "Il faut attendre le train de Cracovie", je lui ai répondu. Il est venu vers moi et m'a attrapé par le bras. "Il faut venir, maintenant, tu comprends ?" Je lui arrivais à la poitrine. "Le voilà", j'ai dit en tendant un doigt. Il m'a lâché et a regardé en l'air. C'était une cara-vane noire de wagons d'acier qui passait, et des visages pâles qui nous regardaient. C'est alors que s'est produit ce que j'attendais. Le hurlement de l'acier contre l'acier, quand les freins se sont serrés. Ça couvrait tout. »

Harry ferma fort les yeux, comme si ça devait l'aider à savoir si Raskol mentait.

« Quand le dernier wagon est passé, lentement, j'ai vu un visage de femme qui me regardait fixement depuis une fenêtre. On aurait dit un revenant. Elle ressemblait à ma mère. J'ai levé le couteau plein de sang et je le lui ai montré. Et tu sais quoi, *Spiuni* ? C'est le seul moment dans ma vie où j'ai ressenti un bonheur sans tache. » Raskol ferma les yeux, comme pour le revivre. « *Koke per koke*. Tête pour tête. C'est l'expression albanaise pour la vengeance du sang. C'est l'ivresse la meilleure et la plus dangereuse que Dieu ait donné à l'homme.

— Que s'est-il passé ensuite ? »

Raskol rouvrit les yeux.

« Tu sais ce qu'est le *baxt, Spiuni* ?

— Aucune idée.

— Le destin. La chance et le karma. C'est ce qui dirige nos vies. Quand j'ai pris son portefeuille au mac, il y avait trois mille zlotys dedans. Stefan est revenu, et on a porté le cadavre par-dessus les rails pour aller le jeter dans un wagon de fret qui partait vers l'ouest. Et nous, on est partis vers le nord. Deux semaines plus tard, à Gdansk, on s'est glissés sur un bateau qui nous a conduits à Göteborg. De là, on est allés à Oslo. On a fini par trouver un terrain près de Tøyen, où il y avait quatre caravanes. Des Tziganes vivaient dans trois d'entre elles. La quatrième était vieille, l'essieu était mort, et elle avait été abandonnée. C'est devenu ma maison et celle de Stefan, et ça a duré cinq ans. On y a fêté mon dixième anniversaire le soir de Noël, avec des biscuits et un verre de lait, sous l'unique couverture qu'il nous restait. Le jour de Noël, on a fait notre premier casse d'échoppe, et on a senti qu'on était arrivés au bon endroit. » Raskol sourit largement. « C'était comme piquer des bonbons aux petits. »

Ils restèrent un bon moment silencieux.

« Tu as toujours l'air de ne pas me croire complètement, finit par dire Raskol.

— C'est important ? » demanda Harry.

Raskol sourit.

« Comment sais-tu qu'Anna ne t'aimait pas ? » demanda-t-il.

Harry haussa les épaules.

Main dans la main, attachés ensemble par les menottes, ils parcoururent le Souterrain.

« Ne considère pas comme acquis que je sais qui est le braqueur, dit Raskol. Il peut s'agir d'un outsider.

— Je sais.

— Bien.

— Donc, si Anna est la fille de Stefan et s'il vit en Norvège, pourquoi est-ce qu'il n'est pas venu à l'enterrement ?

— Parce qu'il est mort. Il a dégringolé du toit d'une maison qu'ils étaient en train de ravaler, il y a plusieurs années.

— Et la mère d'Anna ?

— Elle est partie vers le sud, en Roumanie, après la mort de Stefan. Je n'ai pas son adresse. Je doute qu'elle en ait une.

— Tu as dit à Ivarsson que la raison pour laquelle la famille n'était pas venue à l'enterrement, c'était qu'Anna leur avait fait honte.

— C'est vrai ? » Harry vit de l'amusement dans les yeux marron de Raskol. « Tu me crois, si je te dis que j'ai menti ?

— Oui.

— Mais je n'ai pas menti. Anna avait été éjectée de la famille. Elle n'existait plus pour son père, il interdisait à tous de mentionner son nom. Pour empêcher le *mahrime*. Tu comprends ?

— Apparemment pas. »

Ils arrivèrent à l'hôtel de police et s'arrêtèrent pour attendre l'ascenseur. Raskol murmura quelque chose pour lui-même avant de dire tout haut :

« Pourquoi me fais-tu confiance, *Spiuni* ?

— Est-ce que j'ai le choix ?

— On a toujours le choix.

— Ce qui est plus intéressant, c'est pourquoi *toi*, tu me fais confiance. Même si la clé que je t'ai donnée est identique à celle de l'appartement d'Anna, ça ne veut pas obligatoirement dire que je l'ai trouvée chez le meurtrier. »

Raskol secoua la tête :

« Tu comprends de travers. Je ne fais confiance à personne. Je ne fais confiance qu'à mon instinct. Et celui-ci me dit que tu n'es pas un imbécile. Tout le monde vit pour quelque chose. Quelque chose qui peut leur être pris. Toi de même. Ce n'est pas plus compliqué que ça. »

Les portes de l'ascenseur s'ouvrirent, et ils entrèrent.

Harry observa Raskol dans la pénombre tandis qu'il regardait la vidéo du hold-up. Il était assis le dos droit et les paumes serrées l'une contre l'autre, et son visage n'exprimait rien. Pas même quand le son distordu du coup de feu emplit la House of Pain.

« Tu veux le voir encore une fois ? demanda Harry lorsque défilèrent les dernières images, montrant l'Exécuteur qui disparaissait dans Industrigata.

— Pas besoin, répondit Raskol.

— Alors ? demanda Harry, qui tentait d'avoir l'air excité.

— Tu as autre chose ? »

Harry sentit que ça sonnait comme une mauvaise nouvelle.

« Eh bien, j'ai une vidéo du 7-Eleven, juste en face de la banque, où il a planqué avant le braquage.

— Passe-la. »

Harry la projeta deux fois.

« Alors ? répéta-t-il quand la neige se remit à faire rage sur l'écran.

— Je comprends qu'il est censé avoir fait d'autres braquages, et on pourrait aussi les visionner, dit Raskol en regardant l'heure. Mais ce serait perdre du temps.

— Il me semblait t'avoir entendu dire que le temps était la seule chose dont tu disposais.

— Un mensonge flagrant, dit-il en se levant et en tendant la main. Le temps est la seule chose dont je suis à court. Tu peux nous renchaîner ensemble, *Spiuni*. »

Harry jura intérieurement. Il fit claquer les menottes sur le poignet de Raskol et ils passèrent côte à côte entre la table et le mur en allant vers la porte. Harry posa la main sur la poignée.

« La plupart des braqueurs de banques sont des âmes simples, dit Raskol. C'est pour cette raison qu'ils deviennent des braqueurs. »

Harry s'arrêta.

« L'un des braqueurs les plus célèbres au monde était l'Américain Willie Sutton, continua Raskol. Quand il a été arrêté et traduit en justice, le juge lui a demandé pourquoi il braquait des banques. Sutton a répondu : *"Parce que c'est là qu'est l'argent."* C'est resté une expression consacrée dans la langue familière, censée démontrer à quel point les choses peuvent être vues de façon génialement directe et simple. À moi, ça ne me montre qu'un idiot qui s'est fait prendre. Les bons auteurs de vols à main armée ne sont ni célèbres, ni cités. Tu n'as jamais entendu parler d'eux. Parce qu'ils n'ont jamais été pris. Parce qu'ils ne sont pas directs et simples. Celui que vous recherchez est quelqu'un de cette trempe. »

Harry attendit.

« Grette », dit Raskol.

« Grette ? demanda Beate dont les yeux semblaient vouloir jaillir de la petite tête. Grette ? » Sa carotide émergeait dans son cou. « Grette a un alibi ! Trond Grette est un expert-comptable qui ondule de la toiture, pas un braqueur ! Trond Grette… est… est…

— Innocent, dit Harry. Je sais. » Il avait refermé la porte du bureau derrière lui et glissé bas dans le fauteuil, devant la table de travail. « Mais ce n'est pas de Trond Grette que l'on parle. » La bouche de Beate se referma avec un claquement humide bien net.

286

« Tu as entendu parler de Lev Grette ? demanda Harry. Raskol a dit que les trente premières secondes lui avaient suffi, mais il a voulu voir le reste pour être sûr. Parce que personne n'a vu Lev Grette depuis plusieurs années. Aux dernières rumeurs, d'après Raskol, Lev Grette vivait quelque part à l'étranger.

— Lev Grette, répéta Beate dont le regard s'était fait lointain. C'était une espèce de Wonderboy, je me souviens que papa parlait de lui. J'ai lu des rapports de braquages auxquels il est soupçonné d'avoir participé alors qu'il n'avait que seize ans. Il est devenu légendaire parce que la police ne l'a jamais arrêté, et quand il a disparu pour de bon, on n'avait même pas ne serait-ce que ses empreintes digitales. » Elle regarda Harry. « Quel con ! Même constitution. Similitude dans les traits. C'est le frère de Trond Grette, c'est ça ? »

Harry acquiesça.

Beate plissa le front.

« Mais alors, ça veut dire que Lev Grette a buté sa propre belle-sœur.

— Ça met certains autres éléments à leur place, tu ne trouves pas ? »

Elle hocha lentement la tête.

« Les vingt centimètres entre les visages. Ils se connaissaient.

— Et si Lev Grette a compris qu'il était reconnu…

— Évidemment, dit Beate. Elle devenait un témoin, il ne pouvait pas prendre le risque qu'elle dévoile son identité. »

Harry se leva.

« Je vais demander à Halvorsen de nous concocter quelque chose de suffisamment costaud. On va regarder des vidéos. »

« Je parie que Lev Grette ne savait même pas que Stine Grette travaillait là, dit Harry, les yeux rivés sur l'écran. Ce qui est intéressant, c'est qu'il la reconnaît et qu'il choisit quand même de se servir d'elle comme otage. Il devait savoir que, de près, elle le reconnaîtrait, au moins à sa voix. »

Beate secoua la tête sans comprendre, en regardant les images de l'agence bancaire encore paisible, et d'August Schulz, à mi-chemin de son expédition traînante.

« Alors pourquoi est-ce qu'il l'a fait ?

— C'est un professionnel. Qui ne laisse rien au hasard. Stine Grette a été condamnée à mort dès cet instant-*ci*. » Harry fit un arrêt sur image au moment où le braqueur, une fois entré, avait parcouru l'agence du regard. « Quand Lev Grette l'a vue, il a su qu'elle pouvait l'identifier, et il a su qu'elle devait mourir. À partir de là, il pouvait sans problème l'utiliser comme otage.

— Froidement.

— Moins quarante. La seule chose que je ne comprends pas bien, c'est qu'il aille jusqu'au meurtre pour ne pas être reconnu alors qu'il est déjà recherché pour d'autres vols à main armée. »

Weber entra dans le salon avec son plateau à café.

« Oui, mais Lev Grette n'est pas recherché pour braquage », dit-il en posant le plateau sur la table basse. Le salon semblait avoir été aménagé dans les années cinquante, et ne plus avoir été touché depuis. Les fauteuils en velours, le piano et les plantes poussiéreuses sur la fenêtre dégageaient un calme étrange, et même le balancier de l'horloge murale était silencieux. La femme chenue aux yeux étincelants sous le verre du cadre, sur la cheminée, riait sans bruit ; c'était comme si le silence qui s'était introduit quand Weber était devenu veuf, huit ans auparavant, avait tout fait taire autour de lui, jusqu'aux notes du piano. L'appartement se trouvait au rez-de-chaussée d'un vieil immeuble de Tøyen, mais le bourdonnement des voitures au-dehors ne faisait que souligner le silence à l'intérieur. Weber s'assit dans l'un des deux fauteuils à oreilles, précautionneusement, comme si c'était une pièce de musée.

« Nous n'avons jamais trouvé d'indice concret permettant de dire que Grette ait pu être impliqué dans un seul des hold-up. Aucun signalement de la part de témoins, aucune balance dans le milieu, pas d'empreintes digitales ou autres preuves techniques. Les rapports confirment seulement qu'il est suspect.

— Mmm. Donc, jusqu'à ce que Stine Grette soit en mesure de le donner, il avait un casier judiciaire entièrement vierge ?

— On peut le dire. Biscuit ? »

Beate secoua la tête.

C'était le jour de congé de Weber, mais au téléphone, Harry avait insisté pour qu'ils se voient sans délai. Il comprenait que Weber reçoive à contrecœur des gens chez lui, mais ça n'avait rien changé.

« On a discuté avec le type de garde à la Technique, pour qu'il compare les empreintes retrouvées sur la bouteille de coca avec celles retrouvées sur les lieux des braquages dont Grette est soupçonné, dit Beate. Il n'en a trouvé aucune.

— Comme je l'ai dit, dit Weber en vérifiant que le couvercle de la cafetière était bien en place, Lev Grette n'a jamais laissé d'indice sur les lieux de ses forfaits. »

Beate parcourut ses notes.

« Tu es d'accord avec Raskol, pour dire que Lev Grette est le coupable ?

— Mouais. Pourquoi pas ? » Weber commença le service.

« Parce qu'il n'a jamais été fait usage de violence dans aucun des hold-up dont il est soupçonné. Et parce qu'il s'agissait de sa belle-sœur. Tuer parce qu'on peut te reconnaître... ce n'est pas un peu léger, comme mobile ? »

Weber cessa de servir et la regarda. Il jeta un coup d'œil interrogateur à Harry, qui haussa les épaules.

« Non », dit-il. Et de se remettre à servir. Beate rougit comme une pivoine.

« Weber est de l'école classique, dit Harry d'un ton qui sentait presque l'excuse. Il pense qu'un meurtre exclut par définition un motif véritablement rationnel. Il n'y a que des degrés de motifs aberrants qui peuvent de temps en temps ressembler à du bon sens.

— C'est comme ça, dit Weber en reposant sa cafetière.

— La question que je me pose, dit Harry, c'est pourquoi Lev Grette a quitté le pays si la police n'avait rien sur lui ? »

Weber balaya un peu de poussière invisible de son bras de fauteuil.

« Je ne sais pas à coup sûr…

— *À coup sûr ?* »

Weber étreignit la jolie anse de porcelaine fine de sa tasse entre un grand pouce épais et un index jauni par la nicotine.

« Il y avait une rumeur, dans le temps. Pas quelque chose de sûr. On a prétendu que ce n'était pas la police, qu'il fuyait. Quelqu'un avait entendu dire que le dernier hold-up qu'il avait perpétré ne s'était pas déroulé comme prévu. Que Grette avait laissé tomber son partenaire.

— Comment ça ? demanda Beate.

— Personne ne le savait. Quelques-uns pensaient que Grette avait été le chauffeur, et qu'il s'était débiné quand la police était arrivée, alors que l'autre était toujours dans la banque. D'autres ont dit que le braquage avait réussi, mais que Grette s'était taillé les flûtes à l'étranger avec la totalité de la caisse. » Weber but une gorgée et reposa prudemment sa tasse. « Mais ce qu'il y a d'intéressant dans l'affaire qui nous occupe en ce moment, ce n'est peut-être pas comment, mais qui était l'autre personne.

— Tu veux dire que c'était... » demanda Harry en regardant Weber.

Le vieux scientifique hocha la tête. Beate et Harry échangèrent un regard.

« Merde », dit Harry.

Beate mit son clignotant à gauche et attendit un répit dans le flux de voitures venant de la droite dans Tøyengata. La pluie tambourinait contre le toit. Harry ferma les yeux. Il savait que s'il se concentrait, il pouvait transformer le splash des voitures qui passaient en vagues s'écrasant contre la proue du ferry, sur lequel il se trouvait, dans le vent fort, regardant l'écume blanche et tenant son grand-père par la main. Mais il n'avait pas le temps.

« Alors comme ça, Raskol est en compte avec Lev Grette, dit Harry en ouvrant les yeux. Et il le désigne comme braqueur. Est-ce que c'est réellement Grette, sur la vidéo, ou bien est-ce que Raskol veut simplement se venger de lui ? Ou est-ce seulement une nouvelle farce de Raskol pour nous abuser ?

— Ou bien, comme Weber l'a dit... rien que des rumeurs sans fondement », dit Beate. Les voitures continuaient à arriver de la droite tandis qu'elle tambourinait avec impatience sur le volant.

« Tu as peut-être raison, dit Harry. Si Raskol voulait se venger de Grette, il n'aurait pas besoin que la police l'aide. Mais en supposant que ce ne soit qu'une rumeur, pourquoi désignerait-il Grette si ce n'est pas lui ?

— Une impulsion ? »

Harry secoua la tête.

« Raskol est un tacticien. Il ne désigne pas quelqu'un d'autre sans une bonne raison. On ne peut pas être tout à fait sûr que l'Exécuteur fasse cavalier seul.

— Qu'est-ce que tu veux dire ?

— Il y a peut-être quelqu'un d'autre qui met les hold-up au point. Qui est à même de fournir l'arme. La voiture pour fuir. L'appartement où se planquer. Un *cleaner* qui fait ensuite magiquement disparaître les vêtements et l'arme du braquage. Et un *washer* qui blanchit l'argent.

— Raskol ?

— Si Raskol veut détourner notre attention du véritable coupable, quoi de plus malin que de nous envoyer à la recherche d'un homme que personne ne peut localiser, qui est mort et enterré ou établi sous un nouveau nom à l'étranger, un suspect qu'on ne réussira jamais à écarter de l'affaire ? En nous fournissant un tel projet à infiniment long terme, il peut nous faire chasser une ombre plutôt que son homme.

— Alors tu crois qu'il ment ?

— Tous les Tziganes mentent.

— Ah ?

— Dixit Raskol.

— Alors en tout cas, il a le sens de l'humour. Et pourquoi ne te mentirait-il pas à toi, alors qu'il a menti à tous les autres ? »

Harry ne répondit pas.

« Enfin une ouverture, dit Beate en appuyant légèrement sur l'accélérateur.

— Attends ! dit Harry. Prends à droite. Vers Finnmarkgata.

— Bon, bon, dit-elle avec surprise en tournant devant Tøyenparken. Où allons-nous ?

— On va aller voir Trond Grette chez lui. »

Le filet du terrain de tennis avait disparu. Et il n'y avait aucune lumière aux fenêtres de chez Grette.

« Il n'est pas chez lui », assura Beate lorsqu'ils eurent sonné deux fois.

La fenêtre voisine s'ouvrit.

« Trond est là, en fait, grasseya le visage féminin ridé qui parut à Harry encore plus brun que la dernière fois. Il ne veut pas ouvrir, c'est tout. Appuyez longtemps, et il va venir. »

Beate tint le bouton de sonnette enfoncé, et ils entendirent un grondement effrayant depuis les entrailles de la maison. La fenêtre voisine se referma et immédiatement après, ils plongèrent les yeux dans un visage livide où se détachaient deux demi-cercles bleus encadrant un regard indifférent. Trond Grette était vêtu d'un peignoir jaune. Il donnait l'impression de sortir de son lit après y avoir dormi pendant une semaine. Et que ça n'avait pas suffi. Sans un mot, il leva une main et leur fit signe d'entrer. Le soleil jeta un éclair dans la bague de diamants qu'il portait au petit doigt.

« Lev était différent, dit Trond. Il a failli tuer un homme, quand il avait quinze ans. »

Il sourit dans le vague, comme si c'était un souvenir qui lui était cher.

« C'était comme si nous nous étions partagé un jeu complet de gènes. Ce qu'il n'avait pas, c'est moi qui l'avais… et réciproquement. On a grandi ici, à Disengrenda, dms cette maison. Lev était une légende dans le voisinage, tandis que je n'étais que le petit frère de Lev. L'une des premières choses que je me rappelle, ça remonte à l'école ; Lev se balançait sur la gouttière, pendant la récréation. C'était au troisième étage, et aucun des profs n'osait aller le chercher. Nous, on était dessous et on l'encourageait pendant qu'il dansait tout là-haut, les bras en croix. Je revois encore sa silhouette se découpant sur le ciel bleu. Je n'avais pas peur un seul instant, il ne me venait même pas à l'idée que mon grand frère pouvait dégringoler du toit. Et je crois que tout le monde était dans cet état d'esprit. Lev était le seul à pouvoir filer une dégelée aux frères Gausten, qui habitaient les immeubles de Traverveien, bien qu'ils aient deux ans de plus et qu'ils soient allés en institution spécialisée. À quatorze ans, Lev a piqué la voiture de papa, il est allé à Lillestrøm et en est revenu avec un paquet de Twist qu'il avait chipé au kiosque de la gare. Papa n'a jamais rien su. Lev m'a donné le paquet de Twist. »

Trond Grette sembla essayer de rire. Ils s'étaient assis autour de la table. Trond avait fait du chocolat. Il avait versé la poudre de cacao d'une boîte métallique qu'il avait longuement contemplée. Quelqu'un avait écrit CACAO dessus, au feutre noir. L'écriture était soignée, féminine.

« Le pire, c'est que Lev aurait pu devenir quelqu'un de bien, dit Trond. Le problème, c'est qu'il se lassait extrêmement vite des choses. Tout le monde disait qu'il avait été le joueur de football le plus prometteur de Skeid, pendant plusieurs années, mais quand on l'a appelé dans l'équipe nationale junior, il n'a même pas fait l'effort de répondre à la convocation. À quinze ans, il a emprunté une guitare, et deux mois plus tard, il a donné un concert au lycée, où il jouait ses propres morceaux. Un type qui s'appelait Waaktar lui a ensuite demandé de venir jouer dans un groupe de Grorud, mais il a refusé en disant que les autres étaient trop mauvais. Lev était le genre à réussir dans tout. Il aurait résolu le problème de l'école sans aucune difficulté s'il avait fait ses devoirs et s'il n'avait pas autant séché, dit Trond avec un sourire narquois. Il me payait en sucreries volées pour que j'apprenne à écrire comme lui, afin que je fasse moi-même ses rédactions. En tout cas, ça a sauvé sa moyenne en norvégien. » Trond se mit à rire, mais redevint subitement grave. « Et puis il s'est lassé de la guitare et a commencé à traîner avec un groupe de types plus vieux que nous, d'Årvoll. Lev ne semblait jamais penser que c'était si grave de renoncer à ce qu'il avait. En fait, il y avait toujours quelque chose d'autre,

quelque chose de meilleur, quelque chose de plus palpitant après chaque virage.

— Ça a peut-être l'air d'une question bête à poser à
un frère, dit Harry, mais diriez-vous que vous le
connaissez bien ? »

Trond réfléchit.

« Non, ce n'est pas une question bête. Oui, nous
avons grandi ensemble. Et oui, Lev était extraverti,
drôle, et tout le monde — filles comme garçons — avait
envie de le connaître. Mais en réalité, Lev était un loup
solitaire. Il m'a dit une fois qu'il n'avait jamais eu de
vrais copains, rien que des fans et des petites amies. Il y
avait beaucoup de choses que je ne comprenais pas chez
Lev. Comme quand les frères Gausten sont venus pour
faire des histoires. Ils étaient trois, et tous plus vieux que
Lev. Moi et les autres gamins du coin, on a fichu le camp
aussitôt qu'on les a vus. Mais Lev n'a pas bougé. Il s'est
fait proprement rosser par eux pendant cinq ans. Et
puis, un jour, l'aîné — Roger — est arrivé seul. On s'est
débinés, comme d'habitude. Quand j'ai jeté un coup
d'œil depuis le coin de la maison, j'ai vu Roger allongé
par terre, et Lev sur lui. Lev avait coincé les bras de
Roger avec ses jambes, et il tenait un petit bâton. Je me
suis approché pour mieux voir. À part des halètements
puissants, aucun bruit ne me parvenait d'eux. Alors j'ai
vu que Lev avait enfoncé la baguette dans l'œil de
Roger. »

Beate changea de position sur son siège.

« Lev était très concentré, comme si c'était quelque
chose qui réclamait une grande précision et beaucoup
de précautions. On aurait dit qu'il essayait de faire sortir
le globe oculaire. Et Roger pleurait du sang qui coulait
de son œil dans son oreille et du lobe de l'oreille sur le
sol. Le silence était tel qu'on entendait le sang tomber
par terre. Plic, plic.

— Qu'est-ce que tu as fait ? demanda Beate.

— J'ai vomi. Je n'ai jamais supporté le sang, ça me rend nauséeux, mal à l'aise. » Trond secoua la tête. « Lev a lâché Roger et m'a ramené à la maison. Roger a pu faire soigner son œil, mais on n'a plus jamais revu les frères Gausten dans le coin. Moi je n'ai pas oublié le tableau de Lev avec sa baguette dans la main. C'est à des moments pareils que je pensais que mon frère devenait de temps en temps quelqu'un d'autre, quelqu'un que je ne connaissais pas et qui arrivait parfois à l'improviste. Malheureusement, les visites se sont rapprochées, au fil du temps.

— Vous avez mentionné qu'il avait essayé de tuer un homme.

— C'était un dimanche matin. Lev a emporté un tournevis et un crayon, et il est descendu à vélo jusqu'à l'une des passerelles qui enjambent Ringveien. Vous êtes déjà montés sur ce genre de passerelles, non ? C'est un peu sinistre, parce qu'on marche sur des grilles métalliques, et qu'on voit l'asphalte sept mètres en dessous. Comme c'était un dimanche matin, il y avait peu de monde dehors. Il a défait les vis d'une des grilles, en n'en laissant que deux d'un côté, et il a posé le crayon dans le coin pour que la grille repose dessus. Et puis il a attendu. En premier, une bonne femme est arrivée, dont Lev disait qu'elle avait l'air "fraîchement baisée". En habits du dimanche, décoiffée et jurant, clopinant sur un talon aiguille bousillé. » Trond émit un petit rire. « Lev avait pigé pas mal de trucs, pour un gamin de quinze ans. » Il leva la tasse à ses lèvres et regarda avec surprise par la fenêtre de la cuisine un camion-poubelles qui s'était arrêté près des containers à ordures, derrière le séchoir à linge.

« C'est lundi, aujourd'hui ?

— Non, répondit Harry, qui n'avait pas touché à sa tasse. Comment ça s'est passé, avec la fille ?

296

— Il y a deux rangées de grilles. Elle marchait sur la rangée de gauche. Déveine, comme a dit Lev. Après, il a dit qu'il l'aurait préférée, elle, au vieil homme. Puis le vieux est arrivé. Il marchait sur la rangée de droite. À cause du crayon dans le coin, la grille dévissée était un peu plus haute que les autres, et Lev a pensé que le vieux avait dû sentir venir le danger, parce qu'il marchait de plus en plus lentement à mesure qu'il approchait. Au dernier pas, ça a été comme s'il restait pétrifié en l'air. »

Trond secoua lentement la tête tout en observant le camion-poubelles qui mâchait en ronronnant les ordures du voisinage.

« Quand il a posé le pied, la grille s'est ouverte comme une trappe. Vous savez, celles qu'on utilise sur les échafauds, pour les pendaisons. Le vieux s'est cassé les deux jambes quand il a touché l'asphalte. Si ça n'avait pas été un dimanche matin, il aurait été écrasé sur-le-champ. Déveine, comme a dit Lev.

— C'est aussi ce qu'il a dit à la police ? demanda Harry.

— La police, oui, répondit Trond en regardant dans le fond de sa tasse. Ils ont sonné le surlendemain. C'est moi qui ai ouvert. Ils m'ont demandé si le vélo qui était dehors appartenait à quelqu'un de la maison. J'ai dit oui. Il est apparu qu'un témoin avait vu Lev partir à vélo, et avait donné le signalement d'un vélo et d'un garçonnet en blouson rouge. Je leur ai alors montré la doudoune rouge que Lev avait eue sur lui.

— Vous ? demanda Harry ? Vous avez balancé votre frère ? »

Trond soupira.

« J'ai dit que c'était mon vélo. Et mon blouson. Et que Lev et moi, on se ressemblait pas mal.

— Mais au nom du ciel, pourquoi avez-vous fait ça ?

— J'avais quatorze ans, j'étais trop jeune pour qu'ils puissent me faire quoi que ce soit. Lev se serait retrouvé dans le centre que Roger Gausten avait fréquenté.

— Mais qu'ont dit vos parents ?

— Que pouvaient-ils dire ? Tous ceux qui nous connaissaient savaient pertinemment que c'était Lev qui avait fait le coup. C'était lui, le dingue qui volait des bonbons et qui jetait des pierres, tandis que moi, j'étais le petit garçon bien rangé et gentil qui faisait ses devoirs et qui aidait les vieilles dames à traverser la rue. Personne n'en a jamais reparlé. »

Beate se racla la gorge.

« Qui a proposé que ce soit vous qui endossiez la faute ?

— Moi. J'aimais Lev plus que tout au monde. Mais je peux le dire, maintenant qu'il y a prescription. Et le fait est que… » Trond refit son sourire absent. « Quelquefois, j'aimerais avoir eu le courage de le faire, moi. »

Harry et Beate firent tourner en silence leur tasse dans leurs mains. Harry se demanda lequel d'entre eux poserait la question. Si ça avait été Ellen, sa partenaire, ils l'auraient senti en eux.

« Où… » commencèrent-ils en chœur. Trond les encouragea d'un clin d'œil. Harry fit un signe de tête à Beate.

« Où est votre frère, maintenant ? demanda-t-elle.

— Où… est Lev ? » Trond la regarda sans comprendre.

« Oui. Nous savons qu'il a disparu pendant un certain temps. »

Grette se tourna vers Harry.

« Vous ne m'aviez pas dit que cette conversation devait concerner Lev. » Le ton était à l'accusation.

« Nous avons dit que nous voulions parler de choses et d'autres, dit Harry. Et à présent, on a fini de parler de choses. »

Trond se leva brusquement, attrapa sa tasse, alla à l'évier et versa le chocolat.

« Mais Lev. Il est… En quoi cela peut-il bien le concerner ?

— Peut-être rien, dit Harry. Le cas échéant, nous aimerions que vous nous aidiez à l'exclure de cette affaire.

— Il n'habite même plus le pays », gémit Trond en se retournant vers eux.

Beate et Harry échangèrent un regard.

« Et où habite-t-il ? » demanda Harry.

Trond hésita exactement un dixième de seconde de trop avant de répondre :

« Je ne sais pas. »

Harry regarda le camion-poubelles jaune qui passait dans la rue.

« Vous n'êtes pas très doué pour le mensonge, vous le savez ? »

Trond le regarda, de marbre, sans répondre.

« Mmm. Nous ne pouvons peut-être pas nous attendre à ce que vous nous aidiez à retrouver votre frère. D'un autre côté, c'est votre femme, qui a été tuée. Et nous avons un témoin qui a désigné votre frère comme son meurtrier. » Il leva les yeux sur Trond au moment où il prononçait ces derniers mots, et vit la pomme d'Adam de l'autre faire un bond sous la peau pâle de son cou. Dans le silence qui s'ensuivit, ils entendirent une radio qui fonctionnait dans le voisinage.

Harry se racla la gorge.

« Donc, si vous aviez pu nous dire quelque chose, nous aurions beaucoup apprécié. »

Trond secoua la tête.

Ils restèrent un instant silencieux, puis Harry se leva.

« Bien. Vous savez où nous trouver si quelque chose vous revient. »

Lorsqu'ils furent de nouveau sur les marches, Trond avait l'air aussi fatigué qu'à leur arrivée. Harry plissa des yeux rouges vers le soleil bas qui émergeait entre les nuages.

« Je comprends que ça ne soit pas facile, Grette, dit-il. Mais il est peut-être temps de quitter la doudoune rouge, à présent. »

Grette ne répondit pas, et la dernière chose qu'ils virent avant de ressortir du parking, ce fut Grette sur ses marches qui jouait avec la bague de diamants qu'il avait au petit doigt, et en un éclair, un visage brun et ridé derrière la fenêtre voisine.

Dans la soirée, les nuages disparurent. Au sommet de Dovregata, en rentrant de chez Schrøder, Harry s'arrêta et leva la tête. Les étoiles scintillaient sur le ciel sans lune. L'une des lumières était celle d'un avion qui glissait vers le nord, vers Gardermoen. La tête de cheval, dans la nébuleuse d'Orion. La tête de cheval. Orion. Qui lui avait parlé de ça ? Anna, peut-être ?

En rentrant, il alluma la télé pour voir les infos de la NRK. Encore des histoires d'héroïques pompiers américains. Il éteignit. Une voix masculine cria un nom de femme, en bas dans la rue. On aurait dit qu'il était ivre. Harry fouilla dans ses poches à la recherche du papier sur lequel il avait inscrit le nouveau numéro de Rakel et découvrit qu'il avait toujours la clé marquée AA dans la poche. Il la mit tout au fond du tiroir de la table du téléphone et composa le numéro. Personne ne répondit. Quand le téléphone sonna, il était donc persuadé que c'était elle, mais à la place il eut Øystein qui appelait sur une mauvaise ligne.

« Putain, ce qu'ils conduisent mal, ici !

— Tu n'as pas besoin de hurler, Øystein.

— Bon Dieu, ils essaient de zigouiller tout ce qui bouge, sur les routes, ici ! J'ai pris un taxi depuis Sharm Esh-Sheikh. Super voyage, j'ai pensé — en plein dans le désert, peu de circulation, route toute droite. Là, je me suis planté, tiens ! Je te promets, c'est un miracle que je sois encore en vie. Et puis il fait une chaleur à crever ! Et tu as déjà entendu les sauterelles locales ? Les grillons du désert ? Ils font le boucan le plus puissant de toutes les sauterelles au monde. Dans les aigus, je veux dire. Ça t'arrive pile dans le cortex, infernal. Mais l'eau, ici, c'est à tomber. À tomber ! Complètement invisible, avec un léger reflet vert. Elle est à la température du corps, ce qui fait que tu ne la sens pas non plus. Hier, quand je suis ressorti de l'eau, je ne pouvais vraiment pas être sûr d'y être allé.

— Laisse tomber la température de l'eau, Øystein. Tu as trouvé le serveur ?

— Oui et non.

— Ce qui veut dire ? »

Harry n'eut pas de réponse. Ils furent manifestement interrompus par une discussion à l'autre bout du fil, et Harry saisit des bribes comme « the boss » et « the money ».

« Harry ? Sorry, les gars sont un peu parano, dans le coin. Et moi aussi, par la même occase. Putain, donc, quelle chaleur ! Mais j'ai trouvé ce que je crois être le bon serveur. Il y a évidemment une chance que ces mecs-là essaient de m'entuber, mais demain, je pourrai voir et la batteuse et le patron en personne. Trois minutes près d'un clavier, et je saurai si c'est le bon. Et à partir de là, le reste n'est qu'une question de prix. J'espère. Je te rappelle demain. Tu devrais voir les couteaux que les bédouins ont sur eux… »

Le rire d'Øystein sonnait creux.

La dernière chose que fit Harry avant d'éteindre la lumière fut d'ouvrir une encyclopédie. La tête de cheval était un nuage noir dont on ne savait pas grand-chose, tout comme sur Orion, sauf qu'on la décrivait comme étant la plus belle image de l'espace. Mais Orion était aussi une figure de la mythologie grecque, un titan et un grand chasseur, pouvait-on lire. Il avait été séduit par Eos, à la suite de quoi Artémis l'avait tué dans un accès de rage. Harry se coucha avec l'idée que quelqu'un pensait à lui.

Lorsqu'il ouvrit les yeux le lendemain matin, ses idées étaient sens dessus dessous au milieu de fragments de rêves et d'éclairs de choses dont il se souvenait à moitié. C'était comme si quelqu'un était venu perquisitionner son cerveau en laissant éparpillé ce qui avait été rangé dans des tiroirs et des placards. Il avait dû faire un rêve. Dans l'entrée, le téléphone sonnait sans discontinuer. Harry se força à se lever. C'était de nouveau Øystein, il se trouvait dans un bureau d'El-Tor.

« Et on a un problème », dit-il.

CHAPITRE 24

São Paulo

La bouche et les lèvres de Raskol formaient un petit sourire. Il était par conséquent impossible de dire à coup sûr s'il souriait effectivement ou non. Harry penchait pour la deuxième solution.

« Comme ça, tu as un ami dans une ville d'Égypte qui recherche un numéro de téléphone », dit Raskol sans que Harry n'arrive à savoir si le ton tendait au sarcasme ou simplement au constat.

« El-Tor », dit Harry en frottant la paume de sa main sur son accoudoir. Il ressentait un malaise intense. Pas de se trouver à nouveau dans la salle de visite stérile, mais à cause de tout ce qui l'amenait. Il avait examiné toutes les autres possibilités. Se lancer personnellement dans un emprunt. Impliquer Bjarne Møller dans l'affaire. Vendre l'Escort au garage où elle se trouvait déjà. Mais ceci était la seule possibilité réaliste, la seule chose logique à faire. Et c'était de la folie.

« Et le numéro de téléphone n'est pas qu'un numéro, dit Harry. Il nous mènera à l'abonné qui m'a envoyé des mails. Des mails qui prouvent qu'il connaît des détails sur la mort d'Anna, qu'il n'aurait pas eus s'il n'avait pas été présent juste avant sa mort.

— Et ton ami prétend que celui qui possède le serveur a exigé soixante mille livres égyptiennes. Ce qui fait ?

— Environ cent vingt mille couronnes.

— Dont tu penses que je devrais te les fournir ?

— Je ne pense rien, je te dis juste ce qu'il en est. Ils veulent cet argent, et je ne l'ai pas. »

Raskol se passa un doigt sur la lèvre supérieure.

« Pourquoi ça serait mon problème, Harry ? Nous avons conclu un accord, et j'en ai respecté ma part.

— Je respecterai sans aucun doute la mienne, mais sans argent, ça prendra plus de temps. »

Raskol secoua la tête, fit un large geste des bras et bougonna quelque chose que Harry crut être du roumain. Øystein avait été perturbé, au téléphone. Il n'y avait aucun doute qu'ils avaient trouvé le bon serveur, avait-il dit. Mais il avait imaginé une antiquité rouillée toussotant dans une remise et un maquignon enturbanné qui réclamerait trois chameaux et un paquet de clopes américaines pour lui fournir la liste complète des abonnés. Au lieu de ça, il s'était retrouvé dans un bureau climatisé où le jeune Égyptien en costume derrière son bureau l'avait regardé à travers des lunettes à monture d'argent avant de dire que le prix était « non négociable », que le règlement devait être effectué en numéraire pour ne pas être identifiable par les systèmes bancaires, et que l'offre tiendrait trois jours.

« Je suppose que tu as réfléchi aux conséquences que ça aurait si on apprenait que tu as reçu de l'argent de quelqu'un comme moi pendant ton service ?

— Je ne suis pas en service », répondit Harry.

Raskol se passa les paumes sur les oreilles.

« Sun Tzu dit que si tu ne contrôles pas les événements, ce seront eux qui te contrôleront. Tu n'as pas le contrôle des événements, *Spiuni*. Ça veut dire que tu as fait une bévue. Je ne fais pas confiance à des gens qui font des bévues. C'est pourquoi j'ai une proposition. Que nous simplifiions les choses de part et d'autre. Tu me donnes le nom de cet homme, et je m'occupe du reste.

— Non ! » Harry abattit sa main à plat sur la table. « Il ne sera pas exécuté n'importe comment par un de tes gorilles. Il doit être mis sous les verrous.

— Tu me surprends, *Spiuni*. Si je t'ai bien compris, tu es déjà dans une situation délicate dans cette affaire. Pourquoi ne pas laisser le droit s'accomplir pleinement et sans douleur ?

— Pas de vendetta. C'était ça, l'accord. »

Raskol sourit.

« Tu es un dur à cuire, Hole. J'aime ça. Et je respecte mes accords. Mais si tu te mets à faire des gaffes, comment est-ce que je peux savoir que c'est le bon type ?

— Tu as pu vérifier par toi-même que la clé que j'avais retrouvée au chalet est la même que celle d'Anna.

— Et maintenant, tu reviens me voir pour me demander de l'aide. Il faut donc que tu me donnes autre chose.

— Quand j'ai retrouvé Anna, déglutit Harry, elle avait une photo dans sa chaussure.

— Continue.

— Je crois qu'elle a eu le temps de la glisser là avant que le meurtrier ne l'abatte. C'est une photo de la famille du meurtrier.

— C'est tout ?

— Oui. »

Raskol secoua la tête. Regarda Harry et secoua la tête une nouvelle fois.

« Je ne sais pas qui est le plus idiot, ici. Toi, qui te laisses abuser par ton ami. Cet ami qui se cache après m'avoir volé. » Il poussa un gros soupir. « Ou moi, qui vous donne l'argent. »

Harry pensait qu'il ressentirait de la joie, ou en tout cas du soulagement. Au lieu de ça, il sentit seulement que son estomac se serrait un peu plus.

« Qu'as-tu besoin de savoir ?

— Juste le nom de ton ami, et dans quelle banque égyptienne il veut retirer l'argent.

— Tu as ça dans une heure. » Harry se leva.

Raskol se frictionna les poignets, comme s'il venait d'être débarrassé d'une paire de menottes.

« J'espère que tu ne penses pas me comprendre, *Spiuni* », dit-il tout bas, sans lever la tête.

Harry pila.

« Qu'est-ce que tu veux dire ?

— Je suis tzigane. Mon monde peut être un monde inversé. Tu sais comment on dit Dieu, dans notre langue ?

— Non.

— *Devel*. Curieux, non ? Quand il faut vendre son âme, il vaut mieux savoir à qui on la vend, *Spiuni*. »

Halvorsen trouva l'air fatigué à Harry.

« Définis "fatigué", dit Harry en se renversant dans son fauteuil. Ou plutôt, non. »

Quand Halvorsen lui demanda comment ça allait et s'entendit répondre qu'il devait définir « aller », il soupira et quitta le bureau pour aller tenter sa chance chez Elmer.

Harry composa le numéro que Rakel lui avait donné, mais retomba sur la voix russe : il supposa qu'elle lui disait qu'il était de façon générale dans de beaux draps. Il appela alors Bjarne Møller et essaya de donner au chef l'impression qu'il n'était pas dans de beaux draps. Møller n'eut pas l'air convaincu.

« Je veux des bonnes nouvelles, Harry. Pas des rapports expliquant à quoi tu as passé ton temps. »

Beate passa et dit qu'elle avait regardé dix fois la vidéo, jusqu'à ce qu'elle ne doute plus que Stine Grette et l'Exécuteur se connaissaient.

« Je crois que la dernière chose qu'il lui dit, c'est qu'elle va mourir. Tu peux le voir dans ses yeux à elle. Effrayée, et en même temps en colère, tu vois, comme dans ces films sur la guerre, qui montrent des Résistants près du peloton qui va les abattre. »

Pause.

« Ohé ? » Elle agita une main devant le visage de Harry. « Fatigué ? »

Il téléphona à Aune.

« Ici Harry. Comment réagissent les gens, quand on va les exécuter ? »

Aune gloussa.

« Ils sont obnubilés. Par le temps.

— Et ils ont peur ? Ils paniquent ?

— Ça dépend. De quel genre d'exécution parle-t-on ?

— Une exécution publique. Dans une agence bancaire.

— Je vois. Laisse-moi te rappeler dans deux minutes. »

Harry regarda l'heure en attendant. Cent dix secondes.

« Le processus de la mort, exactement comme celui de la naissance, est un événement des plus intimes, dit Aune. La raison pour laquelle, dans une situation semblable, quelqu'un va se cacher ne dépend pas seulement du sentiment de vulnérabilité physique. Mourir en présence d'autres, comme dans le cas d'une exécution publique, est une double sanction dans la mesure où ça offense de façon assez terrible la pudeur du condamné. C'est une des raisons pour lesquelles on pensait que les exécutions publiques devaient avoir un impact plus préventif sur les populations des campagnes que les exécutions dans la solitude complète d'une cellule. Mais on prenait certaines dispositions, comme par exemple coiffer le bourreau d'un masque. Ce n'était pas, comme beaucoup le croient, pour dissimuler l'identité du bourreau, tout le monde savait bien que c'était le boucher ou le cordier local. Le masque était là par égard pour le condamné, pour lui éviter de se trouver si proche d'un étranger juste avant la mort.

— Mmm. Le braqueur aussi portait un masque.

— L'emploi de masques n'est qu'une toute petite spécialité pour nous autres psychologues. Par exemple, la représentation moderne qui veut que le port de masques nous rende mal à l'aise peut être renversée. Les masques peuvent rendre anonymes des gens d'une façon qui les rend au contraire plus libres. À quoi selon toi était due la popularité des bals masqués à l'époque victorienne ? Ou qu'on se serve de masques dans le cadre de jeux sexuels ? Un braqueur, au contraire, a de toute évidence des raisons plus prosaïques de porter un masque.

— Peut-être.

— Peut-être ?

— Je ne sais pas, dit Harry.

— Tu as l'air…

— Fatigué. Salut. »

La position de Harry sur le globe terrestre s'éloignait lentement du soleil, et l'obscurité s'installait de plus en plus tôt dans l'après-midi. Les citrons qu'Ali avait en devanture de son magasin brillaient comme de petites étoiles jaunes, et la pluie douchait silencieusement la rue quand Harry remonta Sofies gate. L'après-midi avait consisté en transferts de fonds à destination d'El-Tor. Ce qui n'avait pas représenté un travail considérable. Il avait eu Øystein au téléphone, obtenu son numéro de passeport et l'adresse de la banque à côté de l'hôtel où il résidait, et transmis les informations par téléphone au *Revenant*, le journal des détenus, où Raskol travaillait sur un article concernant Sun Tzu. Il n'y avait plus qu'à attendre.

Harry était arrivé à la porte cochère et cherchait ses clés quand il entendit des pas traînants sur le trottoir derrière lui. Il ne se retourna pas.

Pas avant d'entendre le sourd grognement.

Il ne fut pas à proprement parler surpris. Si on allume sous une cocotte-minute, on sait que tôt ou tard, il va se passer quelque chose.

Le museau du chien était noir comme la nuit, et soulignait la blancheur des dents qu'il exhibait. La lumière faible de la lampe au-dessus du porche scintilla dans une goutte de bave qui pendait au bout d'une longue canine.

« Assis ! » dit une voix bien connue, depuis l'entrée de garage, de l'autre côté de la rue étroite et calme. Le bouvier allemand abaissa à contrecœur sa croupe large et musclée vers l'asphalte, mais ne quitta pas Harry de ses yeux bruns et luisants qui ne suggéraient aucune association avec ce qu'on entend habituellement par un regard canin.

L'ombre d'une visière de casquette recouvrait le visage de l'homme qui approchait.

« Bonsoir, Harry. Tu as peur des chiens ? »

Harry baissa les yeux sur la gueule rouge ouverte devant lui. Un bout de culture générale refit surface. Les Romains avaient utilisé les ancêtres des bouviers allemands dans leur conquête de l'Europe.

« Non. Qu'est-ce que tu veux ?

— Juste te faire une offre. Une offre que tu ne peux pas… comment dit-on, déjà ?

— C'est bon, contente-toi de me faire ton offre, Albu.

— Trêve des armes. » Albu releva d'une chiquenaude la visière de sa casquette Ready. Il essaya de faire son sourire enfantin, mais celui-ci n'était pas aussi naturel que les fois précédentes. « Tu te tiens à l'écart, et je me tiens à l'écart.

— Intéressant. Et qu'est-ce que tu serais censé pouvoir faire contre moi, Albu ? »

Albu fit un signe de tête vers le bouvier allemand, qui semblait davantage prêt à bondir qu'à rester assis.

« J'ai mes méthodes. Et je ne suis pas tout à fait dépourvu de ressources.

— Mmm. » Harry porta la main vers son paquet de cigarettes, dans sa poche, mais s'immobilisa au grondement menaçant qui s'amplifiait. « Tu as l'air fatigué, Albu. Tu en as assez de courir ? »

Albu secoua la tête.

« Ce n'est pas moi qui cours, Harry. C'est toi.

— Ah ? Menaces non spécifiées contre un policier en service, sur la voie publique… J'appelle ça des signes d'épuisement. Pourquoi est-ce que tu ne veux plus jouer ?

— Jouer ? C'est comme ça que tu vois les choses ? Comme une sorte de jeu de petits chevaux mettant en scène des destins humains ? »

Harry vit la colère dans les yeux d'Albu. Mais également autre chose. Ses mâchoires travaillaient et les veines saillaient sur son front et ses tempes. C'était le trouble.

« Est-ce que tu as réellement conscience de ce que tu as fait ? » chuchota-t-il presque, sans plus faire d'effort pour sourire. « Elle m'a quitté. Elle… a emmené les enfants et elle est partie. À cause d'une bagatelle. Anna ne représentait plus rien pour moi. »

Arne Albu vint tout près de Harry.

« J'ai rencontré Anna par un ami qui voulait me montrer sa galerie, et il se trouve qu'elle y faisait justement un vernissage. J'ai acheté deux de ses tableaux, je ne sais pas exactement pourquoi. J'ai dit que c'était pour le bureau. Ils n'ont jamais été accrochés nulle part, bien entendu. Quand je suis revenu chercher les tableaux, le lendemain, Anna et moi nous sommes mis à discuter et d'un seul coup, je l'ai invitée à déjeuner. Puis ça a été un dîner. Et deux semaines plus tard, un week-end à Berlin. Les choses se sont emballées. J'étais coincé, et je n'ai même pas essayé de me dégager. Pas avant que Vigdis n'apprenne ce qui se passait et ne menace de me quitter. »

Sa voix tremblait légèrement.

« J'ai promis à Vigdis que c'était une boulette unique, une amourette idiote comme celles sur lesquelles se pré- cipitent de temps en temps des hommes de mon âge, quand ils rencontrent une jeune femme qui leur rappelle ce qu'ils ont naguère été. Jeunes, forts et indépendants. Mais on ne l'est plus, bien sûr. Surtout pas indépen- dants. Quand tu auras des enfants, tu comprendras… »

Sa voix dérapa et il poussa un gros soupir. Il enfouit ses mains dans les poches de son manteau et recommença.

« Elle aimait si violemment, Anna. C'en était presque anormal. C'était comme si elle n'arrivait jamais à re- noncer. Il a fallu que je m'arrache littéralement, elle a fichu en l'air une de mes vestes quand j'ai essayé de passer la porte. Je crois que tu vois ce que je veux dire, elle m'a raconté comment ça avait été une fois où tu avais voulu partir. Qu'elle était pratiquement allée à sa perte. »

Harry fut trop interloqué pour pouvoir répondre.

« Mais je devais la plaindre, poursuivit Albu. Autre- ment, je n'aurais jamais accepté de la revoir. J'avais clai- rement fait savoir que c'était fini entre nous, mais il lui restait à me rendre deux ou trois affaires, disait-elle. Et je ne pouvais quand même pas savoir que tu te poin- terais pour tout foutre en l'air. Pour donner l'impression que nous avions… recommencé là où nous nous étions arrêtés. » Il courba l'échine. « Vigdis ne me croit pas. Elle dit qu'elle ne me croira plus jamais. Plus une seule fois. »

Il leva la tête et Harry vit le désespoir dans ses yeux.

311

« Tu m'as pris la seule chose que j'avais, Hole. Ils sont tout ce que je possède. Je ne sais pas si je pourrai les récupérer. » Son visage se tordit de douleur.

Harry pensa à la cocotte-minute. Ça n'allait plus tarder.

« La seule chance que j'ai, c'est que tu... que tu ne... »

Harry réagit d'instinct quand il vit la main d'Albu bouger dans la poche de son manteau. Il donna un coup de pied qui atteignit Albu sur le côté du genou, le faisant tomber en position de prieur sur le trottoir. Il mit au même moment son bras devant lui pour se protéger quand le bouvier allemand attaqua, entendit le bruit de tissu qui se déchirait et sentit les dents poinçonner la peau et s'enfoncer dans sa chair. Il espéra qu'il se cramponnerait, mais le rusé démon lâcha prise. Harry lança un pied vers le tas de muscles noir et nu, mais ne fit pas mouche. Il entendit les griffes racler l'asphalte lorsque le chien bondit, et il vit la gueule ouverte venir droit sur lui. Quelqu'un lui avait dit que les bouviers allemands savent, avant d'avoir trois semaines, que la façon la plus efficace de tuer est d'ouvrir la gorge, et la machine de muscles de cinquante kilos était à présent devant ses bras. Harry utilisa l'élan que le bond lui avait donné pour pivoter. Lorsque le chien verrouilla ses mâchoires, ce ne fut donc pas sur sa gorge, mais sur sa nuque. Sans que son problème s'en trouvât réglé. Il tendit les mains derrière lui, attrapa les mâchoires inférieure et supérieure chacune d'une main et tira de toutes ses forces. Mais au lieu de s'ouvrir, les mâchoires ne firent que s'enfoncer encore un peu plus dans sa nuque. C'était comme si les muscles et les tendons des mâchoires de l'animal étaient des câbles d'acier. Harry recula, se jeta vers l'arrière contre le mur et entendit craquer les côtes du chien. Mais les mâchoires ne bougèrent pas. Il sentit poindre la panique. Il avait entendu parler du verrouillage des mâchoires, de la hyène qui restait accrochée à la gorge du lion longtemps après que les lionnes l'avaient mise en pièce. Il sentit le sang chaud couler à l'intérieur de son T-shirt et se rendit compte qu'il était tombé à genoux. Avait-il commencé à perdre la sensibilité ? Où étaient les gens ? Sofies gate était une rue calme, mais Harry ne pensait pas l'avoir jamais vue aussi déserte qu'à cet instant-là. Il se rendit compte que tout s'était passé en silence, aucun cri, aucun jappement, juste le son de la chair contre la chair et de la chair déchirée. Il essaya de crier, mais ne parvint pas à émettre un seul son. La périphérie de son champ de vision commença à s'obscurcir, et il comprit que sa carotide était comprimée, il avait l'impression d'être dans un tunnel parce que son cerveau manquait d'oxygène. Les citrons étincelants de la boutique d'Ali se mirent à décliner. Quelque chose de noir, plat, humide et lourd apparut et explosa devant son visage. Il sentit le goût de poussière d'asphalte. Il entendit la voix d'Arne Albu au loin : « Lâche ! »

Il sentit la pression se relâcher autour de sa nuque. Mais la position de Harry sur le globe terrestre s'éloignait lentement du soleil, et l'obscurité était totale lorsqu'il entendit une voix dire au-dessus de lui :

« Tu es vivant ? Tu m'entends ? »

Puis il y eut un cliquetis d'acier juste à côté de son oreille. Des pièces de culasse. Chargement.

« Bon D… » Il entendit un gémissement sourd et le claquement du vomi sur l'asphalte. Encore des cliquetis d'acier. La sécurité qu'on ôte… Dans quelques secondes, ce serait terminé. C'était donc à ça, que ça ressemblait. Pas de désespoir — pas de peur — même pas de regrets. Rien que du soulagement. Il ne laissait pas grand-chose derrière lui. Albu prit son temps. Suffisamment pour que Harry comprenne qu'il y avait malgré tout quelque chose. Il y avait quelque chose qu'il laissait derrière lui. Il emplit ses poumons d'air. Le réseau d'artères aspira l'oxygène et le porta par à-coups vers le cerveau.

« Maintenant, c'est... » commença la voix, mais elle s'interrompit brutalement quand le poing de Harry frappa la pomme d'Adam.

Harry se remit à genoux. Il ne parvint pas plus haut. Il essaya de ne pas sombrer en attendant l'attaque décisive. Une seconde passa. Deux secondes. Trois. L'odeur de vomi lui brûlait les narines. Les réverbères au-dessus de lui se firent lentement de plus en plus nets. La rue était vide. Tout à fait vide. À l'exception d'un homme étendu à côté de lui, qui gargouillait dans une doudoune bleue recouvrant ce qui ressemblait à une veste de pyjama dont le col pointait au niveau du cou. La lumière des réverbères se refléta dans du métal. Ce n'était pas un pistolet, mais un briquet. Et alors seulement Harry vit que l'homme n'était pas Arne Albu. C'était Trond Grette.

Harry posa la tasse de thé bouillant sur la table de la cuisine devant Trond Grette, qui avait encore la respiration sifflante et rauque et des yeux paniqués d'hyperthyroïdien qui semblaient vouloir jaillir de leurs orbites. Lui-même se sentait pris de vertiges et nauséeux, et sa nuque le lançait comme si elle avait été brûlée.

« Bois, dit Harry. Il y a pas mal de citron, ça a un effet anesthésique qui détend les muscles et qui permet de respirer plus facilement. »

Trond obéit. Et à la grande surprise de Harry, ça eut l'air de marcher. Après quelques gorgées supplémentaires et deux ou trois quintes de toux, Trond commença à retrouver un zéphyr de couleur sur ses joues pâles.

« Tfépr, siffla-t-il.

— Plaît-il ? demanda Harry en se laissant tomber sur l'autre chaise de cuisine.

314

— Tu fais peur. »

Harry sourit et posa la main sur la serviette qu'il avait plaquée sur sa nuque. Elle était déjà imbibée de sang.

« C'est pour ça que tu as vomi ?

— Je ne supporte pas le sang, dit Trond. Ça me rend complètement… »

Il leva les yeux au ciel.

« Eh bien… Ça aurait pu être pire. Tu m'as sauvé. »

Trond secoua la tête.

« J'étais plus bas dans la rue quand je vous ai vus, et je n'ai fait que crier. Je ne suis pas sûr que ça soit ça qui lui a fait commander au clebs de te lâcher. Désolé de ne pas avoir pu noter le numéro, mais en tout cas, je les ai vus disparaître dans une Jeep Cherokee. »

Harry agita une main devant lui, comme pour chasser quelque chose.

« Je sais qui c'est.

— Ah ?

— Un type sur qui j'enquête. Mais tu devrais plutôt me dire ce que toi, tu faisais dans le coin, Grette. »

Trond fit tourner sa tasse dans sa main.

« Tu devrais vraiment aller voir le médecin de garde, avec la blessure que tu as.

— Je vais y penser. Tu as peut-être pu réfléchir un peu depuis notre dernière discussion ? »

Trond hocha lentement la tête.

« Et où en es-tu arrivé ?

— Que je ne peux plus l'aider. » Harry ne savait pas si c'était à cause de son larynx douloureux que Trond devait chuchoter cette dernière phrase.

« Alors où est ton frère ?

— Je veux que vous lui disiez que c'est moi qui vous l'ai dit. Il comprendra.

— Bon.

— Porto Seguro.

— Oui ?

— C'est une ville au Brésil. »

Harry plissa le nez.

« Bien. Comment le trouve-t-on, là-bas ?

— Il m'a juste dit qu'il avait une maison là-bas. Il n'a pas voulu me donner l'adresse, juste un numéro de téléphone mobile.

— Pourquoi ça ? Il n'est pas recherché.

— Ça, je n'en suis pas aussi sûr. » Trond but une nouvelle gorgée. « En tout cas, il m'a dit qu'il valait mieux pour moi que je n'aie pas son adresse.

— Mmm. C'est une grosse ville ?

— À peine un million, d'après Lev.

— Bien, bien. Tu n'as rien d'autre ? Quelqu'un d'autre, qui le connaît et qui serait censé avoir son adresse ? »

Trond hésita et secoua la tête.

« Allez, accouche, dit Harry.

— Lev et moi avons pris un café ensemble la dernière fois qu'il est venu à Oslo. Il a dit qu'il était encore plus mauvais que d'habitude. Qu'il s'était mis à boire des cafezinho à l'*ahwa* locale.

— *Ahwa* ? Ce n'est pas une espèce de café arabe ?

— Tout juste. Le *cafezinho* est certainement une espèce de version brésilienne un peu rude d'expresso. Lev m'a dit y aller presque tous les jours. Boire du café, fumer la pipe à eau et jouer aux dominos avec le patron syrien qui est devenu une espèce de copain. Je me rappelle aussi son nom. Mohammed Ali. Exactement comme le boxeur.

— Et cinquante millions d'autres Arabes. Est-ce que ton frère t'a dit comment s'appelait ce café ?

— Sûrement, mais je ne m'en souviens pas. Il ne peut pas y avoir tant d'ahwas que ça dans une ville brésilienne, si ?

— Peut-être pas. » Harry réfléchit. C'était en tous les cas quelque chose de concret sur quoi travailler. Il

316

voulut porter une main à son front, mais sa nuque le lança quand il essaya de lever la main.

« Juste une dernière question, Grette… Qu'est-ce qui t'a décidé à vouloir raconter ça ? »

La tasse de Trond tourna de plus belle.

« Je savais qu'il était à Oslo. »

La serviette donnait à Harry l'impression d'être une lourde corde sur son cou.

« Comment ? »

Trond se gratta longuement sous le menton avant de répondre.

« Ça faisait plus de deux ans qu'on ne s'était pas parlé. Il m'a appelé à l'improviste pour me dire qu'il était en ville. On s'est vus dans un café, et on a eu une longue conversation. D'où le café.

— Quand était-ce ?

— Trois jours avant le hold-up.

— De quoi avez-vous parlé ?

— De tout. Et de rien. Quand on se connaît depuis aussi longtemps que nous, les choses importantes ont fini par prendre tellement d'importance qu'on préfère parler de broutilles. De… des roses de père, et de choses comme ça.

— Quel genre de choses importantes ?

— Des choses qui n'auraient pas dû être faites. Ou dites.

— Alors vous avez parlé de roses à la place ?

— J'ai repris les roses de papa quand Stine et moi avons repris la maison. C'est là que Lev et moi avons grandi. C'est là que je voulais que nos enfants puissent grandir. »

Il se mordit la lèvre inférieure. Son regard était braqué sur la toile cirée blanc et brun, la seule chose que Harry avait héritée de sa mère.

« Il n'a rien dit sur le braquage ? »

Trond secoua la tête.

« Tu es au courant que le braquage devait être planifié, à ce moment-là ? Que la banque de ta femme serait la cible d'une attaque à main armée ? »

Trond poussa un gros soupir.

« Si ça avait été le cas, je l'aurais peut-être su, et j'aurais pu l'empêcher. Il se trouve que Lev éprouvait beaucoup de plaisir à parler de ses braquages. Il se procurait des copies des enregistrements vidéo qu'il conservait dans le grenier à Disengrenda, et de temps en temps, il insistait pour qu'on les regarde tous ensemble. Pour que je puisse voir quel grand frère accompli il était, en quelque sorte. Quand j'ai épousé Stine et quand j'ai commencé à travailler, j'ai dit clairement que je ne voulais plus entendre parler de ses opérations. Que ça pouvait me mettre dans une jolie panade.

— Mmm. Il ne savait donc pas que Stine travaillait dans une banque ?

— Je lui avais dit qu'elle travaillait chez Nordea, mais pas dans quelle agence, il me semble.

— Mais ils se connaissaient, tous les deux ?

— Ils s'étaient rencontrés à quelques reprises, oui. Quelques réunions familiales. Lev n'a jamais été accro à ce genre de choses.

— Et comment s'entendaient-ils ?

— Bien. Lev est un type charmant, quand il veut, dit Trond avec un sourire en coin. Comme je te l'ai déjà dit, on s'est partagé un set complet de gènes. J'étais heureux qu'il fasse l'effort de se montrer à elle sous son bon jour. Et puisque j'avais dit à Stine comment il pouvait être à l'encontre de gens qu'il n'appréciait pas, elle se sentait flattée. La première fois qu'elle est venue chez nous, il l'a emmenée faire le tour du voisinage et lui a montré tous les endroits où lui et moi avions joué enfants.

— Peut-être pas la passerelle ?

— Non, pas ça. » Trond leva pensivement les mains et les regarda. « Mais il ne faut pas que tu croies que c'était à cause de lui. Il parlait plus que volontiers de toutes les conneries qu'il avait faites, Lev. Alors qu'il savait que je ne voulais pas qu'elle apprenne que j'avais un frère comme ça.

— Mmm. Tu es sûr que tu n'accordes pas à ton frère un cœur un peu plus noble qu'en réalité ? »

Trond secoua la tête.

« Lev a une face claire et une face obscure. Exactement comme nous tous. Il est prêt à mourir pour ceux qu'il aime.

— Mais pas à aller en prison ? »

Trond ouvrit la bouche, mais la réponse ne vint pas. Un tressaillement agita la peau de son visage, sous un œil. Harry soupira et se leva en chancelant.

« Il faut que je trouve un taxi pour aller voir le médecin de garde.

— J'ai ma voiture », répondit Trond.

Le moteur ronronnait doucement. Harry regardait fixement l'éclairage public qui passait sur un ciel noir d'encre, le tableau de bord et le volant d'où la bague de diamants que Trond avait à l'auriculaire jetait un reflet mat.

« Tu as menti, à propos de la bague avec laquelle tu te promènes, murmura Harry. Le diamant est trop petit pour avoir coûté trente mille couronnes. Je parie qu'il en a coûté environ cinq, et que tu l'as acheté chez un joaillier d'Oslo. Exact ? »

Trond acquiesça.

« Tu as vu Lev, à São Paulo, n'est-ce pas ? C'était pour lui, l'argent. »

Trond hocha de nouveau la tête.

« Assez d'argent pour un moment, dit Harry. Assez pour un billet d'avion, quand il se déciderait à rentrer à Oslo pour se remettre à travailler. »

Trond ne répondit pas.

« Lev est toujours à Oslo, murmura Harry. Je veux ce numéro de téléphone mobile.

— Tu sais quoi ? demanda Trond en tournant doucement à droite sur Alexander Kiellands plass. Cette nuit, j'ai rêvé que Stine entrait dans la chambre à coucher et me parlait. Elle portait une tenue d'ange. Pas celle des vrais anges, mais un de ces déguisements que portent les gens pour le carnaval. Elle a dit qu'elle n'avait pas sa place là-haut. Et en me réveillant, j'ai pensé à Lev. Au moment où il était assis sur le toit de l'école, les jambes pendantes dans le vide, tandis que nous rentrions en cours. Il ressemblait à un petit point, mais je me rappelle ce que j'ai pensé. Qu'il a sa place là-haut. »

CHAPITRE 25

Bakchich

Il y avait trois personnes dans le bureau d'Ivarsson. Ivarsson, derrière sa table bien rangée, plus Beate et Harry, chacun sur une chaise — plus petite que celle d'Ivarsson — de l'autre côté. Le truc des chaises plus basses est une technique de domination si connue que l'on pourrait avoir le malheur de penser qu'elle ne fonctionne plus, mais Ivarsson était au-dessus de ça. Son expérience lui avait appris que les techniques fondamentales ne sont jamais obsolètes.

Harry était assis de travers sur sa chaise, pour pouvoir regarder dehors. La fenêtre donnait sur l'Hôtel Plaza. Des nuages ronds se traînaient au-dessus de la tour de verre et au-dessus de la ville, sans lâcher d'eau. Harry n'avait pas dormi en dépit des calmants reçus après la piqûre anti-tétanique que lui avait faite le médecin de garde. L'explication donnée à ses collègues concernant un chien rétif et sans maître était suffisamment originale pour être crédible, et suffisamment proche de la vérité pour qu'il soit parvenu à la rendre quelque peu convaincante. Sa nuque était enflée et le bandage serré raclait la peau. Harry avait une idée très précise de la douleur qu'il ressentirait s'il essayait de tourner la tête vers Ivarsson qui parlait. Et il savait qu'il ne l'aurait même pas fait si ça devait être indolore.

« Vous voulez donc des billets d'avion pour aller enquêter au Brésil ? demanda Ivarsson en époussetant la
table devant lui et en faisant semblant de réprimer un
sourire. Pendant que l'Exécuteur est manifestement en
pleine crise de braquages à Oslo ?

— Nous ne savons pas où il est, dans Oslo, répondit
Beate, ni s'il est à Oslo. Mais son frère nous a dit qu'il
avait une maison à Porto Seguro et nous espérons pouvoir la retrouver. Si nous la trouvons, nous trouverons
aussi des empreintes digitales. Et si nous les comparons
à celles que l'on a sur la bouteille de coca, on aura une
preuve irréfutable. Ça devrait valoir le déplacement.

— Ah oui ? Et quelles empreintes est-ce que vous,
vous avez, et que personne d'autre n'a trouvées ? »

Beate essaya en vain d'établir un contact visuel avec
Harry. Elle déglutit.

« Puisque le principe veut que nous enquêtions indépendamment les uns des autres, nous avons décidé de
garder ça pour nous. Jusqu'à nouvel ordre.

— Chère Beate, dit Ivarsson en fermant l'œil droit, tu
dis "nous", mais je n'entends que Harry Hole. J'ap-
précie le zèle que met Hole à suivre ma méthode, mais
nous ne devons pas laisser les principes interférer sur les
résultats que nous pourrions obtenir ensemble. Je répète donc : quelles empreintes digitales ? »

Beate jeta un regard perdu à Harry.

« Hole ? dit Ivarsson.

— Nous procédons comme ça, dit Harry. Jusqu'à
nouvel ordre.

— Comme tu veux, dit Ivarsson. Mais oubliez le
voyage. Vous pourrez parler à la police brésilienne et
leur demander de l'aide pour avoir ces empreintes. »

Beate se racla la gorge.

« Je me suis renseignée. Il faut que nous envoyions des
demandes écrites au chef de la police de la province de
Bahia, et demander à un procureur brésilien d'examiner

l'affaire pour qu'il autorise éventuellement une perquisition. Celui avec qui j'ai discuté m'a dit que d'après son expérience, sans contact dans la bureaucratie brésilienne, ce processus prendrait entre deux mois et deux ans.

— Nous avons des places pour l'avion de demain soir, demanda Harry en étudiant ses ongles. Qu'est-ce que ça devient ?

— Qu'est-ce que tu crois ? demanda Ivarsson en riant. Vous venez me voir pour me demander de payer des billets d'avion pour aller de l'autre côté du globe sans même vouloir en justifier le besoin. Vous prévoyez de faire une perquisition sans autorisation, de sorte que même si vous vous procuriez des indices, la cour se verrait dans l'obligation de les rejeter pour avoir été recueillis illégalement.

— Le truc de la brique, dit Harry.

— Plaît-il ?

— Un inconnu balance une brique à travers une fenêtre. La police passe tout à fait par hasard et n'a pas besoin de mandat de perquisition pour pouvoir entrer. Ils trouvent que ça sent la marijuana dans le salon. Une impression subjective, mais une raison justifiée pour un passage immédiat au peigne fin. On recueille sur place des indices tels que des empreintes digitales. Très légal.

— En bref… on a réfléchi à ce que tu dis, dit Beate avec empressement. Si nous trouvons la maison, nous trouverons bien un moyen légal d'obtenir ces empreintes.

— Ah oui ?

— Sans brique, espérons-le. »

Ivarsson secoua la tête.

« Pas assez bon. La réponse est un non clair et retentissant. » Il regarda l'heure pour signifier que la réunion était terminée, avant d'ajouter avec un petit sourire de reptile : « Jusqu'à nouvel ordre. »

« Tu n'aurais pas pu lui donner quelque chose, malgré tout ? demanda Beate dans le couloir.

— De quoi ? répondit Harry en tournant précautionneusement la tête. La décision était prise à l'avance.

— Tu ne lui as même pas laissé la possibilité de nous donner les billets.

— Je lui ai accordé une chance de ne pas se faire renverser.

— Qu'est-ce que tu veux dire ? » Ils s'arrêtèrent devant l'ascenseur.

« Ce que j'ai pu te dire, qu'on nous a donné certains pouvoirs absolus dans cette affaire. »

Beate se retourna et le regarda.

« Je crois que je comprends, dit-elle lentement. Qu'est-ce qui va se passer, à présent ?

— Le renversement. N'oublie pas la crème solaire. » Les portes de l'ascenseur s'ouvrirent.

Un peu plus tard dans la journée, Bjarne Møller dit à Harry qu'Ivarsson avait particulièrement mal vécu le fait que ce soit la chef de la police en personne qui lui signifie que Harry et Beate iraient au Brésil, et que les frais de transport et d'hébergement seraient imputés au budget de l'OCRB.

« Tu es content de toi ? » demanda Beate à Harry avant qu'il ne rentre chez lui.

Mais lorsque Harry passa devant l'Hôtel Plazà, quand les nuages finirent par ouvrir les vannes, il ne ressentit assez étrangement aucune satisfaction. Juste de la confusion, l'envie de dormir et des douleurs à la nuque.

« Bakchich ? » cria Harry dans le combiné. « Qu'est-ce que c'est qu'un *bakchich*, nom de Dieu ?

— Un pourboire, dit Øystein. Dans ce fichu pays, personne ne lève le petit doigt sans.

— Merde ! » Harry donna un coup de pied dans la table basse, devant le miroir. L'appareil glissa et le combiné lui échappa.

« Allô ? Tu es là, Harry ? » crépita-t-on dans le combiné à terre. Harry avait plutôt envie de le laisser où il était. De s'en aller. Ou de passer un album de Metallica à fond. Un des vieux.

« Ne craque pas, Harry ! » couina-t-on.

La nuque raide, Harry se pencha et ramassa le combiné. « Désolé, Øystein. Tu as dit qu'il te fallait combien en plus ?

— Vingt mille égyptiens. Quarante mille couronnes norvégiennes. J'aurai l'abonné en deux coups de cuiller à pot, ils ont dit.

— Ils sont en train de nous gruger, Øystein.

— Bien sûr. On doit avoir cet abonné, oui ou non ?

— L'argent arrive. Veille juste à ce qu'on te donne un reçu, O.K. ? »

Étendu sur le lit, Harry fixait le plafond en attendant que la triple dose d'antalgiques fasse effet. La dernière chose qu'il vit avant de sombrer dans les ténèbres, ce fut un garçonnet qui le regardait d'en haut en battant des jambes.

QUATRIÈME PARTIE

CHAPITRE 26

D'Ajuda

Fred Baugestad avait la gueule de bois. Il avait trente et un ans, était divorcé et travaillait sur la plateforme pétrolière Statfjord B comme roughneck. Le travail était dur et on ne voyait pas la moindre bière pendant le boulot, mais le salaire était bon, il y avait la télé dans la chambre, de la nourriture de gourmet et surtout : après trois semaines de boulot, quatre semaines de vacances. Certains retournaient à leurs pénates et à leur femme, et passaient leurs journées à peigner la girafe, certains devenaient chauffeurs de taxi ou agrandissaient la maison pour ne pas mourir d'ennui, et certains faisaient comme Fred : ils allaient dans un pays chaud et essayaient de se soûler à mort. De temps en temps, il envoyait une carte à Karmøy, à la gamine, ou « le clope », comme il continuait à l'appeler bien qu'elle ait eu dix ans. Ou était-ce onze ? Quoi qu'il en soit, c'était le seul contact qu'il gardait avec la terre ferme, et heureusement. La dernière fois qu'il avait discuté avec son père, celui-ci s'était plaint de ce que sa mère avait de nouveau été prise en flagrant délit de vol de biscuits Kaptein, chez Rimi. « Je prie pour elle », avait dit le père, qui se demandait si Fred avait une Bible norvégienne avec lui, maintenant qu'il était à l'étranger. « Le Livre m'est aussi indispensable que le petit déjeuner, papa », avait répondu Fred.

329

Ce qui était la vérité même, dans la mesure où Fred ne mangeait jamais avant l'heure du déjeuner quand il était à d'Ajuda. À moins qu'on ne puisse qualifier la *caipirinha* de nourriture. Ce qui n'était qu'une question de définition, puisqu'il versait au moins quatre cuillers à soupe de sucre dans chaque verre. Fred Baugestad buvait de la caipirinha parce que c'était véritablement mauvais. En Europe, ce breuvage avait une bonne réputation usurpée, car on la faisait avec du rhum ou de la vodka au lieu de cachaca — cet alcool brésilien brut et amer qui faisait de l'absorption de *caipirinha* une pénitence, selon Fred. Les deux grands-pères de Fred avaient été alcooliques, et il pensait qu'avec de telles prédispositions génétiques, il valait mieux prendre ses précautions et boire quelque chose de suffisamment mauvais pour ne pas en devenir dépendant.

Ce jour-là à midi, il s'était traîné jusque chez Mohammed où il avait ingurgité un expresso et un brandy avant de s'en retourner lentement dans la chaleur tremblante de l'été, le long de l'étroit chemin défoncé, entre les petites maisons basses et plus ou moins blanches. La maison que lui et Roger louaient faisait partie des moins blanches. Le vent humide qui soufflait de l'Atlantique imbibait tellement l'enduit écaillé, et à l'intérieur, les murs de brique gris et sales, qu'on aurait pu sentir le goût amer de la brique en tendant la langue. Mais pourquoi le ferait-on, pensait Fred. La maison lui suffisait telle quelle. Trois chambres à coucher, deux matelas, un réfrigérateur, une cuisinière. Plus un canapé et un plateau de table sur deux pierres Leca dans la pièce baptisée salon, puisqu'il y avait un trou pratiquement carré dans un des murs, qu'ils appelaient fenêtre. Il est vrai qu'ils auraient dû nettoyer un peu plus souvent. La cuisine grouillait de fourmis jaunes à la morsure terrifiante, *lava pe*, comme les appelaient les Brésiliens, mais Fred n'y allait plus très souvent depuis qu'ils avaient installé le réfrigérateur dans le salon. Il était allongé sur le canapé et planifiait son offensive suivante pour ce jour-là quand Roger entra.

« Où étais-tu ? demanda Fred.

— À la pharmacie, dans Porto, répondit Roger avec un sourire qui faisait tout le tour de sa large tête écarlate. Tu ne croiras pas ce qu'ils vendent au comptoir. Tu peux acheter des trucs que tu n'obtiens même pas sur ordonnance en Norvège. » Il vida son sac plastique et se mit à lire les étiquettes à voix haute.

« Trois milligrammes de denzodiazépine. Deux milligrammes de flunitrazépam. Putain, Fred, c'est pratiquement du Rohypnol ! »

Fred ne répondit pas.

« Mal fichu ? gazouilla Roger. Tu n'as encore rien mangé ?

— *Não*. Juste un café chez Mohammed. Il y avait un drôle de type, d'ailleurs. Il a demandé à Mohammed des trucs sur Lev. »

Roger leva brusquement les yeux de ses médicaments.

« Sur Lev ? Comment était-il ?

— Grand. Blond, yeux bleus. Il m'a semblé qu'il était norvégien.

— Putain, ne me fais pas flipper comme ça, Fred. » Roger reprit sa lecture.

« Qu'est-ce que tu veux dire ?

— Disons que s'il avait été brun, grand et mince, il aurait été temps de foutre le camp de d'Ajuda. Et de l'hémisphère ouest, en l'occurrence. Il ressemblait à un flic ?

— À quoi ressemble un flic ?

— Il… Oublie, graisseux.

— Il avait l'air d'avoir soif. Au moins, je sais à quoi ressemblent les soiffards.

— O.K. Un pote de Lev, peut-être. On l'aide ? »

Fred secoua la tête.

« Lev a dit qu'il vivait en total in… in… un mot latin qui veut dire que c'est secret. Mohammed a fait mine de ne jamais avoir entendu parler de Lev. Ce mec trouvera Lev si Lev le veut.

— Je déconnais. Et d'ailleurs, où est-il, Lev ? Ça fait plusieurs semaines que je ne l'ai pas vu.

— Aux dernières nouvelles, il devait aller faire un tour en Norvège, répondit Fred en levant prudemment la tête.

— Il s'est peut-être fait pincer en s'attaquant à une banque », dit Roger que cette idée fit sourire. Pas parce qu'il voulait que Lev se fasse prendre, mais parce que l'idée de dévaliser des banques le faisait toujours sourire. Il l'avait lui-même fait trois fois, et ça avait été à chaque fois la même dose d'adrénaline. Les deux premières fois, ils avaient été pris, c'est vrai, mais la troisième fois, il avait tout fait correctement. Quand il décrivait le coup, il omettait en règle générale de parler de l'heureux concours de circonstances qui avait causé une panne temporaire des caméras de surveillance, mais le profit réalisé lui permettait malgré tout de jouir de ses loisirs — et, de temps en temps, de substances illicites — ici, à d'Ajuda. Le joli petit village se trouvait au sud de Porto Seguro et avait jusqu'à une date récente hébergé la plus grosse communauté du continent de personnes recherchées au sud de Bogota. Le phénomène était né dans les années soixante-dix, quand d'Ajuda était devenu un lieu de rassemblement pour hippies et voyageurs qui vivaient pendant la belle saison de leur musique ainsi que de la vente de bijoux maison et d'ornements corporels en Europe. Ils représentaient un revenu supplémentaire fort bienvenu pour d'Ajuda et ne gênaient pour ainsi dire personne, en conséquence de quoi les deux familles brésiliennes qui possédaient en principe la totalité du parc immobilier du village s'étaient mises d'accord avec la police pour qu'on ne s'appesantisse pas trop sur la consommation de marijuana sur la plage, au café, dans les bars sans cesse plus nombreux et, petit à petit, aussi dans la rue et n'importe où.

Mais il y avait un problème : une source importante de revenus pour les policiers — qui ne recevaient qu'un salaire de misère de la part de l'État — était ici comme ailleurs les « amendes » qu'ils filaient aux touristes qui fumaient de la marijuana et transgressaient des règles plus ou moins inconnues. Pour que les touristes porteurs de revenus et la police puissent vivre dans une harmonie paisible, il fallait donc que les familles assurent à la police des revenus complémentaires. Les choses commencèrent quand un sociologue américain et son petit ami argentin responsable de la production locale et de la vente de marijuana se virent dans l'obligation de payer une provision au chef de la police pour protection et monopole — ce qui veut dire que les concurrents potentiels étaient promptement arrêtés et remis à la police fédérale au son des trompettes. L'argent ruisselait sur le petit dispositif simplet et transparent du fonctionnaire et tout le monde nageait dans le bonheur jusqu'à ce que trois Mexicains proposent de payer une provision supérieure, et l'Américain et l'Argentin furent remis à la police fédérale au son des trompettes un dimanche matin, sur la place du marché, devant la poste. Le système efficace et autorégulé d'achat et de vente de protection continua néanmoins à se développer, et d'Ajuda s'emplit bientôt de criminels en fuite venus de tous les coins du monde qui pouvaient s'assurer ici une existence relativement sûre, pour un prix très inférieur à ce qu'il fallait payer à la police de Pattaya ou de bien d'autres endroits. Dans les années quatre-vingts, cette belle perle de la nature jusqu'alors intacte, avec ses longues plages, ses couchers de soleil rouges et sa marijuana hors pair fut découverte par les vautours du tourisme — les routards. Ils déferlèrent en masse à d'Ajuda avec une envie de consommer qui poussa les deux familles de l'endroit à reconsidérer leur point de vue sur la rentabilité de d'Ajuda vue comme un camp de réfugiés hors-la-loi. À mesure que les sympathiques bars obscurs étaient rénovés en locaux que les plongeurs pouvaient louer pour y stocker leur matériel et que le café où les indigènes avaient dansé leur lambada à l'ancienne mode se mit à arranger des « Wild-Wild-Moon-party », il arriva par conséquent de plus en plus souvent que la police du coin effectue des descentes éclair dans les maisons les moins blanches et traîne le prisonnier qui protestait énergiquement jusqu'à la place du marché. Malgré tout, il était toujours plus sûr pour un criminel de se trouver à d'Ajuda plutôt que dans la plupart des autres contrées, même si la paranoïa s'était insinuée sous la peau de chacun d'entre eux, et pas seulement celle de Roger.

C'est pour cette raison qu'un homme comme Mohammed Ali avait sa place dans la chaîne alimentaire de d'Ajuda. Sa raison d'être venait principalement du fait qu'il occupait une position stratégique sur la place du marché, où le bus qui venait de Porto Seguro avait son terminus. Depuis le comptoir de son *ahwa* ouverte, Mohammed avait un panorama complet de tout ce qui se passait sur la plaza baignée de soleil, pavée et unique de d'Ajuda. Quand de nouveaux bus arrivaient, il cessait de servir le café et de bourrer les pipes à eau de tabac brésilien — un ersatz miteux au *m'aasil* de son pays — pour passer en revue les nouveaux arrivants et repérer les éventuels policiers et chasseurs de primes. Si son nez infaillible situait quelqu'un dans l'une des catégories sus-nommées, il sonnait immédiatement le tocsin. Le tocsin était une sorte d'arrangement grâce auquel celui qui payait les frais mensuels recevait un coup de téléphone ou un message à leur porte de la part du petit et prompt Paulinhõ. Mais Mohammed avait aussi une raison personnelle de tenir à l'œil les bus qui arrivaient. Quand lui et Rosalita avaient fui Rio, et le mari de madame, il n'avait pas eu une seule seconde le moindre doute quant à ce qui leur arriverait si l'époux délaissé les retrouvait. On pouvait faire assassiner quelqu'un simplement pour quelques centaines de dollars en allant dans les favelas de Rio ou de Saõ Paulo, mais même un tueur à gages professionnel émérite ne prenait pas plus de deux-trois mille dollars (hors frais) pour une mission find-and-destroy, et le marché avait été favorable à la demande sur les dix dernières années. En outre, il y avait une remise pour deux assassinats commandés.

Il arrivait que les personnes que Mohammed avait estampillées chasseurs viennent droit à son *ahwa*. Ils commandaient alors généralement un café, pour sauver les apparences, et une fois arrivés plus ou moins bas dans la tasse, ils posaient l'inévitable question sais-tu-où-mon-ami-untel-habite ou connais-tu-l'homme-qui-est-sur-cette-photo-je-lui-dois-de-l'argent. Dans ce cas, Mohammed se faisait payer un peu plus si sa réponse immuable (« Je les ai vus, lui et une grosse valise, prendre le bus pour Porto Seguro il y a deux jours, *señor* ») faisait repartir le chasseur par le premier bus.

Quand le grand type blond en costume de lin froissé portant un bandage blanc à la nuque posa un sac de voyage et une pochette Playstation sur le comptoir, essuya la sueur de son front et commanda un café en anglais, Mohammed entrevit quelques *reais* supplémentaires au sommet de son fixe. Mais ce ne fut pas l'homme qui attira son attention. Ce fut la femme qui était avec lui. Elle aurait tout aussi bien pu avoir écrit *Police* en travers du front.

Harry regarda autour de lui. Hormis lui-même, Beate et l'Arabe derrière son comptoir, il y avait trois personnes dans le bouge. Deux routards et un touriste du genre plutôt fatigué qui avait l'air de soigner une jolie gueule de bois. Harry avait l'impression que sa nuque allait le tuer. Il regarda l'heure. Il y avait vingt heures qu'ils avaient quitté Oslo. Oleg avait appelé, le record à Tétris était battu, et Harry avait eu le temps d'aller acheter une Namco G-Con 45 à la boutique de jeux vidéo d'Heathrow avant le départ de leur avion pour Recife. Là, ils avaient pris un avion à hélice qui les avait conduits à Porto Seguro. Devant l'aéroport, il avait convenu d'un prix en apparence exorbitant avec un chauffeur de taxi qui les avait menés à un bac assurant la liaison avec la rive sur laquelle se trouvait d'Ajuda, et un bus les avait véhiculés cahin-caha sur le dernier tronçon.

Vingt-quatre heures plus tôt, il était dans la salle de visite et expliquait à Raskol qu'il lui fallait quarante mille couronnes pour les Égyptiens. Et Raskol lui avait dit que l'*ahwa* de Mohammed Ali n'était pas à Porto Seguro, mais dans un petit patelin juste à côté.

« D'Ajuda, avait dit Raskol avec un grand sourire. Je connais quelques-uns des gars qui y habitent. »

L'Arabe regarda Beate qui secoua la tête, avant de poser la tasse de café devant Harry. Le breuvage était amer et fort.

« Mohammed », dit Harry, qui vit le bonhomme derrière le comptoir se raidir. « *You are Mohammed, right ?* »

L'Arabe déglutit.

« *Who's asking ?*

— *A friend.* » Harry plongea la main droite dans sa poche intérieure et vit la panique gagner le visage basané. « Le petit frère de Lev essaie de le joindre. » Harry tira de sa poche l'une des photos que Beate avait eues chez Trond et la posa sur le comptoir.

Mohammed ferma un instant les yeux, tandis que ses lèvres semblaient formuler une prière de remerciement muette.

La photo représentait deux garçonnets. Le plus grand d'entre eux portait une doudoune rouge. Il riait et avait gentiment passé un bras autour de l'autre, qui faisait un sourire gêné au photographe.

« Je ne sais pas si Lev t'a déjà parlé de son petit frère, dit Harry. Il s'appelle Trond. »

Mohammed leva la photo et l'étudia attentivement.

« Hmm, dit-il en grattant sa barbe. Je n'ai jamais vu ni l'un, ni l'autre. Et je n'ai jamais entendu parler de qui que ce soit à d'Ajuda répondant au nom de Lev. Et je connais presque tout le monde, ici. »

Il tendit la photo à Harry, qui la remit dans la poche intérieure de sa veste avant de vider le reste de sa tasse. « Il faut qu'on se trouve un endroit où dormir, Mohammed. Et puis on reviendra. Réfléchis-y un peu entre-temps. »

Mohammed secoua la tête, attrapa le billet de vingt dollars que Harry avait glissé sous sa tasse et le lui tendit. « Je ne prends pas les gros billets », dit-il.

Harry haussa les épaules.

« On reviendra quand même, Mohammed. »

Ils eurent chacun une chambre au petit hôtel Victoria, puisque la saison touristique était passée. Harry avait une clé de chambre marquée 69, même si l'hôtel n'avait que deux étages et une vingtaine de chambres. Il se douta qu'il avait obtenu la suite nuptiale quand il ouvrit le tiroir de la table de nuit qui jouxtait le lit rouge en forme de cœur et y découvrit deux préservatifs et un mot de l'hôtel. Deux peignoirs de frotté légèrement usés, descendant à peine au genou et ornés de symboles orientaux, pendaient dans un placard excessivement grand et profond, le seul meuble de la pièce si on faisait abstraction du lit.

La réceptionniste se contenta de secouer la tête en souriant lorsqu'ils lui montrèrent la photo de Lev Grette. La même chose se produisit au restaurant d'à côté et au cyber-café un peu plus haut dans la grand-rue étrangement calme. Elle respectait la tradition en allant de l'église au cimetière, mais avait été rebaptisée : Broadway. Dans la minuscule épicerie qui vendait de l'eau et des décorations de Noël, et qui affichait *SUPER-MARCHÉ* au-dessus de la porte, ils trouvèrent enfin une femme derrière sa caisse enregistreuse. Elle répondit « yes » à toutes les questions qu'ils lui posèrent, en les toisant d'un œil vide jusqu'à ce qu'ils renoncent et s'en aillent. Sur le chemin du retour, ils ne virent qu'une personne, un jeune policier adossé à une jeep, les bras croisés et le holster bas sur la cuisse, qui les regarda passer en bâillant.

À l'*ahwa* de Mohammed, le frêle garçon derrière le comptoir leur dit que le patron avait subitement décidé de prendre un peu de repos et de partir en promenade. Beate demanda quand il serait de retour, mais le petit garçon secoua hermétiquement la tête et désigna le soleil en disant « Trancoso ».

À l'hôtel, la réceptionniste leur expliqua que la promenade longue de treize kilomètres qui bordait la plage ininterrompue de sable blanc jusqu'à Trancoso était la principale curiosité de d'Ajuda. Et hormis l'église catholique de la place du marché, la seule.

« Mmm. Comment se fait-il qu'il y ait aussi peu de monde ici, señora ? » demanda Harry.

Elle sourit et pointa un doigt en direction de la plage.

Et ils y furent. Sur le sable brûlant qui s'étendait dans les deux directions aussi loin que l'œil pouvait voir dans

338

cette brume de chaleur. Il y avait des gens qui bronzaient sur leur lit de parade, des vendeurs itinérants qui piétinaient dans le sable mou, courbés sous le poids de glacières et de sacs de fruits, des tenanciers qui souriaient de toutes leurs dents depuis leurs bars saisonniers d'où la samba déferlait des enceintes sous les toits de paille, des surfeurs portant la tenue jaune de l'équipe nationale et les lèvres blanches d'oxyde de zinc. Et deux personnes qui faisaient route vers le sud, leurs chaussures à la main. L'une en short, petit haut et chapeau de paille qu'elle avait mis à l'hôtel, et l'autre toujours tête nue dans son costume de lin froissé.

« C'est treize kilomètres, qu'elle a dit ? dit Harry avant de souffler un coup sur la goutte de sueur qui lui pendait au bout du nez.

— Il va faire sombre avant qu'on soit revenus, dit Beate en pointant un doigt. Regarde, tous les autres vont dans l'autre sens. »

Une ligne noire courait le long de la plage, une caravane apparemment ininterrompue de gens rentrant chez eux, poussés par le soleil de l'après-midi.

« Ça vient à point nommé, dit Harry en remontant ses lunettes de soleil. Un défilé de tout d'Ajuda. Il faut qu'on se serve de nos yeux. Si on ne voit pas Mohammed, on aura peut-être la chance de rencontrer Lev en personne. »

Beate sourit.

« Je parie cent couronnes. »

Les visages dansaient dans la chaleur. Noirs, blancs, jeunes, vieux, beaux, laids, stone, clean, souriants, boudeurs. Les bars et les locations de planches de surf disparurent, et il ne resta que le sable, bordé à gauche par la mer et à droite par une jungle épaisse. Des petits groupes étaient éparpillés çà et là, et il en émanait l'odeur univoque de la marijuana.

« J'ai un peu plus réfléchi à cette histoire de zones intimes et notre théorie du ver dans la pomme, dit Harry. Tu crois que Lev et Stine Grette ont pu se connaître un peu plus que comme beau-frère et belle-sœur ?

— Qu'il se soit servi d'elle pour élaborer son plan avant de la descendre pour effacer des pistes ? » Beate plissa les yeux vers le soleil. « Mouais, pourquoi pas ? »

Bien qu'il fût plus de quatre heures, la chaleur n'avait pas sensiblement baissé. Ils remirent leurs chaussures pour franchir une formation rocheuse, et Harry trouva de l'autre côté une grosse branche sèche échouée. Il planta la branche dans le sable et sortit son portefeuille et son passeport de sa veste avant de la suspendre à ce perroquet improvisé.

Ils apercevaient Trancoso dans le lointain quand Beate affirma qu'ils venaient de croiser un homme qu'elle avait vu sur une vidéo. Harry crut d'abord qu'elle voulait parler d'un quelconque comédien plus ou moins connu, jusqu'à ce qu'elle dise qu'il s'appelait Roger Person et qu'en plus de plusieurs peines pour trafic de stupéfiants, il avait purgé une peine pour une attaque à main armée contre les bureaux de poste de Gamlebyen et Veitvet, et qu'il était soupçonné dans celui du bureau de poste d'Ulleval.

Fred avait ingurgité trois caipirinhas au bar de la plage de Trancoso, mais trouvait toujours que ça avait été une idée insensée de parcourir à pied les treize kilomètres rien que pour « s'aérer la couenne avant qu'elle aussi ne soit envahie par les moisissures domestiques », comme avait dit Roger.

« Il n'y a que toi pour être aussi agité à cause de tes nouveaux cachetons », geignit Fred à son camarade qui trottinait devant, le pied léger et levant haut les genoux.

« Et alors ? Tu as besoin de brûler quelques calories avant de retourner à ton buffet froid en mer du Nord.

Dis-moi plutôt ce que Mohammed t'a raconté au téléphone, à propos de ces deux policiers. »

Fred soupira et procéda à contrecœur à une recherche dans sa mémoire à court terme.

« Il a parlé d'une petite môme si pâle qu'elle en était presque transparente. Et d'un énorme Allemand avec un pif comme une betterave.

— Allemand ?

— C'est ce qu'a pensé Mohammed. Il aurait pu être russe. Ou inca, ou…

— Très drôle. Il est sûr que c'étaient des perdreaux ?

— Qu'est-ce que tu veux dire ? » Fred manqua d'entrer en collision avec Roger, qui s'était arrêté.

« Je n'aime pas ça, pour le dire simplement, dit Roger. À ce que j'en sais, Lev n'a pas braqué de banques ailleurs qu'en Norvège. Et les policiers norvégiens ne viennent en tout cas pas au Brésil pour mettre le grappin sur un braqueur minable. Sûrement des Russes. Merde. On sait donc qui les a envoyés. Et il ne doit pas y avoir que Lev sur la liste.

— Tu ne vas quand même pas recommencer avec ce foutu Tzigane, gémit Fred.

— Tu crois que c'est de la paranoïa, mais il s'agit de Satan en personne. Ça ne lui coûte pas une calorie de dézinguer des gens qui l'ont roulé d'une seule couronne. Je ne pensais pas qu'il le découvrirait un jour, je n'ai fait que prendre quelques billets de mille dans un sac, pas vrai ? Mais c'est une question de principe, tu vois… Quand on est chef dans le milieu, il faut se faire respecter, sinon…

— Roger ! Si j'ai envie d'entendre des conneries sur la mafia, j'aime autant louer une vidéo ! »

Roger ne répondit pas.

« Ohé ? Roger ?

— Ta gueule, chuchota Roger. Ne te retourne pas, et continue à marcher.

— Hein ?

— Si tu n'étais pas beurré à ce point, tu aurais vu qu'on vient de croiser une petite transparente et un grand au nez comme une betterave.

— C'est vrai ? » Fred se retourna. « Roger...

— Oui ?

— Je crois que tu as raison. Ils se sont retournés... »

Roger continua à marcher en regardant droit devant lui.

« Merdemerdemerde !

— Qu'est-ce qu'on fait ? »

N'obtenant pas de réponse, Fred se retourna et découvrit que Roger avait disparu. Il baissa un regard étonné sur le sable et la profonde empreinte qui marquait le bond de Roger, et suivit du regard les traces qui obliquaient brusquement vers la gauche. Il releva les yeux et vit les plantes des pieds de Roger qui battaient l'air. Fred se mit alors à son tour à courir vers l'épaisse végétation d'un vert intense.

Harry renonça presque instantanément.

« Ça ne sert à rien ! » cria-t-il à Beate, qui s'arrêta en hésitant.

Ils n'étaient qu'à quelques mètres de la plage, et c'était pourtant comme s'ils se trouvaient dans un autre monde. Une chaleur moite et immobile flottait entre les troncs, dans la pénombre sous le toit de feuilles vertes. Les éventuels bruits des deux fugitifs étaient couverts par les cris d'oiseaux et le grondement de la mer derrière eux.

« Celui qui courait derrière n'avait pas vraiment l'air d'un sprinter, dit Beate.

— Ils connaissent ces sentiers mieux que nous. Et nous n'avons pas d'arme, alors qu'eux, peut-être.

— Si Lev n'avait pas déjà été prévenu, il l'est maintenant. Alors, qu'est-ce qu'on fait ? »

Harry frotta son bandage détrempé. Les moustiques avaient déjà eu le temps de piquer une ou deux fois. « On passe au plan B.

— Ah ? Et en quoi consiste-t-il ? »

Harry regarda Beate et se demanda comment elle faisait pour ne pas avoir la moindre goutte de sueur sur le front alors que lui dégoulinait comme un chéneau à moitié pourri.

« On part à la pêche », dit-il.

Le coucher de soleil fut un spectacle court mais somptueux employant toutes les nuances de rouge. Plus une ou deux autres, prétendit Mohammed en montrant le soleil qui venait de fondre à l'horizon comme une noix de beurre dans une poêle bien chaude.

Mais l'Allemand devant le comptoir ne s'intéressait pas au coucher de soleil, il venait de dire qu'il récompenserait de mille dollars celui qui pourrait l'aider à retrouver Lev Grette ou Roger Person. Si Mohammed pouvait avoir l'amabilité de les aider à faire circuler l'offre ? Les informateurs intéressés pouvaient s'adresser à la chambre 69 de l'hôtel Vittoria, dit l'Allemand avant de quitter l'*ahwa* en compagnie de la femme blonde.

Les hirondelles devinrent folles quand les insectes sortirent pour leur danse vespérale, courte elle aussi. Le soleil n'était plus qu'un tas rouge dégoulinant à la surface de l'océan, et dix minutes plus tard, il faisait nuit.

Quand Roger resurgit en jurant une heure plus tard, il était pâle sous ses coups de soleil.

« Enfoiré de Tzigane », bougonna-t-il à l'adresse de Mohammed avant de lui dire qu'il avait déjà entendu au Fredo's bar les rumeurs concernant la récompense grassouillette, et qu'il en était immédiatement parti. Sur le chemin, il était passé voir Petra au supermarché, et elle lui avait dit que l'Allemand et la femme blonde étaient passés deux fois ce jour-là. La deuxième fois, ils n'avaient posé aucune question, ils avaient juste acheté une ligne de pêche.

« Qu'est-ce qu'ils vont faire avec ? » demanda-t-il en jetant de rapides coups d'œil autour de lui, pendant que Mohammed lui remplissait sa tasse.

« Tiens, dit Mohammed en faisant un signe de tête vers la tasse. C'est bon pour la paranoïa.

— Paranoïa ? cria Roger. C'est du bon sens élémentaire ! Fucking mille dollars ! Les gens ici vendent avec plaisir leur mère pour dix cents.

— Que comptes-tu faire ?

— Ce que je dois faire. Couper l'herbe sous le pied de l'Allemand.

— Ah oui ? Comment ça ? »

Roger goûta le café en même temps qu'il tirait de sa ceinture un pistolet noir à la courte crosse marron-rouge.

« Voici un Taurus PT92C, de São Paulo. Dis bonjour.

— Non merci, feula Mohammed. Planque ce truc immédiatement. Tu es dingue. Tu veux t'en prendre à l'Allemand tout seul ? »

Roger haussa les épaules et remit le pistolet dans la ceinture de son pantalon.

« Fred est pété de trouille à la maison. Il a prévu de ne plus jamais dessoûler, à ce qu'il dit.

— Cet homme est un pro, Roger.

— Et moi, alors ? renâcla Roger. J'ai braqué quelques banques, moi aussi. Et tu sais ce que c'est, le plus important, Mohammed ? L'effet de surprise. C'est la clé de tout. » Roger vida sa tasse. « Et je sais foutrement bien juger un professionnel qui dit à qui veut l'entendre dans quelle chambre il loge. »

Mohammed leva les yeux au ciel et se signa.

« Allah te voit, Mohammed », murmura sèchement Roger en se levant.

Roger vit la blonde à l'instant où il arrivait à la réception. Elle était en compagnie d'un groupe d'hommes qui regardaient le match de football à la télé, au-dessus du comptoir. C'est vrai, il y avait le *flaflu*, ce soir, ce derby local riche en traditions opposant Flamengo à Fluminense, à Rio, pas étonnant qu'il y ait eu autant de monde chez Fredo's.

Il passa rapidement devant eux en espérant que personne ne le remarquerait. Monta quatre à quatre l'escalier couvert de tapis et s'engagea dans le couloir. Il savait bien où était la chambre. Quand le mari de Petra devait quitter la ville, il arrivait à Roger de réserver la chambre 69.

Il colla son oreille à la porte, mais n'entendit rien. Il jeta un coup d'œil par le trou de serrure, mais il faisait sombre à l'intérieur. Ou bien l'Allemand était sorti, ou bien il dormait. Roger déglutit. Son cœur battait vite, mais le demi-Rohypnol qu'il avait pris le calmait. Il vérifia que son pistolet était bien chargé et ôta la sécurité avant d'appuyer doucement sur la poignée de la porte. Elle était ouverte ! Roger entra rapidement et referma silencieusement la porte derrière lui. Il resta immobile dans l'obscurité, retenant son souffle. Il ne voyait rien, n'entendait rien. Aucun mouvement, aucun bruit de respiration. Rien que le faible bourdonnement du ventilateur au plafond. Heureusement, Roger connaissait la chambre par cœur. Il pointa son pistolet à l'endroit où il savait que le lit en forme de cœur se trouvait, pendant que ses yeux s'habituaient lentement à l'obscurité. Un mince rai de lune jetait une lumière pâle sur le lit et la couette rejetée sur le côté. Vide. Il réfléchit à toute allure. L'Allemand pouvait-il être sorti en oubliant de refermer derrière lui ? Le cas échéant, Roger pouvait se poser et attendre que l'Allemand revienne former une cible dans l'ouverture de la porte. Mais ça avait l'air un peu trop beau pour être vrai, comme une banque dans laquelle la temporisation du coffre-fort n'aurait pas été activée, en quelque sorte. Ces choses-là n'arrivent pas, c'est tout. Le ventilateur au plafond.

La confirmation arriva à la même seconde.

Roger sursauta en entendant un bruit soudain de cascade dans la salle de bains. Le mec était aux chiottes ! Roger étreignit son pistolet à deux mains et le brandit bras tendus vers l'endroit où il savait être la porte de la salle de bains. Cinq secondes s'écoulèrent. Huit secondes. Roger n'arrivait plus à retenir son souffle. Qu'est-ce qu'il attendait, ce mec ? Il avait tiré la chasse, oui ou non ? Douze secondes. Il avait peut-être entendu quelque chose. Il essayait peut-être de se débiner, Roger se souvint qu'il y avait une petite fenêtre un peu en hauteur. Merde ! C'était sa chance, il ne pouvait pas laisser ce type s'en sortir. Roger se glissa devant le placard où était le peignoir qui allait si bien à Petra, se posta devant la porte de la salle de bains et posa une main sur la poignée. Inspira. Il allait tourner quand il sentit un infime mouvement dans l'air. Pas comme un ventilateur ou une fenêtre ouverte. C'était autre chose.

« *Freeze* », dit une voix derrière lui. Et c'est ce que fit Roger quand il eut levé la tête et regardé dans le miroir de la porte de la salle de bains. Et il se mit à claquer des dents. Les portes du placard étaient ouvertes, et à l'intérieur, entre les peignoirs blancs, il devina une silhouette noire. Mais ce ne fut pas elle la cause de ce refroidissement inopiné. Le fait de découvrir que quelqu'un braque sur vous une arme à feu beaucoup plus grosse que celle que vous tenez a un effet psychologique d'autant plus important que vous avez quelques notions sur l'arme en question. À plus forte raison quand on sait les dégâts que provoquent des projectiles de gros calibre dans un corps humain. Et le Taurus PT92C de Roger était un pistolet à eau en comparaison de l'énorme monstre noir qu'il discernait derrière lui dans le clair de lune. Un grincement fit lever la tête à Roger. Ce qu'il crut être un fil de pêche scintilla entre la fissure au-dessus de la porte de la salle de bains et le placard.

« *Bonsoir* », murmura Roger en allemand.

Lorsque le hasard voulut que six ans plus tard, Roger fut invité d'un geste de la main dans l'un des bars de Pattaya et reconnut Fred derrière toute cette barbe, il fut si éberlué qu'il resta sans réaction devant la chaise que Fred lui avançait.

Fred commanda à boire et expliqua qu'il ne bossait plus en mer du Nord. Pour cause d'invalidité. Roger s'assit avec hésitation et expliqua sans entrer dans le détail que pendant ces six dernières années, il avait dirigé une petite entreprise de coursiers à Chang Rai. Ce ne fut qu'après deux verres que Fred se racla la gorge avant de demander ce qui s'était réellement passé le soir où Roger avait subitement disparu de d'Ajuda.

Roger baissa les yeux sur son verre, inspira et répondit qu'il n'avait pas eu le choix. Que l'Allemand, qui n'était du reste pas allemand, l'avait pris par surprise et avait été à deux doigts de l'abattre sur place. Mais à la dernière seconde, Roger avait réussi à lui faire conclure un marché. Donner trente minutes d'avance à Roger pour qu'il disparaisse de d'Ajuda, contre l'information de la cachette de Lev Grette.

« Quel genre de pistolet tu m'as dit qu'il avait ? demanda Fred.

— Il faisait trop sombre pour que je le voie. En tout cas, ce n'était pas une marque connue. Mais je te promets, ça m'aurait vaporisé la caboche jusque chez Fredo's. » Roger jeta un nouveau coup d'œil vers la porte.

« À propos, je me suis dégotté un taudis, dit Fred. Tu as un endroit où loger ? »

Roger regarda Fred comme si c'était une question qu'il ne s'était pas posée. Il frotta longuement sa barbe naissante avant de répondre.

« En fait, non. »

CHAPITRE 27

Edvard Grieg

La maison de Lev se trouvait un peu à l'écart, au bout d'une impasse. Elle était comme la plupart des maisons du voisinage, en briques, mais elle présentait la particularité d'avoir des carreaux à ses fenêtres. Un réverbère esseulé jetait un faisceau de lumière jaune, dans lequel une faune impressionnante d'insectes variés luttaient pour avoir leur place tandis que des chauves-souris passaient à toute vitesse, en plein festin.

« On dirait qu'il n'est pas chez lui, chuchota Beate.

— Il fait peut-être juste des économies d'électricité », répondit Harry.

Ils s'arrêtèrent devant un portail bas en ferronnerie rouillée.

« Alors, comment procède-t-on ? demanda Beate. On va frapper ?

— Non. Tu allumes ton mobile et tu attends ici. Quand tu vois que je suis sous cette fenêtre, tu composes ce numéro. » Il lui tendit la page qu'il avait déchirée dans son calepin.

« Pourquoi ?

— Si j'entends un mobile sonner à l'intérieur de la maison, on pourra supposer que Lev est là.

— C'est ça. Et comment as-tu pensé l'arrêter ? Avec ça ? demanda-t-elle en désignant le bidule noir et mastoc que Harry tenait dans la main droite.

— Pourquoi pas ? Avec Roger Person, ça a fonctionné.

— Il était dans une pièce quasi obscure et ne l'a vu que dans un miroir type fête foraine, Harry.

— Eh bien… Puisqu'on n'a pas le droit d'entrer au Brésil avec une arme, il faut bien faire avec les moyens du bord.

— Comme un fil de pêche relié à la chasse d'eau et un jouet ?

— Mais pas n'importe quel jouet, Beate. Un Namco G-Com 45, précisa-t-il en tapotant le pistolet de plastique surdimensionné.

— Retire au moins l'autocollant Playstation », dit-elle en secouant la tête.

Harry quitta ses chaussures et courut plié en deux à l'autre bout de l'étendue de terre sèche et craquelée qui avait jadis eu valeur de pelouse. Il parvint au bout, s'adossa au mur sous la fenêtre et fit signe à Beate. Il ne la voyait pas, mais savait qu'elle le voyait contre le mur blanc. Il leva les yeux vers le ciel, où l'univers était exposé. Quelques secondes plus tard, les notes faibles mais distinctes de la sonnerie d'un téléphone mobile se firent entendre dans la maison. *Le château du roi de la montagne.* Peer Gynt. En d'autres termes, l'individu avait le sens de l'humour [1].

Harry se mit à fixer l'une des étoiles et essaya de se vider la tête de tout ce qui ne concernait pas ce qu'il lui restait à faire. Il n'y parvint pas. Aune lui avait un jour dit que maintenant qu'on sait qu'il y a davantage de soleils, juste dans notre galaxie, que de grains de sable sur une plage standard, pourquoi se pose-t-on encore la

1. Référence à *M le Maudit*, où l'assassin siffle cette mélodie avant chacun de ses meurtres.

question de savoir s'il y a de la vie là-haut ? Il vaudrait mieux se demander s'ils sont tous animés d'intentions pacifiques. Puis quel serait le risque d'une prise de contact. Harry serra la crosse de son pistolet. C'était cette question qu'il se posait.

Le téléphone avait cessé de jouer Grieg. Harry attendit. Puis il inspira, se redressa et se glissa jusqu'à la porte. Il tendit l'oreille, mais n'entendit que les grillons. Il posa la main sur la poignée, convaincu que la porte serait verrouillée.

Elle l'était.

Il jura en son for intérieur. Il était convenu par avance qu'elle serait fermée de sorte qu'il perdrait l'effet de surprise, qu'il leur faudrait attendre le lendemain et acquérir un peu de ferraille avant de revenir. Il ne pensait pas que ce soit problématique d'acheter deux armes de poing décentes dans un endroit comme celui-ci. Mais il avait aussi bel et bien l'impression que Lev ne tarderait pas à être informé des événements de la journée et qu'ils n'avaient pas beaucoup de temps.

Harry sursauta en ressentant une vive douleur sous le pied droit. Il leva automatiquement le pied et baissa les yeux. Dans la faible lumière que procuraient les étoiles, il distingua une bande noire sur le mur chaulé. Elle partait de la porte, passait sur les marches où Harry avait posé le pied et disparaissait au pied de l'escalier. Il extirpa une Mini Maglite de sa poche et l'alluma. C'étaient des fourmis. De grosses fourmis jaunes à moitié translucides qui défilaient sur deux colonnes — une qui descendait l'escalier et une qui entrait sous la porte. Elles étaient à l'évidence d'un autre modèle que les petites fourmis noires de Norvège. Il n'était pas possible de voir ce qu'elles transbahutaient. Harry savait peu de choses des fourmis — jaunes ou non — mais il n'y avait pas de fumée sans feu.

Harry éteignit la lumière. Réfléchit. Et avança. Vers le bas des marches et le portail. À mi-chemin, il se retourna et se mit à courir. La simple porte à moitié pourrie jaillit de ses gonds lorsqu'elle reçut un Hole de quatre-vingt-dix kilos lancé à près de trente kilomètres heure. Il tomba sur un coude quand lui et le reste de la porte atteignirent le sol de brique, et la douleur fusa à travers son bras et jusqu'à la nuque. Il s'immobilisa, attendant le déclic sec d'un percuteur. Celui-ci ne vint pas, et il se releva et ralluma sa lampe. Le mince faisceau retrouva la colonne de fourmis le long du mur. À la chaleur qui se répandait sous son bandage, Harry comprit qu'il avait recommencé à saigner. Il suivit les corps luisants des fourmis qui traversaient un tapis sale et allaient dans la pièce suivante. La colonne y obliquait brusquement vers la gauche et montait le long du mur. En remontant, la lueur de la lampe passa sur le bord d'une reproduction des Kama Sutra. La colonne de fourmis s'incurvait et continuait sur le plafond. Harry se pencha en arrière. Sa nuque l'élança comme jamais. Elles étaient à présent juste au-dessus de lui. Il dut se retourner. Le faisceau de la lampe chercha un peu avant de retrouver la colonne de fourmis. Était-ce réellement le plus court chemin qu'elles avaient pensé prendre ? Harry n'eut pas le temps de poursuivre plus avant ses réflexions avant de braquer les yeux sur le visage de Lev Grette. Son corps se dressait au-dessus de Harry, qui lâcha sa lampe et recula. Et même si son cerveau lui disait qu'il était trop tard, ses mains cherchèrent à tâtons, dans un mélange de choc et de folie, un Narnco G-Con 45 à saisir.

CHAPITRE 28

Lava Pe

Beate ne tint pas plus de quelques minutes dans cette puanteur avant de devoir ressortir en toute hâte. Elle se tenait pliée en deux dans le noir quand Harry ressortit calmement, s'assit sur les marches et s'alluma une cigarette.

« Tu n'as pas senti l'odeur ? gémit Beate dont le nez et la bouche dégouttaient de salive.

— Dysosmia. » Harry étudia l'extrémité incandescente de sa cigarette. « Perte partielle d'odorat. Il y a certaines choses que je ne sens plus. Aune dit que c'est parce que j'ai reniflé trop de cadavres. Traumatisme émotionnel, tu vois le genre. »

Beate se cassa en deux.

« Désolée, gémit-elle. Ce sont ces fourmis. Je veux dire, pourquoi ces infâmes bestioles devaient absolument utiliser *ses narines* comme une espèce d'autoroute à deux voies ?

— Eh bien… si tu insistes, je te raconterai où on trouve les parties du corps humain les plus riches en protéines.

— Non merci !

— Excuse-moi. » Harry lâcha sa cigarette sur le sol sec. « Tu t'en es bien sortie, là-dedans, Lønn. C'est autre chose qu'une vidéo. » Il se leva et retourna à l'intérieur.

Lev Grette était pendu à un court bout de corde fixé au crochet de lampe. Il oscillait à un bon demi-mètre au-dessus du sol, près de la chaise renversée, et c'est pour cette raison que les mouches avaient jusqu'alors eu le monopole du cadavre, avec les fourmis qui continuaient à monter et descendre le long du bout de corde.

Beate avait trouvé le téléphone mobile sur son chargeur, par terre à côté du canapé, et dit qu'elle pourrait déterminer l'heure de sa dernière conversation. Harry alla à la cuisine et actionna l'interrupteur. Sur une feuille A4 posée sur le banc, un cafard bleu métallique agita les antennes vers lui avant d'opérer une rapide retraite jusqu'à la cuisinière. Harry prit la feuille. Elle était manuscrite. Il avait lu toutes sortes de lettres de suicide, et seules une petite minorité d'entre elles avaient été de la grande littérature. Les fameuses dernières paroles étaient en général un bavardage perturbé, un appel à l'aide désespéré ou des instructions prosaïques désignant qui devait hériter du grille-pain et de la tondeuse à gazon. L'une des plus intéressantes que Harry avait vues était celle d'un paysan du Maridal, qui avait écrit à la craie sur le mur de la grange : *Un mort est pendu ici. Merci d'appeler la police. Désolé.* De ce point de vue, la lettre était sinon unique, en tout cas inhabituelle.

Cher Trond,
Je me suis toujours demandé ce qu'il avait ressenti quand la passerelle s'était ouverte sous ses pieds. Quand le gouffre s'est ouvert sous lui, quand il a compris que quelque chose de totalement insensé était en train de se produire, et qu'il allait mourir pour rien. Il avait peut-être encore des choses à faire. Il y avait peut-être quelqu'un qui l'attendait, ce matin-là. Il pensait peut-être que ce jour-là serait justement un nouveau départ. Sur ce dernier point, on peut dire qu'il n'a pas eu complètement tort...

Je ne t'ai jamais raconté que j'étais allé le voir à l'hôpital. J'avais un gros bouquet de roses, et je lui ai expliqué que c'était moi qui avais tout vu des fenêtres de
l'immeuble, appelé une ambulance et donné à la police le
signalement du gamin et de la bicyclette. Et étendu dans
son lit, si petit et si gris, il m'a remercié. Je lui ai alors demandé, comme un de ces putains de commentateurs
sportifs : « Qu'est-ce que tu as ressenti ? »

Il n'a pas répondu. Il m'a simplement regardé, au milieu de ses tuyaux et de ses goutte-à-goutte. Puis il m'a à
nouveau remercié, et une infirmière m'a demandé de
m'en aller.

Je n'ai donc jamais su ce que ça faisait. Jusqu'à ce
qu'un jour, le précipice ne s'ouvre sous moi aussi. Ça ne
s'est pas passé pendant ma fuite dans Industrigata, après
le vol. Ni quand je recomptais l'argent. Ni pendant que je
regardais les nouvelles. Ça s'est passé exactement comme
pour le vieil homme, un matin, alors que je me pro-
menais en toute quiétude. Le soleil brillait, j'étais revenu
en sécurité à d'Ajuda, je pouvais me détendre et me permettre de penser à nouveau. J'ai donc réfléchi. J'ai pensé
que j'avais pris à la personne que j'aimais par-dessus tout
ce qu'elle aimait par-dessus tout. Que j'avais de quoi
vivre, deux millions de couronnes, mais rien pour quoi
vivre. C'était ce matin.

Je ne m'attends pas à ce que tu comprennes ce que j'ai
fait, Trond. Que je braque une banque, qu'elle a vu que
c'était moi, qu'on est prisonnier dans un jeu qui a ses
propres règles, rien de tout ça n'a de place dans ton
univers. Et je ne m'attends pas non plus à ce que tu
comprennes ce que je vais maintenant faire. Mais je crois
que tu piges peut-être qu'on puisse en avoir marre, de ça
aussi. De vivre.

LEV

355

PS : ça ne m'avait pas frappé à l'époque, que le vieil homme ne sourie pas en me remerciant. Mais j'y ai réfléchi aujourd'hui, Trond. Il n'avait malgré tout peut-être personne ou rien qui l'attendait. Il avait peut-être simplement éprouvé du soulagement quand le précipice s'était ouvert sous lui, parce qu'il avait pensé qu'il n'aurait pas à le faire lui-même.

Beate était debout sur une chaise à côté du cadavre de Lev quand Harry entra dans le salon. Elle s'efforçait de plier l'un des doigts raides de Lev pour pouvoir l'appuyer à l'intérieur d'une petite boîte de métal brillant.

« Mince, dit-elle. Le tampon encreur est resté au soleil dans la chambre, et il a séché.

— Si tu n'obtiens pas d'empreintes correctes, on emploiera la méthode des pompiers.

— Et c'est ?

— Les gens qui brûlent serrent automatiquement les poings. Même sur des cadavres calcinés, il arrive que la peau du bout des doigts soit intacte, et qu'on puisse procéder à l'identification grâce aux empreintes digitales. Quelquefois, pour des raisons pratiques, les pompiers doivent couper un doigt et l'envoyer aux services techniques.

— On appelle ça du pillage de cadavre. »

Harry haussa les épaules.

« Si tu regardes son autre main, tu verras qu'il manque déjà un doigt.

— J'ai vu. On dirait qu'il a été sectionné. Qu'est-ce que ça peut vouloir dire ? »

Harry s'approcha et braqua le faisceau de sa lampe de poche.

« La plaie n'est pas cicatrisée, et pourtant, il n'y a pas beaucoup de sang. Ça veut dire que le doigt a été coupé longtemps après qu'il s'est pendu. Quelqu'un a pu venir et voir que Lev avait déjà fait le boulot.

— Qui ça ?

— Eh bien… Dans certains pays, les Tziganes punissent les voleurs en leur coupant des doigts, dit Harry. S'ils ont volé des Tziganes, soit dit en passant.

— Je crois que j'ai pu avoir de bonnes empreintes, dit Beate en s'épongeant le front. On le dépend ?

— Non. Dès qu'on aura jeté un coup d'œil, on nettoie derrière nous et on fout le camp. J'ai vu une cabine téléphonique dans la grand-rue, je passerai un coup de fil anonyme à la police. En rentrant à Oslo, tu appelleras pour demander la transmission du rapport médical. Je ne doute pas qu'il soit mort par strangulation, mais je veux avoir l'heure du décès.

— Et la porte ?

— Pas grand-chose à faire pour elle.

— Et ta nuque ? Le bandage est tout rouge.

— Oublie. J'ai davantage mal au bras sur lequel j'ai atterri quand je suis passé à travers la porte.

— Vraiment mal ? »

Harry leva prudemment le bras et fit la grimace.

« Ça va tant que je le laisse tranquille.

— Alors estime-toi heureux de ne pas être atteint de tremblante du Setesdal. »

Deux des trois occupants de la pièce rirent, mais leur rire se tut rapidement.

En retournant à l'hôtel, Beate demanda à Harry s'il arrivait à tout faire concorder.

« Techniquement parlant, oui. En dehors du fait que je n'arrive jamais à faire concorder un suicide. »

Il jeta sa cigarette, qui décrivit une parabole étincelante jusqu'à l'obscurité quasi palpable.

« Mais je suis comme ça. »

Chambre 316

La fenêtre s'ouvrit avec fracas.

« Trond n'est pas là », grasseya-t-on. Les cheveux pâles avaient manifestement affronté une nouvelle fois les produits chimiques, et le crâne luisait sous cette crinière fatiguée. « Vous êtes partis au soleil ? »

Harry leva un visage bronzé et plissa les yeux vers elle.

« Si on veut. Vous savez où il est ?

— Il charge des trucs dans sa voiture, répondit-elle avec un geste vers l'autre côté des maisons. Je crois qu'il va partir un peu en voyage, le pauvre.

— Mmm. »

Beate se retourna, mais Harry ne bougea pas.

« Ça fait peut-être un moment, que vous habitez ici ?

— Oh oui. Trente-deux ans.

— Alors vous devez vous souvenir de Lev et Trond, quand ils étaient petits ?

— Bien sûr. On peut dire qu'ils ont marqué le coin de leur empreinte. » Elle sourit et s'appuya au cadre de la fenêtre. « Surtout Lev. Un véritable charmeur. On a compris assez tôt qu'il pouvait représenter un vrai danger pour les gonzesses.

— Dangereux, ça… Vous avez donc peut-être entendu parler de ce vieil homme qui est tombé de la passerelle ? »

Son visage s'assombrit et elle chuchota d'une voix de tragédienne :

« Oh oui. Épouvantable. J'ai entendu dire qu'il n'avait jamais pu remarcher correctement, ce pauvre vieux. Ses genoux se sont raidis. Est-ce qu'on imaginerait qu'un enfant puisse faire quelque chose d'aussi odieux ?

— Hmm. C'était une sorte de petit diable.

— Petit diable ? » Elle mit sa main en visière au-dessus de ses yeux. « Je ne dirais pas ça. Un garçon poli, bien élevé, voilà ce que c'était. Et c'est bien ça, qui était si choquant.

— Et tout le monde dans le coin savait que c'était lui qui avait fait le coup ?

— Tout le monde. Je l'ai vu moi-même depuis cette fenêtre, un blouson rouge qui fichait le camp sur un vélo. Et j'aurais dû comprendre que quelque chose clochait quand il est revenu, il était tout pâle, le gamin. » Elle frissonna lorsque arriva une bourrasque fraîche. Puis elle montra le bas de la rue.

Trond arrivait vers eux, les bras ballants. Il ralentit de plus en plus jusqu'à pratiquement s'arrêter.

« C'est Lev, c'est ça ? dit-il quand il finit par arriver à leur hauteur.

— Oui, répondit Harry.

— Il est mort ? »

Du coin de l'œil, il vit une bouche béer à la fenêtre.

« Oui. Il est mort.

— Bien », dit Trond. Puis il se pencha vers l'avant et se cacha le visage dans les mains.

Bjarne Møller se tenait près de la fenêtre et regardait dehors, l'air inquiet, quand Harry jeta un coup d'œil depuis la porte entrouverte. Harry frappa doucement.

Møller se retourna et son visage s'éclaira.

« Ah, salut !

« — Voici le rapport, chef. » Harry jeta une pochette en carton vert sur son bureau.

Møller se laissa tomber dans son fauteuil, parvint non sans mal à caser ses grandes guibolles sous la table et mit ses lunettes.

« Bien, bien », murmura-t-il après avoir ouvert la chemise intitulée *LISTE DE DOCUMENTS*. À l'intérieur se trouvait une unique feuille A4.

« Je me suis dit que vous ne voudriez pas connaître tous les petits détails, dit Harry.

— Si tu le penses, c'est certainement vrai », répondit Møller en laissant son regard courir sur les lignes éparses.

Harry regarda par la fenêtre, par-dessus l'épaule du chef. Il n'y avait rien à voir dehors, hormis un brouillard épais et humide qui s'était répandu sur la ville comme une couche usagée. Møller reposa la feuille.

« Alors, vous êtes allés là-bas, quelqu'un vous a dit où habitait le bonhomme, et vous avez découvert l'Exécuteur pendu au bout d'une corde ?

— En résumé, oui. »

Møller haussa les épaules.

« Ça me suffit plus qu'amplement à condition d'avoir la preuve irréfutable que c'est bien le gonze qu'on recherchait.

— Weber a comparé les empreintes digitales ce matin.

— Et ? »

Harry s'assit sur la chaise.

« Elles sont identiques à celles retrouvées sur la bouteille de coca que le braqueur a eue en main juste avant le hold-up.

— Peut-on être sûr que c'est la bouteille qui...

— Relax, chef, on a et la bouteille et le type en vidéo. Et tu viens bien de lire dans le rapport que nous disposons d'une lettre manuscrite dans laquelle Lev Grette avoue, non ? On est allés à Disengrenda, ce matin, et on a transmis le message à Trond Grette. On a pu lui emprunter quelques-uns des vieux livres de classe de Lev, qu'il avait au grenier, et Beate les a apportés à l'expert en graphologie de KRIPOS. Il dit qu'il n'y a pas de doute, la lettre de suicide a été écrite par la même personne.

— Bon, bon, je veux simplement être tout à fait sûr avant qu'on parte là-dessus, Harry. Ça va arriver directement en première page, ça, tu sais ?

— Tu devrais apprendre à te réjouir un peu plus, chef, dit Harry en se levant. Nous venons tout juste de résoudre notre plus grosse affaire depuis un bon bout de temps, il devrait y avoir des serpentins et des ballons partout, ici.

— Tu as certainement raison », soupira Møller, qui hésita avant de demander : « Alors pourquoi tu n'as pas l'air plus heureux ?

— Je ne serai heureux que quand on aura aussi réglé l'affaire que tu sais. » Harry alla à la porte. « Halvorsen et moi nettoyons nos bureaux, aujourd'hui, et on se remet à plancher sur l'affaire Ellen dès demain. »

Il s'arrêta dans l'ouverture, en entendant toussoter Møller.

« Oui, chef ?

— Je me demandais juste comment tu as découvert que ce devait être Lev Grette, l'Exécuteur.

— Eh bien… La version officielle veut que Beate l'ait reconnu sur la vidéo. Tu veux entendre la version non officielle ? »

Møller massa l'un de ses genoux raides. L'inquiétude était réapparue sur son visage.

« Pas vraiment. »

« Oui, oui, dit Harry qui s'était posté dans la porte de la House of Pain.

— Oui, oui, dit Beate en se tortillant sur sa chaise avant de jeter un coup d'œil aux images qui défilaient sur l'écran.

— Alors, merci pour la collaboration, dit Harry.

— C'est moi. »

Harry resta sur place en jouant nerveusement avec son trousseau de clés.

« Quoi qu'il en soit, dit-il, Ivarsson ne devrait pas rester grinche très très longtemps, il aura sa part de la récompense, puisque c'est lui qui a pensé à nous mettre en équipe. »

Beate fit un petit sourire.

« Aussi longtemps que ça a duré.

— Et n'oublie pas ce que je t'ai dit sur qui tu sais.

— Non. » Ses yeux lancèrent des éclairs.

Harry haussa les épaules.

« C'est un porc. Je ne peux pas ne pas te le dire.

— C'était sympa de faire ta connaissance, Harry. »

Il laissa la porte se refermer derrière lui.

Harry entra dans son appartement, posa son sac et la poche Playstation en plein milieu de l'entrée et alla s'allonger. Trois heures de sommeil sans rêves plus tard, il fut réveillé par la sonnerie du téléphone. Il roula sur le côté, vit sur le réveil qu'il était 19 h 03, jeta les jambes hors du lit et se traîna jusque dans l'entrée.

« Salut, Øystein, dit-il avant que l'autre n'ait le temps de se présenter.

— Salut salut, je suis à l'aéroport du Caire, dit Øystein. C'est maintenant, qu'on devait s'appeler, non ?

— Tu es la ponctualité même, bâilla Harry. Et tu es bourré.

— Bourré, non, balbutia Øystein avec colère. J'ai bu que deux Stella. Ou trois. Faut faire gaffe à pas se déshydrater, dans le désert, tu sais. Le gamin est clean et clair, Harry.

— Super. J'espère que tu as d'autres bonnes nouvelles.

— Comme dit le toubib, j'ai une bonne et une mauvaise nouvelle. Je commence par la bonne…

— Bien. »

Un long silence s'abattit, pendant lequel Harry n'entendit que le crépitement de ce qui ressemblait à un gros halètement.

« Øystein ?

— Oui ?

— Je suis excité comme un gamin.

— Hein ?

— La bonne nouvelle…

— Ah oui. Oui, donc… J'ai eu le numéro de l'abonné, Harry. No problemo, comme on dit ici. C'était un numéro de mobile norvégien.

— Un mobile ? C'est possible ?

— Tu peux envoyer des mails du monde entier même sans fil, il suffit de connecter un PC au téléphone qui appelle le serveur. C'est tout sauf une nouveauté, Harry.

— O.K., mais est-ce que cet abonné a un nom ?

— Euh… Bien sûr. Mais les mecs d'ici ne l'ont pas, ils chargent juste l'opérateur norvégien, en l'occurrence Telenor, qui envoie à son tour sa facture au client final. Je n'ai donc eu qu'à appeler les renseignements téléphoniques norvégiens. Et j'ai eu le nom.

— Oui ? » Harry était à présent tout à fait éveillé.

« Et on en arrive à la pas si bonne nouvelle.

— Oui ?

— Tu as jeté un œil à ta facture de téléphone, ces dernières semaines, Harry ? »

Il fallut quelques secondes pour que le jour commence à se faire chez Harry.

« *Mon* téléphone mobile ? Cet enfoiré utilise *mon* téléphone mobile ?

— Il n'est plus en ta possession, à ce que je comprends ?

— Non, je l'ai perdu ce soir-là chez... chez Anna. Et merde !

— Et tu n'as jamais pensé que ça pouvait être malin de suspendre ton abonnement en voyant que ton téléphone avait disparu ?

— Pensé ? gémit Harry. Je n'ai pas pensé à quoi que ce soit de sensé depuis que cette merde a commencé, Øystein ! Désolé de péter mon câble, mais c'est tellement simplet ! C'est pour ça que je n'ai trouvé aucun téléphone chez Anna. Et c'est pour ça qu'il est si arrogant.

— Désolé si je t'ai bousillé ta journée.

— Attends un peu, dit Harry, subitement rempli d'allégresse. Si on peut prouver que c'est lui qui a mon mobile, on peut aussi prouver qu'il est venu chez Anna après mon départ !

— Yippii ! » brailla-t-on dans le combiné. Puis, avec plus de prudence : « Ça veut bien dire que tu es content, malgré tout, alors ? Allô ? Harry ?

— Je suis là. Je réfléchis.

— C'est bien, de réfléchir. Continue, moi, j'ai rencard avec une qui s'appelle Stella. Plusieurs, en fait. Alors si je veux attraper cet avion pour Oslo...

— Salut, Øystein. »

Harry garda le combiné à la main, ne sachant trop s'il devait ou non le balancer dans le miroir devant lui.

Et en s'éveillant le lendemain matin, il espéra que le coup de fil d'Øystein avait été un rêve. Et c'était d'ailleurs aussi le cas. En six ou sept versions différentes.

Raskol avait la tête pendante entre les épaules tandis que Harry parlait. Il ne bougea pas, et n'interrompit pas Harry tandis que celui-ci expliquait comment ils avaient retrouvé Lev Grette, et en quoi le téléphone mobile de Harry justifiait qu'ils n'avaient pas de preuves contre le meurtrier d'Anna. Quand Harry eut terminé, Raskol croisa les mains et leva lentement la tête.

« Tu as donc pu résoudre ton affaire. Tandis que la mienne ne l'est pas.

— Je ne vois pas ça comme ton affaire, ou mon affaire, Raskol. Ma responsabilité…

— Mais moi, si, *Spiuni*, l'interrompit Raskol. Et je m'occupe d'une organisation de soldats.

— Mmm. Et qu'est-ce que tu entends exactement par là ? »

Raskol ferma les yeux.

« Est-ce que je t'ai parlé de la fois où le Roi des Wu a invité Sun Tzu pour qu'il apprenne l'art de la guerre à ses concubines d'honneur, *Spiuni* ?

— Eh bien… Non. »

Raskol sourit.

« Sun Tzu était un intellectuel, et il a commencé par expliquer aux femmes comment défiler, de façon précise et pédagogique. Mais quand les tambours se sont mis à jouer, elles n'ont pas défilé, elle se sont seulement mises à rire et à pouffer. "C'est la faute du général si un ordre n'est pas compris", dit Sun Tzu avant d'expliquer à nouveau. Mais la même chose se produisit lorsqu'il donna l'ordre de marcher. "C'est la faute de l'officier si un ordre compris n'est pas exécuté", dit-il avant de donner l'ordre à deux de ses hommes de mettre à part les deux principales concubines. Elles furent prises à part et décapitées sous le regard épouvanté des autres femmes. Quand le roi entendit dire que ses deux concubines favorites avaient été exécutées, il tomba malade et dut rester plusieurs jours alité. Quand il refit surface, il donna à Sun Tzu le commandement de ses forces armées. » Raskol rouvrit les yeux. « Que nous apprend cette histoire, *Spiuni* ? »

Harry ne répondit pas.

« Eh bien, elle nous apprend que dans une organisation de soldats, la logique doit être homogène et ses conséquences absolues. Si tu renonces aux conséquences, tu te retrouves avec une cour de concubines hilares. Quand tu es venu me demander quarante mille couronnes supplémentaires, tu les as eues parce que j'ai cru à l'histoire de la photo dans la chaussure d'Anna. Parce qu'Anna était tzigane. Quand les Tziganes sont en voyage, ils laissent des *patrin* près des bifurcations. Un foulard rouge attaché autour d'une branche, un os gravé d'une encoche, tout a une signification propre. Une photo peut signifier que quelqu'un est mort. Ou va mourir. Tu ne pouvais pas le savoir, et c'est pourquoi j'ai supposé que ce que tu me disais était vrai. » Raskol posa les mains sur la table, paumes tournées vers le haut. « Mais l'homme qui a tué la fille de mon frère est libre, et quand je te regarde, je vois une concubine qui pouffe, *Spiuni*. Conséquence absolue. Donne-moi son nom, *Spiuni*. »

Harry inspira. Deux mots. Quatre syllabes. S'il faisait lui-même plonger Albu, de quel genre de peine serait passible Albu ? Homicide volontaire, motivé par la jalousie, neuf ans, dehors au bout de six ? Et les conséquences pour Harry ? L'enquête montrerait fatalement qu'il avait dissimulé la vérité en tant que policier, pour éviter que le soupçon ne pèse sur lui. Un joli merdier en perspective. Deux mots. Quatre syllabes. Et tous les problèmes de Harry seraient résolus. Et Albu était le seul à devoir supporter la conséquence absolue.

Harry répondit d'une syllabe.

Raskol acquiesça et regarda tristement Harry.

« Je craignais que tu répondes ça. Tu ne me laisses donc pas le choix, *Spiuni*. Tu te souviens ce que je t'ai répondu quand tu m'as demandé pourquoi je te faisais confiance ? »

Harry acquiesça.

« On a tous quelque chose pour quoi on vit, non ? Quelque chose qui peut nous être pris. Eh bien, est-ce que ça te dit quelque chose, 316 ? »

Harry ne répondit pas.

« Alors laisse-moi t'éclairer. 316 est un numéro de chambre à l'Hôtel International de Moscou. La surveillante d'étage qui s'occupe de cette chambre s'appelle Olga. Elle va bientôt partir en retraite, et elle souhaite prendre de longues vacances près de la Mer Noire. Deux escaliers et un ascenseur permettent de monter à cet étage. Plus l'ascenseur réservé au personnel. La chambre a deux lits. »

Harry déglutit. Raskol appuya son front sur ses mains jointes.

« Le petit dort près de la fenêtre. »

Harry se leva, alla à la porte et frappa énergiquement. Il entendit l'écho se répercuter le long du couloir. Il continua à cogner jusqu'à ce qu'il entende une clé dans la serrure.

CHAPITRE 30

Mode vibreur

« Désolé, mais je suis venu aussi vite que j'ai pu, dit Øystein en arrachant le taxi au trottoir devant Elmer Fruits & Tabac.

— Content de te revoir parmi nous », dit Harry en se demandant si le bus venant de la droite avait saisi qu'Øystein n'avait aucunement l'intention de s'arrêter.

— C'est à Slemdal, qu'on doit aller ? demanda Øystein en ignorant le coup de klaxon furieux du bus.

— Bjørnetråkket. Tu sais que tu as le devoir de céder le passage, ici ?

— J'ai choisi de ne pas en user. »

Harry jeta un regard à son pote. À travers deux fentes étroites, il distingua deux globes oculaires injectés de sang.

« Fatigué ?

— Décalage horaire.

— Il y a une heure de décalage, Øystein.

— Au moins. »

Étant donné que ni les amortisseurs ni les ressorts des sièges n'étaient encore en état, Harry sentit chaque pavé et chaque raccord de l'asphalte dans les virages montant à la villa d'Albu, mais c'était pour l'heure le cadet de ses soucis. Il emprunta le mobile d'Øystein, composa le numéro de l'Hôtel International et obtint la chambre 316.

Ce fut Oleg qui décrocha. Harry entendit la joie dans la voix d'Oleg quand celui-ci lui demanda où il était.

« Dans une voiture. Où est maman ?

— Sortie.

— Je croyais qu'elle ne devait pas retourner au tribunal avant demain ?

— Il y a une réunion avec tous les avocats au Kuznetski Most, dit-il d'une voix de petit adulte. Elle sera rentrée dans une heure.

— Écoute, Oleg, tu peux transmettre un message à maman ? Dis-lui que vous devez changer d'hôtel. Immédiatement.

— Pourquoi ?

— Parce que... je l'ai dit. Dis-lui, O.K. ? Je rappellerai plus tard.

— Bon.

— Bon gars. Il faut que je me sauve.

— Euh...

— Quoi ?

— Rien.

— O.K. Et n'oublie pas ce que tu dois dire à maman. »

Øystein freina et se rangea le long du trottoir.

« Attends-moi ici, dit Harry en sautant de voiture. Si je ne suis pas revenu dans vingt minutes, tu appelles le central au numéro que je t'ai donné. Et dis que...

— L'inspecteur principal Hole, de la Brigade Criminelle, veut qu'une voiture de patrouille armée soit envoyée ici. Pigé.

— Bien. Et si tu entends des coups de feu, tu appelles immédiatement.

— Bien. C'est quel film, déjà ? »

Harry leva les yeux vers la maison. On n'entendait aucun aboiement. Une BMW bleue passa lentement à leur hauteur et se gara un peu plus bas dans la rue, mais en dehors de ça, tout était calme.

« Ils se ressemblent tous, répondit calmement Harry.

— Cool », répondit Øystein avec un grand sourire.
Puis une ride inquiète apparut entre ses yeux. « Parce
que c'est cool, hein ? Pas *hyper* grave ? »

Ce fut Vigdis Albu qui ouvrit. Elle portait un chemisier blanc bien repassé et une jupe courte, mais ses yeux
étaient voilés et donnaient l'impression qu'elle sortait
de son lit.

« J'ai appelé au bureau de votre mari, dit Harry. Ils
m'ont dit qu'il était chez lui pour la journée.

— Possible, dit-elle. Mais il n'habite plus ici. » Elle
éclata de rire. « N'aie pas l'air si surpris, inspecteur principal. C'est bien toi, qui t'es pointé avec l'histoire de
cette… cette… » Elle gesticulait comme si elle cherchait un autre mot, mais se résigna avec un sourire ironique, comme s'il n'y avait pas d'autre façon de l'ex-
primer : « … pute.

— Puis-je entrer, madame Albu ? »

Elle haussa les épaules et les secoua comme pour indiquer qu'elle frissonnait.

« Appelle-moi Vigdis, ou comme tu veux, mais pas
comme ça.

— Vigdis, dit Harry en s'inclinant rapidement.
Puis-je entrer, maintenant ? »

Ses sourcils effilés soigneusement épilés s'arquèrent.
Elle hésita. Puis fit un vague geste de la main.

« Pourquoi pas ? »

Harry crut percevoir une faible odeur de gin, mais ce
pouvait tout aussi bien être son parfum. Rien dans la
maison n'indiquait le moindre changement ; c'était
propre, ça sentait bon, c'était bien rangé, et des fleurs
fraîches emplissaient un vase sur le buffet. Harry remarqua que le jeté sur le canapé était un soupçon plus
blanc que blanc cassé comme lors de sa dernière visite.

De la musique classique coulait tout bas d'enceintes qu'il ne vit pas.

« Mahler ? demanda Harry.

Greatest hits, répondit Vigdis. Arne n'achetait que des compilations. Toute alternative au meilleur est inintéressante, comme il disait toujours.

— Sympa de sa part de ne pas avoir embarqué toutes ses compilations, alors. Où est-il, d'ailleurs ?

— Premièrement, rien de ce que tu peux voir ici ne lui appartient. Et je ne sais ni ne veut savoir où il est. Tu aurais une cigarette, inspecteur principal ? »

Harry lui tendit le paquet et la regarda lutter avec un gros briquet de teck et d'argent. Il se pencha par-dessus la table en tendant son propre briquet jetable.

« Merci. Il est à l'étranger, je parie. Une contrée chaude. Mais moins que je pourrais le souhaiter, je le crains.

— Mmm. Qu'est-ce que tu entends par "rien de ce qui est ici ne lui appartient" ?

— Ce que je viens de dire. La maison, le mobilier, la voiture… tout est à moi. » Elle souffla vigoureusement la fumée. « Demande à mon avocat, tu verras.

— Je croyais que c'était plutôt ton mari qui avait l'argent pour…

— Ne l'appelle pas comme ça ! » Vigdis Albu sembla vouloir aspirer tout le tabac de sa cigarette. « Ah, ça, oui, Arne avait l'argent. Il avait suffisamment d'argent pour acheter cette maison, ces meubles, cette voiture, ces costumes, le chalet et les bijoux qu'il ne m'offrait que pour que je puisse les montrer à tous nos soi-disant amis. Parce que la seule chose qui avait du sens pour Arne, c'est justement ce que les autres pensaient. Sa famille, la mienne, les collègues, les voisins, ses copains d'études. » La colère rendait sa voix dure et métallique, comme si elle parlait dans un mégaphone. « Tous étaient les spectateurs de la vie extraordinaire d'Arne

Albu, ils devaient applaudir quand les choses allaient bien. Si Arne avait consacré autant d'énergie à s'occuper de l'entreprise qu'à récolter des applaudissements, Albu AS n'aurait peut-être pas coulé comme elle l'a fait.

— Mmm. D'après *Dagens Næringsliv*, Albu AS était une entreprise à succès.

— Albu était une entreprise familiale, pas une boîte cotée en bourse qui doit rendre publics les détails de sa comptabilité. Arne a donné l'impression qu'elle dégageait des bénéfices en vendant des éléments d'actif. » Elle écrasa la cigarette à moitié fumée dans le cendrier. « Il y a quelques années, la société est entrée dans une grave crise de liquidités, et puisque Arne était lui-même caution pour la dette, il nous a transmis la maison et autres possessions, à moi et aux enfants.

— Mmm. Mais ceux qui ont acheté l'entreprise ont payé plus que nécessaire. Trente millions, à ce qu'ont dit les journaux. »

Vigdis partit d'un rire amer.

« Tu as donc gobé l'histoire de cet homme d'affaires à succès qui ralentit ses activités pour donner la priorité à sa famille ? Arne est doué pour ça, il faut le lui reconnaître. Laisse-moi le dire autrement : Arne avait le choix entre se défaire volontairement de l'entreprise ou se laisser entraîner à la faillite. Naturellement, il a opté pour la première possibilité.

— Et les trente millions ?

— Arne est un démon charmant, quand il le veut. Les gens le croient facilement, quand il est comme ça. C'est pour ça qu'il est doué pour les affaires, en particulier dans les situations tendues. C'est ce qui a fait que la banque et le fournisseur ont maintenu la boîte en vie aussi longtemps. Dans le marché avec le fournisseur qui a repris, dans ce qui aurait dû être une capitulation sans condition, Arne a réussi deux choses. Il a pu conserver le chalet, qui était toujours à son nom. Et il a convaincu l'acheteur de porter la somme à trente millions. Sur ce dernier point, ça ne représentait pas grand-chose pour eux, puisqu'ils pouvaient inscrire tout le montant de la transaction en contrepartie de leur dette chez Albu AS. Mais c'était évidemment crucial pour les apparences, chez Arne Albu. Il a fait passer une faillite pour une vente-choc. Et ça, on ne peut pas dire que ce soit un mince exploit, hein ? »

Elle renversa la tête en arrière et éclata de rire. Harry aperçut la petite cicatrice sous son menton, reste d'un lifting.

« Et Anna Bethsen ? demanda-t-il.

— Sa catin ? » Elle croisa ses jambes effilées, écarta d'un doigt les cheveux qui lui tombaient sur le visage et laissa son regard se perdre dans l'infini, tout en prenant une expression d'indifférence. « Elle n'était qu'un jouet. La gaffe qu'il a faite, ça a été de vouloir aller un peu trop frimer auprès de ses potes avec son authentique maîtresse tzigane. Et tous ceux qu'Arne considérait comme des amis ne se sont pas sentis redevables d'une loyauté particulière envers lui, pour dire ça gentiment. En résumé… c'est arrivé à mes oreilles.

— Et ?

— Je lui ai donné une autre chance. Pour les enfants. Je suis une femme modérée. » Elle regarda Harry sous des paupières lourdes. « Mais il n'a pas su en profiter.

— Il a peut-être découvert qu'elle était devenue davantage qu'un jouet ? »

Elle ne répondit pas, mais ses lèvres minces se serrèrent encore un peu plus.

« Il avait un bureau, ou quelque chose dans le genre ? » demanda Harry.

Madame Albu acquiesça.

Elle le précéda dans l'escalier.

« Il arrivait qu'il s'y enferme et qu'il y passe toute la nuit. »

Elle ouvrit la porte d'une pièce sous les combles, avec vue sur les toits voisins.

« Il bossait ?

— Il surfait sur Internet. Il était complètement accro. Il disait qu'il regardait des voitures, des trucs comme ça, mais allez savoir. »

Harry alla à la table et ouvrit un tiroir.

« Vide ?

— Il a emporté tout ce qu'il avait là-dedans. Ça tenait dans un sac plastique.

— Le PC aussi ?

— C'était juste un portable.

— Auquel il connectait de temps en temps un téléphone mobile ? »

Elle leva un sourcil.

« Pas que je sache.

— Je me demandais, c'est tout.

— Autre chose que tu voulais voir ? »

Harry se retourna. Vigdis Albu était appuyée au montant de la porte, un bras au-dessus de la tête et une main sur la hanche. Une sensation de déjà-vu le submergea.

« J'ai une toute dernière question, madame… Vigdis.

— Ah ? Tu es pressé, inspecteur principal ?

— J'ai un taximètre qui tourne. Ma question est relativement simple. Crois-tu qu'il ait pu la tuer ? »

Elle regarda pensivement Harry en donnant de petits coups de son talon contre le seuil. Harry attendit.

« Tu sais quelle est la première chose qu'il m'a dite quand je lui ai dit que je savais, pour sa pute ? "Tu dois me promettre de ne le dire à personne, Vigdis." Il fallait que *moi*, je ne le dise à personne ! Pour Arne, il était plus important de donner l'illusion que nous étions heureux que de l'être réellement. Ma réponse, inspecteur principal, c'est que je n'ai pas la moindre idée de ce dont il est capable. Je ne connais pas ce type. »

Harry attrapa une carte de visite dans sa poche intérieure.

« Je veux que tu m'appelles s'il prend contact, ou si tu as vent de l'endroit où il est. Immédiatement. »

Vigdis regarda la carte, un infime sourire sur ses lèvres rose pâle.

« Seulement à ce moment-là, inspecteur principal ? »

Harry ne répondit pas.

Une fois sorti sur les marches, il se retourna vers elle.

« Est-ce que tu l'as dit à quelqu'un ?

— Que mon mari était infidèle ? Qu'est-ce que tu crois ?

— Eh bien… Je crois que tu es une femme pratique. »

Elle lui fit un grand sourire.

« Dix-huit minutes, dit Øystein. Putain, je commençais à baliser, sérieux.

— Tu as appelé mon vieux numéro de mobile, pendant que j'étais à l'intérieur ?

— Oh, ça, oui. Ça sonnait, ça sonnait.

— Je n'ai absolument rien entendu. Il n'y est plus.

— Excuse-moi, mais tu as entendu parler du vibreur ?

— Quoi ? »

Øystein lui mima une crise d'épilepsie.

« Comme ça. Mode vibreur.

— Le mien ne coûtait qu'une couronne, et ne faisait que sonner. Il l'a embarqué, Øystein. La BMW bleue, plus bas dans la rue, qu'est-ce qu'elle est devenue ?

— Hein ?

— Allons-nous-en », soupira Harry.

Maglite

« Tu dis qu'un malade est à *nos* trousses parce que tu n'arrives pas à retrouver celui qui a tué une personne de sa famille ? » La voix de Rakel raclait douloureusement dans le combiné.

Harry ferma les yeux. Halvorsen était parti chez Elmer, et il avait le bureau pour lui tout seul.

« En version courte, oui. J'ai conclu un accord avec lui. Il a respecté ses engagements.

— Et ça veut dire qu'on est traqués ? À cause de ça, je dois fuir d'hôtel en hôtel avec mon fils, qui saura dans quelques jours s'il peut ou non rester avec sa mère ? À cause de... À cause de ça... » Sa voix monta dans un registre furieux et haché. Il la laissa continuer sans l'interrompre.

« Pourquoi, Harry ?

— La plus vieille raison du monde. Vengeance du sang. Vendetta.

— Et en quoi ça nous concerne ?

— Encore une fois : en rien. Toi et Oleg n'êtes pas la cible, vous n'êtes que le moyen. Cet homme considère que c'est son devoir de répliquer à ce meurtre.

— Son devoir ? » Sa voix lui vrilla le tympan. « La vengeance, c'est le genre de connerie pour un territoire que vous, les hommes, entretenez, mais il ne s'agit pas de devoir, seulement de principes néanderthaliens ! »

Il attendit d'avoir l'impression qu'elle avait terminé.

« J'en suis désolé. Mais il n'y a rien que je puisse y faire pour l'instant. »

Elle ne répondit pas.

« Rakel ?

— Oui.

— Où êtes-vous ?

— Si ce que tu dis est vrai, qu'ils nous ont retrouvés aussi facilement, je ne sais pas si je prendrai le risque de le dire par téléphone.

— O.K. C'est un endroit sûr ?

— Je crois.

— Mmm. »

Une voix de fond s'exprimant en russe allait et venait, comme une station émettant sur les ondes courtes.

« Pourquoi est-ce que tu ne peux pas simplement m'assurer que nous sommes en sécurité, Harry ? Me dire que c'est une illusion, qu'ils bluffent... » Sa voix s'effilochait. « ... N'importe quoi... »

Harry s'accorda du temps avant de répondre d'une voix lente et claire.

« Parce qu'il est nécessaire que tu aies peur, Rakel. Suffisamment pour faire ce qu'il faut.

— Et c'est ? »

Harry poussa un gros soupir.

« Je vais arranger ça, Rakel. C'est promis. Je vais arranger ça. »

Harry appela Vigdis Albu aussitôt que Rakel eut raccroché.

« Ici Hole. Tu attendais un coup de fil ?

— Qu'est-ce que tu crois ? » Harry comprit à son élocution qu'elle devait avoir bu quelques verres depuis son départ.

« Aucune idée. Mais je veux que tu signales que ton mari est porté manquant.

— Pourquoi ça ? Il ne me manque pas, à moi. » Elle partit d'un petit rire triste.

« Eh bien… J'ai une raison pour déclencher l'appareil de recherches, ici. Tu as le choix : ou bien tu le déclares toi-même disparu, ou bien je le fais rechercher. Pour meurtre. »

Un long silence s'installa.

« Je ne comprends pas, officier.

— Il n'y a pas tant de choses que ça à comprendre. Dois-je transmettre que tu l'as déclaré manquant ?

— Attends ! » cria-t-elle. Harry entendit un verre se briser à l'autre bout du fil. « De quoi est-ce que tu parles ? Arne est déjà recherché, non ?

— Par moi, oui. Mais personne d'autre n'est encore au courant.

— Ah ? Et ces trois enquêteurs, qui sont venus ici juste après toi ? »

Harry eut l'impression qu'un doigt glacé lui remontait la colonne vertébrale.

« Quels enquêteurs ?

— Vous ne discutez jamais ensemble, dans la police ? Ils ne voulaient plus partir, ils m'ont presque fichu la frousse. »

Harry s'était levé de son fauteuil de bureau.

« Est-ce qu'ils étaient en BMW bleue, madame Albu ?

— Tu te souviens de ce que j'ai dit à propos de ces "madame machin", Harry ?

— Qu'est-ce que tu leur as dit ?

— Oh, ce que je leur ai dit… Rien que je ne t'aie pas dit à toi, je crois. Ils ont demandé à voir quelques photos, et… oui, ils n'étaient pas à proprement parler incorrects, mais…

— Qu'est-ce que tu leur as dit pour qu'ils repartent ?

378

— Qu'ils repartent ?

— Ils ne seraient jamais repartis sans avoir ce qu'ils étaient venus chercher. Parole, madame Albu.

— Harry, je commence à en avoir ras-le-bol de te rappeler…

— Réfléchis ! C'est important.

— Mais enfin, bon sang ! Je n'ai rien dit, je te dis. Je… Oui, j'ai passé un message qu'Arne avait laissé sur le répondeur, il y a deux jours. Et puis ils sont partis.

— Tu m'as dit ne pas avoir parlé avec lui.

— Et c'est bien ce qui s'est passé. Il a juste laissé un message pour dire qu'il était venu chercher Gregor. Et c'était vrai, je pouvais entendre aboyer Gregor, derrière.

— D'où appelait-il ?

— Comment veux-tu que je le sache ?

— Ceux qui sont venus te voir l'ont compris, en tout cas. Tu peux me passer l'enregistrement ?

— Mais il ne dit que…

— S'il te plaît, fais ce que je te dis. Il s'agit de… » Harry essaya de trouver un moyen de le dire autrement, mais dut renoncer. « … vie ou de mort. »

Il y avait beaucoup de choses que Harry ne savait pas en matière de communication. Il ne savait pas que les calculs avaient montré que la construction des deux morceaux de tunnel de Vinterbro et le prolongement de l'autoroute supprimeraient les bouchons d'heure de pointe sur l'E6 au sud d'Oslo. Il ne savait pas que l'argument principal en faveur de cet investissement de milliards n'avait pas été que des électeurs faisaient la navette depuis Drøbak et Moss, mais la sécurité routière, et que dans la formule que les pouvoirs publics chargés des infrastructures utilisaient pour calculer la rentabilité sociale, une vie humaine était estimée à 20,4 millions de couronnes, en y incluant les frais d'ambulance, les déviations et le manque à gagner en impôts potentiels. Car dans la Mercedes d'Øystein avançant péniblement vers le sud dans le bouchon qui s'était formé sur l'E6, il ne savait même pas à combien il estimait la vie d'Arne Albu. Et il ne savait en tout cas pas ce qu'il y gagnerait à la sauver. Il savait simplement qu'il ne pouvait pas se permettre de perdre ce qu'il risquait de perdre. En aucune façon. En conséquence de quoi il valait mieux ne pas trop réfléchir.

L'enregistrement que Vigdis Albu lui avait passé au téléphone ne durait que cinq secondes, et ne contenait qu'une information de valeur. Mais c'était suffisant. Ce n'était pas dans les dix mots brefs qu'Arne Albu prononçait avant de raccrocher : « J'ai emmené Gregor. Je voulais que tu le saches. »

Ce n'était pas dans les aboiements frénétiques de Gregor, en bruit de fond.

C'étaient les cris glaciaux. Les cris des mouettes.

L'obscurité s'était abattue lorsque le panneau indiquant la bifurcation pour Larkollen apparut.

Une Jeep Cherokee attendait devant le chalet, mais Harry poursuivit jusqu'au sens giratoire. Pas de BMW bleue ici non plus. Il se gara juste sous le chalet. Il n'y avait aucun intérêt à essayer d'approcher en douce, il avait entendu les aboiements par sa vitre baissée, plus bas dans la côte.

Harry avait parfaitement conscience qu'il aurait dû venir armé. Pas parce qu'il avait des raisons de penser qu'Arne Albu pouvait lui-même l'être, il ne pouvait pas savoir que sa vie — ou plutôt sa mort — était en jeu. Mais ils n'étaient plus les seuls protagonistes du jeu.

Harry descendit de voiture. Il n'y avait plus aucune mouette à voir ou entendre, elles ne se faisaient peut-être entendre que dans la journée, pensa-t-il.

Gregor était attaché à la rampe de l'escalier, devant la porte d'entrée. Ses dents scintillaient dans le clair de lune et envoyaient des frissons dans la nuque toujours meurtrie de Harry, mais il s'obligea à continuer à grands pas tranquilles vers le chien jappant.

« Tu te souviens de moi ? » demanda Harry lorsqu'il se fut approché si près qu'il vit la vapeur grise s'échapper de la gueule de l'animal. La laisse vibrait, tendue, derrière Gregor. Harry s'accroupit, et à sa grande surprise, les aboiements s'adoucirent. Le ronflement indiquait qu'ils avaient duré un certain temps. Gregor jeta ses deux pattes devant lui, courba l'échine et cessa complètement d'aboyer. Harry essaya d'ouvrir la porte. Elle était fermée. Il tendit l'oreille. Entendait-il une voix, à l'intérieur ? Il y avait de la lumière dans le salon.

« Arne Albu ! »

Pas de réponse.

Harry attendit et réessaya.

La clé n'était pas dans la lampe. Il choisit donc une pierre suffisamment grosse, escalada la rambarde de la véranda, cassa l'un des petits carreaux de la porte, passa la main à l'intérieur et ouvrit.

Il n'y avait aucune trace de lutte dans le salon. Juste celles d'un départ précipité. Un bouquin était ouvert sur la table. Harry le ramassa. *Macbeth*, Shakespeare. Une ligne avait été entourée au feutre bleu. *« Je n'ai aucun mot, ma voix est dans l'épée. »* Il regarda autour de lui, mais ne vit pas de feutre.

Seul le lit de la plus petite chambre avait servi. Un numéro de *Vi Menn* [1] était posé sur la table de nuit.

Une petite radio réglée approximativement sur P4 grésillait faiblement dans la cuisine. Harry l'éteignit. Un

---

1. Équivalent assez soft de journaux comme *Lui*, *Newlook*, etc. (Litt. *Nous, les hommes.*)

plat à base d'entrecôte et de brocolis, fraîchement dé-
congelé, attendait sur le plan de travail, toujours dans
son emballage sous vide. Harry prit l'entrecôte et alla au
tambour de la porte. Des raclements se firent entendre
de l'autre côté, et il ouvrit. Deux yeux bruns et canins le
regardaient. Ou plus précisément, regardaient l'entrecôte qui eut à peine le temps d'atterrir sur les marches
avec un claquement humide avant d'être mise en pièces.

Harry observa le chien glouton en se demandant ce
qu'il pouvait bien faire. S'il y avait quelque chose à faire.
Arne Albu ne lisait pas Shakespeare, ça, au moins,
c'était un fait acquis.

Lorsque la dernière trace du morceau de viande eut
disparu, Gregor se remit à aboyer vers la route, plein
d'une ardeur renouvelée. Harry alla à la balustrade, dé-
noua la laisse et parvint tout juste à se maintenir sur ses
jambes sur le sol humide quand Gregor essaya de s'arra-
cher à ce qui le retenait. Le chien le mena en bas du
chemin, de l'autre côté de la route et vers le bas du rai-
dillon au pied duquel Harry distinguait des vagues se
brisant sur les rochers plats qui luisaient sous une lune
à demi pleine. Ils traversèrent en pataugeant une zone
de hautes herbes qui s'enroulaient autour des jambes de
Harry, comme pour les retenir, mais ce ne fut que
lorsque le sable et les graviers se mirent à crisser sous les
Doc Martens de Harry que Gregor s'arrêta. Le petit
moignon de queue pointait vers le ciel. Ils se trouvaient
sur la plage. La marée était au plus haut, les vagues atteignaient presque les herbes raides, et l'écume que la
vague laissait en se retirant crépitait comme si elle était
gazeuse. Gregor se remit à aboyer.

« Il est parti d'ici en bateau ? » demanda Harry, autant pour le chien que pour lui-même. « Seul, ou
accompagné ? »

Il n'obtint de réponse ni de l'un, ni de l'autre. Il était
malgré tout évident que la piste se terminait ici. Mais

quand Harry tira sur la laisse, le gros bouvier allemand ne se laissa pas emmener. Harry alluma donc sa Maglite et la braqua vers la mer. Il ne vit rien d'autre que des rangées de vagues blanches disposées comme des rails de cocaïne sur un miroir noir. Le fond descendait manifestement en pente douce. Harry tira de nouveau sur la laisse, mais Gregor se mit alors à creuser le sable de ses pattes avant en poussant un hurlement désespéré.

Harry soupira, éteignit sa lampe et remonta au chalet. Il se fit un café à la cuisine tout en écoutant les lointains jappements. Après avoir rincé sa tasse, il redescendit sur la plage et trouva un creux à l'abri du vent entre les rochers, et s'assit. Il s'alluma une cigarette et essaya de réfléchir. Puis il serra un peu plus son manteau autour de lui et ferma les yeux.

Une nuit qu'ils étaient étendus sur le lit d'Anna, elle lui avait dit quelque chose. Ça devait être sur la fin des six semaines — et il devait être moins cuité que d'habitude, puisqu'il s'en souvenait. Elle avait dit que son lit était un bateau, et qu'elle et Harry étaient deux personnes solitaires et naufragées qui dérivaient sur l'océan avec la terreur de voir la terre ferme se profiler à l'horizon. C'était ça, qui s'était passé ? Avaient-ils découvert une terre ? Il ne s'en souvenait pas comme ça, il avait plutôt l'impression d'avoir débarqué en sautant par-dessus bord. Mais sa mémoire lui jouait peut-être des tours.

Il ferma les yeux et tenta d'invoquer une image d'elle. Pas de cette fois où ils étaient naufragés, mais de leur dernière rencontre. Ils avaient dîné. Indéniablement. Elle lui avait versé… du vin ? Avait-il goûté ? Indéniablement. Elle l'avait resservi. Il avait perdu le contrôle. S'était lui-même resservi. Elle avait ri de lui. L'avait embrassé. Avait dansé pour lui. Chuchoté les petites choses qu'elle avait l'habitude de lui dire dans le creux de l'oreille. Ils s'étaient jetés sur le lit et avaient largué les amarres. Cela avait-il été aussi facile que ça pour elle ? Et pour lui ?

Non, il ne pouvait pas en être ainsi.

Mais Harry n'en savait rien, si ? Il ne pouvait pas exclure en toute certitude qu'il avait couché, un sourire béat sur les lèvres, dans un lit de Sorgenfrigata parce qu'il avait retrouvé une ancienne maîtresse, tandis que Rakel ne parvenait pas à dormir et contemplait un plafond de chambre d'hôtel moscovite en pensant qu'elle pouvait perdre son enfant.

Harry se recroquevilla. Le vent rude et froid le transperçait comme s'il n'était qu'un fantôme. C'étaient des idées qu'il avait jusqu'alors réussi à tenir écartées, mais pour l'heure elles revenaient en bloc : s'il ne pouvait pas savoir s'il était capable de tromper ce qu'il plaçait au-dessus de tout dans sa vie, comment pouvait-il bien savoir ce qu'il avait fait d'autre ? Aune prétendait que l'ivresse ne fait que renforcer ou atténuer ce que les gens ont déjà en eux. Mais qui savait avec certitude de quoi il était fait ? Les gens ne sont pas des robots, et la chimie du cerveau change avec le temps. Qui détenait la liste exhaustive de ce qu'il pouvait être susceptible de faire — en ayant des circonstances exactes mais les mauvais médicaments ?

Harry trembla et jura. Il le savait, à présent. Il savait pourquoi il devait retrouver Arne Albu et l'amener à témoigner avant que d'autres ne le réduisent au silence. Ce n'était pas parce que le policier lui était devenu familier parce que l'État de droit était devenu une affaire personnelle. C'était parce qu'il devait savoir. Et Arne Albu était le seul à pouvoir le lui dire.

Harry serra les paupières tandis que le vent sifflait faiblement sur le granit par-dessus le rythme lent et monotone des vagues.

Lorsqu'il rouvrit les yeux, il ne faisait plus aussi sombre. Le vent avait balayé les nuages et les étoiles jetaient sur lui leur lumière mate. La lune s'était déplacée. Harry regarda l'heure. Il était resté assis là pendant presque une heure. Gregor poussait des aboiements frénétiques vers le large. Ankylosé, Harry se leva et rejoignit le chien. L'attraction lunaire s'était délocalisée, le niveau des eaux avait baissé, et Harry avança sur ce qui était devenu une large plage de sable.

« Viens, Gregor, on ne trouvera rien ici. »

Le clébard jappa quand Harry attrapa la laisse, et Harry fit involontairement un bond en arrière. Il plissa les yeux vers la mer. Le clair de lune se reflétait dans le noir, mais il aperçut quelque chose qu'il n'avait pas vu quand l'eau était à son plus haut niveau. On eût dit le haut de deux piles d'amarrage dépassant tout juste de la surface. Harry s'avança tout au bord de l'eau et ralluma sa lampe.

« Nom de Dieu ! » chuchota-t-il.

Gregor se précipita dans l'eau et Harry pataugea à sa suite. Dix mètres les séparaient de leur objectif, mais l'eau n'atteignit Harry qu'à mi-mollet. Il baissa le regard sur une chaussure. Cousue main, italienne. Harry braqua sa lampe vers l'eau qui renvoya la lumière entre deux jambes bleu pâle et nues qui pointaient vers le haut comme autant de pierres tombales blafardes.

Le cri de Harry fut instantanément emporté par le vent et noyé par le grondement des vagues. Mais la lampe qu'il avait jetée et qui avait été avalée par les flots continua de luire au fond pendant presque vingt-quatre heures. Et quand le petit garçon qui la trouva l'été suivant vint en courant vers son père, l'eau salée avait attaqué la couche noire et aucun d'entre eux ne relia la Mini Maglite à cette découverte grotesque de cadavre dont les journaux avaient parlé l'an passé, mais qui semblait si lointaine dans le soleil estival.

CINQUIÈME PARTIE

CHAPITRE 32

David Hasselhoff

La lumière matinale passait comme une colonne blanche à travers un accroc dans la couche nuageuse et jetait sur le fjord ce que Tom Waaler appelait la lumière de Jésus. Il y avait eu quelques-unes de ces images, accrochées au mur à la maison. Il enjamba la tresse plastique qui délimitait le lieu du crime. Il était dans sa nature de sauter par-dessus plutôt que de se plier en deux pour passer en dessous, auraient dit ceux qui pensaient le connaître. Ils avaient raison sur le début, mais pas sur la fin : Tom Waaler n'avait jamais entendu parler de quelqu'un qui le connaisse. Et il mettait un point d'honneur à ce que cet état de fait perdure.

Il leva un petit appareil photo numérique devant le verre bleu acier de ses lunettes de soleil Police, dont il avait une douzaine d'exemplaires à la maison. Remerciement d'un client reconnaissant. L'appareil aussi. Le cadrage englobait le trou dans le sol et le cadavre qui se trouvait juste à côté. Celui-ci portait un pantalon noir et une chemise qui avait naguère été blanche, mais à présent brune de glaise et de sable.

« Une photo de plus pour ta collection privée ? » C'était Weber.

« Celle-ci est inédite, répondit Waaler sans lever les yeux. J'aime les meurtriers imaginatifs. Vous avez identifié le type ?

— Arne Albu. Quarante-deux ans. Marié, trois enfants. Il a l'air d'avoir pas mal de blé. Il possède un chalet, juste derrière.

— Est-ce que quelqu'un a vu ou entendu quelque chose ?

— On fait le tour du voisinage. Mais tu peux voir par toi-même à quel point c'est désert, ici.

— Quelqu'un à l'hôtel qui est là-bas, peut-être ? demanda Waaler en montrant du doigt un gros bâtiment jaune en bois à l'extrémité de la plage.

— J'en doute. Personne n'habite là, à cette époque de l'année.

— Qui est-ce qui a découvert le gonze ?

— Coup de fil anonyme depuis une cabine de Moss. À la police de Moss.

— Le meurtrier ?

— Crois pas. Il a raconté qu'il avait vu une paire de guibolles qui pointaient de la mer, alors qu'il promenait son clebs.

— Vous avez enregistré la conversation ? »

Weber secoua la tête.

« Il n'a pas appelé le numéro d'urgence.

— Et vous en déduisez quoi ? » fit Waaler avec un signe de tête vers le cadavre.

« Les médecins feront bien leur rapport, mais pour moi, il a été enterré vivant. Aucun signe extérieur de violence, mais le sang qu'il avait dans le nez et la bouche plus les vaisseaux qui ont pété dans ses yeux indiquent une grosse concentration de sang dans la tête. En plus, on a trouvé du sang loin dans son gosier, ce qui indique qu'il respirait quand on l'a enterré.

— Vu. Autre chose ?

« — Le clébard était attaché devant le chalet, là-haut. Un énorme et vilain bouvier allemand. En étonnamment bonne forme. La porte d'entrée n'était pas verrouillée. Aucune trace de rixe à l'intérieur du chalet non plus.

— En d'autres termes, ils sont entrés, l'ont menacé avec une arme à feu, ont attaché le chien, ont creusé un trou pour lui et l'ont prié de sauter dedans.

— S'ils étaient plusieurs.

— Énorme bouvier allemand, trou d'un mètre et demi de profondeur. Je pense qu'on peut l'affirmer, Weber. »

Weber ne répondit pas. Il n'avait jamais rien eu contre le fait de travailler avec Waaler, ce gars était doué d'un talent d'investigation rare, les résultats parlaient d'eux-mêmes. Mais ça ne voulait pas dire que Weber devait fatalement l'apprécier. Même si *ne pas apprécier* n'était pas la bonne expression. Il y avait autre chose, quelque chose qui faisait qu'au bout d'un moment, on se mettait à penser à ce jeu des sept erreurs, quand on n'arrive pas à mettre le doigt sur ce que c'est, mais quand on sent qu'il y a malgré tout quelque chose qui dérange. *Déranger*, c'était ça, le mot juste.

Waaler s'accroupit à côté du cadavre. Il savait que Weber ne l'aimait pas. Ça ne lui posait pas de problème. Weber était un vieux policier de la Brigade Scientifique qui n'avait pas prévu de partir où que ce soit, qui ne pouvait en aucune façon être susceptible d'influer sur la carrière ou la vie de Waaler. En bref c'était quelqu'un dont il n'avait pas besoin de se faire aimer.

« Qui l'a identifié ?

— Quelques autochtones sont venus voir, répondit Weber. Le propriétaire de l'épicerie l'a reconnu. On a mis la main sur sa femme à Oslo, et on l'a amenée ici. Elle confirme qu'il s'agit bien d'Arne Albu.

— Et où est-elle, maintenant ?

— Au chalet.

— Est-ce que quelqu'un a discuté avec elle ? »

Weber haussa les épaules.

« J'aime bien être le premier, dit Waaler en se penchant en avant pour prendre une photo du visage du trépassé.

— C'est la Brigade de police de Moss qui est chargée de l'affaire. On nous a juste appelés pour aider.

— C'est nous, qui avons l'expérience, répondit Waaler. Est-ce que quelqu'un a poliment expliqué ça à ces bouseux ?

— Deux ou trois d'entre nous ont déjà enquêté sur des meurtres, vous savez », dit une voix derrière eux. Waaler leva les yeux sur un type souriant vêtu de la veste de cuir noir de la police. Ses épaulettes portaient une étoile et étaient bordées d'or.

« Je ne t'en veux pas, dit l'inspecteur principal en riant. Je suis Paul Sørensen. Tu dois être l'inspecteur principal Waaler. »

Celui-ci hocha brièvement la tête et snoba la tentative que Sørensen faisait pour lui serrer la main. Il n'aimait pas le contact physique avec des gens qu'il ne connaissait pas. Pas plus qu'avec des hommes qu'il connaissait, d'ailleurs. Quant aux femmes, c'était différent. En tout cas tant qu'il avait l'initiative. Et c'était le cas.

« Vous n'avez jamais enquêté sur quelque chose de ce genre, Sørensen, dit Waaler en soulevant une paupière du défunt pour exhiber un œil rouge sang. Il ne s'agit pas de coups de couteau à la salle des fêtes ou de tirs accidentels sous l'emprise de la boisson. C'est pour ça que vous nous avez appelés, pas vrai ?

— Ça ne ressemble pas à quelque chose de local, non, dit Sørensen.

— Alors dans ce cas, je propose que toi et tes gars vous teniez bien tranquilles et que vous montiez la garde, pendant que je vais discuter un peu avec la femme du cadavre. »

Sørensen rit comme si Waaler avait raconté une bonne blague, mais s'arrêta en voyant le sourcil que Waaler levait au-dessus de ses lunettes Police. Tom Waaler se leva et se mit en route vers la tresse de police. Il compta lentement jusqu'à trois, puis cria sans se retourner :

« Et virez cette voiture de police que j'ai vue garée sur la rotonde, Sørensen. Nos techniciens cherchent les traces de pneus de la voiture d'un meurtrier. Merci d'avance. »

Il n'eut pas besoin de se retourner pour savoir que tout sourire avait disparu de la face de poire de Sørensen. Et que le lieu du crime venait de devenir la propriété de la police d'Oslo.

« Madame Albu ? » demanda Waaler en entrant dans le salon. Il avait décidé d'expédier ça rapidement. Il avait un déjeuner avec une fille prometteuse qu'il pensait garder.

Vigdis Albu leva la tête de l'album photo qu'elle était en train de feuilleter.

« Oui ? »

Waaler apprécia ce qu'il vit. Le corps bien soigné, l'assurance qui se sentait dans la façon de s'asseoir, arrangée comme une Dorthe Skappel [1], et le chemisier ouvert jusqu'au troisième bouton. Et il apprécia ce qu'il entendit. La voix douce semblait être faite pour les mots spéciaux qu'il aimait que ses conquêtes prononcent. Et il appréciait cette bouche qui lui faisait entrevoir l'espoir de lui dire ces mots.

1. Ancien mannequin devenue présentatrice de télévision (TV2).

« Inspecteur principal Tom Waaler, dit-il en s'asseyant juste en face d'elle. Je comprends le choc que ça a dû être pour vous. Et même si ça sonne comme un cliché, même s'il y a peu de chances que ça signifie quelque chose pour vous à cet instant, je tiens seulement à dire que vous avez toute ma sympathie. Je viens moi-même de perdre une personne proche. »

Il attendit. Jusqu'à ce qu'elle doive lever les yeux et qu'il puisse capturer son regard. Il était voilé, et Waaler crut tout d'abord que c'était par les larmes. Ce ne fut que quand elle répondit qu'il comprit qu'elle était ivre.

« Vous avez une cigarette, officier ?

— Appelez-moi Tom. Je ne fume pas. Désolé.

— Combien de temps il faudra que je reste ici ? Tom ?

— Je vais veiller à ce que vous puissiez repartir dès que possible. Il faut juste que je vous pose quelques questions, avant. D'accord ?

— D'accord.

— Bien. Connaissez-vous quelqu'un qui aurait pu en vouloir à la vie de votre mari ? »

Vigdis Albu posa le menton dans sa main et regarda par la fenêtre.

« Où est l'autre officier, Tom ?

— Pardon ?

— Il ne devrait pas être ici, maintenant ?

— Quel officier, madame Albu ?

— Harry. C'est lui qui s'occupe de cette affaire, non ? »

La raison principale pour laquelle Tom Waaler avait fait plus rapidement carrière dans la police que n'importe qui de sa promotion était qu'il avait compris que personne, pas même les avocats de la défense, ne poserait de questions sur la façon dont il s'était procuré des indices s'ils prouvaient avec assez de clarté la culpabilité du prévenu. La raison suivante, c'était la sensibilité des cheveux de sa nuque. Il arrivait naturellement qu'ils ne réagissent pas alors qu'ils auraient dû le faire. Mais il n'arrivait jamais qu'ils réagissent à mauvais escient. Et en ce moment, ils réagissaient.

« C'est de Harry Hole que vous parlez, madame Albu ? »

« Tu peux t'arrêter là. »

Tom Waaler appréciait toujours cette voix. Il se rapprocha du trottoir, se pencha en avant sur son siège et regarda la façade de la maison rose qui trônait au sommet de la butte. Le soleil matinal se reflétait dans ce qui ressemblait à un animal, dans le jardin.

« C'était très aimable à toi, dit Vigdis Albu. Aussi bien de faire en sorte que ce Sørensen me laisse partir que de me raccompagner. »

Waaler lui sourit chaleureusement. Il savait que c'était chaleureusement. On lui avait souvent dit qu'il ressemblait à David Hasselhoff dans *Alerte à Malibu*, qu'il avait la même mâchoire, la même musculature et le même sourire. Il avait vu *Alerte à Malibu*, et il comprenait ce qu'on voulait dire.

« C'est moi, qui te remercie », répondit-il.

C'était vrai. Depuis qu'ils étaient partis de Larkollen, il avait pu apprendre plusieurs choses dignes d'intérêt. Comme par exemple que Harry Hole avait essayé de trouver des indices indiquant que le mari de Vigdis Albu avait assassiné Anna Bethsen, qui — si sa mémoire était bonne — était la femme qui s'était suicidée dans Sorgenfrigata quelque temps auparavant. L'affaire était dorénavant classée, c'était Waaler lui-même qui avait conclu à un suicide et écrit le rapport. Alors après quel genre de conneries Hole pouvait-il bien courir ? Était-ce une tentative de vengeance après des années d'inimitié ? Hole essayait-il de démontrer qu'Anna Bethsen avait été victime d'un acte criminel pour le compromettre lui, Tom Waaler ? Ça ressemblait incontestablement à cet alcoolo taré de se mettre un truc pareil dans le crâne, mais Waaler n'arrivait pas bien à comprendre que Hole puisse avoir dépensé tant d'énergie dans une affaire qui aurait au pire dévoilé que Waaler avait tiré une conclusion un peu trop rapide. Que le motif de Harry soit véritablement d'éclaircir cette affaire, il le rejeta immédiatement, il n'y avait qu'au cinéma que des policiers passaient leur temps libre à ce genre de choses.

Le fait que le suspect de Harry soit mort ouvrait bien évidemment toute une série de réponses possibles. Waaler ne savait pas lesquelles, mais puisque les cheveux de sa nuque lui indiquaient que ça avait quelque chose à voir avec Harry Hole, il était intéressant de le découvrir. Par conséquent, quand Vigdis Albu demanda à Tom Waaler s'il voulait entrer boire une tasse de café, ce ne fut pas en premier lieu la pensée de cette veuve flambant neuve qui le fit accepter, mais le fait que ça pouvait être la chance de se débarrasser du type qui lui soufflait sur la nuque depuis… combien de temps, déjà ? Huit mois ?

Il s'était passé huit mois, oui. Huit mois depuis qu'à cause d'une gaffe de Sverre Olsen, l'inspecteur Ellen Gjelten avait découvert que Tom Waaler était la tête pensante du trafic d'armes organisé à Oslo. Quand il avait donné à Olsen l'ordre de se débarrasser d'elle avant qu'elle ne puisse divulguer ce qu'elle savait, il avait naturellement su que Hole ne renoncerait jamais avant d'avoir retrouvé celui qui l'avait tuée. C'est pourquoi il avait lui-même veillé à ce que la casquette d'Olsen soit retrouvée sur le lieu du crime, pour ensuite abattre le suspect « en état de légitime défense » lors de son arrestation. Aucun lien ne le désignait directement, et pourtant, Waaler avait de temps à autre la désagréable sensation que Hole était sur sa piste. Et qu'il pouvait s'avérer dangereux.

« La maison est si vide, maintenant que tout le monde est parti, dit Vigdis Albu en ouvrant la porte.

— Depuis combien de temps es-tu… euh… seule ? » demanda Waaler en la suivant dans l'escalier qui montait au salon. Il appréciait toujours ce qu'il voyait.

« Les enfants sont chez mes parents, à Nordby. L'idée, c'était qu'ils y restent jusqu'à ce que les choses soient rentrées dans l'ordre. » Elle soupira et sombra dans l'un des profonds fauteuils. « Il faut que je boive quelque chose. Et que je les appelle, ensuite. »

Tom Waaler resta debout et l'observa. Elle avait tout gâché par ses dernières paroles, le petit frémissement avait disparu. Et brusquement, elle avait également l'air plus âgée. C'était peut-être parce que l'ivresse la quittait. Ça avait lissé les rides et adouci la bouche, qui se durcissait à présent en une crevasse oblique peinte en rose.

« Assieds-toi, Tom. Je vais nous faire du café. »

Il se laissa tomber dans le canapé tandis que Vigdis disparaissait à la cuisine. Il étendit les jambes et remarqua une tache pâle sur le tissu du canapé. Elle lui rappela celles qu'il avait sur son propre canapé, celles de sang menstruel.

Il sourit à cette idée.

L'idée de Beate Lønn.

La douce et innocente Beate Lønn, assise de l'autre côté de cette table où ils buvaient leur café, qui avait avalé chaque mot qu'il prononçait, comme s'ils avaient été des sucres dans son café au lait, cette boisson de petite fille. *Je trouve que le plus important, c'est d'oser être soi-même, donc. Le plus important, dans une relation, c'est l'honnêteté, tu ne trouves pas ?* Avec de jeunes filles, il était parfois difficile de savoir à quel niveau il fallait situer la liste de clichés pseudo-intelligents, mais avec Beate, il avait manifestement mis dans le mille. Sans résistance, elle l'avait suivi chez lui à pas lourds, et il lui avait composé une boisson qui était tout sauf un truc de petite fille.

Il ne put s'empêcher de rire. Même le lendemain, Beate Lønn avait cru que le black-out était dû au fait qu'elle était fatiguée et que la boisson était un peu plus forte que ce à quoi elle était habituée. Tout résidait dans la manière de doser.

Mais le plus comique, ça avait malgré tout été quand il était entré dans le salon le lendemain matin, et qu'il l'avait vue récurer avec une éponge mouillée le canapé sur lequel ils avaient lancé le premier assaut, la veille au soir, avant qu'elle ne s'éteigne et que les choses véritablement amusantes ne commencent.

« Je suis désolée, avait-elle dit presque au bord des larmes. Je viens seulement de m'en apercevoir. J'ai vraiment honte, je ne pensais pas les avoir avant la semaine prochaine.

— Ça ne fait rien, avait-il répondu en lui caressant la joue. Tant que tu fais de ton mieux pour enlever cette merde. »

Il avait alors fallu qu'il se rende en toute hâte à la cuisine. Il avait ouvert en grand le robinet d'eau et claqué très fort la porte du réfrigérateur pour qu'elle ne l'entende pas rire. Pendant que Beate Lønn continuait à récurer la tache de sang qu'avait laissée Linda. Ou était-ce Karen ?

« Tu prends du lait, avec le café, Tom ? » cria Vigdis depuis la cuisine. Sa voix était dure et marquée du parler du Vestkant. Il avait d'ailleurs appris ce qu'il voulait savoir.

« Je viens de me rappeler que j'ai un dîner prévu en ville », dit-il. Il se retourna et la vit dans l'ouverture de la porte de la cuisine, avec ses deux tasses et deux grands yeux étonnés. Comme s'il l'avait giflée. Il joua avec cette idée.

« Et puis, tu as besoin d'être un peu seule, dit-il en se levant. Je le sais bien ; comme je te l'ai dit, j'ai moi-même récemment perdu quelqu'un de proche.

— Je suis désolée, dit-elle, embarrassée. Je ne t'ai même pas demandé qui c'était.

— Elle s'appelait Ellen. Une collègue. Je l'aimais beaucoup. »

Tom Waaler pencha un petit peu la tête de côté et regarda Vigdis, qui lui retourna un sourire mal assuré.

« À quoi penses-tu ? demanda-t-elle.

— Que je repasserai peut-être un de ces jours pour voir comment ça va. »

Il sourit hyper chaleureusement, de son plus beau sourire à la David Hasselhoff, en pensant au chaos que ça aurait été si chacun pouvait lire les pensées de l'autre.

CHAPITRE 33

Dysosmie

La période de pointe avait commencé, les voitures et les esclaves salariés défilaient lentement sur Grønlands-leiret, devant l'hôtel de police. Une fauvette était posée sur une branche ; elle regarda tomber la dernière feuille, s'envola et passa devant la fenêtre de la salle de réunion du cinquième étage.

« Je ne suis pas vraiment un habitué des discours de fête », commença Bjarne Møller, et ceux qui avaient déjà entendu Møller faire un discours marquèrent leur approbation d'un hochement de tête.

Tous ceux qui avaient participé à l'enquête sur l'Exécuteur, une bouteille d'Opéra mousseux à 79 couronnes et quatorze verres en plastique encore emballés attendaient que Møller ait fini.

« En premier lieu, je voudrais tous vous remercier pour le travail accompli de la part du Conseil Municipal, de son président et de la chef de la police. Nous étions — comme vous le savez — dans une situation relativement tendue quand nous avons compris qu'il s'agissait d'un braqueur en série…

— Je ne savais pas qu'il en existait d'un autre type ! » cria Ivarsson, ce qui déclencha l'hilarité générale. Il s'était posté tout au fond de la pièce, près de la porte, où il avait une vue d'ensemble des participants.

« Non, tu peux le dire, répondit Møller avec un sourire. Ce que je voulais dire, c'était… oui, vous savez… nous sommes heureux que tout ça ait été expédié. Et avant de boire un verre de champagne et de regagner nos pénates, je voudrais dire un merci particulier à la personne à qui reviennent en premier lieu les honneurs… »

Harry remarqua les regards des autres sur lui. Il détestait ce genre de distinctions. Discours de chef, discours pour le chef, merci aux clowns, théâtre des banalités.

« Rune Ivarsson, qui a dirigé l'enquête. Félicitations, Rune. »

Salves d'applaudissements.

« Tu veux peut-être dire quelques mots, Rune ?

— Non merci, murmura Harry entre ses dents serrées.

— Oui, merci », dit Ivarsson. L'assemblée se tourna vers lui. Il s'éclaircit la voix.

« Je n'ai malheureusement pas ton privilège, Bjarne ; toi, tu peux dire que tu n'es pas un habitué des discours de fête, mais moi, je le suis. » Encore des rires. « Et en tant qu'orateur ayant l'expérience d'autres affaires élucidées, je sais à quel point les remerciements en tous sens sont exténuants. Comme nous le savons tous, le travail de policier est un travail d'équipe. C'est à Beate et Harry que revient l'honneur d'avoir porté la balle au fond des buts, mais c'est l'équipe qui a mené une belle action collective. »

Incrédule, Harry vit les participants acquiescer derechef.

« En conséquence, merci à tous. »

Ivarsson laissa son regard glisser sur eux, apparemment pour que chacun se sente vu et remercié, avant de crier d'une voix enjouée : « Et vidons cette fichue bouteille sans plus tarder ! »

Quelqu'un lui envoya la bouteille, et après l'avoir soigneusement secouée, il commença à défaire le bouchon.

« Je ne supporte pas ce genre de choses, chuchota Harry à Beate. Je me casse. »

Elle posa sur lui un regard lourd de reproche.

« Attention ! » Le bouchon claqua au plafond. « Prenez tous un verre !

— Désolé, dit Harry. À demain. »

Il passa au bureau chercher sa veste. Dans l'ascenseur qui descendait, il s'adossa à la paroi. Il avait tout au plus dormi quelques heures dans le chalet des Albu. À six heures, il était descendu à la gare de Moss, avait trouvé une cabine et avait rendu compte à la police de Moss de la découverte du cadavre. Il savait qu'ils demanderaient à la police d'Oslo de les aider. En arrivant à Oslo sur les coups de huit heures, il était donc allé s'installer à la brûlerie de café d'Ullevålsveien et avait bu du cortado jusqu'à ce qu'il soit sûr que l'affaire avait été confiée à d'autres et qu'il pouvait retourner tranquillement à son bureau.

Les portes de l'ascenseur s'ouvrirent et Harry sortit. Par la porte tournante. Dans l'air automnal froid et clair d'Oslo, dont on prétend qu'il est plus pollué que celui de Bangkok. Il se rappela que rien ne pressait et se força à marcher lentement. Il ne penserait à rien de toute la journée, se contenterait de dormir en espérant que ce serait d'un sommeil sans rêves, en s'éveillant le lendemain matin avec toutes les portes closes derrière lui.

Toutes, sauf une. Celle qui ne se laissait jamais refermer, qu'il ne *voulait* pas refermer. Mais il n'y penserait pas avant le lendemain matin. Le lendemain, lui et Halvorsen iraient se promener le long de l'Akerselva. S'arrêteraient près de l'arbre sous lequel on l'avait retrouvée. Reconstitueraient pour la centième fois. Pas parce qu'ils avaient oublié quelque chose, mais pour retrouver cette sensation, pour retrouver l'odorat. Il en frémissait déjà.

Il choisit l'étroit sentier qui coupait par la pelouse. Le raccourci. Il ne regarda pas vers le bâtiment gris à sa gauche. Où Raskol devait avoir rangé son échiquier pour cette fois. Ils ne trouveraient jamais rien à Larkollen, ni nulle part ailleurs, qui désigne le Tzigane ou l'un de ses sbires, même si Harry se chargeait lui-même des recherches. Qu'ils continuent aussi longtemps qu'ils le jugeraient nécessaire. L'Exécuteur était mort. Arne Albu était mort. *La justice est comme l'eau*, avait dit une fois Ellen. *Elle trouve toujours un chemin.* Ils savaient que ce n'était pas vrai, mais c'était en tout cas un mensonge dans lequel on pouvait de temps à autre trouver du réconfort.

Harry entendit les sirènes. Il les entendait depuis longtemps. Les voitures blanches coiffées de leur gyrophare bleu le dépassèrent et disparurent dans Grønlandsleiret. Il essaya de ne pas se demander où elles pouvaient bien filer. Ce n'était vraisemblablement pas ses oignons. Et si ça l'était, ils attendraient. Jusqu'au lendemain.

Tom Waaler se rendit compte qu'il était sorti trop tôt, que les habitants de l'immeuble jaune pâle employaient leurs journées à autre chose qu'à rester chez eux. Il venait d'appuyer sur la dernière sonnette et de se retourner pour s'en aller lorsqu'il entendit une voix métallique et contenue.

« Allô ? »

Waaler fit volte-face.

« Bonjour, vous êtes… » Il lut le nom à côté du bouton d'interphone. « Astrid Monsen ? »

Vingt secondes plus tard, il contemplait depuis les dernières marches un visage terrorisé et couvert de

taches de rousseur qui le regardait de derrière un entrebâilleur dans l'ouverture de la porte.

« Puis-je entrer, mademoiselle Monsen ? demanda-
t-il en exhibant les dents pour un David Hasselhoff
spécial.

— Surtout pas », couina-t-elle. Elle n'avait peut-être
pas vu *Alerte à Malibu*.

Il lui tendit sa carte.

« Je viens vous demander s'il y a quelque chose que
nous devrions savoir concernant le décès d'Anna
Bethsen. Nous ne sommes plus aussi sûrs qu'il s'agissait
d'un suicide. Je sais qu'un de mes collègues a enquêté
là-dessus de son propre chef, et je me demandais si vous
lui aviez parlé. »

Tom Waaler avait entendu dire que les animaux, en
particulier les animaux sauvages, peuvent sentir la peur.
Ça ne le surprenait pas. Ce qui le surprenait, c'est que
tout le monde *ne puisse pas* sentir la peur. La peur avait
la même odeur volatile et amère que la pisse de bœuf.

« De quoi avez-vous peur, mademoiselle Monsen ? »

Les pupilles de la femme s'agrandirent encore un peu.
Les cheveux de la nuque de Waaler se tenaient tout
droit.

« Il est extrêmement important que vous nous aidiez,
dit Waaler. La chose la plus importante, dans la relation entre la police et les civils, c'est l'honnêteté, vous ne
trouvez pas ? »

Le regard d'Astrid Monsen vacilla, et il tenta sa
chance.

« Je crois que mon collègue pourrait être impliqué
d'une façon ou d'une autre dans cette affaire. »

La mâchoire inférieure de la femme tomba, et elle lui
jeta un regard désespéré. Bingo.

Ils étaient assis dans la cuisine. Les murs bruns étaient
couverts de dessins d'enfant. Waaler supposa qu'elle

était la tante de toute une tapée de gosses. Il prit des notes tandis qu'elle parlait.

« J'ai entendu du bruit dans l'escalier, et quand je suis sortie, un homme était étendu sur le palier devant ma porte. Il était visiblement tombé, et je lui ai demandé s'il avait besoin d'aide, mais je n'ai pas eu de réponse satisfaisante. Je suis montée et j'ai sonné chez Anna Bethsen, mais là non plus, je n'ai pas obtenu de réponse. En redescendant, je l'ai aidé à se remettre sur ses jambes. Tout ce qu'il avait eu dans les poches était éparpillé un peu partout. J'ai ramassé son portefeuille et une carte bancaire portant son nom et son adresse. Je l'ai ensuite aidé à sortir, j'ai hélé un taxi et j'ai donné l'adresse au chauffeur. C'est tout ce que je sais.

— Et vous êtes sûre que c'est la personne qui est ensuite revenue vous voir ? Harry Hole, donc ? »

Elle déglutit. Et acquiesça.

« C'est bien, Astrid. Comment saviez-vous qu'il était allé chez Anna ?

— Je l'ai entendu arriver.

— Vous l'avez *entendu* arriver, et vous avez *entendu* qu'il allait chez Anna ?

— Mon bureau se trouve juste dans le prolongement du couloir. C'est sonore. C'est un immeuble calme, il ne se passe pas grand-chose, ici.

— Avez-vous entendu quelqu'un d'autre arriver et entrer chez Anna ? »

Elle hésita.

« Il m'a semblé entendre quelqu'un passer en douce dans l'escalier juste après que le policier a été parti. Mais on aurait dit que c'était une femme. Des talons hauts, alors… Ils font un autre bruit. Mais je crois que c'était madame Gundersen, du troisième.

— Ah ?

— Elle a l'habitude de passer discrètement quand elle a bu quelques canons au Vieux Major.

— Avez-vous entendu des coups de feu ? »

Astrid secoua la tête.

« L'isolation phonique est bonne entre les appartements.

— Vous vous souvenez du numéro du taxi ?

— Non.

— Quelle heure était-il quand vous avez entendu du boucan dans l'escalier ?

— Onze heures et quart.

— Êtes-vous tout à fait sûre, Astrid ? »

Elle acquiesça. Inspira profondément.

Waaler fut surpris de la fermeté soudaine qu'il entendit dans sa voix lorsqu'elle lui dit :

« C'est lui qui l'a tuée. »

Il sentit son pouls s'accélérer. Tout juste.

« Qu'est-ce qui vous fait dire ça, Astrid ?

— J'ai compris que quelque chose clochait quand j'ai entendu qu'Anna était censée s'être donné la mort ce soir-là. Cette personne qui était étendue ivre morte dans l'escalier, et elle qui n'a pas répondu quand j'ai sonné, vous voyez ? J'ai pensé appeler la police, mais il est revenu… » Elle regarda Tom Waaler comme si elle se noyait, et comme s'il était le sauveteur. « La première chose qu'il m'a demandée, c'est si je le reconnaissais. Et j'ai bien compris ce qu'il entendait par là, vous comprenez ?

— Qu'est-ce qu'il entendait par là, Astrid ? »

Sa voix s'envola d'une demi-octave.

« Un meurtrier qui demande à l'unique témoin s'il le reconnaît ? Qu'est-ce que vous croyez ? Il venait bien évidemment me prévenir de ce qui m'arriverait si je le dénonçais. J'ai fait comme il voulait, j'ai dit que je ne l'avais jamais vu.

— Mais vous avez dit qu'il est revenu ensuite pour poser tout plein de questions sur Arne Albu ?

— Oui, il voulait que je l'aide à faire porter le chapeau à quelqu'un d'autre. Il faut que vous compreniez à quel point j'avais peur. J'ai fait comme si de rien n'était et j'ai opiné du bonnet... » Il entendit les larmes s'insinuer dans sa voix.

« Mais maintenant, vous voulez bien en parler ? Même dans une salle d'audience, sous serment ?

— Oui, si vous êtes... Si je sais que je suis en sécurité, oui. »

D'une autre pièce leur parvint la petite musique qui accompagne la réception d'un nouveau mail. Waaler regarda l'heure. Quatre heures et demie. Il fallait que ça se passe vite, de préférence dès ce soir.

À cinq heures moins vingt-cinq, Harry rentra chez lui et se rappela presque immédiatement que lui et Halvorsen avaient prévu de faire du vélo cet après-midi-là. Il envoya promener ses chaussures, entra au salon et pressa la touche de lecture des messages sur son répondeur qui clignotait. C'était Rakel.

« Le jugement sera rendu mercredi. J'ai pris des billets pour le jeudi. On sera à Gardermoen à onze heures. Oleg a demandé si tu pouvais venir nous chercher. »

Nous. Elle avait dit que le jugement entrerait en vigueur sur-le-champ. S'ils perdaient, il n'y aurait pas de nous à aller chercher, seulement une personne qui avait tout perdu.

Elle n'avait pas laissé de numéro où il pouvait la rappeler pour lui dire que c'était terminé, qu'elle n'avait plus besoin de regarder sans cesse par-dessus son épaule. Il poussa un soupir et s'effondra dans son fauteuil à oreilles vert. Il n'eut qu'à fermer les yeux pour qu'elle soit là. Rakel. Le drap blanc qui était si froid qu'il brûlait la peau, les rideaux qui bougeaient à peine dans la fenêtre ouverte en laissant entrer un rai de lune tombant sur son bras nu. Il passa avec d'infinies précautions le bout de ses doigts sur ses yeux, ses mains, ses épaules frêles, son cou long et mince, ses jambes emmêlées aux siennes. Il sentit sa respiration paisible et chaude contre sa fossette sus-sternale, entendit le souffle de la dormeuse, qui changea quasi imperceptiblement de tempo lorsqu'il lui caressa tout doucement la colonne vertébrale. Ses hanches qui se mettaient tout aussi imperceptiblement à bouger vers les siennes, comme si elle n'avait fait qu'hiberner et l'attendre.

À cinq heures, Rune Ivarsson décrocha son téléphone personnel, à Østerås, pour expliquer à celui qui appelait que la famille venait de passer à table, que le dîner, c'était sacré dans la baraque, alors si on pouvait avoir l'amabilité de rappeler ?

« Désolé de déranger, Ivarsson. Ici Tom Waaler.

— Salut, Tom, dit Ivarsson entre les bouts de la pomme de terre qu'il mastiquait. Écoute voir…

— J'ai besoin d'un mandat d'arrêt contre Harry Hole. Avec mandat de perquisition de son appartement. Plus cinq personnes pour procéder à ladite perquisition. J'ai des raisons de croire que Hole est impliqué dans une affaire de meurtre, de manière pour le moins fâcheuse. »

Ivarsson envoya la pomme de terre dans son gosier.

« Il y a urgence, poursuivit Waaler. Les risques de falsification de preuves sont énormes.

— Bjarne Møller… » Ce fut tout ce qu'Ivarsson parvint à dire entre les quintes de toux.

« Oui, oui, je sais qu'en principe, c'est le boulot de Bjarne Møller. Mais je parie que tu seras d'accord avec moi si je te dis qu'il est récusé. Ça fait dix ans que Harry et lui bossent ensemble.

— Pas mal vu. Mais on vient de s'attaquer à une tout autre affaire, vers la fin de la journée, et mes équipes s'y sont attelées.

— Rune… » C'était la femme d'Ivarsson. Il ne voulait pas l'agacer, il était rentré vingt minutes en retard après cette cérémonie au champagne suivie d'une alarme pour braquage à l'agence de la DnB de Grensen.

« Laisse-moi te recontacter, Waaler. Je vais appeler le service juridique et voir ce que je peux faire. » Il s'éclaircit la voix et ajouta, suffisamment fort pour être sûr que sa femme l'entendrait : « Après que nous aurons mangé. »

Harry fut réveillé par des coups vigoureux à sa porte. Son cerveau tira automatiquement la conclusion que c'étaient les coups de quelqu'un qui frappait depuis un moment, et qui était sûr que Harry se trouvait à l'intérieur. Il regarda l'heure. Six heures moins cinq. Il avait rêvé de Rakel. Il s'étira et quitta le fauteuil à oreilles.

De nouveaux coups. Lourds.

« Oui, oui », cria Harry en allant vers la porte. Il distinguait les contours d'une personne à travers le verre dépoli. Il se dit que ce devait être un des voisins, puisque personne n'avait sonné à l'interphone.

Il venait de poser la main sur la poignée de la porte quand il prit conscience qu'il hésitait. Un picotement sur la peau de sa nuque. Une tache qui flottait devant son œil. Un pouls un peu trop rapide. Foutaises. Il tourna la poignée et ouvrit la porte.

C'était Ali. Ses sourcils dessinaient des V.

« Tu m'avais promis de déblayer ton box à la cave pour aujourd'hui », dit-il.

Harry se frappa le front de sa paume.

« Merde ! Désolé, Ali. Je suis le dernier des têtes en l'air.

— Ce n'est pas grave, Harry, je peux t'aider si tu as le temps, ce soir. »

Harry le regarda, décontenancé.

« M'aider ? Le peu que j'ai là-dedans sera évacué en deux coups de cuiller à pot. À vrai dire, je ne me souviens pas avoir quoi que ce soit à la cave, mais bon.

— Mais il y a des choses de valeur, Harry, dit Ali en secouant la tête. Il faut être fou pour avoir des trucs comme ça à la cave.

— Je n'en sais rien. Je file chez Schrøder avaler un morceau, et je passe chez toi ensuite. »

Harry referma la porte, retomba dans son fauteuil et appuya sur la télécommande. Les actualités en langue des signes. Harry s'était occupé d'une affaire faisant intervenir plusieurs personnes sourdes qu'il avait fallu interroger, et il avait appris quelques signes, et il essayait à présent de connecter les gesticulations du reporter au texte qui défilait au bas de l'écran. Rien de neuf sur le front est. Un Américain devait être traduit en justice pour s'être battu aux côtés des Talibans. Harry lâcha l'affaire. Plat du jour chez Schrøder, se dit-il. Un café, une clope. Une virée à la cave, et direction le pieu. Il se saisit de la télécommande et allait éteindre quand il vit l'interprète tendre la main vers lui, l'index pointé devant et le pouce vers le haut. Ce signe-là, il se le rappelait. Quelqu'un s'était fait descendre. Harry pensa instinctivement à Arne Albu, mais se souvint qu'il avait été étouffé. Il baissa les yeux sur les sous-titres. Se raidit dans son fauteuil. Et se mit à appuyer frénétiquement sur la télécommande. C'étaient de mauvaises — et peut-être très mauvaises — nouvelles. La page de télétexte n'en disait guère plus long que le sous-titre :

Employé de banque victime d'un coup de feu pendant un hold-up. Un braqueur a tiré sur une employée au cours d'une attaque à main armée à l'agence de la DnB de Grensen à Oslo, cet après-midi. La victime se trouve actuellement dans un état critique.

Harry alla dans la chambre à coucher et alluma son PC. Le hold-up faisait également la une sur Startsiden. Il double-cliqua :

> Juste avant la fermeture de l'agence, l'individu masqué est entré et a menacé la chef d'agence pour qu'elle vide le distributeur de billets. Voyant que ça n'avait pas été accompli dans le temps imparti, il a tiré sur une autre employée, âgée de trente-quatre ans, l'atteignant à la tête. L'état de la victime est critique. Le capitaine Rune Ivarsson dit que la police n'a aucune piste et préfère ne pas rattacher ce hold-up au soi-disant Exécuteur, que la police a retrouvé mort un peu plus tôt cette semaine, à d'Ajuda, au Brésil.

Ça pouvait être fortuit. Ça pouvait évidemment l'être. Mais ça ne l'était pas. Pas une seule chance. Harry se passa une main sur le visage. C'était ce qu'il avait craint depuis le début. Lev Grette n'avait commis qu'une attaque à main armée. Pour les suivantes, ça avait été quelqu'un d'autre. Quelqu'un qui pensait être bien parti. Suffisamment pour mettre un point d'honneur à copier l'Exécuteur originel, jusqu'au plus petit détail macabre.

Harry tenta de couper court à ses réflexions. Il ne voulait plus ruminer sur d'autres hold-up. Ou sur d'autres employés de banques qui s'étaient fait tirer dessus. Ou sur les conséquences inhérentes au fait qu'il puisse y avoir deux Exécuteurs. Qu'il doive continuer à travailler avec Ivarsson, à l'OCRB, de sorte que l'affaire Ellen soit repoussée.

Stop. Ne pense plus pour aujourd'hui. Demain.

Mais ses jambes le portèrent pourtant dans l'entrée, où ses doigts composèrent d'eux-mêmes le numéro du mobile de Weber.

« Ici Harry. Qu'est-ce que vous avez ?

— On a de la chance, voilà ce qu'on a. » Weber avait l'air d'étonnamment bonne humeur. « Les garçons et les filles doués finissent toujours pas avoir de la chance.

— C'est nouveau, pour moi. Raconte voir.

— Beate Lønn m'a appelé depuis la House of Pain pendant qu'on bossait dans l'agence. Elle venait tout juste de commencer à regarder la vidéo du braquage quand elle a remarqué quelque chose d'intéressant. Le braqueur se tenait très près de la paroi de plexiglas au-dessus du guichet, en parlant. Elle a suggéré que nous recherchions de la salive. Il s'était écoulé une demi-heure depuis l'attaque, et il était toujours réaliste de penser qu'on trouverait quelque chose.

— Et ? demanda impatiemment Harry.

— Pas de salive sur le verre. »

Harry gémit.

« Mais une micro-goutte de condensation.

— Vraiment ?

— Yes.

— Quelqu'un a dû finir par faire sa prière du soir. Félicitations, Weber.

— Je table sur un profil ADN d'ici trois jours. On n'aura alors plus qu'à se mettre à comparer. Je parie qu'on le tient avant la fin de la semaine.

— J'espère que tu as raison.

— Tu verras.

— Bien. Quoi qu'il en soit, merci d'avoir sauvé un peu de mon appétit. »

Harry raccrocha et passa sa veste. Il allait sortir lorsqu'il se souvint qu'il n'avait pas éteint son PC, et il retourna dans la chambre. Au moment d'appuyer sur le bouton Arrêter, il le vit. Il eut l'impression que les battements de son cœur ralentissaient, et que le sang épaississait dans ses veines. Il avait du courrier. Bien entendu, rien ne l'empêchait d'éteindre malgré tout. Il devait, rien n'indiquait que c'était quelque chose d'urgent. Ça pouvait venir de n'importe qui. Dans le fond, il n'y avait qu'une personne de qui ça ne pouvait pas venir. Harry aurait aimé être en route vers chez Schrøder. Se traînant dans Dovregata, ruminant sur la vieille paire de chaussures qui se balançait entre ciel et terre, se réjouissant des images du rêve de Rakel. Des choses du genre. Mais il était trop tard, ses doigts avaient repris les commandes. Les entrailles de la machine grincèrent. Le mail apparut. Il était long.

Lorsque Harry eut fini de lire, il regarda l'heure. 18 h 04. C'était un réflexe qu'on prenait après des années passées à écrire des rapports. Il pouvait ainsi préciser à quel moment exact le monde s'ouvrait sous ses pieds.

Salut, Harry !

Pourquoi tu fais cette tronche ? Tu ne t'attendais peut-être plus à entendre parler de moi ? Eh bien, la vie est pleine de surprises, Harry. C'est quelque chose qu'Arne Albu aussi a découvert, je présume, au moment où tu lis ces lignes. Toi et moi, nous lui avons rendu la vie plutôt invivable, non ? Je ne dois pas être loin de la vérité si je parie que sa femme a embarqué les mômes et l'a plaqué. Sordide, non ? Priver un homme de sa famille, en particulier quand on sait que c'est ce qui compte le plus dans sa vie. Mais il ne peut s'en prendre qu'à lui-même. L'infidélité n'est jamais assez sévèrement punie, tu ne trouves pas, Harry ? Quoi qu'il en soit, ma petite vengeance s'arrête ici. Tu n'entendras plus parler de moi.

Mais puisqu'on doit dire de toi que tu es une personne innocente impliquée là-dedans, je te dois bien une explication. Et elle est relativement simple. J'aimais Anna. Vraiment. Aussi bien ce qu'elle était que ce qu'elle m'apportait.

413

Elle n'aimait malheureusement que ce que je lui ap-
portais. La Grande H. The Big Sleep. Tu ne le savais pas,
qu'elle était une junkie invétérée ? La vie — encore une
fois — est pleine de surprises. C'est moi qui l'ai amenée
aux drogues après l'une de ses — disons les choses
comme elles sont — expositions ratées. Et les deux étaient
faites l'une pour l'autre, ça a été le coup de foudre. Pen-
dant quatre ans, Anna a été ma cliente et ma maîtresse se-
crète, les rôles étaient indiscernables, en fait.

Troublé, Harry ? Parce que vous n'avez retrouvé au-
cune marque d'injection quand vous l'avez déshabillée,
peut-être ? Oui, cette histoire de coup de foudre, c'était
juste une façon de parler. Il se trouve qu'Anna ne suppor-
tait pas les piqûres. On fumait notre héroïne dans du pa-
pier alu de chocolat cubain. Bien sûr, c'est plus cher que
de se l'injecter directement, mais d'un autre côté, Anna a
obtenu sa merde au prix de gros tant qu'elle est restée
avec moi. Nous étions — comment dit-on ? — insépa-
rables. J'en ai encore les larmes aux yeux quand je pense
à cette époque. Elle faisait pour moi tout ce qu'une
femme peut faire pour un homme : baiser, nourrir,
abreuver, amuser et réconforter. Et rassurer. Au fond, la
seule chose qu'elle ne faisait pas, c'était m'aimer.
Comment se fait-il que ce soit si difficile à obtenir, ça,
Harry ? Elle t'aimait bien, toi, même si tu ne levais pas le
petit doigt pour elle.

Elle a même réussi à aimer Arne Albu. Et moi qui
croyais qu'il n'était qu'une merde à ses yeux, sur le dos de
qui elle tondait la laine pour pouvoir s'acheter sa came au
prix du marché et s'éloigner de moi pendant un moment.

Mais un soir de mai, je l'ai appelée. Je venais de purger
trois mois pour des broutilles, et ça faisait longtemps
qu'Anna et moi ne nous étions pas parlé. Je lui ai dit qu'il
fallait fêter ça, que j'avais mis la main sur la marchan-
dise la plus propre du monde, directement de l'usine de
Chang Rai. J'ai immédiatement perçu à sa voix qu'il y

avait quelque chose qui n'allait pas. Elle m'a dit qu'elle avait arrêté. Je lui ai demandé si elle faisait allusion à la drogue ou à moi, et elle a répondu les deux. Elle venait en fait de commencer cette œuvre d'art qui devait être ce pour quoi on se souviendrait d'elle, et ça réclamait tous ses efforts. Comme tu le sais, Anna était une diablesse entêtée quand elle avait prévu de faire quelque chose, et je parie donc que vous n'avez pas retrouvé de traces de stupéfiants dans les analyses sanguines que vous avez faites. Juste ?

Elle m'a alors parlé de ce type, Arne Albu. Elle m'a dit que ça faisait un moment qu'ils étaient ensemble, et qu'ils envisageaient d'emménager ensemble. Il fallait juste qu'il règle le problème avec sa femme. Ça te dit quelque chose, Harry ? À moi aussi.

Est-ce que ce n'est pas étrange, à quel point on peut avoir les idées claires quand le monde s'effondre ? Je connaissais la succession d'événements à venir avant de raccrocher. La vengeance. Primitif ? Bien au contraire. La vengeance est le réflexe de l'individu qui pense, une juxtaposition complexe d'actes et de conséquences qu'aucune autre espèce animale n'a réussi à accomplir. L'application de la vengeance s'est révélée si efficace dans l'évolution que seuls les plus assoiffés de vengeance ont survécu. Venge-toi ou meurs. On dirait le titre d'un western, d'accord, mais n'oublie pas que c'est cette logique de représailles qui a forgé l'État de droit. La promesse que ce serait œil pour œil, dent pour dent, que le pécheur irait brûler en enfer ou en tout cas se balancer au bout d'une corde. La vengeance est tout simplement le mur de soutènement de la civilisation, Harry.

Le soir même, je me suis donc assis pour réfléchir à mon plan.

J'ai fait simple.

J'ai pu commander une clé de l'appartement d'Anna chez Trionor. Comment ai-je pu oublier de te raconter, après que tu as été parti de chez elle, je suis entré. Anna était déjà couchée. Elle, moi et un Beretta M92 avons eu une longue conversation très instructive. Je lui ai demandé de me montrer quelque chose qu'elle tenait d'Arne Albu, une carte postale, une lettre, une carte de visite, n'importe quoi. Le but, c'était de la placer sur elle pour vous aider à faire le lien entre lui et le meurtre. Mais tout ce qu'elle avait, c'était une photo de la famille d'Albu, près de leur chalet, qu'elle avait prise dans un album photo. J'ai compris que ça pourrait être un peu trop sibyllin, que vous auriez besoin d'un peu plus d'aide. J'ai alors eu une idée. Monsieur Beretta l'a persuadée de raconter comment on pouvait entrer dans le chalet des Albu, que la clé était dans la lampe, à l'extérieur.

Après l'avoir abattue — ce que je ne décrirai pas en détail puisque ça a été une déception énorme (elle n'a fait montre ni de peur, ni de colère) — j'ai placé la photo dans sa chaussure, et je suis parti illico à Larkollen. J'ai fichu — comme tu l'as certainement compris — le double de la clé de l'appartement d'Anna au chalet. J'ai pensé la coller à l'intérieur du réservoir de la chasse d'eau — c'est un peu mon endroit de prédilection, c'est là que Michael planque le pistolet dans Le Parrain. *Mais il y avait peu de chances que tu aies eu l'idée d'aller chercher là, et ça n'avait en plus aucun sens. Je l'ai donc mise dans le tiroir de la table de nuit. Facile, non ?*

La scène était dès lors prête, toi et les autres marionnettes pouviez faire votre entrée. J'espère d'ailleurs que tu n'as pas trouvé trop insultant que je te donne quelques indications en cours de route, le niveau intellectuel qu'on trouve chez vous autres, les policiers, n'est pas particulièrement ébouriffant. Élevé, s'entend.

C'est ici que je fais mes adieux. Merci pour l'aide et la compagnie, ça a été un plaisir de travailler avec toi, Harry.

6MN

CHAPITRE 34

Pluvianus aegyptius

Une voiture de police était garée juste devant la porte cochère de l'immeuble, et une autre en travers de Sofies gate, en direction de Dovregata.

Tom Waaler avait donné l'ordre de n'utiliser ni sirènes, ni gyrophares.

Il vérifia par le talkie-walkie que tout le monde était à son poste et obtint de courts crépitements de confirmation. L'information indiquant que le papier bleu — avis d'interpellation avec mandat de perquisition — était en route pour le département juridique était tombée exactement quarante minutes plus tôt. Waaler avait clairement fait savoir qu'ils n'avaient pas besoin du groupe Delta, il voulait diriger l'arrestation lui-même, et avait déjà les personnes nécessaires en stand-by. Ivarsson n'avait pas fait de difficulté.

Tom Waaler se frotta les mains. Un peu à cause du vent glacial qui balayait la rue depuis le stade de Bislett, mais surtout parce qu'il se réjouissait. Les arrestations étaient la meilleure partie du boulot. Il l'avait compris dès son plus jeune âge, quand Joakim et lui se tenaient tapis dans le champ de pommiers des parents, les soirs d'automne, en attendant que les jeunes loqueteux de la coopérative d'habitat viennent pour leur rapine de pommes. Et ils venaient. Souvent à huit ou dix.

Mais quel que soit le nombre, la panique était toujours totale quand lui et Joakim allumaient leurs lampes et gueulaient dans des mégaphones faits maison. Ils suivaient le même principe que les loups chassant les rennes, ils isolaient le plus petit et le plus faible. Tandis que c'était l'arrestation — la mise à terre de la proie — qui fascinait Tom, c'était le châtiment qui séduisait Joakim. Sa créativité était telle dans ce domaine qu'il arrivait que Tom dût le réfréner. Non que Tom eût de la pitié pour les voleurs, mais à la différence de Joakim, il parvenait à garder la tête froide et à évaluer les conséquences. Tom pensait en effet souvent que ce qui était arrivé par la suite à Joakim n'était pas le fruit du hasard. Il était devenu assesseur au Palais de Justice d'Oslo, et une carrière brillante s'annonçait pour lui.

Mais c'était donc *l'arrestation* que Tom avait en tête quand il avait postulé pour travailler dans la police. Son père aurait voulu qu'il étudiât la médecine ou la théologie, comme il l'avait fait lui-même. Tom avait les meilleurs résultats scolaires de son école, alors pourquoi policier ? Une bonne éducation était importante pour l'estime de soi, avait dit le père en prenant l'exemple de son frère aîné qui travaillait au rayon visserie d'une quincaillerie et qui détestait les gens parce qu'il avait l'impression de ne pas être aussi bien qu'eux.

Tom avait écouté les admonestations avec ce demi-sourire que son père ne supportait pas. Ce n'était pas à propos de l'estime que Tom nourrissait pour lui-même que son père s'inquiétait, c'était de ce que les voisins et la famille penseraient si son fils unique ne devenait « que » policier. Le père n'avait jamais compris qu'on puisse haïr les gens, même en leur étant supérieur. *Parce qu'*on était supérieur.

Il regarda l'heure. 18 h 13. Il appuya sur l'un des boutons d'interphone des appartements du rez-de-chaussée.

« Allô ? dit une voix de femme.

— C'est la police, répondit Waaler. Vous pouvez nous ouvrir ?

— Comment je peux être sûre que c'est la police ? »

Une Paki, se dit Waaler avant de lui suggérer de jeter un coup d'œil par la fenêtre, vers les voitures de police. La serrure grésilla.

« Et restez enfermée », dit-il dans l'interphone.

Waaler posta un homme dans la cour, sous l'escalier d'incendie. En voyant les plans de l'immeuble sur Intranet, il s'était remémoré où l'appartement de Harry se trouvait et découvert qu'il n'y avait pas de second escalier dont ils aient besoin de se soucier.

Armés de MP3, Waaler et deux hommes montèrent à pas de loup les marches usées. Au second, Waaler s'arrêta et désigna une porte qui n'avait pas — et qui n'avait vraisemblablement jamais eu besoin — de plaque. Il regarda les deux autres. Leur cage thoracique se soulevait et s'abaissait sous leur uniforme. Ce n'était pas dû aux escaliers.

Ils passèrent chacun une cagoule. Les mots-clés étaient rapidité, efficacité et détermination. Ce dernier point ne recouvrait en fait que l'usage de la violence — et si nécessaire, le recours au meurtre. C'était rarement nécessaire. Même des criminels endurcis étaient en général complètement paralysés quand des hommes cagoulés et armés pénétraient sans prévenir dans leur salon. Ils utilisaient en bref la même tactique que quand on braque une banque.

Waaler se tint prêt et fit un signe de tête à l'un des deux autres, qui appuya doucement deux doigts sur la porte. C'était pour qu'ils puissent écrire ensuite dans le rapport qu'ils avaient frappé au préalable. Waaler cassa la vitre avec le canon de son pistolet automatique, passa la main à l'intérieur et ouvrit d'un même geste. Il poussa un rugissement lorsqu'ils entrèrent. Une voyelle ou le début d'un mot, il ne savait pas précisément. Il savait seulement que c'était ce qu'il avait l'habitude de brailler quand Joakim et lui allumaient leurs lampes. C'était ça, le meilleur moment.

« Boulettes de pommes de terre, dit Maja en prenant l'assiette et en jetant un regard de reproche à Harry. Et tu n'y as pas touché.

— Désolé, dit Harry. Pas d'appétit. Dis au cuistot de ma part que ce n'est pas sa faute. Pas cette fois. »

Maja rit de bon cœur et se tourna vers la cuisine.

« Maja… »

Elle se retourna lentement. Il y avait quelque chose dans la voix de Harry, quelque chose dans le ton qu'il employait, qui la renseigna sur ce qui venait.

« Apporte-moi une bière, s'il te plaît. »

Elle continua vers la cuisine. Ce ne sont pas mes oignons, se dit-elle. Je ne fais que servir. Pas mes oignons.

« Qu'est-ce qui se passe, Maja ? demanda le cuisinier quand elle vida l'assiette dans la poubelle.

— Ce n'est pas ma vie, répondit-elle. C'est la sienne. À cet idiot. »

Le téléphone bipa faiblement sur le bureau de Beate, et elle décrocha. Ce qu'elle entendit en premier lieu, ce fut des voix, des rires et des tintements de verre. Puis la voix se fit entendre.

« Je te dérange ? »

L'espace d'un instant, elle ne fut pas sûre, il y avait quelque chose d'étranger dans sa voix. Mais ça ne pouvait être personne d'autre.

« Harry ?

— Qu'est-ce que tu fais ?

— Je… je suis sur Internet, je cherche des infos.

— Alors vous avez mis la vidéo du braquage de Grensen sur le net ?

— Oh oui, mais tu…

— Il y a deux ou trois choses qu'il faut que je te raconte, Beate. Arne Albu…

— Super, mais attends un peu et écoute-moi, plutôt.

— Tu as l'air stressée, Beate.

— Je le suis ! » Le cri grésilla dans le combiné. Puis, plus calmement : « Ils sont en chasse après toi, Harry. J'ai essayé de t'appeler pour te prévenir juste après qu'ils ont eu décarré d'ici, mais il n'y avait personne.

— De quoi est-ce que tu parles ?

— Tom Waaler. Il a un papier bleu à ton nom.

— Hein ? On veut m'arrêter ? »

Beate comprit alors ce que sa voix avait d'étranger. Il avait bu. Elle déglutit.

« Dis-moi où tu es, Harry, pour que je puisse venir te chercher. On pourra dire que tu t'es livré de ton plein gré. Je ne sais pas encore bien de quoi il est question, mais je vais t'aider, Harry. C'est promis. Harry ? Ne fais pas de connerie, O.K. ? Allô ? »

Elle écouta les voix, les rires et les tintements de verres, jusqu'à ce qu'elle entende des pas et une voix rauque de femme dans le combiné :

« Ici Maja, de chez Schrøder.

— Où…

— Il est parti. »

CHAPITRE 35

SOS

Vigdis Albu se réveilla quand Gregor se mit à aboyer au-dehors. La pluie tambourinait contre le toit. Elle regarda l'heure. Sept heures et demie. Elle avait dû s'assoupir. Le verre qu'elle avait devant elle était vide, la maison était vide, tout était vide. Ce n'était pas ainsi qu'elle l'avait prévu.

Elle se leva et alla à la porte de la terrasse voir Gregor. Il était tourné vers le portail, les oreilles et la queue dressées. Que devait-elle faire ? Le donner ? Le faire piquer ? Même les enfants ne nourrissaient pas de sentiments chaleureux envers cet animal hyperactif et nerveux. Ah oui, le plan. Elle regarda le verre de gin à moitié vide, sur le plateau vitré de la table. Il était temps d'en élaborer un autre.

Les aboiements de Gregor cognaient dans l'air. *Ouah, ouah !* Arne avait dit qu'il trouvait que ce bruit énervant était apaisant, qu'il donnait le sentiment inconscient que quelqu'un montait la garde. Il disait que les chiens sentent l'ennemi parce que ceux qui vous veulent du mal ne sentent pas la même chose que les amis. Elle décida d'appeler un vétérinaire le lendemain, elle en avait sa claque de nourrir un chien qui se mettait à aboyer à chaque fois qu'elle entrait dans la pièce.

Elle entrouvrit la porte de la terrasse et tendit l'oreille. Entre les cris du chien et la pluie, elle entendit du bruit dans le gravier. Elle eut le temps de se passer une brosse dans les cheveux et d'effacer une tache de mascara sous son œil gauche avant que la sonnette ne joue ses trois notes du *Messie* de Haendel, un cadeau d'emménagement de la part de ses beaux-parents. Elle avait une vague idée de qui ça pouvait être. Elle vit juste. Presque.

« Officier ? dit-elle avec une surprise non feinte. Quelle agréable surprise ! »

L'homme qui se tenait sur les marches était trempé jusqu'aux os, des gouttes d'eau pendaient de ses sourcils. Il appuya un coude à l'encadrement de la porte et la regarda sans répondre. Vigdis Albu ouvrit tout grand la porte et ferma à demi les yeux.

« Tu veux entrer ? »

Elle le précéda et entendit ses chaussures glouglouter derrière elle. Elle savait qu'il appréciait ce qu'il voyait. Il s'assit dans le fauteuil sans même enlever son manteau. Elle vit la toile s'assombrir aux endroits où elle absorbait l'eau.

« Gin, officier ?
— Tu as du Jim Beam ?
— Non.
— Le gin, ça ira. »

Elle sortit ses verres en cristal — cadeau de mariage de ses beaux-parents — et leur versa à boire à tous les deux. « Condoléances », dit le policier en la regardant de ses yeux rouges et brillants, qui lui apprirent que ce n'était pas le premier verre qu'il buvait ce jour-là.

« Merci, dit-elle. Skål. »

En reposant son verre, elle s'aperçut qu'il avait vidé la moitié du sien. Il jouait avec, lorsqu'il dit soudain :

« C'est moi qui l'ai tué. »

Vigdis porta instinctivement la main au collier de perles qu'elle avait autour du cou. Don du matin.

« Je ne voulais pas que ça se termine comme ça, dit-il. Mais j'ai été bête et imprudent. J'ai conduit les meurtriers droit sur lui. »

Vigdis se dépêcha de lever le verre à ses lèvres pour qu'il ne voie pas qu'elle était sur le point d'éclater de rire.

« Comme ça, tu le sais, dit-il.

— Je le sais, Harry », murmura-t-elle. Il lui sembla voir un soupçon de surprise dans ses yeux.

« Tu as parlé à Tom Waaler. » Ça ressemblait davantage à une affirmation qu'à une question.

« Tu veux parler de cet enquêteur qui pense qu'il est un don de Dieu pour… Ouais. Je lui ai parlé. Et naturellement, je lui ai dit ce que je savais. Je n'aurais pas dû, Harry ? »

Il haussa les épaules.

« Est-ce que je t'ai mis dans une situation délicate, Harry ? »

Elle avait rassemblé ses jambes sous elle sur le canapé, et le regardait d'un air inquiet par-dessus son verre.

Il ne répondit pas.

« Encore un verre ? »

Il acquiesça. « En tout cas, j'ai une bonne nouvelle pour toi. » Il suivit attentivement le service. « Ce soir, j'ai reçu un mail d'une personne qui avoue le meurtre d'Anna Bethsen. La personne en question m'a depuis le début conduit à penser que c'était Arne le meurtrier.

— Super, dit-elle. Ouille, il est un peu plein. » Elle renversa du gin sur la table.

« Tu n'as pas l'air spécialement surprise.

— Plus rien ne me surprend. À vrai dire, je ne pensais pas qu'Arne avait assez de cran pour tuer quelqu'un.

— Et pourtant, dit Harry en se passant une main sur la nuque. À présent, j'ai des preuves qui montrent qu'Anna Bethsen a été assassinée. J'ai fait suivre le témoignage en question à une collègue avant de partir de chez moi ce soir. Avec tous les autres mails que j'ai reçus. Ça veut dire que je joue cartes sur table, en ce qui concerne mon rôle dans cette histoire. Anna était une ancienne amie. Mon problème, c'est que j'étais chez elle le soir où elle a été tuée. J'aurais dû le dire immédiatement, mais j'ai été bête et imprudent, et j'ai cru que je pourrais éclaircir cette affaire par moi-même tout en m'assurant de ne pas être impliqué personnellement. J'ai été…

— Bête et imprudent. Tu l'as déjà dit. » Elle le regarda pensivement en passant la main sur le coussin de canapé à côté d'elle. « Ça explique bien sûr tout un tas de choses. Mais je n'arrive pourtant pas bien à voir en quoi c'était un crime de passer du temps avec une femme avec qui on a envie de… passer du temps. Tu aurais pu t'expliquer, Harry.

— Eh bien… » Il engloutit l'alcool incolore. « Je me suis réveillé le lendemain sans le moindre souvenir.

— Je vois. » Elle se leva du canapé et vint se placer tout près de lui.

« Tu sais qui c'est ? »

Il appuya sa tête contre le dossier et la regarda.

« Qui a dit que c'est un il ? » Les mots avaient un tout petit peu de mal à sortir.

Elle tendit une main fine vers lui. Il la regarda sans comprendre.

« Ton manteau, dit-elle. Et tu files à la salle de bains prendre un bain bien chaud. Je vais faire du café et trouver des vêtements secs, dans l'intervalle. Je crois qu'Arne n'aurait pas protesté. Par bien des aspects, c'était un homme plein de pondération.

— Je…

— Allez, maintenant. »

La chaude étreinte fit frissonner Harry de plaisir. Les morsures câlines se prolongeaient au-dessus des cuisses vers les hanches, et lui donnaient la chair de poule sur tout le corps. Il gémit. Puis il plongea le reste du corps dans l'eau brûlante et renversa la tête en arrière.

Il entendait la pluie tomber dehors et essaya d'entendre Vigdis Albu, mais elle avait mis un disque. Police. *Greatest hits*, ça aussi. Il ferma les yeux.

« *Sending out an SOS, sending out an SOS...* » chantait Sting. Et Harry qui avait fait confiance à ce type. À propos. Il considérait que Beate avait lu le mail, à l'heure qu'il était. Qu'elle avait transmis le message et que la chasse au renard était terminée. L'alcool avait rendu ses paupières lourdes. Mais à chaque fois qu'il fermait les yeux, il voyait deux jambes terminées par des chaussures italiennes cousues main pointer hors de l'eau fumante de son bain. Il chercha à tâtons sur le bord de la baignoire derrière sa tête, où il avait posé son verre. Il n'avait eu le temps de boire que deux litres chez Schrøder avant d'appeler Beate, et c'était loin de lui avoir apporté l'anesthésie dont il avait besoin. Mais où était donc ce foutu verre ? Est-ce que Tom Waaler essaierait malgré tout de le retrouver ? Harry savait qu'il brûlait de procéder à cette arrestation. Mais il était hors de question pour Harry de se laisser arrêter avant que tous les détails de cette affaire ne soient verrouillés. Partant, il ne pouvait guère se permettre de compter que sur lui. Il s'occuperait de ça. Juste une petite heure de pause, avant. Un autre verre. Le canapé, pour cette nuit. S'éclaircir la tête. S'occuper de ça. Demain.

Sa main heurta le verre, et le cristal lourd s'écrasa sur le sol carrelé avec un claquement sec.

Harry poussa un juron et se leva. Il manqua de tomber, mais trouva le mur au tout dernier moment. Il s'enveloppa dans une grosse serviette laineuse et alla au salon. La bouteille de gin était toujours sur la table basse. Il trouva un verre dans le placard-bar, qu'il remplit à ras bord. Il entendit le percolateur fonctionner. Et la voix de Vigdis, dans le hall, au rez-de-chaussée. Il retourna dans la salle de bains et posa le verre à côté des vêtements que Vigdis avait sortis, une panoplie complète Bjørn Borg, bleu clair et noir. Il passa sa serviette sur le miroir et rencontra son propre regard dans la tranchée qu'il avait tracée dans la buée.

« Idiot », murmura-t-il.

Il baissa les yeux au sol. Une bande rouge courait dans le joint entre les tessons, vers la grille d'évacuation. Il remonta la bande jusqu'à son pied droit et vit le sang qui jaillissait d'entre ses orteils. Il était debout au milieu des tessons de verre, et ne l'avait même pas remarqué. Il n'avait absolument rien remarqué. Il regarda de nouveau dans le miroir et éclata de rire.

Vigdis raccrocha. Elle avait été obligée d'improviser. Elle détestait l'improvisation, qui la faisait se sentir physiquement malade quand les choses ne se passaient pas conformément au plan. Dès sa plus tendre enfance, elle avait compris que rien ne se passait tout seul, que l'élaboration du plan était le point crucial. Elle se rappelait encore quand la famille avait quitté Slemdal pour Skien, quand elle s'était retrouvée devant sa nouvelle classe de cours élémentaire. Elle avait décliné son identité tandis que les autres élèves la dévisageaient, regardant ses vêtements et le drôle de sac à dos en plastique qui avait suscité des gloussements chez certaines filles. Pendant l'heure suivante, elle avait dressé la liste des filles de la classe qui deviendraient ses meilleures amies, de ceux qui ne l'approcheraient pas, des garçons qui seraient amoureux d'elle et des professeurs dont elle deviendrait l'élève favorite. En rentrant à la maison, elle avait punaisé la liste au-dessus de son lit, et ne l'avait décrochée que juste avant Noël, quand elle avait pu inscrire le dernier trait en regard du dernier nom.

Mais les choses étaient différentes, et elle était à la merci d'autres personnes pour que le cours des choses coïncide avec le plan.

Elle regarda l'heure. 20 h 20. Tom Waaler avait dit qu'ils pourraient être là en une douzaine de minutes. Il avait promis d'éteindre la sirène bien avant d'arriver à Slemdal, pour qu'elle n'ait pas besoin de redouter les voisins, avait-il dit. Sans qu'elle l'ait évoqué une seule fois.

Elle attendit assise dans l'entrée. Hole s'était manifestement endormi dans la baignoire. Elle regarda de nouveau l'heure. Écouta la musique. Les énervantes chansons de Police étaient heureusement passées, et Sting chantait à présent les chansons de ses albums solo, de sa voix divinement apaisante. Parlant de la pluie qui tomberait encore et encore, comme les larmes d'une étoile. C'était si beau qu'elle en pleura presque.

Puis elle entendit les aboiements rauques de Gregor. Enfin.

Elle ouvrit la porte et sortit sur les marches, comme convenu. Elle vit une silhouette traverser en courant le jardin vers la terrasse et une autre poursuivre vers l'arrière de la maison. Deux hommes masqués en uniforme tenant chacun un petit fusil s'arrêtèrent devant elle.

« Toujours dans la salle de bains ? chuchota l'un derrière sa cagoule noire. À gauche en haut de l'escalier ?

— Oui, Tom, chuchota-t-elle en retour. Et merci d'être venu si... »

Mais ils étaient déjà entrés.

Elle ferma les yeux et tendit l'oreille. Les pas précipités dans l'escalier, les ouah-ouah désespérés de Gregor sur la terrasse, la voix douce de Sting chantant *How fragile we are*, le vacarme de la porte de la salle de bains ouverte à coups de pieds.

Elle fit volte-face et rentra. Monta. Vers les cris. Elle avait besoin d'un verre. Elle vit Tom Waaler en haut des marches. Il avait retiré sa cagoule, mais son visage était si déformé que ce fut tout juste si elle le reconnut. Il montrait quelque chose. Sur le tapis. Elle baissa les yeux. C'étaient des traces de sang. Elle les suivit des yeux à travers le salon et vers la porte de la terrasse. Elle n'entendit pas ce que l'imbécile vêtu de noir lui hurlait. *Le plan*, ce fut tout ce qu'elle parvint à penser. *Ce n'est pas ça, le plan.*

CHAPITRE 36

Waltzing Mathilda

Harry courait. Les aboiements staccato de Gregor résonnaient comme un métronome furieux en arrière-plan, mais en dehors de ça, tout était silencieux autour de lui. Ses plantes de pieds nues claquaient sur l'herbe mouillée. Il leva le bras devant lui et passa à travers une nouvelle haie, en sentant les épines déchirer les paumes de ses mains et la panoplie Bjørn Borg. Il n'avait retrouvé ni ses propres vêtements ni ses chaussures, et il supposait qu'elle les avait descendus au rez-de-chaussée, où elle attendait. Il avait cherché une autre paire de chaussures, mais Gregor s'était mis à aboyer et il lui avait fallu se tirer tel quel, en chemise et pantalon. La pluie lui coulait dans les yeux, et les maisons, les pommiers et les buissons nageaient devant lui. Un nouveau jardin surgit des ténèbres. Il prit le risque de sauter par-dessus la clôture basse, mais perdit l'équilibre. Course en état d'ébriété. Une pelouse bien entretenue l'atteignit en plein visage. Il resta allongé, et écouta.

Il lui sembla entendre les aboiements de plusieurs chiens. Victor était arrivé ? Si vite ? Waaler avait dû les avoir en stand-by. Harry se leva et regarda autour de lui. Il était au sommet de la butte qu'il s'était fixée comme objectif.

Il s'était consciemment tenu à l'écart des routes éclairées sur lesquelles des gens auraient pu le voir, et les voitures de police n'allaient pas tarder à patrouiller. Il vit la propriété des Albu en contrebas, à Bjørnetråkket. Quatre voitures étaient garées devant le portail, dont deux avec le gyrophare allumé. Il regarda de l'autre côté, au pied de la butte. Était-ce Holmen, le nom de ce terrain de foot ? Quelque chose comme ça. Un véhicule civil était arrêté près d'un carrefour, feux de position allumés. Il était garé sur le passage piétons. Harry avait fait vite, mais Waaler avait été plus rapide. Il n'y avait que la police qui se garait comme ça.

Il se frotta rudement le visage. Essaya de chasser l'anesthésie qu'il avait tant souhaitée peu de temps auparavant. Un gyrophare scintilla entre les arbres, un peu plus loin sur Stasjonsveien. Il était dans un filet qui se resserrait déjà. Il ne s'échapperait pas. Waaler était trop bon. Mais Harry ne comprenait pas tout. Ça ne pouvait pas être simplement un coup en solo de Waaler, quelqu'un avait dû donner son accord pour qu'autant de forces soient mises en œuvre afin d'arrêter une seule personne. Que s'était-il passé ? Beate n'avait-elle pas reçu le mail qu'il lui avait envoyé ?

Il écouta. Il ne faisait plus aucun doute qu'il y avait plusieurs chiens. Il regarda autour de lui. Les villas éclairées dispersées çà et là sur la butte obscure. Il pensa à la chaleur et au confort derrière les fenêtres. Les Norvégiens aimaient la lumière. Et avaient de l'électricité. Il n'y avait que quand ils partaient deux semaines en vacances vers le sud qu'ils éteignaient. Son regard sauta de maison en maison.

Tom Waaler observait les villas qui décoraient le paysage comme des lumières dans un arbre de Noël. De grands jardins noirs. Rapines de pommes. Il était affalé les pieds sur le tableau de bord dans le camion spécialement adapté de Victor. Ils étaient dotés du meilleur matériel radio, et c'est pour cette raison qu'il avait déplacé son poste de commandement à cet endroit. Il était en contact radio avec toutes les unités qui avaient à présent terminé d'encercler la zone. Il regarda l'heure. Les clebs étaient à l'œuvre, ils avaient disparu depuis bientôt dix minutes dans l'obscurité entre les jardins, accompagnés de leurs dresseurs.

« Stasjonsveien à Victor zéro-un, crépita la radio. Nous avons une voiture avec un Stig Antonsen qui se rend à Revehiveien 17. Il rentre du boulot, à ce qu'il dit. Doit-on…

— Vérifiez son identité et son adresse, et laissez-le passer, l'interrompit Waaler. Même chose pour tous les autres dans le coin, O.K. ? Servez-vous de votre tête. »

Waaler sortit un CD de sa poche de poitrine et l'introduisit dans le lecteur. Plusieurs voix de fausset. *Thunder all through the night, and a promise to see Jesus in the morning light.* L'homme au volant leva un sourcil, mais Waaler fit comme s'il ne l'avait pas vu et monta le volume. Couplet. Couplet. Refrain. Couplet. Refrain. Morceau suivant. *Pop Daddy, Daddy Pop. Oh, sock it to me. You're the best.* Waaler regarda de nouveau l'heure. Bon Dieu, ils en mettaient du temps, les clébards ! Il donna un coup sur le tableau de bord. S'attira un regard du conducteur.

« Ils ont une piste de sang frais à suivre, que je sache, dit Waaler. C'est difficile, ça ?

— Ce sont des chiens, pas des robots. Relax, ils vont bientôt le choper. »

L'artiste qui s'appellerait toujours Prince en était au milieu de *Diamonds and Pearls* lorsque le message arriva. « Victor zéro-trois à Victor zéro-un. Je crois qu'on le tient. Nous sommes devant une villa blanche à… euh, Erik essaie de trouver le nom de la rue, mais la maison porte en tout cas le numéro 16. »

Waaler coupa la musique.

« O.K. Trouvez le nom de la rue et attendez qu'on arrive. C'est quoi, ce sifflement, que j'entends ?

— Ça vient de la maison. »

La radio grésilla :

« Stasjonsveien à Victor zéro-un. Désolé de m'immiscer, mais on a une voiture de Falken. Ils disent qu'ils vont à Harelabben 16. Leur central a enregistré une alarme anti-cambriolage, là-bas. Doit-on…

— Victor zéro-un à toutes les unités ! cria Waaler. Au boulot ! Harelabben 16 ! »

Bjarne Møller était d'une humeur de dogue. En plein milieu d'Åpen Post ! Il arriva à la villa blanche portant le numéro 16, se gara devant, passa le portail et monta jusqu'à la porte ouverte où un policier tenait un berger allemand en laisse.

« Waaler est ici ? » demanda le capitaine de police, et le policier répondit d'un signe de tête vers la porte. Møller remarqua que la vitre de la porte d'entrée était cassée. Waaler se trouvait juste derrière, dans l'entrée, et discutait à bâtons rompus avec un autre policier.

« Qu'est-ce que c'est que ce bordel ? » demanda Møller sans plus de cérémonies.

Waaler se retourna.

« Tiens. Qu'est-ce qui t'amène, Møller ?

— Un coup de fil de Beate Lønn. Qui a autorisé ce délire ?

— Notre juriste.

— Je ne parle pas de l'arrestation. Je veux savoir qui a donné le signal univoque de déclencher la troisième guerre mondiale parce qu'un de nos collègues peut — *peut !* — avoir deux ou trois explications à donner. »

Waaler fit volte-face et planta son regard dans celui de Møller.

« Le capitaine de police Ivarsson. Nous avons trouvé des choses chez Harry qui en font un peu plus qu'une personne avec qui nous voulons parler. Il est soupçonné de meurtre. Autre chose qui te turlupine, Møller ? »

Møller leva un sourcil surpris et se dit que Waaler devait être particulièrement excité, c'était la première fois qu'il l'entendait parler à un supérieur sur un ton provocant.

« Oui. Où est Harry ? »

Waaler pointa un doigt vers l'empreinte de pied rouge sur le parquet.

« Il était là. Par effraction, comme tu vois. Ça commence à faire pas mal de choses à expliquer, tu ne trouves pas ?

— Je t'ai demandé où il est maintenant. »

Waaler et l'autre policier échangèrent un regard.

« Harry n'est manifestement pas si disposé que ça à s'expliquer. L'oiseau s'était envolé, quand nous sommes arrivés.

— Ah ? J'avais l'impression que vous aviez resserré un cercle de fer autour de cette zone.

— C'était le cas, répondit Waaler.

— Alors comment s'est-il sauvé ?

— Avec ceci. » Waaler montra le téléphone sur sa tablette. Le combiné portait des taches qui ressemblaient à du sang.

« Il s'est sauvé par le téléphone ? » Møller ressentit — compte tenu de sa mauvaise humeur et de ce que la situation avait de critique — un besoin irrationnel de sourire.

« Il y a des raisons de croire, commença Waaler tandis que Møller regardait la puissante mâchoire à la David Hasselhoff travailler, qu'il s'est appelé un taxi. »

Øystein remonta lentement l'allée et tourna sur la place pavée qui formait un demi-cercle devant le portail de la prison d'Oslo. Il recula entre deux voitures, de sorte que le haillon pointe vers le parc désert et Grønlandsleiret. Il tourna d'un demi-tour la clé de contact et le moteur s'arrêta, mais les essuie-glace continuèrent à danser. Il attendit. Il n'y avait personne en vue, que ce soit sur la place ou dans le parc. Il jeta un coup d'œil vers l'hôtel de police avant de tirer le levier sous le volant. Un déclic se fit entendre, et le haillon s'ouvrit à moitié.

« On est arrivés ! » cria-t-il en regardant dans son rétroviseur.

La voiture bougea, le haillon s'ouvrit en grand et claqua à nouveau. La porte arrière s'ouvrit et un homme se glissa à l'intérieur. Dans son rétroviseur, Øystein étudia son passager trempé et frissonnant.

« Tu as l'air dans une forme olympique, Harry.

— Merci.

— Classe, dans ces vêtements, ouais.

— Pas ma taille, mais c'est du Bjørn Borg. Prête-moi tes chaussures.

— Hein ?

— J'ai juste trouvé des pantoufles en feutre dans l'entrée, je ne peux pas aller en visite à la prison avec ça. Et ton blouson. »

Øystein leva les yeux au ciel et arracha son court blouson de cuir.

« Tu as eu des soucis pour passer devant les tresses ? demanda Harry.

— Seulement pour entrer. Ils ont dû vérifier que j'avais le nom et l'adresse de celui à qui j'allais porter le paquet.

— J'ai trouvé le nom sur la porte.

— En repartant, ils ont juste jeté un coup d'œil dans la voiture, et ils m'ont fait signe de passer. Trente secondes après, ça s'est mis à faire du chahut dans la radio. À toutes les unités, etc. Hé, hé.

— Il m'a semblé entendre quelque chose là-dedans, oui. Tu sais que c'est illégal d'avoir une radio de la police, Øystein ?

— Oh, ce n'est pas illégal d'en avoir une, hé. Juste de l'utiliser. Et je ne l'utilise presque jamais. »

Harry noua les lacets et jeta les mules par-dessus le siège d'Øystein.

« Tu seras dédommagé au Ciel. S'ils ont noté le numéro du taxi, et si tu as de la visite, dis simplement ce qui s'est passé. Que tu as eu un appel téléphonique directement sur ton mobile, et que le passager a insisté pour voyager dans le coffre.

— Ouais ? C'est pas des conneries ?

— C'est la chose la plus vraie que j'aie entendue depuis longtemps. »

Harry retint son souffle et appuya sur la sonnette. A priori, il ne devait y avoir aucun danger, mais il valait mieux ne pas savoir à quelle vitesse s'était répandue la nouvelle annonçant qu'il était recherché. En fait, les gens de la police passaient leur temps à entrer et à sortir de prison, ici.

« Oui ? dit la voix dans le haut-parleur.

— Inspecteur principal Harry Hole, dit Harry en articulant exagérément et en plongeant dans la caméra au-dessus de la porte ce qu'il espéra être un regard relativement clair. Pour Raskol Baxhet.

— Je ne t'ai pas sur ma liste.

— Ah non ? J'ai demandé à Beate Lønn de vous appeler et de me faire inscrire. Ce soir à neuf heures. Demande à Raskol.

— Quand c'est en dehors des horaires de visites, tu dois figurer sur la liste, Hole. Il faudra que tu appelles aux horaires normaux, demain. »

Harry changea de jambe d'appui.

« Comment tu t'appelles ?

— Bøygset. Donc, je ne peux pas…

— Écoute, Bøygset. Il s'agit d'informations dans une affaire criminelle importante qui ne prévoit pas d'attendre jusqu'aux horaires normaux, demain. Tu as bien dû entendre le deux-tons des voitures qui entraient et sortaient de l'hôtel de police, ce soir, non ?

— Ouais, mais…

— Alors à moins que tu aies envie de répondre demain aux journaux qui te demanderont comment tu as fait pour paumer la liste sur laquelle il y avait mon nom, je propose qu'on délaisse le mode "robot" et qu'on appuie sur le bouton "bon sens". C'est celui qui est juste devant toi, Bøygset. »

Harry planta son regard dans la caméra. Une seconde, deux secondes… La serrure grésilla.

Raskol était assis sur une chaise dans sa cellule quand Harry entra.

« Merci d'avoir confirmé notre rendez-vous », dit Harry en regardant autour de lui dans la petite cellule de quatre mètres sur deux. Un lit, un pupitre, deux placards, quelques livres. Pas de radio, pas de magazines, pas d'objets personnels, murs nus.

« Je préfère que ça soit comme ça, dit Raskol, comme en réponse aux réflexions de Harry. Ça aiguise l'esprit.

— Alors essaie de voir comment ceci aiguise ton esprit, dit Harry en s'asseyant sur le bord du lit. Ce n'est malgré tout pas Arne Albu qui a tué Anna. Vous avez pris le mauvais bonhomme. Vous avez le sang d'un innocent sur les mains, Raskol. »

Harry ne put être sûr, mais il lui sembla voir un frémissement quasi imperceptible traverser le masque de martyre du Tzigane, à la fois doux et froid. Raskol courba l'échine et plaqua ses paumes sur ses tempes.

« J'ai reçu un mail du meurtrier, dit Harry. Il apparaît qu'il m'a manipulé depuis le tout premier jour. » Il passa une main sur la housse de couette à carreaux, tout en restituant le contenu du dernier mail. Suivi d'un résumé des événements de la journée.

Immobile, Raskol écouta Harry jusqu'à ce que celui-ci eût terminé. Il releva alors la tête.

« Ça veut dire qu'il y a aussi le sang d'un innocent sur tes mains, *Spiuni*. »

Harry acquiesça.

« Et maintenant, tu viens me voir pour me dire que c'est moi qui en suis responsable. Et qu'en conséquence, je te dois quelque chose. »

Harry ne répondit pas.

« Je suis d'accord, dit Raskol. Alors dis-moi ce que je te dois. »

Harry cessa de caresser la couette.

« Tu me dois trois choses. En premier lieu, j'ai besoin d'un endroit où me cacher jusqu'à ce que je sois arrivé au fond de cette affaire. »

Raskol acquiesça.

« En second lieu, il me faut la clé de chez Anna pour pouvoir vérifier deux ou trois trucs.

— Tu l'as récupérée.

— Pas la clé marquée AA, elle est dans un tiroir, chez moi, et je ne peux pas y aller pour l'instant. Et en troisième lieu… »

Harry ménagea ses effets, et Raskol lui jeta un regard interrogateur.

« Si j'entends Rakel dire que quelqu'un ne l'a ne serait-ce que regardée de travers, je me livre à la police, j'abats toutes mes cartes et je te dénonce comme commanditaire du meurtre d'Arne Albu. »

Raskol lui fit un sourire gentiment condescendant. Comme si, à la place de Harry, il allait regretter ce dont ils étaient bien sûr conscients tous les deux — que personne ne parviendrait à trouver le moindre rapport entre ce meurtre et Raskol.

« Rakel et Oleg n'ont pas besoin d'avoir peur, *Spiuni*. Mon contact a reçu l'ordre de rappeler immédiatement ses hommes de main quand on en a eu fini avec Albu. Tu devrais plutôt t'en faire pour l'issue du procès. Mon contact dit que ça ne s'annonce pas bien. J'ai cru comprendre que la famille du père du gamin avait certaines relations ? »

Harry haussa les épaules.

Raskol ouvrit le tiroir de sa table de travail, en sortit la clé Trioving étincelante et la donna à Harry.

« File à la station de métro de Grønland. Quand tu auras descendu la première volée de marches, tu verras une fille derrière un guichet, pour les toilettes. Il lui faudra cinq couronnes pour te laisser entrer. Dis que Harry est arrivé, va côté Hommes et enferme-toi dans l'une des cabines. Quand tu entendras quelqu'un arriver en sifflant *Waltzing Mathilda*, ça voudra dire que ton transport peut commencer. Bonne chance, *Spiuni*. »

La pluie martelait avec tant d'énergie qu'une fine bruine jaillissait de l'asphalte, et en prenant le temps, on aurait pu voir de petits arcs-en-ciel dans la lumière des réverbères qui illuminaient le bas de Sofies gate, la partie plus étroite et à sens unique. Mais Møller n'avait pas le temps. Il descendit de voiture, tira son manteau par-dessus sa tête et traversa la rue en courant, vers la porte cochère où Ivarsson, Weber et un homme qui semblait d'origine pakistanaise l'attendaient.

Møller leur serra la main, et le basané se présenta comme Ali Niazi, le voisin de Harry.

« Waaler arrive, dès qu'il aura nettoyé un peu à Slemdal, dit Møller. Qu'avez-vous trouvé ?

— Des choses relativement sensationnelles, j'en ai peur, répondit Ivarsson. La priorité, maintenant, c'est de trouver comment on va expliquer à la presse qu'un de nos hommes…

— Holà, holà, tempêta Møller. Pas si vite. Fais-moi un compte rendu. »

Ivarsson fit un petit sourire.

« Viens par ici. »

Le chef de l'OCRB précéda les trois autres et passa une porte basse devant un escalier en pierres qui descendait tortueusement à la cave. Møller plia son grand corps mince du mieux qu'il put pour ne pas entrer en contact avec le plafond ou les murs. Il n'aimait pas les caves.

La voix d'Ivarsson jeta un écho assourdi entre les murs.

« Comme tu le sais, Beate Lønn a reçu ce soir un paquet de mails qui lui étaient transmis par Hole. Ce sont des mails que Hole prétend avoir reçus d'une personne qui avoue avoir assassiné Anna Bethsen. J'étais à l'hôtel de police il y a une heure, et j'ai pu lire ces mails. En toute franchise, ce sont davantage des papotages incompréhensibles et torturés. Mais ils contiennent aussi des éléments que l'expéditeur ne pouvait pas avoir sans une connaissance intime de ce qui s'est passé le soir où Anna Bethsen est morte. Même si ces informations placent Hole dans l'appartement de la défunte ce soir-là, ça donne en même temps un alibi apparent à Hole.

— Apparent ? » Møller plongea sous une nouvelle porte. De l'autre côté, le plafond était encore plus bas, et il continua d'avancer plié en deux en essayant de ne pas penser qu'il se trouvait sous un immeuble de quatre étages qui tenait tout juste sur de l'argile et des pilotis de bois centenaires. « Qu'est-ce que tu veux dire, Ivarsson ? Tu ne m'as pas dit que les mails constituaient un aveu ?

— On a d'abord passé l'appartement au peigne fin, dit Ivarsson. On a allumé son PC, et on a ouvert sa boîte mail où on a retrouvé tous les mails qu'il avait reçus. Exactement comme il l'avait présenté à Beate Lønn. Un alibi apparent, donc.

— Oui, j'ai bien entendu, dit Møller, dont l'énervement était manifeste. On en arrive bientôt à l'essentiel ?

— L'essentiel, c'est bien sûr de savoir qui a envoyé ces mails sur le PC de Harry. »

Møller entendit des voix.

« C'est après ce coin », dit celui qui s'était présenté comme le voisin de Harry.

Ils s'arrêtèrent devant un box. Deux hommes se tenaient accroupis derrière un grillage. L'un d'eux braquait une lampe de poche vers la face arrière d'un PC portable et lisait à voix haute des numéros que l'autre notait. Møller vit que deux fils électriques partaient de la prise murale. L'un vers le PC, l'autre vers le téléphone mobile Nokia égratigné, lui-même connecté au portable.

Møller se redressa du mieux qu'il put.

« Et ça, qu'est-ce que ça veut dire ? »

Ivarsson posa une main sur l'épaule du voisin de Harry.

« Ali dit qu'il est descendu à la cave quelques jours après la mort d'Anna Bethsen, et c'est à cette occasion qu'il a vu pour la première fois ce portable connecté à ce mobile dans le box de Harry. On a déjà vérifié le mobile.

— Oui ?

— C'est celui de Hole. À présent, on essaie de savoir qui a acheté ce PC portable. Quoi qu'il en soit, on a déjà consulté les messages envoyés. »

Møller ferma les yeux. Son dos lui faisait déjà mal.

« Et ils y sont, dit Ivarsson en secouant éloquemment la tête. Tous les mails dont Harry essaie de nous faire croire qu'il les a reçus d'un mystérieux assassin.

— Mmm. Ça ne se présente pas bien.

— Mais la preuve en tant que telle, Weber l'a trouvée dans l'appartement. »

Møller interrogea Weber du regard et le vit tendre une pochette plastique transparente.

« Une clé ? dit Møller. Avec les initiales AA ?

— Retrouvée dans le tiroir de la table sous le téléphone, répondit Weber. Les dents correspondent avec la clé de l'appartement d'Anna Bethsen. »

Møller fixa un regard vide sur Weber. La lumière crue de la lampe nue donnait aux visages la même teinte cadavérique que les murs, et Møller se crut tout à coup dans un caveau. « Il faut que je sorte », dit-il doucement.

CHAPITRE 37

Spiuni gjerman

Harry ouvrit les yeux, regarda droit dans un visage souriant de fillette et sentit le premier coup de masse.

Il referma les yeux, mais ni le rire de la fillette ni la céphalée ne disparurent.

Il essaya de procéder à une reconstitution.

Raskol, les toilettes de la station de métro, un petit homme trapu en costume Armani arrivant en sifflotant, une main tendue ornée d'anneaux en or, de poils noirs et d'un ongle de petit doigt long et pointu.

« Salut, Harry. Je suis ton ami Simon. » Et en contraste net avec le costume usé jusqu'à la corde : une Mercedes flambant neuve conduite par un type qui semblait être le frère de Simon, avec les mêmes yeux marron rieurs et la même poigne poilue et dorée.

Les deux personnes assises à l'avant avaient pendant tout le trajet discuté dans un mélange de norvégien et de suédois avec l'élocution particulière des gens de cirque, des marchands de couteaux, des prédicateurs et des chanteurs d'orchestres de brasserie. Mais ils n'avaient pas dit grand-chose. « Ça va, mon ami ? » « Sale temps, hein ? » « Chouettes fringues, mon ami. On échange ? » Rires chaleureux et cliquetis de briquets. Si Harry fumait ? Cigarettes soviétiques, sers-toi, garanties nocives, mais « d'une bonne manière, tu sais. » Encore des rires.

Raskol n'avait absolument pas été mentionné, pas plus que l'endroit où ils allaient.

Qui s'était révélé pas très éloigné.

Ils quittèrent la route après le Musée Munch et s'engagèrent cahin-caha sur un chemin défoncé, jusqu'à un parking devant un terrain de football boueux et désert. Trois caravanes étaient garées au bout du parking. Deux récentes, spacieuses, et une vieille, petite, sans roues, posée sur quatre blocs de Leca.

La porte d'une des deux grandes s'ouvrit et Harry aperçut la silhouette d'une femme. Des têtes d'enfants apparurent derrière elle. Harry en compta cinq.

Harry dit qu'il n'avait pas faim et s'assit dans un coin de la caravane pour regarder les autres manger. La nourriture fut servie par la plus jeune des deux femmes de la caravane et engloutie rapidement, sans plus de cérémonies. Les enfants gloussaient et se donnaient des coups de coude en jetant à Harry des coups d'œil en biais. Harry leur fit des clins d'œil et essaya de sourire, mais il sentit que la sensibilité revenait dans son corps congelé. Ce qui n'était pas une bonne nouvelle étant donné qu'il y en avait deux mètres et que chaque centimètre était douloureux. Simon lui avait ensuite donné deux couvertures de laine, une tape amicale sur l'épaule et avait fait un signe de tête vers la petite caravane.

« Ce n'est pas le Hilton, mais tu seras en sûreté, mon ami. »

Ce que Harry avait accumulé de chaleur disparut instantanément lorsqu'il entra dans la caravane, qui était davantage un réfrigérateur ovoïde. Il avait envoyé promener les chaussures d'Øystein qui étaient trop petites d'au moins une pointure, s'était frotté les pieds et avait essayé de caser ses jambes dans le lit courtaud. Son dernier souvenir, c'était qu'il avait essayé de quitter son pantalon détrempé.

« Hi, hi, hi. »

Harry rouvrit les yeux. Le petit visage brun avait disparu, et le rire venait de l'extérieur, par la porte ouverte à travers laquelle un rayon de soleil éclairait courageusement le mur derrière lui et les photos qui y étaient fixées. Harry se dressa sur les coudes et les regarda. L'une d'entre elles représentait deux jeunes garçons se tenant par les épaules devant ce qui semblait être la caravane dans laquelle il se trouvait. Ils avaient l'air contents. Non, plus que ça. Ils avaient l'air heureux. C'est peut-être pour cette raison que Harry ne reconnut qu'à grand-peine un Raskol jeune.

Harry balança les jambes hors de la couchette et prit la décision de mépriser son mal de crâne. Il resta un moment assis, pour savoir si son ventre tenait le coup. Il y avait eu de pires cuites que celle de la veille, bien pires. Il avait été à deux doigts de demander s'ils avaient du tord-boyaux, pendant le dîner, mais il avait réussi à éviter. Son corps supportait peut-être mieux l'alcool après cette longue période d'abstinence ?

Il obtint la réponse tandis qu'il sortait de la caravane.

Les yeux ronds, les gosses le regardèrent s'appuyer à l'attache de la caravane et vomir dans l'herbe brune. Il toussa et vomit à plusieurs reprises, se passa la main sur la bouche, et lorsqu'il se retourna, Simon le regardait avec un grand sourire, comme si se vider le ventre était la façon la plus naturelle de démarrer la journée.

« À manger, mon ami ? »

Harry déglutit et hocha la tête.

Simon prêta à Harry un costume froissé, une chemise propre à col large et de grosses lunettes de soleil. Ils s'installèrent dans la Mercedes et remontèrent Finnmarkgata. Ils s'arrêtèrent au rouge sur Carl Berners plass, où Simon baissa sa vitre et cria quelque chose à un homme qui fumait le cigare devant un kiosque. Harry eut la sensation diffuse d'avoir déjà vu le bonhomme. Et l'expérience lui disait que cette sensation signifiait souvent que l'individu en question avait un casier judiciaire. Le type rit et cria en retour quelque chose que Harry ne saisit pas.

« Connaissance ? demanda-t-il.

— Un contact, répondit Simon.

— Un contact », répéta Harry en regardant la voiture de police qui attendait que le feu passe au vert, de l'autre côté du carrefour.

Simon obliqua vers l'ouest, en direction de l'hôpital d'Ullevål.

« Dis-moi, dit Harry. Quel genre de contacts Raskol a à Moscou, qui peuvent retrouver une personne dans une ville qui en compte vingt millions… » Harry claqua des doigts. « … comme ça ? Est-ce que c'est la mafia russe ? »

Simon éclata de rire.

« Peut-être. Si tu ne vois rien de plus efficace pour retrouver des gens.

— Le KGB ?

— Si ma mémoire est bonne, mon ami, ça n'existe plus, dit Simon en riant de plus belle.

— Notre expert russe du SSP m'a dit qu'il y a toujours des anciens du KGB qui tirent les ficelles, là-bas. »

Simon haussa les épaules.

« Des services, mon ami. Et des contre-services. C'est tout ce dont il est question, tu sais.

— Je croyais qu'il s'agissait d'argent.

— C'est bien ce que je dis, mon ami. »

Harry descendit dans Sorgenfrigata, tandis que Simon repartait s'occuper « d'un peu de business à Sagene, tu sais ».

Harry jeta des coups d'œil attentifs en amont et en aval de la rue. Une camionnette passa. Il avait demandé à Tess, la petite fille aux yeux marron qui l'avait réveillé, de courir acheter *Dagbladet* et *VG* à Tøyen, mais il n'y avait eu d'information ni dans l'un, ni dans l'autre. Ça ne voulait pas dire qu'il pouvait se montrer partout, car s'il ne se trompait pas, sa photo décorait tous les véhicules de police.

Harry alla rapidement à la porte cochère, introduisit la clé de Raskol dans la serrure et tourna. Il essaya de ne pas rompre le silence de la cage d'escalier. Un journal attendait devant la porte d'Astrid Monsen. Arrivé dans l'appartement d'Anna, il ferma doucement la porte derrière lui et inspira.

Ne pense pas à ce que tu cherches.

Ça sentait le renfermé. Il alla dans le salon. On n'avait touché à rien depuis qu'il y était venu. La poussière dansait dans la lumière qui déferlait par la fenêtre, et éclairait les trois portraits. Il les observa. Il y avait quelque chose d'étrangement familier dans ces têtes déformées. Il approcha et passa le bout des doigts sur les reliefs de la peinture à l'huile. S'ils lui parlaient, il ne comprenait pas ce qu'ils lui disaient.

Il alla dans la cuisine.

Il y flottait une odeur de détritus et de graisse rance. Il ouvrit la fenêtre et parcourut du regard les assiettes et les couverts sur l'égouttoir à vaisselle. Ils avaient été rincés, mais pas lavés. Il donna des coups de fourchette dans les restes durcis de nourriture. Détacha un petit fragment rouge de sauce. Le mit dans sa bouche. Piment japonais.

Deux grands verres à vin rouge étaient dissimulés derrière une grosse casserole. L'un contenait un fin dépôt rouge, mais l'autre ne semblait pas avoir été utilisé. Il plongea le nez dedans, mais n'identifia que l'odeur du verre chaud. Deux verres ordinaires se trouvaient à côté. Il attrapa un torchon à vaisselle pour pouvoir prendre les verres sans laisser d'empreintes digitales. L'un des verres était propre, l'autre était tapissé d'une couche visqueuse. Il la gratta de son ongle et le porta à sa bouche. Sucre. Goût de café. Coca ? Harry ferma les yeux. Vin et Coca ? Non. Eau et vin pour l'un des deux. Et coca et verre à vin intact pour l'autre. Il enveloppa le verre dans le torchon et glissa le tout dans la poche de sa veste de costume. Sous le coup d'une impulsion, il alla dans la salle de bains, déposa le haut du réservoir de la chasse d'eau et passa la main à l'intérieur. Rien.

Lorsqu'il ressortit dans la rue, les nuages arrivaient de l'ouest, et l'air s'était rafraîchi. Harry se mordit la lèvre inférieure. Puis il se décida et se mit en route vers Vibes gate.

Harry reconnut immédiatement le jeune homme qui se trouvait derrière le comptoir de Låsesmeden.

« Bonjour, je suis de la police », dit Harry en espérant que le gamin ne réclamerait pas sa carte, qui était restée dans sa veste chez Albu, à Slemdal.

Le gamin posa son magazine.

« Je sais. »

Pendant une fraction de seconde, la panique assaillit Harry.

« Je me souviens que tu es passé chercher une clé, dit le môme en souriant de toutes ses dents. Je me souviens de tous les clients. »

Harry s'éclaircit la voix.

« Eh bien, en fait, je ne suis pas un client.

— Ah ?

— Non, la clé n'était pas pour moi. Mais ce n'est pas pour ça que…

— Il faut bien qu'elle l'ait été, l'interrompit le jeune. C'était une clé spéciale, non ? »

Harry acquiesça. Du coin de l'œil, il vit une voiture de patrouille passer lentement dans la rue.

« C'est sur les clés spéciales, que je voulais des renseignements. Je me demande comment une personne non

448

autorisée peut se procurer une copie d'une clé de ce genre. Une clé Trioving, par exemple.

— Ce n'est pas possible, répondit le gosse avec le ton péremptoire de quelqu'un qui lit *Science & Vie*. Il n'y a que Trioving qui peut faire une copie qui fonctionne. Alors, la seule façon, c'est de falsifier l'autorisation de commande du syndic. Mais même ça, on le découvre quand la personne vient chercher la clé, parce qu'on exige de pouvoir vérifier l'identité et on la compare à la liste des copropriétaires de l'immeuble.

— Mais je suis venu chercher une clé de ce genre… Et c'est une clé que quelqu'un d'autre avait commandée, et que je devais passer chercher. »

Le gamin plissa le front.

« Non, je me rappelle clairement que tu m'as montré une pièce d'identité et que j'ai regardé dans la liste. La clé de qui tu dis être passé chercher ? »

Harry vit par la porte vitrée qui se trouvait derrière le comptoir la même voiture de police repasser dans l'autre sens.

« Oublie. Est-ce qu'il y a une autre façon de se procurer un double ?

— Non. Trioving, qui grave ces clés, ne prend commande que de serruriers agréés comme nous. Et comme je t'ai dit, on vérifie notre doc et on tient un registre de toutes les clés commandées par chaque copropriété et chaque coopérative. Le système doit être relativement sécurisé.

— C'est l'impression que ça donne, oui. » Harry se passa avec colère une main sur le visage. « J'ai appelé il y a un moment et j'ai appris qu'une femme qui habitait dans Sorgenfrigata a eu trois clés pour son appartement. On en a retrouvé une dans son appartement, elle en a donné une autre à l'électricien qui devait faire une réparation, et on a retrouvé la troisième ailleurs. Je crois juste qu'elle n'a pas commandé la troisième clé elle-même. Tu peux vérifier pour moi ?

— Bien sûr, je peux, répondit le gosse en haussant les épaules. Mais pourquoi ne pas lui poser la question à elle ?

— Quelqu'un lui a fichu une balle dans le crâne.

— Oups », répondit l'autre sans que son visage exprime quoi que ce soit.

Harry resta tout à fait immobile. Il ressentait quelque chose. Un infime refroidissement, le courant d'air d'une porte, peut-être. Juste assez pour que les cheveux se dressent dans sa nuque. Quelqu'un s'éclaircit discrètement la voix. Il n'avait entendu entrer personne. Sans se retourner, il essaya de voir qui c'était, mais l'angle rendit la manœuvre impossible.

« C'est la police », dit une voix claire et puissante. Harry déglutit.

« Oui, répondit le garçon en regardant par-dessus l'épaule de Harry.

— Ils sont dehors, dit la voix. Ils disent qu'il y a eu effraction chez une vieille dame, au quatorze. Il lui faut immédiatement une nouvelle serrure, et ils se demandaient si on pouvait envoyer quelqu'un tout de suite.

— Vas-y, Alf. Je suis occupé, tu vois. »

Harry tendit l'oreille jusqu'à ce que les pas se soient éloignés. « Anna Bethsen. » Il s'entendit chuchoter. « Est-ce que tu peux vérifier si elle est personnellement venue chercher toutes ses clés ?

— Pas besoin, il a *fallu* qu'elle le fasse. »

Harry se pencha par-dessus le comptoir.

« Tu peux vérifier quand même ? »

Le gosse poussa un gros soupir et disparut dans l'arrière-boutique. Il en revint avec un registre qu'il se mit à feuilleter.

« Regarde, dit-il. Là, là et là. »

Harry reconnut les quittances de remise, elles étaient similaires à celle qu'il avait signée en venant chercher la clé d'Anna. Mais toutes les quittances qu'il avait sous les yeux étaient signées de son nom à elle. Il allait demander où était la quittance qu'il avait lui-même signée quand son regard tomba sur les dates.

« Je vois ici que la dernière clé a été retirée dès le mois d'août, dit-il. Mais c'est bien avant que je sois venu et…

— Oui ? »

Harry regarda en l'air. « Merci. J'en sais assez. »

Au-dehors, le vent s'était mis à souffler avec plus de force. Harry appela d'une des cabines de Valkyrieplass.

« Beate ? »

Sur la tour de Sjømannsskolen, deux mouettes se tenaient en équilibre contre le vent. En contrebas, ils avaient le fjord d'Oslo, qui avait pris un reflet vert menaçant, et Ekeberg, où les deux personnes assises sur le banc étaient deux points minuscules.

Harry avait fini de parler d'Anna Bethsen. De leur première rencontre. Du dernier soir, dont il n'avait aucun souvenir. De Raskol. Et Beate avait fini d'expliquer qu'ils avaient remonté la piste du PC portable découvert dans la cave de Harry, qu'il avait été acheté trois mois plus tôt chez Expert, au Colosseum. Que la garantie avait été établie au nom d'Anna Bethsen. Et que le mobile qui y était connecté était celui que Harry prétendait avoir perdu.

« Je déteste le cri des mouettes, dit Harry.

— C'est tout ce que tu as à dire ?

— Pour l'instant… oui. »

Beate se leva.

« Je ne devrais pas être ici, Harry. Tu n'aurais pas dû m'appeler.

— Mais tu es ici. » Harry renonça à allumer sa cigarette entre les bourrasques. « Ça veut dire que tu me crois, n'est-ce pas ? »

Beate répondit en faisant un grand geste agacé des bras.

« Je n'en sais pas plus que toi, dit Harry. Même pas que je n'ai pas tué Anna Bethsen. »

Les mouettes firent une embardée et décrivirent un élégant tonneau dans les rafales de vent.

« Raconte-moi encore une fois ce que tu sais, dit Beate.

— Je sais que d'une façon ou d'une autre, ce type s'est procuré les clés de l'appartement d'Anna, de sorte qu'il a pu entrer et sortir la nuit du meurtre. Quand il est parti, il a embarqué le portable d'Anna et mon mobile.

— Que faisait ton mobile chez Anna ?

— Il a dû tomber de la poche de ma veste dans le courant de la soirée. Comme je te l'ai dit, j'étais un chouïa éméché.

— Et puis ?

— Son plan originel était simple. Partir à Larkollen après le meurtre et laisser la clé qu'il avait utilisée dans le chalet d'Arne Albu. Y attacher un porte-clés avec les initiales AA pour que personne n'ait de doute, en quelque sorte. Mais quand il a trouvé mon mobile, il a compris qu'il pouvait apporter une autre modification importante à son plan. À savoir de donner l'impression que j'avais moi-même tué Anna avant de m'arranger pour faire porter le chapeau à Albu. Il s'est donc servi de mon mobile pour commander un abonnement à un serveur en Égypte et s'est mis à m'envoyer des mails sans qu'il me soit possible de retrouver l'expéditeur.

— Et si on remontait la piste, on arriverait à…

— Moi. Je n'aurais toutefois pas découvert que quelque chose ne tournait pas rond avant de recevoir ma facture suivante de Telenor. Et selon toute vraisemblance, même pas à ce moment-là, vu que je ne prends pas le soin de les lire attentivement.

— Ni de résilier ton abonnement quand tu perds ton téléphone.

— Mmm. » Harry se leva d'un bond et se mit à faire les cent pas devant le banc. « Ce qui est plus difficile à comprendre, c'est comment il est entré dans ma cave. Vous n'avez trouvé aucune trace d'effraction, et personne de l'immeuble n'aurait laissé entrer un intrus. En d'autres termes, il avait une clé. Bon, c'est vrai, il n'avait besoin que d'une clé, puisque l'immeuble a des clés spéciales qui ouvrent la porte cochère, les combles, les caves et les appartements, mais il n'est pas évident de se procurer une clé de ce genre. Et la clé qu'il s'est procurée de l'appartement d'Anna était également une clé spéciale. »

Harry s'arrêta et regarda vers le sud. Un cargo vert équipé de deux grandes grues arrivait dans le fjord.

« Qu'est-ce qui te chiffonne ? demanda Beate.

— Je me demande si je vais te prier de vérifier quelques noms pour moi.

— Je n'aimerais autant pas, Harry. Comme je te l'ai dit, je ne devrais même pas être ici.

— Et je me demande d'où te viennent ces bleus. »

Elle porta vivement une main à sa gorge.

« L'entraînement. De judo. Autre chose qui t'intrigue ?

— Oui, je me demande si tu pourrais donner ça à Weber, dit Harry en sortant de sa poche de veste le verre emballé dans son torchon. Lui demander de chercher des empreintes et de les comparer avec les miennes.

— Il a les tiennes ?

— La Technique a les empreintes de tous les enquêteurs qui opèrent sur les lieux de crimes. Et lui demander d'analyser ce qu'il y a eu dans le verre.

— Harry… » commença-t-elle, comme un avertissement.

« S'il te plaît ? »

Beate soupira et prit le verre empaqueté.

« Låsesmeden AS, dit Harry.

— Qu'est-ce que c'est ?

— Si tu devais changer d'avis quant aux vérifications de noms, tu peux passer en revue ceux qui travaillent là-bas. C'est une petite boîte. »

Elle lui adressa un regard découragé.

Harry haussa les épaules. « Si tu t'occupes juste du verre, je serai plus qu'heureux.

— Et où je peux te joindre, quand j'aurai eu la réponse de Weber ?

— Tu tiens vraiment à le savoir ? demanda Harry avec un sourire.

— Je veux savoir le strict minimum. Tu m'appelles, alors ? »

Harry serra sa veste autour de lui. « On y va ? »

Beate acquiesça, mais ne bougea pas. Harry la regarda, sans comprendre.

« Ce qu'il a écrit, dit-elle. Qu'il n'y a que les plus assoiffés de vengeance qui survivent. Tu le crois vraiment, Harry ? »

Harry étendit les jambes dans le petit lit de la caravane. Le bourdonnement des voitures dans Finnmarkgata lui rappela son enfance à Oppsal, quand il écoutait la circulation à travers la fenêtre ouverte, depuis son lit. Lorsqu'ils étaient chez son grand-père, dans le silence estival d'Åndalsnes, c'était la seule chose qui lui manquait : le bourdonnement régulier, soporifique que seul interrompait une moto, un silencieux percé, une lointaine sirène de police.

On frappa à la porte. C'était Simon.

« Tess veut que tu lui racontes une histoire demain soir aussi », dit-il en entrant. Harry avait raconté comment le kangourou avait appris à sauter, et avait reçu en remerciement des embrassades de tous les mômes.

Les deux hommes fumèrent en silence. Harry pointa un doigt vers les photos au mur.

« Ça, c'est Raskol et son frère, c'est ça ? Stefan, le père d'Anna ? »

Simon acquiesça.

« Où est Stefan, aujourd'hui ? »

Simon marqua son manque d'intérêt par un haussement d'épaules, et Harry comprit que le sujet était tabou.

« On dirait qu'ils sont potes, sur la photo, dit Harry.

— Ils étaient comme deux frères siamois, tu sais. Des copains. Giorgi est allé deux fois en prison pour Stefan, dit Simon en riant. Je vois que tu es surpris, mon ami. C'est la tradition, tu comprends ? C'est un honneur, de recevoir un châtiment à la place d'un frère ou d'un père, tu sais.

— La police ne le voit pas exactement du même œil.

— Ils n'ont vu aucune différence entre Giorgi et Stefan. Les frères tziganes. Pas facile, pour la police norvégienne. » Il fit un grand sourire et proposa une autre cigarette à Harry. « Encore moins quand ils avaient des masques. »

Harry tira sur sa cigarette et décida d'aller à l'aveuglette.

« Qu'est-ce qui s'est mis entre eux ?

— Qu'est-ce que tu crois ? » Simon écarquilla théâtralement les yeux. « Une femme, bien sûr.

— Anna ? »

Simon ne répondit pas, mais Harry comprit qu'il brûlait. « Quand elle avait rencontré un *gadjo*, était-ce pour cela que Stefan ne voulait plus entendre parler d'elle ? »

Simon écrasa sa cigarette et se leva.

« Ce n'était pas Anna, tu sais. Mais Anna avait une mère. Bonne nuit, *Spiuni*.

— Mmm. Juste une dernière question. »

Simon pila.

« Qu'est-ce que ça veut dire, *Spiuni* ? »

Simon éclata de rire.

« C'est l'abréviation de *spiuni gjerman* — espion allemand. Mais détends-toi, mon ami, ce n'est pas employé méchamment, c'est même un nom qu'on donne aux petits garçons, dans certains coins. »

Il referma la porte derrière lui et s'en alla.

Le vent avait menti, et tout ce qu'on entendait à présent, c'était le bourdonnement de Finnmarkgata. Harry ne parvint pourtant pas à s'endormir.

Beate écoutait passer les voitures au-dehors. Quand elle était petite, elle s'endormait souvent au son de sa voix. Les histoires qu'il racontait ne figuraient pas dans un livre, elles prenaient naissance au fur et à mesure qu'il parlait. Elles n'étaient jamais exactement les mêmes, même si elles commençaient de temps en temps de la même façon et si les protagonistes étaient identiques : deux méchants voleurs, un gentil papa et sa petite fille héroïque. Et elles se terminaient toujours bien, par la mise sous clé des voleurs.

Beate ne se souvenait pas avoir jamais vu son père lire. En grandissant, elle avait appris qu'il souffrait de ce qu'on appelait la dyslexie. Sans ça, il serait devenu juriste, avait dit sa mère.

« Exactement comme nous voulons que tu le deviennes. »

Mais les histoires n'avaient pas traité de juristes, et quand Beate avait dit qu'elle était acceptée à l'École de Police, sa mère s'était mise à pleurer.

Beate ouvrit brusquement les yeux. On avait sonné à la porte. Elle gémit et jeta ses pieds hors du lit.

« C'est moi, dit la voix dans l'interphone.

— Je t'ai dit que je ne voulais plus te voir, dit Beate qui frissonnait dans sa fine robe de chambre. Va-t'en.

— Je m'en irai tout de suite après m'être excusé. Ce n'était pas moi. Je ne suis pas comme ça. J'ai juste été un peu… fou. S'il te plaît, Beate. Juste cinq minutes. »

Elle hésita. Elle avait toujours la nuque raide, et Harry avait remarqué les bleus.

« J'ai un cadeau », dit la voix.

Elle soupira. Elle allait le revoir, de toute façon. À tout prendre, il valait mieux qu'ils règlent ça ici plutôt qu'au boulot. Elle appuya sur le bouton, serra sa robe de chambre et attendit dans l'ouverture de la porte en écoutant ses pas qui se rapprochaient.

« Salut », dit-il en souriant quand il la vit. Un large sourire à la David Hasselhoff.

CHAPITRE 38

Gyrus fusiforme

Tom Waaler lui tendit le cadeau, mais veilla à ne pas la toucher, puisqu'elle avait encore le langage corporel effrayé d'une antilope qui flaire un prédateur. Il passa donc devant elle et alla s'asseoir dans le canapé du salon. Elle le suivit et resta debout. Il regarda autour de lui. L'appartement était aménagé à peu près comme les appartements de toutes les autres jeunes femmes chez qui il se retrouvait régulièrement : de façon personnelle et peu originale, confortable et ennuyeux.

« Tu ne l'ouvres pas ? » demanda-t-il. Elle s'exécuta.

« Un CD, dit-elle, perplexe.

— Pas *un* CD, dit-il. *Purple Rain*. Mets-le, tu vas comprendre. »

Il l'étudia tandis qu'elle allumait la pitoyable radio tout en un qu'elle et ses consœurs appelaient chaîne stéréo. Mademoiselle Lønn n'était pas à proprement parler belle, mais douce, à sa manière. Un peu ennuyeuse de corps, pas tant de formes que ça à attraper. Mais mince et bien entretenue. Et elle avait aimé ce qu'il lui avait fait, et avait montré un sain enthousiasme. En tout cas pendant les tours de chauffe, quand il y allait piano. Oui, parce qu'il y avait eu autre chose que cette séance-là. Étrange, en vérité, puisqu'elle n'était absolument pas son genre.

Mais un soir, donc, il lui avait fait la totale. Et comme la plupart des autres femmes qu'il rencontrait, elle ne s'était pas complètement abandonnée au jeu. Ce qui, dans une certaine mesure, rendait les choses encore plus enrichissantes de son point de vue à lui, mais ce qui signifiait aussi généralement que c'était la dernière fois qu'il les voyait. Mais Beate pouvait s'estimer heureuse. Ça aurait pu être pire. Quelques soirs plus tôt, dans le lit de Waaler, elle lui avait brusquement dit où elle l'avait vu pour la première fois.

« À Grünerløkka. Un soir. Tu étais dans une voiture rouge. Il y avait tout un tas de monde dans la rue, et la vitre était baissée. C'était en hiver. L'an passé. »

Il avait été proprement estomaqué. Surtout puisque le seul soir qu'il se souvenait avoir passé à Grünerløkka l'hiver dernier, c'était le samedi soir où ils avaient exécuté Ellen Gjelten.

« Je me souviens des visages, avait-elle dit avec un sourire de triomphe en voyant l'expression de Waaler. Gyrus fusiforme. C'est la partie du cerveau qui reconnaît les formes de visages. Le mien est anormal. Je devrais être une bête de foire.

— Bien, bien. De quoi d'autre te souviens-tu ?

— Tu parlais à une autre personne. »

Il s'était appuyé sur les coudes, penché vers elle et avait passé son pouce sur le larynx de la femme. Il avait senti son pouls battre à l'intérieur comme un petit lièvre effrayé. Ou bien était-ce son propre pouls, qu'il sentait ?

« Alors tu dois aussi te rappeler le visage de l'autre personne ? » avait-il demandé en se mettant déjà à réfléchir. Quelqu'un savait-il qu'elle était ici ce soir ? L'avait-elle bouclée sur leur relation, comme il le lui avait demandé ? Y avait-il des sacs poubelles sous le plan de travail de la cuisine ?

Elle s'était tournée vers lui et avait souri, désorientée.

« Qu'est-ce que tu veux dire ?

« — Est-ce que tu reconnaîtrais cette personne si tu la voyais en photo, par exemple ? »

Elle l'avait longuement regardé. Et embrassé doucement.

« Alors ? » avait-il dit en sortant son autre main de sous la couette.

« Mmm. Nan. Il avait le dos tourné.

— Mais tu dois te rappeler les vêtements qu'il avait sur lui ? Au cas où on te demanderait de l'identifier, je veux dire. »

Elle avait secoué la tête.

« Le gyrus fusiforme n'enregistre que les visages. Le reste de mon cerveau est relativement normal.

— Mais tu te souviens de la couleur de la voiture dans laquelle j'étais ? »

Elle avait ri et s'était pelotonnée contre lui.

« Ça doit vouloir dire que j'ai aimé ce que j'ai vu. »

Il avait tout doucement ôté la main de son cou.

Deux soirs plus tard, il lui avait fait la totale. Et à ce moment-là, elle n'avait pas aimé ce qu'elle avait vu. Et entendu. Et senti.

« *Dig if you will the picture of you and I engaged in a kiss — the sweat of the body covers me…* »

Elle baissa le volume.

« Qu'est-ce que tu veux ? demanda-t-elle en s'asseyant dans le fauteuil.

— Comme j'ai dit. Demander pardon.

— C'est fait. On tire un trait là-dessus. » Elle bâilla ostensiblement. « En fait, j'étais sur le point de me coucher, Tom. »

Il sentit monter la colère. Pas la rouge, qui déformait et aveuglait, mais la blanche, qui éclairait et donnait de la netteté et de l'énergie.

« Bien, alors j'en reviens au boulot. Où est Harry Hole ? »

Beate rit. Prince hurla de sa voix de fausset.

Tom ferma les yeux, sentit qu'il devenait plus fort à mesure que la fureur déferlait dans ses veines comme de l'eau glacée qui le rafraîchissait. « Harry t'a appelé le soir où il a disparu. Il t'a transmis les mails. Tu es son contrepoint, la seule personne en qui il ait confiance pour l'instant. Où est-il ?

— Je suis vraiment fatiguée, Tom, dit-elle en se levant. S'il y a d'autres questions dont tu ne veux pas avoir la réponse, je propose qu'on voie ça demain. »

Tom Waaler resta assis. « J'ai eu une conversation intéressante avec l'un des gardes des Arrêts, aujourd'hui. Harry y est passé hier au soir, juste sous notre nez, pendant que la moitié de Police Secours était à sa recherche. Tu savais que Harry était de connivence avec Raskol ?

— Je ne vois pas de quoi tu parles, ni quel rapport ça peut avoir avec nos affaires.

— Moi non plus, mais je suggère que tu t'asseyes. Et que tu écoutes une petite histoire dont je pense qu'elle te fera changer d'avis sur Harry et ses amis.

— La réponse est non, Tom. Dehors.

— Même si je te dis que ton père est dans l'histoire ? »

Il vit sa bouche tressaillir et comprit qu'il était sur la bonne piste.

« J'ai des sources qui — comment dirais-je ? — ne sont pas disponibles pour le policier moyen, et je sais ce qui est arrivé à ton père quand il s'est fait tirer dessus à Ryen, ce jour-là. Et qui l'a tué. »

Elle le dévisagea.

Waaler éclata de rire. « Tu ne t'y attendais pas, à ça, hein ?

— Tu mens.

— Ton père a été tué d'une rafale d'Uzi, de six balles dans la poitrine. Le rapport dit qu'il entrait dans la banque pour parlementer bien qu'il soit seul et désarmé, et sans rien sur quoi parlementer. La seule chose qu'il pouvait obtenir, c'était rendre les braqueurs nerveux et agressifs. Une connerie monstre. Incompréhensible. Surtout parce que ton père était justement devenu légendaire pour son professionnalisme. Mais en réalité, il avait un collègue, avec lui. Un jeune collègue, un homme prometteur dont on attendait des choses, un futur carriériste. Mais il ne s'était jamais retrouvé confronté à un braquage en *live*, et en tout cas pas face à des braqueurs dotés de pétoires décentes. Il était censé raccompagner ton père chez lui après le boulot ce soir-là, puisqu'il mettait un point d'honneur à entretenir de bonnes relations avec ses supérieurs. Ton père arrive donc à Ryen dans une voiture dont on a omis de mentionner dans le rapport que ce n'était pas la sienne. Car celle-ci, elle est au garage chez vous, Beate, chez toi et maman, quand vous recevez la nouvelle, n'est-ce pas ? »

Il vit les veines de son cou s'enfler et bleuir.

« Va te faire foutre, Tom.

— Allez, viens ici écouter la petite histoire de papa, dit-il en tapotant le coussin du canapé à côté de lui. Parce que je vais parler très doucement, et je crois sincèrement que tu devrais savoir ça. »

Elle fit involontairement un pas en avant, mais resta debout.

« O.K., dit Tom. Ce jour-là, en effet... Quel jour était-ce, déjà ?

— Vendredi 3 juin, à trois heures moins le quart, murmura-t-elle.

— Juin, oui. Ils entendent l'info à la radio, la banque est juste à côté, ils y vont en voiture et prennent position au-dehors avec leurs armes. Le jeune officier et le policier chevronné. Ils suivent le guide de procédures, ils attendent les renforts, ou que les braqueurs sortent de l'agence. Il ne leur vient même pas à l'idée d'entrer dans la banque. Jusqu'à ce qu'un des braqueurs ne se pointe à la porte, le fusil braqué sur la tête d'une des employées. Il crie le nom de ton père. Le braqueur les a vus dehors, et a reconnu l'inspecteur principal Lønn. Il crie qu'il ne veut pas faire de mal à la fille, mais qu'il doit avoir un otage. Que si Lønn veut prendre sa place, ça ne leur pose pas de problème. Mais il doit laisser son arme et venir seul dans l'agence pour que l'échange se fasse. Et ton père, que fait-il ? Il réfléchit. Il doit réfléchir rapidement. La femme est en état de choc. On en meurt. Il pense à sa propre femme, ta mère. Un jour de juin, vendredi, bientôt le week-end. Et le soleil… Est-ce que le soleil brillait, Beate ? »

Elle hocha la tête.

« Il pense à la chaleur qu'il doit faire dans l'agence bancaire. L'épreuve. Le désespoir. Alors, il se décide. Et que décide-t-il ? Que décide-t-il, Beate ?

— Il entre. » Sa voix faible était lourde de sanglots.

« Il entre. » Waaler baissa le ton. « L'inspecteur principal Lønn est entré, et le jeune policier attend. Il attend les renforts. Que la femme sorte. Que quelqu'un lui dise ce qu'il doit faire, ou que ce n'est qu'un rêve ou un exercice, et qu'il peut rentrer chez lui, car c'est un vendredi et le soleil brille. Au lieu de ça, il entend… » Waaler émit un claquement de langue. « Ton père tombe contre la porte qui s'ouvre, et il reste étendu sur le seuil. Avec six balles dans le buffet. »

Beate s'effondra dans le fauteuil.

« Le jeune policier voit l'inspecteur principal étendu là, et il comprend que ce n'est pas un exercice. Ni un rêve. Qu'ils ont vraiment des armes automatiques, à l'intérieur, et qu'ils abattent des policiers de sang froid. Il a peur comme jamais auparavant et jamais par la suite. Il a lu des choses là-dessus, il a eu de bonnes notes en psychologie. Mais quelque chose a lâché. Il est pris de la panique sur laquelle il a si brillamment composé pour l'examen. Il s'assied dans la voiture et s'en va. Il rentre chez lui, et la femme qu'il vient juste d'épouser sort sur les marches, et elle est en colère parce qu'il arrive en retard pour le dîner. Et lui, il reste de marbre, encaisse le savon et promet que ça ne se reproduira plus, et ils rentrent manger. Après le dîner, ils regardent la télé, et entendent le journaliste dire qu'un policier s'est fait tuer lors d'une attaque à main armée. Ton père est mort. »

Beate enfouit son visage dans ses mains. Tout était revenu. Toute cette journée. Ce soleil rond, presque bizarrement interrogateur dans ce ciel absurdement vide de nuages. Ça aussi, elle avait cru que c'était un rêve.

« Qui le braqueur pouvait-il bien être ? Qui connaît le nom de ton père, qui connaît tous ceux qui vivent de braquages, qui sait que de ces deux policiers, c'est l'inspecteur principal Lønn qui représente un danger pour eux ? Qui est assez froid et machiavélique pour mettre ton père devant un choix dont il connaît déjà l'issue ? De sorte qu'il puisse l'abattre et avoir partie facile avec cet autre policier, jeune et apeuré ? Qui est-ce, Beate ? »

Les larmes coulaient entre ses doigts. « Ras… » Elle renifla.

« Je n'ai pas entendu, Beate ?

— Raskol.

— Raskol, oui. Et rien que lui. Son partenaire écumait de rage. Ce sont des braqueurs, pas des assassins, dit-il. Et il a eu la bêtise de menacer Raskol de se livrer et de le dénoncer. Heureusement pour lui, il a réussi à se tailler à l'étranger avant que Raskol ne le chope. »

Beate sanglota. Waaler attendit.

« Mais le plus drôle, tu sais ce que c'est ? C'est que tu t'es laissé abuser par le meurtrier de ton père. Exactement comme ton père. »

Beate leva les yeux.

« Qu'est-ce que tu veux dire ? »

Waaler haussa les épaules.

« Vous demandez à Raskol de désigner un meurtrier. Il est en chasse après une personne qui a menacé de témoigner contre lui, dans une affaire de meurtre. Que fait-il ? Il désigne tout naturellement cette personne.

— Lev Grette ? dit-elle en essuyant ses larmes.

— Pourquoi pas ? Pour que vous puissiez l'aider à le retrouver. J'ai lu que vous aviez retrouvé Grette pendu. Qu'il s'était suicidé. Je n'en jurerais pas. Je ne jurerais pas que quelqu'un ne vous a pas coupé l'herbe sous le pied. »

Beate se racla la gorge.

« Tu oublies deux ou trois trucs. Pour commencer, on a retrouvé une lettre de suicide. Lev n'avait pas laissé grand-chose d'écrit, mais j'ai discuté avec son frère, qui a retrouvé des vieux cahiers de Lev dans le grenier de la maison de Disengrenda. J'en ai emporté quelques-uns chez Jean Hue, l'expert en graphologie de KRIPOS, qui a affirmé que la lettre avait été écrite de la main de Lev. Ensuite, Raskol est déjà en prison. De plein gré. Ça ne cadre pas tellement avec l'hypothèse qu'il tuerait pour échapper à sa peine. »

Waaler secoua la tête.

« Tu es une fille intelligente, mais tout comme ton père, tu manques de psychologie, tu ne comprends pas comment fonctionne le cerveau d'un criminel. Raskol n'est pas en prison, il est temporairement aux Arrêts. Une condamnation pour meurtre changerait complètement les choses. Et entre-temps, tu le protèges. Et son ami Harry Hole. » Il se pencha en avant et posa une main sur son bras. « Désolé si ça fait mal, mais à présent, tu le sais, Beate. Ton père n'a pas fait de bêtise. Et Harry collabore avec celui qui l'a assassiné. Alors ? Cherchons-nous Harry ensemble ? »

Beate ferma très fort les yeux, en fit sortir la dernière larme. Elle rouvrit alors les yeux. Waaler lui tendit un mouchoir, qu'elle prit.

« Tom, dit-elle. Il faut que je t'explique quelque chose.

— Pas la peine, répondit-il en caressant sa main. Je comprends. C'est un conflit de loyauté. Pense seulement à ce que ton père aurait fait. Professionnalisme, n'est-ce pas ? »

Beate le regarda pensivement. Puis elle hocha lentement la tête. Elle inspira. Au même moment, le téléphone se mit à sonner.

« Tu ne décroches pas ? demanda Waaler au bout de trois sonneries.

— C'est ma mère, répondit Beate. Je la rappelle dans trente secondes.

— Trente secondes ?

— C'est le temps qu'il me faut pour te dire que si je savais où est Harry, tu es la dernière personne à qui je le dirais. » Elle lui tendit son mouchoir. « Et qu'il te faut pour remettre tes chaussures et foutre le camp [1]. »

Tom Waaler sentit la fureur passer comme un rayon dans sa colonne vertébrale et sa nuque. Il s'accorda quelques secondes pour jouir simplement de cette sensation avant de l'entourer d'un bras et de l'attirer sous lui. Elle haleta et résista, mais il savait qu'elle sentait son érection et que les lèvres qu'elle serrait si fort ne tarderaient pas à s'ouvrir.

Après six sonneries, Harry raccrocha et sortit de la cabine téléphonique, laissant la place à la fille qui attendait derrière. Il tourna le dos à Kjølberggata et au vent, alluma une cigarette et en souffla la fumée vers le parking et les caravanes. Dans le fond, c'était comique. Il était là — à quelques vigoureux jets de pierre de la

1. Bien plus qu'en France, il est de bon ton lorsqu'on entre chez quelqu'un de retirer ses chaussures. Les Norvégiens ont d'ailleurs souvent une paire de grosses chaussettes dans une poche, en prévision.

Criminelle dans une direction, de l'hôtel de police dans une autre et de la caravane dans une troisième. Dans un costume de Tzigane. Recherché. À mourir de rire.

Harry claquait des dents. Il se détourna lorsqu'une voiture de police arriva silencieusement dans cette artère pleine de voitures mais vide de monde. Il n'avait pas réussi à dormir. Il n'avait pas pu rester oisif pendant que le temps jouait contre lui. Il écrasa son mégot de cigarette sous son talon et s'apprêtait à repartir quand il s'aperçut que la cabine était de nouveau libre. Il regarda l'heure. Bientôt minuit, bizarre qu'elle ne soit pas chez elle. Elle dormait peut-être, et n'avait pas eu le temps d'arriver au téléphone ? Il composa de nouveau le numéro. Elle répondit à la première sonnerie.

« Beate.

— C'est Harry. Je t'ai réveillée, tout à l'heure ?

— Je… Oui.

— Désolé. Tu veux que je te rappelle demain ?

— Non, c'est bien que tu appelles maintenant.

— Tu es seule ? »

Une pause.

« Pourquoi cette question ?

— Tu as l'air… Non, oublie. Tu as trouvé quelque chose ? »

Il l'entendit déglutir, comme si elle essayait de reprendre son souffle.

« Weber a vérifié les empreintes sur le verre. Et pour la plupart, elles sont de toi. Les analyses des restes dans le verre devraient être terminées d'ici quelques jours.

— Super.

— En ce qui concerne le PC qu'il y avait dans ta cave, il apparaît qu'il a un Programme Ilie qui permet d'entrer la date et l'heure auxquelles un mail doit être envoyé. La dernière modification qui a été apportée aux mails remonte au jour de la mort d'Anna. »

Harry ne sentait plus le vent glacial.

« Ça veut dire que les mails que tu as reçus étaient fin prêts dans le PC au moment où on l'a mis dans ta cave, dit Beate. Ça explique que ton voisin pakistanais l'ait vu un certain temps dans ton box.

— Tu veux dire qu'il était là, égrenant son compte à rebours, et fonctionnant seul depuis le début ?

— Avec de l'électricité et pour le PC et pour le téléphone, il ne devait pas y avoir de problème.

— Bordel de merde ! cria Harry en se frappant le front. Mais alors, ça veut dire que celui qui l'a préprogrammé a prévu tout le déroulement des événements. Que tout le bazar a été un putain de théâtre de marionnettes. Avec nous comme marionnettes.

— On dirait. Harry ?

— Je suis là. Je dois juste essayer de digérer ça. C'est-à-dire, je dois l'oublier pour un temps, ça fait un peu trop d'un coup. Et le nom de boîte que je t'ai donné ?

— Le nom de boîte, oui… Qu'est-ce qui te fait croire que j'en ai fait quelque chose ?

— Rien. Avant que tu dises ce que tu viens de dire.

— Je n'ai rien dit.

— Non, mais tu l'as dit sur un ton prometteur.

— Ah oui ?

— Tu as trouvé quelque chose, n'est-ce pas ?

— J'ai trouvé quelque chose.

— Allez.

— J'ai appelé le cabinet d'expertise comptable qui s'occupe de Låsesmeden AS, et j'ai demandé à une nana de m'envoyer les numéros et les dates de naissance de ceux qui y travaillent. Quatre à temps plein, et deux à temps partiel. J'ai entré les données dans le Casier Judiciaire National et le registre du SRG. Cinq d'entre eux ont un casier judiciaire vierge. Mais ce mec, là…

— Oui ?

— Il a fallu que je fasse défiler le texte à l'écran pour tout voir. Histoires de drogue, pour la plupart. Il a été mis en examen pour trafic d'héroïne et de morphine, mais n'a été condamné que pour possession de petites quantités de haschisch. Il a aussi purgé des peines d'emprisonnement pour effractions et deux vols aggravés.

— Avec violence ?

— Il a utilisé un pistolet au cours d'un de ces deux vols. Aucun coup n'est parti, mais l'arme était chargée.

— Parfait. C'est notre homme. Tu es un ange. Comment s'appelle-t-il ?

— Alf Gunnerud. Trente-deux ans, célibataire. Habite Thor Olsens gate 9. Vit seul, à ce qu'il paraît.

— Redonne-moi le nom et l'adresse. »

Beate répéta.

« Mmm. Incroyable que Gunnerud ait pu trouver du boulot chez un serrurier avec un casier pareil.

— C'est un Birger Gunnerud qui est mentionné comme propriétaire de la boutique.

— D'accord. Pigé. Sûre que tout va bien ? »

Pause.

« Beate ?

— Tout va bien, Harry. Qu'est-ce que tu prévois de faire ?

— J'ai prévu d'aller faire un petit tour chez lui, voir si je trouve quelque chose d'intéressant. Je t'appellerai le cas échéant depuis chez lui, pour que tu puisses envoyer une voiture, et faire prélever les indices conformément au règlement.

— Quand y vas-tu ?

— Comment ça ? »

Nouvelle pause.

« Pour que je sache si je serai là quand tu rappelleras.

— Onze heures demain matin. Espérons qu'à ce moment-là, il sera au boulot. »

Quand Harry eut raccroché, il leva les yeux vers le ciel nocturne nuageux qui formait une voûte, comme un dôme jaune par-dessus la ville. Il avait entendu la musique, en bruit de fond. Juste un peu. Mais ça avait suffi.

I only want to see you bathing in the purple rain.

Il glissa une nouvelle pièce dans l'appareil et composa le 1881.

« Je voudrais le numéro d'un Alf Gunnerud… »

Le taxi avançait comme un poisson noir et silencieux dans la nuit, entre les feux tricolores, sous les réverbères et les panneaux indiquant la direction du centre-ville.

« On ne peut pas continuer à se filer rencard comme ça », dit Øystein. Il jeta un coup d'œil dans le rétroviseur et vit Harry enfiler le pull noir qu'il lui avait apporté.

« Tu n'as pas oublié le pied-de-biche ? demanda Harry.

— Il est dans le coffre. Et si ce mec est chez lui, malgré tout ?

— En général, les gens qui sont chez eux répondent au téléphone.

— Mais s'il rentre pendant que tu es à l'intérieur ?

— Tu fais comme je t'ai dit : deux petits coups de klaxon.

— Oui, oui, mais je n'ai pas la moindre idée de ce à quoi il ressemble, ce gars-là.

— Dans les trente ans, je t'ai dit. Si tu en vois un dans ce genre entrer au numéro 9, tu klaxonnes. »

Øystein s'arrêta près d'un panneau de stationnement interdit, dans une rue polluée et bouchée par la circulation qui rappelait curieusement une occlusion intestinale. Un livre poussiéreux trouvé à la Deichmanske bibliotek [1] toute proche, et intitulé *Les pères de la ville IV*, l'appelait page 265 « la rue sans importance et sans aucun intérêt qui porte le nom de Thor Olsens gate ». Mais ce soir-là, ça convenait parfaitement à Harry. Le vacarme, les voitures qui passaient et l'obscurité le

---

1. La plus importante bibliothèque municipale d'Oslo.

camoufleraient, et personne ne prêterait attention à un taxi en attente.

Harry laissa le pied-de-biche glisser à l'intérieur de la manche de son blouson de cuir et traversa rapidement la rue. Il vit à son grand soulagement qu'il y avait au moins vingt boutons d'interphone au numéro 9. Ça lui laissait d'autres chances si le bluff ne fonctionnait pas du premier coup. Le nom d'Alf Gunnerud se trouvait presque tout en haut, à droite. Il étudia la façade du côté droit. Les fenêtres étaient obscures, au quatrième étage. Harry sonna à l'un des appartements du rez-de-chaussée. Une voix ensommeillée de femme répondit.

« Bonjour, je vais chez Alf, dit Harry. Mais ils doivent passer de la musique si fort qu'ils n'entendent pas, quand je sonne. Alf Gunnerud, donc. Le serrurier du quatrième. Auriez-vous l'amabilité de m'ouvrir ?

— Il est plus de minuit.

— Désolé, madame, je vais veiller à ce qu'Alf baisse un peu la musique. »

Harry attendit. Le grésillement se fit entendre.

Il monta les marches trois à trois. Au quatrième, il s'arrêta et écouta, mais n'entendit que les battements de son propre cœur. Il avait le choix entre deux portes. L'une portait un papier gris sur lequel on avait écrit Andersen au feutre, l'autre était vierge.

C'était la partie la plus délicate du plan. Une serrure classique pourrait se laisser forcer sans que tout l'escalier ne se réveille, mais si Alf avait utilisé tout l'arsenal de chez Låsesmeden AS, Harry avait un problème. Il examina la porte de haut en bas. Pas d'autocollant de chez Falken ou autres centrales d'alarme. Pas de serrure de sécurité blindée. Pas de cylindre incrochetable à double rangée de dents. Juste une vieille serrure Yale à cylindre. En d'autres termes, ce que les Anglais appellent un morceau de gâteau.

Harry tendit le bras et attrapa le pied-de-biche. Hésita avant d'en introduire l'extrémité sous la serrure. C'était presque trop facile. Mais le temps n'était pas à la réflexion, et il n'avait pas le choix. Il ne força pas la porte vers l'extérieur, mais en biais vers les gonds, de façon à pouvoir glisser la carte bancaire d'Øystein à l'intérieur de la serrure à poignée fixe, pendant que le pêne sortait un peu de la gâche. Il pesa un peu sur le pied-de-biche pour que la porte sorte légèrement, et posa sa semelle contre le bord inférieur. La porte grinça du côté des gonds quand il donna un coup sur le pied-de-biche, en même temps qu'il tirait la carte à lui. Il se faufila à l'intérieur et referma derrière lui. L'opération avait pris en tout huit secondes.

Ronronnement d'un réfrigérateur et rires en boîte de la télé d'un voisin. Harry essaya de respirer calmement, profondément, en tendant l'oreille dans le noir complet. Il entendit les voitures au-dehors et sentit un courant d'air froid venir de la porte, les deux choses indiquant que les fenêtres de l'appartement étaient vieilles. Mais surtout : aucun bruit trahissant que quelqu'un se trouvait dans l'appartement.

Il trouva l'interrupteur. Le couloir aurait incontestablement eu besoin d'un lifting. Le salon d'une rénovation complète. La cuisine était vouée à la démolition. Les mesures minables de sécurité s'expliquaient, vu l'intérieur de l'appartement. Ou plus exactement — le manque d'intérieur. Car Alf Gunnerud ne possédait rien, même pas une chaîne stéréo dont Harry aurait pu demander de baisser le volume. Tout ce qui attestait que quelqu'un vivait ici, c'était deux chaises de camping, une table basse peinte en vert, des vêtements éparpillés et un lit recouvert d'une couette dépourvue de housse.

Harry enfila les gants de ménage qu'Øystein avait apportés et prit l'une des chaises de camping. Il la posa dans le couloir devant la rangée de placards muraux qui montaient jusqu'au plafond haut de trois mètres, se vida la tête et grimpa prudemment. Au même instant, le téléphone sonna, Harry fit un pas pour conserver son équilibre, la chaise se referma en claquant et Harry s'abattit avec fracas sur le sol.

Tom Waaler éprouvait une désagréable impression. Il manquait à la situation ce côté prévisible qu'il cherchait constamment à obtenir. Étant donné que sa carrière et son avenir ne se trouvaient pas que dans ses mains, mais également dans celles de ses alliés, le facteur humain était un risque qu'il ne devait jamais perdre de vue. Et cette désagréable impression venait du fait qu'à cet instant précis, il ne savait pas s'il pouvait faire confiance à Beate Lønn, Rune Ivarsson ou — et c'était le plus grave — à l'homme qui était sa principale source de revenus : Chenapan.

Quand Tom avait eu vent de la pression croissante que le conseil municipal exerçait sur la chef de la police pour que l'Exécuteur soit pris après le hold-up de Grønlandsleiret, il avait donné à Chenapan la consigne de se mettre à l'abri. Ils étaient convenus d'un endroit que Chenapan connaissait déjà. Pattaya avait la plus forte population dans tout l'Orient de criminels occidentaux sous le coup d'un mandat d'arrêt international, et ne se trouvait qu'à quelques heures de route au sud de Bangkok. En tant que touriste blanc, Chenapan se fondrait dans la masse. Il avait appelé Pattaya « la Sodome asiatique », et Waaler n'avait donc pas compris pourquoi il avait brusquement refait surface à Oslo, en disant qu'il n'avait pas pu tenir plus longtemps là-bas.

Waaler s'arrêta au feu d'Uelandsgate et mit son clignotant à gauche. Désagréable impression. Chenapan avait fait son dernier braquage sans l'en aviser au préalable, et c'était un sérieux accroc au contrat. Il fallait peut-être faire quelque chose.

Il venait d'essayer de joindre Chenapan chez lui, mais sans obtenir de réponse. Ce qui pouvait signifier tout et n'importe quoi. Ça pouvait par exemple vouloir dire qu'il était à son chalet de Tryvann, où il travaillait sur les détails de l'attaque du fourgon blindé dont ils avaient parlé. Ou qu'il vérifiait le matériel : vêtements, arme, carte bancaire, plans. Mais ça pouvait aussi signifier qu'il avait craqué, et qu'il était dans un coin de son appartement avec une seringue pendant de l'avant-bras.

Waaler passa lentement le bout de rue sale et obscur où habitait Chenapan. Un taxi attendait de l'autre côté de la rue. Waaler leva les yeux vers les fenêtres de l'appartement. Bizarre, il y avait de la lumière. Si Chenapan avait replongé dans la came, c'était le merdier généralisé. Ce serait simple d'entrer, Chenapan n'avait qu'une petite serrure de merde. Il regarda l'heure. Sa visite chez Beate l'avait excité, et il savait qu'il n'arriverait pas à dormir avant un bon moment. Il n'avait qu'à tourner un peu, passer quelques coups de téléphone et voir ce qui arriverait.

Waaler monta le son de Prince, appuya sur le champignon et tourna dans Ullevålsveien.

Harry était assis sur la chaise de camping, la tête entre les mains, une hanche endolorie et pas le moindre soupçon de preuve qu'Alf Gunnerud était l'homme qu'il cherchait. Vingt minutes avaient suffi pour passer en revue le peu d'objets que contenait l'appartement, si peu que l'on pouvait en réalité soupçonner Gunnerud d'habiter ailleurs. Dans la salle de bains, Harry avait découvert une brosse à dents, un tube presque vide de Solidox et un morceau de savon non identifiable écrasé dans le fond d'une coupelle. Plus un gant de toilette qui avait peut-être été blanc. Et voilà. Rien de plus. Et c'était sa seule chance.

Harry avait envie de pleurer. De se taper la tête contre le mur. De sabrer une bouteille de Jim Beam et d'en boire le contenu et les tessons. Parce qu'il fallait — il fallait — que ce soit Gunnerud. De tous les indices contre une personne, il y en avait un qui, statistiquement parlant, surpassait tous les autres : condamnations et mises en examen antérieures. L'affaire ne criait que Gunnerud. Il avait un casier pour détention de came et d'armes, il bossait chez un serrurier, il pouvait commander n'importe quelle clé spéciale, comme par exemple celle de l'appartement d'Anna. Ou celui de Harry.

Il alla à la fenêtre. Pensa à la façon dont il avait orbité et suivi le manuscrit d'un dément jusque dans le moindre détail. Mais il n'y avait plus d'instructions, plus de répliques. Dans une crevasse entre les nuages, la lune apparut, comme une tablette de fluor à moitié mâchonnée, mais même elle ne put rien lui souffler.

Il ferma les yeux. Se concentra. Qu'avait-il vu dans l'appartement qui lui donnait la prochaine repartie, qu'est-ce qui lui avait échappé ? Il parcourut à nouveau l'appartement, mentalement, morceau par morceau.

Au bout de trois minutes, il abandonna. C'était fait. Il n'y avait rien ici.

Il vérifia que tout était comme à son arrivée et éteignit la lumière dans le salon. Il alla aux toilettes, se planta devant la cuvette et se défit. Attendit. Seigneur, même ça, il n'y arrivait pas. Puis le processus s'amorça, et il poussa un soupir las. Il se reboutonna, tira la chasse et se figea au même moment. Était-ce un coup de klaxon, qu'il avait entendu par-dessus le glouglou de l'eau ? Il sortit dans le couloir et ferma la porte des toilettes pour mieux entendre. C'était ça. Un coup de klaxon dur et bref, dans la rue. Gunnerud arrivait ! Harry avait déjà ouvert la porte quand l'idée le traversa. Parce qu'évidemment, c'était à ce moment-là qu'il fallait qu'elle vienne. Il était trop tard. Le ruissellement de l'eau. *Le Parrain*. Le pistolet. « *C'est un peu mon endroit favori.* »

« Merde, merde ! »

Harry retourna en courant aux toilettes, posa la main sur le bouton en haut de la chasse et se mit à dévisser frénétiquement. Un filet rougi par la rouille apparut. « Plus vite », murmura-t-il en tournant la main et en sentant son cœur accélérer tandis que cette satanée tige tournait et tournait en émettant un son plaintif, mais sans vouloir se dégager. Il entendit alors une porte claquer en bas de l'escalier. La tige se libéra, et il souleva le couvercle du réservoir. Le raclement de la porcelaine contre la porcelaine se répercuta dans la pénombre où l'eau continuait à monter. Harry plongea la main à l'intérieur et ses doigts entrèrent en contact avec une couche gluante d'algues. Bon sang ? Rien ? Il retourna le couvercle du réservoir. Et elle était là. Scotchée à l'intérieur. Il inspira profondément. Il connaissait chaque dent, chaque creux et chaque bosse de la clé retenue par le morceau de ruban adhésif luisant. Elle convenait pour la porte de l'immeuble, de la cave et de l'appartement de Harry. La photo qui y était scotchée était tout aussi connue. La photo disparue de son miroir. La Frangine souriait et Harry essayait d'avoir l'air viril. Dans l'ignorance hâlée et heureuse. Harry n'identifia en revanche pas la poudre blanche que contenait un sac plastique fixé par trois gros morceaux de ruban adhésif toilé, mais il était prêt à parier gros que c'était du diacétyle de morphine, plus connu sous le nom d'héroïne. Beaucoup d'héroïne. Six ans ferme d'héroïne, au moins. Harry ne toucha rien, remit simplement le couvercle en place et commença à visser, en cherchant à entendre des pas. Comme l'avait souligné Beate, les indices ne vaudraient pas une crotte de musaraigne s'il apparaissait que Harry était passé dans l'appartement sans papier bleu. Le bouton fut de nouveau en place, et Harry courut vers la porte. N'ayant pas le choix, il ouvrit et sortit dans la cage d'escalier. Des pas traînants se dirigeaient vers lui. Il referma silencieusement la porte, jeta un coup d'œil par-dessus la rampe et aperçut une couronne de cheveux noirs et drus. Encore cinq secondes, et il verrait Harry. Mais trois grands pas dans la volée de marches conduisant au cinquième suffiraient à ce que Harry ne soit plus visible.

Le jeune homme pila quand il vit Harry assis sur les marches devant lui.

« Salut, Alf, dit Harry en regardant l'heure. Je t'attendais. »

Le gamin le regarda en écarquillant les yeux. Son visage pâle et couvert de taches de rousseur était encadré par une chevelure mi-longue et grasse qui décrivait sur les oreilles des mèches d'inspiration Liam Gallagher, et Harry eut l'impression de voir non pas un meurtrier endurci, mais un gamin qui avait peur de se faire rosser davantage.

« Qu'est-ce que tu veux ? demanda le môme d'une voix haute et claire.

— Que tu viennes au poste avec moi. »

Le gamin réagit instantanément. Il se retourna, empoigna la rampe et sauta sur la volée de marches en dessous. « Hé ! » cria Harry, mais le gamin avait déjà disparu. Les coups lourds de pieds qui touchaient une marche sur cinq ou six se répercutèrent dans tout l'escalier.

« Gunnerud ! »

Pour toute réponse, Harry entendit le fracas de la porte du bas qui se refermait.

Il porta la main à sa poche intérieure et se rendit compte qu'il n'avait pas de cigarettes. Il se leva et suivit à pas lents. C'était le tour de la cavalerie.

Tom Waaler coupa la musique, sortit le mobile sifflant de sa poche, appuya sur la touche Yes et plaqua l'appareil sur son oreille. À l'autre bout du fil, il entendit une respiration rapide et tremblante, et des voitures qui passaient.

« Allô ? dit la voix. Tu es là ? » C'était Chenapan. Il avait l'air d'avoir peur.

« Qu'est-ce qui se passe, Chenapan ?

— Ah, Seigneur, tu es là. C'est le boxon. Il faut que tu m'aides. Vite.

— Il faut rien du tout. Réponds à la question.

— Ils nous ont trouvés. Un flic attendait dans l'escalier devant chez moi quand je suis rentré. »

Waaler s'arrêta au passage clouté devant Ringveien. Un vieil homme traversa à tout petits pas bizarres. Infiniment lentement.

« Qu'est-ce qu'il voulait ? demanda Waaler.

— Qu'est-ce que tu crois ? M'arrêter, tiens.

— Et pourquoi tu ne l'as pas été ?

— J'ai été hyper rapide. J'ai foutu le camp tout de suite. Mais ils sont sur mes talons, il y a déjà trois voitures de police qui sont passées. Tu entends ? Ils vont me choper si…

— Ne crie pas. Où étaient les autres policiers ?

— Je n'en ai pas vu d'autres, j'ai juste filé.

— Et tu t'es sauvé aussi facilement ? Tu es sûr que ce gars était policier ?

— Oui, c'était lui !

— Qui ça, lui ?

— Harry Hole, tiens ! Il est repassé au magasin, il n'y a pas longtemps.

— Tu ne me l'avais pas dit.

— C'est une serrurerie ! Il y vient constamment des flics ! »

Le feu passa au vert. Waaler klaxonna la voiture qui le précédait.

« O.K., on en parlera plus tard. Où es-tu ?

— Dans une cabine, devant… euh… le Palais de Justice. » Il émit un petit rire nerveux. « Et je ne m'y sens pas bien du tout.

— Y a-t-il quelque chose dans ton appartement qui n'aurait pas dû y être ?

— Il est propre. Tout l'équipement est au chalet.

— Et toi, tu es propre, aussi ?

— Tu sais bien que je suis clean. Tu viens, ou pas ? Merde, je tremble comme une feuille.

— Calme-toi, Chenapan. » Waaler calcula le temps dont il aurait besoin. Tryvann. L'hôtel de police. Centreville. « Pense à un braquage. Je te filerai une pilouze en arrivant.

— J'ai arrêté, je te dis. » Il hésita. « Je ne savais pas que tu te trimbalais avec des pilouzes, Prinsen.

— Toujours. »

Pause.

« Qu'est-ce que tu as ?

— *Mother arms.* Rohypnol. Tu as le pistolet Jéricho que je t'ai donné ?

— Toujours.

— Bien. Alors écoute. Le lieu de rendez-vous, c'est le quai du côté est de Havnlageret. Je suis relativement loin, alors laisse-moi quarante minutes.

— De quoi tu parles ? C'est ici, qu'il faut que tu viennes, nom de Dieu ! Maintenant ! »

Waaler écouta sans répondre la respiration qui sifflait contre la membrane.

« S'ils me chopent, je te fais plonger aussi, j'espère que tu comprends, Prinsen. Je te balance si ça peut me faire casquer un peu moins, je n'ai pas la moindre intention d'aller au violon à ta place si tu…

— Ça ressemble à de la panique, ça, Chenapan. Et on n'en a pas besoin pour l'instant. Quelle garantie j'ai que tu n'as pas déjà été arrêté, et que ce n'est pas un piège

pour que je me retrouve lié à toi ? Tu piges, maintenant ? Arrive seul et mets-toi sous un réverbère, que je
puisse te voir en arrivant.

— Bordel de bordel ! gémit Chenapan.

— Alors ?

— Bon. D'accord. N'oublie pas les pilouzes. Bordel !

— Havnlageret, dans quarante minutes. Sous le
réverbère.

— Sois à l'heure.

— Attends, il y a autre chose. Je vais me garer à distance, et quand je te le dirai, tu lèveras le pistolet en l'air
pour que je le voie.

— Pourquoi ? T'es parano, ou quoi ?

— Disons que la situation est un peu opaque, pour
l'instant, et je ne prends pas de risques. Fais ce que je
dis. »

Waaler appuya sur la touche No et regarda l'heure.
Poussa le volume à fond. Guitares. Boucan exquis,
blanc. Fureur blanche, exquise.

Il entra dans une station-service.

Bjarne Møller franchit le seuil et embrassa le salon
d'un regard soupçonneux.

« Coquet, hein ? dit Weber.

— Une vieille connaissance, à ce qu'on m'a dit ?

— Alf Gunnerud. En tout cas, l'appartement est à
son nom. On a des tas d'empreintes, ici, dont on saura
bientôt si ce sont les siennes. Verre. » Il désigna un
jeune homme qui promenait un pinceau sur la fenêtre.
« Les meilleures empreintes sont toujours sur du verre.

— Puisque vous avez commencé à recueillir des empreintes, je suppose que vous avez trouvé autre chose,
ici ? »

Weber montra du doigt un sac plastique posé à côté
d'autres objets sur le tapis. Møller s'accroupit et posa un

doigt sur la déchirure du sac. « On dirait de l'héroïne. Il doit y en avoir près d'une livre. Et ça, c'est quoi ?

— Une photo de deux enfants, encore inconnus. Et une clé Trioving qui ne convient en tout cas pas pour la porte d'ici.

— Si c'est une clé spéciale, Trioving peut trouver qui en est le propriétaire. J'ai l'impression de connaître le gosse sur la photo.

— Moi aussi.

— Gyrus fusiforme, dit une voix de femme derrière eux.

— Mademoiselle Lønn, la salua Møller, ébahi. Que fait l'OCRB ici ?

— C'est moi qui ai reçu l'info qu'il y avait de l'héroïne ici. Et qui leur ai demandé de t'appeler.

— Tu as donc aussi des balances dans le milieu de la schnouff ?

— Les braqueurs et les junkies forment une grande et heureuse famille, tu sais…

— Qui a cafté ?

— Aucune idée. Il m'a appelée chez moi après que je me suis couchée. Il n'a pas voulu dire son nom, ni comment il savait que j'étais de la police. Mais l'info était suffisamment concrète et détaillée pour que je prenne l'affaire et que je réveille un des juristes de la maison.

— Bon, fit Møller. Drogues. Déjà condamné. Risque de destruction d'indices. Tu as reçu le feu vert immédiatement, je suppose.

— Oui.

— Je ne vois pas de cadavre, alors pourquoi m'a-t-on appelé ?

Parce que l'indic m'a donné une info supplémentaire.

— Ah oui ?

— Alf Gunnerud est censé avoir connu intimement Anna Bethsen. Comme amant et comme fournisseur.

Jusqu'à ce qu'elle le laisse tomber du jour au lendemain, parce qu'elle en avait rencontré un autre pendant
que lui était en taule. Qu'en penses-tu, Møller ?

— Je suis content, répondit-il en posant sur elle un
regard inexpressif. Plus que tu ne le crois. »

Il continua à la regarder, et elle finit par baisser les
yeux.

« Weber, dit-il. Je veux que tu mettes cet appartement
sous scellés et que tu fasses venir tous tes gars. On a du
boulot. »

CHAPITRE 39

Glock

Stein Thommesen était depuis deux ans affecté à Police Secours. Son désir était de devenir enquêteur, et son rêve de devenir policier spécialisé. Avoir des horaires fixes, un bureau à soi, un meilleur salaire qu'un inspecteur principal. Rentrer retrouver Trine et lui parler d'un problème professionnel dont il aurait discuté avec un expert médical de la Criminelle, qu'elle trouverait profond et horriblement compliqué. En attendant, il faisait des gardes pour un salaire de misère, s'éveillait claqué même s'il avait dormi dix heures, et quand Trine lui disait qu'elle n'envisageait pas de vivre ainsi le restant de sa vie, essayait d'expliquer ce que ça fait quand ta journée consiste à conduire des jeunes victimes d'overdoses aux urgences, expliquer aux gamins qu'ils doivent emmener papa parce qu'il passe maman à tabac et s'embrouiller avec tous ceux qui haïssent l'uniforme dans lequel tu te promènes. Et Trine levait au ciel des yeux qui disaient : « Tu te répètes. »

Quand l'inspecteur principal Tom Waaler, de la Criminelle arriva dans la salle de garde et demanda à Stein Thommesen s'il pouvait l'accompagner pour aller arrêter une personne recherchée par la police, la première idée de Thommesen fut que Waaler pourrait peut-être lui donner quelques tuyaux sur la façon de devenir enquêteur.

Lorsqu'il aborda le sujet dans la voiture qui descendait Nylandsveien vers l'échangeur, Waaler sourit et lui demanda d'écrire quelques mots sur une feuille, ce n'était pas plus compliqué que ça. Et peut-être que lui, Waaler, pourrait aussi dire un mot en sa faveur.

« Ça serait… vraiment chouette. » Thommesen se demanda s'il devait remercier, ou si ça passerait pour de la flatterie. En fait, il n'y avait encore pas grand-chose qui mérite remerciement. Mais il veillerait en tout cas à dire à Trine qu'il avait sondé le terrain. Oui, c'est exactement ce qu'il dirait : « sonder le terrain ». Et plus un mot. Il garderait le secret jusqu'à ce qu'il entende éventuellement quelque chose.

« Quel genre de gonze est-ce qu'on va arrêter ? demanda-t-il.

— Je conduisais dans le coin quand j'ai entendu à la radio qu'il y avait eu une saisie d'héroïne dans Thor Olsens gate. Alf Gunnerud.

— Oui, j'ai entendu ça, à la salle de garde. Presque un demi-kilo.

— Et l'instant d'après, un type a téléphoné pour me dire qu'il avait vu Gunnerud près de Havnlageret.

— Les mouchards sont décidément en forme, ce soir. C'était aussi un coup de fil anonyme qui a permis la saisie d'héroïne. Ça peut être une coïncidence, mais c'est bizarre que deux coups…

— C'est peut-être le même indic, l'interrompit Waaler. Peut-être quelqu'un qui en veut à Gunnerud, quelqu'un qu'il a arnaqué, ou un truc du genre.

— Peut-être…

— Alors comme ça, tu as envie d'enquêter », dit Waaler, et Thommesen crut sentir une nuance d'irritation dans sa voix. Ils quittèrent l'échangeur et se dirigèrent vers le port. « Oui, je peux le comprendre. Ça te changerait pas mal. Tu t'es demandé dans quelle brigade ?

— La Crim, répondit Thommesen. Ou l'OCRB. Pas la Financière, je crois.

— Non, c'est sûr. Nous y voilà. »

Ils traversèrent un espace découvert obscur bordé de containers empilés les uns sur les autres, et d'un grand bâtiment rose, dans le fond.

« Celui qui est sous le réverbère, là-bas, correspond bien au signalement, dit Waaler.

— Où ça ? demanda Thommesen en plissant les yeux.

— Près du bâtiment, là-bas.

— Punaise, tu as de bons yeux.

— Tu as ton arme ? » demanda Waaler en ralentissant. Thommesen posa un regard étonné sur Waaler.

« Tu n'as pas mentionné…

— C'est bon, j'ai la mienne. Reste dans la voiture, pour pouvoir appeler les autres voitures s'il nous donne du fil à retordre, O.K. ?

— Bien. Tu es sûr qu'on ne devrait pas appeler…

— On n'a pas le temps. » Waaler alluma ses feux de route et arrêta la voiture. Thommesen évalua la distance entre eux et la silhouette sous le réverbère à cinquante mètres, mais des mesures ultérieures révélèrent que la distance exacte était de trente-quatre mètres.

Waaler chargea son pistolet — un Glock 20 pour lequel il avait demandé et obtenu un permis spécial — attrapa une grosse lampe noire posée entre les sièges et sortit de voiture. Il cria en se mettant en marche vers l'homme. Dans le rapport que chacun des deux policiers écrivit sur le déroulement des événements, une différence apparaît à cet endroit précis. Dans celui de Waaler, il figurait qu'il avait crié « Police ! Montre-les moi ! » Sous-entendu, donc, montre-moi tes mains, en l'air. Le procureur admit qu'il était raisonnable de penser qu'une personne ayant déjà fait l'objet d'une condamnation et ayant été arrêtée plusieurs fois maîtrisait ce genre d'argot. Et l'inspecteur principal Waaler avait en tout état de cause dit clairement qu'il était de la police. Dans le rapport de Thommesen, il figurait originellement que Waaler avait crié « Hé, c'est tata police. Montre-le moi ! » Après consultation entre Thommesen et Waaler, Thommesen dit pourtant que la version de Waaler devait être la plus correcte.

Sur ce qui s'était passé ensuite, aucun désaccord. L'homme sous le lampadaire avait réagi en plongeant la main dans sa veste et en avait tiré un pistolet qui devait se révéler être un Glock 23 dont le numéro de série avait été effacé, c'est-à-dire une arme dont il était impossible de déterminer la provenance. Waaler — l'organe d'investigation suprême de la police, le SEFO, avait précisé dans son compte rendu qu'il avait des résultats de tir parmi les meilleurs de toute la police — avait crié et tiré trois coups d'affilée. Deux avaient atteint Alf Gunnerud. L'un dans l'épaule gauche, l'autre à la hanche. Aucun des deux n'était mortel, mais ils avaient fait tomber Gunnerud qui était resté étendu au sol. Waaler avait alors couru vers Gunnerud, le pistolet levé, en criant « Police ! Ne touche pas à ton arme, ou je tire ! Ne touche pas, j'ai dit ! »

À partir de là, le rapport de l'inspecteur Stein Thommesen n'apportait plus rien, étant donné qu'il se trouvait à trente-quatre mètres, qu'il faisait sombre et que Waaler masquait la vue sur Gunnerud. Il n'y avait d'un autre côté rien dans le rapport — ou dans les éléments retrouvés sur place — qui contredît la description des événements ultérieurs que Waaler faisait dans son rapport : que Gunnerud avait saisi son arme et l'avait braquée sur Waaler en dépit des injonctions, mais que Waaler avait pu tirer le premier. La distance les séparant était alors de trois à quatre mètres.

Je vais mourir. Et ça n'a aucun sens. J'ai les yeux braqués dans le canon d'une arme à feu. Ce n'était pas ça, le plan, pas le mien, en tout cas. Que je me sois malgré tout constamment acheminé vers ça sans le savoir, passe encore. Mais, ce n'était pas ça, mon plan. Mon plan était meilleur. Mon plan avait du sens. La pression tombe dans la cabine, et une force invisible me presse les tympans, de l'intérieur. Quelqu'un se penche vers moi et me demande si je suis prêt, nous allons bientôt atterrir.

Je murmure que j'ai volé, menti, dealé, forniqué et frappé. Mais je n'ai jamais tué personne. La femme que j'ai blessée à Grensen, ce n'était qu'un simple accident. Autour de nous, les étoiles brillent à travers la coque de l'avion.

« Il y a un seul péché… chuchotè-je. Contre celle que j'aimais. Peut-il aussi être pardonné ? » Mais l'hôtesse de l'air est déjà partie, et les voyants signalant l'atterrissage luisent de tous côtés.

C'était le soir où Anna m'a dit non pour la première fois, et j'ai dit si en poussant la porte. C'était la came la plus pure sur laquelle j'aie eu mis la main, et nous n'allions pas gâcher le plaisir en la fumant cette fois-là. Elle a protesté, mais j'ai dit que c'était ma tournée, et j'ai préparé la seringue. Elle n'avait jamais eu d'injection, et c'est moi qui lui ai fait la piqûre. C'est plus dur à faire sur quelqu'un d'autre. Après avoir loupé mon coup deux fois, elle m'a regardé et m'a dit lentement : « J'ai été clean pendant trois mois. J'étais sauvée. » Je lui ai répondu : « Content de te revoir. » Elle a eu un petit rire, et a dit : « Je te tuerai. » La troisième fois a été la bonne. Ses pupilles se sont dilatées, lentement, comme une rose noire, les gouttes de sang de son avant-bras sont tombées sur le tapis avec un bruit sourd. Sa tête a basculé en arrière. Le lendemain, elle m'a appelé, et elle en voulait encore. Les roues hurlent sur l'asphalte.

Nous aurions pu faire quelque chose de bien de cette vie, toi et moi. C'était ça, le plan, c'est ça, le but. Je n'ai aucune idée du sens que peut avoir tout ça.

D'après le rapport d'autopsie, le projectile de dix millimètres a touché et sectionné l'os nasal d'Alf Gunnerud. Des fragments d'os ont accompagné la balle à travers la membrane fine devant le cerveau, et l'os et le plomb ont détruit la quasi-totalité du thalamus, du système limbique et du cervelet avant que la balle ne se fraie un chemin dans l'arrière de la boîte crânienne. Le projectile a fini sa course dans l'asphalte encore poreux, puisque Veidekke AS avait refait l'endroit deux jours plus tôt.

CHAPITRE 40

Bonnie Tyler

Ce fut une journée triste, courte et dans l'ensemble superflue. Des nuages gris plomb porteurs de pluie passèrent au ralenti au-dessus de la ville sans lâcher une seule goutte, et des rafales isolées faisaient froufrouter les pages des journaux sur leur support, devant Elmers Fruits & Tabac. Les manchettes indiquaient que les gens commençaient à en avoir marre de la soi-disant guerre contre le terrorisme qui avait pris la connotation légèrement odieuse d'un slogan électoral et qui avait de plus perdu tout son impact puisque personne ne savait ce qu'il était advenu du principal coupable. Certains prétendaient même qu'il était mort. Les journaux avaient donc recommencé à faire de la place aux vedettes des reality-shows, des semi-célébrités étrangères qui avaient dit quelque chose de sympa sur un Norvégien et aux projets de vacances de la famille royale. La seule chose qui brisait la monotonie de ce vide d'événements, c'était une fusillade dramatique près de Havnlageret, au cours de laquelle un meurtrier et dealer recherché avait levé son arme contre un policier, mais avait été tué avant d'avoir le temps de faire feu. La saisie d'héroïne à laquelle on avait procédé dans l'appartement du défunt était importante, disait le chef de la Brigade des Stupéfiants, tandis que le chef de l'OCRB expliquait que l'enquête sur le meurtre dont cet homme de trente-deux ans était soupçonné n'était pas terminée. Le journal avait pourtant tout juste eu le temps d'ajouter qu'il y avait de solides indices contre cet homme, qui n'était pas d'origine étrangère. Et que l'affaire impliquait assez étrangement ce policier qui avait abattu le néo-nazi Sverre Olsen chez lui, dans des circonstances analogues, un peu plus d'un an auparavant. Le policier était suspendu jusqu'à ce que le SEFO ait terminé ses investigations, écrivait le journal en citant le chef de la Crim qui expliquait qu'il s'agissait de mesures de routine et que ce n'était en rien lié à l'affaire Sverre Olsen.

L'incendie d'un chalet à Tryvann figurait également dans une note minuscule, puisqu'on avait trouvé à quelque distance du chalet entièrement calciné un jerrican vide qui avait contenu de l'essence, ce qui faisait dire à la police qu'on ne pouvait pas écarter l'hypothèse d'un incendie criminel. Ce qui n'était pas passé sous presse, c'était la tentative du journaliste pour essayer de contacter Birger Gunnerud afin de lui demander quel effet ça faisait de perdre son fils et son chalet dans la même soirée.

L'obscurité tomba rapidement, et dès quinze heures, l'éclairage public se mit à l'œuvre.

Une image fixe de la vidéo du braquage de Grensen ornait l'écran de la House of Pain quand Harry entra.

— Tu as avancé ? » demanda-t-il avec un mouvement de tête vers l'image qui montrait l'Exécuteur en pleine fuite.

Beate secoua la tête.

« On attend.

— Qu'il frappe à nouveau ?

— Il est quelque part et prépare son nouveau coup, en ce moment même. Ça aura lieu dans le courant de la semaine prochaine, d'après moi.

— Tu as l'air sûre de toi. »

Elle haussa les épaules.

« L'expérience.

— La tienne ? »

Elle sourit, sans répondre.

Harry s'assit.

« J'espère que je n'ai pas chamboulé vos projets en ne faisant pas ce que je t'avais dit au téléphone.

— Qu'est-ce que tu veux dire ? demanda-t-elle en plissant le front.

— Que je ne devais visiter son appartement qu'aujourd'hui. »

Harry la regarda. Elle avait l'air sincèrement interloquée. D'un autre côté, Harry ne travaillait pas dans les Services Secrets. Il faillit dire quelque chose, mais se ravisa. Ce fut Beate qui prit la parole :

« Il faut que je te demande quelque chose, Harry.

— Feu à volonté.

— Tu savais, pour Raskol et mon père ?

— À quoi fais-tu allusion ?

— Que c'est Raskol qui... était dans cette banque. Que c'est lui qui a tiré. »

Harry baissa les yeux. Étudia ses mains.

« Non, dit-il. Je ne savais pas.

— Mais tu l'avais compris ? »

Il leva les yeux et rencontra le regard de Beate.

« J'y ai pensé. C'est tout.

— Qu'est-ce qui t'y a fait penser, alors ?

— La pénitence.

— La pénitence ? »

Harry prit une profonde inspiration.

« De temps en temps, ce qu'un crime a de monstrueux bouche la vue, ou annihile les compétences.

— Qu'est-ce que tu veux dire ?

— Tout le monde éprouve un besoin de pénitence, Beate. Tu en as besoin. Dieu sait que j'en ai besoin. Et Raskol en a besoin. C'est aussi fondamental que le besoin de se laver. C'est une question d'harmonie, d'un équilibre interne absolument vital. C'est l'équilibre auquel nous donnons le nom de morale. »

Harry vit Beate blêmir. Puis rougir. Elle ouvrit la bouche.

« Personne ne sait pourquoi Raskol s'est livré à la police, dit Harry. Mais je suis persuadé que c'est pour faire pénitence. Pour quelqu'un qui a grandi avec la seule liberté de pouvoir voyager, la prison est le moyen suprême de se punir. Prendre une vie, c'est autre chose que prendre de l'argent. Suppose qu'il ait commis un crime qui lui ait fait perdre l'équilibre. Il choisit donc de faire pénitence sans que personne ne le sache, pour lui, et pour Dieu — s'il en a un.

— Un... meurtrier... moral ? » parvint finalement à dire Beate.

Harry attendit. Mais il ne vint rien d'autre.

« Une personne douée de morale est une personne qui tire les conséquences de sa propre morale, dit-il tout bas. Pas de celle des autres.

— Et si j'avais eu ça sur moi ? dit Beate d'une voix amère en ouvrant le tiroir devant elle et en en tirant un holster. Et si je m'étais laissée enfermer avec Raskol dans l'une des salles de visite, pour dire après coup qu'il m'avait attaquée et que j'avais tiré en état de légitime défense ? Venger son propre père en même temps qu'on lutte contre la vermine, c'est assez moral, pour toi ? » Elle jeta le holster sur la table.

Harry se renversa sur sa chaise et ferma les yeux jusqu'à ce qu'il entende à sa respiration qu'elle s'était calmée.

« La question, c'est de savoir ce qui est assez moral pour toi, Beate. Je ne sais pas pourquoi tu avais apporté ce holster, et je n'ai pas songé à t'empêcher de faire quoi que ce soit. »

Il se leva.

« Sois digne de ton père, Beate. »

Il avait posé la main sur la poignée quand il entendit Beate sangloter derrière lui. Il se retourna.

« Tu ne comprends pas ! sanglota-t-elle. Je pensais pouvoir… Je croyais que c'était une espèce de… comptabilité, tu vois ? »

Harry ne bougea pas. Puis il tira une chaise tout près de celle de Beate, s'assit et posa une main sur sa joue. Ses larmes étaient chaudes et la main rugueuse de Harry les absorbait tandis qu'elle parlait.

« On devient policier parce qu'on a le sentiment qu'il doit y avoir un ordre, un équilibre dans les choses, non ? Règlement de compte, justice, ce genre de choses. Et puis, un jour, tu as soudain la chance de faire ce dont tu as toujours rêvé. Juste pour découvrir que ce n'est de toute façon pas ce que tu veux. » Elle renifla. « Ma mère m'a dit une fois qu'il existe une seule chose qui soit pire que de ne pas pouvoir assouvir une envie. C'est de ne pas ressentir d'envie du tout. La haine… c'est un peu la dernière chose qui reste à quelqu'un qui a tout perdu. Et puis on te la prend, elle aussi. »

Elle balaya la table de son bras, et le holster alla voltiger contre le mur avec un claquement sourd.

Il faisait complètement nuit quand Harry arriva dans Sofies gate et chercha ses clés dans une poche de veste qu'il connaissait mieux. L'une des premières choses qu'il avait faites en se présentant à l'hôtel de police ce matin-là, ça avait été de réclamer ses vêtements à la Technique, où Vigdis Albu les avait apportés. Mais la toute première chose qu'il avait faite, ça avait été de monter au pas de gymnastique au bureau de Bjarne Møller. Le chef de la Brigade Criminelle avait dit que dans l'ensemble les choses se présentaient bien quant à Harry, mais qu'ils devaient attendre de voir si une plainte était déposée pour l'effraction de Harelabben 16. Et qu'on examinerait dans le courant de la journée s'il y avait des suites à donner au fait que Harry avait dissimulé qu'il se trouvait chez Anna le soir où elle était morte. Harry avait répondu que dans le cadre d'une éventuelle investigation sur cette affaire, il serait dans l'obligation de mentionner l'accord passé entre la chef de la police et Møller d'une part, et lui-même d'autre part, portant sur des autorisations flexibles en rapport avec la recherche de l'Exécuteur, et leur bénédiction concernant le voyage au Brésil sans que les pouvoirs publics brésiliens n'en soient informés.

Bjarne Møller avait eu un sourire en coin et dit qu'ils en viendraient à la conclusion qu'une investigation ne serait pas nécessaire, oui, peut-être même pas de suites du tout.

La cage d'escalier était silencieuse. Harry arracha les scellés de la porte de son appartement. Une plaque d'aggloméré avait été posée devant le verre brisé de la porte.

Il regarda autour de lui dans le salon. Weber avait expliqué qu'ils avaient pris des photos de l'appartement avant de commencer la perquisition, ce qui fait que tout avait été minutieusement remis en place. Il ne put pourtant pas réprimer une sensation de dégoût en pensant aux mains et aux yeux étrangers qui étaient venus ici. Non qu'il y eût tant de choses qui ne supportaient pas la lumière du jour — quelques lettres d'amour enflammées mais anciennes, un paquet de capotes entamé qui avait certainement dépassé la date limite et une enveloppe contenant des photos du cadavre d'Ellen Gjelten qu'il pouvait sûrement sembler pervers de posséder chez soi. Hormis cela : deux magazines porno, un album de Bonnie Tyler et un livre de Suzanne Brøgger.

Harry regarda longtemps la petite lumière rouge qui clignotait sur le répondeur avant d'appuyer sur le bouton. Une voix de petit garçon bien connue emplit la pièce étrangère : « Salut, c'est nous. Le jugement a été rendu aujourd'hui. Maman pleure, alors elle veut que je le dise, moi. »

Harry inspira, se préparant à la suite.

« On rentre demain. »

Harry retint son souffle. Avait-il bien entendu ? *On rentre demain ?*

« On a gagné. Tu aurais dû voir la tronche des trois avocats de papa. Maman a dit que tout le monde avait cru que nous perdrions. Maman, tu veux… Non, elle pleure, c'est tout. On va aller fêter ça au McDonald's. Il faut que je te demande de la part de maman si tu viens nous chercher. Salut. »

Il entendit Oleg souffler dans le combiné, et quelqu'un qui se mouchait et riait en arrière-plan. Puis la voix d'Oleg, plus bas : « C'est cool, si tu peux venir, Harry. »

Harry se laissa tomber dans le fauteuil. Quelque chose de beaucoup trop fort lui déboula dans la gorge et fit jaillir les larmes.

SIXIÈME PARTIE

CHAPITRE 41

6MN

Le ciel était sans nuages, mais le vent était vif, et le soleil pâle procurait si peu de chaleur que Harry et Aune avaient remonté le col de leur manteau et marchaient serrés l'un contre l'autre en descendant l'allée de bouleaux qui avait déjà revêtu sa parure hivernale.

« J'ai dit à ma femme à quel point tu avais eu l'air heureux en me disant que Rakel et Oleg étaient rentrés aujourd'hui, dit Aune. Elle m'a demandé si ça signifie que vous allez bientôt emménager tous les trois. »

Harry se contenta de sourire.

« En tout cas, elle a largement la place chez elle, dit Aune sans relâcher la pression.

— Il y a assez de place dans la baraque, dit Harry. Tu donneras de ma part cette citation d'Ola Bauer [1] à Karoline…

— "J'ai déménagé dans Sorgenfrigata" ?

— "Mais ça non plus, ça n'a pas aidé." »

Ils rirent.

« En plus, je suis vraiment accaparé par cette affaire, en ce moment, dit Harry.

---

1. Ola Bauer (1943-1999), journaliste, écrivain norvégien à tendance libertaire.

— L'affaire, oui. J'ai lu tous les rapports, comme tu me l'avais demandé. Curieux. Très curieux. Tu te réveilles chez toi, tu ne te souviens de rien et — pouf — te voilà prisonnier dans le jeu de cet Alf Gunnerud. Ça va bien sûr être difficile de poser un diagnostic psychologique post-mortem, mais il constitue véritablement un cas intéressant. Possédant une intelligence et une créativité indéniables. Oui, presque artistique, c'est un chef-d'œuvre, ce plan qu'il a réussi à élaborer. Mais il y a deux ou trois trucs qui me chiffonnent. J'ai lu les copies des mails qu'il t'a envoyés. Il a misé dès le début sur le fait que tu aurais un black-out. Ça doit vouloir dire qu'il t'a vu quitter l'appartement en état d'ivresse, et qu'il a pris le risque que tu ne te souviendrais de rien le lendemain ?

— C'est souvent ce qui arrive à quelqu'un qu'il faut aider à prendre un taxi. Je parie qu'il était dans la rue et qu'il épiait, exactement comme il a essayé de me faire croire dans son mail qu'Arne Albu l'avait fait. Il avait vraisemblablement été en contact avec Anna, et il savait que je devais venir ce soir-là. Que je ressorte pété comme un coing a sûrement été un bonus auquel il ne s'était pas attendu.

— Ensuite, il est donc entré dans l'appartement avec une clé qu'il s'était procurée chez le fabricant par le biais de Låsesmeden AS. Et il l'a tuée. Avec son arme à lui ?

— Apparemment. Le numéro de série en avait été effacé, exactement comme l'arme que l'on a retrouvée sur Gunnerud, près de Havnlageret. Weber dit que la façon dont les numéros ont été effacés indique que les armes venaient du même fournisseur. On dirait que quelqu'un fait de l'importation illégale d'armes en quantités importantes. Le pistolet Glock qu'on a retrouvé chez Sverre Olsen, le type qui a tué Ellen, portait exactement les mêmes marques.

— Il met donc le pistolet dans sa main droite. Même si elle était gauchère.

— Un hameçon, dit Harry. Il savait évidemment que j'allais tôt ou tard m'impliquer dans l'affaire, au moins pour veiller à ne pas être moi-même impliqué de façon compromettante. Et qu'au contraire des enquêteurs qui ne la connaissaient pas, je me rendrais compte de cette histoire de mauvaise main.

— Et il y avait cette photo de madame Albu et des enfants.

— Qui devait me mener à Arne Albu, son dernier amant en date.

— Et avant de repartir, il a donc embarqué le portable d'Anna et le téléphone mobile que tu as perdu dans l'appartement dans le courant de la soirée.

— Encore un bonus inattendu.

— Ce cerveau a donc élaboré à l'avance un plan tordu et infaillible prenant en compte sa maîtresse infidèle, l'homme avec qui elle le trompait pendant qu'il était en prison et son expérience plus toute fraîche, le policier blond. Mais en outre, il se met à improviser. Il se sert encore une fois de son emploi chez Låsesmeden AS pour se procurer la clé de ton appartement et de ta cave. Il y met le portable d'Anna, relié à ton téléphone mobile avec lequel il a souscrit un abonnement internet anonyme à travers un serveur qui ne peut pas être identifié.

— Presque pas.

— Oui, c'est vrai que ce fouineur informatique anonyme l'a découvert. Mais ce qu'il n'a pas découvert, c'est que les mails que tu recevais avaient été écrits à l'avance et qu'ils étaient envoyés à dates prédéterminées depuis le PC installé dans ta cave, et qu'en d'autres termes, l'expéditeur avait fait en sorte que tout soit prêt avant que le portable et ton mobile ne soient placés dans ta cave. C'est ça ?

— Mmm. Tu as regardé le contenu des mails, comme je te l'avais demandé ?

— Oh oui. Quand on les lit après coup, on voit bien qu'en même temps qu'ils montent en intensité pour une succession d'événements donnée, ils restent vagues. Mais ce n'est bien entendu pas l'impression que l'on a quand on est en plein dedans, on a plutôt l'impression que la personne est très bien informée, et connectée à tout moment. Mais il pouvait se le permettre, puisque de bien des façons, c'est lui qui dirigeait l'ensemble.

— Eh bien… Nous ne savons pas encore si c'est Gunnerud qui a orchestré le meurtre d'Arne Albu. Un collègue de travail de chez Låsesmeden AS dit qu'il buvait une bière avec Gunnerud au Vieux Major, à l'heure où on suppose qu'a eu lieu le meurtre. »

Aune se frotta les mains. Harry ne sut pas si c'était à cause du vent froid, ou du plaisir qu'il retirait de toutes les possibilités et impossibilités logiques que ça soulevait.

« Supposons que ce ne soit pas Gunnerud qui ait tué Albu, dit le psychologue. Qu'avait-il prévu alors, en te menant à lui ? Qu'Albu serait condamné ? Mais à ce moment-là, tu t'en sortais. Et à l'inverse, deux personnes ne peuvent pas être condamnées pour le même meurtre.

— Exact, dit Harry. La question qu'on doit se poser, c'est de savoir ce qui était le plus important dans la vie d'Arne Albu.

— Excellent, dit Aune. Un père de trois enfants qui a renoncé volontairement ou involontairement à ses ambitions professionnelles. La famille, dirais-je.

— Et à quoi était arrivé Gunnerud en révélant, ou plus exactement en me laissant révéler, qu'Arne Albu avait continué à voir Anna ?

— Que sa femme le quitte en emmenant les enfants.

502

— "Car la pire chose que tu puisses faire à quelqu'un, ce n'est pas le priver de la vie, mais de ce pour quoi il vit."

— Bonne citation, dit Aune avec un hochement de tête approbateur. Qui a dit ça ?

— J'ai oublié.

— Mais la question suivante qu'il faut se poser, c'est : que voulait-il te prendre, Harry ? Qu'est-ce qui rend ta vie digne d'être vécue ? »

Ils étaient arrivés à l'immeuble d'Anna. Harry tritura longuement les clés.

« Alors ? dit Aune.

— Gunnerud ne devait me connaître que par ce qu'il entendait Anna raconter. Et elle me connaissait de la période où je n'avais pas... eh bien, grand-chose d'autre que le boulot.

— Le boulot ?

— Il voulait que je sois collé au trou. Mais avant tout, que je sois foutu à la porte de la Police. »

Ils montèrent les escaliers en silence.

Weber et ses assistants avaient terminé leurs recherches dans l'appartement. Weber était content, et il raconta qu'ils avaient trouvé les empreintes de Gunnerud à plusieurs endroits, entre autres sur le pignon de lit.

« Il n'a pas été spécialement soigneux, dit Weber.

— Il est venu ici tellement de fois que vous auriez de toute façon retrouvé des empreintes, dit Harry. En plus, il était convaincu que personne ne le soupçonnerait jamais.

— C'est d'ailleurs intéressant, la façon dont Albu a été tué, dit Aune tandis que Harry ouvrait les portes de la pièce décorée des portraits et de la lampe Grimmer. Enterré la tête en bas. Sur une plage. Ça a l'air assez rituel, comme si le meurtrier voulait nous dire quelque chose le concernant. Tu t'es fait une idée, là-dessus ?

— Je ne suis pas sur le coup.

— Ce n'est pas ce que je t'ai demandé.

— Eh bien... Le meurtrier voulait peut-être plutôt nous dire quelque chose concernant la victime.

— C'est-à-dire ? »

Harry alluma la lampe Grimmer et la lumière tomba sur les trois tableaux.

« Je me suis souvenu de quelque chose de mes études de droit, tiré du Gulatingslov [1], qui date des alentours de l'an 1100. On y lit que toute personne qui meurt doit être inhumée en terre sainte, à l'exception des auteurs d'atrocités, de ceux qui avaient trahi le roi, et des meurtriers. Eux devaient être enterrés dans les laisses de haute mer, où la mer et la tourbe verte se rencontrent. L'endroit où Albu a été enterré indique que ce n'est pas un crime passionnel, comme ça l'aurait été si Gunnerud l'avait descendu. Quelqu'un voulait nous montrer qu'Arne Albu était un criminel.

— Intéressant, dit Aune. Pourquoi faut-il qu'on regarde à nouveau ces tableaux ? Ils sont affreux.

— Tu es vraiment sûr que tu ne vois rien dedans ?

— Oh, si, je vois une jeune artiste prétentieuse dotée d'un sens exagéré de la dramatisation mais d'aucun sens pictural.

— J'ai une collègue qui s'appelle Beate Lønn. Elle ne pouvait pas venir aujourd'hui parce qu'elle est à une conférence pour enquêteurs en Allemagne, où elle doit faire un exposé précisant comment il est possible de reconnaître des criminels masqués en s'aidant de légères manipulations informatiques de photos et d'un peu de gyrus fusiforme. Elle est née avec un talent particulier,

---

1. Recueil de lois en vigueur dans la province de Gula (aujourd'hui Gulen, dans le Sogn og Fjordane), l'un des plus vieux textes norvégiens.

elle reconnaît tous les visages qu'elle a vus au cours de sa vie.

— J'ai entendu dire que ça arrivait, oui, acquiesça Aune.

— Quand je lui ai montré ces tableaux, elle a reconnu les personnes dont ce sont les portraits.

— Ah ? dit Aune en levant un sourcil. Dis voir ? »

Harry pointa un doigt.

« Celui de gauche, c'est Arne Albu, là, c'est moi, et le dernier, c'est Alf Gunnerud. »

Aune plissa les yeux, rajusta ses lunettes et essaya de regarder les tableaux à des distances différentes.

« Intéressant, murmura-t-il. Vraiment très intéressant. Je ne vois que des formes de têtes.

— Je voulais juste savoir si toi, en tant que témoin-expert, tu peux me garantir qu'une telle identification est possible. Ça nous permettrait de connecter encore un peu plus Gunnerud à Anna. »

Aune secoua la main.

« Si ce que tu dis sur mademoiselle Lønn est juste, elle peut reconnaître un visage avec le strict minimum d'informations. »

Lorsqu'ils furent ressortis, Aune déclara que par intérêt professionnel, il aimerait bien rencontrer cette Beate Lønn.

« Elle est enquêtrice, je suppose ?

— À l'OCRB. C'est avec elle que j'ai bossé sur l'affaire de l'Exécuteur.

— Ah, oui... Comment ça marche ?

— Eh bien... On n'a pas beaucoup de pistes. Ils s'étaient attendus à ce qu'il frappe bientôt de nouveau, mais ce n'est pas arrivé. Étrange, en vérité. »

Dans Bogstadveien, Harry découvrit que les premiers flocons de l'automne tournoyaient dans le vent.

« L'hiver ! » cria Ali de l'autre côté de la rue à l'attention de Harry en levant un doigt vers le ciel. Il dit quelque chose en ourdou à son frère, qui le relaya immédiatement pour porter les caisses de fruits à l'intérieur du magasin. Ali rejoignit alors Harry à pas traînants sur le trottoir opposé.

« Ce n'est pas délicieux, que ce soit terminé ? dit-il avec un sourire.

— Si, répondit Harry.

— Quelle merde, l'automne ! Enfin un peu de neige.

— Oh, je croyais que tu parlais de cette affaire.

— Celle avec le PC dans ta cave ? C'est terminé ?

— Personne ne te l'a dit ? Ils ont trouvé l'homme qui l'avait mis là.

— D'accord. Ça doit être pour ça que ma femme a reçu un message disant que je n'avais finalement pas besoin d'aller m'expliquer à l'hôtel de police, aujourd'hui. Qu'est-ce que c'était que cette histoire, en réalité ?

— En bref, il y a un type qui a essayé de faire croire que j'étais mêlé à un crime sérieux. Invite-moi à dîner un de ces soirs, et tu auras tous les détails.

— Mais je t'ai invité, Harry !

— Tu n'as pas dit quand. »

Ali leva les yeux au ciel.

« Pourquoi vous faut-il un jour et une heure pour oser rendre visite à quelqu'un ? Frappe à la porte, et je t'ouvrirai ; on a toujours assez à manger.

— Merci, Ali. Je frapperai fort et distinctement. » Harry ouvrit la porte cochère.

« Vous avez trouvé qui était la nana ? Si c'était une complice ?

— Qu'est-ce que tu veux dire ?

— L'inconnue que j'ai vue devant la porte de la cave, ce jour-là. Je l'ai dit à celui qui s'appelle Tom quelque-chose. »

Harry s'immobilisa, la main sur la poignée.

« Que lui as-tu dit exactement, Ali ?

— Il m'a demandé si j'avais vu quelque chose d'inhabituel dans ou autour de la cave, et je me suis alors souvenu avoir vu une fille que je ne connaissais pas et qui me tournait le dos, face à la porte de la cave, quand j'étais arrivé dans l'escalier. Je m'en souviens parce que j'allais lui demander qui elle était, mais à ce moment-là, la serrure s'est ouverte, et je me suis dit que si elle avait une clé, c'est que tout devait être en ordre.

— Quand était-ce, et à quoi ressemblait-elle ? »

Ali s'excusa en un grand geste des bras.

« J'étais pressé, et j'ai juste vu son dos, comme ça. Il y a trois semaines ? Cinq semaines ? Blonde ? Brune ? J'sais pas.

— Mais tu es sûr que c'était une femme ?

— En tout cas, j'ai dû penser que c'en était une.

— Alf Gunnerud était de taille moyenne, de faible carrure, et il avait des cheveux noirs mi-longs. Ça peut venir de ça, que tu aies cru que c'était une bonne femme ? »

Ali réfléchit.

« Oui. Ça, bien sûr. Et ça pouvait aussi être la fille de madame Melkersen qui passait faire un tour. Par exemple.

— Salut, Ali. »

Harry décida de prendre une douche rapide avant de se changer et de partir voir Rakel et Oleg qui l'avaient invité à manger des crêpes et à jouer à Tétris. En rentrant de Moscou, Rakel avait rapporté un ravissant jeu d'échecs aux pièces en bois sculpté et un plateau en bois et en marbre nacré. Rakel n'avait malheureusement pas beaucoup aimé le pistolet Namco G-Con 45 que Harry avait acheté à Oleg, et l'avait confisqué sur-le-champ en expliquant qu'elle avait clairement fait savoir qu'Oleg ne jouerait pas avec des armes à feu avant d'avoir douze ans, au moins. Un peu honteux, Harry et Oleg avaient opiné du bonnet sans discuter. Mais ils savaient que Rakel profiterait de la présence de Harry pour garder Oleg, et irait courir un peu. Et Oleg avait chuchoté à Harry qu'il savait où elle avait caché le pistolet Namco G-Con 45.

Les jets brûlants de la douche chassèrent le froid de son corps, tandis qu'il essayait d'oublier ce qu'Ali avait dit. Le doute aurait toujours sa place dans une affaire, quelle que soit son évidence apparente. Et Harry était né sceptique. Mais à un moment donné, il fallait bien croire à quelque chose pour que l'existence prenne un sens, qu'elle soit mise en perspective.

Il s'essuya, se rasa et passa une chemise propre. Se regarda dans le miroir, avec un grand sourire. Oleg avait dit qu'il avait les dents jaunes, et Rakel avait ri un peu trop fort. Dans le miroir, il vit également la signature du premier mail reçu de 6MN, qui était toujours scotché sur le mur opposé. Demain, il l'arracherait pour le remplacer par la photo de lui et la Frangine. Demain. Il étudia le mail à travers le miroir. Étrange qu'il ne l'ait pas remarqué le soir où il s'était planté devant son miroir, avec le sentiment qu'il manquait quelque chose. Harry et sa petite sœur. Ce devait être parce que quand on regarde une chose un très grand nombre de fois, on finit en quelque sorte par ne plus la voir. Ne plus la voir. Il regarda le mail dans le miroir. Puis il appela un taxi, mit ses chaussures et attendit. Regarda l'heure. Le taxi était certainement arrivé, à présent. S'en aller. Il se rendit compte qu'il avait décroché le combiné et qu'il était en train de composer un numéro.

« Aune.

— Je veux que tu relises les mails encore une fois. Et que tu me dises si tu penses qu'ils ont été écrits par un homme ou par une femme. »

CHAPITRE 42

Dièse

La neige fondit la nuit même. Astrid Monsen venait de quitter l'immeuble et avançait sur l'asphalte noir et mouillé vers Bogstadveien quand elle vit le policier blond sur le trottoir opposé. La fréquence de ses pas et de ses pulsations cardiaques augmenta violemment. Elle regarda droit devant elle, en espérant qu'il ne la verrait pas. Il y avait eu des photos d'Alf Gunnerud dans les journaux, et pendant des jours et des jours, des enquêteurs avaient monté et descendu l'escalier à pas lourds, si bien qu'elle n'avait pas manqué de calme pour pouvoir travailler. Mais c'était fini, s'était-elle dit.

Elle se dirigea à pas rapides vers le passage piétons. La boulangerie Hansen. Si seulement elle y parvenait, elle serait sauvée. Une tasse de thé et une boulette berlinoise, à la table tout au fond du long boyau derrière le comptoir. Chaque jour, à dix heures et demie précises.

« Thé et boulette berlinoise ? » « Oui, s'il vous plaît. » « Trente-huit. » « S'il vous plaît. » « Merci. »

La plupart du temps, c'était la plus longue conversation qu'elle avait avec quiconque.

Ces derniers temps, il était arrivé qu'un homme d'âge mûr occupât sa table quand elle arrivait, et bien qu'il y eût de nombreuses tables libres, celle-ci était la seule à laquelle elle pouvait s'asseoir, parce que… non, elle ne voulait pas penser à ces choses-là pour l'instant. Elle s'était malgré tout trouvée dans l'obligation d'arriver à dix heures et quart pour être la première à sa table, et se disait qu'aujourd'hui, ça tombait bien, car dans le cas contraire, elle aurait été chez elle quand il serait venu sonner. Et elle aurait dû ouvrir, car elle l'avait promis à sa mère. Après qu'elle eut cessé de répondre à la porte et à l'interphone pendant deux mois, ce qui avait fini par faire venir la police, sa mère avait menacé de la faire interner de nouveau.

Elle ne mentait pas à sa mère.

Aux autres, oui. Elle mentait constamment aux autres. Au téléphone avec la maison d'édition, dans les magasins et sur les sites de chat sur Internet. Surtout là. Elle pouvait donner l'illusion qu'elle était une autre, un personnage de roman tiré des livres qu'elle traduisait, ou Ramona, la décadente aux mœurs très libres qui n'avait pas froid aux yeux et qu'elle avait été dans une vie antérieure. Astrid avait découvert Ramona quand elle était petite, elle était danseuse, avait de longs cheveux noirs et des yeux marron en forme d'amande. Astrid dessinait souvent Ramona, et en particulier ses yeux, mais elle devait le faire dans le plus grand secret car sa mère déchirait ses dessins en disant qu'elle ne voulait pas voir ce genre de coureuses dans la maison. Ramona avait disparu de nombreuses années, mais elle était revenue, et Astrid avait remarqué la place croissante que prenait Ramona, surtout quand elle écrivait aux auteurs masculins qu'elle traduisait. Après les questions préliminaires concernant la langue et les références, elle envoyait volontiers des mails moins formels, et après quelques échanges, les auteurs français lui faisaient part d'un besoin pressant de la rencontrer. Quand ils venaient à Oslo pour lancer leur livre, d'ailleurs, ils n'avaient pas besoin d'autre raison. Elle déclinait systématiquement, sans que ça paraisse effrayer les zélés prétendants, bien au contraire. Et c'est ça qui était devenu son travail d'auteur, depuis qu'elle s'était réveillée quelques années auparavant du rêve de faire éditer ses propres livres, quand un type de la maison d'édition avait craqué au téléphone et crié qu'il ne supportait plus ses « rabâchages hystériques », qu'aucun lecteur ne paierait jamais pour partager ses pensées, mais qu'un psychologue le ferait peut-être contre rémunération.

« Astrid Monsen ! »

Elle sentit sa gorge se nouer et céda une fraction de seconde à la panique. Elle ne devait pas avoir de difficultés à respirer, ici, en pleine rue. Elle allait traverser quand le petit bonhomme devint rouge. Elle voulut traverser quand même, mais elle ne le faisait jamais quand le petit bonhomme était rouge.

« Salut, je venais justement te voir. » Harry Hole arriva à sa hauteur. Il avait toujours la même expression de bête traquée, les mêmes yeux rouges. « Laisse-moi tout d'abord te dire que j'ai lu le rapport de Waaler relatant la conversation que vous avez eue tous les deux. Et que je comprends que tu aies menti quand nous avons discuté, parce que tu avais peur. »

Elle sentit qu'elle n'allait pas tarder à hyper-ventiler.

« Ça a été très maladroit de ma part de ne pas te raconter tout de suite le rôle que je jouais dans cette histoire », dit le policier.

Elle leva sur lui un regard étonné. Il avait l'air sincèrement désolé.

« Et j'ai lu dans le journal que le coupable a finalement été pris », s'entendit-elle dire.

Ils se regardèrent un moment l'un l'autre.

« Ou est mort, en fait, ajouta-t-elle à voix basse.

— Eh bien, dit-il en essayant de sourire. Tu peux peut-être me rendre le service de répondre à deux ou trois questions, malgré tout ? »

C'était la première fois qu'elle n'occupait pas seule sa table à la boulangerie Hansen. La fille derrière le comptoir l'avait regardée avec ce sourire rusé de copine, comme si le grand type qui l'accompagnait pouvait être un cavaleur. Et puisqu'il avait l'air de sortir tout droit du lit, elle croyait peut-être même que… non, elle ne voulait pas y penser pour l'instant.

Ils s'étaient assis et il lui avait donné les copies d'une série de mails auxquels il voulait qu'elle jette un œil. Qu'il lui dise si en tant qu'écrivain, elle pouvait à la lecture dire s'ils avaient été écrits par un homme ou par une femme. Elle les avait regardés. Écrivain, avait-il dit. Devait-elle lui dire la vérité ? Elle leva sa tasse de thé pour qu'il ne voie pas qu'elle souriait imperceptiblement. Bien sûr que non. Elle allait mentir.

« Difficile à dire, dit-elle. Est-ce que c'est de la fiction ?

— Oui et non, répondit Harry. Nous pensons que c'est la personne qui a tué Anna Bethsen qui les a écrits.

— Alors ce doit être un homme. »

Harry baissa les yeux sur la table, et elle le regarda à la dérobée. Il n'était pas beau, mais il avait un petit quelque chose. Aussi invraisemblable que ça puisse paraître, elle l'avait remarqué dès qu'elle l'avait vu étendu dans l'escalier, devant sa porte. C'était peut-être parce qu'elle avait bu un Cointreau de plus que d'habitude, mais il lui avait semblé si paisible, presque beau, allongé là comme un prince endormi que quelqu'un aurait déposé devant sa porte. Le contenu de ses poches était éparpillé sur les marches, et elle avait ramassé les objets un par un. Elle avait même jeté un œil dans son portefeuille, où elle avait trouvé son nom et son adresse.

Harry leva les yeux, et elle détourna précipitamment les siens. Aurait-elle pu l'apprécier ? Certainement. Le problème, c'est que lui n'aurait pas pu l'apprécier. Rabâchages hystériques. Peur sans fondement. Crises de larmes. Il ne voudrait pas de ce genre de choses. Il voudrait de quelqu'un comme Anna Bethsen. Quelqu'un comme Ramona.

« Tu es sûre que tu ne la reconnais pas ? » demanda-t-il lentement.

Elle leva sur lui un regard épouvanté. Alors seulement elle se rendit compte qu'il tenait une photo. Il lui avait déjà montré cette photo. Une femme et deux enfants sur une plage.

« La nuit du meurtre, par exemple, dit-il.

— Jamais vu de toute ma vie », répondit Astrid Monsen d'une voix pleine d'assurance.

La neige se remit à tomber. De gros flocons mouillés, qui devenaient gris sale avant d'avoir touché la terre brune entre l'hôtel de police et les Arrêts. Un message de Weber l'attendait à son bureau. Le message confirmait les soupçons de Harry, ces soupçons qui lui avaient fait porter un autre regard sur les mails. Le message concis de Weber fut néanmoins comme un choc. Une espèce de choc attendu.

Le reste de la journée, Harry le passa au téléphone et en allers-retours précipités jusqu'au fax. Durant les intermèdes, il réfléchissait, posait pierre après pierre en essayant de ne pas penser à ce qu'il cherchait. Mais c'était devenu par trop évident. Ce parcours de cross pouvait monter, descendre et se tortiller tant qu'il voudrait, il était comme tous les parcours de cross... il se terminerait là où il avait commencé.

Quand Harry eut fini, au moment où l'ensemble était clair pour lui, il se renversa dans son fauteuil. Il ne ressentait aucun triomphe, juste du vide.

Rakel ne lui posa aucune question lorsqu'il l'appela pour lui dire de ne pas l'attendre. Il monta ensuite à la cantine et sortit sur la terrasse pour y retrouver quelques fumeurs transis de froid. Les lumières de la ville clignotaient déjà en contrebas, dans le crépuscule précoce de l'après-midi. Harry alluma une cigarette, passa la main sur le bord du mur et fit une boule de neige. La tassa. Plus fort, plus fort, en donnant des claques dessus, en la pressant pour faire couler l'eau entre ses doigts. Puis il la lança vers la ville, vers la terre. Il suivit des yeux la boule luisante jusqu'à ce qu'elle tombe, de plus en plus rapidement pour finalement disparaître dans la grisaille.

« Il y avait un Ludwig Alexander, dans ma classe », dit Harry tout fort.

Tout en piétinant, les fumeurs regardèrent l'inspecteur principal.

« Il jouait du piano, et on l'appelait juste Dièse. Parce qu'une fois, en cours de musique, il avait été assez bête pour dire tout haut à la maîtresse que les dièses étaient les altérations qu'il préférait. Quand la neige arrivait, il y avait des batailles de boules de neige entre les classes à chaque récréation. Dièse ne voulait pas participer, mais on l'y obligeait. C'était la seule chose à laquelle on lui permettait de participer. Comme chair à canon. Il lançait tellement mollement que c'étaient toujours des lobs ratés. L'autre classe avait Roar, un type grassouillet qui jouait au hand à Oppsal. Il tirait toujours sur la tête de Dièse, pour s'amuser, et il rouait ensuite Dièse de tirs costauds. Un jour, Dièse a mis un gros caillou dans sa boule de neige et l'a envoyée aussi haut qu'il a pu. En riant, Roar a sauté et a fait une tête. La pierre a fait le même bruit que si elle avait touché une flaque d'eau, un bruit à la fois sec et sourd. C'est la seule fois que j'ai vu une ambulance dans la cour. »

Harry tira vigoureusement sur sa cigarette.

« Dans la salle des profs, on s'est chamaillé pendant des jours et des jours pour savoir si Dièse devait être puni. Il n'avait jeté la boule de neige sur personne, et la question était donc de savoir si quelqu'un devait être

puni pour ne pas avoir prévu qu'un idiot se comporte-
rait comme un idiot. »

Harry écrasa sa cigarette et rentra.

Il fut bientôt 15 h 30. Le vent aigre avait pris de la vitesse sur la zone découverte entre l'Akerselva et la station de métro de Grønlands Torg[1], où une clientèle
d'étudiants et de retraités était progressivement remplacée par des femmes et des hommes au visage fermé
au-dessus de leur cravate, se dépêchant de rentrer chez
eux à la sortie du bureau. Harry bouscula l'un d'entre
eux en dévalant l'escalier, et un juron se répercuta derrière lui entre les murs de briques. Il s'arrêta devant le
guichet des toilettes. C'était la même femme d'âge
moyen qui était assise là.

« Il faut que je parle à Simon, immédiatement. »

Elle leva sur lui deux yeux marron et calmes.

« Il n'est pas à Tøyen, dit-il. Ils sont tous partis. »

La femme haussa les épaules, sans comprendre.

« Dites que c'est Harry. »

Elle secoua la tête et lui fit signe de dégager.

Harry se pencha vers la vitre qui les séparait.

« Dites que c'est *Spiuni gjerman*. »

Simon passa par Enebakkveien, plutôt que par le long
tunnel d'Ekeberg.

« Je n'aime pas les tunnels, tu sais, l'informa-t-il
tandis qu'ils avançaient péniblement à flanc de coteau,
dans le trafic de l'après-midi.

— Alors comme ça, les deux frères qui avaient fui en
Norvège et qui avaient grandi ensemble dans une caravane sont devenus ennemis parce qu'ils étaient amoureux de la même fille ? demanda Harry.

— Maria venait d'une famille *lovarra* réputée, des
maquignons. Ils étaient établis en Suède, où le père était

1. Le marché de Grønland.

bulibas, chef de clan. Elle a épousé Stefan et est venue à Oslo alors qu'elle n'avait que treize ans, et qu'il en avait dix-huit. Stefan l'aimait à en mourir. À ce moment-là, Raskol se cachait en Russie. Pas de la police, mais de quelques Albanais du Kosovo qu'il avait connus en Allemagne, et qui prétendaient avoir été floués sur un business.

— Un business ?

— Ils ont retrouvé un semi-remorque vide sur l'autoroute d'Hambourg, dit Simon avec un sourire.

— Mais Raskol est revenu ?

— Un beau jour de mai, il a brusquement réapparu à Tøyen. C'est ce jour-là que lui et Maria se sont vus pour la première fois. » Simon rit. « Seigneur, comme ils se sont vus ! Je n'ai pas pu m'empêcher de lever les yeux pour voir s'il n'y avait pas d'orage en perspective, tellement l'air était lourd.

— Ils ont craqué l'un pour l'autre ?

— En un clin d'œil. Sous le regard de tout le monde. Quelques-unes des femmes ont été légèrement choquées.

— Mais si c'était si flagrant, les proches ont bien dû réagir ?

— Ils ne pensaient pas que c'était si sérieux. N'oublie pas que nous nous marions plus jeunes que vous. On ne peut pas arrêter la jeunesse. Ils tombent amoureux. Treize ans, tu penses…

— En effet. » Harry se frotta la nuque.

« Mais ce truc-là, c'était sérieux. Elle était mariée avec Stefan, mais elle a aimé Raskol du premier jour où elle l'a vu. Et même si elle et Stefan vivaient dans leur propre caravane, elle allait voir Raskol, qui était là en permanence. Il est alors arrivé ce qui devait arriver. Quand Anna est née, il n'y a que Stefan et Raskol qui n'ont pas saisi que c'était Raskol le père.

— Pauvre fille.

— Et pauvre Raskol. Le seul qui était heureux, c'était Stefan. Il ne touchait plus le sol. Il disait qu'Anna était aussi jolie que son papa. » Simon fit un sourire triste. « Ça aurait peut-être pu continuer comme ça. Si Stefan et Raskol n'avaient pas décidé de se faire une banque.

— Et ça a mal tourné ? »

La file de voitures s'avança vers Ryenskrysset.

« Ils étaient trois. Stefan était l'aîné, et il est donc entré le premier, et ressorti le dernier. Pendant que les deux autres se tiraient avec l'argent pour aller chercher la voiture, Stefan est resté seul dans l'agence, avec le pistolet pour qu'ils ne déclenchent pas l'alarme. C'étaient des amateurs, ils ne savaient même pas que la banque était dotée d'une alarme silencieuse. Quand ils sont arrivés avec la voiture pour récupérer Stefan, ils l'ont vu à plat ventre sur le capot d'une voiture de police. Un flic lui passait les menottes. C'était Raskol qui conduisait. Il n'avait que dix-sept ans, et même pas le permis. Il a baissé sa vitre. Avec trois cent mille couronnes sur la banquette arrière, il s'est calmement approché de la voiture de police sur laquelle son frère était plaqué. Raskol et le flic ont alors échangé un coup d'œil. Seigneur, l'air était aussi lourd que quand Maria et lui s'étaient rencontrés, ils se sont observés pendant une éternité. J'avais peur que Raskol ne se mette à crier. Mais il n'a pas dit un mot. Il est juste passé calmement. C'est la première fois qu'ils se sont vus.

— Raskol et Jørgen Lønn ? »

Simon acquiesça. Ils quittèrent le rond-point et s'engagèrent dans Ryensvingen. En arrivant à une station service, Simon freina et mit son clignotant. Ils s'arrêtèrent devant un bâtiment de douze étages. À côté, au-dessus de la porte, le logo en néon bleu de la DnB luisait.

« Stefan a pris quatre ans parce qu'il avait tiré un coup de pistolet dans le plafond, dit Simon. Mais après le procès, il se passe quelque chose de bizarre, tu sais.

Raskol va voir Stefan aux Arrêts, et le lendemain, l'un des gardiens dit que le nouveau prisonnier a pratiquement changé d'apparence. Son chef lui dit que c'est classique, avec ceux qui se retrouvent enfermés pour la première fois. Il parle de gonzesses qui n'ont pas reconnu leur propre mari la première fois qu'elles sont venues le voir. Le gardien se tranquillise avec ça, mais quelques jours plus tard, la prison reçoit un coup de téléphone d'une bonne femme. Elle dit qu'ils n'ont pas le bon prisonnier, que le petit frère de Stefan Baxhet a pris sa place et qu'il faut le libérer.

— C'est vraiment comme ça que ça s'est passé ? demande Harry en attrapant l'allume-cigare et en le plaquant au bout de sa cigarette.

— Bien sûr, dit Simon. Chez les Tziganes du sud de l'Europe, il arrive souvent que des petits frères ou des fils purgent la peine du condamné, si celui-ci est soutien de famille. Comme l'était Stefan. C'est une question d'honneur, pour nous, tu vois.

— Mais les pouvoirs publics doivent bien voir le truc !

— Hé ! » Simon agita une main. « Pour eux, un Tzigane est un Tzigane. S'il est au trou pour quelque chose qu'il n'a pas fait, il y a sûrement autre chose dont il est coupable.

— Qui appelait ?

— Ils n'ont jamais su. Mais la nuit même, Maria a disparu. Ils ne l'ont jamais revue. La police a reconduit Raskol à Tøyen au milieu de la nuit, et Stefan a été sorti de la caravane, criant et se débattant. Anna avait deux ans, et elle criait après sa mère dans son lit, et personne, ni hommes, ni femmes, n'arrivait à la faire taire. Pas avant que Raskol n'entre et ne la prenne dans ses bras. »

Ils fixèrent l'entrée de l'agence bancaire. Harry regarda l'heure. Il ne restait que quelques minutes avant la fermeture.

« Que s'est-il passé ?

— Quand Stefan a eu purgé sa peine, il a immédiatement quitté le territoire. Je l'ai eu quelquefois au téléphone. Il voyageait beaucoup.

— Et Anna ?

— Elle a grandi dans la caravane. Raskol l'a envoyée à l'école. Elle s'est fait des amis *gadjo*. Elle a pris des habitudes *gadjo*. Elle ne voulait pas vivre comme nous, elle voulait faire comme ses amis… Décider pour elle-même, gagner son propre argent, et avoir un logement. Depuis qu'elle a hérité de l'appartement de sa grand-mère et qu'elle a emménagé dans Sorgenfrigata, on ne l'a plus vue. Elle… oui. C'est elle qui a choisi de partir. La seule personne avec qui elle gardait un peu le contact, c'était Raskol.

— Tu crois qu'elle savait qu'il était son père ? »

Simon haussa les épaules.

« À ce que j'en sais, personne n'a rien dit, mais je suis sûr qu'elle le savait. »

Ils restèrent un moment silencieux.

« C'est ici que ça s'est passé, dit finalement Simon.

— Juste avant la fermeture, dit Harry. Exactement comme maintenant.

— Il n'aurait pas descendu Lønn s'il n'avait pas dû le faire, dit Simon. Mais il fait ce qu'il doit faire. C'est un guerrier, tu sais.

— Pas de concubines gloussantes.

— Quoi ?

— Rien. Où est Stefan, Simon ?

— Je ne sais pas. »

Harry attendit. Ils virent un employé fermer l'agence de l'intérieur.

« La dernière fois que je lui ai parlé, il appelait d'un patelin de Suède, dit Simon. Göteborg. C'est tout ce que je peux t'apporter comme aide.

— Ce n'est pas moi que tu aides.

— Je sais, soupira Simon. Je sais. »

Harry trouva la maison jaune dans Vetlandsveien. Les lumières étaient allumées aux deux niveaux. Il se gara, descendit de voiture et s'arrêta pour regarder vers la station de métro. C'est là qu'ils s'étaient rassemblés, par les premières soirées sombres d'automne, pour partir en rapine de pommes. Siggen, Tore, Kristian, Torkild, Øystein et Harry. C'était l'équipe régulière. Ils étaient allés à vélo à Nordstrand, car les pommes y étaient plus grosses, et les chances pour qu'on connaisse leurs pères moindres. Siggen était passé le premier par-dessus la clôture, et Øystein avait monté la garde. Et Harry, qui était le plus grand, avait pu atteindre les plus grosses pommes. Mais un soir, ils n'avaient pas eu la force d'aller si loin, et ils avaient mené une attaque dans le voisinage.

Harry regarda vers le jardin, de l'autre côté de la rue.

Ils avaient déjà rempli leurs poches quand ils avaient découvert un visage qui les observait depuis une fenêtre allumée, au premier étage. Sans dire un mot. C'était Dièse.

Harry ouvrit le portail et alla à la porte. *Jørgen et Kristin Lønn* était peint sur le panonceau en porcelaine qui surplombait les deux boutons de sonnette. Harry appuya sur celui du haut.

Beate ne répondit que lorsqu'il eut sonné deux fois.

Elle lui demanda s'il voulait du thé, mais il secoua la tête, et elle disparut à la cuisine tandis qu'il se défaisait de ses chaussures dans l'entrée.

« Pourquoi est-ce que le nom de ton père figure toujours sur la plaque ? lui demanda-t-il quand elle entra avec sa tasse dans le salon. Pour que les intrus croient qu'un homme habite ici ? »

Elle haussa les épaules et se laissa tomber dans un fauteuil profond.

« C'est tout simplement qu'on n'a jamais pensé à l'enlever. Son nom est là depuis si longtemps qu'on ne le voit plus.

— Mmm, fit Harry en joignant les mains. En fait, c'est de ça, que je voulais parler.

— Du panonceau ?

— Non. De la dysosmie. De ne pas pouvoir sentir l'odeur des cadavres.

— Qu'est-ce que tu veux dire ?

— Hier, j'étais dans l'entrée, et je regardais le premier mail que j'avais reçu du meurtrier d'Anna. C'est exactement la même chose que pour votre plaque. Les sens l'enregistrent, mais pas le cerveau. C'est ça, la dysosmie. La signature du mail était là depuis si longtemps que j'avais cessé de la voir, tout comme la photo de la Frangine et moi. Quand la photo a disparu, j'ai simplement remarqué qu'il y avait quelque chose de changé, mais sans savoir quoi. Et tu sais pourquoi ? »

Beate secoua la tête.

« Parce qu'il ne s'était rien passé qui me fasse voir les choses différemment. Je voyais ce que je pensais être là. Mais hier, il s'est passé quelque chose. Ali m'a dit avoir vu le dos d'une femme qu'il ne connaissait pas devant la porte de la cave. Et j'ai réalisé que jusqu'ici, j'avais considéré sans en avoir conscience que ce devait être un homme qui avait tué Anna. Quand on fait la bêtise de se représenter ce qu'on croit chercher, on ne voit pas le reste. Et ça m'a fait regarder les mails d'un œil nouveau. »

Les sourcils de Beate dessinèrent des guillemets.

« Tu veux dire que ce n'est pas Alf Gunnerud qui a tué Anna Bethsen ?

— Tu sais ce que c'est qu'une anagramme ? demanda Harry.

— Un jeu de lettres...

— Le meurtrier d'Anna m'avait laissé un *patrin*. Une anagramme. Je l'ai vu dans le miroir. Le mail était signé d'un nom de femme. À l'envers. J'ai donc envoyé le mail à Aune, qui l'a transmis à un spécialiste de la psychologie cognitive et des langues. Il est arrivé qu'avec une seule phrase extraite d'une lettre anonyme, il puisse déterminer le sexe, l'âge et la région de Norvège d'où venait la personne. Ce coup-ci, il a déduit que les mails devaient avoir été écrits par une personne ayant entre vingt et soixante ans, de n'importe où et de n'importe quel sexe. Pas grand-chose, en d'autres termes. À part qu'il y avait de grandes chances que ce soit par une femme. À cause d'un seul mot. Il est écrit "Vous autres policiers", plutôt que "Vous, dans la police". Il dit que l'expéditeur a pu choisir inconsciemment ce mot parce qu'il fait la distinction entre le sexe de l'expéditeur et celui du destinataire. »

Harry se renversa sur son siège.

Beate posa sa tasse.

« Je ne peux pas dire que je sois particulièrement convaincue, Harry. Une inconnue dans l'escalier, un code qui donne un nom de femme à l'envers et un psychologue qui pense qu'Alf Gunnerud a choisi un mot qu'on s'attend à entendre de la bouche d'une femme.

— Mmm. » Harry acquiesça. « D'accord. Mais je voulais d'abord te signaler ce qui m'a mis sur la piste. Mais avant de te dire qui a tué Anna, je voudrais savoir si tu peux m'aider à retrouver un disparu.

— Bien entendu. Mais pourquoi moi ? Les disparus, ce n'est pas particulièrement…

— Si, répondit Harry avec un sourire triste. Les disparus, c'est ton domaine. »

CHAPITRE 43

Ramona

Harry trouva Vigdis Albu près de la place. Elle était assise sur le même rocher que celui sur lequel il avait dormi, les bras autour des genoux et le regard perdu sur le fjord. Dans la brume matinale, le soleil ressemblait à une empreinte pâle de lui-même. Gregor courut en remuant la queue à la rencontre de Harry. La marée baissait, et une odeur d'algues et de pétrole flottait dans l'air. Harry s'assit sur une pierre derrière elle, et sortit une cigarette.

« C'est toi qui l'as trouvé ? » demanda-t-elle sans se retourner. Harry se demanda depuis combien de temps elle l'attendait.

« Il y a beaucoup de personnes qui ont trouvé Arne Albu. Je n'ai été que l'une d'entre elles. »

Elle balaya une mèche de cheveux qui dansait devant son visage.

« Moi aussi. Mais c'était il y a longtemps, longtemps. Tu ne vas peut-être pas me croire, mais je l'ai aimé, un temps. »

Harry alluma son briquet.

« Pourquoi je ne le croirais pas ?

— Crois ce que tu veux. Tout le monde n'est pas en mesure d'aimer. Nous — et eux — le croyons peut-être, mais il n'en est rien. Ils apprennent les mimiques, les répliques et les pas, c'est tout. Certains d'entre eux sont assez bons pour qu'on se laisse abuser assez longtemps. Ce qui me fascine, ce n'est pas qu'ils y arrivent, mais qu'ils s'en donnent la peine. Pourquoi recourir à ces efforts pour obtenir en retour un sentiment qu'ils ne connaissent même pas ? Tu comprends, officier ? »

Harry ne répondit pas.

« Ils ont peut-être peur, tout bêtement, dit-elle en se retournant vers lui. Peur de se voir dans le miroir et de découvrir que ce sont des infirmes.

— De qui parlez-vous, madame Albu ? »

Elle se tourna de nouveau vers l'eau. « Qui sait ? Anna Bethsen. Arne. Moi. Telle que je suis devenue. »

Gregor lécha la main de Harry.

« Je sais comment Anna Bethsen a été tuée », dit Harry. Il regarda son dos, mais ne nota aucune réaction. Il réussit à allumer sa cigarette à la deuxième tentative. « Hier après-midi, la Technique m'a donné le résultat de l'analyse pour un des verres qui étaient sur le plan de travail de la cuisine chez Anna Bethsen. Il portait mes empreintes digitales. J'avais manifestement bu du coca. Je n'aurais jamais eu l'idée d'en boire avec du vin. L'un des verres à vin était donc propre. Ce qu'il y a d'intéressant, c'est que dans les restes de coca, ils ont trouvé des traces de chlorhydrate de morphine. De la morphine, en clair. Vous connaissez l'effet que procurent de grosses doses, n'est-ce pas, madame Albu ? »

Elle le regarda. Secoua lentement la tête.

« Ah non ? Évanouissement et perte de mémoire dès le moment de l'absorption, suivi de violentes nausées et de maux de tête quand on revient à soi. Ça peut en d'autres termes facilement se confondre avec une solide cuite. Tout comme le Rohypnol convient bien comme drogue du violeur. Et c'est violés, qu'on a été. Tous. N'est-ce pas, madame Albu ? »

524

Une mouette partit d'un rire déchirant au-dessus d'eux.

« Encore toi », dit Astrid Monsen avec un petit rire nerveux en le laissant entrer. Ils s'installèrent dans la cuisine. Elle s'agita, fit du thé, présenta un gâteau qu'elle avait acheté chez Hansen « au cas où elle recevrait de la visite ». Harry bougonna des platitudes sur la neige qui était tombée la veille et sur le peu de changements qui étaient arrivés dans le monde, dont tous avaient cru qu'il allait s'effondrer en même temps que les buildings à la télé. Ce ne fut que quand elle eut terminé le service et se fut assise qu'il lui demanda ce qu'elle avait éprouvé pour Anna. Elle en resta bouche bée.

« Tu la détestais, n'est-ce pas ? »

Dans le silence qui s'abattit, ils entendirent un petit carillon électronique provenant d'une autre pièce.

« Non. Je ne la détestais pas. » Astrid étreignit une énorme tasse pleine de thé vert. « Elle était juste… différente.

— Différente comment ?

— La vie qu'elle menait. Sa façon d'être. Elle arrivait à être… comme elle voulait être.

— Et ça, tu n'aimais pas ?

— Je… ne sais pas. Non, je ne devais pas aimer ça.

— Pourquoi ? »

Astrid Monsen le regarda. Longtemps. Un sourire passa dans ses yeux, comme un papillon capricieux.

« Ce n'est pas ce que tu crois, dit-elle. J'enviais Anna. Je l'admirais. Il y a des jours où j'aurais voulu être dans sa peau. Elle était mon contraire. Moi, je suis ici, tandis qu'elle… »

Son regard fila par la fenêtre.

« Avec le strict minimum de vêtements, elle prenait son envol dans la vie, Anna. Il allait et venait des hommes dont elle savait qu'elle ne les aurait jamais, mais elle les aimait malgré tout. Elle ne savait pas peindre, mais exposait ses tableaux pour que le reste du monde puisse les voir. Elle parlait à tous ceux qu'elle pensait pouvoir l'apprécier. À moi aussi. Il y a des jours où j'avais le sentiment qu'Anna avait volé celle que j'étais réellement, qu'il n'y avait pas de place pour nous deux et que je devais attendre mon tour. » À nouveau ce rire nerveux. « Mais elle est morte. Et à ce moment-là, je me suis rendu compte qu'il n'en est rien. Je ne peux pas être Anna. Personne ne peut plus être Anna. C'est triste, non ? » Elle planta son regard dans celui de Harry. « Non, je ne la détestais pas. Je l'aimais. »

Harry sentit un picotement dans la nuque.

« Tu peux me dire ce qui s'est passé le soir où tu m'as trouvé dans l'escalier ? »

Son sourire apparut et disparut comme la lumière d'un néon défectueux. Comme si une personne heureuse surgissait de loin en loin et regardait par ses yeux. Harry eut la sensation d'une digue qui n'allait pas tarder à se fissurer.

« Tu étais laid, dit-elle. Mais joliment. »

Harry leva un sourcil.

« Mmm. Quand tu m'as ramassé, tu as remarqué que je sentais l'alcool ? »

Elle eut l'air surpris, comme si elle ne s'était jamais posé la question.

« Non, en fait, non. Tu ne sentais… rien.

— Rien ?

— Rien… de particulier, dit-elle en rougissant violemment.

— Est-ce que j'ai perdu quelque chose, dans l'escalier ?

— Qu'est-ce que ça aurait pu être ?

— Téléphone mobile. Et clés.

— Quelles clés ?

— C'est bien la réponse que j'attends. »

Elle secoua la tête.

« Pas de mobile. Et tes clés, je les ai remises dans ta poche. Pourquoi toutes ces questions ?

— Parce que je sais qui a tué Anna. Je veux simplement vérifier à nouveau les détails, d'abord. »

CHAPITRE 44

Patrin

Le lendemain, les derniers restes de la neige vieille de deux jours avaient disparu. À la réunion matinale de l'OCRB, Ivarsson annonça que s'ils voulaient avancer dans l'affaire de l'Exécuteur, un nouveau hold-up était ce qu'ils pouvaient souhaiter de mieux, mais que la prédiction de Beate disant que l'Exécuteur frapperait à un rythme de plus en plus soutenu ne correspondait malheureusement pas à la réalité. À la surprise générale, Beate ne sembla pas s'offusquer de cette critique indirecte, se contentant de hausser les épaules et de répéter d'une voix bien timbrée que ce n'était qu'une question de temps avant que l'Exécuteur ne craque.

Ce soir-là, une voiture de police entra silencieusement sur le parking du Musée Munch, et s'immobilisa. Quatre hommes en sortirent, deux policiers en uniforme et deux en civil, qui paraissaient de loin se tenir par la main.

« Désolé pour les mesures de sécurité, dit Harry en faisant un signe de tête vers la paire de menottes. C'était la seule façon d'obtenir l'autorisation. »

Raskol haussa les épaules.

« Je crois que c'est toi que ça gêne le plus, que nous soyons liés. »

Le cortège traversa le parking en direction du terrain de football et des caravanes qui s'y trouvaient. Harry fit signe aux officiers en uniforme d'attendre à l'extérieur, puis entra en compagnie de Raskol dans la petite caravane.

Simon les attendait à l'intérieur. Il avait sorti une bouteille de calvados et trois petits verres. Harry secoua la tête, défit les menottes et grimpa sur la banquette.

« C'est bizarre, d'être de retour ? » demanda-t-il.

Raskol ne répondit pas, et son regard parcourut toute la caravane pendant que Harry attendait. Il vit le regard de Raskol s'arrêter sur la photo des deux frères, au-dessus du lit, et il lui sembla que les contours doux de sa bouche se déformaient imperceptiblement.

« J'ai promis qu'on serait rentrés aux Arrêts avant minuit, alors on va peut-être en venir aux faits, dit Harry. Ce n'est pas Alf Gunnerud qui a tué Anna. »

Simon regarda Raskol, qui ne quittait pas Harry des yeux.

« Et ce n'est pas Arne Albu. »

Dans le silence qui s'ensuivit, le bourdonnement des voitures passant dans Finnmarkgata sembla enfler. Ce bruit manquait-il à Raskol, quand celui-ci s'étendait sur sa paillasse pour la nuit ? La voix depuis l'autre lit, la respiration régulière de son frère, dans le noir, lui manquaient-elles ? Harry se tourna vers Simon.

« Pourrais-tu nous laisser seuls ? »

Simon se tourna vers Raskol, qui fit un petit signe de tête. Il referma la porte derrière lui. Harry joignit les mains et leva les yeux. Les yeux de Raskol étaient brillants, comme s'il avait de la fièvre.

« Ça fait un moment, que tu as compris, hein ? » dit Harry tout bas.

Raskol serra ses paumes l'une contre l'autre, en une manifestation apparente de calme, mais la blancheur du bout de ses doigts trahissait autre chose.

« Anna avait peut-être lu Sun Tzu, dit Harry. Et elle savait que le premier principe d'une guerre, c'est la tromperie. Et pourtant, elle m'a donné la solution, c'est juste que je n'arrivais pas à déchiffrer ce code. Six, M, N. Elle m'a même donné le tuyau que la rétine retourne les choses, de sorte qu'il faille les regarder dans un miroir pour les voir telles qu'elles sont. »

Raskol ferma les yeux. On eût dit qu'il priait.

« Elle avait une mère qui était belle et folle, murmura-t-il. Anna a hérité des deux.

— Il y a belle lurette que tu as décrypté l'ana-gramme, je vois, dit Harry. Sa signature, c'était un 6, un M et un N. En la lisant telle quelle, on obtient sis-ème-ène. Écris-la, et regarde-la dans un miroir. Né-mé-sis. Némésis. La déesse de la vengeance. Elle l'a dit claire-ment. C'était son chef-d'œuvre. Ce pour quoi on se sou-viendrait d'elle. »

Harry dit cela sans triomphalisme dans la voix. Il l'af-firma, point. Et l'étroite caravane sembla les enserrer encore un peu plus.

« Raconte-moi le reste, murmura Raskol.

— Tu dois bien pouvoir le deviner par toi-même.

— Raconte ! » siffla-t-il.

Harry regarda la petite fenêtre ronde au-dessus de la table, qui était déjà couverte de buée. Un œil-de-bœuf. Un vaisseau spatial. Il se figura soudain que s'il essuyait la buée, il découvrirait qu'ils se trouvaient loin dans le cosmos, deux astronautes solitaires dans la tête de cheval, à bord d'une caravane volante. Ça n'aurait pas été plus fantastique que ce qu'il s'apprêtait à raconter.

CHAPITRE 45

The Art of War

Raskol se redressa, et Harry commença :

« L'été dernier, mon voisin, Ali Niazi, a reçu une lettre d'une personne qui pensait devoir des loyers, de la période où il habitait dans l'immeuble, il y a plusieurs années de ça. N'ayant pu retrouver le nom de ce type dans la liste des locataires, Ali lui a envoyé une lettre en lui disant d'oublier ça. Le nom, c'était Eriksen. J'ai appelé Ali hier, et je lui ai demandé de me retrouver cette lettre. Il se trouve que l'adresse de ce gazier, c'était Sorgenfrigata 17. Astrid m'a dit que cet été, sur la boîte aux lettres d'Anna, il y avait eu un petit carton en plus, pendant quelques jours. Eriksen. À qui était destinée cette lettre ? J'ai appelé Låsesmeden AS. Et effectivement, ils avaient enregistré une commande de clé pour mon appartement. J'ai pu me faire faxer les papiers. La première chose que j'ai vue, c'est que la commande avait été passée une semaine avant la mort d'Anna. La commande était signée Ali, le président et responsable des clés de notre copropriété. La fausse signature figurant sur le bon de commande était tout juste acceptable. Comme si elle avait été apposée par un peintre tout juste acceptable qui reproduit une signature qu'il a obtenue sur une lettre, par exemple. Mais ça suffisait plus qu'amplement pour Låsesmeden, qui a illico demandé à Trioving une clé pour l'appartement de Harry Hole. Il a d'ailleurs fallu que ce soit Harry Hole en personne qui aille la chercher, en justifiant de son identité et en signant pour le retrait de la commande. Et c'est ce qu'il a fait. En pensant que c'était un double pour l'appartement d'Anna qu'il venait chercher. À mourir de rire, non ? »

Raskol ne semblait pas éprouver de difficultés à se retenir.

« Entre cette rencontre et le dîner, le dernier soir, elle a tout préparé. Commandé un abonnement sur mon téléphone mobile à un serveur égyptien, et a entré les mails dans le portable en programmant les dates auxquelles ils devaient être envoyés. La journée, elle est descendue à la cave et a trouvé où était mon box. Avec la même clé, elle est entrée chez moi pour y chercher quelque chose qui m'appartenait et qui était facilement identifiable, pour pouvoir le mettre chez Alf Gunnerud. Elle a choisi la photo de la Frangine et moi. L'étape suivante au programme, c'était une visite chez son ancien amant et fournisseur. Alf Gunnerud a peut-être été surpris de la revoir. Ce qu'elle voulait ? Acheter ou emprunter un pistolet, peut-être. Parce qu'elle savait qu'il détenait l'une des armes à feu dont circulent tant d'exemplaires à Oslo en ce moment, ceux dont le numéro de fabrication a été effacé de la même façon sur tous. Il a trouvé le pistolet, un Beretta M92F, pendant qu'elle était aux toilettes. Il a peut-être trouvé qu'elle y passait beaucoup de temps. Et quand elle est ressortie, le temps lui manquait subitement, et il a fallu qu'elle s'en aille. On peut en tout cas imaginer que c'est comme ça que ça s'est déroulé. »

Raskol serra si fort les mâchoires que Harry vit ses lèvres rétrécir. Harry se rejeta en arrière.

« Le boulot suivant consistait à s'introduire dans le chalet d'Albu et à y planquer la clé de son propre appartement, dans le tiroir de la table de nuit. Ce n'était pas compliqué, elle savait que la clé était dans la lampe à l'extérieur. Pendant qu'elle y était, elle a arraché la photo de Vigdis et des mômes de l'album photo, et l'a prise avec elle. Et tout était fin prêt. Il n'y avait plus qu'à attendre. Que Harry vienne dîner. Au menu : tom yam au piment japonais et coca au chlorhydrate de morphine. Le dernier ingrédient est particulièrement connu en tant que drogue du violeur, puisqu'il est liquide, sans goût particulier, de dosage simple et que ses effets sont prévisibles. La victime se réveille avec un bon gros trou de mémoire qui se met facilement sur le compte de l'alcool, puisque tous les symptômes de la gueule de bois sont réunis. Et par bien des aspects, on peut dire que j'ai été violé. J'étais à ce point dans le cirage qu'elle n'a eu aucune difficulté à me soulever mon mobile avant de me lourder. Après mon départ, elle est venue dans ma cave, pour connecter le mobile à l'ordinateur portable. Quand elle est rentrée chez elle, elle est remontée sans bruit. Astrid Monsen l'a entendue, mais elle a cru que c'était madame Gudmundsen, du troisième. Et elle s'est préparée pour sa dernière apparition, avant de s'occuper elle-même de la suite des événements. Elle savait bien évidemment que je m'intéresserais à l'affaire, que je sois nommé dessus en tant qu'enquêteur ou non, et elle m'a donc laissé un *patrin*. Elle a saisi le pistolet de la main droite, puisque je savais qu'elle était gauchère. Et elle a déposé la photo dans sa chaussure. »

Les lèvres de Raskol remuèrent, mais pas un son ne s'en échappa. Harry se passa une main sur le visage.

« La dernière touche à son œuvre d'art consistait à presser la gâchette d'un pistolet.

— Mais pourquoi ? » chuchota Raskol.

Harry haussa les épaules.

« Anna était quelqu'un d'extrême. Elle voulait se venger de tous ceux qui, selon elle, lui avaient pris ce pour quoi elle vivait. L'amour. Les coupables, c'étaient Albu, Gunnerud, et moi. Et vous, la famille. En bref : la haine a triomphé.

— Conneries », dit Raskol.

Harry se tourna et décrocha la photo de Raskol et Stefan du mur, et la posa sur la table entre eux deux. « Est-ce que la haine n'a pas toujours triomphé dans ta famille, Raskol ? »

Raskol pencha la tête en arrière et vida son verre. Puis il fit un grand sourire.

Harry se rappela plus tard des secondes qui suivirent comme d'une vidéo passée en accéléré, et lorsqu'elles furent écoulées, il était étendu sur le sol, solidement maintenu à la nuque par Raskol, de l'alcool plein les yeux, l'odeur du calvados dans les narines et les tessons de la bouteille brisée contre la peau de sa gorge.

« Il n'y a qu'une chose qui soit plus dangereuse que l'hypertension, *Spiuni*, murmura Raskol. L'hypotension. Alors reste bien tranquille. »

Harry déglutit et essaya de parler, mais Raskol serra de plus belle et seul un gémissement s'échappa.

« Sun Tzu est plutôt clair quant à l'amour et la haine, *Spiuni*. L'un comme l'autre gagnent, dans une guerre, ils sont aussi inséparables que des frères siamois. Ce qui perd, ce sont la fureur et la compassion.

— Alors on est tous les deux en train de perdre », gémit Harry.

Raskol resserra encore son étreinte.

« Mon Anna n'aurait jamais choisi la mort. » Sa voix tremblait. « Elle adorait la vie. »

Harry parvint tout juste à siffler sa réponse :

« Comme — tu — adores — la — liberté ? »

Raskol relâcha très légèrement sa prise, et Harry inhala bruyamment de l'air dans ses poumons douloureux. Son cœur tambourinait dans sa tête, mais le bourdonnement des voitures revint.

« Tu as choisi, feula Harry. Tu t'es livré pour purger ta peine. Incompréhensible pour les autres, mais tu as fait ton choix. Anna a fait la même chose. »

Raskol appuya la bouteille contre la gorge de Harry lorsque celui-ci essaya de bouger.

« J'avais mes raisons.

— Je sais. La pénitence est quelque chose d'instinctif, presque aussi fort que le besoin de vengeance. »

Raskol ne répondit pas.

« Tu savais que Beate Lønn aussi, a fait un choix ? Elle a compris que rien ne fera revenir son père. Elle n'éprouve plus de fureur. Alors elle m'a demandé de te dire qu'elle pardonne. » Une pointe de verre gratta la peau. En produisant le son d'une plume sur du papier grossier. Qui écrivait en hésitant sur le dernier mot. Qui n'avait plus qu'à ajouter un point.

Harry déglutit.

« Maintenant, c'est à toi de choisir, Raskol.

— Choisir entre quoi et quoi, *Spiuni* ? Si tu vas pouvoir vivre ? »

Harry inspira en essayant de tenir la panique à l'écart.

« Si tu veux libérer Beate Lønn. Si tu veux raconter ce qui s'est passé le jour où tu as allumé son père. Si tu veux te libérer, toi.

— Moi ? demanda Raskol avant de partir de son rire doux.

— Je l'ai trouvé, dit Harry. C'est-à-dire, Beate Lønn l'a trouvé.

— Trouvé qui ?

— Il habite à Göteborg. »

Le rire de Raskol cessa tout net.

« Il y habite depuis dix-neuf ans, poursuivit Harry. Depuis le jour où il a découvert qui était le véritable père d'Anna.

— Tu mens », hurla Raskol en brandissant les restes de la bouteille au-dessus de sa tête. Harry sentit sa bouche se dessécher et ferma les yeux. Lorsqu'il les rouvrit, Raskol avait le regard vitreux. Les deux hommes respiraient en rythme, leurs poitrines se soulevaient et s'abaissaient l'une vers l'autre.

« Et… Maria ? » murmura Raskol.

Harry dut s'y reprendre à deux fois pour faire fonctionner ses cordes vocales.

« Personne n'a entendu parler d'elle. Quelqu'un a dit à Stefan qu'il l'avait vue avec une communauté itinérante, en Normandie, il y a plusieurs années.

— Stefan ? Tu lui as parlé ? »

Harry acquiesça.

« Et pourquoi parlerait-il à un *Spiuni* comme toi ? »

Harry essaya de hausser les épaules, mais rien ne bougea.

« Demande-le-lui…

— Lui demander… répéta Raskol, incrédule, en regardant Harry.

— Simon est allé le chercher hier. Il est dans la caravane d'à côté. Il y a deux ou trois choses sur lesquelles il est en litige avec la police, mais mes collègues ont reçu la consigne de ne pas le toucher. Il veut te parler. Pour le reste, c'est toi qui choisis. »

Harry glissa une main entre le verre et sa peau. Raskol ne fit aucune tentative pour empêcher Harry de se relever.

« Pourquoi as-tu fait ça, *Spiuni* ? » demanda-t-il simplement.

Harry haussa les épaules.

« Tu as veillé à ce que le juge moscovite accorde à Rakel le droit de garder Oleg. Je te donne une chance de conserver le seul qui te reste parmi les tiens. » Il sortit les menottes de sa poche et les posa sur la table. « Quoi que tu puisses choisir, je considère maintenant qu'on est quittes.

— Quittes ?

536

— Tu as veillé à ce que les miens reviennent. Je me suis occupé des tiens.

— J'ai bien entendu, Harry. Mais qu'est-ce que ça signifie ?

— Ça signifie que je vais raconter tout ce que je sais sur le meurtre d'Arne Albu. Et qu'on va te poursuivre avec tout ce qu'on a. »

Raskol haussa un sourcil.

« Ça serait plus simple pour toi de laisser tomber, *Spiuni*. Tu sais que vous n'avez rien contre moi, alors pourquoi tenter le coup ?

— Parce que nous sommes des policiers, répondit Harry. Et pas des concubines hilares. »

Raskol le regarda longuement. Puis il s'inclina rapidement.

Arrivé à la porte, Harry se retourna. L'homme frêle était recroquevillé par-dessus la table en formica, et son visage était dans l'ombre.

« Vous avez jusqu'à minuit, Raskol. À ce moment-là, les policiers te remmèneront. »

La sirène d'une ambulance déchira le bruissement de Finnmarkgata, enfla et disparut, comme à la recherche d'une note pure.

CHAPITRE 46

Médée

Harry ouvrit doucement la porte de la chambre. Il lui sembla pouvoir encore sentir son parfum, mais l'odeur était si faible qu'il ne put savoir à coup sûr si elle venait de la chambre ou de sa mémoire. Le grand lit trônait au milieu de la pièce comme une galère romaine. Il s'assit sur le matelas, posa les doigts sur la literie froide et blanche, ferma les yeux et sentit des oscillations sous lui. De longues secousses paresseuses. Était-ce là — ainsi — qu'Anna l'avait attendu ce soir-là ? Un grésillement nerveux. Harry regarda l'heure. Sept heures pile. C'était Beate. Aune sonna quelques minutes plus tard, et arriva bientôt en haut des escaliers, le rouge au double menton. À bout de souffle, il salua Beate, et ils entrèrent tous les trois dans le salon.

« Et donc, toi, tu peux dire qui sont les modèles de ces portraits ? demanda Aune.

— Arne Albu, dit Beate en désignant le tableau de gauche. Alf Gunnerud au milieu, et Harry à droite.

— Impressionnant, dit Aune.

— Mouais, dit Beate. Une fourmi peut distinguer les uns des autres des millions d'autres visages de fourmis, dans la fourmilière. Par rapport à leur poids, elles ont un gyrus fusiforme bien supérieur au mien.

— J'ai peur qu'en ce qui me concerne, la proportion soit extrêmement faible, dit Aune. Tu vois quelque chose, Harry ?

— Je vois en tout cas un petit peu plus que quand Anna m'a montré ça la première fois. Je sais maintenant que ce sont les trois personnes qu'elle avait condamnées. » Harry fit un signe de tête vers la silhouette féminine qui tenait les trois lampes. « Némésis, la déesse de la vengeance et de la justice.

— Que les Romains ont piquée aux Grecs, dit Aune. Ils ont conservé la balance, troqué le fouet contre un glaive, lui ont mis un bandeau sur les yeux et l'ont nommée Justitia. » Il alla à la lampe. « Vers 600 avant Jésus-Christ, quand on a commencé à comprendre que le système de la vengeance par le sang ne fonctionnait pas, et quand on a pris la décision de prendre la vengeance à l'individu pour en faire quelque chose de public, c'est justement cette femme qui a été prise comme symbole de l'État de droit moderne. » Il passa une main sur la froide femme de bronze. « La justice aveugle. La vengeance froide. Notre civilisation repose dans ses mains. Elle n'est pas belle ?

— Belle comme une chaise électrique, dit Harry. La vengeance d'Anna n'était pas particulièrement froide.

— Elle était à la fois chaude et froide, répondit Aune. Préméditée et passionnée en même temps. Elle a dû être très sensible. Manifestement blessée à l'âme, mais on l'est tous, il n'est dans le fond question que de degrés de blessures.

— Et quel genre de blessure est-ce qu'Anna avait ?

— Tu sais, je ne l'ai jamais rencontrée, et ça va donc être de la conjecture pure.

— Alors conjecture, dit Harry.

— Puisqu'on est dans les dieux antiques, je suppose que vous avez entendu parler de Narcisse, ce dieu grec qui s'était à ce point amouraché de son reflet qu'il ne parvenait plus à s'en détacher ? C'est Freud qui a introduit le concept de narcissisme dans la psychanalyse, des personnes qui ont la sensation exacerbée d'être uniques et qui sont obsédés par des rêves de succès sans bornes. Chez le narcissique, c'est souvent le besoin de vengeance contre ceux qui l'ont outragé qui surpasse tous les autres besoins. On appelle ça la fureur narcissique. Le psychanalyste américain Heiz Kohut a décrit la manière dont une personne comme ça cherche à venger les affronts — qui peuvent nous paraître complètement dérisoires — de quelque façon que ce soit. Par exemple, ce qui peut passer pour un rejet quotidien conduira à ce qu'elle travaille de façon incoercible et ininterrompue à rétablir l'équilibre, si nécessaire avec mort à la clé.

— Mort pour qui ? demanda Harry.

— Pour tout le monde.

— Mais c'est complètement dément ! s'écria Beate.

— Peut-être, mais c'est bien ce que je dis », répliqua Aune sèchement.

Ils entrèrent dans la salle à manger. Aune essaya l'une des vieilles chaises droites, près de la longue et étroite table en chêne.

« On n'en fait plus, des comme ça.

— Mais qu'elle s'en prenne à sa *vie*, rien que pour… se venger ? Il devait quand même bien y avoir d'autres moyens…

— Bien sûr, répondit Aune. Mais le suicide est souvent une vengeance en soi. On veut communiquer un sentiment de culpabilité à ceux dont on considère qu'ils ont trahi. Anna est simplement allée un peu plus loin. Il y a de plus toutes les raisons de penser qu'elle ne voulait plus vivre. Elle était seule, lâchée par sa famille et exclue de la vie amoureuse. Elle était une artiste ratée, et s'était réfugiée dans les drogues sans que ça résolve quoi que ce soit. Elle était en bref une personne profondément déçue et malheureuse, qui a délibérément choisi le suicide. Et la vengeance.

— Sans aucune préoccupation morale ?

— La morale est bien entendu intéressante, dit Aune en croisant les bras. Notre société nous impose l'obligation morale de vivre, et rejette donc catégoriquement le suicide. Mais avec la fascination claire qu'Anna éprouvait pour l'Antiquité, elle s'est peut-être appuyée sur les philosophes grecs qui prétendaient que c'était à l'individu lui-même de décider du moment de sa mort. Nietzsche pensait également que l'individu a pleinement le droit moral de s'ôter la vie. Il a même utilisé le mot "Freitod", ou mort libre. » Aune leva un index. « Mais elle se trouvait aussi devant un autre dilemme moral. La vengeance. Dans la mesure où elle se reconnaissait dans l'éthique chrétienne, elle savait qu'il y est interdit de se venger. Le paradoxe, c'est évidemment que les Chrétiens font profession d'un Dieu qui est l'instance vengeresse suprême. Si vous le défiez, vous brûlerez éternellement dans les flammes de l'enfer, une vengeance totalement disproportionnée, pratiquement une affaire pour Amnesty International, si vous voulez mon avis. Et si…

— Elle se contentait peut-être simplement de haïr ? »

Aune et Harry se tournèrent vers Beate. Elle leur renvoya un regard effrayé, comme si les mots lui avaient échappé, l'espace d'une seconde.

« Morale, murmura-t-elle. Désir de vivre. Amour. Et pourtant, c'est la haine qui l'emporte. »

CHAPITRE 47

Phosphorescence de la mer

Debout près de la fenêtre ouverte, Harry écoutait la lointaine sirène d'ambulance qui disparaissait lentement dans la bouillie sonore de la ville. La maison que Rakel avait héritée de son père se trouvait haut perchée au-dessus de tout ce qui se passait en contrebas dans le tapis lumineux, qu'il distinguait entre les hauts pins du jardin. Il aimait bien regarder les choses de là. Les arbres, en pensant au temps qu'ils avaient passé ici, et en sentant que cette pensée le tranquillisait. Et les lumières de la ville, qui lui rappelaient la phosphorescence de la mer. Il ne l'avait vue qu'une fois, une nuit où son grand-père l'avait emmené dans sa barque pour chercher des crabes, à Svartholmen. Juste cette nuit-là. Mais il ne l'oublierait jamais. Un souvenir qui prenait plus de clarté et d'importance à mesure que les années passaient. Il n'en allait pas de même pour tout. Combien de nuits avait-il passées avec Anna, à combien de reprises avaient-ils largué les amarres du vaisseau du capitaine danois pour aller se perdre en mer ? Il ne se souvenait pas. Et bientôt, le reste aussi serait oublié. Triste ? Oui. Triste et nécessaire.

Il y avait néanmoins deux instants marqués du nom d'Anna, dont il savait qu'ils ne s'effaceraient jamais totalement. Deux images presque semblables, toutes deux comportant son épaisse chevelure étalée sur l'oreiller comme un gros éventail, ses yeux grands ouverts et sa main qui étreignait le drap blanc, si blanc. L'autre main faisait la différence. Sur l'une des images, ses doigts étaient entrelacés dans ceux de Harry. Sur l'autre, ils étreignaient la crosse d'un pistolet.

« Tu ne fermes pas la fenêtre ? » demanda Rakel derrière lui. Elle était assise dans le canapé, les jambes bien remontées sous elle et un verre de vin rouge à la main. Oleg était allé se coucher content, après avoir ratatiné Harry à Tétris pour la première fois, et Harry craignait qu'une ère ne soit irrévocablement révolue.

Les nouvelles n'en avaient apporté aucune. Rien que de vieilles rengaines : croisade contre l'Est, représailles contre l'Ouest. Ils avaient éteint pour passer à la place les Stone Roses, que Harry avait trouvé à sa grande surprise — et à sa grande joie — dans la collection de disques de Rakel. Jeunesse. Il était un temps où rien ne le mettait de meilleure humeur que de petits connards anglais arrogants armés de guitares et d'attitude. Il appréciait à présent Kings of Convenience parce qu'ils chantaient doucement et sonnaient un poil moins chiant que Donovan. Et Stone Roses, à volume modéré. Triste, mais vrai. Et peut-être nécessaire. Les choses forment un cercle. Il ferma la fenêtre et se promit d'emmener Oleg en mer chercher des crabes, aussitôt qu'il en aurait l'occasion.

« *Down, down, down* », grommelait Stone Roses depuis les enceintes. Rakel se pencha en avant et but une gorgée de vin. « C'est une histoire antédiluvienne, murmura-t-elle. Deux frères qui aiment la même femme, c'est un peu la recette de la tragédie. »

Ils se turent, emmêlèrent leurs doigts et écoutèrent la respiration de l'autre.

« Tu l'aimais ? » demanda-t-elle.

Harry réfléchit longuement avant de répondre.

« Je ne me rappelle pas. C'était à un moment de ma vie qui est très… flou. »

Elle lui passa une main sur la joue.

« Tu sais ce qui est si étrange à penser ? C'est que cette femme, que je n'ai jamais ni rencontrée ni vue, est entrée chez toi et a vu cette photo de nous trois, au Frognerseter, celle qui est sur ton miroir. Et qu'elle a su qu'elle allait tout détruire. Et que malgré tout, vous vous êtes peut-être aimés, tous les deux.

— Mmm. Elle avait réglé tous les détails longtemps avant d'entendre parler de toi et d'Oleg. Elle s'est procuré la signature d'Ali dès l'été dernier.

— Et imagine à quel point elle a dû en baver pour imiter la signature, elle qui était gauchère.

— Je n'y avais pas pensé. » Il tourna la tête sur les genoux de Rakel et la regarda. « Et si on parlait d'autre chose ? Et si j'appelais mon père pour lui demander si on peut emprunter la maison d'Åndalsnes, cet été ? En général, il y fait un temps de merde, mais il y a toujours un hangar et la barque à rames du grand-père. »

Rakel rit. Harry ferma les yeux. Il adorait ce rire. Il se dit que s'il ne faisait pas de bêtise, il pouvait arriver qu'il entende ce rire encore longtemps.

Harry s'éveilla en sursaut. Se démena dans le lit et chercha son souffle. Il avait fait un rêve, mais il ne se rappelait pas lequel. Son cœur cognait comme une grosse caisse folle. Avait-il de nouveau été sous l'eau, dans cette piscine de Bangkok ? Ou devant l'assassin de la suite de l'Hôtel SAS ? Il avait mal au crâne.

« Qu'est-ce qui se passe ? grogna Rakel dans le noir.

— Rien. Dors. »

Il se leva, alla à la salle de bains et but un verre d'eau. Un visage pâle aux traits tirés plissait les yeux vers lui depuis le miroir. Le vent soufflait au-dehors. Les branches du grand chêne dans le jardin griffaient le mur.

Lui tapotèrent l'épaule. Le chatouillèrent dans la nuque, faisant se dresser les cheveux. Harry emplit le verre une seconde fois et but lentement. Il se rappelait, à présent. Ce qu'il avait rêvé. Un gamin était assis sur le toit de l'école, et battait des jambes dans le vide. Il ne retournait pas en classe. Il montrait à la nouvelle petite copine de son frère tous les endroits où ils avaient joué petits. Harry avait rêvé la recette d'une tragédie.

Rakel dormait lorsqu'il se glissa de nouveau sous la couette. Il planta son regard au plafond et attendit l'aube.

Lorsque le réveil sur la table de nuit indiqua 05.03, il ne tint plus, se leva, appela les renseignements téléphoniques et obtint le numéro de téléphone de Jean Hue.

CHAPITRE 48

Heinrich Schirmer

Beate s'éveilla au troisième coup de sonnette.

Elle roula sur le côté et regarda l'heure. Cinq heures et quart. Elle se demanda ce qu'il valait mieux faire — se lever et le prier d'aller se faire foutre, ou faire comme si elle n'était pas chez elle. On sonna de nouveau, d'une façon qui trahissait qu'il n'avait pas prévu de capituler.

Elle poussa un soupir, se leva et passa un peignoir. Elle décrocha l'interphone.

« Oui ?

— Désolé de sonner si tard, Beate. Ou si tôt.

— Va te faire foutre, Tom. »

Un ange passa, en prenant tout son temps.

« Ce n'est pas Tom, dit la voix. C'est moi. Harry. »

Beate jura tout bas et appuya sur le bouton d'ouverture de la porte.

« Je n'en pouvais plus, d'être au lit, dit Harry quand il fut entré. C'est au sujet de l'Exécuteur. »

Il se laissa tomber dans le canapé tandis que Beate disparaissait dans la chambre.

« Encore une fois, ce qui se passe avec Waaler ne me regarde pas… cria-t-il vers la porte de la chambre.

— Et comme tu viens de le dire, tu l'as déjà dit, cria-t-elle en retour. En plus de ça, il est suspendu.

— Je sais. J'ai été convoqué au SEFO, pour expliquer en quoi j'étais lié à Alf Gunnerud. »

Elle réapparut, vêtue d'un T-shirt blanc et d'un jean, et se planta juste devant lui. Harry leva les yeux vers elle.

« Je voulais dire qu'il est suspendu vis-à-vis de moi, dit-elle.

— Ah ?

— C'est un salopard. Mais le fait que tu aies raison ne veut pas dire que tu peux raconter n'importe quoi à n'importe qui. »

Harry pencha la tête sur le côté et ferma un œil.

« Faut-il que je répète ? demanda-t-elle.

— Non. Je crois que j'ai pigé. Et si ce n'est pas n'importe qui, mais un ami ?

— Café ? » Mais Beate n'eut pas le temps de se tourner vers la cuisine avant que le rouge n'envahisse son visage. Harry se leva et lui emboîta le pas. Il n'y avait qu'une seule chaise près de la petite table. Une plaquette de bois était suspendue au mur, portant une strophe des Hávamál peinte en rose : *Avant de pénétrer, que l'on surveille à la ronde, que l'on examine toutes les entrées, car on ne sait jamais où les ennemis siègent sur les bancs de la salle* [1].

« Rakel a dit deux choses, hier au soir, qui m'ont fait réfléchir, dit Harry en s'appuyant au plan de travail de la cuisine. La première, c'est que deux frères qui aiment la même femme, c'est la recette de la tragédie. La seconde, c'est qu'Anna avait dû avoir du mal à imiter la signature d'Ali, puisqu'elle était gauchère.

— Oui ? » Elle versa la mesure de café dans le filtre.

---

1. Les Hávamál *(Dits du Très-Haut)* sont un texte composite en six parties, dont la plus ancienne est antérieure à 950. L'ensemble reflète assez bien ce qu'a dû être la façon de penser des Scandinaves à l'époque viking (env. 800 — env. 1050). La traduction de cette toute première strophe (sur plus de 160) est celle de R. Boyer.

« Les livres de Lev que Trond Grette t'a prêtés pour que tu compares l'écriture avec celle de la lettre de suicide, tu te souviens de quelle matière ils traitaient ?

— Je n'ai pas regardé trop attentivement, j'ai juste vérifié que c'était bien l'écriture de Lev. » Elle versa de l'eau dans le réservoir.

« C'était du norvégien, dit Harry.

— Peut-être, dit-elle en se retournant.

— J'en suis sûr. Je viens de voir Jean Hue, de KRIPOS.

— Le graphologue ? En plein milieu de la nuit ?

— Il travaille chez lui, et il s'est montré compréhensif. Il a comparé le cahier et la lettre de suicide avec ceci, dit Harry en dépliant une feuille qu'il posa sur la paillasse. Ça sera long, pour le café ?

— Il y a quelque chose qui presse ? demanda Beate en se penchant sur la feuille.

— Tout presse. La première chose que tu dois faire, c'est re-vérifier les comptes bancaires. »

Il arrivait qu'Else Lund, directrice et l'une des deux employés de l'agence de voyage Brastour, reçoive des coups de fil au milieu de la nuit, d'un client qui venait de se faire détrousser ou qui avait perdu son passeport et son billet au Brésil, et qui dans son trouble l'appelait sur son téléphone mobile sans se préoccuper du décalage horaire. C'est pourquoi elle dormait avec le mobile éteint. Et c'est pourquoi elle entra dans une rage folle en entendant son poste fixe sonner à cinq heures et demie, et une voix à l'autre bout du fil qui lui demanda si elle pouvait se présenter sur son lieu de travail dans les plus brefs délais. Elle ne se radoucit que très superficiellement quand la voix lui précisa qu'elle était de la police.

« J'espère qu'il s'agit d'une question de vie ou de mort, dit Else Lund.

— C'est le cas, répondit la voix. Principalement de mort. »

Rune Ivarsson était habituellement le premier arrivé au bureau. Il regarda par la fenêtre. Il aimait le calme, avoir l'étage pour lui tout seul, mais ce n'était pas la raison. Quand les autres arrivaient, Ivarsson avait déjà lu tous les fax, les rapports de la veille au soir et tous les journaux, et s'était déjà procuré l'avance dont il avait besoin. C'était de ça qu'il était question si on voulait faire office de chef — prendre de l'altitude —, se bâtir un pont d'où on dominait. Quand de loin en loin ses subordonnés dans le département exprimaient la frustration de voir que la direction faisait de la rétention d'informations, c'était parce qu'ils ne comprenaient pas que le savoir, c'est le pouvoir, et qu'une direction doit avoir le pouvoir s'il faut qu'elle trace la route qui les mènera finalement au port. Oui, que c'était tout simplement leur intérêt de transmettre l'information à la direction. En faisant passer la consigne que tous ceux qui travaillaient sur l'affaire de l'Exécuteur devaient dorénavant en référer directement à lui, il comptait justement trouver la connaissance où elle avait sa source et non gaspiller son temps en discussions plénières interminables qui n'avaient pour but que de faire croire aux subordonnés qu'ils participaient. Il était pour l'instant plus important qu'en tant que chef, il domine et fasse montre d'initiative et de dynamisme. Même s'il avait fait de son mieux pour que la découverte de la culpabilité de Lev Grette ait l'air d'être son œuvre, il savait que la façon dont ça s'était déroulé avait affaibli son autorité. L'autorité du chef n'était pas affaire de prestige personnel, mais l'affaire de toute la corporation, s'était-il dit.

On frappa à la porte.

« Savais pas que tu étais du matin, Hole », dit Ivarsson à la figure pâle qui était passée dans l'ouverture de la porte, en essayant de continuer à lire. Il s'était fait transmettre les citations d'un journal qui l'avait interviewé à propos de la chasse à l'Exécuteur. Il n'aimait pas cette interview. Il est vrai qu'il ne trouvait aucune citation inexacte, mais ils trouvaient pourtant le moyen de le faire passer pour quelqu'un d'évasif et d'embarrassé. Heureusement, les photos étaient bonnes. « Qu'est-ce que tu veux, Hole ?

— Juste dire que j'ai convoqué quelques personnes en salle de réunion, au sixième. Je me suis dit que ce serait peut-être intéressant pour toi aussi. Il s'agit du soi-disant braquage de Bogstadveien. On commence maintenant. »

Ivarsson cessa de lire et leva les yeux.

« Tu as organisé une réunion ? Intéressant. Oserai-je demander qui a autorisé cette réunion, Hole ?

— Personne.

— Personne. » Ivarsson partit d'un petit rire crépitant de mouette. « Alors tu peux remonter et dire que la réunion est reportée à après le déjeuner. Il se trouve que j'ai tout un tas de rapports à lire dès maintenant. Pigé ? »

Harry hocha lentement la tête, comme s'il réfléchissait avec application. « Pigé. Mais l'affaire ressort de la Criminelle, et on commence maintenant. Bon courage pour tes lectures de rapport. »

Il se retourna, et au même instant, le poing d'Ivarsson entra en contact avec sa table de travail.

« Hole ! Tu ne me tournes pas le dos comme ça, foutredieu ! C'est *moi* qui décide des réunions dans cet immeuble. En particulier quand il s'agit de braquages. Compris ? »

Une lèvre inférieure rouge et humide tremblait en plein milieu du visage blanc du capitaine.

« Comme tu l'as entendu, j'ai parlé du *soi-disant* braquage de Bogstadveien, Ivarsson.

« — Et c'est censé signifier quoi, ça ? demanda-t-il d'une voix qui n'était qu'un grincement.

— Ça, c'est censé signifier que Bogstadveien n'a jamais été un braquage, dit Harry. C'était un meurtre bien orchestré. »

Près de la fenêtre, Harry regardait vers les Arrêts. Au-dehors, le jour s'était mis en marche comme à contrecœur, comme une charrette grinçante. Nuages de pluie au-dessus d'Ekeberg et parapluies noirs dans Grønlandsleiret. Tous étaient rassemblés derrière lui : Bjarne Møller, bâillant et avachi sur sa chaise. Le chef de la Crim, discutant aimablement avec Ivarsson. Weber, silencieux et impatient, les bras croisés. Halvorsen et son bloc-notes. Et Beate Lønn, dont le regard allait nerveusement d'un endroit à un autre.

CHAPITRE 49

Stone Roses

Les nuages de pluie capitulèrent tard dans la journée. Le soleil fit une apparition timorée au milieu de tout ce gris plomb, avant que les nuages ne s'écartent subitement comme un rideau de théâtre avant le dernier acte. Il devait apparaître que ce seraient les dernières heures de ciel sans nuages de l'année, avant que la ville ne tire finalement la couette hivernale grise sur elle. Disengrenda était baignée de soleil quand Harry sonna pour la troisième fois.

La sonnerie fit comme un murmure dans le ventre de l'appartement.

La fenêtre de la voisine s'ouvrit avec fracas.

« Trond n'est pas là », grasseya-t-on. Son visage avait pris une autre teinte de brun, une sorte de jaune maronnasse qui rappela à Harry une peau jaunie à la nicotine. « Le pauvre, ajouta-t-elle.

— Où est-il ? » demanda Harry.

Elle leva les yeux au ciel en guise de réponse et pointa un pouce par-dessus son épaule.

« Le terrain de tennis ? »

Beate se mit en marche, mais Harry ne bougea pas.

« J'ai réfléchi à ce dont on avait parlé la dernière fois, dit-il. De la passerelle. Vous nous avez dit que tout le monde avait été surpris, parce que c'était un garçon calme et poli.

— Oui ?

— Mais que tout le monde dans le coin savait que c'était lui qui avait fait le coup.

— On a vu qu'il partait à vélo, ce matin-là.

— Avec le blouson rouge ?

— Oui.

— De Lev ?

— Lev ? » Elle secoua la tête en riant. « Ce n'est pas de Lev que je parle. Il avait toutes sortes d'idées tordues, mais il n'était absolument pas méchant.

— Qui était-ce, alors ?

— Trond. C'est de lui que je parle depuis le début. Je vous ai dit qu'il était livide, en revenant. Trond ne supporte pas le sang. »

Le vent se levait. À l'ouest, des nuages de pop-corn avaient commencé à manger le ciel bleu. Les rafales de vent donnaient la chair de poule aux flaques de boue dans la terre battue, et elles effacèrent le reflet de Trond Grette lorsqu'il lança la balle en l'air pour un nouveau service.

« Salut », dit Trond en frappant la balle qui se mit à tourner lentement sur sa course. Un petit nuage de craie blanche s'éleva et fut immédiatement dispersé par le vent quand la balle toucha la ligne de fond du carré de service avant de rebondir haut et hors de portée d'un adversaire imaginaire, de l'autre côté du filet.

Trond se tourna vers Harry et Beate, qui se tenaient derrière le grillage métallique. Il portait un short et un polo de tennis blancs, et des chaussettes et des chaussures de tennis blanches.

« Parfait, n'est-ce pas ? demanda-t-il avec un sourire.

— Presque », répondit Harry.

Trond sourit de plus belle, mit une main en visière et regarda le ciel.

« On dirait que ça se couvre. Que puis-je pour vous ?

— Tu peux venir avec nous à l'hôtel de police, dit Harry.

— L'hôtel de police ? » Il les regarda avec surprise. C'est-à-dire, il sembla *essayer* d'avoir l'air surpris. Il ouvrit tout grand les yeux de manière un peu trop théâtrale, et sa voix prit quelque chose d'affecté, qu'ils n'avaient pas entendu jusque-là lorsqu'ils avaient discuté avec Trond. Il parla exagérément bas, et sa voix fit un bond en fin de parcours : *L'hôtel de po-lice ?* Harry sentit ses cheveux se dresser sur la nuque.

« Immédiatement, dit Beate.

— Bien sûr. » Trond hocha la tête comme s'il venait de se souvenir de quelque chose, et il sourit derechef. « Évidemment. » Il commença à marcher vers le banc où quelques raquettes de tennis dépassaient d'un manteau gris. Ses chaussures traînèrent sur la terre battue.

« Il est incontrôlable, chuchota Beate. Je vais lui passer les menottes.

— Ne… » commença-t-il en essayant de lui attraper le bras, mais elle avait déjà poussé la porte et était entrée. Ce fut comme si le temps se dilatait tout à coup, se gonflait comme un airbag et enserrait Harry pour l'empêcher de bouger. À travers le grillage, il vit Beate attraper les menottes qu'elle avait à la ceinture. Il entendit les chaussures de Trond racler le sol. De petits pas. Comme un cosmonaute. Harry porta automatiquement la main au pistolet qu'il avait dans son holster, sous sa veste.

« Désolée, Trond… » fut tout ce que Beate parvint à dire avant que Trond n'atteigne le banc et plonge une main sous le manteau gris. Le temps avait commencé à respirer, il se rétrécit et se dilata en même temps. Harry sentit ses doigts enserrer la crosse du pistolet, mais sut qu'une éternité le séparait encore du moment où il aurait extrait son arme, chargé, ôté la sécurité et visé. Sous les bras levés de Beate, il vit un bref reflet de lumière solaire.

« Moi aussi », dit Trond en portant le fusil AG3 gris acier et vert olive à son épaule. Elle fit un pas en arrière.

« Chère amie, dit Trond à voix basse. Reste bien, bien immobile si tu veux vivre encore quelques secondes. »

« Nous nous sommes trompés, dit Harry en délaissant la fenêtre pour se tourner vers l'assistance. Stine Grette n'a pas été tuée par Lev, mais par son mari, Trond Grette. »

La conversation entre le chef de la Criminelle et Ivarsson s'interrompit, Møller se redressa sur sa chaise, Halvorsen oublia de noter et même Weber perdit son expression blasée.

Ce fut Møller qui brisa finalement le silence :

« L'expert-comptable ? »

Harry hocha la tête vers les visages incrédules.

« Ce n'est pas possible, dit Weber. On a la bande vidéo du 7-Eleven, et on a les empreintes sur la bouteille qui ne laissent aucun doute quant à la culpabilité de Lev Grette.

— On a l'écriture sur la lettre de suicide, dit Ivarsson.

— Et si ma mémoire est bonne, le braqueur a été identifié par Raskol en personne, comme étant Lev Grette, dit le chef de la Criminelle.

— On dirait que l'affaire est relativement classée, dit Møller. Et relativement éclaircie.

— Laissez-moi m'expliquer, dit Harry.

— Oui, s'il te plaît », dit le chef de la Criminelle.

Les nuages avaient pris de la vitesse et arrivaient au-dessus de l'hôpital d'Aker comme une armada noire.

« Ne fais pas de bêtise, Harry », dit Trond. Le canon du fusil était collé contre le front de Beate. « Je sais que tu tiens une arme. Pose-la.

— Sinon ? demanda Harry en sortant le pistolet de sous sa veste.

— Élémentaire, répondit Trond avec un petit rire sourd. Je descends ta collègue.

— Comme tu as descendu ta femme ?

— Elle le méritait.

— Ah ? Parce qu'elle te préférait Lev ?

— Parce qu'elle était ma femme ! »

Harry prit une inspiration. Beate était entre lui et Trond, mais elle lui tournait le dos et il ne pouvait rien lire sur son visage. Il y avait plusieurs moyens de s'extraire de là. La première possibilité consistait à essayer d'expliquer à Trond qu'il faisait quelque chose de stupide et de précipité, en espérant qu'il le comprendrait. D'un autre côté : un type qui a apporté un AG3 chargé sur un court de tennis a déjà réfléchi à son utilisation. La deuxième possibilité consistait à faire ce que disait Trond, à poser son pistolet en attendant d'être massacré. Et la troisième possibilité, c'était de presser Trond, de faire que quelque chose se passe, quelque chose qui lui ferait modifier ses plans. Ou bien exploser et presser la gâchette. La première solution était désespérée, la seconde donnait l'issue la plus difficilement concevable et Harry savait qu'il ne pourrait jamais vivre avec la troisième — qu'il allait arriver à Beate la même chose qu'à Ellen — même si lui survivait.

« Mais elle ne voulait peut-être plus être ta femme, dit Harry. C'est ça, qui s'est passé ? »

Le doigt de Trond se crispa autour de la détente, et son regard rencontra celui de Harry, par-dessus l'épaule de Beate. Harry se mit instinctivement à compter dans sa tête. Une seconde, deux secondes…

« Elle a cru qu'elle pouvait me quitter, comme ça, dit Trond à voix basse. Moi… moi qui lui ai tout donné. » Il rit. « Pour un type qui n'avait jamais rien fait pour quiconque, qui croyait que la vie était un goûter d'anniversaire et que tous les cadeaux étaient pour lui. Lev ne volait pas. Il ne savait juste pas lire les étiquettes sur les paquets. »

Le rire de Trond fut emporté par le vent comme des miettes de biscuit.

« Comme "De : Stine à : Trond" », dit Harry.

Trond ferma les yeux et les rouvrit.

« Elle a dit qu'elle l'adorait. *Adorait*. Elle n'a même pas utilisé les mots qu'elle utilisait le jour où on s'est mariés. *Aimer*, disait-elle, elle m'*aimait*. Parce que j'étais gentil avec elle. Mais elle l'*adorait*, lui qui ne faisait que battre des jambes dans le vide, assis dans sa gouttière, en attendant les applaudissements. C'est de ça qu'il était question, pour lui. D'applaudissements. »

Moins de six mètres les séparaient, et Harry vit les phalanges de la main droite de Trond blanchir quand il serra le canon de son arme.

« Mais pas pour toi, Trond, tu n'avais pas besoin d'applaudissements, n'est-ce pas ? Tu savourais ton triomphe en silence. Seul. Comme ce jour-là, près de la passerelle. »

Trond pointa la lèvre inférieure en avant.

« Avoue que vous m'avez cru.

— Oui, on t'a cru, Trond. On a cru chacun de tes mots.

— Alors qu'est-ce qui n'a pas fonctionné ? »

« Beate a vérifié les comptes bancaires de Trond et Stine Grette sur les six derniers mois », dit Harry. Beate brandit une pile de papiers à l'intention des autres participants.

« Tous deux ont effectué des virements en faveur de l'agence de voyages Brastour, dit-elle. L'agence confirme qu'en mars, Stine Grette a commandé un voyage à São Paulo, pour le mois de juin, et que Trond Grette l'a suivie une semaine plus tard.

— Ça concorde à peu près avec ce que Trond Grette nous a raconté, dit Harry. Ce qui est bizarre, c'est que Stine avait dit à son chef d'agence, Klementsen, qu'elle partait en vacances à Tenerife. Et que Trond Grette a commandé et payé son billet le jour même de son départ. Piètre organisation quand on part en vacances ensemble pour fêter ses dix ans de mariage, non ? »

Le silence était tel dans la salle de réunion qu'il entendit le moteur du réfrigérateur de l'autre côté du couloir se mettre en route.

« Ça fait étrangement penser à une femme qui a menti à tout le monde sur l'endroit où elle allait et un époux déjà suspicieux qui a vérifié son relevé de compte, et qui n'arrive pas à faire correspondre Brastour et Tenerife. Et qui a donc téléphoné à Brastour, s'est fait communiquer le nom de l'hôtel dans lequel descend sa femme et est parti la chercher pour la ramener au bercail.

— Et alors ? demanda Ivarsson. Il l'a retrouvée avec un Noir ? »

Harry secoua la tête.

« Je ne crois pas qu'il l'ait trouvée, tout court.

— Nous avons vérifié, et appris qu'elle n'avait pas logé à l'hôtel prévu, pendant son séjour. Et Trond est rentré avant sa femme.

— En plus, Trond a retiré trente mille couronnes avec sa carte bancaire, à São Paulo. Il a d'abord dit qu'il lui avait payé une bague de diamants, puis qu'il avait rencontré Lev et qu'il lui avait donné de l'argent parce qu'il était fauché. Mais j'ai bien l'impression qu'aucune des deux versions n'est vraie, je crois que l'argent était destiné à payer une marchandise pour laquelle São Paulo est encore plus réputé que pour les bijoux.

« — Et c'est ? demanda un Ivarsson visiblement agacé quand la pause fut devenue insupportable.

— Meurtre sur ordonnance. »

Harry eut envie d'attendre encore un peu, mais comprit au regard que lui lança Beate qu'il était en train de verser dans le théâtral.

« Quand Lev est revenu à Oslo, cet automne, c'était avec ses fonds propres. Il n'était absolument pas fauché, et n'avait pas prévu de braquer une seule banque. Il était revenu chercher Stine et l'emmener avec lui au Brésil.

— Stine ? s'exclama Møller. La femme de son frère ? »

Harry acquiesça. Les membres de l'assemblée échangèrent des regards.

« Et Stine devait partir au Brésil sans en avoir avisé qui que ce soit ? poursuivit Møller. Ni ses parents, ni ses amis ? Sans même démissionner de son boulot ?

— Eh bien… dit Harry. Quand tu as décidé de partager ta vie avec un braqueur de banques qui est recherché aussi bien par la police que par ses acolytes, tu n'annonces ni tes projets ni ta nouvelle adresse. Il n'y avait qu'une personne à qui elle l'avait dit, et c'était Trond.

— Le dernier à qui elle aurait dû le dire, ajouta Beate.

— Elle devait penser le connaître après avoir passé treize ans avec lui. » Harry alla à la fenêtre. « Cet expert-comptable sensible, mais gentil et sécurisant qui l'aimait tant. Laissez-moi spéculer un peu sur ce qui s'est passé ensuite.

— Et comment appelles-tu ce que tu as fait jusqu'à présent ? renâcla Ivarsson.

— Quand Lev arrive à Oslo, Trond prend contact. Il dit qu'en tant qu'adultes et frères, ils doivent pouvoir en parler. Lev est content, il est soulagé. Mais il ne veut pas se montrer en ville, c'est trop risqué, et ils se mettent donc d'accord pour se voir à Disengrenda pendant que Stine travaille. Lev arrive et est bien reçu par Trond qui dit qu'il était triste, au début, mais qu'il en a fini et qu'il est heureux pour eux. Il leur sert un coca à tous les deux, et ils se mettent à discuter de détails pratiques. Trond obtient l'adresse secrète de Lev à d'Ajuda, pour pouvoir faire suivre le courrier, les salaires et ce genre de trucs à Stine. Quand Lev s'en va, il ne se doute pas qu'il vient de donner à Trond les derniers détails dont l'autre a besoin pour réaliser un plan élaboré au moment où Trond était à São Paulo. »

Harry vit que Weber se mettait à hocher lentement la tête.

« Vendredi matin. Jour J. Dans l'après-midi, Stine doit prendre l'avion avec Lev pour Londres, puis un autre pour le Brésil, le lendemain matin. Le voyage a été commandé chez Brastour, chez qui son compagnon de voyage est enregistré sous le nom de Petter Berntsen. Les valises sont prêtes à la maison. Mais Trond et elle partent bosser comme d'habitude. À deux heures, Trond quitte son job et se rend au SATS de Sporveisgata. En arrivant, il paie par carte une heure de squash qu'il avait réservée, mais dit qu'il n'a pas trouvé de partenaire. La première partie de son alibi est ainsi assurée : un paiement par carte enregistré à 14 h 34. Il dit alors vouloir s'entraîner dans la salle de musculation, et passe au vestiaire. Il y a beaucoup de monde, et les gens entrent et sortent sans arrêt à cette heure de la journée. Il s'enferme dans les toilettes avec son sac, passe la combinaison de travail en la dissimulant sous quelque chose, probablement un grand manteau, attend de pouvoir être à peu près sûr que ceux qui l'ont vu entrer aux toilettes soient repartis, met une paire de lunettes de soleil, reprend son sac et ressort rapidement sans être remarqué jusque dans la rue. Je suppose qu'il remonte vers le Stenspark, puis Pilestredet, où il y a un chantier sur lequel les ouvriers travaillent jusqu'à quinze heures. Il y entre, enlève son manteau et met une cagoule roulée qu'il cache sous une casquette. Il remonte ensuite au sommet de la butte et prend à gauche pour redescendre Industrigata. En arrivant au croisement de Bogstadveien, il entre au 7-Eleven. Il y est déjà venu plusieurs semaines avant, pour contrôler les angles des caméras de surveillance. Et le container qu'il a demandé est en place. La scène est prête pour ces studieux policiers dont il sait bien sûr qu'ils vont contrôler tout ce qui peut exister d'enregistrements vidéos dans les magasins et les stations-services des environs pour cet instant précis. Il exécute alors cette petite prestation à notre égard, où on ne voit pas son visage, mais où on voit *très* clairement une bouteille de Coca qu'il boit sans gants, avant de la mettre dans un sac plastique pour que lui comme nous soyons sûrs que les empreintes ne seront pas effacées par une ondée éventuelle, et il la met dans la benne verte qui ne sera pas retirée avant un bon moment. C'est vrai qu'il surestimait un peu notre efficacité, et qu'il s'en est fallu de peu que cette preuve ne disparaisse, mais il a eu de la chance — Beate a conduit juste assez sauvagement pour que nous en ayons le temps : donner à Trond l'alibi béton. En obtenant la preuve finale et incontestable contre Lev. »

Harry s'arrêta. Les visages devant lui exprimaient une légère désorientation.

« La bouteille de coca était celle que Lev avait bue à Disengrenda, dit Harry. Ou ailleurs. Trond en avait pris soin, pour cet usage précis.

— J'ai peur que tu oublies une chose, Hole, dit Ivarsson avec un petit rire. Vous nous avez dit vous-mêmes que le braqueur a tenu la bouteille sans gants. Si c'était Trond Grette, ses empreintes devraient aussi être sur la bouteille. »

Harry fit un signe de tête à Weber.

« Colle, dit laconiquement le vieux policier.

— Plaît-il ? » Le chef de la Criminelle se tourna vers Weber.

« Un truc bien connu chez les braqueurs. Un peu de colle Carlson sur le bout des doigts, on laisse sécher et — pfuitt — pas d'empreintes. »

Le chef de la Criminelle secoua la tête.

« Mais où cet expert-comptable, comme vous l'appelez, a pu apprendre tous ces trucs ?

— C'est le petit frère de l'un des braqueurs les plus pros de Norvège, intervint Beate. Il connaissait les méthodes et le style de Lev comme sa poche. Entre autres, Lev conservait l'enregistrement de son propre braquage, chez lui à Disengrenda. Trond avait assimilé la façon de faire de son frère avec une précision telle que même Raskol s'est laissé abuser et a cru que c'était Lev qu'il voyait. En plus, il y a cette ressemblance physique entre les deux frères qui a fait que la manipulation informatique des images de la vidéo a montré que le braqueur *pouvait* être Lev.

— Bon Dieu ! » laissa échapper Halvorsen. Il se tapit sur sa chaise et lança un coup d'œil en biais à Bjarne Møller, mais celui-ci regardait droit devant lui, la bouche grande ouverte, comme s'il avait reçu une balle dans la tête.

« Tu n'as pas posé ton pistolet, Harry. Tu peux m'expliquer ça ? »

Harry essaya de respirer calmement, même si son cœur s'était emballé depuis longtemps. De l'oxygène pour le cerveau, c'était le point le plus important. Il essaya de ne plus voir Beate. Le vent soufflait sur elle et soulevait ses fins cheveux blonds. Les muscles s'agitaient sur son cou élancé, et ses épaules avaient commencé à trembler.

562

« Élémentaire, répondit Harry. Tu nous buteras tous les deux. Il faut que tu me proposes mieux que ça, Trond. »

Trond rit et colla sa joue contre la crosse verte.

« Que dis-tu de ceci, Harry : tu as vingt-cinq secondes pour réfléchir à tes possibilités et poser ton arme.

— Les traditionnelles vingt-cinq secondes ?

— Tout juste. Tu dois bien te souvenir en gros de la vitesse à laquelle ça passe. Alors réfléchis vite, Harry. » Trond fit un pas en arrière.

« Tu sais ce qui a suggéré l'idée que Stine connaissait le braqueur ? cria Harry. Qu'ils étaient trop proches l'un de l'autre. Bien plus proches que toi et Beate ne l'êtes en ce moment. C'est bizarre, mais même dans des situations où il est question de vie et de mort, les gens respectent autant que possible leurs zones d'intimité réciproques. Curieux, non ? »

Trond passa le canon de son arme sous le menton de Beate et lui leva le visage.

« Beate, aurais-tu l'amabilité de compter pour nous ? demanda-t-il en parlant de nouveau sur un ton théâtral. De un à vingt. Pas trop vite, pas trop lentement.

— Il y a une chose que je voudrais savoir, dit Harry. Qu'est-ce qu'elle t'a dit juste avant que tu tires ?

— Tu veux vraiment le savoir, Harry ?

— Oui, je le veux.

— Alors Beate, ici présente, à deux secondes pour se mettre à compter. Un…

— Compte, Beate !

— Un. » Sa voix n'était qu'un murmure sec. « Deux.

— Stine s'est donné son arrêt de mort, ainsi qu'à Lev, dit Trond.

— Trois.

— Elle m'a dit que je pouvais la tuer, mais que je devais épargner Lev. »

Harry sentit sa gorge se nouer et la prise sur son pistolet se relâcher.

« Quatre. »

« En d'autres termes, il aurait tué Stine quel que soit le temps mis par le chef d'agence pour mettre l'argent dans le sac ? » demanda Halvorsen.

Harry acquiesça tristement.

« Puisque tu sais tout, je suppose que tu connais également l'itinéraire de sa fuite », dit Ivarsson. Il tenta de le dire sur un ton acide et drôle, mais l'irritation transparaissait trop clairement.

« Non, mais je suppose qu'il est retourné sur ses pas. Qu'il a remonté Industrigata, descendu Pilestredet, dans le bâtiment en construction où il s'est débarrassé de sa cagoule et a fixé l'insigne POLICE dans le dos de sa combinaison. En rentrant au SATS, il portait une casquette et des lunettes de soleil, et il n'a rien fait pour empêcher que les employés ne le remarquent, puisqu'ils ne pouvaient pas le reconnaître. Il est allé directement au vestiaire, a remis les vêtements de sport qu'il portait en arrivant du travail, s'est glissé dans la foule de la salle de musculation, a fait un peu de home trainer, a peut-être soulevé quelques poids. Puis il s'est douché et est descendu à l'accueil signaler qu'on lui avait volé sa raquette de squash. Et la fille qui a pris la déclaration a scrupuleusement noté l'heure, 16 h 02. L'alibi était fin prêt, et il est ressorti, a entendu la musique des sirènes et est rentré chez lui. Par exemple.

— Je ne sais pas si j'ai bien compris le but de l'insigne de police, dit le chef de la Criminelle. On n'utilise même pas de combinaisons, dans la police.

— Psychologie élémentaire, dit Beate qui sentit la chaleur l'envahir en voyant le chef de la Criminelle hausser un sourcil. Je veux dire… Pas élémentaire dans le sens où c'est… euh… évident.

— Continue, dit le chef de la Criminelle.

— Trond Grette savait bien sûr que la police rechercherait toutes les personnes vues en combinaison de travail dans le secteur. Il fallait donc qu'il ait quelque chose sur sa combinaison qui fasse que la police écarterait sur-le-champ l'inconnu du SATS. Il y a peu de choses que les gens remarquent mieux que l'inscription POLICE.

— Intéressant, comme point de vue, dit Ivarsson avec un sourire narquois, en posant deux doigts sous son menton.

— Elle a raison, dit le chef. Tout le monde ressent un soupçon de peur envers l'autorité. Continue, Lønn.

— Mais pour être parfaitement sûr, il s'est posé lui-même en témoin et nous a spontanément parlé de ce type qu'il avait vu passer devant le SATS, dans une combinaison marquée POLICE.

— Ce qui était évidemment un petit trait de génie, dit Harry. Grette nous l'a raconté comme s'il n'avait pas conscience que cette marque POLICE disqualifiait l'homme en question. Mais ça a bien sûr renforcé la crédibilité de Trond à nos yeux, qu'il dise de son plein gré quelque chose qui pouvait — selon lui — le placer sur la fuite du meurtrier.

— Hein ? fit Møller. Répète la fin encore une fois, Harry. Lentement. »

Harry prit une inspiration.

« Et puis non, laisse tomber, dit Møller. J'ai mal au crâne. »

« Sept.

— Mais tu n'as pas fait ce qu'elle demandait, dit Harry. Tu n'as pas épargné ton frère.

— Bien sûr que non.

— Est-ce qu'il savait que c'était toi qui avais tué Stine ?

— J'ai eu le plaisir de le lui raconter moi-même. Sur son mobile. Il était à l'aéroport de Gardermoen, et il l'attendait. Je lui ai dit que s'il ne prenait pas cet avion, je venais le chercher, lui aussi.

— Et il t'a cru, quand tu lui as dit que tu avais tué Stine ?

— Lev me connaissait, répondit Trond en riant. Il n'en a pas douté un seul instant. Il lisait le télétexte du braquage sur un poste de la salle d'embarquement pendant que je lui racontais les détails. Il a raccroché quand je les ai entendus annoncer son avion. Le sien et celui de Stine. Hé, toi ! » Il posa le canon de son arme sur le front de Beate.

« Huit.

— Il a dû penser qu'il se tirait en sécurité, dit Harry. Il n'avait pas entendu parler du contrat à São Paulo.

— Lev était un voleur, mais aussi un naïf. Il n'aurait jamais dû me donner cette adresse secrète à d'Ajuda.

— Neuf. »

Harry essaya de ne pas écouter la voix monotone et mécanique de Beate.

« Tu as donc envoyé des instructions à un tueur à gages. En même temps que la lettre de suicide. Que tu as rédigée avec la même écriture que pour les compositions de Lev.

— Voyez-vous ça, dit Trond. Beau boulot, Harry. À part qu'elle a été envoyée avant l'attaque à main armée.

— Dix.

— Eh bien, dit Harry. Le tueur à gages aussi a fait du beau boulot. On aurait vraiment pu croire que Lev s'était pendu. Même si ce petit doigt manquant était un peu surprenant. C'était le reçu ?

— Disons simplement qu'un petit doigt tient dans une enveloppe de taille normale.

— Je croyais que tu ne supportais pas le sang, Trond ?

— Onze. »

Harry entendit un coup de tonnerre dans le lointain, par-dessus le sifflement du vent qui augmentait sans cesse. Les champs et les rues autour d'eux étaient déserts, comme si tout le monde avait cherché refuge en prévision de ce qui se préparait.

« Douze.

— Pourquoi ne pas te rendre, tout simplement ? Tu dois bien voir que c'est sans espoir ?

— Bien sûr, que c'est sans espoir, répondit Trond en riant. Et c'est bien ça, l'essentiel. Pas d'espoir. Rien à perdre.

— Treize.

— Alors quel est le plan ?

— Le plan ? J'ai deux millions de couronnes qui proviennent d'un hold-up et des projets pour une longue — et si possible heureuse — vie en exil. Les projets de voyage devront être un peu avancés, mais je m'y attendais. La voiture est prête pour le départ depuis le jour du braquage. Vous avez le choix entre être abattus ou être menottés au pare-chocs.

— Quatorze.

— Tu sais que ce n'est pas possible, dit Harry.

— Crois-moi, j'en connais un rayon, sur les façons de disparaître. Lev ne faisait que ça. Vingt minutes d'avance, c'est tout ce dont j'ai besoin. J'aurais alors déjà changé de moyen de transport et d'identité deux fois. J'ai quatre voitures et quatre passeports sur mon itinéraire, et j'ai de bons contacts. À São Paulo, par exemple. Vingt millions d'habitants, tu peux toujours commencer à chercher là-bas.

— Quinze.

— Ta collègue ne va pas tarder à mourir, Harry. Alors, que fait-on ?

— Tu en as trop dit, dit Harry. Tu vas nous tuer, de toute façon.

— Il y a des chances, oui. Quel autre choix as-tu ?

— Que tu meures avant moi, dit Harry en chargeant son pistolet.

— Seize », murmura Beate.

Harry avait fini.

« La théorie est amusante, Hole, dit Ivarsson. Surtout le point du tueur à gage brésilien. Très… » Il exhiba les dents en un minuscule sourire. « … exotique. Tu n'as rien d'autre ? Des preuves, par exemple ?

— L'écriture de la lettre de suicide, dit Harry.

— Mais tu viens de nous dire qu'elle ne correspond pas à celle de Trond Grette.

— Pas celle qu'il utilise habituellement. Mais dans les rédactions…

— Tu as des témoins disant que c'est Trond qui les a écrites ?

— Non.

— Tu n'as en d'autres termes pas la moindre preuve décisive dans cette histoire d'homicide, gémit Ivarsson.

— Assassinat », dit Harry à voix basse en regardant Ivarsson. Du coin de l'œil, il vit Møller poser un regard penaud au sol, et Beate se tordre les mains de gêne. Le chef de la Criminelle se racla la gorge.

Harry ôta la sécurité.

« Qu'est-ce que tu fais ? » Trond ferma très fort les yeux et posa le canon du fusil contre le front de Beate, lui faisant légèrement basculer la tête en arrière.

« Vingt et un, gémit-elle.

— N'est-ce pas libérateur ? demanda Harry. Quand tu comprends finalement que tu n'as rien à perdre. Ça rend les choix tellement plus simples.

— Tu bluffes.

— Ah oui ? » Harry retourna son pistolet contre son bras gauche et fit feu. La détonation fut forte et nette. Il fallut quelques dixièmes de secondes avant que l'écho ne revienne, répercuté par les façades des immeubles. Le regard de Trond était fixe. Une bordure dentelée pointait vers le haut autour du trou que le policier avait fait dans son propre blouson de cuir, et un nuage blanc de laine de rembourrage partit en virevoltant dans le vent. Des gouttes tombèrent. De lourdes gouttes rouges qui atteignaient le sol en un tic-tac sourd et disparaissaient dans un mélange de graviers et d'herbe pourrie, avant d'être absorbées dans le sol. « Vingt-deux. »

Les gouttes grossirent et tombèrent de plus en plus vite, comme un métronome en pleine accélération. Harry leva son pistolet, appuya le canon dans l'un des carrés du grillage et visa.

« Voilà à quoi ressemble mon sang, Trond, dit-il d'une voix si basse qu'elle en était à peine audible. On jette un coup d'œil au tien ? »

À ce moment-là, les nuages atteignirent le soleil.

« Vingt-trois. »

Une ombre compacte tomba comme un mur depuis l'ouest, d'abord sur les champs, puis sur les rangées de maisons, les immeubles, la terre battue et les trois personnes. La température chuta également. Brutalement, comme si ce qui s'était interposé dans la lumière ne faisait pas que les séparer de la chaleur, mais dégageait aussi du froid. Mais Trond ne s'en souciait pas. Tout ce qu'il sentait et voyait, c'était la respiration rapide et courte de la femme-policier, son visage pâle sans expression et la gueule du canon du policier qui le fixait comme un œil noir ayant fini par trouver ce qu'il cherchait et qui déjà le transperçait, le disséquait et le dispersait. Un lointain coup de tonnerre retentit. Mais tout ce qu'il entendait, c'était le bruit du sang. Le policier était ouvert, et le contenu s'en échappait. Le sang, la force, la vie claquaient sur l'herbe comme s'ils n'étaient pas consommés, mais consommaient eux-mêmes, s'enfonçant en brûlant le sol. Et Trond savait que même en fermant les yeux et en se bouchant les oreilles, il continuerait à entendre son propre sang pulser dans ses oreilles, chanter et sauter comme s'il voulait sortir.

Il sentit monter la nausée, comme une espèce de douce contraction, un fœtus qui devait naître par la bouche. Il déglutit, mais l'eau déferlait librement de toutes ses glandes, le tapissait intérieurement, lui faisait voir clair. Les champs, les immeubles et le court de tennis se mirent lentement en mouvement. Il se recroquevilla, essaya de se dissimuler derrière la femme-policier, mais elle devint trop petite, trop transparente, comme un infime rideau de vie qui battait dans les rafales de vent. Il étreignit le fusil, comme si c'était celui-ci qui l'empêchait de tomber, et non l'inverse, appuya le doigt sur la détente, mais attendit. Dut attendre. Quoi ? Que la peur lâche prise ? Que les choses retrouvent leur équilibre ? Mais elles ne voulaient pas se rééquilibrer, elles voulaient juste tourbillonner et ne pas revenir au calme avant de s'écraser sur le fond. Tout était parti en chute libre depuis la seconde où Stine lui avait dit vouloir s'en aller, et le souffle de son sang dans les oreilles lui avait sans cesse rappelé que la cadence augmentait. Tous les matins, il s'était réveillé en pensant qu'il avait à présent bien dû prendre l'habitude de tomber, que la peur avait bien dû lâcher prise, l'issue était connue, la douleur déjà subie. Mais il n'en était pas ainsi. Il s'était mis à attendre avec une impatience croissante de toucher le fond, le jour où il pourrait en tout cas cesser d'avoir peur. Et maintenant qu'il voyait le fond sous lui, sa peur n'en était que plus intense. Le paysage de l'autre côté du grillage se mit à bourdonner vers lui.

« Vingt-quatre. »

Beate avait bientôt terminé. Elle avait le soleil dans les yeux, elle se trouvait dans une agence bancaire de Ryen et l'aveuglante lumière qui provenait de l'extérieur blanchissait et durcissait tout. Son père était à côté d'elle, silencieux comme toujours. Sa mère criait, quelque part, mais elle était loin, elle l'avait toujours été. Beate comptait les images, les étés, les baisers et les défaites. Il y en avait beaucoup, elle était surprise de voir combien il y en avait. Elle se rappelait des visages, Paris, Prague, un sourire sous une frange brune, une déclaration d'amour maladroite, un *ça fait mal ?* essoufflé et apeuré. Et un restaurant pour lequel elle n'avait pas les moyens à San Sebastian, mais où elle avait malgré tout réservé une table. Elle devait peut-être se montrer reconnaissante, finalement ?

Elle s'était extraite de ces pensées quand le canon du fusil l'avait touchée au front. Les images disparurent et il ne resta qu'une tempête de neige blanche sur l'écran. Et elle pensa : pourquoi papa était-il simplement à côté de moi, pourquoi ne m'a-t-il rien demandé ? Il ne l'avait jamais fait. Et elle le haïssait pour ça. Ne savait-il pas que c'était la seule chose qu'elle désirait, faire quelque chose pour lui, n'importe quoi ? Elle avait marché dans ses traces, mais quand elle avait trouvé le braqueur, l'assassin, le faiseur de veuve et avait voulu venger son père, les venger eux, il s'était tenu à côté d'elle, silencieux comme toujours, et avait refusé.

Et elle se trouvait à présent où il s'était trouvé. Et où s'étaient trouvés tous ceux qu'elle avait vus sur des vidéos de braquages du monde entier, en nocturne à la House of Pain, en se demandant à quoi ils pouvaient bien penser. Elle était à présent là, et ne le savait toujours pas.

Quelqu'un avait alors éteint la lumière, le soleil avait disparu et elle avait été plongée dans le froid. Et c'est dans l'obscurité qu'elle s'était réveillée. Comme si le premier réveil n'avait fait que la précipiter dans un nouveau rêve. Et elle s'était remise à compter. Mais elle comptait à présent les endroits où elle n'était pas allée, les gens qu'elle n'avait pas rencontrés, les larmes qu'elle n'avait pas pleurées, les mots qu'elle n'avait pas encore entendu prononcer.

« Si, dit Harry. J'ai cette preuve. » Il sortit une feuille de sa poche et la posa sur la table.

Ivarsson et Møller se penchèrent simultanément et manquèrent de se télescoper.

« Qu'est-ce que c'est que ça ? aboya Ivarsson. "Une bonne journée" ?

— Ce sont des gribouillis, dit Harry. Écrits sur un bloc à dessin, à l'hôpital de Gaustad. Deux témoins, moi-même et Lønn étions sur place et pouvons attester que la personne qui a écrit est bien Trond Grette.

— Et alors ? »

Harry les regarda. Puis leur tourna le dos et alla lentement à la fenêtre.

« Vous avez déjà regardé les gribouillis que vous faites en croyant penser à autre chose ? Ça peut être relativement révélateur. C'est pour ça que j'ai pris cette feuille, pour voir si elle avait un sens. Au début, non. Je veux dire, quand votre femme vient de se faire descendre et quand, enfermé dans une unité psychiatrique, vous écrivez « Une bonne journée » encore et encore, ou bien vous êtes fou à lier, ou bien vous écrivez exactement le contraire de ce que vous pensez. Mais j'ai compris quelque chose. »

La ville était gris pâle, comme le visage d'un vieil homme fatigué, mais ce jour-là, au soleil, elle luisait du peu de couleurs qu'il lui restait. Comme un dernier sourire avant de prendre congé, se dit Harry.

« Une bonne journée, dit-il. Ce n'est pas une idée, un commentaire ou une assertion. C'est un titre. Celui d'une rédaction qu'on écrit à l'école primaire. »

Une fauvette passa devant la fenêtre.

« Trond Grette ne réfléchissait pas, il écrivait mécaniquement. Comme il l'avait fait quand il était à l'école et s'entraînait à sa nouvelle écriture. Jean Hue, l'expert en écriture de Kripos, a déjà confirmé que c'est la même personne qui a écrit ça, la lettre de suicide et les compositions scolaires. »

Ce fut comme si le film s'était coincé, et l'image se figea. Pas un mouvement, pas un mot, rien que le frottement répétitif d'une photocopieuse dans le couloir.

Ce fut finalement Harry qui se retourna et rompit le silence :

« L'ambiance me paraît propice pour que Lønn et moi allions chercher Trond Grette pour un tout petit interrogatoire. »

Merde, merde ! Harry essaya de tenir fermement son pistolet, mais la douleur lui faisait tourner la tête et les rafales secouaient son corps. Trond avait réagi face au sang, exactement comme Harry l'avait espéré, et pendant une fraction de seconde, Harry avait eu une ligne de mire dégagée. Mais il avait hésité et Trond avait placé Beate devant lui, si bien que Harry ne voyait plus qu'un peu de sa tête et de son épaule. Elle ressemblait, il le voyait, à présent, Seigneur, comme elle ressemblait… ! Harry ferma très fort les yeux pour refaire la mise au point. La rafale suivante fut si puissante qu'elle attrapa le manteau gris sur le banc et l'espace d'un instant, ce fut comme si un homme invisible simplement vêtu d'un cache-poussière traversait en courant le court de tennis. Harry savait que c'était un déluge qui s'annonçait, que c'étaient les masses d'air que la pluie poussait devant elle, comme un dernier avertissement. Puis l'obscurité s'abattit comme si la nuit était subitement tombée, les deux corps devant lui se confondirent, et au même moment, la pluie fut sur eux, de grosses gouttes lourdes comme autant de coups de marteau.

« Vingt-cinq. » La voix de Beate s'était tout à coup faite haute et claire.

Dans le trait de lumière, Harry vit les corps jeter des ombres sur la terre battue. La détonation qui suivit fut telle qu'elle se déposa comme une couche sur les oreilles. L'un des deux corps s'éloigna de l'autre avant de tomber.

Harry tomba à genoux et s'entendit hurler.

« Ellen ! »

Il vit la silhouette qui était restée debout se retourner et venir dans sa direction, le fusil dans les mains. Il visa, mais la pluie faisait comme un ruisseau sur son visage, et l'aveuglait. Il cligna des yeux et visa. Il ne sentait plus rien, ni douleur ni froid, ni chagrin ni triomphe, rien qu'un gros néant. Les choses n'étaient pas supposées avoir du sens, elles se répétaient simplement comme un mantra éternel qui s'expliquait de lui-même — vivre, mourir, ressusciter, vivre, mourir. Il pressa la détente jusqu'à mi-course. Visa.

« Beate ? » murmura-t-il.

Elle ouvrit la porte grillagée d'un coup de pied et tendit l'AG3 à Harry, qui le lui prit.

« Qu'est-ce... qui s'est passé ?

— La tremblante du Setesdal, répondit-elle.

— La tremblante du Setesdal ?

— Il est tombé comme une pierre, le pauvre. » Elle lui montra sa main droite. La pluie chassait le sang qui coulait de deux coupures sur ses phalanges. « J'attendais juste que quelque chose détourne son attention. Et ce coup de tonnerre l'a littéralement terrorisé. Et toi aussi, on dirait bien. »

Ils regardèrent le corps qui gisait dans le carré de service gauche.

« Tu m'aides, avec ces menottes, Harry ? » Ses cheveux blonds collaient à son visage, mais elle ne semblait pas s'en soucier. Elle sourit.

Harry leva la tête vers le ciel et ferma les yeux. « Dieu du Ciel, murmura-t-il. Cette âme perdue ne sera pas relâchée avant le 12 juillet 2020. Aie pitié.

— Harry ? »

Il ouvrit les yeux. « Oui ?

— S'il doit sortir en 2020, il faut qu'on l'emmène immédiatement à l'hôtel de police.

— Ce n'est pas lui, dit Harry en se relevant. C'est moi. C'est à ce moment-là que je partirai à la retraite. »

Il passa un bras autour des épaules de Beate et sourit.

« La tremblante du Setesdal, tiens… »

CHAPITRE 50

La colline d'Ekeberg

La neige se remit à tomber durant la deuxième semaine de septembre. Et cette fois-là, ce fut pour de bon. La neige tourbillonnait autour des maisons et on annonçait encore des précipitations. Le mercredi après-midi, les aveux tombèrent. Après s'être entretenu avec son avocat, Trond Grette raconta comment il avait orchestré et accompli le meurtre de sa femme.

Il neigea toute la nuit, et il avoua le lendemain avoir également été derrière le meurtre de son frère. L'homme qu'il avait payé pour cette mission se faisait appeler El Ojo, l'œil, n'avait aucune adresse et changeait de nom d'artiste et de téléphone mobile chaque semaine. Trond ne l'avait rencontré qu'une fois, sur un parking de São Paulo, où ils étaient convenus des détails. El Ojo avait reçu mille cinq cents dollars d'avance, et Trond avait déposé le reste dans un sac en papier, dans une consigne du terminal de Tiete. Il était convenu qu'il enverrait la lettre de suicide à un bureau de poste de Campos Belos, un quartier au sud du centre-ville, et la clé au même endroit lorsqu'il aurait reçu le petit doigt de Lev.

Le seul début d'hilarité au cours de ces longs interrogatoires fut quand Trond, à qui on demandait comment il avait réussi en tant que touriste à entrer en contact avec un tueur à gages professionnel, avait répondu que c'était nettement plus simple que de mettre la main sur un ouvrier norvégien. L'analogie n'était d'ailleurs pas si fortuite.

« C'est Lev qui m'a raconté ça, un jour, dit Trond. Ils sont mentionnés comme *plomero* à côté des téléphones roses dans le journal Folha de São Paulo.

— Plom-quoi ?

— *Plomero*. Plombier. »

Halvorsen faxa le peu d'informations à l'ambassade du Brésil qui renonça aux sarcasmes et promit poliment de poursuivre l'affaire.

L'AG3 que Trond avait utilisé pendant l'attaque à main armée appartenait à Lev, et avait passé plusieurs années dans le grenier de Disengrenda. La provenance antérieure de l'arme était impossible à déterminer, étant donné que le numéro de série en avait été effacé.

La veillée de Noël vint prématurément pour le consortium de compagnies d'assurance de Nordea, puisque l'argent du braquage de Bogstadveien fut découvert dans le coffre de la voiture de Trond, et qu'il n'y manquait pas une couronne.

Les jours passèrent, la neige arriva et les interrogatoires se poursuivirent. Un vendredi après-midi, alors que tous étaient fatigués, Harry demanda à Trond pourquoi il n'avait pas vomi en abattant sa femme d'une balle dans la tête — il ne supportait pas le sang ? Un silence total s'abattit sur la pièce. Trond regarda longuement la caméra, dans le coin. Puis il se contenta de secouer la tête.

Mais après avoir terminé, dans le Souterrain qui ramenait Trond à la cellule où il était enfermé en détention provisoire, il s'était brusquement tourné vers Harry.

« Il y a des différences entre les sangs. »

Ce week-end-là, assis sur une chaise près de la fenêtre, Harry regardait Oleg et les gamins du coin construire des châteaux de neige dans le jardin, devant la villa de rondins. Rakel lui demanda à quoi il pensait, et il s'en fallut de peu qu'il ne vendît la mèche. Il demanda plutôt si elle voulait qu'ils aillent se promener. Elle alla chercher un bonnet et des moufles. Ils passèrent devant le tremplin d'Holmenkollen, et ce fut là que Rakel lui demanda s'ils ne devaient pas inviter le père et la sœur de Harry pour le réveillon de Noël.

« Il n'y aura que nous », dit-elle en serrant sa main.

Le lundi, Harry et Halvorsen s'attelèrent de nouveau à l'affaire Ellen. Ils attaquèrent de front. Interrogèrent des témoins qui étaient déjà venus, lurent de vieux rapports et vérifièrent de vieilles indications qui n'avaient pas été suivies, et suivirent d'anciennes pistes. Anciennes et froides, apparut-il.

« Tu as l'adresse de celui qui prétend avoir vu Sverre Olsen en compagnie d'un type dans une voiture rouge, à Grünerløkka ? demanda Harry.

— Kvinsvik. Il est joignable chez ses parents, mais je doute qu'on l'y trouvera. »

Harry ne s'attendait pas à un vif désir de collaboration en entrant chez Herbert's Pizza et en demandant après Roy Kvinsvik. Mais après avoir payé une bière à un jeune qui portait le T-shirt de l'Alliance Nationale, il apprit que Roy n'était plus couvert par le devoir de réserve, étant donné qu'il avait récemment coupé les ponts avec ses anciens amis. Roy avait manifestement rencontré une fille chrétienne, et avait perdu sa foi dans le nazisme. Personne ne savait qui elle était ni où Roy habitait depuis, mais quelqu'un dit avec certitude l'avoir vu chanter devant la paroisse de Philadelphie.

La neige se déposait en congères tandis que les chasse-neige allaient et venaient dans les rues du centre-ville.

La femme qui s'était fait tirer dessus au cours de l'attaque à main armée de l'agence DnB de Grensen sortit de l'hôpital. Dans *Dagbladet*, elle montrait d'un doigt où la balle était entrée et de deux doigts la distance qui avait séparé son cœur de la trajectoire de la balle. Elle allait à présent rentrer chez elle et s'occuper des préparatifs de Noël pour son mari et les enfants, pouvait-on lire.

Le mercredi matin de la même semaine, à dix heures, Harry battit la semelle pour chasser la neige de ses chaussures devant la salle de réunion n° 3 de l'hôtel de police, et frappa.

« Entre, Hole », gronda la voix du juge Valderhaug qui dirigeait l'enquête interne du SEFO sur la fusillade de Havnlageret. Harry prit place sur une chaise devant un jury de cinq personnes. En plus du juge Valderhaug, il y avait un représentant du parquet, un enquêteur et une enquêtrice, et l'avocat Ola Lunde que Harry connaissait comme étant un type dur, mais compétent et correct.

« Nous aimerions que la proposition du parquet soit prête avant les vacances de Noël, commença Valderhaug. Pouvez-vous nous dire de façon aussi concise et aussi détaillée que possible quelle est votre appréciation sur cette affaire ? »

Harry évoqua sa brève entrevue avec Alf Gunnerud, accompagné par le crépitement du clavier de l'enquêteur. Lorsqu'il eut terminé, Valderhaug le remercia et farfouilla un bon moment dans ses papiers avant de retrouver ce qu'il cherchait et de regarder Harry par-dessus le bord de ses lunettes.

« Nous aimerions savoir si d'après l'impression laissée par votre courte rencontre avec Gunnerud, vous avez été surpris d'entendre dire qu'il avait menacé un policier de son arme. »

Harry repensa à ce qu'il avait éprouvé en voyant Gunnerud dans la cage d'escalier. Un gamin qui avait peur de se faire encore casser la figure. Pas un meurtrier endurci. Harry regarda le juge dans les yeux :

« Non. »

Valderhaug ôta ses lunettes.

« Mais quand Gunnerud vous a rencontré, il a choisi de foutre le camp plutôt que de sortir son arme. Pourquoi ce changement de tactique, à votre avis ?

— Je ne sais pas. Je n'étais pas là.

— Mais vous ne trouvez donc pas que c'était bizarre ?

— Si.

— Mais vous venez de répondre que ça ne vous surprenait pas. »

Harry bascula légèrement sa chaise en arrière.

« Ça fait longtemps que je suis policier, monsieur le juge. Ça ne me surprend plus que les gens fassent des trucs bizarres. Pas même les meurtriers. »

Valderhaug remit ses lunettes et Harry crut voir l'ombre d'un sourire dans le visage ridé.

Ola Lunde s'éclaircit la voix.

« Comme vous le savez, l'inspecteur principal Tom Waaler a été suspendu un petit moment, suite à un épisode similaire l'an passé, lors de l'arrestation d'un jeune néo-nazi.

— Sverre Olsen, dit Harry.

— À cette occasion, le SEFO en était arrivé à la conclusion que le parquet n'avait aucune raison d'engager des poursuites.

— Vous n'y avez passé qu'une semaine », dit Harry.

Ola Lunde jeta un coup d'œil interrogateur à Valderhaug, qui hocha la tête.

« Quoi qu'il en soit, dit Lunde. Nous trouvons bien sûr très étonnant que le même homme se trouve de nouveau dans la même situation. Nous savons qu'il y a un très fort esprit de corps dans la police, et qu'on veut éviter de mettre un collègue dans une situation pénible en… en… euh…

— Caftant, dit Harry.

— Plaît-il ?

— Je crois que le mot que vous cherchez, c'est cafter. »

Lunde échangea un nouveau regard avec Valderhaug.

« Je vois ce que vous voulez dire, mais nous préférons parler de révélation d'informations essentielles qui font que les règles du jeu peuvent êtres maintenues. Vous êtes d'accord, Hole ? »

La chaise de Harry retomba sur ses pattes de devant avec un bruit sec.

« Oui, je le suis. Je n'ai juste pas le même talent que vous quant au lexique. »

Valderhaug ne put plus se retenir de sourire.

« Je n'en suis pas si sûr, Hole, dit Lunde qui commençait aussi à sourire. C'est bien que nous soyons d'accord, et puisque Waaler et vous travaillez ensemble depuis de nombreuses années, nous aimerions que vous fassiez office de témoin de caractère. D'autres personnes qui sont passées ici ont évoqué le style sans compromis de Waaler dans ses rapports avec les criminels et les partiellement non-criminels. Peut-on penser que Tom Waaler ait pu tirer sur Alf Gunnerud dans une seconde de négligence ? »

Harry regarda longuement par la fenêtre. Il voyait à peine les contours de la colline d'Ekeberg à travers la neige qui tombait. Mais il savait qu'elle était là. Il avait passé des années entières à son bureau, et elle avait toujours été là, telle qu'elle le serait toujours, en vert l'été et en noir et blanc l'hiver, elle ne bougeait pas, elle était là, c'était un fait. Ce qu'il y a de bien, avec les faits, c'est qu'ils évitent de se torturer pour savoir s'ils sont souhaitables ou non.

« Non, dit Harry. On ne peut pas penser que Tom Waaler ait pu tirer sur Alf Gunnerud dans une seconde de négligence. »

Et si quelqu'un dans le jury du SEFO remarqua l'infime insistance que Harry mettait sur *négligence*, personne n'en fit la remarque.

Dans le couloir, Weber se leva d'une chaise quand Harry sortit.

« Au suivant, s'il vous plaît, dit Harry. Qu'est-ce que tu as là ?

— Le pistolet de Gunnerud, répondit Weber en levant un sac plastique. Je vais entrer expédier ça.

— Mmm. » Harry fit jaillir une cigarette de son paquet. « Pas un pistolet classique.

— Israélien, dit Weber. Jéricho 941. »

Immobile, Harry regarda la porte se refermer derrière Weber, jusqu'à ce que Møller vienne à passer et fasse remarquer à Harry qu'il avait une cigarette éteinte au bec.

Un calme étrange régnait à l'OCRB. Les enquêteurs avaient d'abord prétendu sur le ton de la plaisanterie que l'Exécuteur s'était mis à l'abri pour l'hiver, mais ils pensaient à présent qu'il s'était laissé abattre et enterrer en un endroit secret pour accéder au statut de légende éternelle. La neige se déposait sur les toits de la ville, dégringolait, de la nouvelle neige se déposait, tandis que de la fumée sortait tranquillement des cheminées.

Les brigades criminelle et financière et l'OCRB organisèrent une fête de Noël commune à la cantine. Les places étaient fixées à l'avance, et Bjarne Møller, Beate Lønn et Halvorsen se retrouvèrent du même côté d'une table. Une chaise vide et une assiette flanquée d'un papier sur lequel était inscrit le nom de Harry les séparaient.

« Où est-il ? demanda Møller en servant Beate en vin.

— Dehors, il recherche l'un des copains de Sverre Olsen qui dit qu'il a vu Olsen et un autre gars la nuit du meurtre, répondit Halvorsen qui se débattait pour décapsuler une bière avec son briquet jetable.

— C'est frustrant, ce genre de choses, dit Møller. Mais dis-lui de ne pas se tuer au boulot. Dans le fond, il faut bien s'accorder le temps d'une fête de Noël.

— Dis-le-lui, toi, répondit Halvorsen.

— Il n'a peut-être pas envie d'être ici, tout simplement », dit Beate.

Les deux hommes se tournèrent vers elle et la regardèrent en souriant.

« Qu'est-ce qu'il y a ? demanda-t-elle en riant. Vous ne croyez pas que moi aussi, je connais Harry ? »

Ils trinquèrent. Halvorsen souriait toujours. Il regardait, simplement. Il y avait quelque chose — il n'arrivait pas à savoir précisément quoi — de changé en elle. La dernière fois qu'il l'avait vue, c'était dans la salle de réunions, mais il n'avait alors pas remarqué cette *vie* dans ses yeux. Le sang dans ses lèvres. Son maintien, la cambrure de son dos.

« Harry préfère la prison à ce genre de cérémonies », dit Møller en introduction à la fois où Linda, de la réception du SSP, l'avait forcé à danser. Beate en rit aux larmes. Puis elle se tourna vers Halvorsen et pencha la tête de côté.

« Tu te contentes de regarder, Halvorsen ? »

Halvorsen sentit le rouge lui monter aux joues, et parvint à bafouiller un « oh, non » avant que Beate et Møller n'éclatent à nouveau de rire.

Un peu plus tard dans la soirée, il prit son courage à deux mains et lui demanda si elle avait envie de danser. Møller resta assis seul jusqu'à ce qu'Ivarsson vienne s'asseoir sur la chaise de Beate. Il était rond, bafouillait

et voulait parler de cette fois où il avait eu si peur, derrière une voiture devant l'agence bancaire de Ryen.

« Ça fait longtemps, Rune, dit Møller. Tu sortais de
l'école. Tu ne pouvais rien faire, quoi qu'il arrive. »

Ivarsson renversa la tête en arrière et regarda longuement Møller. Puis il se leva et s'en alla, et Møller se dit
qu'Ivarsson était une personne seule et qui ne le savait
pas.

Quand les DJ Li et Li conclurent en passant *Purple
Rain*, Beate et Halvorsen heurtèrent l'un des autres
couples de danseurs, et Halvorsen remarqua que Beate
se raidissait subitement. Il leva les yeux vers l'autre
couple.

« Désolé », dit une voix profonde. Des dents blanches
et fortes dans un visage à la David Hasselhoff luisirent
dans la pénombre.

Quand la soirée fut finie, il fut impossible de trouver
un taxi, et Halvorsen offrit de reconduire Beate chez
elle. Ils partirent en pataugeant vers l'est et il leur fallut
plus d'une heure pour arriver devant sa porte, à Oppsal.

Beate se tourna en souriant vers Halvorsen.

« Si tu veux, tu es le bienvenu, dit-elle.

— Volontiers. Merci beaucoup.

— Alors c'est entendu. Je le dirai à maman demain. »

Il lui souhaita bonne nuit, l'embrassa et reprit son
voyage polaire vers l'ouest.

Le 17 décembre, la NTB fit savoir qu'on battrait probablement le record de précipitations pour le mois de
décembre, vieux de vingt ans.

Le même jour, le SEFO présenta son rapport dans
l'affaire Waaler.

Il concluait que rien de non réglementaire n'avait été
décelé, au contraire, Tom Waaler fut loué pour avoir agi
correctement et conservé son calme dans une situation
des plus dramatiques. Le chef de la Criminelle passa un

coup de fil au directeur de la police et demanda prudemment s'il pensait qu'on devait récompenser Tom Waaler, mais étant donné que la famille d'Alf Gunnerud était l'une des plus solides de la ville — son oncle siégeait au conseil municipal — ils conclurent que ça pouvait sembler déplacé.

Harry se contenta de hocher brièvement la tête quand Halvorsen lui annonça que Waaler reprenait du service.

La veillée de Noël arriva et la paix de Noël s'installa, en tout cas sur la petite Norvège.

Rakel avait fichu Harry et Oleg à la porte pour préparer le réveillon. Lorsqu'ils revinrent, les côtes de porc embaumaient dans toute la maison. Olav Hole, le père de Harry, arriva avec la Frangine, en taxi.

La Frangine s'émerveilla tout fort de la maison, la nourriture, Oleg, tout. Pendant le dîner, elle et Rakel papotèrent comme les meilleures amies du monde, tandis que le vieil Olav et le jeune Oleg, assis face à face, n'échangeaient pour ainsi dire que des monosyllabes. Mais ils se dégelèrent lorsque fut venue l'heure des cadeaux, et quand Oleg ouvrit le gros paquet marqué *De : Olav à : Oleg*. C'étaient les œuvres complètes de Jules Verne. Oleg feuilleta bouche bée l'un des livres.

« C'est lui qui a écrit l'histoire de cette fusée pour aller sur la lune que Harry t'a racontée, dit Rakel.

— Ce sont les illustrations originales », dit Harry en désignant le dessin du capitaine Nemo près du drapeau, au Pôle Sud, avant de lire à voix haute : « *Disparais, astre radieux ! Couche-toi sous cette mer libre, et laisse une nuit de six mois étendre ses ombres sur mon nouveau domaine !*

— Ces livres étaient sur l'étagère de mon père, dit Olav, qui avait l'air aussi excité qu'Oleg.

— Ça fait rien ! » s'écria Oleg.

Olav reçut l'embrassade de remerciement avec un sourire gêné mais chaleureux.

Après qu'ils se furent couchés et que Rakel se fut endormie, Harry se leva et alla à la fenêtre. Il pensa à tous ceux qui n'étaient plus là. Sa mère, Birgitta, le père de Rakel, Ellen et Anna. Et à ceux qui étaient là. À Øystein, d'Oppsal, à qui Harry avait payé une nouvelle paire de chaussures pour Noël, à Raskol, aux Arrêts, et aux deux femmes d'Oppsal qui avaient eu la gentillesse d'inviter Halvorsen à un réveillon tardif étant donné qu'il était de garde et ne rentrerait pas chez lui à Steinkjer cette année-là.

Il s'était passé quelque chose, ce soir, il ne savait pas exactement quoi, mais ça annonçait du changement. Il regarda longtemps les lumières de la ville en contrebas, avant de se rendre compte qu'il avait cessé de neiger. Des traces. Ceux qui passeraient ce soir sur le sentier le long de l'Akerselva laisseraient des traces.

« Tu as eu ce que tu souhaitais ? murmura Rakel lorsqu'il revint se coucher.

— Ce que je souhaitais ? demanda-t-il en l'enlaçant.

— On aurait dit que tu souhaitais quelque chose, là-bas, près de la fenêtre. Qu'est-ce que c'était ?

— J'ai tout ce que je peux souhaiter, répondit Harry en l'embrassant sur le front.

— Raconte-moi, chuchota-t-elle en s'arc-boutant pour le regarder. Raconte-moi ce que tu souhaites, Harry.

— Tu veux vraiment le savoir ?

— Oui. » Elle se colla tout contre lui.

Il ferma les yeux et le film se mit à défiler lentement, si lentement qu'il en distinguait chaque image comme un instantané. Des traces dans la neige.

« La paix », mentit-il.

CHAPITRE 51

Sans souci [1]

Harry regarda la photo, le sourire blanc et chaleureux, les mâchoires puissantes et les yeux bleu acier. Tom Waaler. Puis il poussa la photo à l'autre bout du bureau.

« Prends ton temps, dit-il. Et regarde bien. »

Roy Kvinsvik avait l'air tendu. Harry se renversa sur sa chaise et regarda autour de lui. Halvorsen avait suspendu un calendrier de l'avent au mur au-dessus de l'armoire à archives. Noël. Harry avait pratiquement tout l'étage pour lui. C'était ce qu'il y avait de mieux avec les vacances. Il ne pensait pas que Kvinsvik serait aussi loquace et incompréhensible que lorsque Harry l'avait trouvé au premier rang de la paroisse de Philadelphie. Mais on pouvait toujours espérer.

Kvinsvik s'éclaircit la voix et Harry se redressa sur sa chaise.

Au-dehors, de légers flocons de neige tombaient lentement sur les rues désertes.

1. En français dans le texte.

DU MÊME AUTEUR

Chez Gaïa Éditions

RUE SANS-SOUCI, 2005, Folio Policier, n° 480.
ROUGE-GORGE, 2004, Folio Policier, n° 450.
LES CAFARDS, 2003, Folio Policier, n° 418.
L'HOMME CHAUVE-SOURIS, 2003, Folio Policier, n° 366.

Aux Éditions Gallimard

Dans la Série Noire

LE BONHOMME DE NEIGE, 2008.
LE SAUVEUR, 2007.
L'ÉTOILE DU DIABLE, 2006, Folio Policier, n° 527.

Composition Facompo
Impression Novoprint
le 3 février 2009
Dépôt légal : février 2009
1ᵉʳ dépôt légal dans la collection : août 2006

ISBN 978-2-07-030981-8./Imprimé en Espagne.